Le Tableau de l'apothicaire

Adrian Mathews

Le Tableau de l'apothicaire

roman

Traduit de l'anglais par Michèle Garène

ÉDITIONS FRANCE LOISIRS

Titre original : *The Apothecary's House*
Éditeur original : Macmillan

Édition du Club France Loisirs,
avec l'autorisation des Éditions Denoël

Éditions France Loisirs,
123, boulevard de Grenelle, Paris
www.franceloisirs.com

ISBN : 2-7441-9660-6

Première partie

1

Chargée de sacs, la vieille femme traversa la Stadhouderskade comme si sa vie en dépendait, obligeant le chauffeur d'une camionnette à piler en poussant un juron. Dans les tourbillons de neige, elle avançait le long du canal du Singelgracht, tête baissée, tel un bélier. Qu'elle pût voir où elle allait tenait du miracle, et, à en juger par sa détermination si singulière – les passants s'arrêtaient pour la dévisager –, c'était un sens bien plus fort que la vue qui guidait ses pas.

Lorsqu'elle monta sur le trottoir d'en face, le soleil du début de janvier perça les nuages. Il tomba sur la grande frégate gothique du Rijksmuseum abritant sa cargaison de Rembrandt, de Bruegel et de Vermeer. Il s'infiltra dans un coin du service documentation du musée par un puits de lumière à peine occulté par un ramier mort, effleura de ses rayons les reliures en cuir de veau, glissa le long de la rampe en laiton de l'escalier en colimaçon et rebondit, sur la table en chêne polie, sur une pile de catalogues de vente d'avant-guerre, un Rolodex, le livre de commerce taché d'une société de transports locale, une loupe et les avant-bras hérissés de Ruth Braams qui passait les doigts dans ses cheveux blond clair, coupés court et en bataille.

Elle croisa les bras sur son pull marin torsadé et inclina la tête sur son épaule. Elle avait la peau pâle et froide. Le soleil jouait encore un de ses vieux tours : pas de chaleur, juste une promesse de chaleur, et à peine donnée qu'aussitôt arrachée. Elle ne fit aucun effort pour dissimuler sa fatigue.

Myles Palmer, le grand Anglais à queue-de-cheval – détaché par les bureaux de Sotheby's dans un faubourg sud de la ville –, examinait une boîte de correspondance étiquetée *Juin 1943* tout en entrant des données sur son portable. Les expropriations nazies étaient son domaine de recherche.

— Ne nous abandonne pas, murmura-t-il en anglais. La Révolution culturelle a besoin de toi.

— Tu sais à quoi ce job me fait penser ? Ça m'est venu à l'instant.

— À regarder sécher de la peinture ?

— Non – trop passif. C'est comme d'extraire des chiures de mouche d'un tas de grains de poivre, affublé de gants de boxe.

Ruth bâilla à s'en décrocher la mâchoire.

Âgée de trente-deux ans, elle avait terminé cinq ans plus tôt sa thèse de doctorat consacrée à la typologie domestique dans l'œuvre de Jan Steen, le peintre hollandais du XVIIe siècle. Depuis, elle avait aidé une amie à gérer un salon de coiffure faisant aussi office de galerie d'art, s'était occupée d'une boutique de location de vélos et avait joué pendant l'été les guides pour des touristes anglophones au musée Van Gogh en échange de maigres pourboires.

L'année précédente, le coup de fil était arrivé.

Il provenait de l'antenne d'Amsterdam du projet de restitution de l'Office des œuvres d'art des Pays-Bas, qui travaillait en tandem avec le bureau des Archives d'État de La Haye. Soudain les historiens d'art devenaient à la mode, en particulier ceux équipés d'un détecteur de conneries intégré. On étudiait les réclamations et on créait un système informatique et une base de données informatisée. Tout le monde s'activait soudain, après le magistral coup de pied au cul envoyé par la Commission for Art Recovery et l'Art Loss Register du Congrès juif mondial. En Europe, au début de la Seconde Guerre mondiale, un quart des œuvres d'art avait changé de mains. Depuis, elles étaient petit à petit revenues de cet exode de masse. À présent, les derniers obstacles au retour de cet art spolié, les dernières conspirations du silence, commençaient à sauter. On appelait cela « faire place nette », et les historiens d'art étaient les acteurs de ce nettoyage de printemps. Avec le temps, une grande partie de ces œuvres avait été rapatriée et placée sous la garde de l'État hollandais. Récemment, on l'avait exposée et, quand des demandeurs se présentaient, on étudiait leurs réclamations. Des certificats de vente, des lettres, des clichés, des catalogues, voire un simple bout de papier avec une vague description du tableau – tout était bon à prendre.

Certains pontes des musées ne montraient guère d'empressement pour régler les choses. Le temps jouait en leur faveur. Ils secouaient la tête en signe de commisération. C'était la bureaucratie dans toute sa splendeur. Si l'enquête – longue et poussée, très chère – ne prenait fin qu'après le décès des demandeurs ou de leurs héritiers, qu'y pouvait-on ? L'œuvre d'art restait la propriété de l'État par défaut. Où échouerait-elle, sinon ? On n'en voulait nulle part. Il arrivait qu'on effectue un paiement symbolique à des fonds destinés aux survivants de l'Holocauste. Mais avant tout, les musées et les gouvernements avaient des responsabilités. Pas question pour eux de créer des précédents. Ils ne tenaient pas à distribuer des centaines de tableaux sans examiner sérieusement la validité de chacune des réclamations.

Mais là aussi, trop souvent, l'enquête de base sur le titre de propriété débouchait sur une impasse. La guerre tue et que reste-t-il quand la poussière retombe et que la fumée se dissipe ? Des biens sans propriétaires, des biens sans héritiers... La voix qui aurait pu s'exprimer a été réduite au silence. La documentation qui aurait pu valider une réclamation a disparu depuis longtemps. C'est ainsi qu'un tableau est exposé dans un célèbre musée, offert à l'admiration de tous, effleuré par un rai de soleil d'hiver doré, blanc et bleu perçant soudain les nuages. De quoi faire naître des sourires de plaisir sur les lèvres gercées des visiteurs et des éclairs de joie dans leurs yeux chassieux. Un portrait de Nicolaes Maes, un paysage fluvial de Salomon Van Ruysdael, *Le Sacrifice d'Iphigénie* de Jan Steen. Contemplez-le longuement. Pourquoi donc mettre sa provenance en cause ? Qui la connaît ou s'en soucie ? Il se suffit à lui-même – une toile navigue sur le fleuve du temps, indifférente aux motivations humaines et aux bouleversements de l'histoire. Par diligence, miracle ou chance pure, elle a survécu.

Quelque part, le soupir d'un moteur d'ascenseur et le frottement des gaines en caoutchouc d'une porte battante.

Ruth regarda en clignant des yeux les rats de bibliothèque qui l'entouraient. Pieter Timmermans avait abdiqué devant un lecteur de microfilms. Il émettait un léger ronflement, la tête posée sur ses bras repliés. À l'aide d'une loupe, Myles tentait de déchiffrer un cachet de la poste maculé sur une enveloppe. Histoire de le distraire, le soleil s'était transformé en un rayon laser blanc gros comme une tête d'épingle qui dansait, espiègle, menaçant de roussir un timbre à l'effigie du Reichsführer en chemise brune.

Au-dessus, au second étage de passerelles qui donnaient accès à une montagne d'ouvrages et de grands-livres sans intérêt, Bernard Cabrol, le mince coordinateur français à la cravate de soie verte, s'appuyait d'un bras et de ses fesses plates au lutrin en bois accroché à la balustrade. Il avait son air habituel d'un homme embroché sur les cornes d'un dilemme insurmontable. À force de mordre la gomme dorée au bout de son crayon, il lui avait donné une forme ovale aplatie.

Assise à son bureau placé sur une estrade, la bibliothécaire grincheuse à la lèvre crevassée lâchait de temps à autre les pixels de son moniteur pour jeter un regard perçant alentour, comme dans l'espoir de prendre en flagrant délit des lecteurs cherchant à déroger aux règles ou des voleurs de livres.

Un bruit de pas...

La vieille dame qui venait de traverser en force la Stadhouderskade entra lourdement dans la salle de lecture. Elle était affublée d'une casquette de rappeur en laine brodée du monogramme de New York, de lunettes à monture de Bakélite grande comme les écrans de télévision d'après-guerre et d'un manteau d'astrakan noir qui, à n'en pas douter, avait connu des jours meilleurs. La neige constellait encore sa casquette et ses épaules. Un parapluie trempé dépassait d'un des nombreux sacs en plastique de chez De Bijenkorf qu'elle venait de se coincer sous le coude afin de fouiller dans son sac à main. « Une clocharde, songea Ruth, tout droit sortie du Lower East Side, chargée de ses sacs – et qui a dû tourner du mauvais côté dans Lafayette avant de remonter tel M. Magoo la passerelle d'un paquebot. » Mais la noblesse élimée qui émanait de cette chiffonnière retint son attention.

La bibliothécaire se leva à demi et se figea. Comme tous les autres, elle écoutait le cliquetis mouillé qui accompagnait la femme depuis son entrée. Au début on eût dit ses chaussures responsables de ce bruit, puisqu'il était synchrone avec ses pas, mais lorsque la clocharde se laissa choir tel un balluchon de vieux vêtements sur la chaise en face de Ruth, le bruit perdura.

La femme se fourra un inhalateur dans la bouche et ferma les yeux. Un sifflement bas, pressurisé. Le cliquetis disparut. La respiration de la dame devint plus aisée.

La bibliothécaire – l'ongle déjà posé sur la ligne Urgences médicales de la liste téléphonique du musée – jura, abandonna sa pose irrésolue, descendit de son piédestal et vint se planter à son côté.

— Oui ?

— J'aimerais un verre d'eau.

— Vous ne pouvez pas entrer ici comme ça, ricana l'autre. On aurait dû vous arrêter. Vous vous trouvez dans une zone fermée au public.

La vieille femme était désorientée.

Ruth leva une main.

— S'il vous plaît, allez lui chercher un verre d'eau.

La fille s'éloigna en maugréant.

C'est alors que la visiteuse remarqua la présence de Ruth et de Myles. Elle sourit à Ruth – sourit aux cheveux ébouriffés, aux manières de gamin des rues, aux yeux bleu ciel, aux sourcils bruns, au teint de jeune fille, aux jolies lèvres, à cette façon séduisante de se pencher sur des bras croisés, les épaules légèrement relevées, suggérant une agréable nonchalance, un désir d'aider.

— Où suis-je ? demanda-t-elle. Pourquoi suis-je venue ici ? Vous vous souvenez ? Le savez-vous ?

Elle ne se donna pas la peine d'attendre la réponse.

Elle remonta ses lunettes sur son nez fin, bleui, et vida son sac sur la table de la bibliothèque. Des clés. Des cartes en plastique et des reçus de caisse assemblés par des élastiques. Des pinces à cheveux. Un paquet de lettres. Du rouge à lèvres et des pastilles de menthe. Une boîte à pilules en argent. Un flacon de parfum Caron. Et, parmi les objets plus inhabituels, une théière de dînette en céramique, une paire de dés en ivoire et un sachet de graines de géranium. Ruth contempla ce déballage. Un instant, elle crut qu'on les menait en bateau. Cela ressemblait à un test de performance professionnelle concocté par l'Institut Pelman – ça, ou alors La Caméra cachée. La vieille devait péniblement émarger au théâtre Felix-Meritis, bouffon local travesti.

Les pensées indignes de Ruth s'évanouirent aussi vite qu'elles étaient venues.

La femme s'organisait. Elle prit le paquet de lettres, jeta un coup d'œil à un ou deux en-têtes – poste des Pays-Bas, clinique vétérinaire de Dierenopvangcentrum – et trouva celle qu'elle cherchait. « Voilà, dit-elle en la tirant du paquet. Je me souviens maintenant. » Elle recula la tête pour accommoder, serra les muscles du cou et lut la lettre. Les lunettes lui conféraient une respectabilité studieuse jusque-là peu manifeste.

— Vous m'avez écrit ça. Il est dit ici que vous avez mon tableau. Comme c'est gentil ! Bien entendu, je l'ai vu à l'exposition. C'est là que j'ai su. Je le croyais à jamais perdu.

Elle replia la lettre et sourit à Ruth et à Myles.

Ruth jeta un coup d'œil derrière elle. Cabrol, qui s'était retourné, contemplait le spectacle. Il se tapotait les dents avec la mine de son crayon.

— Vous permettez ? (Elle prit la lettre et la lut.) Lydia Van der Heyden ?

— Oui.

— Vous avez déposé une réclamation.

— Vraiment ?

— Il y a un an. Pour un tableau de la collection NK. (Elle jeta un coup d'œil au nom du peintre et à la brève description de l'œuvre.) Comment avez-vous su que vous nous trouveriez ici ?

— Où cela, ma chère ?

— Peu importe. (Ruth agita la lettre.) Ce courrier date de près d'un an. Il s'agit de l'accusé de réception de celui que vous nous avez envoyé. On vous y demande de présenter des preuves pour étayer votre demande. Y avez-vous répondu ?

La femme que Ruth surnommait déjà la Cloche fit la moue. Ses yeux se voilèrent ; elle réfléchissait.

— J'ai envoyé une photocopie. Une copie de la photographie. Je l'ai fait faire au bureau de poste. Cette vieille photo était tout ce que j'avais.

— Eh bien, dans ce cas, votre réclamation doit être en cours d'examen.

— Cela prend du temps, dit Myles dans son néerlandais hésitant, un sourire triste aux lèvres. Il y a du retard, surtout après Noël. Nous avons eu une semaine de congé, voyez-vous.

La Cloche referma une main sur la manche de chemise de Myles et approcha sa tête grise de la sienne. Il tiqua. Son haleine était quelque peu chargée.

— Je ne fais pas grand-chose pour Noël. Depuis la mort de Sander, plus exactement. Il n'y a plus rien à fêter. Pas à mon âge, en tout cas.

Elle le libéra, se tordit les mains et détourna le regard, angoissée. Puis elle reprit avec une soudaine passion.

— J'aime les illuminations sur les ponts. J'aime les petites lumières qui brillent dans la nuit noire, oh oui ! Surtout quand il neige. Mais je ne vais pas écouter les chants à la Westerkerk. Trop fréquentée, mon cher. Je vais à l'église du Krijtberg sur le Singel. C'est comme au bon vieux temps. Ils y disent la messe en latin le dimanche matin. Sander et moi avions l'habitude d'y aller. J'aime les tableaux et les statues. Une, notamment, notre Sainte Vierge, la mère de Jésus. Son visage est si pur. Il change légèrement d'expression selon l'éclairage. Bien sûr, je sais que ce n'est qu'une idole, mais je jurerais qu'elle m'écoute. Elle comprend. Elle sait ce que j'ai subi.

Myles acquiesça, en une manifestation de sympathie peu convaincante. Ruth entendit des pas derrière elle. Cabrol – le bureaucrate, l'officiant – descendait l'escalier en colimaçon, l'oreille aux aguets. Son arrivée lui fit l'effet d'un courant d'air.

— À mon âge, poursuivit la Cloche, toute à son histoire, il ne reste rien. Seulement les souvenirs. Et eux aussi disparaissent. Vous le découvrirez un jour, vous verrez. Alors j'essaie de les maintenir en vie. Je pense à Asha, Elfried et Sander. C'était un autre monde. Mais je me rappelle les bons moments. Je regarde la télé, les jeux surtout. Je fais des mots croisés. J'ai soixante-dix-neuf ans, vous savez. Mon médecin dit qu'il a vu bien pire. On m'a remplacé une hanche, et puis il y a la cataracte et un peu de rhumatisme, mais il ne faut pas se plaindre. Je continue. Je m'applique à sortir tous les jours. Il faut continuer de continuer. C'est ma devise. C'est nécessaire, non ?

— Oui, j'imagine, fit Myles.

La femme se leva et entreprit de fouiller dans ses sacs en plastique.

— J'ai apporté du papier kraft et de la ficelle. Ce n'est pas un très grand tableau. Je devrais pouvoir le porter, non ?

Ruth et Myles échangèrent un regard.

— Hmm, écoutez, vous n'avez pas l'air de comprendre, commença Myles avec un rire gêné. Votre réclamation doit être examinée.

Elle est soumise à une commission. S'il n'y a pas de problème, si elle est acceptée, on vous remettra le tableau. En attendant, il vous faut juste faire preuve d'un peu de patience.

La Cloche cessa sa fouille et lui lança un regard furieux.

— Je crains que ce ne soit vous qui ne compreniez pas, jeune homme. Ce tableau est à moi. Il appartenait à mon père et au père de son père. J'ai du mal à marcher maintenant. En fait, j'ai du mal pour tout. Néanmoins je suis venue expressément aujourd'hui, malgré le vent et la neige, afin de récupérer mon tableau.

Myles rougit.

— Eh bien, c'est impossible. Ce que je veux dire, c'est qu'il n'a pas encore été établi qu'il vous appartient. Il y a un truc officiel à suivre — Ruth, comment dit-on *procédure* en néerlandais ?

— *Procedure*, répondit-elle avec la bonne accentuation. Je t'ai prêté ce livre intitulé *De Procedure*, tu te souviens ? Même orthographe qu'en anglais.

Le pépin de la Cloche glissa par terre. En se penchant pour le ramasser, elle fit tomber tout son barda.

— Il y a une procédure qui suit son cours au bureau central, dit Ruth, autant à l'adresse de Cabrol que de celle de la vieille dame. Nous ne sommes que des chercheurs. Nous ne prenons pas les décisions. En fait, à proprement parler, nous ne devrions pas avoir le moindre contact avec les demandeurs.

— À proprement parler, c'est exact, lâcha Cabrol en s'approchant.

La bibliothécaire revint, un verre d'eau à la main et flanquée d'un agent de sécurité. Elle posa brutalement le verre sur la table.

— Vous en avez toujours besoin ?

— Il est vrai que cette partie de la bibliothèque est interdite, à moins d'avoir une carte, reprit Myles. Je vais vous donner le numéro du bureau ; vous pourrez les appeler. Ils vous diront où en est la situation.

La dame aux sacs se redressa péniblement.

— Oh, je sais où en est la situation. Sans l'ombre d'un doute. Vous avez veillé sur mon bien et maintenant je veux le récupérer. Alors ayez la bonté d'aller le chercher immédiatement.

Elle était passée à ce ton dur mais exalté de douairière que des femmes âgées d'une certaine classe adoptent lorsqu'elles défendent leurs droits. Timmermans, à présent réveillé, jouissait du spectacle. Les muscles des maxillaires de Ruth intervinrent pour réprimer un sourire réflexe. On se serait cru dans un vieux film. Amsterdam était une ville de jeunes. Les vieux de la vieille représentaient une minorité, bien moins acceptée que le petit monde marginal en plein essor des putes et des fumeurs de hasch.

La vieille repartit dans l'histoire de sa famille.

L'agent, une main sur la hanche, jouait légèrement des doigts sur l'étui de son pistolet automatique, tel un pianiste en train de rêver éveillé. Cabrol prit l'homme à part.

— Comment est-elle entrée ?

— J'ai été appelé ailleurs pendant trente secondes. Pour aider une femme à plier une poussette au vestiaire. Elle a dû se glisser à l'intérieur. Je ne l'ai jamais vue passer.

L'agent se mordit la lèvre inférieure et haussa les épaules.

Myles tendit à la Cloche une carte avec le numéro de téléphone du bureau directeur. Elle la jeta par terre et la piétina. Elle s'apprêtait à rappeler ses droits quand l'asthme eut raison d'elle. Elle se plia en deux, la respiration sifflante, une main agrippant ses côtes. Ruth lui passa l'inhalateur et la vieille femme nettoya de nouveau sa tuyauterie.

Cabrol adressa un geste circulaire à la bibliothécaire, indiquant le plateau de la table, et cette dernière entreprit de réunir les biens de la vieille femme.

— Bas les pattes ! hurla la Cloche.

Elle vira sur elle-même et la poignée de son parapluie envoya dinguer le flacon de parfum, qui se déboucha. Une odeur de vieilles roses de Damas – fleurs victoriennes fanées, pétales veloutés, pièces à l'odeur de renfermé et fantômes du temps jadis – envahit soudain leur coin de bibliothèque.

— Génial ! s'exclama la bibliothécaire en épongeant le liquide avec un mouchoir en papier. On avait bien besoin de ça. Maintenant on va être obligés de vivre avec cette puanteur jusqu'à la fin de la semaine !

Puis elle se remit à fourrer les divers objets dans le sac à main.

Cabrol fit un nouveau geste : l'agent s'empara des sacs et, prenant la vieille par le coude, la guida vers la porte, une main posée sur ses reins. Il était trop fort, trop déterminé pour elle. Elle tourna la tête, indignée.

— Je refuse qu'on me traite ainsi ! Si Sander était vivant, il ne le supporterait pas. Il prendrait ma défense. J'exige de voir la direction ! Qui dirige ici ?

Exeunt.

Frottement des gaines en caoutchouc de la porte battante. Pendant quelques secondes encore, on entendit les plaintes de la femme, jusqu'à ce que l'ascenseur l'emporte dans un soupir.

2

Ruth perdit la notion du temps.

Elle était plongée dans les registres de transports et les comptes de Abraham Puls & Zonen, la société de déménagement d'Amsterdam qui – sur instructions des nazis – avait pillé les foyers des Juifs des Pays-Bas. Myles peinait sur la correspondance entre la banque Liro et les cinq divisionnaires qui travaillaient pour Arthur Seyss-Inquart, le Reichskommissar des Pays-Bas. Lorsqu'elle consulta sa montre, il était cinq heures. Quatre heures s'étaient écoulées depuis l'expulsion sans cérémonie de la Cloche. Myles et elle étaient seuls dans la salle de lecture.

Myles leva le nez.

— Ça va ?

Il se frotta les yeux avec les poings.

— Ce ne serait pas si terrible s'il y avait une lueur au bout du tunnel. Hélas, ce n'est pas le cas. Tu devrais lire ce truc. C'est incroyable.

— De quoi s'agit-il ?

— IVB4 – la section d'Adolf Eichmann au quartier général de la sécurité du Reich. Je ne me défends pas mal en allemand, mais il faudrait être diplômé en euphémismes de haut vol pour déchiffrer ces lettres et ces notes internes. Tu trouves des mots qui signifient *réquisition, mise sous bonne garde* – comme *sichergestellt* pour *mis en sûreté* –, mais au fond ils ont tous le même sens. *Voler. Voler* puis *tuer*. C'est dingue, ils utilisent le même langage bureaucratique insipide que pour une commande de trombones à la papeterie. On aurait pu penser qu'ils voulaient que cela reste confidentiel, mais c'est tout le contraire. Les traces écrites sont un moyen de tout légitimer. *Alles in Ordnung*, quoi. (Il haussa les sourcils, consterné.) Et toi, ça va ?

— Tu as déjà entendu parler d'un peintre du nom de Van der Heyden – Hollandais, XVIIIe siècle ?

Myles réfléchit, puis secoua la tête. Soudain cela lui revint.

— C'était le nom de la petite vieille.

— Quelle petite vieille ?

— Bon, d'accord. Il n'y a jamais eu de petite vieille. J'ai failli oublier d'oublier. Alors la croûte est l'œuvre d'un de ses ancêtres, c'est ça ?

— C'est ce que j'en conclus. Les noms correspondent – le sien et celui de la lettre. Et c'est le pourquoi de la demande.

Myles glissa un CD-ROM dans l'ordinateur et lança une recherche rapide.

— Valckenborch, Valckert et, devine, Van der Heyden. Un seul article dans les réserves du musée. Un carnet ou un carton de croquis, apparemment. Une huile dans les réserves de la collection NK. *Femme allongée au mimosa*. C'est celui-là ?

— Je crois, oui.

— D'après ce que je vois, elle n'est pas seule sur les rangs.

— Pardon ?

— Il y a une demande rivale. Au nom de Scheele – Emmerick Scheele. Cabrol s'est occupé du classement et de l'enregistrement.

— Non ! Ça te dirait d'aller jeter un œil ?

— À la demande ?

— Au tableau, Myles.

Il posa son menton sur ses mains en coupe.

— Qu'est-ce qui se passe ? Ton système nerveux sympathique fait des siennes ce matin ? T'as la bougeotte ?

— La ferme, crétin. C'est juste de la curiosité. J'ai besoin d'un prétexte pour aller me balader. J'ai prévu de partir tôt de toute façon. Pas toi ?

Ils montrèrent leurs cartes à l'agent de sécurité occupé à tripoter la pile de son walkie-talkie et prirent la direction de l'escalier de service descendant aux réserves.

Dépassant Ruth d'une tête, Myles marchait en se balançant de gauche à droite, comme mû par un système complexe de poids et de contre-poids. Vu sa carrure, on se serait attendu à le voir enfourcher une Harley, tout en tatouages, pantalons de cuir et barbe de père Noël, mais aucun de ces accessoires ne faisait partie de sa panoplie. Avec sa queue-de-cheval rousse, il donnait plutôt dans le genre bouseux très enveloppé : salopette, chemise de bûcheron en pilou, chaussures de marche en daim fauve et unique boucle d'oreille bohémienne. Du pur Southern Comfort tout droit sorti de Fulham et du Royal College of Art. Vingt-huit printemps. Ruth avait un faible pour son humour vif, efféminé – le côté maternel, thé et petits gâteaux des gays XXL –, mais elle le préférait assis. Debout, il était semblable au mauvais temps, un rideau opaque obstruant totalement son champ de vision. Il assassinait la pure lumière du jour.

— Comment va Sweekieboude ? demanda-t-elle en levant les yeux vers lui.

— Mal. Elle ne mange rien, elle ne touche qu'à son lait de soja. Une fois son bol terminé, elle déchiquette les meubles à coups de griffes jusqu'à ce que je lui en donne un autre. Elle ne peut pas vadrouiller.

— Vadrouiller ?

— Elle ne peut pas s'installer sur le rebord de la fenêtre avec ce foutu temps. En plus, Rex a été désagréable avec elle – avec *nous*, devrais-je dire. C'est scandaleux.

— Hum ! Il y a de la bagarre dans l'air ?

— Rex est un véritable emmerdeur. Le matin, en se rasant, il chante cette chanson mélo du Velvet Underground – « I'm Sticking with You ». Cet enfoiré sait que je l'entends. En plus nous avons des problèmes avec le voisin du dessus.

— Oh ?

— Il joue du bongo la majeure partie de la nuit.

— Et le reste du temps ?

— Il s'adonne à la danse folklorique transylvanienne, je crois. Ça y ressemble, en tout cas.

— Je vois le genre.

— Et toi ?

— Moi ? J'ai acheté une nouvelle sonnette pour mon vélo.

— Tu te la feras vite faucher.

— Merci. Oh, et juste pour mémoire, les voleurs les plus malins embarquent le plus souvent le vélo avec la sonnette.

— En fait, ce n'est pas exactement ce que j'entendais par « Et toi ? ».

— Ah ! Eh bien, tu me connais. Comme d'hab. Je suis entre deux.

— Entre deux hommes ?

— Entre deux tout.

— Le no man's land ! Mon rêve... dès que tu auras un moment, dessine-moi un plan pour y aller. (Elle ne réagit pas et Myles laissa tomber l'humour.) Cela fait combien de temps maintenant, Ruth ? Je veux dire, depuis...

Depuis ?

Ruth rit de sa délicatesse.

— Depuis... – tu sais –... *Maarten.*

— Ça fait deux ans, Myles. Presque deux ans que Maarten est mort.

Le couloir avait tout le charme d'un conduit d'aération : éclairage de sécurité rectangulaire encagé, pancartes d'interdiction de fumer et – dans le même esprit – niches votives contenant des extincteurs et des tuyaux d'incendie mollement enroulés. Ruth regarda le béton nu en se demandant ce qui pourrait bien prendre feu. L'air poudreux recelait des cauchemars d'amiante. Elle se surprit à éviter de respirer profondément.

— Toi ou moi ? s'enquit Ruth lorsqu'ils arrivèrent devant les réserves.

— La belle avant la bête.

Le système de vérification d'identité biométrique se trouvait encastré dans l'embrasure. Elle présenta son badge au terminal à laser. La lumière rouge vira à l'ambre. Elle tapa son code. L'ambre se mit à clignoter. Elle inséra son index et son majeur dans l'unité caméra du terminal. À l'intérieur de la boîte grise, des cartes vectorielles se mirent à comparer ses empreintes vivantes à des modèles numériques, bombardant les crêtes papillaires, les pulpes et les sillons d'algorithmes stupéfiants.

Elle retint son souffle.

La lumière devint verte. Signature numérique acceptée ; géométrie digitale validée.

Ruth respira de nouveau librement.

La porte s'ouvrit dans un cliquetis encourageant, et ils entrèrent.

Ils y étaient, dans la réserve d'Amsterdam de la collection NK : Nederlands Kunstbezit, la propriété artistique hollandaise.

Myles alluma les néons à deux tubes de faible puissance.

Les petits tableaux – numérotés et enveloppés chacun de toile de jute ou de plastique – étaient rangés sur des étagères à trois niveaux ; les grandes toiles, sur une seule, à l'extrémité du blockhaus. L'aiguille hyperstable de l'hygromètre révélait une humidité relative de cinquante-cinq pour cent. La température – 20 °C – restait constante, indépendamment des vagues de froid ou de canicule.

Myles alluma son ordinateur portable et vérifia la référence.

Le tableau, classé parmi les petits, mesurait environ quatre-vingt-dix centimètres sur soixante dans son fragile cadre doré. Ils retirèrent les protections d'angles, le déballèrent soigneusement et le posèrent dans le sens de la longueur sur un chevalet. Il représentait une jeune femme d'environ dix-huit ans, les cheveux bruns et le teint clair, endormie sur une méridienne. Vêtue d'une robe en satin d'un bleu laiteux qui laissait apparaître ses chevilles et ses pieds nus, elle avait les cheveux ébouriffés, et ses chaussures gisaient sur le plancher.

Une beauté.

Derrière son repose-tête, par terre, s'épanouissait un énorme bouquet de mimosa dans un vase en faïence. Les fleurs – en grappes de chatons – créaient un halo jaune canari autour de sa tête. La pièce était étroite, mansardée, et une petite fenêtre dans un gable en cloche aux flancs incurvés s'ouvrait sur un ciel sans nuages et les toits typiques de maisons hollandaises. Un homme se tenait à l'arrière-plan, regardant par la fenêtre, dos au peintre. Sa tête et son épaule reposaient contre l'embrasure. Il y avait quelque chose de mélancolique dans son attitude. Une pendulette était posée sur le manteau de la cheminée. Le tout était rendu avec une minutie de détails. Le tableau était signé « Johannes Van der Heyden ».

Myles le prit et le retourna adroitement. Sur le cadre en bois figurait un autocollant neuf, « NK 352 », et un autre jauni sur lequel on pouvait lire : « Johannes Van der Heyden. Amsterdam. Miedl. K41. RG. 937. »

— Le vieux ressemble à une étiquette de l'ERR, dit Myles. Einsatzstab Reichsleiter Rosenberg – la commission Rosenberg. Ce qui signifierait : *confisqué*. C'est ce qui semblerait, mais j'en doute. Le codage est inhabituel. Il va falloir que je le compare à ma liste.

Il essuya la poussière sur le bois. Des tampons sur le cadre : l'aigle du Reich et la référence « Linz N° AR 6927 ».

— Intéressant, murmura-t-il.

Sur une autre étiquette, on lisait : « Alt Aussee → Munich Collecting Point. »

— Un point de départ en tout cas.

Il ouvrit le cadre sur un côté, fit glisser de quelques centimètres le panneau arrière en bois et tapota le dos du tableau.

— Du cuivre. Peint directement sur une feuille de cuivre. (Il frotta son doigt contre le métal et le porta à ses narines.) Ils utilisaient toutes sortes de supports à cette époque. Bois, toile, métal.

« Et quelqu'un – vraisemblablement Meneer Van der Heyden lui-même – a eu la bonté de nous fournir une date. (Il attira son attention sur l'angle qu'il venait de mettre à nu, où on avait gravé “ 1758 ” dans le métal. Puis il retourna le tableau et le replaça sur le chevalet.) Qu'est-ce que tu en penses ?

Ruth recula d'un pas et s'attarda sur les détails. Elle secoua la tête.

— Je ne sais qu'en penser.

— Qu'est-ce que tu veux dire ?

— C'est un tableau très *accompli*. Détails, proportions, couleurs, glacis – cela ressemble à un travail de dessinateur.

— Mais ?

— Mais il a quelque chose d'étrange. En ce qui concerne la composition et... et la situation elle-même, en fait, la situation en elle-même.

— L'ange sur le canapé fait la sieste, on dirait.

— Possible. Le truc, c'est que ce genre de scène d'intérieur, dépeignant une vie bourgeoise, raconte presque toujours une histoire. Je pense à *La Femme malade* de Jan Steen – tu l'as vu au musée ? Le luth accroché au mur à l'arrière-plan suggère des plaisirs abandonnés. Les petits détails ont un sens narratif. Même l'attitude.

— Tu crois qu'elle est malade ?

— Peut-être. Et il y a cet autre tableau de Gabriel Metsu – *L'Enfant malade*. Allongé ou à demi allongé veut dire malade. Cela fait partie de la sémiologie de l'époque.

— Comme ceux qui faisaient photographier leurs enfants morts comme s'ils n'étaient qu'endormis à l'époque victorienne. Beurk ! Le seul détail révélateur est le chapelet entre leurs mains.

Ruth haussa les épaules, doutant à présent de ses propres conclusions.

— Bien entendu, tu t'allonges aussi si tu es complètement bourré – *Les Conséquences de l'intempérance* de Steen en est le symbole même. Ou, comme nous l'avons dit au départ, si tu dors – souviens-toi du *Rêve de Jacob* de Frans Van Mieris le Vieux.

— Alors, quel est le sujet, en l'occurrence ? demanda Myles en se frottant le menton.

Je n'en ai aucune idée. Qu'en penses-tu ?

— Le mimosa suggère février ou mars, pour moi. C'est à cette époque de l'année que les boutiques de fleuristes en sont pleines à craquer.

— Tu deviens un vrai Hollandais.

— En fait, nous autres Anglais connaissons aussi deux ou trois choses sur les *bloemen*. Le mot « mimosa » a la même racine que « mime », par allusion à la contractilité de la plante. Ses feuilles sont sensibles à la lumière et au toucher. Elles se ferment et piquent du nez dans l'obscurité, ou si tu les touches. On pensait jadis que le mimosa faisait ployer ses branches pour saluer les passants.

— Tu me laisses sans voix. Mais je préciserai que cela ne suggère pas seulement février. Il y a une seconde floraison, je crois, je ne me rappelle pas quand. Si le temps est doux, il fleurit plus tôt aussi. La fille ne paraît pas vraiment vêtue pour l'hiver, mais il y a eu du feu dans l'âtre, alors peut-être vient-elle d'enlever son manteau. Quant au mimosa... Il existe un grand tableau de Bonnard, maintenant que j'y pense, de son propre studio avec un mimosa derrière la fenêtre. Il est au Centre Pompidou. Il y a un truc à propos du mimosa, non ? C'est du pur soleil. C'est le propre impressionnisme de la nature.

— À toi, petite maligne à sabots.

— D'accord. Bon, nous sommes dans ce bon vieil Amsterdam, à en juger par la vue de la fenêtre. Un grenier dans une maison traditionnelle sur un canal – regarde, on voit le crochet du palan. Un peu après deux heures, à en juger par la pendule. Note que la lumière qui tombe sur la fille et les fleurs semble venir du dessus, plutôt que de la petite fenêtre – donc, une lucarne. La fille est plutôt riche – superbe robe de satin, rivière de diamants. Quant à l'homme... (Elle étudia de près la silhouette sombre près de la fenêtre qui lui tournait le dos. Pour on ne sait quelle raison, elle la rendait perplexe et la chagrinait. C'était un obstacle, une fausse note. Tel un enfant incapable d'accepter que le tableau ne soit qu'en deux dimensions, elle avait envie de passer de l'autre côté pour croiser son regard, lire dans ses pensées.) Comme il est en contre-jour, nous ne pouvons pas distinguer beaucoup de détails. Plutôt jeune. Pas de perruque. Vêtements ordinaires.

— Et la pendulette ?

— Alors là ! Ou elle est symbolique – le passage du temps, il attend qu'elle se réveille –, ou elle se trouve simplement là. Un détail naturaliste. Attends une seconde. Regarde – comme c'est étrange –, elle n'a qu'une aiguille.

Il y eut un silence.

— Il y a quelque chose d'opaque dans ce tableau, continua Ruth. Cela ne cadre pas vraiment. C'est vrai, un tableau narratif devrait faire son boulot et raconter une histoire. Celui-là, non. Il cache quelque chose. Même la composition n'est pas bonne.

— Elle n'est pas vraiment mauvaise. Il lui manque juste les symétries, les équilibres et le décorum habituels. Elle est candide. Moderne. Tu vois ce que je veux dire ? Simple – décalée, d'une certaine manière. Une tranche de vie. La vie continue hors du cadre.

Elle rit et acquiesça.

— Exact ! Tu penses que c'est un faux ?

— Possible.

— Ce n'est pas typique du XVIIIe siècle. Pas francisé – comme Cornelis Troost ou les scènes de jardin de Hendrik Keun.

— Et ces fleurs feraient rigoler Jan Van Huysum. Trop simples. Trop naturelles. On ne les a pas disposées avec soin.

— Néanmoins, si ce n'est pas un faux, c'est un authentique produit de la décadence.

— Exact. Périodes Peregrine Pickle.

— Hein ?

— Peregrine Pickle. Le héros d'un roman de Smollett. Il vient à Amsterdam où il traîne sur les docks et dans le quartier chaud. Il fréquente les salons, crache ses poumons dans des cafés enfumés. Oh, et il finit par danser toute la nuit avec une catin française. Pas l'époque la plus glorieuse de la République hollandaise...

— Mais on se marrait, au moins. Ça me rappelle quelque chose, si tu veux mon avis.

— Ouais, c'est vrai. (Il lui jeta un coup d'œil en feignant un regain d'intérêt.) *Plus ça change...* Toi et moi devons fréquenter les mêmes lieux de perdition, ma chère. Étonnant que nous ne nous soyons pas encore croisés par hasard dans la chaleur torride de la nuit.

Ruth lui fit une grimace et se retourna vers le tableau. Elle ne parvenait toujours pas à lui donner un sens. Il était provocant, résistant.

— Myles, où est-ce que je peux trouver des renseignements au sujet de ce Van der Heyden ?

— Dieu seul le sait. Nous allons vérifier dans les archives du musée, d'accord ?

— Maintenant ?

Il lui montra sa montre en guise de réponse.

— Ouais, je crois qu'on a le temps.

Ils récupérèrent leur manteau et quittèrent le musée.

Elle tourna les mollettes de la serrure à combinaison de son vélo – cinq, deux, un – et traversa en silence le canal gelé au côté de l'Anglais, avant de descendre le Weteringschans.

Un héron se tenait, solitaire, sur le tapis de neige vierge qui couvrait un petit jardin près du Casino. Ils s'arrêtèrent pour l'observer jusqu'à ce qu'il gonfle ses plumes et s'éloigne avec raideur, pudibonderie.

Ruth était ailleurs.

L'image de l'homme à la fenêtre dans le petit tableau du XVIIIe siècle la hantait. Cette façon de tourner le dos, et de reposer la tête et l'épaule contre l'embrasure – morose, apathique, le cœur lourd. Ces détails lui parlaient. Elle savait à présent pourquoi la silhouette éveillait en elle une émotion si intense. Elle lui rappelait Maarten. Son âme inconsolable, cette partie de lui-même qui se détournait toujours. Vers la fin, il y avait eu des moments où il s'appuyait exactement comme ça contre la fenêtre, les mains croisées dans le dos, et elle ne savait pas alors s'il avait les yeux ouverts ou fermés, elle ne savait pas comment l'atteindre, et si elle y parviendrait jamais comme avant.

Ils abandonnèrent le héron et poursuivirent leur chemin.

— Bien, dit Myles, parle-moi donc de ta toute nouvelle sonnette de vélo.

3

Le samedi après-midi suivant, Ruth remarqua que son pneu avant se dégonflait lentement. Elle laissa son vélo à l'atelier de réparation et passa prendre Jojo à leur café habituel. Elles parcoururent à pied la courte distance les séparant de la maison de famille de Maarten sur le canal Entrepotdok au nord du parc Artis.

La famille de Jojo venait du Ghana, via le Surinam. Ses parents avaient émigré de l'ancienne colonie d'Amérique du Sud aux Pays-Bas en 1975. Petite et compacte comme une jeune gymnaste, elle avait la peau chocolat, des yeux obsidienne et des tresses afro. Elle s'exprimait par boutades en rafales – des bêtises, du bla-bla –, comme si rien de ce qu'elle disait ne pouvait avoir d'importance, alors mieux valait le débiter à toute vitesse pour en finir. Elle marchait les yeux rivés au trottoir, et jetait parfois à la dérobée des regards prudents vers Ruth pour jauger son humeur, surveiller ses réactions.

Quand l'histoire entre Ruth et Maarten s'était terminée un an avant l'accident, Ruth lui avait trouvé Jojo. Elle l'avait rencontrée dans un restaurant indonésien où elle était employée comme serveuse, s'était liée d'amitié avec elle et avait fini par la présenter à son ex. Jojo fut le cadeau d'adieu de Ruth. Elle avait l'esprit vif et un puissant sens de l'humour. Bien entendu, elle avait ses défauts : il y avait un côté sombre, vaudou en elle – une fragilité qui s'exprimait par une attitude défensive, frisant parfois la paranoïa, et une tendance alarmante à tout prendre au pied de la lettre. Mais Maarten l'illuminerait : en cela, elle avait besoin de lui autant que lui d'elle. Certes, elle étudiait dur à l'époque pour devenir assistante sociale, mais la vie de famille et un boulot n'avaient rien d'incompatible. Elle adorerait Maarten, elle porterait ses bébés. Des rapports lisses et aisés, libres de tout conflit intellectuel. Un mariage d'amour simple, dépouillé. Personne ne découvrit jamais que Ruth avait tout organisé. Un geste de bonté gratuit. Qui aurait songé qu'une balade à moto mettrait fin à tout ça, laissant deux désespérées au lieu d'une ?

— Alors tu vois, ces pilotes, ils volent au-dessus des manchots empereurs pour les taquiner, dit Jojo. (Elle décrivait un documentaire télévisé qu'elle venait de voir sur l'Atlantique Sud.) D'abord ils virent à droite, puis à gauche, et les manchots tournent la tête comme s'ils assistaient à un match de tennis. Tu vois ? Puis ils passent au-dessus d'eux en rase-mottes pour qu'ils rejettent la tête en arrière et qu'ils tombent.

— Et ils tombent ?

— Sais pas. Le téléphone a sonné à ce moment-là.

— Merde.

Le père de Maarten, Lucas Aalders, enseignait la chimie à l'université. Il vivait avec sa femme au dernier étage d'un entrepôt rénové du XIXe près du vieux chantier naval de Kromhout. Il ouvrit la porte et les fit entrer. Un homme grand, chauve, informe. Les bourrelets de son double menton vibraient sous son visage dès qu'il parlait ou s'éclaircissait la gorge.

Quand elles marchèrent sur le paillasson Bienvenue, une voix électronique gloussa : « Oh ! Oh ! Joyeux Noël ! » L'arbre était toujours là, avec ses chocolats accrochés aux branches – des pépites d'argent et d'or dans leur papier brillant –, ses lumières clignotantes, surmonté d'une étoile scintillante.

Clara, la mère, sortit de la cuisine en essuyant ses mains rouges sur un torchon. Elle les serra toutes les deux dans ses bras, les yeux embués de larmes. Elle les pria d'ôter leurs chaussures et leur remit une paire de chaussons plats de taille unique du genre de ceux que portent les équipes de nettoyage de bureaux.

Ils habitaient un loft spacieux – une *salle de danse** [1] au parquet verni nu. Ils prirent place dans le coin salon, les parents au milieu du

1. Les mots ou expressions en italique suivis d'un astérisque sont en français dans le texte. *(N.d.T.)*

canapé high-tech en cuir noir et pieds chromés, les filles dans les fauteuils assortis, le tout disposé en un rectangle à trois côtés. La table basse en verre fumé était si bien astiquée que la moindre trace de doigt prenait des proportions grotesques, une accusation d'imperfection contre le genre humain.

Ruth croisa les jambes.

Elle s'assit de côté pour regarder par la fenêtre les goélands argentés se chamailler dans le misérable ciel d'hiver pendant que les parents de Maarten assaillaient Jojo de questions – Jojo, celle que leur fils avait eu l'intention d'épouser, celle qui ne serait jamais leur belle-fille. Jojo était la promesse de l'avenir inaccompli de Maarten. Ruth, le fidèle serviteur de son passé. Elles servaient de serre-livres ou de parenthèses, des parenthèses encadrant un espace vide, le côté vacant du rectangle.

Comme pour confirmer cette impression, leurs photos trônaient sur le buffet, Ruth et Jojo, face à face, se regardant – apparemment –, un échange fortuit de sourires complices qui en fait n'en était pas un, les photos ayant été prises à des occasions différentes.

Ruth avala les canapés et les saucisses cocktail qu'on leur passait, glissant les cure-dents dans sa manche, faute de savoir où les mettre. La porte de la chambre de Maarten était entrebâillée. Ils y avaient fait l'amour pour la première fois quelques jours après leur rencontre à l'université. Elle se rappelait les étoiles fluorescentes qu'il avait collées au plafond, une reproduction minutieuse des constellations du nord, et se demanda si elles s'y trouvaient toujours.

Désormais, tout cela lui semblait irréel.

Et derrière Clara, sur l'étagère en stratifié blanc, il y avait dans le temps une vieille stéréo avec un tourne-disque. Ils y écoutaient les Doors et le morceau de musique classique dont Maarten raffolait – *La Pavane* de Ravel, ou quelque chose du genre. Quand l'appareil rendit l'âme, Lucas le remplaça par le dernier Bang & Olufsen en date. À côté de lui se dressait un écran plat géant tout aussi impressionnant.

Ruth renifla.

Les briques à nu de l'appartement dégageaient une odeur caractéristique, légèrement âcre, pas désagréable. La même odeur flottait autour des vestes et des chemises de Maarten. Elle renifla de nouveau, réfléchit – puis elle trouva. Cela sentait les amorces d'un pistolet d'enfant. Du salpêtre, sans doute. Cette odeur la ramena à Maarten, mais aussi à sa propre enfance. Dieu sait pourquoi un appartement sentait les amorces, mais c'était le cas.

Jojo venait de raconter une de ses histoires. Quand elle en eut terminé, Clara se tourna vers Ruth.

— Vous couvez quelque chose ?

— Qui, moi ?

— Je croyais...

— C'est cet appartement.

— Vous avez froid ?

— Oui – enfin, non. Il me rappelle Maarten.

C'était la première fois qu'on prononçait le nom du fils. Perplexe devant les propos confus de Ruth, Clara jeta pour se rassurer un coup d'œil à une photo en noir et blanc de son unique enfant. D'autres regards suivirent. Des lunettes à la Buddy Holly sur le nez, il se tenait tel Hamlet avec un chou dans la main.

Maarten le rigolo, le farceur de la faculté.

Lucas se racla la gorge et fixa les reflets de la table étincelante, comme pour rassembler ses pensées avant de prononcer un sermon. Finalement il resta coi. Peut-être avait-il changé d'avis. Son visage se couvrit de rougeurs. Les muscles se durcirent autour de sa mâchoire, au-dessus des soufflets de son menton. Ruth le regarda, étrangement consciente du fils mort chez le père.

Ils sirotèrent du vin chaud, chacun seul sous les lumières froides.

Lucas et Clara brisèrent le silence en même temps. « Nous savons tous pourquoi nous sommes ici... », dit-il. « C'est tellement gentil à vous d'être venues ! » fit-elle. Ce double faux départ créa une gêne. Ils en rirent avec une gaieté forcée, mais l'atmosphère ne se détendit pas. Bien au contraire.

Clara reprit le fil.

— Nous sommes ici pour Maarten, déclara-t-elle avec fermeté et sobriété. Nous sommes ici parce que cela fait deux ans, deux ans aujourd'hui.

Malgré elle, ses yeux s'embuèrent de nouveau.

— À Maarten, enchaîna le père en levant son verre avec une solennité sinistre.

Ils suivirent tous son exemple.

— Nous avons pensé que ce serait bien, continua Clara en se ressaisissant, de partager des souvenirs. Des souvenirs de notre fils. Le psychologue a dit que c'était une bonne idée. L'ennui, c'est que chacun a ses souvenirs. On s'habitue aux siens et on oublie qu'il existe d'autres points de vue sur les choses – sur les gens – qu'on n'aurait pas vraiment soupçonnés. Et il y a les anecdotes des autres – des choses que l'on ignore. Jojo, aimerais-tu commencer ?

Jojo sourit et, traitant la chose comme un jeu de société, raconta une histoire drôle sans queue ni tête. Le jour où, distrait, Maarten était sorti d'une quincaillerie, un cadenas à vélo à la main en ayant oublié de le payer. Heureusement pour lui, il n'y avait ni caméra de surveillance ni vigile pour le surprendre la main dans le sac. « Un vol pour empêcher un vol », conclut-elle, reprenant les mots de Maarten.

Quand elle en eut terminé, tous les regards se tournèrent vers Ruth.

— Cette dernière soupira et mordit le bout de peau durcie près de l'ongle de son pouce.

— Je me souviens que Maarten remontait toujours le col de sa veste.

Elle sirota son vin, qui lui laissa un goût de cannelle à l'arrière des dents.

Les autres attendaient.

— Et ? fit Clara.

— Rien. Peu importait qu'on soit en hiver ou en été, qu'il s'agisse d'un pardessus ou d'une veste légère. Qu'il pleuve ou qu'il vente, il remontait toujours son col. Je n'ai jamais su pourquoi.

Les parents se regardèrent.

— Comme Elvis, fit Jojo en gloussant.

Ruth acquiesça.

— C'est vrai que ça fait 1950. Le look canaille. Je pensais que c'était fait exprès.

— Dans quel but ?

— Pour séduire les femmes, si vous tenez à le savoir. C'est vrai, quand des filles voient des garçons avec des cols relevés, elles sont prises du besoin irrésistible de dire quelque chose, voire de s'approcher d'eux pour rabattre leur col. Vous voyez ce que je veux dire ? C'était un stratagème. Mais chaque fois qu'une femme le lui faisait remarquer, il se contentait de hausser les épaules et d'en rester là. Je me suis juré de ne jamais lui demander pourquoi – comme s'il me défiait de l'interroger rien qu'en le faisant. Et maintenant je ne le saurai jamais. Mon autre théorie, c'est qu'ainsi il avait l'impression de protéger sa nuque. C'est une partie vulnérable du corps. Certains dangers viennent de l'avant. D'autres, de l'arrière.

À peine avait-elle fait part de ses pensées qu'elle le regretta. La mention de vulnérabilité et de danger ravivait le souvenir du destin tragique de Maarten. Maarten avait été un patineur fanatique. Il filait à moto vers le nord pour rejoindre le Elfstedentocht, le circuit de 199 kilomètres qui traversait onze villes frisonnes, épreuve à laquelle participaient plus de 14 000 patineurs. Et une petite plaque de verglas avait eu raison de lui. Elle revit la route côtière où ils avaient planté le crucifix en bois et déposé les fleurs. Elle entendit le vent et la mer, se rappela la masse dense d'oiseaux migrateurs s'envolant sur une impulsion, cerf-volant pointilliste géant au bout d'une ficelle invisible. Elle sentit qu'elle venait de les ramener au bois de cette croix par son étourderie. Si seulement elle avait raconté quelque chose de léger et d'espiègle, pour ressusciter un fantôme joyeux.

Les pizzas et les vol-au-vent miniatures avaient refroidi. Clara les disposa sur une plaque et partit les réchauffer dans la cuisine.

Lucas, qui prenait rarement l'initiative d'une conversation, interrogea Ruth à propos de son travail.

Elle haussa les épaules, évasive.

— Ça va. Pour l'instant, ça me convient. Mais je commence à me demander ce que je fiche là, honnêtement. Vous savez, ces gosses qui mâchonnent du papier à l'école ? Eh bien, c'est l'impression que j'ai, de mâchouiller du papier toute la journée. De la bouillie. De la pâte. Du vieux papier sale, une vieille histoire sale. Je ne pense pas que cela fasse du bien à qui que ce soit. Je vais probablement retourner dans les musées. Et vous ? Comment ça va à l'université ?

— J'ai quelques bons étudiants cette année. L'un d'eux m'aide à faire des recherches pour un livre. Mais, en juin prochain, ce sera l'heure de la chaise longue pour moi.

— Vous plaquez tout ?

— Retraite anticipée. Comme vous, je n'ai plus le cœur à ça – ou plutôt, je suis complètement vanné. Clara et moi songeons à partir. Peut-être allons-nous acheter une petite propriété en France, dans le Lubéron.

— Oh...

— Vous connaissez ? Une région charmante – chère, bien sûr. Nous y allions en vacances avec Maarten quand il était petit. Nous y louions une maison chaque année. Ce qu'on appelle un mas, une vieille ferme, des murs épais comme ça !

— Il a dû en parler une ou deux fois, dit Ruth.

La maison s'appelait *Ça me suffit**, précisa Clara, qui revenait, portée par une joyeuse vague d'humour. Le nom était peint sur une grande pierre plate. « Ça me suffit ».

— Ou « Ça suffit », dit Lucas, renfrogné. « J'en ai ma claque. »

— C'était un endroit magnifique. Maarten adorait le jardin. Il faisait flotter des bateaux en papier sur un petit ruisseau. En fait...

Elle hocha la tête, se tournant vers son mari comme sur un signal décidé à l'avance.

— Nous tournions des films. Du 8 mm, intervint Lucas, prenant le relais.

— Et..., intervint Clara, vibrant d'impatience, souriante, un peu gênée.

Puis elle préféra opter pour le silence.

— Je les ai fait transférer sur vidéo, continua Lucas. (Il paraissait hésitant lui aussi, comme s'il s'excusait d'avoir cassé un vase.) Ils ne sont pas très longs. Muets. Bien que j'aie ajouté de la musique à certaines séquences.

— Nous adorerions les voir ! s'exclama Jojo. N'est-ce pas ? ajouta-t-elle en se tournant vers Ruth.

Ruth sentit une expression d'intérêt, d'enthousiasme, se peindre sur son visage. Sa tête acquiesça. Une réaction automatique. Malgré des années d'usure, ses réflexes mondains restaient extraordinairement intacts.

Intérieurement, elle était glacée.

Intérieurement, elle n'était qu'une blonde abasourdie.

L'écran plat s'anima et s'emplit de couleurs tel un aquarium, et Maarten apparut – réduit à l'état de guppy, de queue d'épée, de tétra. C'était le Maarten d'avant Ruth. Elle fixa ébahie la machine à remonter le temps. Comment pouvait-on lui rappeler des choses qui dataient de la préhistoire ? Allons, Maarten. Arrête de déconner ! Sors de là et grandis, pour une fois !

Elle se leva et se rendit aux toilettes.

Ça va, chérie ?

Clara attendait, nerveuse, devant la porte.

Dans le salon, Maarten avait été mis sur pause. Assis sur une balançoire, il touchait le ciel. Il se cramponnait si fort que ses petits poings étaient blancs, et on lisait de la peur ou de la panique dans son regard – ces yeux qui étaient maintenant au-delà de toute peur, de toute panique. À l'arrière-plan, Clara approchait avec son éternel plateau d'amuse-gueule et de boissons. Sur pause, l'image était défectueuse. Au lieu de rester figée, elle progressait par saccades, feuilletant les pages du temps passé. Clara avançait avec un sourire insouciant, immuable. Puis la balançoire trembla, repartit en sens inverse. Les yeux de Maarten, fermés comme dans une prière alors que ses cheveux un peu longs lui balayaient le visage, se refermaient sur lui telles les vrilles d'une plante carnivore.

Ruth s'excusa et partit.

4

Dehors, le canal était complètement gelé, constellé de traces de dérapage et d'éclats de glace laissés là par des enfants. Ruth tira son béret en laine noire sur ses oreilles, ferma le premier bouton de son duffel-coat bleu marine et souffla dans ses mains.

À une extrémité de la rue se trouvait la longue façade de la caserne Orange-Nassau, à l'autre la tour carrée du syndicat des diamantaires.

Seul un étroit sillon boueux était praticable sur le trottoir, ailleurs, une croûte de neige s'accrochait partout. Elle traversa le sel marin à petits pas de geisha, puis s'éloigna.

En face du Hortus Botanicus, l'entrée du Wertheimpark. Deux sphinx souriants et ailés, chacun surmonté d'une lanterne en fer. Sans réfléchir, elle se glissa à l'intérieur et courut sur les sinueux chemins gravillonnés, où la neige avait fondu. Elle se plia en deux pour toucher ses orteils, frappa dans ses mains et se battit les flancs. Elle dépassa au trot le monument en verre, « Nooit meer Auschwitz », et fit le tour de la vilaine fontaine asséchée, une colonne de marbre marron jaillissant d'un plat doté de pieds.

Il n'y avait personne alentour.

Elle s'assit sur un banc et alluma le mince pétard de kashmir noir qu'elle avait préparé pour cette occasion : l'après-Maarten, l'après-Aalders, l'après-retour aux souvenirs. De l'herbe... Un peu de shit, pas très fort. Juste de quoi rassembler ses idées. Juste de quoi se débarrasser de la poussière du monde qui lui plombait les ailes.

Elle aperçut ensuite un tram n° 14 se traîner jusqu'à son arrêt. Elle monta à bord, et d'un revers de manche dessina sur la vitre un hublot dans les miasmes de respiration humaine pour regarder passer les repères familiers : la très quelconque salle de concert moderne Stopera, le flamboyant pont Blauwbrug, le Rembrandtsplein – miteux mais attachant – et le sinistre tunnel du Rokin, menant au vieux Dam.

Quand ils parvinrent à la Munttoren, où se croisaient le Singel et l'Amstel, un claquement retentit, comme une explosion. Le tram gîta de quelques centimètres et s'immobilisa dans un tremblement. Une grosse femme trébucha sur les roues d'une poussette et se cogna la tête contre une barre. Le bébé dans la poussette se mit à brailler. Le conducteur descendit inspecter les roues du tram, la perche et les câbles.

— Vous ne pouvez pas regarder où vous allez ? lui cria une voix à son retour.

— Il a heurté quelqu'un ? souffla une autre voix.

— C'est des mômes, hurla le conducteur, livide. Ces petits salauds ont fait dérailler le tram ! Si je leur mets la main dessus !

— Ben voyons, c'est la faute des gosses ! dit la grosse dame.

— Mais c'est bien un coup de ces petits salauds, protesta-t-il. Regardez ! (Il brandit un morceau de plastique rouge déchiqueté.) Ils remplissent des cartouches vides de bouts d'allumettes, aplatissent l'ouverture et en fourrent deux ou trois sous les rails. On arrive, et bang ! C'est à peine croyable, mais ça suffit pour bousiller un tram.

Le conducteur tendit la cartouche en plastique à Ruth qui se trouvait être assise devant. Elle la renifla avec méfiance. Soufre, charbon, salpêtre. *Encore de l'amorce*, pensa-t-elle, pour la deuxième fois de la journée.

L'odeur âcre lui envahit les narines.

— Vous feriez bien de descendre, dit le chauffeur. Nous n'allons plus nulle part.

Ruth vivait sur une péniche dans le Jordaan. Elle n'était pas mécontente de devoir marcher un peu. Elle traversa le quartier commerçant de Kalverstraat, puis – sur une impulsion – prit à gauche pour s'engouffrer dans le dédale des rues latérales, loin de la foule du samedi, des soldes, de la musique d'ambiance, des arômes de café, de marrons grillés et de pain chaud aux graines de pavot.

Elle pensait connaître Amsterdam, mais c'était justement dans ces moments de conviction inébranlable que la ville lui réservait des surprises – et ce jour-là ne fut pas une exception.

Elle se retrouva à un coin de rue peu familier où, face à un pont en dos d'âne, se dressait un café brun très fréquenté, dont les vitrines disparaissaient sous des publicités pour les bières Hoegaarden, Grolsch, Ridder et Kriek. Là, au cœur de la ville, les eaux du canal ne s'étaient pas encore coagulées en glace. Le ciel se marbrait des nuances de la nuit tombante : lavande, pourprée, bruyère, amarante. Les couleurs se fondaient jusqu'à disparaître dans les profondes ombres violet foncé des sous-sols et des ruelles.

Les lampadaires à l'ancienne s'animèrent. Une guirlande d'ampoules colorées courait à la base du parapet du pont, formant avec son reflet mouvant sur le canal un cerceau de cirque enflammé.

Ruth hésita un instant et tenta de se repérer.

Une dispute avait éclaté devant le café. Son instinct lui dicta de l'ignorer, de rebrousser chemin ou de s'esquiver. Elle changea de trottoir, mais l'engueulade, gagnant en volume et en ampleur, attira un noyau de joyeux badauds.

Une voix s'éleva au-dessus des autres, dotée d'une énergie aiguë et grincheuse.

— Peu m'importe ce que vous pensez, jeune homme ! C'est carrément inhumain, si vous voulez mon avis ! Ça vous plairait d'être à sa place ? D'être enchaîné à une grille de ventilation et abandonné dans la neige, par un froid pareil ?

Ruth revint sur ses pas et se mêla aux badauds. Ses oreilles ne l'avaient pas trompée. Le manteau en astrakan noir, la casquette de rappeur en laine, les lunettes et, bien entendu, les sacs. C'était la Cloche. D'humeur belliqueuse, apparemment. Elle était en train de passer un savon à un homme qui, avec ses manches relevées, son teint pâle et sa maigreur, ressemblait à Buster Keaton. Ses copains et lui avaient l'air de bien s'éclater. L'objet de la dispute semblait être un chien.

— Et la fumée ? dit l'homme en adressant au-dessus de la tête de la vieille femme un clin d'œil à quelqu'un. Il va devenir accro aux cigares si je le fais entrer à l'intérieur. J'ai pas les moyens de lui payer des Monte Cristo jusqu'à la fin de ses jours. Il me coûte déjà assez cher comme ça.

— Sans parler de ses vieux poumons, lâcha une voix dans un gloussement teinté de bière. Faudrait pas plaisanter avec sa santé. Ce ne serait pas bien.

— Ne vous moquez pas de moi. Vous êtes tous ivres. Soûls comme des cochons. C'est écœurant. Ce chien a froid et il existe des lois dans ce pays pour protéger les animaux – et pour régler leur compte aux brutes dans votre genre !

— Regardez-le bien, madame, dit le jeune homme, changeant de tactique. De quelle race est ce chien ? Pouvez-vous me le dire ?

— La race ne compte pas. C'est une pauvre créature muette en détresse, voilà ce que je sais. Et vous devriez avoir honte. Un chien n'est ni un jouet ni un faire-valoir. Un chien, c'est pour la vie, pas seulement pour Noël.

— En fait, la race compte, reprit l'homme sérieusement. C'est un husky. Vous savez ce que c'est qu'un husky ? Un chien d'Esquimau. Son arrière-arrière-grand-père a conduit Amundsen au pôle Sud. Les huskies tirent des traîneaux. Ils aiment la glace et la neige ! Bon Dieu, à la maison il dort dans une niche dans le jardin ! Si la température grimpe au-dessus de zéro, il se faufile à l'intérieur, ouvre le congélateur d'un coup de museau et y passe la nuit. C'est vrai, quoi... (L'homme ouvrit les mains.)... soyez raisonnable !

La Cloche n'était pas d'humeur.

Elle lâcha ses sacs et entreprit de dénouer la laisse du chien. Le husky la fixa de ses yeux irréels bleu arctique. Le jeune homme lui arracha la laisse.

— D'accord, d'accord, vous avez gagné, grand-mère ! Mais seulement parce que c'est moi qui me les gèle ici. Nom de Zeus, on se les gèle !

Il fit mine de frissonner et entraîna le chien dans le bar, renvoyant la Cloche d'un geste, avec l'expression nauséeuse d'un convive qui vient d'abuser du chariot des desserts.

Les autres hommes le suivirent en riant.

La porte se ferma derrière eux, amortissant le brouhaha de voix, la musique de jazz, le claquement des boules de billard.

— C'est bien ce que je pense aussi ! marmonna la vieille femme.

Elle fronça les sourcils, reprit ses esprits et regarda autour d'elle. Dans la dispute, un de ses sacs s'était renversé, répandant des carottes, un sachet de parmesan, un carton d'œufs, deux pots d'œufs de lump. Ruth se pencha pour les ramasser.

— Merci, merci beaucoup. (La Cloche regarda, surprise et intriguée, celle qui lui venait en aide.) Il faut lutter pour obtenir ce qu'on veut, dans ce bas monde. Vous le savez, n'est-ce pas ?

— Je suppose, oui.

— Je vous connais. Je vous connais, non ? (la Cloche en plan rapproché : le blanc des yeux pareil à de la chair d'huître laiteuse, le nez pointu pincé à cause du froid, des touffes grises jaillissant de la laine comprimée du couvre-chef. Elle examina chaque détail du visage de Ruth.) Je vous connais, ma chère, n'est-ce pas ?

— Je travaille au Rijksmuseum. Vous y êtes passée mardi dernier.

— C'est exact. (Une vague de colère déferla sur la vieille femme. Sa voix se mit à trembler.)

Vous m'avez fait jeter dehors! Jeter dehors comme une malpropre! C'était vous! Et vous osez m'adresser la parole, dans la rue!

Ruth se raidit. Le sang lui monta aux joues.

— En fait, ce n'était pas moi.

— Comment cela, ce n'était pas vous? Alors qui était-ce donc si ce n'était pas vous, jeune femme?

Des postillons chauds atteignirent le front de Ruth. Un cliquètement assourdi monta de la gorge de la vieille dame.

— C'était Cabrol. Mon patron, plus précisément. Je ne pouvais guère l'en empêcher.

La Cloche l'examina de nouveau. Le cliquètement disparut et sa colère s'évanouit aussi vite qu'elle était apparue.

— Mais bien sûr! Vous, vous étiez la gentille. Je suis désolée, ma chère. Je suis vraiment navrée. Pardonnez-moi. Bien sûr que je me souviens de vous! Mais ils n'auraient jamais dû faire ça. C'était mal. Je ne suis venue que pour réclamer mon bien, voyez-vous. Les gens ne veulent plus savoir. Ils ne veulent plus écouter.

Le froid commençait à devenir mordant.

— Écoutez, est-ce que je peux vous donner un coup de main pour ça?

— Pour quoi, ma chère?

Ruth désigna les sacs en plastique, pleins à craquer.

— Vos... vos courses, je suppose.

Ruth s'attendait à une courte marche jusqu'à un arrêt de tram. Le trajet fut effectivement bref, mais, à sa surprise, la Cloche s'arrêta sur l'ultrachic Keizersgracht, le canal de l'empereur. L'édifice imposant qui les dominait était une maison traditionnelle du XVIIe siècle avec un ravissant gable en lyre, de jolies fenêtres à guillotine, une entrée de service menant au sous-sol et un perron aux marches usées conduisant à la porte principale.

Au-dessus de la porte, une plaque de pierre représentait la tête d'un homme bouche grande ouverte – un bâillement, l'étonnement ? –, et sur sa langue était collé quelque chose.

Ruth regarda le canal.

Un homme en pardessus et feutre gris était accoudé au parapet du pont minuscule qui enjambe le Leidsegracht. Le froid ne semblait pas le gêner et il n'était pas pressé. Dans l'obscurité grandissante, les hautes fenêtres éclairées sur l'élégante rue brillaient tel de l'or en barres, aperçus encadrés de siècles de bon goût entretenu par des fortunes mercantiles et cultivées. Les foyers d'une tribu déterminée, jadis ouverte sur le monde et invincible. Les maisons étaient un défilé en grande tenue de vieux Hollandais bien élevés, qui compensaient par la hauteur ce qui leur manquait en corpulence. Certaines penchaient, comme victimes de vertiges, vers l'avant ou l'arrière, leurs poteaux de bois s'enfonçant dans le sous-sol humide et sablonneux, mais, épaulées par leurs voisines, elles restaient présentables. La demeure de la Cloche en était un bel exemple, fièrement dressé.

— Vous louez un appartement ou une chambre ici ?

— Louer ? Oh ! non, c'est ma maison. C'est tout ce que j'ai. Quant aux pièces, elles sont trop nombreuses, ma chère, bien trop nombreuses. Regardez-moi ça. Un endroit pareil pour une vieille bique comme moi ? Franchement. Je ne peux plus monter et descendre les escaliers comme dans le temps et vous savez à quel point ils sont étroits dans ces vieilles demeures. Un danger permanent. C'est ce que Sander, mon frère, disait toujours, et Dieu sait s'il a fait une mauvaise chute le jour où il s'est pris les pieds dans le tapis !

Le regard de Ruth embrassa lentement l'élégante façade. Cela faisait un moment qu'elle n'avait pas consulté les annonces immobilières, mais elle avait une petite idée de sa valeur. En tout cas, elle était à peu près sûre du nombre de zéros. C'était presque dans ses moyens : elle avait les zéros, ne lui manquait que le chiffre à placer devant.

Trois serrures. La vieille femme tâtonna avec ses clés et finit par ouvrir la porte. Vert Amsterdam, comme pratiquement toutes les autres portes sur le Grachtengordel.

— Ne restez pas plantée là. Entrez !

— Je ne devrais pas. Il se fait tard.

La Cloche attrapa Ruth par son écharpe et la tira à l'intérieur, gloussant de sa propre audace.

— Rien qu'une minute alors.

Ensemble elles suivirent le couloir faiblement éclairé jusqu'à une vilaine cuisine au fond où Ruth aida la Cloche à vider ses sacs :

un panier de courses d'épicerie assez banal, si ce n'était l'abondante réserve de nourriture pour chats et de gin.

— Vous êtes toute seule, alors.

— Toute seule à présent. À part mes chats et mes fantômes ! Mais je ne suis plus là pour très longtemps, vous savez.

— Allons – vous êtes plutôt en forme. À part ce petit problème d'asthme.

La Cloche se figea. Elle fixa la jeune femme, offensée.

— Mais qu'est-ce que vous racontez ? demanda-t-elle après un silence appuyé.

— Que vous n'êtes pas exactement au seuil de la mort.

Le sang monta de nouveau aux joues de Ruth.

— Qui a dit ça ?

La Cloche était de nouveau la douairière, râleuse et impatiente.

— Vous.

La Cloche fit la moue et fronça les sourcils, puis pressa un bouton de rembobinage intérieur pour accorder à la jeune femme le bénéfice du doute. Lentement l'exercice mental porta ses fruits.

— Oh non ! C'est quand j'ai dit que je ne serais plus là ? Vous avez mal compris, ma chère. Mon Dieu ! Je ne serai plus là parce que je m'apprête à émigrer. Un nouveau départ. Je pars pour Pittsburgh.

— Pittsburgh ?

— Certainement. Dès que j'aurai réglé mes affaires et que j'aurai pris les dispositions nécessaires. C'est juste une question de temps, il me faut trouver de bons foyers pour les chats.

— Ah.

— Bon, arrêtez de vous agiter et allez vous installer confortablement là-bas, je vous rejoins dans une minute. Allumez donc le feu pour réchauffer un peu la pièce.

Obéissante, Ruth enfila le couloir. Elle alluma une petite lampe dans le salon sur la façade.

Elle retint son souffle.

Une odeur de renfermé, de vieux, d'humidité chronique et de pisse de chat. Il y avait dans cette puanteur une douceur sucrée qu'on ne pouvait ignorer. Deux félins galeux se redressèrent aussitôt pour venir se frotter contre ses jambes, leur queue droite comme des crosses d'évêque.

Une jolie pièce avec une grande et vieille cheminée et un haut plafond en stuc, mais la vieille avait tout fichu par terre. Des meubles en mousse effrités des années 1960 drapés de couvertures écossaises, une vieille télé dans un meuble en faux teck brillant, un lit poussé contre le mur et une petite bibliothèque bourrée de cartons, de romans de gare, de polars et de guides pour tout faire soi-même. Des publicités et des billets de loterie jonchaient le sol, à côté d'une bouteille de sirop pour la toux, une cuiller en plastique, un flacon de bronchodilatateurs et une loupe.

Dommage de laisser un endroit aussi ravissant tomber en quenouille.

Des bûches et du charbon s'empilaient dans l'âtre. Ruth trouva les allumettes et prépara le feu. En se relevant, elle se retrouva nez à nez avec une grande statue de la Sainte Vierge qui se dressait à côté d'un yucca près de la cheminée. La statue lui rappela l'ange en plastique sur le comptoir de chez Stoop, son bistrot préféré. Cette seule pensée suffit à lui remettre en mémoire le parfum d'un carpaccio de Saint-Jacques.

Rien à voir avec la puanteur ambiante...

Elle repéra un bol de pot-pourri sur le manteau de la cheminée et en jeta une poignée dans le feu, ce qui camoufla l'odeur de faisandé à défaut de la chasser. Les flammes dansantes conféraient une douce illusion de chaleur à la pièce austère et peu accueillante.

Elle retira son manteau et entreprit de fermer les rideaux, sans trop savoir pourquoi : l'instinct hollandais était de les laisser ouverts, pour étaler fièrement l'intérieur immaculé. Dehors, la neige était tachetée des vapeurs pourpres du soir et des flaques de lumière des lampadaires, jaunes comme du beurre. Le feutre sur le pont était toujours là, à traîner, à observer le monde. Il tourna le dos, traversa pour aller s'accouder à l'autre parapet et alluma une cigarette. Au bout de deux bouffées, il consulta sa montre et regarda à droite et à gauche. Il attendait quelqu'un. Il lui rappela une statue surréaliste du Vondelpark – un type en pardessus sombre, col relevé, portant un étui à violon et saluant les passants en soulevant son chapeau. Mais sous le chapeau, il n'y avait rien, pas de tête.

L'homme invisible en personne.

Elle tira de nouveau les rideaux. Comme ils restaient coincés à mi-parcours de la tringle en plastique, elle laissa tomber.

Elle s'assit sur le canapé, pour changer presque immédiatement de place. Un truc dur sous sa cuisse gauche.

Elle tâta – une bouillotte en caoutchouc.

La Cloche arrivait en traînant les pieds. Un instant, il vint à l'esprit de Ruth qu'elle n'aurait pas dû se trouver là. Le règlement, hein ? Pas de contact personnel entre les chercheurs et les requérants. Mais flûte, elles s'étaient rencontrées par hasard, et qui le saurait ? Elle prendrait un verre, bavarderait un peu – la pauvre chérie ne devait pas avoir beaucoup de compagnie –, et cela s'arrêterait là.

La Cloche était tellement à la masse qu'elle ne s'en souviendrait pas, de toute façon.

Ruth allait bâiller, résignée, quand, au-dessus du lit, une grande affiche touristique à côté d'un crucifix phosphorescent accrocha son regard et la laissa bouche bée.

Pittsburgh ! Pourquoi Pittsburgh ? La Cloche ne parlait probablement même pas anglais. Et à son âge, en plus !

Cette fois, Ruth bâilla pour de bon.

La Cloche entra, un plateau dans les mains, avançant telle une funambule pour ne rien renverser – gin et lait de poule alcoolisé, biscuits accompagnés de fromage de Leiden au cumin.

— Qu'est-ce que vous reprochez à cette maison ? Pourquoi voulez-vous partir ?

— Je n'aime pas la vue, déclara la Cloche en contemplant d'un air supérieur la fenêtre à demi fermée par les rideaux.

Le commentaire était catégorique et ne souffrait aucune contradiction.

Ruth sourit intérieurement devant la drôlerie de la situation. Aucun doute, la vieille était bête comme ses pieds.

Triste, songea-t-elle, *mais vrai.*

5

— C'est Sander ?

Ruth prit la photo encadrée sur la cheminée. Dans les vingt ans. Cheveux bruns. Joli sourire. Un air de la Cloche dans l'angle en proue du menton et du nez.

Quelque chose dans le cliché tracassait Ruth. De quel côté voyait-on l'American Hotel ? Puis elle comprit. Les boutons étaient du mauvais côté de la veste. Ou il portait une veste de femme ou la photo avait été tirée à partir d'un négatif à l'envers. La seconde explication paraissait la plus plausible. Elle le voyait comme il se serait vu dans un miroir, les asymétries faciales inversées. Pour le voir tel qu'il était, pour le ramener dans la réalité, il faudrait mettre la photo contre une glace, mais elle se serait sentie idiote d'aller jusque-là.

— Nous étions quatre, continua la Cloche. Sander avait deux ans de plus que moi. Puis il y avait les petits, Elfried et Asha.

— Vous avez des photos d'eux ?

La Cloche secoua la tête.

— Ils sont tous partis, tous partis.

— Ils sont morts ?

— Ils ne sont jamais revenus, ma chère. Quant aux photos, nous avons tout perdu. Tout sauf la maison et quelques papiers et babioles que papa avait cachés derrière un mur en brique avant que la police ne vienne nous chercher.

La Cloche prit en tenaille le petit verre glacé de gin entre un pouce et un index arthritiques, le vida cul sec et se versa soigneusement une nouvelle rasade. Ses doigts laissèrent des traînées humides sur la bouteille dont le voile de condensation commençait à s'estomper.

Une hanoukkia sur la cheminée – un chandelier à huit branches en argent. Elle était placée à côté de la statue kitsch de la Vierge en plâtre de Paris. Cela ne tenait pas debout.

— Mais vous êtes hollandaise. Van der Heyden est un nom hollandais.

— Oui, mais maman était juive. Ils s'appelaient Hendrick et Rachel. Nous autres enfants étions des *halfbloeden*, voyez-vous. Dieu sait que nous n'étions pas les seuls. Il y avait beaucoup de mariages mixtes à l'époque. Et il fallait vous inscrire, les nazis vous y obligeaient – vous étiez soit juif, soit demi-juif, soit quart de juif.

Ruth s'agenouilla devant le feu. Elle remua les braises avec les pinces. Une bûche claqua comme un coup de feu, ce qui la fit sursauter. La sève jaillit en bouillonnant de l'écorce fumante. Elle jeta un coup d'œil par-dessus son épaule.

— Si vous ne voulez pas en parler...

La vieille femme rit. Elle se balançait d'avant en arrière comme la pensionnaire d'un asile, les bras serrés sur son ventre.

— Je parlerais de n'importe quoi, ma chère. N'importe quoi ! Comment vous appelez-vous déjà ?

— Ruth.

— Parler ? Il suffit de m'en donner l'occasion ! Parler est tout ce qui me reste. J'ai des trous de mémoire, mais il est des choses qu'on n'oublie pas. (Elle se tapota le front et cligna de l'œil.) Je n'étais pas une gamine à l'époque. À l'arrivée des Allemands, j'avais dix-huit ans. Je savais à quoi m'en tenir. Je savais ce qui se passait autour de moi. Le « pogrom froid », comme disaient certains. Ils ont commencé par virer les Juifs de l'administration. Les fonctionnaires non juifs devaient signer des déclarations – des déclarations aryennes, ils appelaient ça. Les entreprises juives étaient reprises par un commissariat ou un autre. Les choses se faisaient petit à petit, de sorte que c'est à peine si on remarquait où ça menait. Et nous étions stupides – regardons les choses en face –, nous étions confiants.

— Vous faisiez confiance aux Allemands ?

— Oui. Nous pensions que nous serions à l'abri. Nous pensions que si nous nous conduisions en bons citoyens respectueux de la loi, rien ne pourrait arriver. Et que, si le pire se produisait, nos voisins hollandais nous aideraient. (Elle eut un rire méprisant et détourna brusquement la tête.) Et puis crac, nous avons cessé d'être hollandais. Interdits dans les lieux publics. Interdits dans les trains et les trams. Les enfants privés d'école. Comme des chiens, des lépreux, des parias... Il fallait que nous portions l'étoile jaune. En 1942, c'était. Nous avions droit à un maximum de quatre étoiles, et je me souviens que nous devions les acheter, en plus ! Quatre *cents* pièce ! Puis il y a eu les confiscations. Aktion M – M pour Moebel.

— L'équipe des opérations spéciales de Rosenberg.

— Hein ? Oh, vous devez avoir raison. J'oublie les noms – ces noms allemands à rallonge, imprononçables. J'oublie le nom qu'ils se donnaient. Ils ont pris tout ce sur quoi ils pouvaient mettre la main. Meubles, voitures, argent, radios. Même les bicyclettes. Les bicyclettes ! Après la guerre, chaque fois qu'un Hollandais croisait un Allemand, il murmurait : « Rendez-moi mon vélo ! »

— Ils le disent encore quelquefois. Aux touristes allemands.

La Cloche gloussa, puis cracha dans un mouchoir en papier.

— Mais votre père, Hendrick... Il n'était pas juif. Il n'aurait pas pu agir ?

— Vous êtes aveugle ou quoi, pauvre idiote ! aboya la Cloche en se raclant la gorge. Je suis là, non ? Sander et moi, nous avons survécu. C'est grâce à papa. Il travaillait pour une banque. La banque Lippman-Rosenthal.

— La Liro, murmura Ruth.

Si le feu lui réchauffait le visage, un vilain frisson lui parcourut la colonne vertébrale. Myles et elle n'ignoraient rien de la Liro. Peu de réclamations concernant la Collection NK étaient sans lien avec la Liro. La banque hollando-juive d'avant-guerre avait été saisie par les nazis. Elle servait de façade respectable aux prédateurs, à la kleptocratie. À leur butin. Comptes, biens en liquide, chèques, bijoux, or, argent, actions, titres de propriété, tout ce qui appartenait aux Juifs était remis à la Liro. La destination suivante était le Bureau de l'administration des biens et des retraites des nazis. Tout échouait dans les coffres souterrains de la Liro, qu'il s'agît de collections de timbres, d'antiquités, et même de bibelots. Les Juifs faisaient la queue au siège de la banque dans Sarphatistraat pour mettre leurs biens et leurs meubles à l'abri. En échange, on leur donnait des reçus sans valeur.

L'établissement avait une triste réputation dans l'histoire bancaire. Ses opérations se faisaient à sens unique. Les dépôts, d'accord, mais pas de retraits, désolés.

Pendant que des milliers de Juifs disparaissaient – des « travailleurs volontaires » pour

Westerbork, Vught, Sobibor, Hooghalen, Auschwitz – dans les camps de transit et de concentration, tous les comptes privés étaient versés sur un « compte juif » central. Le liquide finançait les trains et les camps eux-mêmes. L'ironie suprême : les Juifs payaient leur propre déportation et leur mort.

La Cloche reprit le fil de ses pensées. Elle se frotta les bras.

— Les rafles ont commencé en 1942. C'était le printemps. Les arbres bourgeonnaient. Je m'en souviens si bien. Ç'aurait dû être un moment de fête, mais ce fut un moment de peur. Nous pouvions les voir, là, dehors. Elle désigna la fenêtre du menton. La police verte, la police auxiliaire volontaire. Ils n'étaient pas allemands, ma chère – oh non. Ils étaient hollandais ! Ils nous terrifiaient. Ils arrivaient une fois la nuit tombée comme des rats d'égout, dans des camions militaires. Vert et gris, ils étaient. Le silence régnait. Ils attendaient dans la rue, le moteur en marche. Et en quelques minutes c'était fini. Je n'ai jamais revu ma camarade d'école Nadia, ni Jozef, ni Golda... Puis le lendemain les camions de déménagement arrivaient. Ils emportaient tout – tout ! Enfin, si vos charmants voisins hollandais n'étaient pas venus se servir avant.

Elle vida un nouveau verre de gin, rentra ses joues et enveloppa Ruth d'un regard mauvais.

— Je ne comprends pas. Votre père, il était – enfin, la Liro était aux mains des nazis.

— Papa haïssait la Liro. Il la détestait. Il rentrait à la maison en larmes.

— Alors pourquoi la supporter ?

— La supporter ? Il voulait nous sauver ! Il pensait pouvoir user de son influence. Il y avait près d'une centaine d'employés hollandais à la banque. *Aperçu*, voilà le mot que papa utilisait. Ils avaient un *aperçu* particulier des mouvements de fonds. Ils voyaient comment on vendait secrètement les actions, les titres, Dieu sait comment on dit. Ils avaient plus qu'une vague idée de l'endroit où échouait tout cela. En tout cas, plus que nous autres.

— Et ils devaient obtempérer.

— Ils devaient quoi ? cria la Cloche en se collant une main derrière l'oreille.

— Il fallait qu'ils fassent ce qu'on leur disait.

Un hochement de tête triste lui répondit.

Ruth se sentit envahie d'une bouffée de sympathie. Pourtant, se dit-elle, ces chagrins appartenaient au passé, aux livres d'histoire. Ils n'avaient pas grand rapport avec le présent. Il faut apprendre à surmonter. Tourner la page.

Ruth se reprit en jetant un coup d'œil à une pendule au-dessus de l'affiche de Pittsburgh, jetant l'ancre dans le présent pour sa propre sécurité, sa propre tranquillité d'esprit. La Cloche remarqua le geste et se leva, se tenant comme un épouvantail de guingois.

— Nous allons manger. J'ai de la soupe de pois cassés et de la purée de pommes de terre, du chou frisé et de la saucisse fumée. Ça ne prendra pas longtemps à réchauffer.

— Non, vraiment...

— Foutaises !

La Cloche partit en traînant les pieds dans la cuisine, pour revenir prendre sa place moins d'une minute plus tard. Un des chats s'approcha. La Cloche tapota ses genoux. La créature bondit et se pelotonna en boule, palpitante de vie. Elle étira ses pattes avant et enfonça ses griffes dans la grosse laine de la jupe de la vieille femme.

— Papa ne décolérait pas contre la reine Wilhelmine. Elle était en exil à Londres. Nous l'écoutions sur radio Oranje, même si c'était interdit. Pas une seule fois, elle n'a appelé les Hollandais à aider leurs voisins juifs.

— C'est ce que j'ai cru comprendre.

— Nous écoutions tous les jours, voyez-vous, espérant un mot... Un mot aurait suffi.

— Mais que vous est-il arrivé à vous, à votre famille ?

— Papa savait que le pire était encore à venir. Il n'en a jamais parlé, mais il faisait des projets. Les Allemands n'allaient pas nous oublier. Il y avait de nombreux demi-Juifs en Hollande à l'époque – des milliers, en fait. Nous pouvions être arrêtés n'importe quand. En théorie, ils laissaient les Juifs de mariages mixtes rester s'ils étaient stérilisés, mais en réalité il arrivait souvent qu'on les flanque avec les autres. Les employés de la Liro, les confiscateurs, ne se trouvaient pas seulement à Amsterdam. Il y en avait d'autres dans les camps. Leur boulot consistait à dépouiller les Juifs de leurs derniers biens. Bijoux, objets de valeur, tout ce qu'ils avaient dans leurs poches. Papa savait que nous serions emmenés à Westerbork, dans le Drenthe – le « déploiement du travail », ils appelaient ça –, et un des employés de la Liro qui s'y trouvait était un de ses amis. Un dénommé Janssen. Ils avaient été à l'école ensemble au bon vieux temps. Il demanda à Janssen de prendre soin de nous, de nous trouver des emplois à Westerbork. Des emplois permanents – du ménage, ce genre de trucs. Peu importait, tant que cela nous permettait de rester à Westerbork. Les camps de transit étaient plus ou moins sûrs. Plus sûrs que les destinations finales. L'important était d'avoir une bonne raison de ne pas être déplacés.

— Et votre père, il avait raison ? Je veux dire, ils vous ont arrêtés ?

— Oh ! oui. Ils nous ont conduits au théâtre Hollandse Schouwburg. Le premier centre d'internement à Amsterdam. Nous n'y avons passé qu'une nuit, à tenter de nous réchauffer dans la fosse d'orchestre. Je ne l'oublierai jamais. Nous étions tous terrifiés. Certaines familles étaient calmes – résignées, comme des animaux malheureux. La Résistance a fait sortir des enfants clandestinement par une maternelle sur l'autre trottoir. Parfois ils les emmenaient dans des sacs à patates ou des sacs à dos. En fait, rien n'arrêtait les parents désespérés. Il y avait un mur élevé, je me souviens, et ils jetaient leurs enfants par-dessus, espérant qu'il y aurait quelqu'un de l'autre côté pour les rattraper. Imaginez un peu ! C'est probablement la dernière image qu'ils ont gardée d'eux, ce vol plané au-dessus du mur.

Ruth grimaça et leva les sourcils.

— La guerre, reprit la Cloche. (Elle baissa la tête, rattrapée par ses pensées.) C'est drôle...

— Quoi ?

— Les gens. Comme ils sont prêts à tout pour sauver leurs chiards.

— C'est biologique. Nous sommes programmés ainsi.

La Cloche releva vivement la tête.

— Vraiment ?

— Pensez à votre père.

— Oui, bien sûr, concéda-t-elle. Papa souhaitait ce qu'il y avait de mieux pour nous. Il voulait que nous vivions, mais cela ne s'est pas exactement terminé comme ça pour maman et les bébés. Janssen était un homme foncièrement bon. Vous ne l'auriez jamais cru, à le voir. Un type râblé, dur, avec des favoris et des joues couperosées. Nous le surnommions le Morse. Très autoritaire. Il ne riait jamais. Mais il appréciait papa et il n'aimait pas les Allemands. Il était prêt à donner un coup de main tant que cela ne le mettait pas en danger. Le fait que nous soyons des demi-Juifs a aidé.

— Alors vous avez fait le ménage ?

— Nous travaillions dans les cuisines du camp, maman, Sander et moi. Il y avait un entrepôt derrière avec une petite cour – poussiéreuse en été, boueuse le reste du temps. C'est là que nous laissions jouer Elfried et Asha. Il y avait toujours des pommes de terre à éplucher, des petits pois à écosser et de gros chaudrons à récurer. Nous avions de quoi manger, voyez-vous. C'était déjà ça. Ils mangeaient des bulbes de tulipes, de la cire de bougie et des chats errants, à Amsterdam, mais nous, nous avions de quoi nous nourrir. Mais comme Maman détestait ça ! Elle n'a jamais été douée pour la cuisine : elle haïssait cette routine interminable et les ampoules que ça donnait aux mains. Et, contrairement à papa, elle n'était pas convaincue des mauvaises intentions des Allemands. Chère maman, elle ne pensait jamais de mal de personne. Pour elle, un camp était un camp. Un endroit où vous étiez interné pour la durée de la guerre. Une corvée. Alors pourquoi ne pas choisir le meilleur camp, le camp à cinq étoiles, plutôt que celui à deux étoiles ?

— Je ne comprends pas.

— Non ?

— Vous êtes en train de me dire qu'on pouvait choisir son camp ?

— Oh ! oui. Pour nous, oui. Les Allemands envoyaient les Juifs à Theresienstadt, en Tchécoslovaquie. Ils leur racontaient qu'il s'agissait d'une ville juive modèle – une nouvelle Jérusalem, ils disaient. Maman voulait y aller.

— Est-ce que, comment il s'appelle déjà – Janssen ? –, ne lui a pas ouvert les yeux ?

— Il a fait de son mieux, mais elle était très têtue. C'est ce qui l'a perdue. Sander et moi avons également essayé de la dissuader, mais elle avait pris sa décision. Elle voulait une vie meilleure pour les petits. Elle voulait que nous l'accompagnions, mais nous avons refusé. Elle est donc partie avec Elfried et Asha, nous laissant Sander et moi à Westerbork. À ses yeux, nous étions de jeunes adultes, ajouta la Cloche avec amertume. Ne comptaient que les petits. Eux surtout avaient besoin d'elle.

— Et le camp – le camp en Tchécoslovaquie –, ce n'était pas une ville juive modèle.

— Theresienstadt ? Mon Dieu ! Vous autres jeunes avez tout oublié. Mais qu'est-ce que je raconte ? C'est moi qui suis idiote, c'est moi... Pourquoi diable devrais-je attendre de vous que vous vous souveniez de ce que vous n'avez pas connu ? Theresienstadt, ma chère, était un camp de transit pour Auschwitz.

Elle se leva.

Elles retournèrent dans la cuisine et s'assirent sous le malheureux néon, têtes baissées comme des bagnards, mangeant l'épaisse soupe de pois cassés en silence. Lorsqu'elles eurent terminé, la Cloche servit le *boerenkool met rookworst* et vida la dernière goutte d'une vieille bouteille de bourgogne.

Ruth contempla le plat, étonnée.

— Vous mangez de la viande de porc ?

— Je mange de tout.

Ruth haussa les épaules.

— Est-ce que votre père a survécu à la guerre ?

La Cloche secoua la tête.

— Quand il a appris ce que maman avait fait, ça l'a brisé. Sa santé a décliné. Il devait savoir qu'il n'en avait plus pour longtemps, et il était tout seul – seul dans cette grande maison sombre. (Elle leva les yeux, contemplant le plafond comme si elle pouvait voir, à travers sa masse de molécules, chaque pièce, chaque recoin sombre du grenier, et le toit où le vent murmurait ses froids secrets.) Tout seul ici, il était. Comme moi aujourd'hui. Je n'ai pas besoin d'imaginer, je sais ce qu'il ressentait. Il ne pouvait rien faire de plus pour nous, sauf protéger la propriété. S'il mourait et que l'on apprenne que la maison appartenait à une famille de *halfbloeden*, les Huns débarqueraient pour tout saisir. Comme il savait qu'il était en train de mourir, il devait la mettre sous bonne garde – pour nous, pour quiconque survivrait.

— Comment s'y est-il pris ? C'est vrai, il ne pouvait même pas se fier à sa propre banque pour protéger ses biens... Surtout pas à sa banque, en fait.

— Exactement, ma chère. Si bien que les Juifs avaient l'habitude de tout confier à des *bewariërs*.

— Des quoi ?

— Des gardiens aryens, comme ils les appelaient. Des chrétiens. Des voisins. Des associés. Quiconque n'avait pas le sang souillé. Quelqu'un d'authentiquement hollandais d'origine – parce que les Hollandais étaient *presque* des Allemands, comprenez-vous. Presque, mais pas tout à fait.

— Une bonne lignée de marchands, de marins, de meuniers et de laitiers.

La Cloche acquiesça et enfourna une bouchée de chou frisé.

— Cet arrangement avec les gardiens aryens, il était officiel ? Il faisait l'objet d'un contrat ?

La vieille femme s'esclaffa, faillit s'étrangler.

— Vous êtes folle ou quoi ? Les Juifs n'avaient aucun droit. Ils n'existaient pas. On ne signe pas de contrat, on ne tope pas avec un fantôme. Et puis, rien que d'y penser, cela revenait à venir en aide aux ennemis jurés des nazis. Oh non !

— Il s'agissait donc d'une entente tacite. Une fois la guerre finie – et gagnée, probablement –, les survivants reviendraient réclamer leur dû.

La Cloche eut un sourire cynique.

— Nous étions des imbéciles. Des imbéciles finis.

— Cela n'a pas marché, alors.

— Oh, les gardiens aryens furent de merveilleux protecteurs. Merveilleux ! Le plus souvent, les propriétés étaient si bien gardées qu'elles n'ont jamais été rendues. Et quand vous rentrez dans votre ville au sortir d'un camp de travail nazi, vos poches ne débordent pas exactement de titres de propriété et de quittances bancaires. Vous avez déjà bien de la chance s'il vous reste des poches ! Et s'il vous est impossible de prouver que vous êtes le propriétaire, que pouvez-vous faire ?

— C'est ce qui s'est passé ?

— Papa a confié notre maison et nos biens à un voisin hollandais. Un jeune homme d'affaires dans le domaine du diamant, très riche. Il nous avait déjà aidés une fois pendant la guerre, et papa le pensait honnête. Honnête et digne de confiance.

— Et il ne l'était pas.

La Cloche serra de nouveau les bras autour de son corps. Un instant, Ruth eut un aperçu de sa solitude. Cette femme était peu habituée à une autre compagnie que la sienne.

— Quand Sander et moi sommes rentrés de Westerbork, personne ne nous a fait de cadeaux. Il n'y avait pas de traitement particulier pour les Juifs, ou pour les demi-Juifs. Nous sommes descendus du train avec tous les autres à la gare centrale, et ça s'est arrêté là. Pas d'aide. Pas de réhabilitation. Nous sommes revenus ici sous une pluie battante, et la maison était fermée. Le jeune diamantaire était chez lui, et fort gêné. Il nous a remis la clé – jusque-là il a respecté sa parole. Mais quand nous avons ouvert la porte, il ne restait plus rien. Tous nos meubles et nos objets avaient disparu. Ne restait que nos stupides babioles. Un gros pan de notre passé avait disparu.

— Les Allemands.

— Pas les Allemands, ma fille. Oh non ! Les Hollandais. Vous ne comprenez donc rien ? Nos voisins. Les gens de cette rue. Les braves citoyens pieux qui nous saluaient autrefois dans la file d'attente à la poste et demandaient des nouvelles des enfants. Maintenant ils nous bouffaient la laine sur le dos. Maintenant ils vivaient dans nos meubles. Tranquillement.

Sans un mot. Cela n'avait rien de personnel, c'était juste un fait. Pas de remue-ménage. Mais qu'espérions-nous ? La grande majorité des Hollandais n'a jamais levé le petit doigt pour aider les Juifs. Au contraire, les arrestations et les déportations ont toutes été menées par les Hollandais. C'étaient eux, la police, ils géraient les trains, les trams – les « transports de délocalisation du travail », comme ils disaient. Tout a marché comme sur des roulettes. Les Allemands n'ont affecté qu'une poignée d'officiers à Amsterdam. Pourquoi en auraient-ils envoyé davantage ? Nos anciens voisins hollandais faisaient le sale boulot pour eux. Alors comment s'étonner qu'ils aient aussi volé nos biens ? Quand les temps sont durs, qui passe en premier ? Ma pomme. On n'est jamais mieux servi que par soi-même. On ne vous a pas appris ça à l'école ?

— Comment pouvez-vous en être aussi sûre ?

— C'est quoi, ça, à votre avis ? (La Cloche pointa deux doigts vers son visage.) Des yeux. Nous sommes allés voir la famille Van den Berg un peu plus loin dans la rue. Le père a ouvert la porte. Bien sûr, il ignorait qui avait pris nos biens, mais j'ai vu ce que j'ai vu... de mes propres yeux.

— Et qu'est-ce que vous avez vu ?

— Il portait un des costumes de mon père. Un élégant complet marron à chevrons avec une veste ceinturée. Anglais, c'était. Papa l'avait acheté avant la guerre, lors d'un voyage d'affaires à Birmingham. Cette vermine était là, debout sur son perron, affublé d'un des costumes de papa, et il m'affirmait effrontément qu'il ne savait rien de lui ni de nos biens, et cette vermine arborait un des costumes de papa. Je lui ai dit... je lui ai dit ce que je pensais de lui. (La Cloche s'enferma dans un silence boudeur. L'atmosphère de la pièce se chargea de mauvaises ondes. Puis, soudain, elle parut de nouveau en paix avec elle-même.) C'était une époque très étrange, ma chère. Personne ne savait rien, mais tout le monde était au courant de tout. Les gens ont tiré leurs rideaux et se sont cachés derrière leurs pots de fleurs. Vous me comprenez, maintenant? La seule chose qui nous restait à faire était de rentrer à la maison – ici –, de fermer la porte pour nous protéger du monde extérieur et de remercier le ciel d'être encore en vie. Sander et moi, juste nous deux. Deux êtres indissociables. Nous avons dû reconstruire notre vie de zéro, en travaillant de l'intérieur. Puis en 1955 Sander a eu une crise cardiaque et il est mort.

— Je suis désolée.

— Ha! Pourquoi devriez-vous être désolée? J'ai été en colère contre lui au début, mais maintenant je lui ai pardonné. (Elle effleura du bout du doigt le cadre de la photo de son frère avant de le porter à ses lèvres.) Il était assis là, à l'endroit même où vous êtes assise, quand c'est arrivé.

— La crise cardiaque ?

— Il ne pouvait ni respirer ni parler. Il a porté une main à sa gorge. En quelques secondes, c'était fini.

Ruth se sentit franchement mal à l'aise. Elle était assise à l'endroit même où son frère avait trépassé, et son corps tout entier s'emprégnit de son agonie. Elle tenta de se libérer de cette sensation, s'ébroua discrètement – une réaction viscérale –, sans attirer l'attention sur son geste.

— Vous êtes donc seule depuis près d'un demi-siècle.

— Seule, oui, et cela me va très bien. J'ai dû m'y habituer, je suppose. J'aime ça. De toute façon, j'ai toujours eu mes chats.

— Quatre pattes, ça va, deux, c'est moins bien, murmura Ruth. (Elle fronça les sourcils et réfléchit.) Vous avez dit que votre père avait caché des choses derrière un mur de brique.

— Sander est tombé dessus un jour où il l'enduisait de plâtre. Une petite boîte en métal avec une poignée de bibelots. Des bijoux de ma mère, surtout. De vieilles médailles et des lettres de famille. Quelques photos. Les papiers de la maison. Un mot de papa aussi, un mot d'adieu où il nous disait au revoir, combien il était fier de nous, qu'il nous aimait et nous aimerait toujours – jusqu'à la fin des temps, quoi qu'il arrive. Ses derniers mots. Je l'ai encore quelque part, Dieu sait où. Il règne un tel désordre ici.

La Cloche prit une feuille de Sopalin et se tapota les yeux.

— Alors vous avez tout perdu. Et puis, il y a dix-huit mois, vous avez vu le tableau – celui que vous avez réclamé – à l'exposition d'art rapatrié de la Collection NK.

Elle acquiesça, se déridant.

— J'aime beaucoup les vieux tableaux, et je dessinais pas mal à l'école. J'aimais me plonger dans les univers d'antan. Ils semblaient si insouciants alors, vous ne trouvez pas ? Je vais à des expositions quand elles sont gratuites. Et... oh, j'ai failli m'évanouir quand j'ai vu mon tableau. Mon cœur s'est mis à battre la chamade ! Tous les souvenirs sont revenus en rafale comme s'ils dataient d'hier. Il était accroché dans le salon au-dessus de la cheminée. Papa était un homme très cultivé, très féru d'art. Nous avions des tas de belles huiles et de beaux dessins à la maison à l'époque. Nous les avons tous perdus, bien sûr, mais celui-là était particulier pour lui et pour nous tous. Il faisait partie de la famille. Un de nos ancêtres, un Van der Heyden, l'a peint.

— C'est ce que j'ai cru comprendre. Et vous n'aviez jamais su ce qu'il était devenu ?

— Le diamantaire dont j'ai parlé, le *bewariër*, a dit que les Allemands l'avaient vu et l'avaient réclamé, qu'ils avaient fait ce qu'il a appelé un « achat forcé », je crois, contre une très petite somme d'argent, et il a voulu nous la restituer. Sander, ce fou, voulait accepter, mais moi non. Je savais, voyez-vous.

— Oh, et que saviez-vous ?

— Le *bewariër* n'avait rien d'un imbécile. Il savait qu'il avait de la valeur. Il savait qu'il s'agissait d'un beau tableau et d'une précieuse petite tranche de l'histoire hollandaise. Il l'a sans aucun doute vendu aux Allemands, en effet, mais contre une somme importante – bien plus qu'il ne l'a jamais admis –, et pour son enrichissement personnel. Et dire qu'il a essayé de se débarrasser de nous avec une poignée de billets ! Ça me fiche encore en colère ! Bien entendu, je n'ai rien voulu entendre.

— J'ai vu le tableau. Il se trouve dans les réserves de la collection. Je suis allée le voir avec un de mes confrères. Il est étrange. La fille, les fleurs, c'est plutôt beau. Et puis il y a cet homme debout à l'arrière-plan, qui tourne le dos au peintre. Nous n'avons pas trop su qu'en penser.

— Si Sander était encore vivant, il pourrait vous le dire. Il y avait une histoire bizarre derrière tout ça. Mais j'oublie, j'oublie. C'est la vieillerie, que voulez-vous ! Il m'arrive de divaguer, comme vous avez dû le remarquer, bien que vous soyez bien trop polie pour le dire. J'oublie les choses les plus ordinaires. Maintenant j'essaie juste de continuer, c'est tout. Chaque jour qui passe est une petite bénédiction, une petite victoire sur les circonstances. (Elle se pencha vers Ruth, les yeux brillants, un regard de conspirateur.) Vous voulez que je vous dise quelque chose sur la vie, ma chère – une chose que j'ai dû découvrir toute seule ?

— Oui, s'il vous plaît.

— Eh bien, voilà. Il ne faut pas croire que ce sont les grosses erreurs qui finissent par avoir raison de vous. Non. Ce sont les petites.

Ruth décida de ne pas ouvrir de brèche à ce type de digression. Elle tenait à maintenir le cap. Elle se leva et s'approcha de la fenêtre.

— Au Rijksmuseum, vous avez parlé d'une photo. Une vieille photo de famille du tableau. Pourrais-je la voir ?

La Cloche se redressa en grinçant de toutes ses articulations. Elle avait les yeux rouges et larmoyants. Elle était visiblement éméchée. Elle conduisit Ruth au pied de l'escalier, et appuya sur un commutateur. Une faible lueur éclaira le palier supérieur.

— Je ne monte plus là-haut – mes jambes. Jetez un coup d'œil dans la première pièce sur votre gauche. Il doit y avoir des trucs qui traînent. Je crois que vous y trouverez la photo. Elle prit une lampe de poche posée sur la première marche. Là, prenez ça. L'électricité est peut-être fichue. L'humidité du canal s'infiltre dans les fils.

— L'humidité, je connais. Je vis sur un bateau.

6

Ruth monta l'escalier. Elle s'arrêta pour lever le nez. La rampe en bois se perdait en zigzaguant dans l'obscurité. S'il faisait froid dans la maison, ici, c'en était surprenant. Elle frissonna avec une violence inattendue. Une fenêtre devait être ouverte, il n'y avait pas d'autre explication.

La torche se révéla à peine plus puissante que la lumière du palier. Elle examina les lieux autour d'elle. D'autres vieux clichés aux murs : une fille aux airs supérieurs avec les cheveux coupés au carré, en jodhpurs et veste de cheval ; un dandy musclé dans un maillot de bain rayé une pièce des années 1930 posant avec une raquette de tennis, une mouette figée en plein vol au-dessus de sa tête.

Elle baissa la torche.

Un chapelet de petites crottes de souris le long de la plinthe – vive les chats pourris gâtés ! Un tapis usé jusqu'à la corde, sa dépouille mortelle lacérée en plusieurs endroits. Mémo : faire attention en redescendant. L'odeur de fauve du rez-de-chaussée laissa place à quelque chose de différent et d'infiniment triste : l'odeur incrustée de la poussière, du moisi des lieux négligés, comme un relent de cuir desséché ou de bois en putréfaction, le remugle irrespirable des brocantes, des greniers et des caves, des espaces abandonnés et vermoulus où l'on n'entend plus ni rires ni courses effrénées d'enfants, la résidence privée des morts.

Elle retint son souffle et entra dans la pièce désignée.

Le clair de lune et le faux éclairage au gaz des lampadaires de la rue Keizersgracht pénétraient à travers un enchevêtrement de voilages, formant des motifs vert doré sur les murs. Elle frissonna de nouveau. Elle était là, la fenêtre incriminée. Elle traversa la pièce, remonta le battant et se retourna. De la vapeur sortait de ses lèvres entrouvertes. Un sentiment de désarroi l'envahit.

C'était un vrai capharnaüm. Caisses à thé, cartons, piles de livres et de journaux, ballots de vêtements dans des sacs-poubelle noirs et une boîte de verres bon marché. Même les vestiges d'un repas – un tas de minuscules os de poulet bruns et de petits pois ridés, durs comme des billes sur une assiette, du moisi s'échappant de la vieille graisse figée. Une pièce que le temps lui-même avait oubliée...

Depuis quand la Cloche n'y avait-elle pas mis les pieds ?

Impossible à dire.

Ruth se mordit la lèvre inférieure jusqu'à ce que cela lui fasse mal.

Il n'y avait pas l'ombre d'une chance de trouver la photo dans le désordre insensé de cet espace hors du temps. Mais à peine cette pensée l'avait-elle traversée que son regard se posa sur le bord recourbé et dentelé du cliché.

Cherchez, et vous trouverez...

Il était sur la table, coincé sous un presse-papiers en résine en forme de dôme renfermant de minuscules coquilles roses, un filament d'algues vertes et un petit hippocampe figés pour l'éternité dans leur faux microcosme sous-marin. Elle repoussa le presse-papiers. Oui, il s'agissait bien là de la photo en question : une photo de groupe avec ce tableau à la noix au mur. Étrange, comme elle était facilement tombée dessus. À vous foutre la chair de poule. Comme si elle n'attendait qu'elle, comme si c'était la photo qui l'avait trouvée et non l'inverse.

Elle jeta un regard de dégoût à cette pièce inhospitalière et redescendit prudemment l'escalier.

— Dieu vous bénisse ! s'exclama la Cloche.

Empestant le gin, elle applaudit avec des petits mouvements d'ailes comme une enfant surexcitée. Elle arracha la photo à Ruth.

— Vous voyez : la même cheminée ! On le voit aux moulures et, là, à cette veine recourbée dans le marbre. Ça, c'est moi, voici Sander, et Hendrick et Rachel qui nous encadrent. Oh, mon Dieu ! mais regardez-nous ! Je suis une vraie petite dame, non ? J'avais quoi ? seize ans ? Cela doit dater de 1938. Nos derniers jours heureux... Et voilà, bien sûr, l'héritage de la famille.

Le regard de Ruth entra dans le petit monde virtuel du cliché.

La jeune Cloche n'avait rien à voir avec la vieille. En fait, elle était Lydia, tout simplement – pas la Cloche du tout. Le temps n'avait pas encore accompli son ouvrage. De beaux cheveux longs, lâchés sur ses épaules, lèvres charnues, hanches généreuses et silhouette scandaleusement élégante. C'est vrai, il y avait déjà quelque chose d'anguleux dans les joues et le nez que le demi-siècle écoulé avait transformé en aspérité. Un esprit vif, une énergie physique. Un hymne à la jeunesse, fièrement suspendu au bras de son grand frère.

Et lui aussi était bel homme, malgré les cheveux gominés à la mode de l'époque : un gentleman genre idole des femmes, et play-boy par-dessus le marché, à une époque où ce n'était pas rien. Si elle faisait abstraction de plusieurs décennies de postmodernisme cynique, elle-même n'aurait pas craché dessus. Adieu punks, apaches et antihéros cruels d'aujourd'hui... Il y avait chez Lydia et Sander – et chez leurs parents aussi – une innocence et une distinction qui n'étaient plus de ce monde.

— C'est une petite photo, mais elle est bonne et nette, dit Ruth. Un bon point de départ.

— Un point de départ ?

— Je pensais à votre réclamation. Dommage que vous ayez envoyé une photocopie.

— Qu'est-ce que j'aurais dû faire ?

Ruth haussa les épaules.

— Un tirage laser ? Une copie photographique ? Sans aucun doute un agrandissement. Pour mettre en valeur le maximum de détails dans le tableau. Pour consolider votre dossier.

— Je ne sais rien de tout cela. Vraiment. (La Cloche paraissait agitée.) Je suis très mauvaise pour tout ce qui est officiel, administratif. Si seulement j'avais quelqu'un de jeune et d'intelligent pour m'aider.

Ruth devina ce qui allait suivre.

Il n'en fut rien.

C'était louable d'une certaine manière. Même dans son état actuel, la vieille dame conservait un certain tact – ou une certaine habileté.

— Je pense que je pourrais faire ça pour vous. (Elle s'adoucit malgré tout.) Je ne le devrais pas, mais je vais le faire. À condition que vous me confiiez la photo originale. Il faudrait que vous la postiez vous-même. Ensuite nous veillerons à ce qu'on la joigne à votre dossier.

— Comme c'est gentil à vous ! Il faut que je récupère mon tableau, voyez-vous. Je vais l'emporter à Pittsburgh.

— Pourquoi Pittsburgh, si je puis me permettre ? Vous avez de la famille là-bas ?

La vieille femme secoua la tête, catégorique.

— Pas de famille – certainement pas. Papa avait l'habitude de se rendre à Pittsburgh au cours de ses déplacements. Il nous racontait les palmiers et l'océan. Il disait que c'était l'endroit qu'il nous fallait. C'est là que nous aurions dû aller. Dans une autre vie. Dans un autre monde.

Elle sombra dans une rêvasserie mélancolique.

Ruth n'était pas plus avancée. Elle n'avait jamais brillé en géographie. Pourtant, elle aurait pu jurer que Pittsburgh était plus proche de la Pennsylvanie que du Pacifique. Quant aux palmiers américains, seule la variété en plastique à l'épreuve de la pollution pouvait survivre au climat de l'Est. Et n'était-ce pas à Pittsburgh que tous les émigrés allemands échouaient ? Si tel était le cas, cela grouillait d'Otto et d'Heini de la deuxième et troisième génération, avec ou sans bottes militaires et rêves secrets du Reich millénaire. Pas vraiment la tasse de thé de Lydia, en principe.

La Cloche avait l'air inquiet. Elle s'arracha à la noirceur de ses préoccupations secrètes et leurs regards se croisèrent.

— Je ne suis même plus sûre maintenant d'avoir correctement rempli les formulaires. Ah, si seulement j'étais moins tête de linotte !

— Ne vous en faites pas. Je vérifierai tout cela au Rijksmuseum. Mais je vous serais reconnaissante de ne pas dire que nous nous sommes rencontrées. Cela risquerait de me causer des ennuis.

— Bien sûr, ma chère. Vous pouvez compter sur moi.

— Nous allons simplement nous assurer que votre dossier soit le meilleur possible.

— Je me disais, peut-être que les lettres auraient été utiles aussi, mais j'ai dû les égarer. J'ai cherché partout. J'ai tout retourné.

— De quelles lettres s'agit-il ?

— Celles de Van der Heyden – celles du peintre. Je n'en ai pas parlé ? Oh, quelle idiote je fais ! Elles étaient aussi dans la petite boîte de papa. Un paquet de lettres qu'il a écrites à je ne sais qui, une figure importante de l'époque. À la mort de cet homme, sa famille a retourné les lettres à la nôtre en souvenir. Je ne les ai jamais lues, mais Hendrick n'arrêtait pas de parler d'elles. Comme Sander. Il disait que c'était notre petit trésor.

— Elles n'ont jamais été publiées ?

— Non, non, jamais. Des lettres personnelles. Écrites de sa propre main. Mais, comme je l'ai dit, j'ignore complètement où elles ont échoué.

— Bon, cherchez de nouveau, d'accord ? Tout ce qui peut être lié à ce tableau ne peut qu'améliorer votre dossier, et des lettres du peintre en personne, ça relève carrément du miracle. Vous les avez vraiment cherchées ?

— Pas depuis vingt ans, ma chère. J'ai eu bien trop à faire.

— Eh bien, bougez-vous – ou trouvez quelqu'un pour vous aider. C'est le genre de documents susceptibles de faire pencher la balance. Si vous n'aviez affaire qu'aux administrateurs de la collection NK, ce ne serait pas si terrible. Mais avec une requête rivale, c'est déjà plus dur.

— Une requête rivale ? (La Cloche porta les mains à ses joues. Un éclair de détresse nue, un tremblement dans sa voix.) Ne me dites pas ça ! Ne me faites pas une chose pareille ! Mais de quoi diable parlez-vous, ma chère ?

Ruth eut un serrement de cœur. Elle se fila mentalement un coup dans les tibias.

Impossible de revenir en arrière.

— Je ne sais rien à ce propos. Je veux dire, je n'ai pas vu les documents. Mais nous avons la réclamation d'un tiers pour ce tableau... Si je me souviens bien, vous êtes opposée à un type du nom de Scheele, je crois. Désolée... Qui que ce soit, il estime que le tableau lui appartient.

— C'était lui, le *bewariër*, murmura Lydia après un silence.

Ruth retint son souffle.

Elle s'attendait à moitié à une explosion, mais la vieille femme avait juste l'air pensif. Cela dura trente secondes. Puis elle glissa de son fauteuil et tomba à genoux.

— Merde, murmura Ruth.

Elle avait déjà vécu ça...

Elle dégringola par terre et saisit la femme par les épaules.

— Lydia ? Lydia, dites quelque chose, bordel !

Un cliquetis, suivi d'un autre, et encore d'un autre.

Cet inhalateur ! Bon Dieu, mais où était-il fourré ?

Elle courut dans tous les sens, puis se coucha à plat ventre et se contorsionna tel un serpent en pleine mue, balayant du bout des doigts les espaces sombres sous les meubles, encombrés de poussière et de poils de chat. Rien d'autre que des poignées d'épingles à cheveux et de vieilles pièces de monnaie – un *stuiver* ici, un *dubbeltje* là –, de temps en temps le bruit d'une bouteille de gin vide qui roule.

C'était dingue. *Sois logique, Ruth. Reprends-toi, bon Dieu !*

Elle fut saisie d'un vertige familier, cette perte d'équilibre dans les situations de panique dont elle souffrait depuis sa plus tendre enfance.

La Cloche conservait son inhalateur dans son sac, ça, elle s'en souvenait, mais où diable était ce fichu sac ? Elle songea aux endroits possibles avec une lenteur de retardée. Puis cela lui revint. Elle courut dans la cuisine et revint avec la chose, vidant son contenu pêle-mêle sur le canapé.

Elle enfonça le tube dans la bouche béante, en tenant la mâchoire de sa main libre, et appuya.

Un long sifflement pressurisé.

Les paupières de la Cloche se baissèrent et se fermèrent. Une veine palpitait sur sa tempe. Une partie d'elle était absente. Une partie d'elle, trop émotive, était partie faire un tour pour échapper au pire. Puis le nœud bleu de tension sur ses tempes se détendit, se dénoua, et le calme revint.

Une autre pression, pour être tranquille.

Le râle cessa, la respiration reprit un doux rythme humain.

Ruth lâcha l'inhalateur et s'assit sur ses talons. La Cloche était toujours à genoux, molle, mais ses fonctions respiratoires revenaient à la normale. Ruth leur en était drôlement reconnaissante. Dieu, s'il te plaît, fais que, dans une minute, elle soit retapée.

Silence.

Ruth attendit.

Il neigeait de nouveau, une neige nocturne, fantomatique. Les flocons voltigeaient telles les plumes de minuscules oiseaux lumineux dans l'obscurité, se dispersant lentement, sans se presser. Une minute s'écoula, puis une autre.

Qu'était-ce donc, ce tonnerre dans son ventre, cet éclair dans ses poumons ?

Elle sentit le muscle de son cœur marteler contre sa cage d'os. Il avait pris la relève de celui de la vieille femme. Elle repoussa ses cheveux sur son front et se mordit la lèvre inférieure – mains sur la tête, yeux écarquillés – dans l'attente d'un signe.

— Lydia, siffla-t-elle. Lydia ?

La femme remua, mais ne réagit pas.

Dans le couloir, Ruth enfonça aveuglément les touches du téléphone. Un, un deux. La troisième tentative fut la bonne.

L'ambulance arriva dans un hurlement, éveillant l'intérêt du quartier. Des lumières s'allumèrent aux fenêtres et des silhouettes curieuses jetèrent un coup d'œil par les vitres illuminées du Keizersgracht, comme si, assises dans le noir, elles n'attendaient qu'accidents et tragédies pour les distraire du vide de leur vie. Une femme promenant un carlin, un homme s'attardant près d'un arbre – tous collés au malheur telles des sangsues.

Ruth les regarda d'un air rageur. Qu'est-ce qui se passe ? Il n'y a donc rien à voir à la télé ?

Elle leur claqua la porte au nez.

Les auxiliaires médicaux, un homme et une femme, s'accroupirent au-dessus de la Cloche avec leurs tennis et leurs anoraks fluorescents raides et craquants. Ils prirent son pouls et sa tension. Ils vérifièrent sa respiration. Ruth trouva la scène difficile à supporter. Elle croisa les bras en un garde-fou d'os et de coudes et partit dans la cuisine.

Sur la table, trois chats étaient en train de nettoyer les vestiges de leur repas. L'auxiliaire vint la rejoindre. Jeune, visage crevassé, enveloppé d'une odeur de cigarette. Un monsieur

Je-sais-tout, se dit-elle, et je suis bien placée pour connaître le genre...

— Elle va s'en tirer ? demanda-t-elle, hésitante.

Il ignora sa question.

— Qu'est-ce que vous fabriquiez toutes les deux ?

— Nous discutions quand elle a eu cette attaque. Une crise d'asthme.

— C'est donc la discussion qui l'a provoquée ?

— Je crois que c'est quelque chose que j'ai dit.

L'auxiliaire la dévisagea sans aménité.

— Rien à voir avec le gin, alors ?

— Oh ! elle buvait, ça c'est sûr. Mais je n'ai pas tenu les comptes.

— Elle est ronde comme une pelle, ma petite dame. Voilà le problème. Pas joli, joli. J'espère que ce n'est pas vous qui avez entraîné notre Lydia sur cette pente.

— Vous la connaissez ? s'exclama Ruth, surprise.

Il grogna et leva les yeux au ciel.

— Interrogez qui vous voulez. Elle est le pivot du service. Le jour où Lyd passera l'arme à gauche, nous nous retrouverons tous au chômage. Solide comme un bœuf, bien sûr, mais ce sont justement ceux-là qui réclament de la sympathie, de l'attention. Vous voyez ce que je veux dire ?

Ruth détourna les yeux, furieuse contre elle-même – contre lui, la situation, tout.

L'auxiliaire saisit un verre de vin et le renifla, dédaigneux.

— Qui êtes-vous, exactement ?

— Nous nous sommes rencontrées par hasard. Elle m'a invitée à la raccompagner.

— Ça ne ressemble pas à notre Lydia.

— Je ne saurais le dire.

Dans le salon, Lydia reposait sur son lit de fortune. L'auxiliaire féminine remballait ses affaires. Son collègue consulta sa montre.

— Nous ferions bien d'y aller. On ne sait jamais, il y a peut-être quelques vies à sauver dans le coin. À votre place, ma petite dame, ajouta-t-il sèchement, je rentrerais chez moi. Elle s'est assez divertie pour aujourd'hui.

Ruth ne digéra pas le commentaire, mais elle retint sa langue. Elle les raccompagna à la porte et mit son duffel-coat et son béret. Elle poussa la porte du salon et jeta un coup d'œil à l'intérieur. Lydia était en train de reprendre ses esprits. Ruth entra sur la pointe des pieds. Elle s'assit sur le bord du lit. Elle prit la femme par la main.

— Ça va, alors ?

— J'ai dû m'assoupir. Il est parti ?

— Ils étaient deux. Ils sont partis tous les deux.

À l'horizontale, emmaillotée dans des draps souillés, Lydia paraissait frêle, petite et désorientée. Ruth eut pitié d'elle. Elle avait l'air de contempler le monde de son linceul.

— Parfois il vient quand je suis sortie, murmura Lydia. D'autres fois, il vient la nuit, quand je dors. Il fouille dans mes affaires. Je l'entends.

— Quoi ? L'infirmier ?

— Quel infirmier ?

C'était sans espoir. Ruth secoua la tête.

— De qui parlez-vous exactement ?

— Je parle de Sander, ma chère. Il aime fouiller quand il me croit le dos tourné.

— Vous aviez dit qu'il était mort.

Le regard de la vieille femme se voila, angoissé et perdu. Elle serra les poings contre sa bouche.

— Je suis si lasse, si lasse.

Ruth songea à évoquer de nouveau Scheele, mais c'était aller au-devant des ennuis. Elle en était malade. Elle avait envie de se tirer vite fait, de laisser ce foutoir derrière elle. Malgré tout, l'état de la femme piquait sa conscience civique.

— Écoutez, vous voulez que je reste ?

— Non, bien sûr que non, ma chère. On est quoi, demain ? Dimanche ? Les services sociaux viennent. Tout ira bien, promis. Je vous l'ai dit, j'ai l'habitude d'être seule.

Ruth sortit une carte de visite de son sac et la posa contre la lampe de chevet.

— Mon adresse et mon numéro de téléphone. Juste au cas où vous voudriez me joindre. J'ai pris la photo. Je vais en faire faire une bonne copie et je vous la déposerai, d'accord ?

— C'est si gentil à vous. J'aurais préféré que vous ne me voyiez pas dans cet état, mais qu'est-ce que j'y peux ? Peut-être que lorsque je serai de nouveau sur pied, nous pourrons nous revoir.

— J'aimerais bien.

Lydia sourit. Le brouillard se dissipa et ses yeux s'éclaircirent.

— Parlons de vous. J'ai remarqué quelque chose à votre sujet. Votre façon de marcher. Votre façon de parler. Vous ne laissez rien paraître de vos sentiments.

Ruth lui rendit une moitié de sourire.

— Je les porte à l'intérieur. C'est la dernière mode.

— Vous savez ce que je veux dire. Vous ne révélez rien.

— Ah ? Mais je n'ai pas de secrets.

— Je n'en suis pas si sûre. Vous ne devriez pas vous ronger les ongles.

— Je vous parlerai de moi une autre fois. Promis.

— Il y a quelque chose qui ne va pas, n'est-ce pas ? Vous n'êtes pas obligée de répondre, bien sûr. Mais je sens ces choses. Je ne suis pas née de la dernière pluie, on ne me la fait pas, vous savez.

Dehors Ruth respira un grand coup et noua son écharpe. Il était minuit passé, il faisait un froid glacial, mais l'air hivernal lui parut tonique et purifiant. Il chassa les odeurs de pisse de chat et de vieillesse de ses poumons. Le sang reflua dans ses joues avec un fourmillement, une sensation presque jouissive.

Elle s'arrêta un instant pour se repérer.

Une grosse lune eut l'obligeance d'apparaître entre deux nuages pour l'aider à retrouver son chemin.

Elle tourna à droite et partit d'un bon pas, traversant le Prinsengracht, avant de s'enfoncer dans le terrier du Jordaan avec ses brocantes et ses librairies familières, les étals fermés du marché aux oiseaux, les soirées d'accordéon sentimental au De Twee Zwaantjes ou les rideaux de velours qui s'ouvraient sur la scène conviviale du café De Doffer. C'était l'Amsterdam de Ruth – loin du snobisme collet monté, genre balai dans le cul, du Keizersgracht pourtant à un jet de pierre de là.

Elle songea à sa péniche, à son lit, au coton propre et frais de sa taie d'oreiller, et l'envie de dormir lui envahit les veines telle une drogue.

La neige fraîche était profonde, craquante et lisse. On avançait bien dedans, à condition de planter fermement un pied devant l'autre. Et c'est ce qu'elle fit, laissant de jolies petites empreintes bien nettes, avec le logo de la marque imprimé dessus.

Ces empreintes, c'était du gâteau que de les suivre.

Si quelqu'un avait décidé de la filer, elle ne s'en serait jamais aperçue, même en jetant un coup d'œil derrière elle. Un type qui vous suit peut marcher avec nonchalance et garder ses distances. Fredonner, reculer, voire s'offrir un peu de lèche-vitrines ou allumer une cigarette. Il n'y avait pas le feu au lac. C'était une nuit

paisible, propre au rêve. Un temps pour la solitude et les réflexions personnelles.
Alors pourquoi s'en faire ?
On avait tout le temps du monde.

7

Myles voyagea pour le bureau pendant une quinzaine de jours : Utrecht, Rotterdam, Leiden. Il revint en milieu de semaine mais tout le monde avait plié bagages. Le chauffage du bâtiment administratif du Rijksmuseum venait de rendre l'âme et personne n'était prêt à se les geler même pour l'amour de l'art – et surtout pas Cabrol, leur coordinateur aux jambes grêles. La panne datait du lundi matin. Ruth, Pieter et les autres chercheurs avaient rapporté tout le travail possible chez eux.

Myles appela Ruth juste après 9 heures.

— Tu as traîné avec elle, non ?

— Et alors ?

— Tu peux pas choisir quelqu'un de ton âge ?

— La ferme, Myles, j'ai à faire. Qu'est-ce que tu veux, exactement ?

— Te voir. Et fissa.

— Ça ne peut pas attendre ?

— Fissa n'attend pas. De toute façon, tu ne poserais pas la question si tu savais ce que j'ai à te dire.

— Ouah ! Monsieur joue les mystérieux.

— C'est à propos de ta chère mamie, en fait.

— Lydia ?

— T'en connais d'autres ? Ne me dis pas que tu commences une collection.

— Nia-nia-nia !

Sa voix descendit d'un demi-ton.

— Cela concerne le tableau, en fait, plus que la propriétaire présumée. Je ne fais qu'exécuter les ordres, petite. C'est toi qui m'as demandé d'ouvrir l'œil à ce sujet.

— Et ?

— Aujourd'hui à une heure. De Jaren, dans Nieuwe Doelenstraat. Tu sais, cet endroit plein de branleurs tendance comme nous.

— Ça vaut le coup à ce point-là ?

Un silence. Elle l'entendit respirer et imagina la lueur d'amusement dans ses yeux. Mais, lorsqu'il reprit la parole, ce fut d'une voix plate et insipide. Comme s'il se mouchait ou s'efforçait de parler sans bouger les lèvres, pour des raisons connues de lui seul.

— C'est un drôle de truc. J'ai jamais rien vu de pareil – tu jugeras par toi-même.

Ruth avait effectivement revu Lydia.

Tout avait commencé par un coup de téléphone de Ruth, qui, coupable, voulait vérifier si Lydia était toujours de ce monde. C'était parti de là... Déjeuner au Dock 10. Une visite au musée des Tirelires. Café deux fois chez Schiller sur Rembrandtplein. Chacune commençait à faire partie de la vie de l'autre – deux âmes sœurs se découvraient peu à peu. En vérité, chacune avait senti d'instinct la tristesse de l'autre. Elles s'étaient ruées à la rescousse l'une de l'autre tels des saint-bernard, mais chacune armée de provisions et de méthodes de sauvetage différentes.

Ruth aida Lydia à faire le tri dans sa garde-robe, apporta des trucs chez le teinturier et examina les piles de factures impayées. Elle compta treize chats, mais ils ne restaient jamais immobiles assez longtemps pour qu'elle fût sûre du nombre. On commençait déjà à prendre des dispositions pour réduire cette estimation de mauvais augure – trouver des foyers pour au moins trois d'entre eux. Ruth réécrivit la réclamation à la collection NK, fournissant un exemplaire hypernet de la photo. Elle rédigea sur ordinateur une lettre officielle mais énergique pour remplacer l'original, bourré de digressions et en partie illisible. De temps en temps, elle fouinait, en quête du stock de lettres ancestrales, mais ses efforts ne menèrent à rien. Elle dénicha un nouveau médecin, spécialiste de l'asthme et des allergies.

Pour sa part, Lydia n'arrêtait pas de bavasser.

La petite vieille avait une manière absurde de voir les choses. C'était une sorte d'allumée, une visiteuse d'un monde parallèle qui occupait le même espace que tous mais une époque différente. Certains jours, rien que de penser à elle, Ruth avait un sourire désabusé. Au-delà de tout ce foutoir miteux, Lydia restait une énigme. Quoi qu'on pensât de la vieille chouette, elle avait toujours été sur la brèche – une patineuse au bord du précipice. Personne ne pouvait le nier. Et elle partageait ses souvenirs intacts avec sa nouvelle connaissance, malgré des moments de surdité ou de distraction qui surgissaient à tel point nommé que cela en devenait suspect.

Apparemment, certains sujets étaient tout simplement tabous.

Jusque-là les vieux n'avaient pas tenu grand-place dans les préoccupations de Ruth. *Vieillard. Vaguement relié à l'*Homo sapiens. *Caractéristiques : met vingt minutes de trop pour acheter un timbre à la poste.* Maintenant, dans la rue, elle commençait à les regarder d'un œil neuf. C'était plus fort qu'elle.

Étaient-ils tous comme ça, à attendre le moment où ils pourraient jacasser à en perdre la voix ?

On appuie sur ON, mais où est le bouton OFF ?

Ruth s'étira, bâilla et glissa une main sous son pull d'Aran pour une séance de grattage. Elle se glissa dans un jean délavé, remplit sa bouilloire de camping cabossée et la posa sur le gaz. Puis elle monta sur le pont, se pencha par-dessus bord pour examiner les virures et les rivets, et braqua les yeux vers le ciel.

De son mouillage sur le Prinsengracht, la vue s'étendait jusqu'au Bloemgracht. Le soleil matinal dominait l'eau, tel un abricot pâle en lévitation. Il donnait une nuance rosée à l'atmosphère et aux arbres en fleurs, offrant une superbe fluorescence aux gables à redents de l'immeuble de la Fondation Keyser.

Un potage de brouillard s'accrochait encore à l'eau, et de temps à autre des filaments s'en détachaient çà et là.

Tralala ! songea-t-elle. *Tralala !*

Elle tapa dans ses mains et les frotta jusqu'à ce qu'elles rougissent.

Elle s'éclaircit la gorge et glapit joyeusement : « Tralala ! Tralala ! »

Le Chinois chauve au visage rond, propriétaire de la librairie d'ésotérisme, balayait devant chez lui. Il leva les yeux, surpris. Elle l'avait surnommé M. Lune. Il trahissait un penchant pour les larges cravates psychédéliques. Il avait des yeux déconcertants. On aurait dit qu'ils auraient eu plus de sens vus à l'envers, comme dans ces images où deux visages émergent d'un seul. Appuyé sur son balai, il regarda autour de lui et lui adressa un signe de la main quand il reconnut Ruth. Celle-ci lui rendit son salut, comme s'ils étaient cul et chemise. Elle s'assit tel un maître d'équipage sur le plat-bord et contempla son domaine.

En théorie, l'eau de mer était pompée dans les canaux à partir de l'Ijsselmeer, et les eaux sales, charriées à marée basse dans la mer du Nord, à Ijmuiden. En réalité, le système de canaux était un égout à ciel ouvert du XVIIe siècle, une des fonctions pour lesquelles il avait été prévu à l'origine. Petit à petit, les péniches, les vaisseaux et les arches étaient raccordés au système d'égouts moderne. En attendant, on n'y vivait pas vraiment comme au milieu de l'océan. Des ordures dansaient sur l'eau et, en plus, de nouveaux graffitis colorés étaient apparus sur l'écoutille. Malgré tout, l'odeur de goudron et le parfum de fumée de bois montant de sa cheminée restaurèrent la bonne humeur de Ruth.

Un bateau était un bateau, et il y avait plein d'arguments en faveur de ce mode de vie.

Dans ce pays, ce n'était pas l'eau mais la terre qui était précaire : une plaine en dessous du niveau de la mer qui disparaîtrait complètement si les eaux montaient de vingt mètres. On évitait l'expression « niveau de la mer » dans les conversations courantes, on lui préférait celle de NNA – niveau normal d'Amsterdam. Un sigle convivial. Niveau de la mer, c'était avoir de l'eau jusqu'au gosier. Niveau de la mer, c'était de l'eau salée plein les narines. N'oubliez pas cela, vous autres putrides terriens ! Tout bien considéré, et étant donné la réputation de Sodome et Gomorrhe moderne d'Amsterdam, avoir une arche sous la main n'était pas une si mauvaise idée...

Après moi, le déluge...

Le *woonboot* de Ruth, le *Speculant*, était une péniche Luxemotor à fond plat de 1935, un ancien et robuste transporteur d'agrégats d'un peu plus de trente-six mètres de long sur cinq mètres de large avec quatre-vingt-dix centimètres sous la ligne de flottaison – un élégant animal marin, de sa fière étrave droite au gracieux renflement de sa poupe, même si son âge commençait à se faire sentir.

Ruth et Maarten avaient étudié de concert pour décrocher leur brevet de pilote. Ils avaient acheté la péniche à Lemmer, l'avaient équipée d'un moteur diesel Detroit de 180 chevaux flambant neuf et avaient traversé à petite vitesse la vaste étendue de l'Ijsselmeer, qu'ils préféraient tous les deux désigner par son nom historique. Bras dessus, bras dessous dans la timonerie, ils avaient fredonné une vieille chanson qui parlait de « siroter du cidre près de la Zuiderzee ».

C'était le bon temps, quand tout semblait pouvoir durer éternellement.

Ce bon vieux temps qui un jour s'était arrêté.

Le *Speculant* était un gros bateau. Un équipage de trois personnes était idéal, mais on pouvait aussi s'en tirer à deux, à condition que l'un des deux soit un homme. Il fallait du muscle et un savoir-faire masculin pour vivre sur l'eau, comme Ruth l'avait appris à ses dépens. Il y avait du métal brillant à astiquer. Du bois à poncer et à vernir. Des pompes de cale à réparer et des manivelles à huiler. Au moins la population fluviale se tenait les coudes, on ne laissait pas les voisins dans la panade. L'esprit de corps faisait partie du folklore ambiant.

Elle soupira, vérifia la timonerie et remonta dans la cambuse.

Le gaz était coupé, l'eau de son café matinal complètement froide.

Elle baissa la tête pour renifler le brûleur. Elle n'avait peut-être pas allumé ce fichu truc.

Elle craqua une allumette et tourna le bouton.

Rien à faire. Étrange...

Par souci de sécurité, la bouteille de gaz Calor était installée à l'extérieur. Un tuyau passait par un trou dans le pont.

Y avait-il un problème avec le tuyau ?

Peu probable.

Elle remonta sur le pont et alla à tribord.

Le tuyau était neuf et, de toute façon, le matériel était de superqualité. Elle le tâta tout de même sur toute sa longueur. Pas de fentes ni de nœuds. Elle vérifia le régulateur à cloison. Puis elle repéra le problème : le tuyau pendait mollement de la bouteille de propane de six kilos. Il s'était détaché. Elle secoua la bouteille. Vide, bordel ! Elle la secoua de nouveau pour en être sûre. Elle l'avait acheté la semaine précédente, et une bouteille durait normalement plusieurs mois. Quant au joint, c'était un mystère. Le tuyau se rattachait à la bouteille par un connecteur et un collier de serrage. Elle avait resserré le collier elle-même. Pas à fond – exact. Si on serrait trop, on courait le risque d'entamer le tuyau. Mais ses poignets et ses mains se rappelaient la force ferme et constante qu'ils avaient exercée pour le fermer. C'était un geste qu'elle avait répété des dizaines de fois.

Elle ne pouvait pas croire qu'elle s'était plantée.

Elle se redressa, posa ses mains sur ses hanches et se mordit la lèvre inférieure.

Peut-être cela avait-il quelque chose à voir avec le froid, bien que la physique de base suggérât le contraire. Elle haussa les épaules, descendit dans le salon et téléphona pour commander une bouteille neuve. Vingt-quatre heures de délai, lui annonça-t-on. En attendant, il n'était pas question qu'elle se passe de son café. Elle remonta en traversant la cabine, fit le tour de la timonerie, se planta sur la passerelle et siffla avec force grands gestes, tel Robinson Crusoë, pour attirer l'attention des Jongewaards qui balayaient le pont de leur péniche juste à côté.

Le Seigneur soit loué d'avoir créé les voisins !

Dix minutes plus tard, elle était de retour avec une Thermos d'Illy, le meilleur *caffè macinato* italien.

Elle se versa sa première tasse de la journée.

La passion de Ruth, c'étaient les vieux disques. Le fleuron de son salon était un pick-up Dansette Popular à quatre vitesses de 1962 en similicuir rose, avec changeur automatique, la Rolls Royce des tourne-disques. C'était difficile de mettre la main sur des saphirs, mais elle y arrivait. On pouvait écouter dessus des 45-tours, des 33-tours vinyle et les vieux 78-tours. Elle possédait des centaines de disques, pour la plupart dans leur pochette d'origine, rangés par ordre alphabétique d'interprète sur des étagères *ad hoc* placées haut. Le joyau de sa collection était une série originale de Chet Baker.

Elle alluma l'appareil et mit le « Where the Lazy River Goes By » de Gladys Palmer accompagnée de l'orchestre Roy Eldridge, un enregistrement de 1937. Il y avait une bonne trompette dans ce morceau, probablement Roy Eldridge lui-même.

Elle sirota son café, soupira, jeta un coup d'œil dans la cambuse derrière les citernes de fuel et d'eau, puis dans le salon, où elle était assise. Le tapis et les tissus d'ameublement étaient un peu râpés, mais c'était devenu sa maison. Certes, c'était un peu jouer à faire semblant d'être le capitaine d'un bateau qui n'allait absolument nulle part, mais cela aussi revêtait un cachet poétique.

Les lambris et les meubles en teck vernis, les ferrures en laiton luisaient chaleureusement dans le soleil hivernal comme les dorés et les rouges d'une petite reproduction de *La Fiancée juive*, ou *Isaac et Rebecca*, de Rembrandt. Le mari avait la main posée sur la poitrine de sa femme, dont il ne croisait pas le regard ; leurs expressions étaient totalement impénétrables – et que diable la femme tenait-elle dans sa main droite ? Van Gogh avait déclaré qu'il donnerait dix ans de sa vie ne serait-ce que pour contempler ce tableau, avec pour seule pitance un pauvre quignon de pain de temps à autre.

À côté de la reproduction, une photo de ses parents à Driebergen, et, en dessous, son bureau – un écran d'ordinateur constellé d'empreintes de pouce et la pile de travail qu'elle avait rapportée à la maison. Son fauteuil était drapé d'un vieux rideau de velours bourgogne, qu'elle aimait pour sa grandeur perdue, sa décoloration inégale, le pigment lentement aspiré par les soleils d'antan. Elle l'avait acheté pour trois fois rien au marché aux puces de Waterlooplein, avec une boîte de pendeloques en verre taillé provenant d'un lustre démonté. Maintenant des pendeloques ornaient tous les hublots. Ils tournaient rêveusement au bout de leurs fils en Nylon, dessinant de minuscules arcs-en-ciel dans tout le salon. Elle suivit du regard la danse de l'un d'eux. Se balançant au-dessus de la bibliothèque encastrée, il éclaira un instant un réseau de toiles d'araignée.

Ruth grogna.

Elle était très à cheval sur la propreté. Rien ne la hérissait plus que les araignées – notamment l'oribatide et sa tendresse inexplicable pour les péniches et les bateaux. Ruth s'efforça de penser à autre chose, de se concentrer sur ce qu'elle devait faire – n'importe quoi.

En vain, elle se trouvait devant un cas de force majeure. Ses yeux n'arrêtaient pas de revenir se poser sur ces toiles d'araignée.

Elle fit un tour d'inspection des hublots de la péniche.

Des petites toiles de dame Nature pendaient partout.

Ce n'était guère le moment de l'année pour se lancer dans un nettoyage de printemps, mais rien ne pouvait plus l'arrêter à présent. Pendant trois heures, elle explora le salon, la cuisine, le pont avant et la cabine arrière, la timonerie et sa chambre. Elle épousseta et récura. Son courage ne faiblit que devant les ombres crasseuses de la salle des machines et de l'atelier.

Midi et demi.

Elle avait perdu la notion du temps.

Elle se lava rapidement, se changea, verrouilla tout et sauta sur son vélo.

Trépidant en pilotage automatique sur les pavés inégaux de Prinsengracht, elle passa devant la flèche de la Westerkerk dont les carillons étourdissants faisaient s'envoler les pigeons.

Le Herengracht ?

Non. Elle avait oublié de tourner quelque part.

Pas de quoi s'affoler... on ne pouvait guère espérer d'une ville constituée de quatre-vingt-dix îles reliées par cinq cents ponts d'obéir aux lois de l'espace euclidien. Si elle tournait à droite à la prochaine, ce serait bon.

Jusque-là, ni trams, ni taxis, ni feux rouges ne l'avaient arrêtée, mais soudain elle freina pour se repérer.

Elle avait la vague impression que quelque chose ou quelqu'un l'avait égarée. Dingue ! Elle était seule fautive. Elle souffla, furieuse, dans ses mains, se percha de nouveau sur la large croupe crevassée de sa selle en cuir et jeta un œil alentour.

Le pont de Leidsegracht et ses eaux à deux doigts de se transformer en plaque de glace. Un étal de fleurs, étincelant de roses d'hiver, près du pont. Et, plus loin, le grand clocher du magasin de meubles Metz.

Elle était bien près du Keizersgracht, le canal de l'empereur, aucun doute là-dessus.

Pourquoi s'était-elle arrêtée ?

Tout à coup elle comprit.

De l'autre côté du canal se dressait une belle maison du XVIIe siècle avec son gable en lyre et un cartouche inhabituel représentant la tête d'un homme bouche grande ouverte, laissant apparaître une langue sur laquelle quelque chose était collé.

Son cœur eut un raté.

Cette maison, ou Lydia elle-même, était un foutu aimant qui la détournait insidieusement de son chemin. Elle se fit l'effet d'une dupe, victime d'un mauvais tour de magicien.

Elle redressa une pédale du bout du pied, prête à repartir, quand la porte de la résidence de la Cloche s'ouvrit. Le heurtoir en laiton piégea le soleil et un homme âgé, distingué, vêtu d'un manteau au col de fourrure sortit : cheveux blancs bouclés, front shakespearien, il avait l'air satisfait de quelqu'un qui vient de résoudre un problème de routine et se trouve maintenant libre de prendre un peu l'air. Il tira la porte derrière lui et coinça sa serviette entre ses genoux pour enfiler ses gants en cuir. Il descendit le perron à pas comptés, comme un vieillard, et s'éloigna.

À peine était-il parti qu'un homme plus jeune jaillit de nulle part. Les cheveux bruns, chaussé de lunettes, il portait une veste écossaise marron avec le mot Cisco brodé dans le dos en lettres en chenille bleu pâle. Il franchit le perron quatre à quatre et sonna. Il posa un pied sur le mur – révélant une chaussure en daim – et fléchit le genou. Il se courba au-dessus de sa jambe comme un sportif en train de s'échauffer.

Le *Cisco Kid*, pensa Ruth – ce cowboy d'une vieille série américaine.

Soudain elle se sentit gênée de l'observer, même si rien ne justifiait cette sensation. Il n'était pas conscient de sa présence. Il ne s'était même pas retourné.

Elle résista à l'impulsion de partir.

La porte s'ouvrit – une vision fugitive de la Cloche –, et il entra.

Rideau...

La vie mondaine de Lydia s'intensifiait sérieusement. Cette pensée froissa Ruth, comme si on venait de la congédier, comme si on avait décidé de se passer de ses services sans plus d'explications. Et puis, elle avait cette drôle de sensation sur la nuque.

Elle se retourna brusquement.

À la fenêtre d'un entresol sur sa rive du canal, un store vénitien trembla légèrement quand une lame se remit en place.

8

Chez De Jaren, Myles mangeait des roll-mops. Ruth en prit un par la queue et se le glissa adroitement dans la bouche.

— Cette ville, fit-elle en mâchant, a été construite avec des harengs. Pas avec des diamants, de la drogue ou des poteaux en bois.

— Comment ça ?

— Elle a été fondée par les pêcheurs de harengs de l'Amstel, non ? Et même ces fichus émigrants portugais, s'ils sont venus ici, c'est parce qu'ils apportaient du sel du Portugal.

— Du sel pour les harengs ?

— Du sel pour les harengs, confirma-t-elle en déglutissant.

De la rue, le son d'un orgue de Barbarie leur parvint, avec sa respiration sifflante de valves et de tuyaux. Ruth s'efforça de reconnaître l'air. Il s'agissait d'une vieille chanson de marins qui lui rappela son enfance et la pièce enveloppée d'un bout de papier qu'on jetait par la fenêtre au musicien des rues. Elle cala sa tête sur une main, et Myles, voyant qu'elle était ailleurs, attendit le bon moment pour reprendre.

Même immobile, une grâce tranquille et une aisance discrète se dégageaient de cette jeune femme habillée comme un as de pique avec ses cheveux blonds coupés court. Il y réagissait avec la sensibilité particulière de l'obèse confronté à la beauté physique, une admiration proche de la douleur.

La musique s'éloigna.

— Toujours avec nous ?

— Et comment !

Elle revint lentement sur terre.

Le grand café aéré - profond puits de lumière, tout en verre et bois clair aux lignes pures, le reflet du soleil sur le fleuve au-dehors - n'était encore qu'à moitié plein. Des hommes solitaires vêtus de velours côtelé feuilletaient les journaux du matin. Des copines bavardaient autour d'entrées basses calories, des pâtes couvertes de lamelles de saumon fumé. De jeunes collègues de bureau déconnaient avec un téléphone portable.

Ruth fit signe à un serveur et lui commanda un chocolat chaud et un plat de crêpes *Poffertjes*.

— Allons, Myles, arrête de tourner autour du pot. Viens-en au fait. Pourquoi sommes-nous ici ? Raconte à maman.

Elle croisa les bras sur la table et fronça les sourcils.

Il en fit autant dans une imitation inconsciente.

— Sérieusement ?

— Sérieusement.

Il se pencha vers elle.

— J'ai eu un peu de temps pour moi à Rotterdam et Leiden, Ruth. Comme je te l'ai dit au téléphone, je me suis renseigné sur la provenance du Van der Heyden. Pas seulement pour toi ou la petite vieille, par curiosité professionnelle. Il y avait au dos du tableau quelque chose à propos de la fiche qui me chiffonnait. Je n'arrivais pas à me le sortir de la tête.

— Continue.

— Souviens-toi, il y avait une vieille étiquette – d'accord ? – sur laquelle on lisait « Johannes Van der Heyden. Amsterdam. Miedl. », suivi d'une sorte de cote. À côté, il y avait un tampon nazi de Linz, ainsi qu'une autre cote. Ensuite il y avait ce qui ressemblait à une étiquette de transport, disant que l'objet avait été transféré d'Alt Aussee au point de rassemblement de Munich. Cela fait pas mal d'étiquettes, et toi et moi savons ce qui se cache derrière certains de ces noms de lieux, n'est-ce pas ? Mais cela ne collait toujours pas. Alors j'ai regardé la demande Scheele pour le tableau, celle que Cabrol a classée, et soudain tout s'est mis en place. Enfin, presque. Une suite logique, dirons-nous.

— Lydia a qualifié Scheele de *bewariër*. Le tableau avait été confié à sa garde pendant la guerre, mais il l'a vendu. Pour son propre profit, selon elle. Une vente forcée, selon Scheele. Après la guerre, il a offert une compensation symbolique aux Van der Heyden. Lydia n'a pas voulu en entendre parler, mais son frère Sander a accepté. (Elle haussa les épaules et fronça les sourcils.) C'est le genre d'histoire qu'on a déjà entendue plus d'une fois, à peu de chose près. D'après elle, il a tiré beaucoup plus de la vente.

— Comment contredire une telle histoire ? La thèse de Scheele est irréfutable. Qui peut prouver qu'une vente a été forcée ? Mais du moment qu'il le prétend, il n'y a pas de raison particulière de douter de ses dires, bien qu'il ne soit pas en mesure de produire des reçus. Après tout, comme tu dis, Lydia ne pouvait même pas se mettre d'accord avec son frère pour accepter ou non l'offre de Scheele. Même si, aux termes de la loi hollandaise, toute transaction avec les nazis est jugée illégale, les ventes forcées relèvent de zones floues, sur le plan juridique. Elles se sont produites, avec divers degrés de coercition. Ce n'est pas vraiment un point de désaccord, à mon avis. Il suffit d'étudier les preuves de sang-froid et voir ce qu'elles t'apprennent.

— Je t'en laisse le soin.

— Excellente idée. Le fait que tu sois de mèche avec la vieille dame doit compromettre ton objectivité.

— Minute, papillon !

Ruth frappa la table du plat de la main et Myles tressaillit.

Des conversations s'interrompirent.

Des têtes se tournèrent.

— Mettons les choses au point. Je ne suis pas allée la chercher. Nos chemins se sont croisés par le plus grand des hasards. Je n'ai fait qu'arranger sa demande. Elle est âgée – tu vois ce que je veux dire ? Peut-être qu'à Londres, vous poussez les petites vieilles sous les bus à impériale pour économiser sur les retraites, mais ici on se comporte comme des êtres humains. Pour ce que j'en sais, elle pourrait très bien être atteinte d'Alzheimer. Quoi qu'il en soit, elle n'est pas à la hauteur pour ces trucs-là et il n'y avait personne d'autre pour l'aider. (Ruth fronça soudain les sourcils, troublée. Elle venait juste de se rappeler le changement de la garde devant le palais de Lydia, moins d'une demi-heure plus tôt.) Cela ne me concerne plus, Myles. Cabrol est le responsable de la coordination. La commission et lui examineront l'affaire. Ce que je veux dire, c'est que je n'ai pas trafiqué ses preuves. Je n'ai pas pipé les dés. Je l'ai juste aidée à présenter son dossier. Un travail de secrétaire – rien de plus.

— Scheele a un dossier lui aussi.

— Je n'en doute pas une seconde. « Un galeriste hollandais fait une vente forcée. » Comme tu le dis, cela tiendra peut-être devant le tribunal. Qu'est-ce que tu veux que je fasse, que je lui tape aussi ses lettres ?

Myles soupira et secoua la tête.

— Tu es bien nerveuse.

— Ça, c'est sûr. C'est la chaleur et les salaires de misère.

— Permets-moi de rectifier quelque chose. Scheele n'est pas galeriste et ne l'a jamais été. C'est un homme d'affaires. Alois Miedl, en revanche – le nom sur la première étiquette, tu te rappelles ? –, Miedl était un marchand et un proche de Scheele.

Ruth dressa l'oreille.

— *Alois* Miedl ?

— Ça te dit quelque chose ? Homme d'affaires et banquier allemand vivant aux Pays-Bas. Femme juive. Mêlé à un tas de trucs pas nets. Contrebande de diamants, par exemple, tentative d'achat de la côte du Labrador pour assurer l'approvisionnement en bois de la patrie.

— Un escroc à la petite semaine.

— Exact. Aujourd'hui, il vendrait les débris du World Trade Center dans des coffrets-souvenir en Plexiglas ou délesterait M. Dupont de ses économies en lui vendant une villa en temps partagé. Le gouvernement canadien a vite mis le holà à ses prétentions sur le Labrador.

— Tu as parlé de diamants. N'est-ce pas le terrain de Scheele ? Lydia a dit un truc dans ce genre.

— C'était. Nous y reviendrons. Il est passé à la vitesse supérieure. Revenons à Miedl. Qu'est-ce que tu sais de lui ?

Le chocolat chaud était arrivé mais pas les crêpes. Ruth regarda autour d'elle, se demandant où elles étaient passées. Sa matinée consacrée à s'acharner sur des araignées l'avait mise d'humeur meurtrière et plongée dans le désarroi. Elle s'efforça de répondre à la question.

— Il travaillait en étroite collaboration avec Seyss-Inquart et Mühlmann, non ? Le commissaire du Reich et le ministre des Arts. Mais il n'en faisait qu'à sa tête. Un vrai électron libre. Il amenait les marchands juifs à lui vendre leurs biens en les intimidant. « Vendez tant que vous le pouvez, avant que ces odieux fascistes ne confisquent votre stock. » Pieter de Boer et lui étaient de vrais salopards quand il s'agissait de faire passer l'art hollandais entre les mains allemandes. J'ai raison, oui ou non ?

Myles se pencha, approbateur. Sa queue-de-cheval rousse rebondit sur le col de sa chemise écossaise.

— Parfaitement. Les marchands futés, comme Vecht ou Goudstikker, ont sorti leurs meilleures pièces plus tôt et ont essayé de sauver leur peau. Mais le grand filet de sécurité de Miedl dans toutes ses transactions n'était autre que le Reichsmarschall Göring. Il connaissait sa sœur et il s'était rendu à Carinhall, la somptueuse résidence des Göring près de Berlin. Göring, bien sûr, était féru d'art.

— Un homme aux goûts douteux, dit-on.

— Pour sûr ! C'est vrai, son Vermeer préféré, *Le Christ et la femme adultère*, était un faux grossier. Mais il aimait Cranach, Jan Bruegel, Rubens et Rembrandt aussi. De l'ancien classieux. Quand on y pense, la seule chose que les nazis n'aient jamais collectionnée, c'est l'art nazi moderne. En vérité, ils savaient tous que c'était de la merde, Adolf compris.

— Il aurait dû s'en tenir à ses aquarelles, lança Ruth en remuant son chocolat.

— C'est ce que ma tante Ivy dit toujours. Revenons à Göring. Amsterdam était un des endroits où il aimait venir faire un peu de shopping. Histoire de se remonter le moral, de se distraire des difficultés de la guerre. Le bureau Dienstelle de Mühlmann a ouvert des comptes d'achats d'art pour Göring et Hitler, et Göring envoyait son conservateur, Walter Hofer, en éclaireur, puis faisait un saut pour une tournée d'inspection une fois que la camelote était rassemblée. Comme en mai 1941, juste avant Dunkerque. On achète un ou deux trucs, puis on se fait un dancing ou deux. Du vin, des femmes et des chansons. Göring avait donc Hofer, et le bureau de Mühlmann était aidé par Edouard Plietzsch, l'expert berlinois en art hollandais. Comme Hofer, il analysait les collections à acheter ou à confisquer.

— Qu'est-il arrivé à Miedl ?

— J'y viens. Miedl a suivi Hofer pendant ce voyage de mai 1941 et l'a orienté vers diverses collections. Hofer conseillait. Miedl achetait. Tout un lot, par exemple, à Franz Koenigs, le banquier allemand non juif. Koenigs avait des problèmes de fric, et neuf tableaux de Rubens – entre autres belles pièces – l'ont tiré d'affaire. Göring avait la priorité pour les offres de Miedl, et Hofer touchait des dessous-de-table sur les reventes. C'était l'arrangement. En l'occurrence, Miedl était également en train de racheter la banque Liro. Ainsi Hofer était l'éclaireur de Göring, et Miedl, celui de Hofer. Miedl permettait à Hofer d'avoir deux longueurs d'avance.

— Sur qui, exactement ?

— Sur le Führer, déjà. Voyons, Göring et Hitler se considéraient tous les deux férus de culture, n'est-ce pas ? Du coup Göring n'arrêtait pas de courir à droite et à gauche pour mettre le premier la main sur les meilleures prises. C'est Miedl qui a déniché pour Hofer *La Madone à l'Enfant* de Cranach. Son meilleur coup a été de récupérer la société Goudstikker quand Goudstikker et sa famille sont partis sans payer. Tu te rappelles, Cabrol a parlé de ce marché. Ils ont mis à Göring le nez dans son caca à ce propos au procès de Nuremberg. Miedl a récupéré le nom de Goudstikker et tous les biens : le château Nyenrode, la villa Oostermeer, la galerie d'Amsterdam. Mais le signataire du contrat de vente était Hofer. Pourquoi ? Parce que Göring avait participé au financement et qu'il a hérité de six cents tableaux en remerciement, dont le Cranach dont je viens de parler. Miedl... Le nom qu'on retrouve partout. Le vrai pot de colle.

Le serveur avait une façon insolente de regarder ailleurs chaque fois qu'il passait.

Ruth l'attrapa par le coude.

— Vous ne m'avez pas oubliée, n'est-ce pas ? demanda-t-elle, tout sucre.

Il l'assura du contraire et s'enfuit.

— Tu me noies sous les détails, Myles. Qu'est-ce que tout cela a à voir avec le Van der Heyden ?

— « Johannes Van der Heyden. Amsterdam. Miedl. K41. RG.937 ». C'est une cote Hofer. Miedl est l'intermédiaire, bien sûr, c'est lui qui a mis la pression sur Scheele – c'est du moins ce que Scheele veut nous faire croire. Et RG est l'acheteur.

— RG, pour Reichsmarschall Göring.

— Voilà. Göring lui-même. Le gros lard en costume blanc fantaisie avec boutons brillants. Pas le genre voyant, comme mec, non ? Il n'y a pas d'acte de vente. Scheele prétend qu'il n'y en a pas eu. Il dit qu'il a touché mille florins cash.

— Pas mal, pour l'époque, je suppose.

— Ouais. Surtout pour un tableau inconnu d'un artiste hollandais tout aussi inconnu du XVIIIe siècle. Mais ça, c'est si on part du principe que l'évaluation est juste. Miedl avait manifestement vu le Van der Heyden chez Scheele et il lui a fait une vacherie. Pour une raison ou une autre, il estimait que le tableau avait de la classe. De la classe, mais pas seulement : il valait aussi son paquet de fric, naturellement. Il n'y a pas d'acte de vente, comme je l'ai dit, mais les dates de Scheele pour les visites et la vente correspondent. Miedl, Hofer et Göring étaient tous en ville à ce moment-là.

— Il pourrait avoir potassé ça à la bibliothèque du coin.

— Exact. Mais si on va dans son sens pour l'instant – et ces étiquettes semblent lui donner raison –, la question est : pourquoi ce tableau inconnu d'un artiste hollandais inconnu et franchement médiocre du XVIIIe siècle devrait-il présenter autant d'intérêt pour le commandant en chef de la Luftwaffe ?

— Je passe. Je ramasse la mise.

— Mais c'est pas fini, chérie. Prenons la deuxième inscription... Tu te rappelles ?

Un tampon. L'aigle du Reich et les mots Linz N° AR 6927. Linz pour... ?

— Linz pour Linz. Pas d'acronyme, en l'occurrence. Une charmante ville autrichienne sur le Danube non loin de Salzbourg. Cité chaleureuse. Vue sur les Alpes enneigées l'hiver. Le paisible tintement des cloches des vaches l'été. Tout ce qui lui manque, c'est un bon gros musée.

— Exact.

— Avec, disons, un peu plus de sept mille tableaux majeurs pillés dans chaque collection publique et privée d'Europe, ce qui constitue un tiers de la richesse culturelle du monde occidental.

— Brave petite ! Un Bruegel par-ci, un Léonard par-là... Linz était la ville natale de Hitler, non ? Et c'était à Linz que ce vieil Adolf allait coller son Führermuseum. Le joyau d'un vaste complexe culturel. Pas d'art contemporain, comme on a dit. Cela irait à la Haus der Deutschen Kunst à Munich. Rien que de l'ancien de valeur. Dans son bunker, Hitler a passé les derniers jours de la guerre à examiner une minuscule maquette de son musée rêvé. Sa fierté. La veille du jour où il s'est buté, il a légué la collection de Linz à la nation allemande. Il pensait que les British et les Yankees en avaient surtout après les Russes. Il n'a jamais imaginé que l'Allemagne serait découpée comme un pâté de foie, et il ne lui est jamais venu à l'idée non plus que les principales dépouilles de la guerre seraient rapatriées. D'une manière ou d'une autre, Dieu sait comment, son glorieux musée allait s'élever tel un phénix marchant au pas de l'oie.

— C'était un enfoiré de première, Myles, il faut l'admettre. Et ils l'étaient tous. C'est drôle comme ces barbares se considéraient comme des êtres cultivés.

— C'est ce qui tape sur les nerfs aussi. Il faut garder en mémoire que les mesures culturelles faisaient partie intégrante du génocide, de l'impérialisme. Hitler, Goebbels, Himmler, Göring, Rosenberg, Ribbentrop – tous ces pseudo-arbitres de la culture –, ils communiquaient par le biais de symboles et de mythes. La collection de Linz était la révision ultime du nouveau canon culturel, un immense remaniement des idoles de l'histoire.

Ruth sourit et secoua la tête.

— Si je comprends bien, tu es en train de me dire que le petit Van der Heyden de Lydia était réservé pour Linz ? On croit rêver.

— C'est ce que dit le tampon. Tu l'as vu toi-même. Linz était Hitler. Et le Dr Hans Posse aussi, l'émissaire spécial de Hitler. Ensemble, par le biais de leurs agents, ils ont dépensé 163 millions de Reichsmarks pour des œuvres d'art destinées au nouveau musée. Pas pour des saloperies, rien que la crème des crèmes. Ils ont été les plus grands collectionneurs d'art de l'histoire. Le Van der Heyden de ta Lydia était une des œuvres qu'ils guignaient. Une sur des milliers, d'accord – ce qui rend la chose moins incroyable. Mais c'est tout de même étrange que ça ait attiré l'attention de Göring, si mon scénario tient debout. D'abord Göring, puis Hitler, je dirais.

— Allons, Myles ! Tu sous-entends qu'ils se sont même battus pour lui, en respectant les règles du Marquis de Queensbury ? (Elle lui martela le bras de coups de poing pour rire.) C'est Laurel et Hardy ! Ou Chaplin – tu sais, le Dictateur.

— Hitler était... eh bien, Hitler était Hitler ! Il obtenait ce qu'il voulait. Personne ne se mettait en travers de son chemin. Ça me rappelle un incident. Je pense au musée Kröller-Müller. Göring était très attiré par trois tableaux que les bienfaiteurs du musée avaient achetés en Allemagne. Un *Portrait d'une dame* de Bruyn l'Ancien, une *Vénus* de Cranach et une autre *Vénus* de Hans Baldung Grien. Il estimait que leur prix avait été sous-estimé et qu'ils devaient revenir en Allemagne – dans sa propre collection privée, *natürlich* ! Il a donc dépêché Kajetan Mühlmann pour discuter avec le directeur du musée. Göring a obtenu ses tableaux, mais il a dû renoncer à l'un d'eux. Hans Posse, le directeur de Linz, a écrit à Martin Bormann pour lui signaler que la *Vénus* de Baldung Grien était un des chefs-d'œuvre de la Renaissance allemande. Quand Hitler en a eu vent, il a piqué le tableau pour Linz. Göring n'a rien pu faire.

— Et alors ?

— Je sais qu'on n'a pas beaucoup d'éléments dans ce sens, mais imagine – ce n'est rien qu'une supposition – qu'un truc semblable se soit produit ici. Cela expliquerait l'achat du Van der Heyden pour Göring par l'intermédiaire de Miedl, puis sa préemption pour Linz.

— Hofer a été coiffé au poteau, cette fois.

— Apparemment, oui.

— Mais pourquoi ce tableau ? Pourquoi le Van der Heyden ? Je ne pige toujours pas.

— Bon – là, je réfléchis tout haut –, Van der Heyden était hollandais, bien sûr. Pour les nazis, la Hollande, les Flandres et le Luxembourg constituaient le Reich nordique. Rosenberg dirigeait la Ligue de défense de la culture allemande, et les objets hollandais étaient particulièrement faciles à planquer sous ce terme général – plus que des urnes grecques ou des fresques italiennes, en tout cas. C'étaient de bas Allemands, mais au moins ils étaient allemands. Si bien que le grand art hollandais du XVIIe siècle, par exemple, était un bon point de départ pour l'ordre nouveau, la nouvelle orthodoxie.

— Van der Heyden était un homme du XVIIIe siècle. Nous le savons. Rien de grandiose à propos de la période ou du peintre.

Myles se laissa lourdement aller contre son dossier et haussa les épaules.

— Comme toi, je ne pige pas. Il y a quelque chose qui nous échappe. Mais je n'en ai pas tout à fait terminé. J'ai découvert d'autres trucs étranges.

Le serveur déposa les *Pottertjes* et s'éloigna d'un seul mouvement, comme un enfant jouant à faire l'avion.

Les minicrêpes, saupoudrées de sucre glace et nageant dans un beurre fondu translucide, dégageaient un chaud parfum farineux. Ruth s'y attaqua sans attendre.

— Tu t'es vraiment démené, dit-elle, admirative, la bouche pleine.

— Suis-moi, la môme. Ce n'est pas follement drôle, mais c'est éducatif.

Il la regarda manger, fasciné, puis s'excusa et se rendit aux toilettes.

À son retour, le portable de Ruth se mit à sonner. Elle le sortit de la poche de son duffel-coat et tâtonna en quête du bouton.

— Lydia m'a dit qu'il y avait une histoire derrière ce tableau. Sander, son frère, la connaissait. Il doit avoir emporté le secret dans la tombe.

Elle jeta un coup d'œil à son téléphone, jura et sursauta, regardant comme une folle autour d'elle.

— Qu'est-ce qui se passe ? demanda Myles, inquiet.

— Regarde un peu ça.

Elle lui tendit l'écran. Un SMS s'affichait :

Bon appétit*, Poule mouillée.

Ils se retournèrent tous les deux d'un bloc pour examiner la clientèle du café.

— Quelqu'un que tu connais ?

Elle jeta un nouveau coup d'œil à l'écran.

— Enfer et damnation. Un genre de farce. Je suppose.

Elle inspecta méthodiquement la salle, s'arrêtant sur chaque visage. Si une tête était tournée, elle attendait qu'elle soit visible. Elle se leva, s'approcha du bar et refit un tour d'inspection, furieuse. Quelques convives plongèrent du nez dans leur assiette, attendant qu'elle se rassoie.

— Alors ?

— Personne que je connaisse, pour autant que je puisse en juger.

— Pas moyen de connaître la provenance du message ?

Elle se pencha sur l'écran...

— Il y a juste un numéro, regarde.

47 107.8682

— Étrange, ajouta-t-elle. 47 pourrait être le code d'un pays.

— Ouais – le Père Noël ou le Grinch, appelant des terres gelées de Norvège. Mais je doute qu'il s'agisse d'un numéro de téléphone. Sois logique. C'est l'heure du déjeuner. Ton farceur à la con n'est pas forcément ici. Il compte juste sur le fait que tu prends un repas quelque part – n'importe où – en ville.

— Qu'est-ce qui te fait croire que c'est un mec ? aboya-t-elle.

— D'accord, un mec ou une nana. Quelqu'un qui possède des notions de langues étrangères, en tout cas.

— Hein ?

— *Bon appétit* en français.

— Nom de Dieu. Mais je déjeune avec Sherlock Holmes en personne !

Myles joua les vexés.

— J'essaie juste de t'aider, chérie. Je voulais juste dire qu'il est parfaitement possible que la personne qui a envoyé ce message ne soit pas ici, mais comment le savoir ?

Ils regardèrent de nouveau autour d'eux, s'attendant à moitié à voir le messager anonyme tomber le masque et abandonner.

Pas de chance. Personne ne bougea un cil.

— Compose le numéro. Celui qui s'affiche sur l'écran.

Elle s'exécuta, mais nulle sonnerie accusatrice ne retentit dans le restaurant. Elle colla l'appareil contre son oreille.

— Rien. Ce n'est pas un vrai numéro, Myles.

— Le terme de « Poule mouillée » n'a pas de signification particulière pour toi ?

Elle se renfrogna.

— Qu'est-ce que tu veux ? La définition du dictionnaire ?

— Ce n'est pas exactement où je voulais en venir. Ce pourrait être un terme affectueux, à la rigueur. Une sorte d'euphémisme.

— Écoute – je ne sais pas quel genre d'amis ou d'amants tu te trimballes, mais si « Poule mouillée » est un mot tendre dans ton vocabulaire, je dois être sacrement en retard sur les dernières tendances en matière d'argot gay.

Il secoua la tête.

— Bon Dieu, comme ce doit être difficile pour toi !

— Quoi ?
— D'être piégée comme ça dans un corps de femme.

Elle se ferma comme une huître. Elle repoussa son assiette de crêpes et bouda. Elle était à cran et de mauvais poil.

— On se tire ? demanda-t-elle au bout d'un moment. Tout ça me fout mal à l'aise.
— Mauvaise journée ?
— Les mots peuvent blesser, tu sais ? répliqua-t-elle, sincère. En plus, il y a toute cette conversation à propos de ces vieux nazis. Merde, Myles, ça me fout les boules, c'est tellement sinistre. Tu vois ce que je veux dire ?
— Nous dansons avec le diable, là, Ruth.
— Je crois que je me sentirais mieux si nous allions dans un endroit moins public. (Elle leva les yeux, croisa son regard et se reprit :) Oh, et Myles... désolée...

Ils longèrent l'Oudezijds Achterburgwal, passant devant le musée de la Marijuana, le musée du Tatouage et le musée de l'Érotisme, s'arrêtant pour commenter les vitrines de pipes à eau, d'art corporel et de godemichés. Elle le prit par le bras et calqua son pas sur sa lourde démarche cadencée.

Au bord du canal, des enfants jetaient du pain aux mouettes. Les oiseaux s'immobilisaient en l'air, puis piquaient droit sur eux comme des Yo-Yo pour saisir les miettes au vol.

Plus loin, Myles plaqua ses mains sur les yeux de Ruth et se lança dans un bavardage de vieille fille prude alors qu'ils passaient devant un vieil ivrogne moustachu en train de pisser joyeusement dans le canal. Il portait le costume hollandais traditionnel : une blouse rayée rouge, une culotte et une toque noires.

— Bien, dit Myles sans hésitation. Tu voulais un coin tranquille, c'est ça ? Eh bien, je connais l'endroit qu'il te faut.

Il l'entraîna vers une maison banale en bordure du quartier chaud.

— Notre-Seigneur au grenier, murmura-t-il. Personne ne vient jamais ici.

— Quoi ?

Ils payèrent un droit d'entrée, grimpèrent une série d'escaliers larges puis étroits et poussèrent la porte d'une minuscule église, dont la nef était flanquée de deux étages de galeries. L'édifice était vide.

— Myles ! Espèce de touriste ! Quel est cet endroit ?

— Ça ressemble à quoi ?

— À une église, bien sûr.

— Et ce n'est rien d'autre que ça. Une église clandestine dans une maison. Construite en secret dans ce grenier par les catholiques au moment de la victoire des calvinistes, en 1578. Le conseil de la ville étant devenu protestant, les catholiques entraient dans la clandestinité.

— Plus près de Dieu, Myles. Et pigeonnant les protestants. Et puis c'était pas la discrétion même : regarde ce putain d'orgue !

Myles se colla un doigt contre la bouche.

— Vas-y mollo avec les « putain », tu veux bien, chérie ?

Ruth réprima une génuflexion quand ils passèrent devant l'autel. L'impulsion se transforma, et elle regarda atterrée son doigt dessiner une croix sommaire sur sa poitrine, comme animé d'une vie indépendante. Je deviens catholique, se dit-elle. Je n'ai même pas été élevée en papiste, je ne suis même pas une foutue récidiviste, mais le fait est là.

Ce doit être l'encens, un truc dans l'atmosphère.

Ils s'assirent sur les trois chaises rouges du premier rang, Ruth sur une, Myles étalant son large fessier sur les deux autres, selon le principe de l'arc-boutant. Elle jeta un coup d'œil derrière elle, puis leva le nez vers les deux galeries en bois de chaque côté.

Pas un chat.

— Où en étions-nous ?

— À la troisième étiquette.

— Qu'est-ce qu'elle disait, déjà ?

— Alt Aussee vers point de rassemblement de Munich. Cela éveille quelque chose ?

— Bien sûr. Linz n'existait pas, sinon sur le papier. Il fallait bien que Hitler stocke quelque part tout ce qu'il piquait. Et il fallait un endroit sûr, avec la guerre qui faisait rage partout. Il fallait que ce soit sûr, difficile à trouver, sombre. Et la température comme l'humidité devaient être constantes, si on ne voulait pas se retrouver avec un tas de toiles détrempées et moisies.

— Quelque chose comme une mine de sel...

— Quelque part comme l'Alt Aussee. C'est près de Salzbourg, non ? D'ailleurs, le nom de la ville elle-même doit signifier « montagne de sel ».

— Près de Salzbourg, oui. Le Salzkammergut, une station estivale chic dans les Alpes. Alt Aussee est un complexe immense offrant des salles sur près de deux kilomètres à l'intérieur de la montagne. Quand les hommes de main de Hitler ont débarqué la première fois, ils y ont même découvert une petite chapelle secrète – comme celle-ci – avec des huiles religieuses. Comme les tableaux étaient en bon état, ils ont compris que c'était le bon endroit. Bien entendu, ils ont dû équiper les lieux. C'est là qu'est arrivé le matos du Führer sur des petits trains à vapeur qui faisaient le va-et-vient toute la journée. Le retable de Gand, la *Madone* de Bruges, le *Saint Florent* d'Altdorfer et, plus tard, les chefs-d'œuvre de Naples, de Monte Cassino. Quelque sept mille huiles en tout.

— Que s'est-il passé quand la guerre a commencé à mal tourner pour eux ?

— Avec la retraite des armées allemandes, Hitler a pratiqué la politique de la terre brûlée. Le Gauleiter d'Alt Aussee, un type du nom d'Eigruber, a pris l'ordre un peu trop au pied de la lettre. Il a tenté de faire sauter les mines avec tout ce qu'elles contenaient. Kaltenbrunner, le chef de l'Office de sécurité du Reich, a réussi à l'arrêter juste à temps. Du coup, au lieu de faire sauter les trésors artistiques mondiaux jusqu'à la fin des temps, ils se sont contentés de fermer les mines à l'explosif, enfermant tout à l'intérieur.

— La troisième étiquette est une étiquette de l'armée américaine, non ?

— La 3e armée. Ils ont également trouvé les archives du Einsatzstab Reichsleiter Rosenberg pour la collection du château de Neuschwanstein. Il ne s'agissait pas seulement de tableaux, il y avait des sculptures, des armures, des meubles, des livres – tout ce que tu veux. Ils ont réquisitionné les vieux immeubles du parti nazi à Munich, qu'ils ont appelés – je compte jusqu'à dix...

— Le Munich Collecting Point.

— Parfaitement ! Ils ont tout fourré là-dedans. Une tâche énorme, qui a pris un temps fou. Ils ont créé trois catégories d'œuvres d'art. La catégorie A pour les œuvres volées dans des collections publiques et privées. La catégorie B quand une compensation avait été versée par les nazis. La catégorie C pour des œuvres appartenant à la nation allemande en zone américaine. Les Yankees ont tenté de rapatrier les œuvres de catégorie C aux États-Unis pour les mettre à l'abri.

— Eh, « mettre à l'abri », je n'ai pas déjà entendu cette expression quelque part ?

— Mais certainement, ma chère. Notre vieux conservateur plein de sagesse, une fois de plus. Ils ont été arrêtés net par une protestation baptisée Manifeste de Wiesbaden. La dernière chose que souhaitaient les Américains, c'était bien qu'on leur reproche de se comporter comme les vilains nazis, même si cela a tenté certaines têtes de nœuds.

Il y eut un léger craquement dans la galerie au-dessus de leurs têtes.

Ils levèrent les yeux, attendant que cela se reproduise.

Rien.

La voie était libre.

— Ces bâtiments en bois sont vivants, j'en jurerais. Il suffit d'une petite différence de température et tu as ces minuscules mouvements et frémissements des solives et des poutres. Expansions, contractions.

Ruth se frotta le menton.

— Le Van der Heyden, le tableau de Lydia..., commença-t-elle.

— Le tableau de la collection NK, chérie. Il n'appartient à personne d'autre, pour le moment.

— Si tu veux. Mais quel qu'en soit le propriétaire, selon la classification américaine, il tombe dans la catégorie C, non ?

— Ouais. Quand un paiement avait été versé, l'idée était que les reçus pouvaient être établis ultérieurement, finalement les biens de catégorie B ont pratiquement tous été restitués, même si cela a pris du temps.

— En effet. Un demi-siècle plus tard, nous sommes encore en train d'essayer de mettre de l'ordre dans ce foutoir.

— Le plus drôle, poursuivit-il sur un ton de nouveau mystérieux, c'est que, selon les critères de Hitler – ou ceux de Posse, le directeur de Linz –, le Van der Heyden n'aurait jamais relevé de la catégorie B.

— Comment cela ?

— Tu te rappelles la cote Linz ? Linz n° AR 6927. J'ai regardé dans les archives de Linz et de l'ERR et ce n'est pas le type de cote qu'ils utilisaient pour les tableaux. On sait toi et moi qu'Hitler n'avait pas seulement des tableaux dans les mines de sel d'Alt Aussee. AR 6927 faisait partie d'une petite réserve privée d'objets que le Führer se gardait sous le coude.

— Quel genre d'objets ?

— C'est bien ce que j'aimerais savoir. Les archives de ce butin ont été découvertes dans la réserve de Schloss Banz, près de Bamberg, après la guerre ; elles y étaient conservées par le baron Kurt von Behr, l'un des chacals de Rosenberg. Pour percer cette petite énigme, l'un de nous va devoir mettre la main sur un membre survivant de l'OSS ou de la MFAA.

— La quoi ?

— Désolé, encore des sigles... L'Office of Strategic Services et le département des Monuments, Beaux-Arts et Archives.

Ruth s'approcha de l'autel et alluma un cierge, puis lâcha une pièce dans une boîte en fer-blanc. Elle plaça le cierge dans le petit bougeoir cylindrique.

— Je crois qu'il est temps que nous jetions un nouveau coup d'œil à ce tableau, dit Ruth en se tournant pour croiser le regard de Myles.

— Je le crois aussi. Et puis il y a autre chose : si Göring a bien été le premier à s'intéresser au Van der Heyden, par l'intermédiaire de Miedl, eh bien, Göring s'est suicidé à Nuremberg, mais sa femme, non. En avril 1951, elle s'est présentée dans ses plus beaux atours au bureau de Lane Faison, le directeur américain du point de rassemblement de Munich. Elle venait réclamer une petite Madone flamande du XVe siècle. Elle a raconté qu'il s'agissait d'un cadeau que la ville de Cologne lui avait fait à elle et non à son mari. Et tant qu'elle y était, elle a mentionné le Van der Heyden. Il lui appartenait aussi, selon elle.

— *Notre* Van der Heyden ? Pardon, je voulais dire le Van der Heyden de personne ?

— Celui-là même. Tout cela figure noir sur blanc dans le journal de Faison. Il n'en est rien sorti, bien sûr. En ce qui les concernait, l'incident n'était qu'une mauvaise plaisanterie.

— Conclusion... (Elle revint s'asseoir, une jambe repliée sous elle.) Miedl, Göring, Hitler, Frau Göring... ils savaient tous quelque chose que nous ignorons. Cela paraît évident. Toutefois, ils ne vont pas nous être d'une grande aide à moins que nous n'investissions dans un ouija ou que nous ne faisions appel aux services d'un médium ami des nazis. Par contre, Scheele est bien vivant ici à Amsterdam, bien qu'il ne soit certainement plus de la dernière jeunesse. Et s'il tient tellement à récupérer ce tableau, il a peut-être une idée du nœud de l'énigme.

— Ta Lydia aussi, peut-être.

Ruth secoua la tête, catégorique.

— Il a une valeur sentimentale pour elle, c'est tout. Nous avons fait le tour de la question et j'en mettrais ma main à couper. Après tout, il a été peint par son ancêtre, non ? J'ai essayé de retrouver ses lettres, à propos, mais macache ! Je finis par croire qu'elle les a rêvées. Hé, Myles, t'avais pas un truc à me dire à propos de Scheele ? À propos de ses activités ?

— Oh ! oui, bien sûr. Il ne donne plus dans le diamant. De toute façon, tout le secteur souffre, depuis les diamants ensanglantés d'Angola. Non, il s'est retiré il y a quelques années. Il a liquidé ses avoirs. Il est un des gros investisseurs du projet de reconstruction des quartiers des docks ici à Amsterdam. Centres de conférences, ports de plaisance, parcs, musées, immeubles d'habitation. Tu as vu ce qui sort de terre ?

— Et comment ! Je suis allée à l'inauguration du nouveau terminal pour passagers au port. Très impressionnant. Ça a dû coûter un paquet de pognon.

— L'ensemble du projet coûte un demi-milliard d'euros, pas moins. Vraisemblablement, Scheele n'est pas à court d'argent de poche.

— Assez riche pour avoir un chauffeur ?

— Son chauffeur pourrait avoir le sien.

Ruth croisa les mains et les serra contre sa poitrine.

— Dis donc, qu'est-ce que nous sommes sérieux, aujourd'hui, Myles. Non mais, tu nous entends ? Rien du badinage de bureau habituel à propos du batifolage dans la salle de photocopie ni des conjectures sur l'identité de ceux qui écrasent du Viagra dans le café de Cabrol.

Je me sens tellement adulte, tout à coup. Quel dommage que je n'aie pas mon appareil photo. Nous sommes sérieux !

Il la regarda, surpris.

— Si on ne peut pas être sérieux dans une église, où peut-on l'être ? À propos, pour qui as-tu allumé ce cierge ?

— Sais pas. Toi, moi, Lydia, le monde. J'ai sans arrêt ces inexplicables pulsions religieuses. Une sorte de tic génétique, un retour à mes ancêtres. Tu es croyant, Myles ?

— J'ai été vacciné. Dis-moi, as-tu trouvé quelque chose sur Van der Heyden lui-même ?

— Que dalle. Mais je vais m'y atteler. Je meurs d'impatience. Dès que nous serons rentrés au Rijksmuseum.

— Tu peux peut-être avancer de chez toi. Essaie le système de documentation sur l'Intranet. Tu as un code d'accès ?

Elle acquiesça.

— À ton avis, on doit en parler à Cabrol ?

— Il assiste à un de ces congrès CODART. Un truc de conservateurs à La Haye. Je ne sais pas si c'est une bonne idée d'en parler pour l'instant. Il se demanderait à quoi nous jouons. Le Van der Heyden ne fait pas partie de nos attributions actuelles. Nous n'en sommes qu'au E.

— C'est de la discrimination.

— Quoi donc ?

— De la discrimination alphabétique ! Si le tableau de Lydia avait été un Dürer, elle l'aurait récupéré beaucoup plus tôt.

— Exact, ou Scheele l'aurait récupéré. Peut-être que cela vaut le coup de soulever la question. En attendant, voyons ce que nous dénichons. Je ne sais pas, mais je n'ai pas l'impression que Cabrol apprécierait d'avoir deux francs-tireurs dans l'équipe.

9

Penché aussi loin que le lui permettait son ventre, M. Lune inspectait l'écoutille de la cambuse. Il avait passé la matinée à jeter des coups d'œil à la péniche depuis la vitrine de sa librairie, avant de céder à la curiosité. Malgré les formes de son torse, son incroyable cravate restait fermement en place, fixée à sa chemise bleu ciel impeccable par une épingle représentant un crocodile en argent. C'est l'attitude dans laquelle le trouva Ruth en revenant à la péniche à vélo.

Elle s'arrêta dans un grincement de freins. Elle suivit son regard.

Ensemble, ils étudièrent le nouveau graffiti du martin qu'elle n'avait jusqu'alors aperçu qu'à distance et de biais. C'était l'habituelle peinture en bombe d'un vilain rouge sang, mais cette fois, au lieu de tags ou de personnages de BD loufoques, elle tomba sur un symbole bizarre : une étoile à six branches, avec un cercle en son centre en contenant un plus petit.

Elle songea d'abord au Jodenster, l'étoile jaune portée par les Juifs.

— Fascistes, murmura-t-elle. Elle avait encore le sang tout retourné par les histoires de Myles. Elle examina la coque de la proue à la poupe.

Pas de croix gammées. Pas de slogans. Rien pour confirmer ni infirmer sa première impression.

M. Lune secoua lentement la tête.

— Je ne crois pas, dit-il avec ses voyelles rondes et traînantes.

Il tourna vers elle le spectacle impassible de son visage en face de lune.

— Six branches, insista-t-elle. C'est l'étoile de David.

— Vous êtes juive ?

— Non.

— Vous voyez ce que je veux dire. Elle n'est pas jaune, non plus. Et puis vous avez deux petits cercles. C'est un vieux, ça.

— Un vieux quoi ?

— Un vieux symbole. Pas comme l'étoile de David. Un cercle dans un hexagramme. Et quelquefois, on a une sorte de croix en haut. J'ai plein d'images de ce genre à la boutique.

— Montrez-les-moi, voulez-vous ?

— Bien entendu ! Mais pas maintenant.

— Vous fermez tôt ?

— Non, pas moi. C'est vous, vous avez de la visite.

Il leva perpendiculairement un index courtaud, la chair pincée au-dessus de l'articulation par une bague exotique en argent, puis le tendit tel un mousquet.

L'écoutille en bois de la cabine arrière était béante.

Ruth jura et poussa son vélo contre un arbre.

— Voulez que je vienne avec vous ?

Ils franchirent la passerelle à pas de loup. Elle lui fit signe de se taire et tendit l'oreille au-dessus de l'écoutille ouverte.

D'abord rien, puis un bruit d'eau qui coule et un fracas métallique.

M. Lune et elle échangèrent un regard.

— J'appelle les flics ? souffla-t-il.

— Peut-être... Peut-être dans une minute. Voyons d'abord. S'il s'agit réellement d'un intrus, nous nous contenterons de refermer l'écoutille et de la verrouiller.

Elle s'allongea sur le ventre et passa une tête par l'écoutille.

— Hé ! hurla-t-elle. Qui est là, bordel ? Qu'est-ce que vous foutez dans mon bateau ?

Sa voix tremblait, ce qui la surprit elle-même. Elle avait une désagréable impression de peur et de fureur.

Une silhouette plutôt petite se dessina sur le seuil de la cambuse.

La personne en question essuyait une tasse avec un torchon.

— Jamais tu fais la vaisselle ? fit une voix de femme. Je m'étais promis de ne pas céder, mais j'y ai bien été obligée, finalement. (Elle avança dans la lumière.) Ruth, ça va ?

— Qu'est-ce que tu fiches ici, Jojo ?
— Tu as dit que je pouvais ! Je t'ai dit que j'adorais ton bateau et tu as dit que je pouvais venir quand je voulais, de jour comme de nuit. T'as oublié ? Tu m'as même donné une clé. (Elle se hissa sur un échelon et repéra M. Lune.) Oh ! Salut ! Ruth, tu ne me présentes pas à ton ami ?

En bas, deux petites filles noires boulottes vêtues à l'identique de tenues tricotées main informes étaient perchées sur l'étroit canapé de similicuir. Elles gloussèrent nerveusement de concert à l'entrée de Ruth.
— J'ai amené les jumelles, les enfants de mon frère. J'espère que cela ne t'ennuie pas. Elles mouraient d'envie de voir l'intérieur ! Elles n'étaient encore jamais montées à bord d'une péniche.
— Je t'en prie, fit Ruth avec lassitude avant de s'asseoir lourdement.
Le petit incident lui avait procuré une montée importune d'adrénaline qu'elle aurait bien déversée à présent sur quelque chose. Elle avait envie de lâcher une réflexion mordante, mais ne put s'y résoudre.
Jojo, c'était Jojo.
C'était si peu hollandais de débarquer à l'improviste – d'entrer, de s'installer – que c'en devenait carrément flatteur. Cela impliquait une profondeur d'amitié qui transcendait tous les fossés. C'était comme si elle avait été acceptée dans la grande confrérie black qui foison-

nait aux limites de la ville dans le quartier baptisé le Bijlmer ou simplement le Zuidoost – sud-est –, à Reigersbos ou Ganzenhoef. Et, comme toujours, l'ombre de Maarten était entre elles, les bras posés paresseusement sur les épaules des deux filles, le lien éternel dans la chaîne humaine.

C'est drôle comme l'histoire, avec un grand H ou non, s'auto-alimente sans cesse. Si les Britanniques n'avaient pas donné Surinam aux Hollandais en échange de l'île de Manhattan ; si les Hollandais n'y avaient pas transporté par bateau leurs esclaves d'Elmina Castle au Ghana ; si le Surinam n'avait pas souffert de problèmes politiques et économiques depuis l'indépendance, eh bien New York s'appellerait New Amsterdam et Jojo ne serait pas là.

Si, si, si...

C'était de l'histoire en rétropédalage. Paradoxalement, Zuidoost s'était transformé en un ghetto américain, maintenant.

Le boulot de Jojo au foyer municipal était à la pointe du social : lutter contre le racisme et maîtriser le délicat équilibre entre l'assimilation et le maintien de l'identité ethnique. La dernière fois qu'elle était venue sur la péniche, elle avait piqué une crise de parano et déchiré l'exemplaire du *De Telegraaf* de Ruth sous son nez : Ruth l'ignorait mais le journal avait une tradition d'attaque systématique contre les immigrants.

Oui, Jojo était l'une de ces battantes, idéalistes, militantes. Elle ressemblait si peu aux deux abruties sur le canapé, si peu à Ruth elle-même. Son petit corps athlétique et son esprit vif étaient bâtis pour l'action, pour l'obtention de résultats – récemment, elle avait mené une campagne intensive pour la consultation démocratique concernant le nouveau projet de rénovation urbaine du Bijlmer.

Ruth mit « Whistler and His Dog » sur le Dansette, un enregistrement de 1913 de l'orchestre d'Arthur Pryor. C'était un morceau facile à retenir qui plaisait à la plupart. Les jumelles eurent l'air de s'ennuyer ferme. Elles entreprirent d'examiner les CD, la tête penchée de côté, mais rien ne parut retenir leur attention non plus.

— Z'avez pas de Youssou N'Dour ? demanda l'une d'elles.

Elle avait un ton taquin de moquerie adolescente. Les goûts musicaux de Ruth étaient catalogués « pas cool ». *La discrimination prend des milliers de formes*, songea-t-elle.

— J'en ai eu. La nouvelle version de « Thiapa Thioly » me plaisait vraiment. Mais quand il a écrit l'hymne officiel de la FIFA, c'était tellement nul, j'ai eu l'impression qu'il avait trahi son camp...

La fille se rassit et se tut.

Ruth exultait.

— Quelqu'un veut du Pepsi ?

Elles burent tandis que Ruth résumait la situation de Lydia, en imitant si bien la vieille dame que Jojo était pliée en deux. Elles parlèrent bateaux et visitèrent la salle des machines. Elles tournèrent les pages du vieil album photo, retraçant le réaménagement du Luxemotor, « avant » et « après ». Maarten maniant la paille de fer. Ruth récurant le pont. « Enfin chez soi ! », le couple heureux, bras dessus, bras dessous, brandissant une bouteille de champagne, attendant sans cligner des yeux que le paresseux déclencheur automatique de l'appareil photo veuille bien faire son boulot. C'était le jour où, près de dix ans auparavant, ils avaient jeté l'ancre dans le Prinsengracht.

L'air accablé d'ennui, les jumelles se tournèrent de nouveau vers les CD.

Ruth ferma l'album et serra affectueusement l'épaule de Jojo.

— Je n'avais encore jamais pensé à te le montrer.

Jojo lui fila un coup dans les côtes et eut un rire sec.

— Nous devenons aussi désespérantes que ses pauvres parents ! Mais tu ne crois pas qu'il serait temps que nous passions à autre chose ? On a laissé s'écouler un intervalle convenable et tout ça. Non qu'aucune de nous deux ne puisse jamais rencontrer un autre Maarten, bien sûr...

Ruth soupira.

— Ce n'est pas Maarten qui m'arrête. C'est moi. Je ne saurais l'expliquer. Mon horloge s'est figée.

— J'avais remarqué. Tu n'as pas exactement brûlé la chandelle par les deux bouts.

— Ça m'a toujours paru irréalisable. C'est vrai, pour allumer les deux bouts, il faudrait tenir la bougie à l'horizontale, un coup à s'inonder les genoux de cire chaude. Tu vois ce que je veux dire ?

— Alors qu'est-ce que tu fais avec la chandelle ?

— Ne m'en parle pas. Jojo, je vire à l'ermite. Je vis d'œufs durs et de chips, et, à part des vieux et des tapettes, je semble destinée à ne rencontrer personne en ce moment. De toute façon, j'ai toujours pensé qu'on n'était pas censé forcer ces choses. Ce n'est pas ce qu'on dit ? L'ennui, c'est que moins tu forces les choses, moins il reste à forcer. Peut-être que j'ai avancé. Peut-être que je me suis juste habituée à être un esprit libre. Une célibataire...

— Tu fais comme tu veux, chérie, mais rappelle-toi : aide-toi, le ciel t'aidera.

— Si Dieu pouvait m'offrir un petit arbre à fric dans un pot en plastique, ce serait extra. S'il te plaît, mon Dieu...

Ruth leva les yeux au ciel et joignit les mains.

— Des problèmes ?

— Comme d'habitude. Trop de mois à tirer le diable par la queue. J'ai atteint le montant maximum de dépense autorisé avec ma carte et, comme tu le sais, mon salaire se monte à que dalle. Mais je m'en remettrai. C'est moi la coupable d'avoir choisi un mi-temps.

— Je vais te dire, fais d'une pierre deux coups. Pourquoi tu ne te trouverais pas un vieux plein aux as ?

— Puisque tu en parles. Et toi ? (Elle la chatouilla sous le menton.) Allez, déballe tout. Comment va la petite vie amoureuse de Jojo ?

Jojo s'enfouit le visage entre les mains puis releva la tête. Elle réussit à afficher un large sourire tout en se mordant la lèvre inférieure. Cela sentait la grande nouvelle. Elle reprit après un silence théâtral :

— Eh bien, ma chère, je viens justement de rencontrer cet homme...

— Un vrai de vrai, vivant ?

Jojo acquiesça vivement.

— Petite cachottière !

— Non, ne dis rien ! plaida Jojo, prise d'un fou rire. Il ne s'est rien passé ! Je l'ai juste rencontré, c'est tout. Au bureau. Je dois avouer qu'il a un *je-ne-sais-quoi**.

— C'est l'un des tiens ou l'un des nôtres ?

— Oh, l'un des vôtres. Aucun doute là-dessus. Je ne voudrais pas retarder le programme d'intégration, n'est-ce pas ?

— Allez, accouche ! Raconte-moi tout.

— Non, Ruth ! Vraiment je ne peux pas. J'en ai déjà trop dit. Je suis tellement gourde. Et, de toute façon, je ne sais rien de lui. Absolument rien. Je ne sais même pas si je lui plais.

— Bien sûr que tu lui plais, Jojo. Tu as ce truc qui les fait tous craquer. (Jojo prit ses seins à deux mains comme si elle soupesait des mangues.) Regarde ce que tu me fais faire, andouille ! J'ai renversé mon Pepsi. (Ruth frotta les genoux de son jean et se lécha les doigts.) Venons-en au fait. Est-ce que je vais le rencontrer oui ou non ?

Jojo aspira profondément pour se ressaisir et reprit sur un ton confidentiel :

— Nous organisons une fête.

— Une fête ?

— Oui, une fêêêêêteuh ! Tu te rappelles ? Musique, rires, bon temps ? Mercredi prochain dans les bureaux du foyer municipal. Rien d'extraordinaire. Ça commence par une réunion chiante, mais tu peux y couper. J'espère que tu viendras, Ruth. Il faut que tu sortes un peu de ta coquille.

— Ne me dis pas ça. Si j'en sortais, je ne saurais pas où aller.

— Alors, rentre en toi-même. Oh, mon Dieu, ça fait tellement New Age, tout ça. Je ne l'entendais pas comme ça.

C'était trop d'excitation. Ruth tendit la main vers un pétard déjà roulé dans sa boîte posée sur l'étroit rebord sous le hublot. Jojo l'arrêta et désigna les jumelles de la tête.

— Nous ne voudrions pas corrompre la jeunesse moderne, n'est-ce pas ? dit-elle avec son accent traînant de vieille mama. Elles ont toute leur vie devant elles et elles ont besoin de toute l'aide possible. Dieu m'entende, je n'aurais jamais dû les amener dans ce lieu de perdition.

Après leur départ, Ruth se mit un Count Basie, brancha son ordinateur à la ligne téléphonique et se connecta à l'Intranet. L'Institut de l'héritage culturel, l'ICH, était en train de compiler une base de données des possessions et acquisitions sur le réseau des Collections des

Pays-Bas. Elle tapa « Van der Hyeden », mais l'icône « aucun résultat » s'afficha. Elle allait laisser tomber quand elle comprit son erreur. Incroyable comme les moteurs de recherche pouvaient tout prendre au pied de la lettre, se montrer ultra-intolérants devant l'erreur humaine.

Elle essaya de nouveau en corrigeant l'inversion de lettres : « Van der Heyden ».

Johannes Van der Heyden (1731-1790)

NK. Collection : Femme allongée au mimosa (huile sur cuivre, 91 × 63 cm, NK 352)
Carton de croquis (Bibliothèque du Rijksmuseum, Van Jl. 3051)
Œuvres dans d'autres collections : aucune donnée

Nous disposons de peu de renseignements sur la vie de Johannes Van der Heyden et connaissons peu ses œuvres. Sa famille semble être issue de la province du Brabant-Septentrional. Son père, Arnoldus, s'installa à Amsterdam en qualité de pharmacien ; il vendait aussi des pigments aux artistes et des fournitures pour la reliure. Johannes était censé reprendre l'entreprise familiale florissante, ce qu'il fit à contrecœur. Les références à son sujet trouvées dans les papiers d'artistes contemporains connus (Van der Mijn, Jan Van Os et Jan Ekels) suggèrent que sa véritable aspiration était de vivre de sa peinture, bien qu'il lui manquât le talent et la formation nécessaires pour réaliser son ambition – à laquelle, en outre, son père s'opposait vigoureusement. On sait qu'il a admiré le travail d'un peintre, marchand de timbres et collectionneur prospère, Cornelis Ploos Van Amstel (1751-1798), et qu'il a entretenu une correspondance, aujourd'hui introuvable, avec lui. *Femme allongée au mimosa* (sa seule huile encore existante) est exécutée avec un réalisme méticuleux, voire froid, qui rappelle Hendrik Keun ou Isaak Ouwater, mais la composition est diffuse et non résolue sur le plan descriptif. La poignée de croquis antérieurs qui a survécu au temps est naïve et d'une qualité médiocre. Les ambitions de cette figure marginale qu'était au mieux Van der Heyden n'ont débouché sur rien dans le monde artistique professionnel fermé, concurrentiel et raffiné de l'Amsterdam du XVIIIe siècle. On ne sait rien de sa carrière ultérieure.

Bernard Cabrol

Ruth fixa le nom à la fin de l'article et se frotta le menton.

Peu de renseignements.

On ne sait rien.

Le rugissement soudain d'une moto qui passait la tira de sa torpeur et elle cliqua sur son mail. Deux nouveaux messages.

Le premier :

Chère Ruth,

La vie est très paisible à Driebergen. Le jardin disparaît sous la neige ; nous y mettons deux fois par jour du pain et des noix pour les oiseaux. Ils nous en sont tellement reconnaissants. Un petit rouge-gorge tape même à la vitre pour attirer l'attention ! Maman a subi l'endoscopie et il n'y a rien, mais il faut encore lui retirer les calculs biliaires. Ils espèrent pouvoir lui proposer une date début mars. Nous avons fait une gentille promenade dans les bois la semaine dernière et nous avons trouvé une effraie qui s'était pris la patte dans une vieille ligne de pêcheur près du lac. Elle était morte, la pauvre. Tu n'imagines pas l'envergure de ces créatures! Depuis nous sommes rarement sortis, sauf pour faire les courses. Le vent est d'un froid glacial. Mais l'avantage de ces longues journées d'hiver, c'est qu'elles nous ont permis de faire d'énormes progrès au backgammon! Cela te dirait-il de venir un week-end? Tu nous manques et maman s'impatiente et Max gémit chaque fois que nous lui montrons ta photo sur la cheminée. Je crois qu'il a de nouveau des puces. Ces foutus colliers ne servent jamais à rien.

Affectueusement, papa

Elle leva le nez vers le calendrier et sa grille de petits carrés blancs accroché au mur. Ils étaient pratiquement tous vierges en dehors des mentions des phases lunaires et d'un rendez-vous chez le dentiste – qu'elle avait volontairement oublié. Il y avait le pince-fesses de Jojo le mercredi suivant – à noter – mais le reste résonnait d'un silence glacial. Pourquoi pas? Un misérable week-end d'ennui domestique n'allait pas vraiment entamer sa précieuse solitude et, en Hollande, les distances n'étaient jamais un problème. Tout se touchait, comme si les topographes fondateurs du pays – Gerardus Mercator et compagnie – s'étaient cavalièrement débarrassés de la dimension problématique de l'espace.

Elle prit un cracker au fromage dans la boîte en fer de la cambuse et ouvrit son second message.

Je sais à quoi tu joues, Poule mouillée. Tu danses pieds nus sur le fil du rasoir. Tu te promènes dans le labyrinthe sans le fil d'Ariane. Tu regardes, mais tu ne vois rien. Tu entends, mais tu ne comprends rien. Sors d'ici pendant qu'il en est encore temps. Rends visite à la vieille femme à tes risques et périls. Et n'oublie pas : on ne reproduit jamais que ce que l'on est. Le sureau ne produit pas de poires, les ronces, de grenades, ou les chardons, de figues. L'homme engendre l'homme et la bête, la bête. J'engendre la lumière, mais l'obscurité aussi est dans ma nature. Nous approchons de la cinquième densité. Y aura-t-il une nouvelle guerre entre les anges au paradis ? *Obscurum per obscurius, ignotum per ignotos.* Ton âme est souillée par la corruption et pourtant tu convoites le secret le plus noir. Plus d'un homme a péri sur cette route. La prochaine fois, tu perdras davantage que ton foutu appétit. Fais de beaux rêves, Poule mouillée, porte-toi bien. Et arrête les combines, compris ? Tu n'apprécierais pas mon genre de jeu.

47 107.8682

Elle se redressa sur sa chaise, raide comme un piquet.

— Nom de Dieu, murmura-t-elle.

C'était quoi ce bordel ? Ses doigts se mirent à trembler. Son estomac se noua.

Elle remonta à l'en-tête.

De : mystère@anonyme.com
A : rbraams@hotmail.com

Ce mail avait été envoyé moins d'une heure plus tôt et sans mention d'objet.

Elle tapa sur « éteindre » et la machine obéit.

Fermeture de Windows

Elle resta immobile plusieurs minutes.

Elle écouta le bruit lugubre d'une bouteille vide cognant contre la coque de la péniche.

Elle attendit que sa respiration et les battements de son cœur se calment.

Elle tremblait de colère. Elle détestait se faire traiter de poule mouillée par quelqu'un qui n'avait pas le cran de se dévoiler. Elle n'aimait pas ça du tout. Et elle était terrifiée, en plus. Elle n'avait jamais été victime d'intimidations. Pour envenimer encore les choses, les spéculations de Myles ne cessaient de la hanter.

Le nom de « Scheele » clignota comme un message subliminal sur l'écran de ses pensées.

La police ?

Un mail et un texto en valaient-ils la peine ? Et – qui sait ? – peut-être s'agissait-il d'un mauvais canular, d'une plaisanterie, d'une farce, bien que d'un goût plutôt douteux.

Peut-être le problème s'évanouirait-il de lui-même.

Mais la Cloche et son foutu tableau commençaient à laisser un arrière-goût désagréable, comme s'ils étaient en eux-mêmes la cause de toutes sortes de malentendus. Une beauté endormie sur une méridienne. Un bouquet de mimosa. Un homme regardant par une fenêtre. C'était fini et bien fini. Cela s'était passé un après-midi deux siècles et demi plus tôt. Il n'en restait pas moins que le tableau était réel et qu'un petit bout de l'ADN du peintre traînait encore sur le Keizersgracht, salement imbibé de gin.

Sur une impulsion hostile, elle téléphona à Lydia, mais, pendant que le téléphone sonnait et qu'elle imaginait la vieille femme se relever de son fauteuil et longer le couloir dans un effort arthritique, Ruth se reprit et réajusta rapidement sa tactique.

— Oui ?

— Lydia, c'est Ruth.

— Oh, ma chère, j'espérais que vous téléphoneriez.

— Rien de grave, au moins ?

— Non, rien du tout. Je voulais vous dire, le nouveau médecin – celui que vous m'avez trouvé –, il est merveilleux. Ce sont les chats ! Il dit que ce sont les chats !

— Quoi, les chats, Lydia ?

— Mon allergie, bien sûr. Il a fait tous les tests. Il va falloir que je les confie au refuge. C'est dommage, mais il n'y a rien d'autre à faire. J'espérais pouvoir en garder au moins un ou deux, mais il dit que c'est hors de question. Mais rien qu'un, cela ne ferait pas de mal, non ? Quoi qu'il en soit, une fois les chats partis, il faudra que je fasse un grand nettoyage de printemps – pour me débarrasser de toute cette poussière et de tous ces poils –, et ensuite mes tuyaux devraient se dégager. Pas l'asthme, mais l'allergie. L'un n'aide pas l'autre. C'est ce que dit le Dr Luijten.

— Je vois.

Toiles d'araignées ou poils de chat, chacun avait ses petits fléaux domestiques.

Soudain, l'humeur belliqueuse de Ruth s'évanouit.

Lydia n'était rien qu'une gentille petite vieille, cinglée mais pas idiote, avec un pied dans la tombe. Elle méritait bien un peu de camaraderie dans ses ultimes années. Ruth s'en voulut de la vague d'animosité et de soupçon qui avait déferlé sur elle à peine une minute plus tôt.

— Non que je réclame votre aide, continua Lydia. Je ne voudrais pas être un fardeau pour vous. Mais j'aimerais tellement vous revoir. Nous avons passé un si bon moment lors de notre dernière rencontre, nous avons eu une conversation si agréable. Cela paraît tellement loin maintenant.

Ruth jeta un nouveau coup d'œil à son calendrier.

— C'était il y a cinq jours.

— Seulement ? Oh ! mon Dieu ! Comme le temps file !

— Dites-moi, vous avez vu quelqu'un depuis notre dernière rencontre ?

— Non, personne.

— Vous êtes sûre ? Pas de visiteurs ?

— Pas âme qui vive, ma chère. Je suis toute seule, comme vous le savez.

Ruth fut de nouveau sur ses gardes. La mémoire de Lydia flanchait-elle ? Le matin même, elle avait aperçu deux visiteurs de son poste d'observation de l'autre côté de la rue. Peut-être n'était-ce rien d'autre que la pathétique feinte d'une vieille femme solitaire, tellement avide de compagnie qu'elle en était prête à tous les stratagèmes.

Comment savoir ?

— J'aimerais vous parler, en fait, Lydia, reprit-elle après un silence. (Elle s'efforça de prendre une voix ferme, du genre qui ne plaisante pas, une neutralité prudente.) J'aimerais vous entretenir de certaines choses.

— Alors venez, quand vous voudrez. Pas pour les chats. Non, je ne veux pas vous ennuyer avec ça. Je demanderai aux services sociaux de s'en occuper. Ils sont là pour ça, après tout, non ?

Après avoir raccroché, Ruth fit dix pompes et autant d'abdominaux.

Elle commençait à se reprendre.

Diverses tâches l'attendaient dans la péniche.

Elle reprisa un trou dans un de ses pullovers, changea les piles de la radio et dressa une liste de courses. Le petit réfrigérateur était vide, à part un yaourt à la banane qui avait dépassé depuis longtemps sa date de péremption et dont le couvercle accusait un gonflement de mauvais augure. Puis elle ralluma l'ordinateur, imprima le mail menaçant et étudia son langage ésotérique. Il était érudit, peut-être biblique, avec des relents de menace des feux de l'enfer. Elle n'avait aucune idée du sens de la citation latine. Il faudrait qu'elle cherche. Mais cette chose était tangible. Chaque contact humain laisse des traces, comme on le sait si bien en criminologie – et les contacts virtuels ne font pas exception.

Qui que fût son correspondant anonyme, elle lui était à présent étrangement reconnaissante pour une chose. Il ou elle l'avait ramenée à la vie – ou du moins à la vitalité. Certaines gens lui faisaient cet effet-là. Par l'opposition, par le conflit, elle se tracerait un chemin.

Cela ressemblait un peu à de l'amour.

10

— Votre chauffage remarche, à l'administration ? demanda une des bibliothécaires pendant que Myles remplissait sa fiche.

— Ouais, dit Ruth. Mais on attend encore le dégel de nos cervelles.

La fille embarqua la fiche et Myles s'assit à la grande table en chêne. Ruth se percha avec hésitation sur un radiateur brûlant, se réchauffant les mains et les fesses au risque de les faire rôtir.

— Alors c'est là que tu ranges ta cervelle, remarqua Myles.

Elle brandit un majeur en guise de réponse.

C'était le matin et ils étaient seuls. Encore une journée de neige, de vents sibériens et de ciels de plomb. Ils étaient volontairement arrivés en avance. Cabrol et Timmermans ne débarqueraient que dans une heure au bas mot.

— Montre-le-moi de nouveau, fit Myles, sérieusement cette fois, avec un geste de la main.

Il avait le visage rouge, la mâchoire raide de froid.

Elle lui tendit la sortie imprimante. Il la lut en silence et la lui repassa.

— J'ignorais qu'on pouvait envoyer des mails anonymement, dit-elle.

Il haussa les sourcils.

— Moi aussi. Qu'est-ce que tu vas faire à ce sujet ?

— Qu'est-ce que tu suggères ?

— Ou il s'agit d'un dingue ou de quelqu'un qui joue les dingues de manière très convaincante.

— Ça ne répond pas à ma question.

— Eh bien, te connaissant, comme tu ne vas pas te laisser intimider par la rhétorique extravagante de ce type, il y a des chances que tu entendes parler de lui de nouveau. À moins qu'il ne bluffe, il semble être au courant de tes moindres mouvements.

— Utile et rassurant, je dois dire. Merci tout plein, Myles.

— Tu n'es pas toute seule, chérie. S'il t'observe, il m'observe aussi. Pardon, il ou elle, devrais-je dire. Nous sommes tous les deux dans la ligne de mire de cet œil qui voit tout.

Instinctivement, ils se retournèrent, puis rirent de concert quand leurs regards affolés se croisèrent.

La bibliothécaire revint avec un grand carton à dessins. Elle le posa soigneusement sur la table et en dénoua les rubans noirs.

— Huit dessins montés sur des cadres en carton. Mêmes règles que d'habitude. Vous les tenez par le cadre. Pas d'éternuements, pas de toux et pas de stylos à encre dans le voisinage.

Elle repartit s'installer à son bureau, sur l'estrade, et les dévisagea au-dessus de ses demi-lunes.

Un à un, ils tournèrent les grands cadres en carton comme les pages rigides d'un livre. Les dessins étaient exécutés à la sanguine. Un paysage avec des moulins à vent au bord de la mer et deux scènes d'intérieur – une femme cousant, un enfant en train de jouer à ses côtés, et un homme et une femme munis de seaux en bois près d'une pompe à eau. Les cinq autres dessins représentaient une femme enceinte jusqu'aux yeux, debout ou allongée. L'un des derniers était un nu. Tous étaient signés « Johannes Van der Heyden ».

Ils étudièrent les croquis en silence, puis revinrent au premier.

— Alors ? dit Myles.

— C'est exactement ce que Cabrol écrivait dans sa note : « Naïf et de qualité médiocre. » Selon mon humble opinion, ils sont à chier.

— Le mieux que l'on puisse dire à leur crédit, c'est qu'ils dénotent une certaine liberté.

— Ça, c'est sûr. Ils sont peu structurés, sans discipline et libres, comme tu dis – libres de tout aspect pouvant racheter leurs défauts. Je parle technique, bien entendu. À d'autres égards, ils ne sont pas dénués de charme. Il y a un certain enthousiasme dans le mouvement des lignes et des hachures, certes – il se prend de sympathie pour son sujet –, mais pas l'ombre d'une notion d'exactitude anatomique, non ? C'est vrai, prends celui-ci. La femme a un bras plus long que l'autre, son visage est un vrai foutoir, il manque un pied à la chaise et la perspective est inexistante. Complètement incohérent.

Myles acquiesça, pensif.

— Il ne sait pas dessiner, reprit-il tranquillement au bout d'un moment.

Il y eut de nouveau un silence.

Ruth digéra les paroles de Myles, grogna et haussa les épaules.

— C'est ça, exactement ! Il ne sait pas dessiner. Ou il ne savait pas dessiner, devrions-nous dire. Parce que, après, quand il a produit notre *Femme allongée au mimosa*, il en était capable. C'est là que ça coince. Il y a des lacunes là-dedans. Ce sont manifestement des œuvres de jeunesse. Puis un jour, Johannes a pris des cours. Peut-être auprès de Cornelis Ploos Van Amstel, s'il était encore là à ce moment-là. Il faut que je vérifie les dates. Mais tout ce dont nous disposons, c'est de ces huit croquis et de l'huile. Le reste est plein de trous.

— Des cadres vides, fit Myles d'un air songeur. (Il jeta un coup d'œil à sa montre.) On y va ?

Quelques minutes plus tard, dans les réserves du Rijksmuseum, ils posaient le petit tableau sur un chevalet d'inspection. Myles trouva un spot halogène qu'il braqua droit sur la surface du tableau. Les couleurs des huiles prirent une intensité nouvelle.

Le délicat bleu pâle de la robe en satin de la jeune femme était extraordinaire. Sous la lumière, il irradiait un pur reflet argenté et enveloppait sa silhouette endormie de telle façon qu'on sentait plus qu'on ne voyait ses hanches, ses cuisses et ses genoux – l'alignement et le croisement exacts de ses jambes minces – sous les plis compliqués de l'étoffe.

La texture de ses cheveux bruns ébouriffés était tout aussi réaliste. Elle captait les flammes jaunes du mimosa dans ses reflets. Il y avait même un cheveu qui lévitait bizarrement à cause de quelque charge statique, pensa Ruth.

Pour elle, le tableau avait changé depuis la dernière fois. Il avait gagné en complexité de détails et en richesse d'émotion latente, comme si les deux personnages s'étaient offert une pause café puis avaient repris une position très légèrement – presque imperceptiblement – différente de celle qu'ils occupaient auparavant.

Elle pouvait sentir la chaleur du visage de la fille, le sang battre dans ses veines et la chaleur de son souffle dans son sommeil profond, la délicatesse vulnérable des petits pieds nus. Elle pouvait entendre sa respiration. Elle devinait la préoccupation mélancolique de l'homme, dos tourné au peintre, contemplant, nostalgique, une rue du vieil Amsterdam. Elle sentait l'exact point de pression de son épaule contre l'embrasure de la fenêtre, comme si elle s'y trouvait elle-même.

Et d'autres détails attiraient à présent son attention : le grain et les nœuds du plancher sombre ; le pigeon endormi sur le gable en cloche de l'autre côté de la rue, sa tête enfoncée dans le creux de son aile ; la bûche carbonisée et les cendres dans l'âtre ; l'alambic en verre sur le manteau de la cheminée.

Elle sortit l'appareil numérique de son sac, prit plusieurs photos du tableau et recula, perplexe.

— Un sacré contraste, hein ? Avec les croquis, je veux dire.

— Et comment ! Quoi qu'on pense de la composition, il a fait du chemin. Le support en cuivre est parfaitement lisse. C'est idéal pour la finesse du détail. Il n'aurait pas pu travailler sur une toile ou du bois. La grossièreté de la chaîne et de la trame, ou le grain, l'auraient gêné.

Leurs regards se croisèrent.

— Cette toile finit par s'imposer à toi, non ?

Il retourna le tableau sur le chevalet, examina de nouveau minutieusement les étiquettes, puis délivra le tableau de son cadre doré. Il posa le cadre de côté, replaça le tableau sur le chevalet et ajusta le spot halogène pour que la lumière rase latéralement la surface de la plaque de cuivre.

— Hé, qu'est-ce que tu penses de ça ? s'exclama-t-il.

Ruth s'approcha en plissant les yeux.

— Nous l'avons raté la dernière fois, nom de Dieu. Je m'étais contenté de soulever un peu la plaque en bois, tu te rappelles ? Si j'avais été plus malin, je l'aurais retirée complètement.

La date était là, comme avant – 1758, gravée dans un coin. Mais au milieu du rectangle de cuivre se trouvait un dessin inhabituel : une étoile à six branches au centre de laquelle figurait un cercle avec un cercle plus petit à l'intérieur. D'un côté de ce symbole, un croissant de lune ; de l'autre, un ovale coupé par une droite horizontale. Une série assez longue de chiffres était gravée en spirale autour de ce groupe central de symboles et une autre pyramide de chiffres se trouvait au-dessus de l'étoile.

Ruth en resta le souffle coupé et Myles lui lança un coup d'œil interrogateur.

— J'ai une étoile dans ce genre à la maison.

— Quoi, dans la péniche ?

— Sur l'écoutille de la cambuse, pour être précise. Un graffiti. Nos tagueurs locaux deviennent drôlement ésotériques. Bientôt, ils vont me faire payer des droits.

— Ça a un sens pour toi ?

— Que dalle. J'allais demander à M. Lune, mais je n'ai jamais trouvé le temps.

— Tu allais demander à monsieur qui ?

— Comment tu interprètes ces chiffres ? reprit-elle, ignorant sa question.

— Dieu seul le sait. C'est vrai que ça a des allures plutôt ésotériques. Cagliostro est passé par là. Prends-en une photo, d'accord ?

Ruth s'exécuta, mais tordit la bouche, insatisfaite, en regardant dans le viseur.

— Pas terrible comme résolution, même sur macro. (Elle prit deux photos tout de même, puis étudia de nouveau le dessin et les chiffres finement gravés.) T'as un crayon, Myles ?

— Bien sûr.

Elle porta le tableau sur la table et le posa à l'envers. À côté de la table, sur un dévideur fixé au mur, se trouvait un gros rouleau de papier de soie, qu'on utilisait pour protéger les objets fragiles avant de les ranger. Elle en tira un morceau puis couvrit le recto du tableau avec le papier en le lissant du plat de la main.

— Scotch ?

Myles secoua la tête. Finalement, elle trouva du sparadrap dans son sac. Elle le découpa en petits carrés pour maintenir le papier de soie en place. Puis, utilisant le côté de la mine, elle frotta doucement, en prenant soin de ne rien oublier.

— Estampage de plaque en laiton, dit Myles, admirant son inspiration.

— Quoi ?

— Je faisais ça avec mon père pendant nos vacances dans le Norfolk. C'est un des passe-temps étranges des Anglais, comme d'observer les trains ou de lâcher des furets vivants dans ton pantalon.

— Il va falloir que je te croie sur parole, Myles.

Lorsqu'elle eut fini, ils examinèrent tous les deux le résultat. Les symboles et les chiffres étaient parfaitement visibles. Ruth détacha le papier et le plia soigneusement. Myles retourna le tableau et le reposa sur le chevalet. Puis Ruth s'assit par terre, les bras autour des genoux, pendant que le gros Anglais, penché sur la table, la regardait.

— Je sais ce que tu penses, dit-il au bout d'un moment.

— Ah oui ?

— Tu penses : Scheele.

— Pas toi ? Qui d'autre chercherait à m'éloigner de la Cloche ? À part la sombre machine bureaucratique de la Collection NK elle-même, il est le seul à avoir un intérêt là-dedans. Mais ça ne tient pas debout.

— Quoi ?

— Sa tactique. C'est tellement délirant. Et de toute façon, à sa place, tu n'attendrais pas de savoir ce que donne ta demande ?

— Pas si j'apprenais que l'un des chercheurs censés rester impartiaux, l'un de ces promoteurs de la grande cause de la restitution, fréquente en privé un demandeur rival et apporte des améliorations à son dossier.

— Et merde ! (Elle secoua la tête de désespoir.) Alors tu penses que je devrais me tenir à l'écart d'elle, c'est ça ?

Elle mordit nerveusement l'ongle de son auriculaire.

— Non. Si tu veux mon opinion, je pense que tu ne devrais pas la lâcher.

— Pourquoi ?

— Ne serait-ce que pour découvrir ces lettres dont elle t'a parlé, les lettres que Van der Heyden a écrites de sa main.

— Bon Dieu, j'ai essayé, mais si tu voyais l'état de sa maison ! Un vrai fouillis ! Cela reviendrait à trouver une aiguille dans une meule de foin, je te jure. Oh, à propos, elle se débarrasse de ses matous, si tu en veux un pour tenir compagnie à Sweekieboude...

— Dieu m'en garde.

— Tu sais, Myles, ajouta Ruth, comme en y repensant après coup. Sweekieboude c'est vraiment un drôle de nom pour un chat. Pas étonnant qu'elle fasse des siennes. Où as-tu dégoté un nom pareil ?

— Aucune idée. Je l'ai juste inventé un jour. Je trouvais que ça lui allait.

Ruth le fixa, peu convaincue.

— Je me demande comment elle t'appelle ?

— L'ouvre-boîtes, probablement. Tu changes de sujet, chérie.

— Où en étions-nous ?

— Lydia. Elle est d'une parfaite franchise, à ton avis ?

— C'est ce que je pensais. Maintenant je n'en suis plus si sûre.

Myles se retourna, offrant à sa vue son large dos – sa chemise écossaise, son pantalon en velours côtelé – et, sortant un mouchoir et un canif de sa poche, il se mit à tripoter le tableau.

— Écoute, Myles, ajouta-t-elle après un instant de réflexion, sans parler des chats et des retraités, je crois que nous devrions en toucher deux mots à Cabrol. Étaler au moins certaines de nos cartes sur la table. Il n'y a pas de mal à ce que nous ayons fait certaines découvertes. On retourne des pierres et qu'est-ce qu'on trouve ? Des petites bestioles. Ça fait partie du boulot. Il y a malversation quand on garde ses trouvailles pour soi. C'est vrai, on a peut-être affaire à une dimension historique retorse mais, en l'occurrence, significative. Et, d'accord, nous avons – j'ai, si tu préfères – apparemment mis un tordu de mauvais poil. Mais le bureau est censé gérer ce genre de résistance, non ? Ce que je veux dire, c'est que c'est la procédure légitime. Pourquoi cela nous rend-il nerveux ? Pourquoi le gardons-nous pour nous ?

Myles lui tournait toujours le dos.

Il glissa une enveloppe dans la poche de son pantalon.

Il éteignit le spot halogène et en enroula le fil autour de sa main. Il avait les épaules détendues. Elle ne voyait pas son visage ; seulement le petit anneau à son lobe droit, son abajoue de hamster.

Myles se retourna et se laissa aller contre le mur.

Elle remarqua qu'il avait remis le tableau dans son cadre.

— À première vue, commença-t-il lentement, tu as raison. Tu pourrais étaler la marchandise. Tu pourrais même tâter le terrain auprès de Cabrol pour qu'il te confie officiellement ce dossier. L'ennui, c'est que là, tu te mettrais vraiment en danger. Surtout si tu continuais à chercher à entrer dans les petits papiers de la vieille dame. Ou alors, tu pourrais rester dans l'ombre et me laisser présenter ma candidature à ta place. Non que cette affaire soit particulièrement glorieuse. C'est vrai, nous ne sommes pas exactement Carl Bernstein et Bob Woodward, n'est-ce pas ? Ce n'est pas non plus Clochegate. Une autre possibilité, c'est qu'on ne bouge pas, qu'on reste au mouillage.

Il détourna les yeux, réfléchissant.

— Quelque chose ne va pas, Myles ?

Leurs regards se croisèrent. Elle ne l'avait jamais vu aussi maussade.

— Peut-être, dit-il prudemment.

— Quoi ?

— Tu dis que tu penses que nous devrions voir Cabrol. Qu'est-ce qui te fait croire qu'il ne peut pas nous voir ?

— Hein ?

— Il y a quelque chose de pas très catholique dans tout cela, Ruth. Cabrol connaît le territoire. La note Van der Heyden sur l'Intranet était de lui, non ? En plus, c'est lui qui s'est chargé de l'enregistrement. J'ai vérifié les prévisions de traitement des demandes et celle-ci n'y figure tout simplement pas. Elle se trouve dans une sorte de no man's land administratif. Et s'il la gardait pour lui ?

— Pourquoi ferait-il ça ?

— Je n'en sais pas plus que toi.

— Tu pourrais toujours lui demander.

Il croisa les bras et ferma à demi les yeux comme pour mieux distinguer un bateau à l'horizon.

— Peut-être, oui. (Il soupira.) Oh, à propos, j'ai trouvé autre chose qui pourrait t'intéresser.

Il sortit une petite carte de sa serviette.

— Qu'est-ce que c'est ?

— L'adresse de Scheele.

Ruth gloussa et se releva en repoussant ses cheveux d'une main.

— Qu'est-ce que tu veux que je fasse, que je frappe à sa porte avec un badge « Poule mouillée » accroché à mon revers ? En admettant qu'il est bien le barjot, bien sûr.

— Tu fais comme ça te chante, chérie. J'ai juste pensé que ça t'amuserait de savoir où il crèche.

Elle le regarda, indécise, et prit la carte.

C'était une adresse dans Keizersgracht.

— Nom de Dieu, Myles, murmura-t-elle. C'est le voisin de Lydia.

Le voisin d'en face. De l'autre côté du canal.

Ruth songea à sa première visite chez Lydia : « Pourquoi voulez-vous partir ? » avait-elle demandé à la vieille dame. « Je n'aime pas la vue. »

11

Mercredi 6 février, 19 h 35.

Ligne 52.

Ruth rabattit son béret sur ses oreilles et enfonça le nez dans son écharpe en cachemire pour recycler la chaleur humide de son souffle.

Sur une impulsion, elle se mit à courir pour le prévenir mais abandonna vite. Cela ne semblait plus nécessaire à présent. Une puissance supérieure avait décrété qu'il en serait ainsi. Et de toute façon, Maarten aurait ri de ses pressentiments enfantins, de ses peurs sans fondement. « Ruth, baby, l'aurait-il rassurée, te mets pas dans tous ces états. Fais-moi confiance ! Je suis un grand garçon maintenant. Je peux prendre soin de moi. »

Sa grande fierté était une Brough Superior SS100 d'époque, la Rolls des motos. Le modèle qui avait eu la peau de Laurence d'Arabie sur la route de Clouds Hill. Il la surnommait George VII. À plein régime, elle filait comme un boulet de canon sorti de l'enfer. Le légendaire Anglais prétendait avoir fait la course sur la bête avec des chasseurs-bombardiers de Bristol, comme Maarten aimait en informer les gens.

Ruth s'immobilisa et se pencha, les mains sur les cuisses, pour reprendre son souffle. Ses genoux faillirent se dérober sous elle. Son front était couvert de sueur. Elle avait un point de côté et ses yeux s'embuèrent de larmes. Elle se redressa et sa respiration se condensa en volutes de vapeur qui s'épanouirent dans les airs.

Une brise venue de la mer du Nord aplatissait les oyats épineux sur la crête des dunes. Elle projetait sur son chemin des vagues de sable fin qui lui piquaient les joues.

Le point noir de la moto disparut à jamais dans un virage. Maarten avait négligé de fermer les boucles des sacoches en cuir. Maintenant ses papiers étaient éparpillés partout, se confondant avec la route glacée ou virevoltant au vent comme ces essors d'oiseaux blancs et géométriques d'Escher. Elle en saisit un qui atterrit devant elle après un looping. Il était couvert de chiffres et d'emblèmes dessinés à la hâte. Elle n'y comprit rien, ce qui ne fit qu'amplifier sa contrariété.

Certaines portes lui resteraient fermées jusqu'à la fin des temps.

Une colonne de fumée noire avait commencé à s'élever au-dessus des dunes, parfaite, indifférente au vent. Elle montait avec une énergie invraisemblable. On eût dit ces tornades ou cyclones tropicaux qu'elle avait vus à la télé mais, si folle que cette pensée pût paraître, ce n'était pas un simple phénomène météorologique, si anormal et extrême fût-il – de ça, elle était sûre. Cette colonne était vivante, elle était brutale et lui fondait dessus. À une certaine altitude, elle heurta un plafond invisible et roula dans toutes les directions sans rien perdre de sa densité, comme l'huile colorée se répand dans l'eau. Puis elle happa la tiède lumière hivernale, et les bruits des hommes et de la nature, dont elle n'avait été qu'à demi consciente jusque-là – le basson lugubre de la corne de brume d'un bateau, les mornes cris des mouettes et des pêcheurs d'huîtres –, cessèrent soudain, interloqués.

Un frisson transperça Ruth jusqu'aux os.

Devait-elle poursuivre ou revenir sur ses pas ?

Une ultime épée de lumière cingla l'horizon. La route elle-même était à présent à peine visible. Elle était de nouveau une enfant, ignorante et perplexe. La panique montait en elle. Elle sentit une main saisir la sienne et se refermer sur son poignet.

— Suis-moi, dit une voix frêle, et elle obéit.

Dans la pénombre, elle vit que son guide portait des hauts-de-chausses, des guêtres, une redingote écarlate et une perruque grise, et un tricorne était coincé sous son bras.

— Où allons-nous ? demanda-t-elle.

La tête se tourna et les traits ratatinés de Lydia – les billes larmoyantes de ses yeux, le fin nez bleu – émergèrent telle une mauvaise plaisanterie de sous la perruque d'homme du XVIIIe siècle. La perruque avait été rabattue sur sa casquette de rappeur en laine. La vieille souriait, dévoilant ses dents tachées.

— La question, ma chère, siffla la Cloche, n'est pas *où* nous allons, mais *qui* va *où* ?

Son haleine sentait le gin et la viande avariée. Une broche ornée de pierres en forme de croissant de lune scintillait sur sa gorge.

Ruth se débattit et libéra son poignet de la prise de la vioque, puis grimpa la légère pente sablonneuse sur le bord de la route.

Quelque part dans l'obscurité, elle entendit des voix.

Lucas et Clara Aalders la dépassèrent, inconscients de sa présence. Ils se disputaient en murmures âpres, gesticulant avec colère.

Puis Myles apparut au-dessus de sa tête, les pieds en avant, sa masse considérable descendait en flottant sous la splendide cloche d'un parachute de satin bleu pâle. Il fit un atterrissage parfait et s'inclina cérémonieusement. Pendant que son parachute s'étalait par terre derrière lui, il ouvrit le poing et un minuscule Hitler mécanique fit le tour de sa main au pas de l'oie en saluant bras tendu dans le mince rayon de lumière qui s'échappa quelques secondes de la voûte de fumée.

Il ferma le poing et le rouvrit comme un magicien.

Et le rai de lumière revint.

Cette fois, il tenait la dépouille d'un hibou miniature, son poitrail blanc criblé de traînées de sang.

Ruth entendit des cris consternés et reconnut la voix de ses propres parents. Elle regarda autour d'elle, mais il n'y avait personne.

Myles recula d'un pas, sourit et bascula dans un trou dans le sol.

Derrière elle, il y eut un hurlement, un bruit sourd, puis un fracas. Elle vira sur elle-même.

Elle plissa les yeux pour voir ce qui arrivait.

Un énorme escalier branlant s'éleva dans le ciel vers la colonne de fumée et quelque chose ou quelqu'un – un bloc de chair et d'os – en dégringola. L'objet se figea dans un rugissement à ses pieds et se déplia. C'était de nouveau Lydia. Elle ne portait plus de costume d'époque. Elle était nue comme un ver. Ses seins ridés tombaient sur la peau blanche distendue de son ventre. Entre les deux mamelles, on voyait, marquée au fer rouge, une étoile à six branches avec deux cercles concentriques en son centre.

Lydia se redressa et retrouva son équilibre en posant une main sur le pilastre. Son visage et ses membres étaient couverts d'hématomes. Elle haletait. En regardant de plus près, on remarquait que ses cheveux et ses sourcils grouillaient de minuscules oribatides. On lisait de la jubilation dans ses yeux injectés de sang. Elle pointa un doigt osseux vers le haut de l'escalier. Sa voix crépitait d'excitation.

— Il est là-haut, ma chère ! Il est là !

— Qui ?

Tous les muscles de Ruth se raidirent.

— Qu'est-ce que tu crois ? Jean de la Lune ? Il est là-haut depuis toujours. Je te l'ai déjà dit, petite idiote. Il se glisse à l'intérieur la nuit. Il vient quand il me croit sortie. Il prépare un mauvais coup. Il vient pour fouiller.

— Et qu'est-ce qu'il cherche ?

Lydia ouvrit la bouche mais rien n'en sortit.

Sa bouche resta béante, révélant sa langue et ses amygdales marbrées.

Puis un son guttural retentit autour d'elle. Puis toute une série.

Clic-clac, cliquetis, clac.

Un, deux – un-deux-trois-quatre...

Le tempo faiblit et s'interrompit. Ruth sentit une secousse comme une décélération inertielle. Le cliquetis ralentit, s'approfondit et monta d'un ton. Son corps ballotta. Sa tête tomba sur le côté et heurta quelque chose de dur et de froid.

Cela grouillait de gens partout. Elle entendait leurs voix. Elle sentait la chaleur qui se dégageait d'eux, leur attente patiente. L'odeur de leurs vêtements d'hiver humides, leurs odeurs individuelles. Ils tanguaient contre elle. Ils se cognaient et se frottaient contre ses genoux. Une multitude, impossible à dénombrer. Et quelqu'un, Dieu sait qui, se pencha vers elle.

Elle sentit le souffle, la main sur son épaule, on la secouait...

Elle cligna des yeux devant l'invasion des néons.

Un vieil homme noir, cheveux gris bouclés et sourire contrit, ôta la main de son épaule.

Le train était arrêté.

— Terminus, madame. C'est la fin de la ligne. Si vous restez ici, vous allez vous retrouver en ville.

— Oh, merci. (Elle se frotta le visage pour rétablir la circulation sanguine.) Merde ! Mon horloge interne doit me dicter d'hiberner.

Certains des voyageurs debout lui sourirent, ainsi qu'aux gens autour d'eux. Elle afficha une expression courageuse, bien que le petit enfer de son rêve la rongeât toujours.

Les portes s'ouvrirent et la foule se rua dehors.

Le panneau sur le quai annonçait « Zuid/WTC ».

Elle se leva, bâilla, puis emprunta les escaliers et les couloirs menant à la ligne 50. Elle était pile à l'heure pour la correspondance.

RAI – Overamstel – Van der Madeweg...

On avait tourné le dos au vieil Amsterdam des cartes postales. Une métropole satellite le remplaçait sous les grilles et les colliers ambrés de lampes à vapeur de sodium. Elle avait poussé comme un champignon sur un vieux polder à la fin des années 1960 et dans les années 1970. Ponts routiers. Viaducs. Souterrains. Et les premières zones d'immeubles, entrepôts alvéolaires pour l'humanité, des boîtes en béton rectangulaires pour les vivants lâchées au hasard sur le terrain nu par les grues des promoteurs.

On était à Bijlmer ou à Zuidoost, la prolongation de la ville au sud-est.

C'était là que la société hollandaise touchait le fond.

Les petites annonces immobilières dans les journaux d'Amsterdam se terminaient toujours par « Geen ZO » : pas à Zuidoost.

Le train s'ébranla de nouveau : Duivendrecht-Strandvliet/Arena...

Les projecteurs baignaient Arena d'une lumière blanche, le nouveau stade de 50 000 places d'Amsterdam, le foyer du club de football Ajax, là où les investissements s'étaient généreusement déversés. Une zone d'aménagement dernier cri étendait maintenant ses tentacules électroniques : ensembles à l'américaine de gratte-ciel et de parcs d'activités, industries technologiques, plazas et atriums design, le Pathé, la salle de concert Heineken/Mojo, shopping à thème dans les centres commerciaux et mégastores de l'Arena Boulevard et de la Villa Arena, le parking de banlieusards de Transferium, et le reste. Un monde idéal créé numériquement, sorti par magie des imaginations et des interfaces graphiques néoplatoniciennes des architectes et des planificateurs pour se concrétiser en verre, béton, acier.

Oui, elle se trouvait bien dans les parages : ce bon vieux Bijlmer. Derrière la vitrine s'étendaient quelque sept kilomètres carrés de ghetto instantanément dysfonctionnel.

Ajoutez quelques milliers d'immigrants – de préférence ceux qui n'avaient jamais souhaité y vivre –, remuez, faites bouillir et servez.

Elle descendit du train à la station aérienne. L'odeur de chewing-gum qui flottait dans l'air venait de l'usine Sportlife. Elle longea plusieurs pâtés de maison, traversa au pas de course un centre commercial décrépit, le paradis des agresseurs, et prit l'ascenseur pour rejoindre les bureaux du centre communautaire au dernier étage d'un immeuble sans prétention.

Elle franchit le seuil et quelqu'un la débarrassa de son manteau, de son écharpe et de son béret.

— Merci.

Un gobelet en plastique de vin chaud se matérialisa dans sa main.

— Re-merci.

Un rapide tour d'horizon lui apprit que Jojo n'était pas là.

Elle se dirigea droit vers le buffet, grignota un bretzel, puis souleva du bout de l'ongle la languette d'un Apéricube au fromage.

Elle se sentit soudain morose et mal à l'aise.

Pour une fête, celle-là se présentait mal. On se trouvait dans un bureau paysagé et cela crevait les yeux. On avait repoussé les meubles contre les murs et quelques ballons et guirlandes en papier pendaient avec optimisme du plafond. À quoi s'était-elle donc attendue ? À la résidence de Gatsby ?

Une vingtaine de gens ordinaires parlaient boutique pendant que la photocopieuse Xerox barattait toujours dans un coin. Son scanner vert allait et venait sous le couvercle en plastique maculé.

Personne ne lui prêtait la moindre attention.

Elle circula.

Elle examina du coin de l'œil le melting-pot autour d'elle – Surinam, Maroc, Turquie, Chine, Pays-Bas – pour se détourner aussitôt qu'elle croisait un regard. Un vieux morceau des Marvelettes sortait de la sono. Elle creusa les joues. Elle se faisait l'effet d'une resquilleuse.

S'effacer et adopter une certaine homochromie semblait être la bonne stratégie de survie en ces circonstances, du moins jusqu'à ce que Jojo daigne se montrer.

Elle s'approcha des murs couverts de liège, faisant mine de s'intéresser aux pétitions internes et aux affiches. Sur l'une des affiches figuraient trois silhouettes vêtues comme des cosmonautes qui fouillaient les décombres d'un immeuble. La légende disait : *Les hommes du Mossad : ils ne cherchent pas des pâquerettes.* Une autre, toujours avec arrière-plan de décombres et de flammes : *Uranium appauvri : la catastrophe après la catastrophe. Quand l'obstructionnisme prendra-t-il fin ?*

Elle recula de quelques pas pour voir le mur dans son ensemble.

Toutes les annonces semblaient rabâcher le même thème, bien qu'elle n'eût aucune envie d'y réfléchir plus avant ni de chercher un dénominateur commun.

Elle prit une poignée de noix de cajou.

Elle sirota le vin chaud à la cannelle.

Elle se retourna lorsqu'un nouveau groupe entra dans la salle. Jojo n'en faisait pas partie. Parmi les nouveaux venus, un brun mal rasé bavarda tour à tour avec plusieurs personnes. Il discuta avec l'un, émit des grognements polis avec un autre. Il aida une femme à se débarrasser de son manteau en mouton retourné.

Ruth baissa la tête et enfonça pensivement le morceau de citron rosé dans son vin. Il sombra puis remonta à la surface. Elle le repêcha et en mordit un coin, histoire de s'occuper. Elle ne savait pas trop ce qui se passait. Elle sentit son visage s'empourprer. Cela ne faisait aucun doute.

C'était lui.

Elle jeta un nouveau coup d'œil, l'air de rien.

La masse de cheveux bruns, le fin visage mal rasé, les lunettes à monture d'écaille, les yeux enfoncés et fatigués ; la veste écossaise de coupe Western, rouille avec un large col et des revers en peau de mouton, et le mot « Cisco » brodé en chenille bleu pâle sur le dos.

Le Kid Cisco en personne.

Elle lui donna une trentaine bien tassée.

Il retira sa veste, qu'il drapa sur un cintre accroché au portemanteau près de la porte. Il semblait mal à l'aise à présent, dans son col roulé blanc, son jean noir et ses Pataugas en daim, comme si l'événement réclamait une certaine élégance qu'il avait scrupuleusement respectée sans que ce soit du tout son truc.

Un grand Noir dans un costume rayé mal coupé s'adressa à lui sur le ton de la confidence, dirigeant son monologue à coups de grands mouvements des bras. Le Kid écoutait en fixant distraitement ses Pataugas, les mains dans les poches de son jean, une épaule plus haute que l'autre, comme s'il redoutait quelque chose. Elle se dit soudain que cet homme avait quelque chose de défaitiste, une légère infirmité ou faille qui expliquait sa réserve. Il accordait toute son attention, mais il rationnait, retenait le reste.

Mais qui diable était-il et que fichait-il ici ?

Il prêtait toujours l'oreille au discours du Noir, mais son attention avait commencé à errer. Il se gratta le cou et procéda à une lente reconnaissance de la salle.

Ruth s'éclipsa aux toilettes pour faire pipi. Elle s'examina avec une hostilité objective dans le miroir au-dessus du lavabo en se servant une bonne dose de savon liquide vert.

Ses ongles étaient rongés jusqu'au sang, ses cheveux, un vrai désastre, et la laine dont elle s'était servie pour repriser son pull jurait, bien qu'elle lui eût paru convenir sur le bateau, nom de Dieu.

« Regardons les choses en face, dit-elle à son reflet, si le grunge était un sport olympique, tu représenterais la Hollande. »

Elle s'aspergea le visage et rejeta la tête en arrière. L'eau coula sur ses cils, le long de son crâne et jusqu'à la racine de ses cheveux. Cela lui donna une sensation de bien-être et de purification, comme une averse surprise par une journée oppressante.

On tira une chasse d'eau derrière elle. Un bruit de pieds, des tâtonnements avec des boutons, une ceinture ou une fermeture Éclair. Quelqu'un allait sortir. Elle s'essuya rapidement à la serviette et retourna dans la salle illuminée et peu accueillante.

Toujours pas de Jojo...

Elle ouvrit son portable pour tenter de la joindre, mais elle tomba sur sa messagerie.

« Où es-tu, sale garce ? » siffla-t-elle avant de raccrocher.

Cette fête répondait à ses pires attentes.

Derrière un rideau, une porte en verre coulissante donnait sur un balcon. Elle se glissa à l'extérieur et se roula un joint dans le vague espoir d'arrondir ses angles et d'améliorer son état d'esprit.

Elle s'accouda à la balustrade en fer et respira profondément.

L'impudent Bijlmer en acier et béton marinait dans ses propres ombres, sauf à l'endroit où la circulation tardive progressait derrière un énorme panneau d'affichage futuriste qui faisait défiler des pubs pour des fournisseurs Internet, la bière Amstel et des lecteurs de DVD.

De l'autre côté de la place, un immeuble résidentiel monolithique se dressait telle une installation multimédia cubique. Chaque fenêtre éclairée était une vignette de la vie domestique : Dîner devant la télé, Faire le lit, Le gamin détruit des extraterrestres, L'heure du bain de bébé. Il y avait des doublons ; certaines vignettes se présentaient même en trois exemplaires.

L'idée qu'on était un individu, unique et particulier – même, chère Ruth, en vivant sur un bateau –, n'était qu'un mythe creux.

Son cœur eut un raté.

Sur un balcon en face, une femme était accoudée à une balustrade. Elle était perdue dans ses pensées, dans la contemplation de l'étendue du ciel nocturne. Elle ne paraissait pas remarquer son alter ego.

« Maphepha », tonna une voix sortie de nulle part.

12

Le grand Noir enjamba avec précaution le rail en aluminium de la porte coulissante.

Le Kid suivait.

« Maphepha ? »

Le Noir frotta le pouce contre son index – il était clair qu'on parlait d'argent –, et lâcha un gloussement sec.

Ruth se fit toute petite. Aucun des deux hommes ne l'avait remarquée. Ils paraissaient soulagés d'échapper à l'atmosphère agressivement synthétique du bureau avec ses néons et son chaleureux plastique moulé ergonomique.

— Tu ne renonces jamais, Cameron.

Le Noir rit. Un rire étrange, haut perché, qui contrastait avec sa voix de stentor ; un rire légèrement hystérique, comme s'il venait d'un minuscule personnage de dessin animé caché à l'intérieur de son corps.

— Non, certainement pas ! Le jour où je renoncerai, on m'enterrera. (Il lança une cacahouète en l'air et rejeta la tête en arrière pour la recueillir dans sa bouche. Puis son humour s'évanouit soudain.) T'es en train de bousiller ta vie, mec, murmura-t-il.

Il détourna la tête et croisa les bras, dégoûté.

Le Kid ne réagit pas et l'irritation du Noir augmenta de manière exponentielle.

— S'ils n'ont aucune influence, ajouta-t-il en agitant son pouce par-dessus son épaule pour indiquer les invités, c'est qu'ils ne sont rien qu'un tas de pauvres abrutis comme toi. Sans vouloir te vexer, Thomas. Personne ne les écoute et personne ne t'écoute non plus. Tu vois ce que je veux dire ? Tu es l'un de ces nains. Depuis toujours et pour toujours.

L'autre ne réagit toujours pas, mais il y avait une raideur dans son absence de réaction qui s'apparentait à un acte de volonté pure. Il n'allait pas mordre à la provocation.

Le Noir comprit qu'il était allé trop loin et se laissa fléchir. Il passa sa patte d'ours autour des épaules du Kid et le rire excité sortit de nouveau de sa gorge.

— J'ai parlé à Isma de ton histoire de baby-sitting. Ça l'a fait pleurer de rire, mec ! C'est vrai, quoi – jouer au baby-sitter avec un chien ! (Il se frappa la cuisse et secoua la tête.) T'as tout inventé, hein ? Allez, avoue.

— Non, Cameron, répondit tranquillement le Kid. (Sa propre humeur s'adoucit, bien qu'il restât tendu et sur ses gardes.) Qu'est-ce que j'étais censé faire ? Elle m'a demandé de faire du baby-sitting et quand j'ai débarqué, c'était un chien. Et gros en plus. Un berger allemand. Et il fallait être aux petits soins pour lui parce que Sa Seigneurie y était habituée.

— Il bouffait des couilles d'agneau, hein ?

— Eh bien oui, des *rognons blancs** – ça sonne mieux en français. Et tout le toutim, sauf le bordeaux millésimé.

— Un putain de chien, mec. Il n'y a qu'à toi que ça pouvait arriver ! (Il se pencha, une main géante posée sur l'épaule du Kid, et murmura :) Ils savent pas quoi faire de leur blé. Ils sont tout racornis à l'intérieur, mais ce qu'ils veulent, c'est des poupées, des consolateurs, des bébés de substitution, tu vois ce que je veux dire ?

Une brise agita la manche de Ruth et le Noir la remarqua.

Ses épaules se raidirent un peu, puis il se redressa et retrouva sa vieille bonhomie.

— À propos, dit-il en se tapotant le nez, tu te rappelles le tuyau à propos de la petite bombe, hein ? (Il refit le truc de la cacahouète, en surveillant Ruth du coin de l'œil.) Raide dingue, mec. Dernières nouvelles, c'est ton homme chez Reuters qui te l'apprend. (Il frissonna de manière théâtrale, faisant trembler ses bajoues.) Je sais pas pour toi, mais j'ai les bijoux de famille complètement gelés. Fait un froid de canard ici. Réfléchis, Tommaso. (Il pointa un doigt vers sa tempe et traça des petits cercles avec.) Tic, tic, tic. Fais-le-moi savoir si tu changes d'avis.

Il balança un bras dans le ventre du Kid, en une parodie de prise de karaté, et repartit par la fenêtre coulissante.

L'autre allait le suivre quand il la remarqua. Une expression d'embarras, presque d'humiliation, passa sur son visage comme l'ombre d'un nuage. Il parut ne plus avoir envie de rentrer. Il ramassa son gobelet de vin chaud, mit ses mains autour et, imitant l'attitude de Ruth, s'accouda au balcon.

— Ce type est timbré, dit-il au bout d'un moment. (Il se tourna vers elle et secoua la tête.) Complètement givré.

Il s'adressait moitié au vide, moitié à elle.

Elle ne sut quoi dire.

— Exubérant, peut-être.

— Ça oui, il l'est ! (Soudain il sembla interloqué. Il passa les doigts dans sa masse de cheveux bruns.) Vous étiez là depuis le début. Je ne m'en suis pas rendu compte.

— Je suis sortie pour fumer mais, comme on dit, pas de fumée sans feu.

— Attendez ici.

Il rentra et revint avec une pochette d'allumettes. Elle alluma sa cigarette et lui tendit la pochette, mais il lui fit signe de la garder.

— Est-ce que nous nous connaissons ?

Elle secoua la tête.

— Devrions-nous nous connaître ?

— Peut-être, répondit-elle, surprise. Peut-être, oui. (Elle avait décidé de ne pas mentionner Lydia, mais là, l'occasion s'offrait. Il ne fallait pas la rater.) Lydia Van der Heyden. C'est un peu une amie.

— Oh ! mon Dieu ! Lydia ! (Il lui tendit la main.) Plions-nous aux conventions – Thomas Springer.

Elle se présenta.

— Oui, bien sûr..., continua-t-il, reconstituant le puzzle. Lyd n'arrête pas de parler de vous. Elle a traversé une mauvaise passe il y a quelques semaines, une chute de moral, puis elle s'est remise. Grâce à vous. Vous lui avez fait un bien fou, en fait. L'histoire du tableau, je veux dire. Non que ce soit terminé. Mais attendez – vous, moi – moi, vous... (Il plissa les yeux, fit un geste sec de métronome.) Comment savez-vous qui je suis ?

— Je ne... enfin, je veux dire, je ne sais pas.

Il la regarda fixement, sur ses gardes.

— Je vous ai vu il y a quelques jours. Vous rendiez visite à Lydia. C'est aussi simple que ça. Je vous ai vu du trottoir d'en face. Je ne sais pas du tout qui vous êtes. Lydia n'évoque jamais ses amis masculins. À la croire, elle ne voit jamais âme qui vive.

Son regard se détendit.

— C'est ça, les vieux. Ils sont plus malins qu'on ne croit. Ils savent exactement comment éveiller notre pitié.

Il lui tendit une carte : *Thomas Springer. Stuurgroep Experimenten Volkshuisvesting (SEV).*

Elle n'avait jamais entendu parler du comité de pilotage pour les expérimentations dans le domaine de l'habitat public. Son objectif, expliqua-t-il, était d'aider les gens âgés ou handicapés à mener une vie indépendante. On proposait des centres de soins à ceux qui avaient davantage de difficultés à se débrouiller et il existait d'autres solutions pour les malades atteints d'Alzheimer. Chaque fois que c'était possible, on aidait les vieux à rester sous leur propre toit. Jusque-là, Lydia avait été un de leurs modèles. Elle était farouchement indépendante. Il avait fait sa connaissance au cours de ses tournées à domicile cinq ans auparavant et ils s'étaient tout de suite bien entendus. Maintenant il passait chaque fois que c'était possible pour bavarder, rien que pour voir comment elle s'en sortait. D'un point de vue professionnel, elle était un cas intéressant. Les hautes maisons étroites des canaux avec leurs vieux escaliers raides étaient loin d'être l'idéal pour les personnes âgées. Ou on vivait au rez-de-chaussée ou à l'entresol, ou on jouait avec sa vie. Un fauteuil monte-escalier aurait été une solution, mais Lydia refusait d'en entendre parler. Cela serait revenu à admettre qu'elle était infirme. Et les fauteuils monte-escalier n'étaient pas sans danger.

— Vous êtes déjà monté dans les étages, là-bas ? Moi, oui. Enfin, juste au premier. C'est stupéfiant, la masse de trucs qu'elle a là-haut.

— Oui, une vraie caverne d'Ali Baba. L'ennui, c'est qu'elle ne maîtrise plus très bien la situation. Il y a des frais d'entretien dans une maison pareille, sans parler des factures. Financièrement, elle court à l'échec. Je crains que nous ne soyons bientôt obligés de l'aider à s'en sortir.

Ils ouvrirent deux chaises pliantes en plastique adossées à un mur dans un coin du balcon. Ruth s'assit, jambes repliées, le menton sur les genoux. Le Kid retourna sa chaise et la chevaucha, plantant ses bras croisés sur le dossier comme un directeur de théâtre dans le coup. L'attitude semblait être une tentative consciente de dissimuler son manque d'assurance.

Il lui parla de son enfance près du Bijlmer. Les confidences ne tardèrent pas à affluer. Elle l'écouta sans mot dire, en s'efforçant de le cerner.

Il se rappelait l'époque où le polder était à trois pas. Il se rappelait, les eaux lisses des lagunes et des marécages, reflétant les nuages. Il se rappelait les chants des courlis et des vanneaux, le bruissement des roseaux et l'oscillation des joncs à la tête lourde.

Dans le temps, les bruits les plus fracassants en hiver étaient les cris des mouettes rieuses ou des oies cendrées en vol. Puis, en été, arrivaient les migrateurs, les échassiers, les bécasseaux et les grèbes. Il ramassait des œufs de pluviers ou pêchait dans la Waver, où des libellules planaient au soleil et dont certains des moulins à vent fonctionnaient encore. Le vieux au retriever qui s'occupait de la station de pompage près de la digue tuait le temps en lui racontant des histoires à dormir debout, et ne s'interrompait que pour nettoyer sa pipe en écume – il faisait siffler le tuyau en soufflant fort dedans – ou pour épauler son fusil afin de tirer les lapins qui osaient s'aventurer parmi ses haricots. C'est à ce moment-là que le Kid avait commencé à écouter les vieux, les histoires dingues qu'ils racontent.

Maintenant il n'y avait plus que des femmes. Parmi les plus de quatre-vingts ans, on compte trois fois plus de femmes que d'hommes. À quelques exceptions près, elles survivent tout simplement à leurs hommes, et ce dans le monde entier, et c'est pour cette raison qu'elles se retrouvent toutes seules. Non que Lydia se fût jamais mariée.

— Elle a eu quelqu'un dans sa vie, vous pensez ? demanda Ruth.

— Elle ne parle jamais de personne.

— Elle n'a jamais parlé de vous, et pourtant vous existez.

Il alla chercher deux autres gobelets de vin chaud et ils bavardèrent de Lydia, de son passé, du travail de son père à la Liro, du camp de transit, de sa famille. Si Lydia leur avait tous survécu, c'était en grande partie grâce aux caprices de la guerre. C'était une bernacle, une créature d'une autre époque dotée d'une solide carapace qui s'accrochait encore à la vie et à la coque du monde moderne. Le vieux Scheele en était une autre.

Ruth l'interrompit. C'était quoi exactement, l'histoire entre Lydia et Scheele ?

Il parut surpris par la question.

— Ils se haïssent. Bien entendu, cela fait des dizaines d'années qu'ils ne se sont pas adressé la parole. Mais la haine ne faiblit pas. C'est ce qui les maintient en vie. C'est leur carburant, leur jus, leur énergie renouvelable. Vous le saviez, non ?

— Le tableau doit avoir tant d'importance pour elle.

— C'est plus que le tableau. Il y a une sorte de principe en jeu. Je ne prétends pas comprendre.

Scheele était un pantin.

Un espace totalement vacant, un vide. Le Kid l'avait rencontré, une fois seulement, et Lydia lui avait tout dit à son sujet. Petit à petit, grâce au récit du Kid, un profil sommaire du *Bewariër* commençait à se dessiner.

Elle écouta attentivement.

Le Kid avait un côté hésitant, comme si la pensée lui venait plus aisément que la parole. De temps à autre, il croisait son regard. Dans ces cas-là, un humour timide et inattendu dansait dans ses yeux.

En lui parlant de Scheele, la bête noire de Lydia, il s'enthousiasma progressivement pour son sujet. Comme Myles l'avait dit, le vieux ne donnait plus dans les pierres précieuses et les cailloux. Il était investisseur à présent. Maintenant il s'arrangeait pour que l'argent produise de l'argent. Il était notamment une des principales parties prenantes dans le projet de réhabilitation des docks. À quatre-vingts ans passés, c'était un vieux misanthrope qui s'enterrait dans sa maison du Keizersgracht en face de celle de Lydia. Il gardait ses distances avec le monde extérieur, sortant rarement, même pour des rendez-vous d'affaires. La fois où le Kid lui avait rendu visite – une visite de courtoisie au nom du SEV, pour voir comment il s'en tirait, Scheele l'avait interrompu en plein discours et lui avait claqué la porte au nez. Une brève rencontre, plutôt marquante.

Une pensée vint à Ruth. Un coup à tenter.

— Comment est-il ? Physiquement, j'entends. Cheveux blancs bouclés – front haut, à la Shakespeare ?

— Qui décrivez-vous ?

— Le jour où je vous ai vu rendre visite à Lydia, un vieux monsieur est sorti de chez elle juste avant. Élégant, genre profession libérale – il avait une serviette. En y repensant, il devait plutôt avoir dans les soixante-dix ans.

Le Kid secoua la tête.

— Ce n'est pas Scheele.

— Alors qui était mon Shakespeare ?

— C'était quand ?

— Vendredi dernier. Elle n'a pas évoqué d'autres visiteurs ?

— La seule dont elle parle, c'est vous.

Leurs regards se croisèrent et il y eut un silence.

— Une dame très circonspecte, notre Lydia, fit-il en haussant les sourcils.

— On dirait, oui. (Soudain Ruth céda à une vague de ressentiment.) Enfin, bon Dieu, si elle attend des autres qu'ils lui prêtent main forte, qu'ils prennent des risques professionnels pour elle, elle pourrait au moins être un peu plus réglo !

— Vous avez pris des risques pour elle ?

— Risque n'est peut-être pas le terme approprié. Il vaudrait mieux parler d'entorses au règlement. Rien de dramatique. Mais je fais allusion à ses faux-fuyants, plutôt. C'est un peu insultant. Si les gens font un effort, il est de bon ton de parcourir la moitié du chemin inverse.

— D'accord, mais c'est compréhensible, après tout ce qu'elle a vécu. Elle a tout perdu – tout sauf la maison. Ce n'est guère surprenant qu'elle se méfie de la trahison. Dans ses mauvais jours, le monde extérieur n'est qu'un immense complot dirigé contre elle.

— Hé, Tommaso !

On frappa à la fenêtre et quelqu'un ouvrit la porte coulissante. Leur intimité venait de voler en éclats.

Les odeurs mêlées de corps chauds s'échappèrent de la pièce.

Une photo de groupe était dans l'air, histoire de conserver une trace. Certains étaient assis en tailleur par terre, d'autres étaient perchés sur une rangée de chaises. On plaça Ruth et le Kid à l'arrière, épaule contre épaule, comme au régiment.

Regard à gauche. Regard à droite.

Toujours pas de Jojo...

La lampe rouge de l'autofocus, le réglage des muscles faciaux – dans l'attente de l'immortalité –, puis une lueur blanche aveuglante lorsqu'on arracha une fraction de seconde au flux du temps. Les gens se dispersèrent par petits groupes, reconstituant les ensembles qu'ils formaient avant que la postérité ne les appelle. Ruth regarda défiler les visages fatigués. Elle aussi allait figurer sur cette photo.

Peut-être qu'une personne observatrice la désignerait en se demandant qui elle pouvait bien être.

La question inverse lui traversa aussi l'esprit.

— Mais qui sont ces gens ? murmura-t-elle. Des travailleurs sociaux ? On dirait plutôt des malades, si vous voulez mon avis.

Le Kid se gratta la nuque et baissa les yeux pour la regarder. Il faisait presque une tête de plus qu'elle.

— Vous n'avez pas assisté à la réunion ?

Elle secoua la tête et prit l'air idiot.

— Et personne ne vous a dit ? Vous n'avez même pas vu les affiches ?

Elle jeta de nouveau un coup d'œil au tableau.

— Est-ce que quelque chose échapperait à ma vivacité d'esprit, Thomas ?

— D'accord. Nous sommes dans le Bijlmer, exact ? commença-t-il, passant au mode explicatif. Un vieux quartier de taudis putrides – ou un nouveau, si vous préférez. Quoi qu'il en soit, personne en dehors des Amstellodamiens n'en avait jamais entendu parler. Pas avant le 4 octobre 1992, du moins.

— Mais bien sûr, s'exclama Ruth, comprenant soudain. Le crash ! L'avion-cargo. Mais quel rapport avec ces gens ?

— Ils vivaient ici à l'époque. Moi aussi, d'ailleurs, près des immeubles Kruitberg et Groeneveen – ceux qui ont été touchés. Et, ajouta-t-il, ils vivent toujours ici, Dieu les protège.

— Ils ont survécu, dit-elle.

Il plongea une louche dans la grande casserole de vin chaud et remplit leurs gobelets.

— Allez donc leur dire ça.

4 octobre 1992. La pire journée qui soit, de mémoire d'Amstellodamien. Le Boeing 747 d'El Al s'écrasait sur les immeubles du Bijlmer, tuant quarante-trois personnes. Le reste de l'histoire – la suite –, elle n'en connaissait que des bribes, grâce aux journaux ou à des flashs d'information.

Ils s'approchèrent des affiches et le Kid combla ses lacunes.

L'accident provoqua un incendie. Une odeur douceâtre envahit le quartier. La cargaison de l'avion contenait du parfum et des fleurs, c'est du moins ce que les gouvernements hollandais et israélien ont soutenu. Mais des hommes revêtus de combinaisons de protection blanches sont apparus au milieu des sauveteurs et ont emporté des objets avec eux. Six ans plus tard, une fuite avait révélé la véritable nature de la cargaison de l'avion : l'odeur douceâtre était celle du méthylphosphonate de diméthyle, un des produits chimiques entrant dans la composition du gaz de combat innervant sarin. Trois des quatre produits chimiques nécessaires à la fabrication du gaz se trouvaient à bord de ce maudit avion. La cargaison était destinée à l'Institut israélien pour la recherche biologique.

Mais ce n'était pas ça – en tout cas pas seulement – qui avait déclenché l'alarme, et ce n'était pas ça non plus qui expliquait la présence des rescapés qui les entouraient aujourd'hui.

Selon des rapports non confirmés, tous les chiens renifleurs utilisés par les secours étaient morts dans les six mois suivant l'accident. Puis les gens du coin avaient commencé à souffrir, de migraines, de fatigue, de rougeurs, de douleurs dans les articulations et les muscles, de vertiges, de problèmes respiratoires, de cancers, de maladies auto-immunes. Le nombre de fausses couches augmentait, ainsi que le taux de malformations congénitales – des enfants naissaient avec six doigts ou atteints d'hydrocéphalie.

Dans le Bijlmer, le principal suspect responsable de tous leurs maux collectifs avait été bientôt mis au jour : l'uranium appauvri.

Il s'avéra que ce produit avait été utilisé comme contrepoids dans la gouverne et, selon certains, dans les ailes. Dans la boule de feu de kérosène provoquée par le crash, l'uranium appauvri s'était rapidement oxydé et le fort vent de nord-ouest qui soufflait à ce moment-là avait dispersé les nuages de poussière. Tous ceux qui se trouvaient dans les parages de l'incendie avaient inhalé des microparticules d'oxyde d'uranium plus ou moins concentrées. En 1999, une enquête gouvernementale menée par la Commission Meijer reconnut la contamination, mais conclut qu'il était fort improbable que de vastes groupes de citoyens et de sauveteurs aient souffert d'un important empoisonnement à l'uranium.

— Affaire classée ? demanda Ruth.

— Pas encore. Pas tant que ces gens vivront, en tout cas. Ils réclament justice et compensation. Le premier pas est de reconnaître l'ampleur du problème. Les dossiers sont classés quand les gens sont morts et enterrés, quand personne n'est plus là pour se battre.

Lydia et son précieux héritage lui vinrent à l'esprit. Comme Scheele, d'ailleurs.

— Tant qu'il y a de la vie, il y a de l'espoir, dit-elle en haussant les sourcils.

— Vous m'avez ôté les mots de la bouche. (Il soupira et fourra les mains dans ses poches de pantalon, remontant les épaules.) Alors qui – enfin, je veux dire – *qu'est-ce* qui vous amène ici ?

— Une amie. Cette traîtresse ne s'est même pas montrée. Elle ne m'a pas dit non plus de quel genre de fête il s'agissait. Sinon, je serais venue avec un compteur Geiger.

— Ce n'est pas leur faute. Ils n'ont pas grand-chose à fêter.

— Un narguilé, alors. Et mon double CD de Disco Inferno. Garanti pour réveiller les morts.

Le Kid ne sut pas très bien comment interpréter son humour. Il lui serra chaleureusement la main.

— Il faut que j'y aille.

Ses yeux se détournèrent, comme si une partie de lui-même avait déjà quitté la pièce et que le reste devait rattraper le mouvement.

— J'ai dit une bêtise ?

— J'ai une affaire à régler. Vous ne vous y connaîtriez pas en verveux, par hasard ?

— Hein ?
— En verveux, en filets ? Non, bien sûr que non, ajouta-t-il pour lui-même. Mais les anguilles, vous aimez les anguilles ?
— Les anguilles ?
— Je peux vous en donner une, si vous voulez.
— Une anguille ?
Son portable bourdonna dans son sac. Le Kid s'éloigna. Un texto de Myles.

Lundi à 10 heures. Réunion plénière du bureau avec
Salomon Cabrol.
Van der Heyden au programme.
Tâche d'être là, mignonne.

Elle nota le rendez-vous dans l'agenda qu'elle gardait dans sa poche arrière et rattrapa le Kid au portemanteau.
— Écoutez, je vais me tirer moi aussi. Vous n'auriez pas par hasard une Lincoln Continental noire et luisante qui vous attendrait en bas ?
— Où habitez-vous ?
— Dans le Jordaan. Et vous ?
— C'est sur mon chemin.
En guise de limousine, c'était un camping-car Dormobile VW couvert de boue qui les transporta. Ruth jeta un coup d'œil par-dessus son épaule quand ils prirent la direction de l'A2. À l'arrière, elle vit un lit, d'épais vêtements d'extérieur, des cuissardes, des ustensiles de cuisine, un réchaud à pétrole, divers sacs et cartons d'équipement et des casiers de cartes postales. L'affiche des *Hommes du*

Mossad avec les cosmonautes vêtus de blanc était collée sur la porte.

— Je peux ? (Ruth alluma un nouveau joint, tira dessus deux fois et l'écrasa.) Certains se reconnaissent dans la souffrance, d'autres dans la joie, psalmodia-t-elle avec philosophie. Moi, j'ai seulement essayé ce truc pour l'instant, je le jure devant Dieu. Je ne sais pas pourquoi je m'acharne, ça ne me fait plus rien.

Il lui jeta un coup d'œil ironique. Il avait une conduite cool, genre vedette de cinéma, la main gauche posée au sommet du volant.

— Vous êtes une accro de la cinquième phase. Immunisée. Le plaisir a foutu le camp. Pas de flash, ne reste que le geste, le rituel du roulé.

— On compte combien de phases ?

— Cinq.

— C'est drôle, je sentais que vous alliez dire ça.

Il eut un large sourire.

— Qu'est-ce que vous faites d'autre pendant vos loisirs, à part rouler de drôles de clopes ?

— Moi ? Oh, eh bien, je souffle dans les pailles pour les débarrasser de leur gaine, je fais péter des sachets en papier, je me tourne les pouces, je m'adonne à la composition florale. Je suis un peu du genre rebelle, en fait. Si la vendeuse chez le fleuriste me conseille de couper le bout des tiges en diagonale, je m'empresse de les couper droites une fois rentrée chez moi. Ne me demandez pas pourquoi. Ce n'est pas un hasard si je suis blonde.

De temps à autre, des poches de brouillard bas se cabraient sur la route, transformant la lumière jaune des phares en cônes cotonneux. On aurait cru atterrir à bord d'un bruyant turbo-propulseur. Le Kid ralentit, puis remit la gomme lorsqu'ils sortirent des nuages.

— Et vous ?

— Hein ?

— Qu'est-ce que vous faites ?

— Moi ? Je bavarde avec Lydia et les autres petits vieux. Je pose des verveux dans les polders – ce qui est illégal. Je collectionne les vieilles cartes postales. Et je fais de la course cycliste.

— Vous courez contre qui ?

— Moi-même. Et le temps. Tenez. (Il ouvrit la boîte à gants et lui tendit un livre : *De Renner*, de Tim Krabbé.) Vous connaissez ?

Elle secoua la tête.

— Prenez-le.

Il faisait trop sombre pour lire. Elle feuilleta l'ouvrage pour se faire une idée, montrer qu'elle appréciait ce prêt.

— J'ai une théorie, reprit-il au bout d'un moment. Quatre-vingts pour cent des gens sont grave cons.

— Je suis assez d'accord.

— Je n'ai pas terminé. Quatre-vingts pour cent sont grave cons, mais il en reste encore vingt pour cent qui sont graves sans être cons. Vous voyez ce que je veux dire ? Le grand test dans la vie, c'est de distinguer les deux groupes, parce qu'il y a les bons graves et les mauvais graves. C'est ma théorie. À propos, vous faites partie des bons.

Ruth rayonna.

— Probablement, ajouta-t-il après coup.

Il était une heure du matin lorsqu'il la déposa près de la péniche.

— Je fais de mon mieux pour refréner ma curiosité, dit-elle quand il lui ouvrit la portière du camping-car, mais je crois me souvenir que vous m'avez promis une anguille.

— Je vous la déposerai samedi.

— Plutôt lundi, si ça se conserve. Je pars pour le week-end. Je vais voir mes parents à Driebergen. Jojo a accepté de garder la maison pour moi.

— Jojo ?

— Une amie, celle qui m'a posé un lapin ce soir, en fait. En y repensant, vous pouvez apporter l'anguille quand vous voulez ce week-end, Jojo sera là.

— Bon Dieu, mais je connais Jojo. Nous travaillons ensemble. Vous auriez dû me dire que c'était elle. Elle a dû rester pour aider quelqu'un qui a eu un malaise pendant la réunion.

— Vraiment ? (Ruth se frotta la nuque en réfléchissant.) Le plus drôle, c'est qu'elle tenait absolument à ce que je vienne. Elle devait me présenter à un Gay Caballero pour qui elle a un faible.

Il resta perdu dans ses pensées un moment. Il baissa la tête, se balança d'un pied sur l'autre.

Oh ! mon Dieu, se dit Ruth, *c'est toi, n'est-ce pas ? C'est toi ! Le Gay Caballero en personne !*

Il finit par placer une main sur son cœur avant de la lever en l'air.

— Écoutez, c'était agréable de bavarder et tout ça. Salam. À lundi.

13

— Voyons cela, dit son père.

On était samedi matin. Dans son atelier, il entreprit d'étudier les photos du Van der Heyden, l'estampage, les livres et les pamphlets de la librairie ésotérique de M. Lune, dont Ruth avait feuilleté quelques exemplaires la veille dans le train.

Elle l'abandonna à sa tâche.

Elle bavarda avec sa mère en réchauffant la soupe de pois cassés et la choucroute. Elle écouta une émission du week-end à la radio.

Il avait neigé toute la nuit. Dans le long jardin vallonné, un corbeau solitaire se posa sur l'antenne à ondes courtes de son père. Pourquoi ces créatures lui rappelaient-elles les porteurs de cercueils ? Il battit des ailes comme un parapluie trempé avant de plonger dans une sorte de demi-sommeil.

Ruth s'aventura dans la blancheur éblouissante pour dégager l'allée. Le raclement de sa pelle sur le gravier viola le silence. L'effort et le froid lui firent mal aux poumons. Elle s'interrompit pour reprendre son souffle. Des oiseaux, des renards, entre autres animaux, avaient laissé leurs signatures, une multitude d'empreintes retraçant leur quête de nourriture. Près de la mare gelée, elle trouva les preuves d'une débandade, d'un conflit, et, plus loin, une unique plume grise et trois gouttes de sang écarlate.

Le monde étincelait sous le soleil pâle et les premiers indices du dégel étaient perceptibles. Un léger craquement cristallin, le goutte-à-goutte de l'eau glacée dans les tuyaux et les gouttières, la fonte des stalactites grêles sous les avant-toits ; le soupir d'une chute quand la branche chargée d'un conifère se débarrassait soudain de son fardeau.

Dans son ancienne chambre, Ruth trouva une valise contenant des cahiers d'exercice, des poupées, une boîte de dents de lait, deux minuscules chaussettes et autres vestiges de l'enfance. Elle découvrit deux dessins au crayon de couleur qu'elle se rappelait clairement avoir faits : une prima donna clinquante et souriante avec un diadème, une baguette magique et des ailes de papillon, et une étrange femme rouge aux cheveux jaunes – l'œil en émoi, les poings sur les hanches – qui chantait ou hurlait.

Elle s'assit sur son lit d'enfant et s'aperçut dans le miroir au mur.

Le passé demeurait le passé ; maintenant c'était le présent.

Les jours, mois et années écoulés s'évanouirent, fragments jetables de l'infini. Pas de quoi se perdre dans les regrets. Quand elle avait dix ans, sa famille avait déménagé dans un appartement à Amsterdam, mais elle avait gardé la maison de Driebergen près d'Utrecht pour le week-end. La maison ranimait toujours les fantômes de ses anciens moi. Ses parents avaient vieilli et ils vieillissaient encore, soit. Chaque visite le lui rappelait. Son père, Joris, marchait plus lentement, par exemple. Mais sa lenteur était comme si le temps lui-même avait décidé de se détendre et de ne pas s'en faire. Quant à sa mère, c'était la teinture et la permanente qui la fichaient dedans. Pire qu'une étiquette à l'oreille du bétail, cela la condamnait à des excursions en car dans des musées d'artisanat, à des tournois de cartes et à des réunions autour d'un café à l'église. Ruth s'efforçait d'ignorer la coiffure, mais elle n'y parvenait pas. Cela ressemblait plus à de la fibre de verre ou à de la barbe à papa qu'à des cheveux.

En même temps, ses parents étaient devenus davantage eux-mêmes, comme des caricatures. Leurs habitudes, manies et bizarreries de langage se firent plus prononcées. Ils étaient constamment ensemble – rouspétant, évoquant des souvenirs, complotant, n'arrêtant pas de se monter l'un contre l'autre –, un Laurel et Hardy conjugal.

Sa mère continuait à vérifier compulsivement les appareils électriques et les arrivées de gaz avant de sortir. Elle avait les courants d'air en horreur et elle tripotait sans cesse une mèche que le coiffeur n'avait pas réussi à neutraliser.

Son père sentait le clou de girofle. Il ne cessait d'en mâchonner en lisant ou en écoutant sa radio à ondes courtes. Il avait pris cette habitude quand il avait renoncé à fumer, bien qu'il s'autorisât toujours un mince panatella après le déjeuner. Il errait dans la maison en parlant tout seul dans sa barbe grisonnante, vêtu d'une chemise au col ouvert, d'un gilet en cuir et d'un sarong – une longueur de coton bleu, imprimé de fleurs de lotus, qui lui avait tapé dans l'œil pendant un voyage en Malaisie et qu'il portait constamment noué autour de la taille, ce qui lui donnait des allures de swami New Age ou de gourou.

— Dingue, ce truc, grogna-t-il en se retournant d'un bloc à son entrée dans son atelier. À l'avenir, je m'en tiendrai à mes mots croisés.

Ruth se blottit dans le fauteuil en cuir.

L'atelier était encombré de serre-joints, de fers à souder, de fils, de prises de courant, de plaques imprimées et de pièces d'ordinateur. Les passions de Joris étaient l'électronique et la radio. Avant sa retraite, il avait travaillé chez Mobil Oil. Comme sa femme, il avait beaucoup voyagé et il lisait tout ce qui lui tombait sous la main – romans, biographies, philosophie. Partout il y avait des piles de livres, de magazines, de classeurs de relevés bancaires et de documents concernant la maison. À l'aide de deux pinces à dessin, il fixa l'estampage de Ruth à l'arrière d'un écran escamotable.

— Les chiffres te disent quelque chose ?

— Quoi ?

Il était un peu dur d'oreille.

— Les chiffres, reprit-elle en élevant la voix. Tu leur as trouvé un sens ?

— Non. J'ai téléphoné à Lucas et je les lui ai envoyés par mail. Deux cerveaux valent mieux qu'un, non ? Il a dit qu'il se renseignerait.

— Lucas Aalders ?

Une autre relique du passé. Les parents de Maarten et les siens s'étaient liés. Ils se rencontraient deux à trois fois par an et partaient même en vacances ensemble. La situation mettait à présent Ruth plutôt mal à l'aise, mais il n'y avait rien à faire.

— Une sorte de code, je crois. Probablement pas très compliqué. Pas comme la cryptographie moderne. Juste la substitution d'une lettre par un chiffre. Tu as vingt-six filtres de fréquence, chacun très précis. Cela devrait être simple comme bonjour. Il suffit de découvrir quel chiffre remplace quelle lettre. Ce système se fonde sur la fréquence des lettres et les règles gouvernant les mots. Par exemple, chaque mot contient au moins une voyelle. J'ai tenté le coup avec le vieux hollandais, mais cela n'a rien donné pour l'instant. Bien entendu, il pourrait s'agir d'un code cyclique. Tu sais – toutes les deux, trois lettres, on a une rotation de chiffres, le filtre change. Ce serait plus épineux. Pour l'interpréter, il faudrait savoir de quels codes on se servait au XVIIIe siècle. Faut dire que ce n'est pas toujours facile. Tu as entendu parler du manuscrit Voynich ?

— Non.

— Un livre scientifique, vieux d'au moins quatre siècles, rédigé en code. Personne n'a jamais réussi à le percer, pas même vous autres petits prodiges modernes.

— Et le symbole au milieu. Je l'ai trouvé dans ce gros bouquin là-bas. Il représente la pierre philosophale, non ?

Joris ouvrit le volume dont il avait marqué la page avec un tournevis de bijoutier en argent.

— Ouais. Voilà. La pierre philosophale. Le rêve fou des alchimistes.

— Transformer des métaux vils en or.

— C'est la partie que tout le monde connaît, mais cela va plus loin, si l'on en croit ceci. C'est vrai, il ne s'agissait pas seulement d'un moyen rapide de faire fortune au Moyen Âge. Ce que cherchaient vraiment les alchimistes, c'était l'élixir de la vie immortelle. La transformation des métaux n'était qu'une phase du processus. L'or était une métaphore pour la source de vie. C'étaient les premiers chimistes, tu vois. Ils ont dû connaître leur lot de cinglés, bien sûr, et ils avaient sans aucun doute leur propre langage de dingues – une manière ésotérique de s'exprimer. Avec leur méthode fondée sur le hasard, ils ont fait d'importantes découvertes. L'alchimie et la chimie n'ont vraiment commencé à se scinder qu'au XVIIe siècle.

— J'ai vu une exposition de tableaux d'alchimistes un jour. Il y en a eu un qui m'a plu, de Joseph Wright de Derby – un alchimiste qui a découvert le phosphore par hasard. Il était accroupi, fixant ébahi son éprouvette ou son alambic, Dieu sait comment on appelle ça. Un sacré bon tableau, en fait.

— Tu vois. Ces bonshommes des feux de l'enfer ont pavé la voie de la minéralogie, de la chimie, de la médecine et de la pharmacologie modernes. Même la poudre à canon, même les feux d'artifice. Le nom de Cornelis Drebbel te dit quelque chose ?

— On a donné son nom à des écoles, non ?

— Un Hollandais, bien sûr. L'inventeur du premier sous-marin connu. Alchimiste lui aussi.

Ruth profita de l'annuaire et du stylo posés sur le bras de son fauteuil pour se mettre à gribouiller. Elle jeta un coup d'œil à l'estampage et copia l'étoile à six branches avec ses deux cercles concentriques.

— Mais pourquoi une pierre ? Pourquoi la pierre philosophale ? De quoi s'agissait-il exactement ?

— Écoute ça. Il lut en suivant le texte d'un doigt :

« Nous appelons pierre philosophale la pierre la plus ancienne des sages, la plus secrète ou inconnue : incompréhensible en termes naturels ; céleste, bénie et sacrée. On raconte qu'elle est vraie et plus certaine que la certitude elle-même, l'arcane de tous les arcanes

– vertu et pouvoir de la divinité, cachée aux yeux des ignorants, fin et objectif de toute chose sous le soleil, la conclusion définitive et merveilleuse du travail opératoire de tous les sages. Elle est l'essence même de tous les éléments, le corps indestructible qu'aucun élément ne peut abîmer ni endommager, la quintessence ; c'est le mercure double et vivant qui porte en soi l'esprit divin – le traitement de tous les métaux faibles et imparfaits –, la panacée de tous les maux – le glorieux phénix –, le trésor le plus précieux – la plus grande possession dans toute la nature. »

— C'est tiré du *Musaeum Hermeticum*, 1625.

— Génial, j'en prendrai un pack de six.

Son père lui jeta un regard soupçonneux au-dessus de ses lunettes de lecture avec cette intensité silencieuse que, enfant, elle avait toujours trouvée intimidante.

— Ce que je veux dire, se reprit-elle, légèrement exaspérée, c'est comment une simple pierre peut-elle être tout cela à la fois ?

— Le panvitalisme. Ils croyaient que tout était vivant, d'accord ? Même les pierres. Les pierres possédaient vie et mystère. On raconte ici que lorsque Cortès a demandé aux chefs aztèques d'où venaient leurs couteaux, ils ont désigné le ciel.

— Des météorites ?

— Exactement. Les pierres étaient aussi fécondes et sexuelles. Interroge n'importe quel tailleur de diamants à Amsterdam. Ils attribuent toujours un sexe aux diamants, selon leur éclat.

— Les plus brillants étant...

— « A girl's best friend », je suppose ! (Il rit doucement, évitant son piège.) Vois les choses sous cet angle. Les alchimistes venaient des métiers en rapport avec le feu – orfèvres, émailleurs, ouvriers de fonderies, verriers. En Phénicie, en Égypte ancienne, en Grèce et au Proche-Orient, ils étaient liés à la prêtrise. Ils travaillaient dans les temples. Et que faisaient-ils, ces vieux fondeurs ?

— Ils mélangeaient des métaux, je suppose.

— Ils mélangeaient des métaux. Fabriquaient des amalgames. Généraient de nouveaux alliages minéraux. C'est là que le truc sexuel intervient. Tu prends deux choses opposées ou différentes et tu en crées une troisième, quelque chose de nouveau. C'est ce qu'ils appelaient un *hierosgamos*, un mariage chimique. Voici un autre passage. (Il tira un volume mince de la pile et trouva sa page.) *Le Livre de Morienus*, un vieil ouvrage arabe. Une description de l'opération alchimique, ou la fabrication d'une pierre. « Le mariage, la croissance, la grossesse, la naissance et l'alimentation sont nécessaires pour la conduite de cette opération. Car lorsque la conjonction se produit, la conception suit, et la grossesse vient de la conception et la naissance suit la grossesse. » Les alchimistes pensaient que tous les métaux venaient à l'origine du mélange de soufre et de mercure. C'est pourquoi tant d'entre eux ont pété les plombs. Le soufre était déjà dangereux en soi, mais inhaler des vapeurs de mercure rend dingue. De nos jours, on en a plein les dents avec les plombages. Pour toi, c'est le progrès. Mais pour en revenir aux alchimistes, il y a une autre étape au sujet des amalgames. Si tu fais des alliages d'argent et d'or, à la fin du processus, tu sembles avoir plus d'argent et d'or. Tu vois ce que je veux dire ?

— Le style Midas. Faire de l'or à partir de rien.

— Encore un rêve éternel. Mais rappelle-toi, ils n'étaient pas tous avides de fric, bien qu'il y ait certainement eu un bon noyau de capitalistes en puissance parmi eux. Les plus sérieux étaient des saints parce que l'alchimie a également ses racines dans la religion et le mysticisme. Il s'agit de maîtriser les puissances célestes. Tu détruis pour créer. Il y a le mariage, la passion, la mort et la résurrection. Ils parlent de tuer des monstres, de démembrer un homme à l'épée. Des motifs étranges – tu as vu ces images délirantes dans ces livres. Parfois on représente la pierre philosophale comme une vierge ou un enfant, parfois comme un christ ou un phénix. Et sa production est un processus de purification et de rédemption – comme un calvaire, comme les marches qui montent vers le mystère suprême. Tu as la calcination, la sublimation, la solution, la putréfaction, la distillation, la coagulation, la teinture, etc. Voilà les mots qu'ils utilisent pour désigner les marches. Et ton matériau brut survit à la destruction. Il est transmuté, né de cendres. C'est la grande théorie de la nativité – de la pierre, en tout cas. Tu vois maintenant pourquoi c'est aussi un élixir de vie ?

— Peut-être. Mais je ne comprends toujours pas ce que c'est. Une pierre ? Un élixir ? De l'or ? De l'argent ? Quoi ?

— Eh bien, je n'en sais pas plus long que ce qui est dit ici, admit-il. Mais, où en sommes-nous... Bien, écoute encore. Il remonta ses lunettes sur l'arête de son nez. « Apocalypse. Saint Jean l'Évangéliste. Au vainqueur, je donnerai [...] une pierre blanche. » Il y a une liste ici... C'est la pierre de saphir dans Ézéchiel. C'est la pierre à sept yeux dans Zacharie. C'est la pierre biblique rejetée par les bâtisseurs dans les Psaumes. C'est du vitriol vert. Un corps mort. De l'urine. Du lait de queue de dragon. Le Brésil. Un serviteur en fuite. C'est le chaos, un crapaud, une vipère, un lion vert – tout ce que tu veux, Ruth. Ce vieux type, Petrus Bonus, dit qu'on peut la comparer à pratiquement tout dans la création.

— Ce qui n'aide pas vraiment à la cerner avec précision. Mais qu'est-ce que j'en sais, peut-être est-ce justement là l'essentiel, que ce soit impossible à cerner.

Joris retira ses lunettes de lecture et les laissa pendre au bout du cordon autour de son cou. Un rai de soleil bouton d'or tombait sur sa barbe et son torse osseux. Dans l'ombre, au-dessus, son regard vif brillait.

— Peut-être que c'est ça. C'est tout ce dont l'homme rêve. C'est ce que tu veux que ce soit. Et chaque époque historique a son fruit défendu, son supplice de Tantale.

— Quel serait le nôtre ?

— Je ne sais pas... L'ADN ? Le code génétique, la nouvelle doctrine secrète de toute vie ? Plus ils en découvriront à son propos, plus ils seront en mesure de guérir la maladie et de prolonger la vie, après tout – du moins dans les pays riches, mais c'est une autre histoire. Oui, l'ADN. Un candidat approprié pour le nouvel élixir, tu ne crois pas ?

— Si tu le dis.

— Ils sont en train de changer le monde. La parthénogenèse et tout ça. Ils pensent pouvoir créer un enfant directement à partir de l'ovule de la mère. Aucune intervention masculine. Je savais bien qu'ils finiraient par trouver un moyen de se débarrasser de nous !

Ruth grimaça.

— Que signifie tout cela ? continua Joris de sa voix rêveuse. De quoi est fait l'univers ? Où vont les anciennes choses ? D'où viennent les nouvelles ? Métamorphose et mutabilité, changement lent, changement violent, nouvelle vie et mort de ce qui a été avant. C'est ce à quoi ils s'intéressaient, la fin des fins. Tout doit changer.

— Tu commences à me rappeler une chanson de George Benson, papa.

— Qui est George Benson ?

— Peu importe.

— Équilibre les éléments et tu obtiens la pierre philosophale – ce qui explique tout, le secret de l'immortalité. Et la chose sur laquelle ils tombent tous d'accord, c'est que leur fameuse pierre est faite d'un matériau aussi banal que la saleté. Quelque chose que tout le monde méprise et rejette. Ce Morienus, encore. (Il revint au livre :) « La matière est unique et partout, riches et pauvres la possèdent : elle est inconnue de tous ; elle se trouve sous les yeux de tous ; elle est méprisée par le vulgaire qui la vend à bas prix comme de la boue, mais le philosophe qui la comprend la tient pour précieuse. »

— La science des déchets.

— Quoi ?

Elle éleva la voix.

— La science des déchets. C'est l'étude d'une culture par l'examen de ce qu'elle jette. Un groupe d'artistes modernes en a fait tout un plat. Il y a un photographe qui renverse les poubelles des gens riches et célèbres pour prendre des photos de leurs ordures. Mais, selon toi, qu'est-ce que cela nous dit à propos de la pierre philosophale ?

— Bien, prends les puces en silicium. Nos ordinateurs en dépendent. Mais le silicium n'est rien d'autre que du sable. Tout est de la terre, si on cherche bien – poussière, argile, cendres, quel que soit le nom que tu veux lui donner. Le mystère réside dans la transformation, obtenir des diamants à partir du carbone, du pétrole à partir de fossiles, ou la vie elle-même à partir d'une boule de terre qui orbite dans le cosmos. C'est vrai, notre Terre aurait pu devenir pareille à la Lune, et où serions-nous alors ?

Ruth tournait dans la pièce, soulevant des objets au hasard, soufflant la poussière sur les livres, chipant quelques biscuits dans le paquet que Joris avait laissé sur la table. L'impatience la guettait ; elle menaçait de se fermer comme chaque fois que son père passait au mode philosophique. C'était probablement dû à son éducation. Elle était câblée pour des spécificités, non pour ses généralisations farfelues.

— Et le tableau lui-même ? Qu'est-ce qu'il a à voir avec ton grand mystère ?

— Dieu seul le sait. (Il haussa les épaules.) Peut-être quelqu'un avait-il juste besoin d'un endroit pratique pour dissimuler des renseignements secrets. Pas nécessairement l'artiste lui-même. Mais c'est un joli petit tableau. Il me donne presque envie de rouvrir mes carnets de croquis.

— Donc, à ton avis, il n'y a pas de lien manifeste entre le tableau et les symboles derrière ?

— Il y a juste l'alambic en verre sur la cheminée qui a vaguement l'air alchimique, mais à part ça, rien. Je n'en sais pas plus que toi.

— Regarde cette photo. (Elle poussa l'un des tirages numériques vers lui.) Tu vois ces étiquettes ? Myles – c'est le confrère anglais dont je t'ai parlé – est un expert en étiquetage nazi. Il pense que Göring voulait ce tableau mais que les acheteurs de Hitler l'ont pris de court. Il a fini dans la collection privée du Führer. Ce que nous essayons de comprendre avec nos cervelles lentes d'artistes, c'est : si c'est vrai, pourquoi le voulait-il ? D'accord, le tableau est joli, mais il est médiocre. C'est loin d'être du grand art. Restent ces trucs derrière. Est-ce cela qu'ils cherchaient ? Est-ce cela qui a retenu leur attention ?

Joris fit une grimace.

— J'espère que tu n'attends pas de moi une réponse ?

— Faudra bien que quelqu'un en ait une ! lâcha-t-elle en giflant la table de la paume de la main.

— Et ce quelqu'un, ce doit être ton pauvre papa, c'est ça ?

Sa colère s'évanouit devant son air penaud. Elle se fila mentalement des baffes pour ses tendances dictatoriales. Elle se percha sur le bord de la table et passa les doigts dans ses cheveux gris emmêlés – la petite princesse de papa. Des deux pouces, elle frotta les sillons sur son front, dans l'espoir de les lisser.

— Tu sais, je n'étais qu'un gosse à l'époque. Adolf me passait un coup de fil de temps en temps pour me tenir au courant de ce qui se passait sur le front de l'Est. Mais, étrangement, il n'a jamais abordé le sujet de ses quêtes artistiques. Étonnant, non ? Sur tous les autres plans, nous étions de vrais potes, copains comme cochons. Dommage qu'il ait dû finir comme ça !

— Arrête, papa !

— Écoute ce que dit Lucas. Déchiffre ce code et tu auras avancé d'un pas.

— Pourquoi diable les gens ne se contentent-ils pas de dire les choses ? Pourquoi ont-ils besoin de tous ces codes, de ces jargons ?

— C'est comme les rosicruciens, les francs-maçons, l'Église, Microsoft. Si tu as des connaissances de spécialiste, tu n'as pas envie que d'autres fassent main basse dessus. Les alchimistes s'appuyaient sur la Bible et la liturgie. Ils adoraient s'exprimer en paradoxes et en énigmes.

Ruth renversa le paquet de biscuits vide et attrapa la dernière miette spongieuse au creux de la main.

— J'ai un nouveau correspondant qui donne là-dedans lui aussi.

Elle avait parlé de Lydia à ses parents, mais non du mail ni de la malédiction qui menaçait toute l'affaire. La veille au soir, elle avait consulté sa boîte e-mail et récolté un nouveau message fou et embrouillé. Cela lui avait gâché sa nuit ; elle avait fait de mauvais rêves dans lesquels – elle se le rappelait maintenant – le Kid Cisco avait également fait une apparition, avec des avions-cargos 747 piquant du nez.

Son père tripotait sa radio à ondes courtes. Il n'avait pas entendu sa remarque. Dans un sursaut, elle se souvint que la sortie imprimante du mail était dans la poche de son cardigan, la suivant comme une ombre.

Elle la sortit et la relut.

Poule mouillée : Tu n'apprendras donc jamais ? Vous les femmes passez votre vie à mentir. La vérité est devenue une inconnue pour vous. Vous

voulez recevoir, mais vous ne donnez rien en échange. Et comment la nature apprend-elle à donner et à recevoir ? Le chaudronnier donne et la meule reçoit ; le tonnerre donne le feu qui jaillit de lui. Car tout s'entrelace et tout est séparé et tout s'associe et tout se scinde et tout s'humidifie et tout sèche et tout bourgeonne et tout fleurit dans l'autel en forme de bol. *Corpus infantis ex masculo et femina procedit in actum.* Les flots enflent, ô Seigneur, les flots enflent leur voix : les flots enflent leurs vagues. Je t'ai avertie. Poule mouillée, je t'ai avertie. Là tu m'as mis en colère. Ce n'était pas la chose à faire.
47 107.8682

Encore ces chiffres. Cette drôle de signature numérique.

Sa gorge se serra.

Elle fut immédiatement tentée d'en parler à son père, mais une tendre impulsion l'en empêcha. C'était une femme désormais, plus une enfant. Joris et Maaike atteignaient un âge où leurs angoisses personnelles devenaient assez pesantes comme ça. Elle ne leur rendrait pas service en leur infligeant les siennes. Toutefois, deux choses étaient claires à présent. D'abord, son correspondant était – ou prétendait être – un homme. Ensuite, il donnait dans la tendance alchimique depuis le début. Il en connaissait le jargon par cœur.

Qui qu'il fût, il fallait bien l'admettre, il la laissait sur les starting-blocks.

— Écoute ça, reprit Joris en penchant la tête et en tournant le grand cadran noir. Quarante mètres. (Il évacua les parasites et les intonations bizarres des voix.) Un type de Christchurch, Nouvelle-Zélande, qui parle à un autre en Lettonie. Qu'est-ce que tu dis de ça ?

Elle s'extirpa de sa rêverie et s'efforça de paraître suffisamment impressionnée. Son père appartenait à cette génération Meccano encore intimidée par les magnétophones à bobines et la technologie. Il y avait certes une sorte de grandeur stalinienne dans le fait de créer sa propre station de radio avec une antenne de transmission colossale dans le jardin, mais pour elle c'était comme écraser une mouche avec un aviron. *Bon sang, papa*, avait-elle envie de lui dire, *qu'est-ce que tu reproches au téléphone ?* Tout ce truc de dingues n'était guère qu'un stratagème compliqué pour échapper à leurs emmerdeuses de bonnes femmes.

La cloche du déjeuner retentit dans la salle à manger.

Joris tira un clou de girofle détrempé coincé entre ses dents jaunies et le lâcha dans un cendrier.

— Et je t'en prie, ne t'avise pas de parler de pierres philosophales à ta mère.

— Et pourquoi ?

— Elle vient juste d'avoir ce problème de calcul biliaire – des petits cailloux, n'est-ce pas –, l'endoscopie.

— Enfin, papa ! C'est ridicule ! C'est bien de toi, d'établir un rapport pareil !

Le repas fut tranquille.

Ensuite, ils partirent en voiture se ravitailler en diesel et en allume-feu. Ils s'arrêtèrent dix minutes dans un magasin d'antiquités. Ruth acheta à sa mère un vieux moulin à café fabriqué dans un pot en faïence de Delft pour sa collection.

Sur la route, la blancheur des vastes étendues de neige était éblouissante. Ruth ressentit une douleur fulgurante derrière ses globes oculaires. Ses parents avaient le teint blême. La permanente de sa mère ressemblait à une boule d'amarante desséchée collée à son crâne.

Ruth baissa le pare-soleil et s'examina dans le petit miroir. Un autre fantôme au visage livide. Elle avait les lèvres gercées et bleuâtres malgré les rafales d'air chaud sortant des bouches de ventilation. Ses pupilles étaient grosses comme des têtes d'épingle. Heureusement, une clinquante paire de lunettes de soleil rouge et dorée traînait dans la boîte à gants. Elle se mit un peu de rouge à lèvres et les chaussa. Le monde se peignit d'un tranquille bleu jacinthe.

Avec un soupir intérieur, elle battit en retraite dans les tunnels et les grottes de ses pensées.

Un panneau attira l'œil de son père, qui tourna dans une allée privée bordée de clôtures électriques derrière lesquelles se dressait un hangar où les grosses machines agricoles dormaient pendant les mois d'hiver. Au bout de l'allée se trouvait une ferme d'élevage de faisans – un phénomène dans cette région à dominante laitière. Joris et Maaike y étaient venus une fois l'hiver précédent. Ils pensaient que cela pourrait intéresser Ruth. Plus exactement, c'était la seule curiosité locale qui leur venait à l'esprit. Une autre caractéristique du vieillissement, cette impression de devoir constamment offrir des distractions.

Ruth céda, dissimulant son indifférence derrière les verres fumés de ses lunettes de soleil, starlette anonyme décompressant entre deux prises sur la Côte d'Azur.

La femme du fermier, qui se rappelait Joris et Maaike, leur serra la main. Elle les entraîna dans une salle de couveuses surchauffée. Leur entrée provoqua une agitation de paille et de plumes, une panique de piaulements. Les jeunes se ruèrent à l'autre extrémité de l'énorme enclos sous la lueur orange poussiéreuse de radiateurs accrochés au plafond, puis revinrent avec hésitation vers les mangeoires. On leur expliqua le fonctionnement de la ferme. Là on élevait les faisans jusqu'à l'âge de huit semaines avant de les peser et de les baguer. Dans d'autres enclos de la ferme, on élevait des tétras, des bécasses et des perdreaux. Certains allaient droit dans les assiettes, d'autres étaient rendus à la nature, en accord avec l'association de chasse locale. Le fermier lui-même était un chasseur passionné.

Elle les invita dans la cuisine de la ferme pour parler affaires autour d'un café et d'un gâteau.

Joris et Maaike ne voulaient pas de faisan, vivant ou mort, mais une douzaine d'œufs de poule, une barquette de champignons de Paris, un peu de pâté de canard et un jambon maison. La chose réglée, ils passèrent au mode convivial, burent leur café brûlant et bavardèrent de choses et d'autres. Joris évoqua sa dernière théorie sur les poteaux téléphoniques camouflés en arbres en plastique. Ruth dit qu'elle avait entendu parler d'une entreprise qui fabriquait de faux arbres en plastique et, en moins de deux, le sujet passa à cette nouvelle mode, à laquelle l'équipe de la police d'Amsterdam était actuellement en butte, qui consistait pour les criminels à camoufler des pistolets en téléphones portables.

— Apparemment, disait la maîtresse de maison, ils tirent quand on presse un des numéros. Je me demande de quel numéro il s'agit ?

Son portable sonna.

Elle se glissa dans le salon voisin en fermant la porte derrière elle.

— Tout va bien ? lui demanda Maaike à son retour.

— Oui, souffla Ruth avec un léger sourire rassurant.

Mais la tension dans son regard et la minuscule pulsation d'un muscle à l'une de ses paupières clamaient le contraire. Elle attendit qu'ils aient tous les trois quitté la ferme pour faire son annonce.

— Il faut que je rentre.

— Où ? dit son père.

— Chez moi. À Amsterdam.

Maaike se tourna vers elle, affolée.
— Sur-le-champ ?
— Je le crains.
— Je le savais. Je savais qu'il était arrivé quelque chose ! Qu'est-ce que je te disais ?
Elle saisit son mari par le creux du bras.
— Il n'est rien arrivé, maman. C'est juste une amie. Elle a des ennuis.
— Quel genre d'ennuis ?
— La totale, en fait – affectifs, financiers. Ne m'oblige pas à entrer dans les détails. Elle n'a nulle part où aller. Je suis la seule vers qui elle puisse se tourner.
— Dis-lui de venir ici, si tu veux.
— Il faut que je règle ça moi-même. Nous avons besoin d'être seules.
Maaike se pencha pour serrer sa fille contre elle.
— Elle a de la chance d'avoir quelqu'un comme toi, c'est tout ce que je peux dire. Tu as toujours été têtue, Ruth, et un peu distante. C'est ce que prétend Clara. Ce n'est pas une critique, hein ? Mais tu as bon cœur, n'est-ce pas, Joris ? Et c'est ce qui compte.
— Quoi ? fit Joris.
— Qu'elle a bon cœur.
— Oh oui, bon cœur !
Il acquiesça sans trop savoir de quoi on discutait ni ce qu'on attendait de lui.
— Et c'est ce qui compte, répéta Maaike.
Ruth était soulagée.
Le mensonge était passé comme une lettre à la poste. Dégâts collatéraux minimums.

Comment s'en serait-elle tirée branchée à un détecteur de mensonges ? Le compliment de sa mère la laissait légèrement mal à l'aise, mais le bobard était son cadeau de séparation, un petit arrangement protecteur avec la réalité.

Son père consulta les horaires des trains.

— Il y en a un à cinq heures trente-cinq, si les dieux sont avec nous. Tu auras un changement. Tu arriveras vers six heures et quart. En nous dépêchant, nous avons juste le temps de passer récupérer ton sac à la maison.

— Oh, Ruth, ma chérie, s'exclama sa mère, tu vas tant nous manquer ! Promets de revenir bientôt...

14

Dans le train, Ruth eut le temps de réfléchir.

Le désastre en soi ne la préoccupait pas. C'était un événement, un détail pratique, un truc à régler plus tard. Elle contournait l'obstacle, espérant découvrir ce qu'il cachait. Elle essaya tout de même le numéro de Jojo. Et même celui du Kid. Sans résultat. Son unique moyen de communication restait muet.

Livrée à elle-même, elle se sentait incapable de se détendre. Impossible.

Elle tapa une cigarette à quelqu'un et fila au bout du wagon.

Le crépuscule tombait.

Le paysage plat et répétitif défilait apparemment le long d'une boucle infinie qui s'assombrissait progressivement.

Un couple de vieux gays se tenaient les mains dans le couloir, leurs corps corpulents épousant le mouvement du train comme le rythme d'un morceau de musique, comme s'ils chantaient tranquillement une vieille ballade sentimentale à la lueur d'une lune de vaudeville en papier d'aluminium.

Une femme accompagnée de sa petite fille sortit des toilettes. La gamine tangua et se cogna contre la jambe de Ruth.

— Maman, la dame m'a fait mal ! Exprès.

La mère eut un sourire consterné et entraîna la gamine.

Ruth tira nerveusement sur sa cigarette.

Il y avait un strapontin près d'un extincteur. Elle s'écroula dessus et pressa sa joue contre la fenêtre froide et vibrante.

Bordel, je savais que ça allait arriver, pensa-t-elle. *C'est toujours la même chose. Quand tout roule, ça te revient en pleine poire – une merde personnalisée, avec ton numéro inscrit dessus, un avertissement, histoire de te rappeler qu'il ne faut pas prendre le bon temps pour argent comptant.*

Est-ce qu'une part maléfique en moi l'a provoqué ?

Elle souffla contre la fenêtre et traça une croix dans l'auréole de buée. Profitant de ce que personne ne la regardait, elle tira la langue à son propre reflet et se tapa la tête deux fois contre la paroi. *Prends ça, pauvre folle ! C'est un accident, rien de plus. Ce n'est pas la fin du monde. Ce n'est même pas la première fois que ça se produit. Vois les choses sous cet angle – quand ta vie est un lac de doux ennui solitaire, le moindre caillou provoque un supertas de vagues. Leçon n° 1 : la vie continue. C'est une question de mécanique des fluides. Et t'as intérêt à suivre, sinon plouf ! Désolé, madame. Rien de personnel. Évitez de bloquer la circulation, c'est tout !*

À Duivendrecht, elle changea de quai et monta dans l'express Utrecht-Leiden. La ville n'était plus qu'à quelques minutes.

Un contrôleur au menton fendu d'un sillon examina son billet pendant un temps infini. Elle se prépara à un genre de dispute, mais il finit par le lui rendre sans un mot, esquissa un sourire et s'éloigna. Ses pensées avaient dû s'égarer sur une voie sans issue.

À quoi rêvent les contrôleurs hollandais ? À des choses qui ne bougent pas. À des choses sans roues ni voies. À des moulins à vent par une soirée sans brise. À d'immenses lits de plumes rivés au sol. C'est vrai, pourquoi chercher les complications ? Peut-être que le pauvre abruti avait eu un coup de cœur pour elle. Un de ces mecs furtifs, muets, sans une once d'assurance.

« Nous arrivons en gare d'Amsterdam. Que les passagers qui descendent ici s'assurent qu'ils n'ont rien oublié dans le train. »

Ses pensées s'étaient évadées. Elles revinrent coller à l'objectif. Le train entra en ville et l'odeur pestilentielle de la gare, ce gigantesque ventre de baleine, emplit l'atmosphère.

Et maintenant, le tram...

Elle se mit en pilotage automatique et traversa le hall en somnambule. Les lumières, les boutiques, les voitures, la foule. Rien n'était réel. Un décor en carton-pâte qu'un souffle de vent suffirait à renverser, mais dont chaque élément la rapprochait de sa destination. La voix d'un inconnu au téléphone. Ce soudain changement de programme. Le mouvement sans mouvement du transport public, où elle avait perdu toute notion du temps, et, pendant tout cet épisode, son esprit avait, impuissant, effleuré les choses, poussé hors de sa trajectoire.

Dans le tram, des flash-backs sans aucun lien firent surface.

Une excursion en patins à glace avec Maarten sur les polders. Comme d'habitude, il était parti comme une flèche. Et soudain, elle s'était retrouvée seule, en proie au vertige, ses jambes se dérobant sous elle. Elle venait de voir quelque chose d'horrible et d'inoubliable. Sous ses pieds, le corps d'un chien noyé était pris dans les glaces. Seul son museau noir ensanglanté jaillissait de la surface laiteuse. Elle avait compris dans un sursaut qu'il était à vif. La lame de son patin l'avait proprement tranché.

Une autre image surgit du passé.

Son premier petit ami, Frank, sa manière de la tenir par la taille. Il la serrait si fort qu'il lui était difficile de marcher à moins de synchroniser ses pas sur les siens. Elle se rappelait la pression possessive de ses doigts adolescents sur sa hanche droite.

À l'école, il s'asseyait derrière elle et lui soufflait sur la nuque. Cela la chatouillait. Cela la faisait sourire. Puis un jour le prof d'histoire lui demanda ce qu'elle trouvait si drôle et elle ne sut que répondre. « Les bourgmestres », fit-elle – le seul mot qui lui restait de la leçon –, et tout le monde ricana. Elle avait écopé d'une punition, Frank était sorti avec une autre fille et, depuis – même maintenant –, chaque fois que le mot « bourgmestre » surgissait dans la conversation, à la télé ou dans un livre, elle avait honte, ce petit diable de mot, gras, bordé de fourrure, bourré au porto dont la mission précise était de semer le bordel dans ses émotions aux moments les plus inattendus de sa vie.

Une cloche tinta. Le tram s'arrêtait.

Elle se rendit compte qu'elle fixait le sol. « Tu songes au passé, aurait dit Maarten. Quand les gens pensent au passé, ils fixent le sol. Quand ils songent à l'avenir, ils lèvent le nez vers le ciel. » Ou était-ce Frank qui disait cela ? Non – trop jeune. Peut-être son père ou carrément quelqu'un d'autre. Quelle importance ? Elle avait oublié, elle oublia.

Elle était sonnée.

Les mots se détachaient des gens telles les feuilles des arbres et personne ne s'embêtait jamais à recoller les feuilles aux arbres.

Elle marcha de l'arrêt du tram au Bloemgracht. Pendant des heures, son esprit avait été surstimulé, partant en tous sens. Maintenant qu'elle approchait de chez elle, la présence physique de la ville la ramenait à la réalité.

La nuit était tombée.

Les arbres qui flanquaient le canal dessinaient des croquis d'ombres déchiquetées, leur métabolisme primitif en hibernation. Des guirlandes brillantes d'ampoules blanches et bleues pendaient de leurs branches humides et froides. À Driebergen, il avait neigé. Ici, il faisait toujours quelques degrés critiques de plus. Ou il avait plu pendant son absence, ou la dernière neige avait fondu. Les eaux du canal étaient hautes et troubles. La chaussée et le trottoir luisaient avec une profondeur de miroir. Des formes sombres, brisées, balayaient les motifs tachetés des reflets de lumières colorées.

La première chose qu'elle vit fut le ruban en plastique rayé qui barrait la passerelle du *Speculant*. Le mot POLITIE était imprimé dessus à intervalles réguliers en lettres rouges fluorescentes.

La grosse péniche Luxemotor semblait enfoncée dans l'eau et gîtait sérieusement.

Un bateau des pompiers était amarré non loin et des gens allaient et venaient, armés de pompes et de tuyaux.

La police lui avait téléphoné pour la prévenir qu'elle était inondée, mais il y avait inondation et inondation. Elle avait espéré que c'en serait une d'un genre gérable. Par exemple, si les quatre réservoirs d'eau douce de mille litres s'étaient vidés à bord, il y aurait eu quatre tonnes répandues de l'avant à l'arrière, soit environ trois centimètres. Elle était un peu rouillée en physique, mais c'était le calcul mental qu'elle avait fait dans le train. Le bateau ne coulerait jamais parce que le poids total de l'eau serait le même avant et après l'accident. À l'intérieur, ce serait un peu humide, mais au moins il s'agirait d'eau propre.

Toutefois, ce qu'elle voyait à présent de ses propres yeux lui offrait une version moins rassurante.

Le léger dégel était peut-être une piste. Ruth avait stocké de l'eau douce dans la tuyauterie, et vendredi il avait fait très froid. Et si Jojo ou elle avait ouvert un robinet, découvert qu'il n'y avait pas d'eau et accidentellement oublié de le fermer, laissant l'évier ou la baignoire bouchés par la bonde ? Avec la fonte de la glace dans les tuyaux, l'eau aurait inondé le bateau. C'était un des risques connus de la vie à bord d'une péniche. Ce serait de l'eau propre, mais l'effet serait catastrophique, à moins qu'on y mette un terme à temps.

La règle d'or était : trouve ta fuite et vidange immédiatement le bateau.

Elle passa sous le ruban en plastique et descendit la passerelle. Elle déverrouilla la timonerie où elle abandonna son sac. Elle fouilla dans le coffre, y trouva une paire de cuissardes qu'elle enfila. Un homme qui surveillait les pompes vint la voir et lui serra la main. Il se présenta comme Laurens Driest, un urgentiste de l'un des chantiers navals sur l'Ijmeer.

— Vous étiez absente ?

— Oui. C'est bien ma chance, hein.

— Ces bateaux sont sensibles. Ils n'aiment pas qu'on les ignore. Nous sommes intervenus juste à temps. Une heure ou deux de plus, et vous auriez été la fière propriétaire d'un vieux sous-marin.

— Eau douce ou eau du canal ?

— Du pur Perrier d'Amsterdam, issu directement de la mare aux canards.

— Merde.

— C'est bien résumé. C'est l'ennui avec les bateaux. Ils sont entourés d'eau. Et toute cette eau n'a qu'une idée en tête : entrer.

— Je sais. J'ai déjà vécu ça. Vous en avez encore pour combien de temps à votre avis ?

— Dans les quatre heures, peut-être. Nous aspirons environ dix centimètres par heure, mais nous ne savons pas d'où vient la flotte.

— Les robinets ne sont pas ouverts ?

Driest secoua la tête.

— C'est la question classique en cas de fuite. S'est-elle arrêtée ? Aucun moyen de le savoir tant qu'on ne l'a pas repérée. Si la coque est trouée, il va falloir mettre le bateau en cale sèche pour doubler la tôle. Vous restez dans les parages ?

— Je vais jeter un coup d'œil à l'intérieur. Je reviens dans une seconde.

— Faites attention où vous mettez les pieds. Et n'essayez pas d'allumer à moins que vous n'ayez envie d'une petite électrothérapie. Vous avez une bougie ou une lampe à pétrole ?

— Quelque part, je ne sais plus où. Peu importe. Je me débrouillerai sans.

L'écoutille de la cabine arrière était ouverte.

Elle descendit avec précaution les marches en bois. En touchant le sol, elle devina le niveau de l'eau : quarante bons centimètres de profondeur.

Elle jura tout bas.

Envolé, le parfum familier des bâtons d'encens tibétains. Tout puait l'œuf pourri.

Ses yeux s'adaptèrent à la pénombre.

Les hublots fournissaient juste assez de lumière pour se repérer. Et certains étaient ouverts pour laisser passer les tuyaux d'aspiration. Les moteurs de pompage vibraient sur le pont.

Évaluation des dégâts.

Sa première pensée alla au Dansette Popular et à sa collection de disques. Elle avait de la chance. Le tourne-disque était juste au-dessus de la ligne d'eau et les vieux disques avaient tous été délibérément rangés en hauteur. Chat échaudé… Lors de la dernière inondation, elle avait perdu certains de ses plus beaux spécimens. Mais il faudrait s'occuper des survivants. Elle prit un disque et le plaça en biais pour en lire le titre : Trixie Smith, « My Daddy Rocks Me ». La pochette était humide et gonflée. Il faudrait qu'elle transporte sans tarder toute la collection dans un endroit sec.

Les pires dégâts étaient en dessous.

Son vieux rideau en velours était trempé et foutu, comme la plupart de ses vêtements. Des papiers, des livres, des CD et des photos flottaient autour d'elle. La salle des machines serait inondée, il faudrait réparer ou remplacer les boiseries du *Speculant*.

Elle préféra ne pas y penser.

Où que tu sois, Maarten, regarde ailleurs ! Elle voyait d'ici son expression. Le bateau serait inhabitable pendant un bon moment et il puerait encore plus longtemps.

Elle grimpa sur le canapé en similicuir du salon et attrapa un dossier sur une étagère supérieure. Ses papiers de banque et d'assurance. *J'espère que je suis en règle pour mes versements.* Elle pataugea dans la cambuse et trouva un sac en plastique sec pour les papiers et tout ce qu'elle pourrait sauver, y compris quelques vêtements.

Pour l'instant, ça allait.

Son sens pratique venait de courir à sa rescousse. C'était humain. Quand la terre cesse de trembler, que les flots reculent, que la poussière volcanique se dépose ou que les fusils se taisent, les survivants progressent péniblement à travers les décombres et les gravats. Un pied de chaise ici, un certificat de première communion ou un paquet de lettres d'amour là. Survivances des temps anciens – des temps qui ne reviendraient jamais.

Soudain elle se sentit épuisée.

Elle ouvrit un tiroir et jeta une montre en or et quelques bijoux dans le sac, ainsi qu'une grenouille en plastique qui sautait quand on pressait une boule en caoutchouc. Elle l'avait depuis son enfance. Elle retira le tirage de *La Fiancée juive* de Rembrandt du mur et le glissa aussi dans le sac. Puis elle serra le sac contre son cœur et se percha sur l'étroit canapé juste au-dessus du niveau de l'eau.

Elle fondit en larmes.

Son nez coula. Elle l'essuya sur la manche de son manteau. Ses larmes continuaient de jaillir. Elles semblaient ne jamais vouloir se tarir. Elle était secouée de sanglots qui lui coupaient le souffle, comme des hoquets. Puis, tout aussi brutalement, les sanglots se transformèrent en rire.

Était-il imaginable que, quelque part, elle pût se réjouir que cela se fût produit ?

Elle avait du mal à y croire. C'était simplement le contrecoup ou l'effet boomerang, un réflexe nerveux. On voyait les choses à l'envers, un symptôme bizarre du stress et de l'épuisement.

Le *Speculant* était sa maison. Elle ne possédait que lui. Elle aimait ses moindres recoins, son romantisme, la noble courbe de sa proue, son ancre désinvolte, et sa pimpante petite cambuse, sa manière de lui correspondre à la perfection. Elle avait grandi dedans. Il était elle.

Perfection.

Le mot semblait tout résumer.

Elle s'essuya de nouveau le nez. Le rire démoniaque et déplacé mourut dans sa gorge aussi vite qu'il était venu.

Quelque chose la gênait.

Elle leva les yeux vers la lucarne.

Un homme était accroupi sur le pont.

Sa vue la fit sursauter.

Les bras croisés sur ses genoux, il l'observait. Ce n'était pas Driest. Il portait un lourd manteau sombre et une chapka russe qui lui évoquait un chat assis sur sa tête. Le fait qu'elle l'ait repéré ne changea absolument rien. Il n'y avait rien de sournois dans son attitude. Au contraire, il la salua d'un doigt comme quelqu'un qui hèle un serveur.

Myles ? Ce n'était pas la bonne corpulence. Le Kid ? Pas le bon profil non plus.

Un mec nouveau traînait dans le coin.

Ils se fixèrent plusieurs secondes, puis Ruth fit mine de monter. Il se redressa plus vite. Il ne s'enfuyait pas. Il leva une main pour lui signifier d'attendre. Il s'adressa à quelqu'un hors de vue. Quelques secondes plus tard, il descendait lourdement l'escalier de la cabine arrière. Il portait également des cuissardes. Arrivé en bas des marches, il se tourna pour lui faire face, retira de sa bouche une petite torche et dit « Salut ! ». Il braqua la torche sur elle, les fesses appuyées contre l'escalier, en remontant son manteau pour qu'il ne traîne pas dans l'eau.

Il s'éclaircit la gorge dans un bruyant demi-ton, puis passa à un ton plus bas :

— Braams, Ruth Braams ?

La torche lui faisait mal aux yeux. Elle se tourna de côté. Il laissa tomber le faisceau sur la surface de l'eau, lequel se refléta sur le plafond du salon, créant de jolis motifs abstraits.

— Andries Smits, police... C'est moi qui vous ai appelée. (Son téléphone bourdonna.) Excusez-moi une seconde.

Il porta l'appareil à son oreille et écouta.

Un homme robuste aux joues creuses d'une bonne cinquantaine d'années avec des cernes foncés et une lèvre inférieure protubérante. Avec son chapeau en fourrure du Kremlin et son volumineux manteau trois quarts, il ressemblait à un animal enfermé dans un zoo de province miteux – un marsupial quelconque sur lequel les visiteurs ne pouvaient mettre de nom et qui avait fini par devenir apathique après une existence de petits pains poisseux, de choux pourris et d'après-midi pluvieux. Ruth gardait vaguement l'idée que les inspecteurs étaient censés avoir cette allure. Si tel était le cas, au moins avait-il le mérite d'être typique.

Il baissa légèrement la tête pour éviter de la cogner contre le plafond.

— Dis à De Vries de parler au Philippin, fit-il calmement. Et lance un avis de recherche pour le type d'Ouborg, celui avec la Harley. S'il se montre, regarde s'il y a des traces d'aiguille. Vois s'il était dans la chambre 202. Quoi ? Lis le manifeste, Nico. Pennsylvanie, pas Transylvanie.

Il coupa son téléphone et rumina un moment.

D'autres bruits de pas. Quelqu'un d'autre descendait l'escalier.

Une jeune flic en uniforme. Pas de cuissardes. Elle se tourna et s'assit sur les marches, juste au-dessus du niveau de l'eau, changeant sa ceinture et son étui de revolver de place pour qu'ils ne frottent pas contre ses hanches. Chemise et cravate. Blouson d'aviateur en cuir noir, col de fourrure, gants de cuir. Casquette à visière bleu marine, avec l'insigne de la police hollandaise dessus, un flambeau doré. Elle était jolie et bien foutue pour une femme flic, avec des cheveux bruns tirés en chignon, des traits nobles et un regard doux. *De la graine de star*, pensa Ruth. Elle avait aussi de très belles lèvres, qui adressèrent un sourire de sympathie à Ruth.

Ruth le lui rendit.

— Voici Bianca, marmonna Smits. Bianca Velthuizen.

J'ignorais que nous allions faire connaissance, fit Ruth sans conviction.

— Moi aussi. (Il regarda autour de lui, peu impressionné.) Ce bateau vous appartient ?

Ruth eut une soudaine bouffée d'anxiété.

— Jojo, la fille qui était ici, elle va réellement bien ?

— Je vous l'ai dit au téléphone. Elle a glissé et elle s'est cassé une jambe. Fractures multiples. Légère commotion aussi. Elle est à l'hôpital.

— Il faut que je la voie. Je veux la voir.

— Vraiment ?

Il eut un sourire énigmatique.

La policière parut troublée. Elle baissa tristement les yeux et se mit à tripoter un petit appareil électronique rectangulaire.

— Une raison particulière de la voir ?

Le sourire disparut par une trappe invisible. Smits renifla.

— C'est comme vous voulez. Prinsengracht 769. Elle y sera encore un jour ou deux. Elle est dans un drôle d'état d'esprit. Émotive. Vous verrez.

Il avança vers elle, en relevant toujours l'ourlet de son manteau, comme s'il s'agissait d'une jupe. Dans la semi-pénombre, il leva le nez vers elle et l'étudia. Il boucha le faisceau de la torche d'une main. Ce dernier vira au rouge sang à travers la chair de ses doigts poilus.

— Alors, qu'est-ce que vous dites de ça ? demanda-t-il en écartant les bras d'un geste circulaire pour embrasser la zone du désastre.

— C'est un vrai bordel. Excusez mon vocabulaire.

— Nous étions inquiets au commissariat de Marnixstraat. Nous pensions que ce vieux bout de ferraille finirait au fond du canal comme l'épave de l'*Hesperus*. Vous avez rencontré Driest, des chantiers navals ? Nous les avons fait venir en quatrième vitesse. Et ils n'ont pas fini. Vous vous y connaissez en bateaux. Qu'est-ce qui s'est passé d'après vous ?

— J'espérais qu'il s'agirait des citernes d'eau douce. Pas de bol.

Il sortit un mouchoir et se moucha bruyamment.

— Alors où est la fuite ?

Elle expliqua ses théories. Ensemble ils vérifièrent la cambuse à la lueur de la torche. La rallonge du tuyau de l'évier n'était pas débranchée. Ils vérifièrent également les toilettes. Rien d'extraordinaire.

— Ça me dépasse, dit Ruth.

Des doutes en tous genres lui traversaient l'esprit. Mais elle n'avait pas du tout envie de les partager avec le flic marsupial ou sa ravissante complice : il n'y avait pas de preuves tangibles. Le dernier mail se trouvait toujours dans sa poche.

> Les flots enflent, ô Seigneur, les flots enflent leur voix : les flots enflent leurs vagues.

Mais s'il s'agissait de sabotage, comment avait-on procédé ? Le moyen le plus simple était de forer la coque ou de s'y attaquer à la lampe à souder, mais elle faisait cinq ou six millimètres d'épaisseur. Mais merde, Jojo était à bord et le *Speculant* mouillait au cœur du vieil Amsterdam, à deux pas des maisons et des rues. Un dingue en train de percer dans la coque d'une péniche ne passerait pas exactement inaperçu.

Ruth eut froid. Elle serra son manteau contre elle.

Quelque chose attira l'œil de Smits. Il se pencha pour lui retirer un duvet dans les cheveux. Il braqua la torche dessus. Il s'agissait d'une minuscule plume de faisan. Il se la colla un instant sous le nez, et le duvet à la base de la penne trembla.

— Alors, où étiez-vous exactement, mademoiselle Braams ?

— À Driebergen, chez mes parents. Je vous l'ai dit au téléphone.

— J'ai appelé votre portable. Par définition, on peut répondre n'importe où avec un portable.

Elle le dévisagea.

— Qu'est-ce que vous suggérez, que je mens ?

— J'essaie juste d'établir des faits vérifiables.

— C'est ce que nous aimerions tous faire. Je n'en sais pas plus que Driest sur ce qui s'est passé ici. Je n'arrivais pas à joindre Jojo. Vous lui avez parlé ? Qu'est-ce qu'elle raconte ?

Smits fit comme s'il n'avait rien entendu. Il s'approcha de Bianca et coinça la petite plume sous la bande de sa casquette à visière. Elle tripotait de nouveau son appareil rectangulaire. Il s'assit à côté d'elle et regarda l'écran.

— Pas mal, murmura-t-il. Vous obtenez des détails dans ces conditions ?

— Ces conditions sont idéales. Ça marche souvent comme ça. Pires sont les conditions, meilleure est l'image. Le détecteur de la basse définition prend le relais et compense. Lequel, monsieur ?

— Celui-ci.

Il désigna l'écran.

Bianca pressa un bouton, puis ferma l'appareil et le fourra dans sa poche. Les deux flics tournèrent les talons et remontèrent sur le pont comme sur un signal. Ruth suivit le mouvement.

— Eh bien ? insista-t-elle.
— Eh bien, quoi ? dit Smits.
Il commençait à perdre patience. Il était à peine poli.
— Jojo.
— Votre amie ?
— Oui, mon amie.
— Elle dormait. C'était la nuit. Elle s'est réveillée et elle a eu un choc.
— Ça ne m'étonne pas.
— Elle, par contre, ça l'a étonnée.
— Bien sûr, riposta Ruth. Je n'en suis pas surprise. J'ai déjà été victime d'inondations. Tant qu'elle n'a pas atteint le niveau du sol, vous ignorez que l'eau monte, à moins que vous ne remarquiez l'odeur. Si elle dormait, elle n'a pas pu remarquer quoi que ce soit.
Smits fit la grimace et frissonna. Il haussa les épaules jusqu'au niveau de ses oreilles pendant dix bonnes secondes.
— S'il n'y avait eu que l'eau...
— Il y a eu autre chose ?
— Qu'est-ce que je vous ai dit ? Je ne me rappelle pas.
— Vous m'avez parlé de l'inondation, point barre.
— Je ne vous ai pas parlé d'autre chose ?
— Non.
— Alors qu'est-ce qui vous fait croire qu'il y avait autre chose ?
— Nom de Dieu ! explosa Ruth. Vous venez de le sous-entendre. À l'instant. Ce n'est pas vrai ?

Elle se tourna vers Bianca en quête d'un soutien moral. La femme flic se perdit dans la contemplation de ses chaussures.

— On se calme ! On se calme ! dit Smits. (Il posa sa main lourde sur l'épaule de Ruth. Elle se dégagea et lui fit face.) En fait, poursuivit-il, votre intuition ne vous trompe pas. Il y a eu autre chose. En dehors de la fuite, plus exactement. Une chose qu'elle a vue. Nous ne savons pas exactement de quoi il s'agissait. Elle était secouée. Elle n'est pas entrée dans les détails et son jugement laissait peut-être à désirer. C'est quelque chose qu'elle a vu avant l'inondation. Quoi qu'il en soit, ça l'a bouleversée. Espérons qu'elle ne soit pas du genre nerveux. Espérons qu'elle finira par surmonter ce traumatisme psychologique.

— On parle de souris ou de rats, en l'occurrence ? demanda Ruth.

L'hypothèse des rats était peu probable. Ses amarres étaient bien graissées et équipées de chicanes en forme de disques. Les bouées qui maintenaient le bateau à distance du quai étaient hérissées de piquants. Bien entendu, cela ne les arrêtait pas toujours. Il lui arrivait de les entendre galoper la nuit sur le plat-bord, comme elle entendait les canards brouter des algues le long de la coque. Mais jamais à l'intérieur.

— Vous élevez quoi ?

Ruth jeta un regard incrédule à Bianca.

— C'est ça qu'on vous apprend aux cours d'interrogatoire ? (Elle se retourna, d'une humeur différente, vers Smits.) Pas d'animaux de compagnie, d'accord ? À moins que vous n'incluiez les araignées oribatides. J'en ai des seaux. Mais elles ne comptent pas. Elles nagent comme des pieds.

— Il ne s'agissait pas d'un animal. Mais d'une chose. Il va falloir attendre que la jeune dame reprenne ses esprits. Espérons qu'elle soit capable de faire un compte rendu exact des événements. Il va falloir que nous rédigions un rapport. Nous avons sa déclaration initiale. Elle est loin d'être cohérente, mais l'essentiel ne laissait guère place au doute. C'est la procédure policière standard. On commence par l'essentiel, puis on entre dans les détails.

— Nom de Dieu, souffla Ruth.

— Non, cela ne se présente pas bien. (Smits secoua la tête.) Nous devrions parler, vous et moi.

— Il faut que je voie Jojo.

Il l'observa posément, la jaugeant, l'évaluant. Puis il rejeta la tête en arrière et se détendit. Il dilata ses narines en aspirant l'air nocturne humide.

— Vous avez un endroit où aller ?

— Je n'y ai même pas encore songé.

— Il n'est pas trop tard pour prendre une chambre quelque part. Les touristes se font rares à cette époque de l'année. Il y a toujours le Grand Hotel Krasnapolsky. C'est là que nous installons nos visiteurs de marque. Ils servent un bon petit déjeuner dans le jardin d'hiver, il paraît.

Son regard s'accrocha de nouveau au sien.

— Pourquoi pas ? Le Krasnapolsky est justement l'endroit qui me vient à l'esprit en cas de besoin de logement d'urgence. Je suppose que la police paie ?

— Ah ! fit Smits. Sans ces restrictions budgétaires...

— Alors je crois que je vais devoir me contenter de l'hôtel voisin. Une étoile, pas d'ascenseur, très confortable. Il se trouve que je connais le propriétaire.

— Bianca va m'attendre dans la voiture. Je vous accompagne.

— Non.

Ses rapports avec Smits étaient maintenant empreints d'une aisance trompeuse qui lui fichait les boules, comme s'il s'échauffait pour un nouvel assaut, une guerre des nerfs délicate, où chaque commentaire ou question devenait une fléchette minuscule mais destructive, téléguidée, se dirigeant à la chaleur. Elle eut l'intuition qu'il ne supportait pas les femmes – ni peut-être les gens en général. Ils descendirent la passerelle et passèrent sous le ruban.

Les deux flics se dirigèrent vers une Fiat Panda blanche qui leur appartenait manifestement et Smits tourna ses yeux cernés et ses bajoues vers le *Speculant* avec une expression de tendre affection.

— Un ravissant bateau, s'enthousiasma-t-il. Et vieux, en plus. Un modèle de collection.

— Années 1930. Un Luxemotor.

— Ça fait combien de temps que vous vivez ici ?

— Presque quatre ans.

— Et quelle est votre philosophie ?

— Pardon ?

— Votre philosophie – votre système métaphysique. C'est une question idiote ? J'ai toujours pensé que quelqu'un qui prend la décision consciente d'adopter un style de vie peu conventionnel le fait pour une bonne raison. Vivre seule à bord d'un bateau est une sorte de retraite, non ? Pour moi – un profane –, il y a deux interprétations possibles : soit une désillusion face à la société, soit un retrait à des fins méditatives. Seriez-vous une cynique ?

— Je suis sur une échelle mobile. Bouddha à une extrémité. Kierkegaard à l'autre.

— Et où vous placez-vous sur cette échelle ?

— Je bouge encore. Écoutez, continua-t-elle, lasse de ces petits jeux. Je me suis installée dans ce bateau avec mon petit ami. Nous nous sommes séparés il y a trois ans. Environ un an plus tard, il est mort. Depuis, je suis seule. C'est tout. Au cas où vous ne l'auriez pas remarqué, il y a des tas de gens qui vivent dans des bateaux dans cette ville. C'est sympa. Ce n'est pas très orthodoxe. Ça peut même être très bon marché.

Il contempla tristement le bateau endommagé et Ruth se surprit à en faire autant.

— Bien entendu, ce n'est pas toujours sympa, admit-elle, et parfois c'est loin d'être économique. Parfois c'est une vraie plaie.

— Je vois ce que vous voulez dire. (Sa voix venait de repasser au mode conciliant. Une pensée lui vint soudain. Il gloussa.) Drôle, non ? Vous savez, si je vous ai posé cette question – à propos de la philosophie –, c'était parce que je tenais vraiment à savoir. Secrètement, j'ai toujours rêvé de vivre sur un bateau. Une sorte de fantasme, d'occasion ratée... (Il se tapota la tempe.)... quelque chose qui me travaille. C'est Amsterdam. Nous autres habitants d'appartements vous avons toujours considérés avec envie, vous autres bateliers. Si je ne m'étais pas marié, si je n'avais pas d'emprunt à rembourser, j'aurais peut-être tenté le coup. Mais voilà. C'est comme ce poème de Robert Frost *Le Chemin jamais emprunté*. Nous ne savons jamais si nous avons choisi le bon chemin. Et nous ne le saurons jamais – voilà l'important. Vous, par exemple.

— Quoi, moi ?

— Vous l'avez fait. Vous vous êtes installée sur une péniche. Vous avez réalisé mon rêve. Mais vous ne saurez jamais non plus. Cela restera toujours un secret pour vous.

— Quoi donc ?

— De savoir si vous avez emprunté le bon chemin. Vous ne le saurez jamais, pas plus que moi.

Ruth se frotta les mains et sautilla sur place. Tout à coup elle mourait d'envie de bénéficier d'un peu de chaleur et de lumière.

— Eh bien, les rêves ont l'art de se transformer en réalités banales. Vous avez vu où cela m'a menée ? Sans abri et chassée par la flotte. La seule chose envers laquelle je puisse être reconnaissante, c'est l'assurance. Sans elle, je n'aurais même pas les moyens de m'offrir le pompage et les réparations.

Smits jeta un coup d'œil à Bianca. Son regard s'éclaira un instant comme les machines à sous avant de cracher le gain. Ruth eut juste le temps de surprendre la chose. La femme flic rougit et détourna la tête, en tripotant le bouton-pression de son gant.

Smits semblait immensément satisfait.

— L'assurance, souffla-t-il.

Ses sourcils broussailleux se haussèrent sous la chapka, formant deux rides de chaque côté de son front. On aurait dit des signes de ponctuation fraîchement tracés faits sur mesure pour évoquer une émotion humaine toute neuve.

Soudain Ruth détesta cordialement Smits.

Elle jeta un coup d'œil à l'enseigne de l'hôtel et recula de deux pas.

— Bonne nuit, inspecteur – commissaire –, comme vous voudrez, fit-elle d'une voix traînante.

Elle remonta son écharpe sur son nez de sorte que seuls ses yeux restaient visibles sous le béret.

— Flic, répondit-il, serviable.

Sale con, oui, pensa Ruth.

Bianca s'approcha.

— Ça ira ?

Ruth acquiesça.

— Il ne faut pas vous inquiéter.

— Moi, m'inquiéter ? Pourquoi m'inquiéterais-je ? Il ne m'arrivera rien. Il ne m'arrive jamais rien.

La femme policier lui toucha la main.

— Oh, mon Dieu ! murmura-t-elle. (Sa voix était douce et tendre. Une expression tragique se peignit sur son visage.) Vous avez la peau si sèche !

— Vraiment ?

Ruth se frotta automatiquement le dos de la main contre sa joue, surprise.

— Oui, vraiment ! Vous utilisez une crème hydratante ?

— Non. Je devrais ?

Bianca acquiesça. Elle semblait prendre la chose au sérieux.

— Je le ferai, promit Ruth.

De près, la femme policier était encore plus mignonne qu'elle ne l'aurait cru, dans le genre Junon racée. Elle sortait vraiment de l'ordinaire. Elle dégageait également une odeur de police réconfortante : cirage, cuir, graisse pour pistolet. Si ravissante, si propre ! Comment pouvait-elle travailler avec ce rustre ?

Smits monta en voiture et leva la main en un geste paresseux qui, comme tout ce qu'il disait ou faisait, semblait être flanqué d'un sous-titre flou en langue étrangère. Celui-là se traduisait par au revoir, ou un truc dans le genre.

Certainement pas *adieu*...

Elle le salua d'un doigt, un geste identique à celui que Smits lui avait adressé tout à l'heure en l'épiant par la lucarne pendant qu'elle craquait en solitaire.

Puis, alors qu'elle reculait et tournait les talons, elle eut un vague à l'âme.

Tout était tellement sans espoir ! Où diable sont vos amis quand vous avez besoin d'eux ? Si Myles était ici, j'aurais droit à un de ses câlins, genre grande manœuvre d'Heimlich qui vous coupe le souffle et vous fait régurgiter votre petit déjeuner. Et que dirait-il en ces circonstances – Myles, l'aimable voix de la raison ?

« Allons, baby, nous sommes dans la merde jusqu'au cou, non ? » Ou « Grands dieux ! quelle galère ! », un truc dans le genre. Typiquement British. Mais c'était bien de lui, l'incorrigible vieille tante. Une petite tasse de thé et un biscuit ? – sa panacée universelle.

Si seulement il avait raison !

Le monde serait meilleur...

Le malaise remua et tourna en elle.

C'était une bonne question : où donc étaient ses amis ?

15

L'hôtel Van Onna occupait trois maisons le long du Bloemgracht.

Ruth et Trip, le gérant, se saluaient régulièrement. Il la conduisit dans une chambre double sous les combles au troisième étage du plus petit bâtiment et ils évoquèrent ses soucis. Il trouva deux valises dans un placard à balais. Ensemble ils retournèrent dans la péniche récupérer son sac de voyage et tout ce qu'ils pouvaient sauver. Une fois la chose faite, Ruth verrouilla l'écoutille et regagna sa chambre.

Elle s'affaira, étala des vêtements trempés sur les radiateurs, plaça *La Fiancée juive* sur la table de nuit. Elle sortit la grenouille en plastique et pressa deux fois la boule. Elle déballa ses photos du Van der Heyden, l'estampage, les livres de M. Lune.

Elle était nerveuse, déconcentrée.

Son humeur l'agaçait. Malgré elle, elle n'arrêtait pas de s'interrompre au milieu d'une tâche pour en commencer une autre, avant de s'interrompre de nouveau.

Elle jura et s'intima l'ordre de s'immobiliser.

Elle se retrouva bras ballants. La chambre sous les combles était parsemée des preuves de ses tentatives de rangement. Et, pour couronner le tout, elle mourait de faim. Son ventre grognait comme un ours. Trip lui avait dit qu'elle trouverait de la viande froide dans le réfrigérateur en bas, mais cela attendrait. Pourquoi ? Parce qu'elle avait quelque chose à faire tout de suite.

Quelle heure était-il, pour commencer ?

Presque 9 heures.

Prinsengracht 769, avait dit Smits...

Il fallait qu'elle voie Jojo.

Les circonstances avaient beau être dingues, c'était elle qui avait indirectement fourré Jojo dans ce merdier. Ce n'était pas sa faute – elle lui avait simplement demandé de surveiller le bateau –, mais elle n'en restait pas moins l'innocent maillon d'une suite d'événements.

Pauvre Jojo !

La jambe cassée était une vraie galère. Et la commotion ? Combien de temps resterait-elle alitée ?

Elle l'imagina se réveillant en pleine nuit entourée d'un clapotis d'eau – non à l'extérieur, comme Jojo aurait fini par lentement le comprendre, mais à l'intérieur, presque au ras de son lit. Le décor, savant mélange de bruns et de gris boueux, la faible lueur des lampadaires à travers les hublots, la soudaine prise de conscience. Vite, se dégager des draps, encore à moitié assommée de sommeil, et tenter de prendre pied, et puis elle glisse en arrière, se cogne probablement la tête. Le hoquet, la gifle de l'eau inondant la bouche et les narines, l'aveuglement, le battement fou des membres et le cœur palpitant. Tout aussi soudainement, elle avait dû refaire surface, crachant et cherchant son souffle, avec la douleur lancinante de l'os brisé. Et puis il y avait cette « chose » qu'elle avait vue avant l'inondation. À quoi diable Smits avait-il fait allusion ? Ruth détestait ce type. Il parlait pour ne rien dire, pour couper court à toute communication. Une forme subtile de torture policière : donner les informations au compte-gouttes, attiser la curiosité jusqu'à rendre dingue.

Elle ne tomberait pas dans le piège.

Elle fut prise d'un soudain frisson de panique.

Elle avait imaginé l'inondation avec trop de clarté, comme un film d'horreur minable, il n'y manquait plus que la bande-son haletante. Jojo était devenue Ruth. Plus exactement, Jojo aurait dû être Ruth. C'était elle qui était visée. Et ce qui n'avait été jusque-là qu'une vague sensation viscérale était à présent un petit kyste dur de certitude.

On avait saboté le bateau.

Quelqu'un avait fait ça, tout comme quelqu'un – elle en était sûre, à présent – avait débranché le tuyau de la bouteille de gaz. Quelqu'un essayait de prouver quelque chose. Pour l'instant, ce quelqu'un n'était qu'un numéro, mais le nom de « Scheele » agissait tel un petit aimant en fer à cheval, sur lequel venait se coller en motifs rayonnants toute la limaille de fer.

Que pouvait-elle faire ?

Des accusations irréfléchies, imprudentes, ne pourraient que se retourner contre elle. Elle avait besoin de Myles. Elle avait besoin de preuves.

Aussi, il fallait apaiser les tensions.

Elle serait incapable de dormir tant que Jojo et elle n'auraient pas parlé.

Elle sortit de l'hôtel et fit un détour par le bateau. Les pompes de cale fonctionnaient toujours. Laurens Driest l'aperçut et s'approcha.

— Nous avons peut-être trouvé la source du problème.

— Oh ?

— Vous avez utilisé votre machine à laver récemment ?

— J'ai quitté la ville vendredi. Une amie devait venir ici. J'ai mis du linge dans la machine, maintenant que j'y pense. Je n'ai pas croisé mon amie. Elle a sa clé. Mais je lui ai laissé un mot pour lui suggérer d'ajouter son linge au cas où et de lancer le programme. Pourquoi ?

— Suivez-moi. (Ils contournèrent la timonerie. Il bruinait.) Votre machine à laver est en dessous du niveau d'eau, exact ? En soi, c'est parfait. Comme vous le savez, le tuyau d'évacuation des eaux sales monte, passe par un trou dans la coque, puis pend au-dessus du canal.

— Bien sûr. J'ai bricolé ça moi-même. Quel est le problème ?

Ils s'accroupirent sur le pont pour examiner le flanc de la péniche.

— Voilà votre problème. Le tuyau d'évacuation est trop long. Peut-être que votre amie ou vous-même avez essayé de le repousser dans le trou. Le résultat, c'est que le tuyau pend dans l'eau du canal. C'est là qu'intervient un peu de physique élémentaire. La machine termine son cycle et se vide de l'eau sale, si bien que le tuyau est plein. Mais comme le tuyau plonge dans le canal, on obtient une aspiration inversée, un effet de siphon. Vous comprenez ? L'eau du canal se met à remonter dans le tuyau et redescend dans la machine à laver, en dessous du niveau de l'eau, inondant tranquillement le bateau. C'est ce que nous avons constaté.

— Merde. Qui aurait pensé à un truc pareil ?

— Un conseil : si vous voulez éviter cela à l'avenir, percez un trou dans le bout de tuyau qui pend. Si l'eau reflue vers le haut, elle s'écoulera par le trou au lieu de pénétrer dans votre péniche.

— Il y a un truc que je ne pige pas. Comment se fait-il que cela ne se soit pas produit avant ?

— Comme je l'ai dit : avant, le tuyau ne touchait pas le canal. Quelqu'un a dû le pousser.

— Impossible. Il n'est pas assez long.

Lui tenant le bras, il l'aida à se pencher davantage.

— Il ne touche pas l'eau en ce moment parce que nous l'avons remonté pour arrêter l'inondation. Mais il est sans aucun doute assez long pour atteindre l'eau. Regardez vous-même.

Elle plissa les yeux dans la pénombre. Une voiture passant sur la berge opposée éclaira un instant le tuyau de ses phares.

— Il y a deux bouts de tuyau, pas un, dit Ruth. Merde, quelqu'un a ajouté une rallonge. Regardez – c'est le même type de tuyau, mais il est neuf. On voit le raccord.

Il se tourna vers elle, perplexe.

— Ce n'est pas vous ?

— Non. Je le saurais. Pourquoi j'irais faire un truc pareil ?

Ils fixèrent tous les deux l'eau.

— La malédiction du donateur fantôme de rallonge de tuyau.
— Bon résumé.
Ils se redressèrent et repartirent vers l'écoutille de la cambuse.
— Quoi qu'il en soit, c'est ce qui semble être votre principal problème. Mais les fuites sont de vraies garces, vous le savez. Il peut s'agir d'autre chose aussi, comme un trou dans la coque. Vous avez vos registres ?
— Ils sont en bas. Je vais les chercher.
Il les feuilleta.
— Vous savez à quand remonte la dernière inspection de la coque ?
Ruth secoua la tête.
— Quand vous avez acheté le bateau. Il y a onze ans. Vous charriez un peu. Vous n'allez pas obtenir le renouvellement de votre permis, à ce rythme-là.
— Vous êtes en train de me dire que je devrai la mettre en cale sèche ?
— Nous verrons.
— En attendant, qu'est-ce que je fais de toutes mes affaires ?
Il se frotta le menton.
— Nous n'allons pas tarder à avoir fini de pomper. Nous vérifierons si elle prend toujours l'eau. Si tout paraît coller, nous la laisserons jusqu'à demain dimanche. Nous reviendrons vers quatre heures. Cela vous donnera le temps de faire le nécessaire. Et demain, à la lumière du jour, nous aurons peut-être une meilleure idée de la situation.

Il lui tendit sa carte.

— À propos, je n'ai pu que remarquer les vieux 78-tours. Je suis collectionneur amateur moi-même. Vous avez un Nan Wynn dans le tas.

— Ouais. « On the Bumpy Road to Love ». 1938, je crois. Avec Teddy Wilson.

— Ah ! j'adore ce truc. Écoutez, je vais descendre des bâches en plastique pour les mettre à l'abri pendant que nous pompons. Mais essayez de les déménager demain. C'est un morceau d'histoire que vous avez là. Irremplaçable.

Ruth longea d'un pas vif le Prinsengracht.

La pluie se remit à tomber à verse et elle n'avait pas de parapluie. Une saloperie de vent la poussait vers elle en diagonale, lui cinglant le visage telle de la neige fondue. Elle serra son manteau contre elle. Elle battit des paupières.

La ville, son amie, venait de se transformer en étrangère. Elle semblait taillée dans du basalte.

Aujourd'hui, c'était elle qui avait tiré la courte paille dans le jeu des calamités mineures : dégâts matériels uniquement. Hélas ! Trois fois, hélas ! Pauvre vieille pomme de Ruth ! Aujourd'hui, elle n'avait pas eu de bol. Statistiquement, dans chaque vie, on écope d'un peu de pluies acides ou, si on n'a vraiment pas de pot, on reçoit un Boeing 747 ou un nuage d'uranium appauvri sur le coin de la tronche. Statistiquement, chacun a droit à son lot de merdes, tôt ou tard. Aujourd'hui ç'avait été son tour.

Et alors ?

Elle était juste secouée, rien de plus. Physiquement, elle était intacte...

Elle avait le temps de reconstruire...

De l'autre côté du canal, un scooter passa dans un rugissement assourdissant. Pot d'échappement défectueux ? Une alarme se déclencha quelque part et l'intensité de la pluie redoubla, comme si c'était possible – rebondissant sur les pavés en une sorte de bouillonnement gazeux à quelques centimètres du sol. Les gens couraient en tous sens, s'abritant sous des embrasures de porte, s'aplatissant contre des murs comme pour échapper à des tirs de snipers.

Atteignant l'hôpital juste à temps, elle plongea dans la chaleur et la lumière.

Il n'y avait personne à la réception, mais l'hôpital était relativement petit. Elle y était déjà venue à plusieurs reprises. Une fois, elle s'était bousillé la main avec la lame d'une ponceuse électrique et avait eu besoin de points de suture. Une autre, elle était venue consulter un spécialiste. Il lui avait recommandé une psychothérapie pour l'aider à accepter la mort de Maarten. Plus récemment, elle avait vu un endocrinologue qui lui avait prescrit de charmantes petites pilules pour déboguer ses hormones qui n'en faisaient qu'à leur tête : un coup en haut, un coup en bas.

Elle connaissait les lieux comme le dos de sa main à la peau sèche et aux ongles rongés.

Trouver Jojo ne poserait pas de problème. Il suffirait d'un peu de jugeote.

Elle se faufila derrière le bureau des renseignements. Un registre était ouvert. « Admissions récentes ». Et voilà le travail.

Cuijper, Geerssen, Obermeijer, Wiltenbroek...

Le nom de famille de Jojo était le dernier de la liste.

Pas le temps de jouer les indécises. Quelles que fussent les heures de visite, elles étaient terminées. Si elle voulait passer outre, elle ferait bien d'y aller.

Elle prit l'ascenseur jusqu'au deuxième étage. Un aide-infirmier la repéra à sa sortie.

— On dirait que vous avez besoin d'un de ces trucs, lui lança-t-il joyeusement.

Il détacha une serviette en papier d'un rouleau posé sur son chariot.

— Merci. Il tombe encore des cordes.

Elle retira son béret et s'essuya le visage et le cou en longeant le couloir.

Il se fiche pas mal que je sois ici.

Elle arriva devant la chambre. Les poignées de la double porte étaient fermées par une chaîne cadenassée, avec une pancarte collée dessus : « Entrée interdite ». Une pâle lueur violette émanait des petites vitres de verre dépoli.

Étrange !

Mais non, elle se trompait. Elle se trouvait devant la chambre 212.

Jojo occupait la 213, la suivante.

Une chambre à un lit. La porte était ouverte et il n'y avait personne dans les parages.

Ruth jeta un coup d'œil à l'intérieur.

Jojo était couchée sur le côté, dos à la porte. Elle avait un pansement sur la tête, et une poupée à chagrins guatémaltèque traditionnelle reposait sur l'oreiller. Ruth reconnut la poupée pour l'avoir vue chez elle. C'était son totem, son talisman. La jambe droite de Jojo était plâtrée et maintenue en l'air grâce à un système de câbles et de poulies comme dans les dessins animés. Un pied nu, noir, en sortait. Le plâtre disparaissait déjà sous des signatures et des vœux de prompt rétablissement. Quelques cartes et un verre d'eau étaient posés près de la lampe de chevet qui diffusait une chaude lueur nacrée. Le centre de la pièce, lui, restait plongé dans la pénombre. Une télévision saillait du mur au bout d'un lourd bras noir. Elle était allumée, mais on avait coupé le son. Un documentaire sur la guerre : le visage de troll condescendant de Goebbels aboyant des inepties à l'un des rassemblements ; des jeunes Rhénanes aux joues roses, parées de fleurs ; des garçons en culotte de cuir pratiquant le tir à l'arc ; une *bierfest*, avec l'orchestre à flonflons.

Le bon vieux temps...

Elle entra sans bruit et ferma la porte derrière elle. Elle avança, penchée en avant, dans une tentative de faire arriver ses yeux avant le reste de son corps, afin de ne pas déranger Jojo.

Jojo dormait.

Elle ronflait légèrement. Le verre sur sa table de nuit bourdonnait tel un insecte et de minuscules rides concentriques se formaient à la surface de l'eau. Au début, Ruth attribua ce phénomène aux ronflements. Puis elle comprit que la vibration à peine audible d'un équipement situé ailleurs dans l'hôpital était captée comme un diapason par la table et se transmettait dans le verre. Quand ce dernier bougea de quelques centimètres de manière surnaturelle, elle le repoussa. Elle s'assit avec précaution sur le bord du lit et attendit que sa respiration se calme.

— Jojo ! murmura-t-elle.

Pas de réponse.

Elle jeta un coup d'œil aux cartes. « Je voulais te préparer un bouillon de poule, mais quelqu'un a refusé de coopérer. (Image d'une poule mécontente.) Affectueusement, Maman. » « Un gros baiser de la fée des prompts rétablissements. » Lucas et Clara, celle-là. « Un baiser pour rendre la vie plus rose... » pas de nom, juste une initiale : T – Thomas ?

Elle se retourna vers la jambe.

Elle vit trois ou quatre signatures au feutre sur le plâtre. Quelqu'un avait dessiné une main faisant le signe de l'amour et de la paix. Le Smiley inévitable, puis...

Elle regarda de plus près.

C'était juste au-dessous du genou. Si petit que cela avait failli lui échapper. Elle ouvrit la bouche. Elle en eut le souffle coupé et son cœur palpita une seconde, comme les ailes d'un papillon de nuit bruissant contre du verre.

Deux cercles concentriques à l'intérieur d'une étoile à six branches.

Pas de la même couleur que les autres inscriptions : dessinés au stylo bille rouge apparemment.

Elle se raidit et serra ses bras contre elle.

Elle eut la sensation d'être à nu.

Que se passe-t-il ? Suis-je en sécurité ? Quand et comment ce cauchemar prendra-t-il fin ?

Dehors une lune sarrasine, si fine qu'elle était à peine visible, se glissa entre les nuages.

Elle nota en passant que les trombes d'eau avaient cessé.

Jojo remua.

Elle grogna faiblement et se frotta les yeux du dos de la main. Un cheveu, pensa Ruth – l'extrémité d'un cheveu avait effleuré sa paupière. Un minuscule point de pression, mais suffisant pour la déranger. Dans son demi-sommeil, elle tenta de bouger mais sa jambe immobilisée lui laissait trop peu de marge de manœuvre. Ce fut cette résistance qui finit par la réveiller.

Elle ouvrit les yeux en fronçant les sourcils.

Elle prit conscience de la présence de Ruth.

— Jojo ?

Elle mourait d'envie de l'interroger à propos de l'étoile de l'alchimiste et de la machine à laver, mais ce n'était pas vraiment une bonne entrée en matière. Il fallait commencer par la compassion. C'était Jojo qui avait accusé le mauvais coup. Ça lui sautait aux yeux à présent qu'elle observait la malheureuse. Elle s'en était bien tirée. Elle avait évité le pire. Et Ruth ressentait une vraie compassion, pas le genre

Oh-ma-pauvre-chérie-quelle-tristesse, mais elle n'était pas très douée pour s'exprimer. Elle ne savait comment faire. En plus, sa méfiance envers les grands déballages d'émotions la bloquait. Et puis les yeux de Jojo la gênaient. Ils étaient très rouges. *Les yeux rouges*, pensa-t-elle, *frappent toujours plus chez un Noir que chez un Blanc*. Pourquoi donc ? Comme des blessures – comme de la chair retournée, l'envers veineux et liquide des paupières.

Elle s'efforça de rectifier son expression pour dissimuler ses pensées macabres.

Jojo se pencha avec une lenteur somnolente afin de presser un bouton sur un fil qui pendait près du lit. Un moteur électrique vrombit. La tête du lit se souleva d'environ quarante degrés et s'immobilisa. Jojo se redressa sur les coudes pour ne pas glisser de l'oreiller. Ruth voulut l'aider, mais la volonté manifeste de Jojo de se débrouiller toute seule l'en dissuada.

Une fois confortablement installée, Jojo tenta de parler. Il ne lui restait qu'un filet de voix. Pas même un murmure. Ruth dut suivre les mouvements de sa bouche pour comprendre ses paroles. Elle eut l'impression de lire sur des lèvres à travers la vitre d'une fenêtre.

— Tu..., articula-t-elle.

Ruth s'approcha.

— Oh ! pauvre Jojo. Oui ? Que veux-tu dire ?

Jojo se raidit. Il y avait de l'obscurité dans son regard, quelque chose qui luttait pour sortir. Elle respira et recycla l'air. Il remonta la trachée, portant les mots avec lui.

— Tu... vas...

— Oui ?

Ruth tenta de lui prendre la main, mais Jojo se dégagea brutalement.

— Brûler.

— Jojo ?

Brûler. Tu vas brûler...

Sa voix tomba brutalement sur le dernier mot. Les coins de sa bouche tressautèrent sous l'emprise d'une émotion réprimée.

Ruth la fixa avec stupeur.

— Brûler ? demanda-t-elle dans un état second.

— En enfer, ajouta tranquillement Jojo, comme une évidence.

Elle lâcha un profond et vilain soupir. Ses joues parurent s'affaisser. Au prix d'un suprême effort, elle réussit à répéter la phrase entière. Chaque mot jaillit comme un petit rot vigoureux.

Elle dégageait une étrange sérénité.

— Oui, souffla-t-elle quand elle eut fini, c'est ce que je veux. Je veux que tu brûles en enfer.

Elle avait dit ce qu'elle voulait.

Et correctement avec ça.

Son corps se détendit, les joues foncées se creusèrent et elle ferma les yeux. Lorsqu'elle les rouvrit, les globes oculaires n'avaient plus rien d'humain. Ils ressemblaient à des pierres de lune ou à des opales. Les yeux ronds de la petite poupée guatémaltèque. L'individu qu'ils protégeaient s'était retranché.

Ruth se leva.

Elle serra les poings et se mordit la lèvre inférieure. Elle jeta un coup d'œil vers la porte.

Un instant, du feu courut dans ses veines. Elle voulait venir à bout de ce truc. Se justifier. Mais de quoi ? Elle ne voyait pas d'explications. Sa bouche s'ouvrit, mais le visage de Jojo s'illumina de nouveau d'un violent éclair de haine.

Ruth retint son souffle.

Elle tourna les talons et s'enfuit.

Elle sortit de la chambre en chancelant, sachant à peine où elle allait. Elle se cogna contre une infirmière chargée d'une couverture. Celle-ci lui fit une remarque mordante, mais Ruth ne l'entendit pas. Le sang battait dans ses tympans. Son front et sa poitrine étaient couverts de sueur. Elle lâcha une réponse automatique. L'infirmière haussa les épaules. Ruth s'éloigna.

L'ascenseur. La réception. Et dehors. Dans l'obscurité glaciale. À l'extérieur.

La pluie avait pratiquement cessé, laissant place à des rafales de vent. Les maisons d'en face l'observaient, retenant leur souffle, dans l'attente de ce qu'elle ferait ensuite.

Un bateau de touristes tardif qui descendait lentement le Prinsengracht fit bouillonner le reflet d'un lampadaire. Elle regarda les eaux se calmer et les fragments du lampadaire se recoller en tremblotant.

Elle porta les mains à sa bouche.

Rien n'avait le moindre sens.

Était-ce la commotion ? Jojo délirait-elle ?

Si seulement elle pouvait elle-même avoir les idées claires.

Trois religieuses vêtues à l'identique de trench-coats bleus et de guimpes d'un blanc immaculé arrivaient vers elle bras dessus, bras dessous. Deux d'entre elles marchaient de manière parfaitement synchrone. La troisième était un peu plus petite. Elle n'arrêtait pas de multiplier les petits bonds pour rester à leur hauteur, comme le dernier des nains de Blanche-Neige. Une des grandes religieuses racontait une histoire qui faisait rire les deux autres. Ruth crut entendre le mot « bourgmestre ». Arrivées à sa hauteur, elles tournèrent la tête comme des soldats au défilé. Elle sentit la douleur de sa détresse sur son visage, mais l'allure des religieuses ne faiblit pas.

— Excusez-moi ! leur cria-t-elle sur une impulsion.

Elles s'arrêtèrent avec hésitation, rompirent les rangs et se retournèrent.

— Oui ? demanda l'une d'elles.

Ruth se sentit rougir.

— Vous n'auriez pas une cigarette, par hasard ?

Les religieuses se regardèrent, ébahies. Elle aurait aussi bien pu tirer un sapin de Noël illuminé d'un chapeau.

— J'ai tellement envie de fumer.

Elles éclatèrent de rire comme si elle venait d'en lâcher une bonne, se retournèrent et reprirent leur marche cadencée. Les trois guimpes empesées disparurent à un coin de rue, où une Fiat Panda blanche était garée en travers d'un passage clouté.

Le froid la pénétra jusqu'aux os. Elle avait la nuque raide. Ses trapèzes semblaient sur le point de se déchirer. Elle avait les lèvres sèches. Ses mains tremblaient comme celles d'un alcoolo.

Il ne faut pas que je sois faible, se dit-elle.

Il faut que je m'endurcisse face au monde.

Ne reste pas plantée là comme si le ciel venait de te tomber sur la tête, même si c'est le cas – du moins un bout de plâtre cosmique moisi, ce mirage d'amitié entre copines. Continue à bouger, c'est le plus important. Continue à bouger jusqu'à ce que l'illusion d'un but transforme l'illusion en but, que l'indécision disparaisse.

D'abord sors-toi Jojo de la tête.

Il vient de se produire quelque chose qui t'échappe. Accepte-le. Tu ne disposes pas des faits nécessaires pour comprendre. Ce n'est pas par la panique qu'il faut réagir. Mais par une logique chirurgicale.

L'espace d'un instant, son esprit pénétra par un saut périlleux arrière à l'intérieur de son crâne, observant l'hypothèse de sa propre existence. Un peu comme un aveugle qui viendrait de renverser quelque chose et se serait figé, pensant qu'un autre être humain (ami ou ennemi) se cachait dans la pièce.

Continue à bouger, petite...

Elle traversa la rue, suivit le canal, emprunta un pont en dos d'âne et enfila une des rues transversales qui débouchaient sur le Prinsengracht. Une ruelle étroite et lugubre.

Elle jeta un coup d'œil derrière elle.

L'homme était là comme elle l'avait prédit, et il ne faisait pas le moindre effort pour se dissimuler. La Fiat Panda était la sienne. Seuls les flics ne se prenaient pas de PV si mal garés. Aurait-il abandonné et se serait-il perdu ? Non, pas lui. Elle savait qu'il l'attendrait à l'extérieur de l'hôpital. Un vrai mécanisme opiniâtre, ce mec, bâti pour les missions de reconnaissance, l'exploration en profondeur de données et l'analyse d'échantillons. Un vrai connard, aussi.

Pendant une seconde, elle eut l'avantage tactique. Une moto arriva vers lui avec son phare éblouissant. Il leva un bras, comme pour parer un coup, afin de se protéger les yeux. Elle tourna dans une rue et se colla contre un mur. Elle fourra les mains dans ses poches. Ses paupières se fermèrent.

Que faire, maintenant ?

Rentrer à la maison ?

Elle n'avait pas de « maison ». À l'hôtel, alors. Dans ce cas, que diable fichait-elle dans cette ruelle étroite ? Sa vie se transformait en un putain de ruban de Möbius. Elle avait démarré au point P – comme on lui avait appris à le faire – pour suivre ensuite une ligne parfaitement droite. Mais par quelque aberration topologique, elle s'était retrouvée de l'autre côté de P. Où avait-elle commis l'erreur ?

Elle regarda le nom de la rue. Son plan interne de la ville passa en zoom lent et une connexion s'établit. Elle n'était pas loin du bar dont la publicité figurait sur la pochette d'allumettes que lui avait donnée le Kid à l'épouvantable fête de Jojo. Elle sortit la pochette de sa poche. Elle la leva vers la lumière faiblarde du lampadaire et lut l'adresse.

Et pourquoi pas ?

Un endroit où se reposer. Un endroit pour se débarrasser de la loi. Son nom – Jade Beach – exerçait une étrange attraction narcotique.

La moto disparut. Le martèlement humide de pas qui approchent. Elle se reprit et descendit la rue, tourna dans une autre, puis dans une autre...

Le bar était plus près qu'elle ne l'aurait cru avec son enseigne au néon en cursive qui bourdonnait par à-coups au-dessus de la porte noire.

À l'intérieur, un étroit escalier en colimaçon descendant au sous-sol. De la musique douce, pas de vacarme, une séduisante chaleur poivrée qui s'élevait comme d'un conduit. Ou elle entrait, ou on la priait de sortir. Peut-être s'agissait-il d'un club privé, mais qu'avait-elle à perdre ? Dans le pire des scénarios, elle pourrait toujours jouer les égarées innocentes. Mais à quoi bon échafauder tant de plans, ça n'était qu'une perte de temps.

La musique devenait plus forte. Voix basses, apparemment amicales. Fumée de cigarette. Les toilettes pour dames à gauche, celles des messieurs à droite. Souviens-toi, repère-toi... Et une lame perpendiculaire de lumière verte entre deux lourds rideaux noirs. Elle respira un grand coup, entra dans le bar – ou le club, ou le bouge – et avança d'un pas léger dans la salle.

Parfait.

Pas d'hésitation. Elle retira son manteau, son écharpe et son béret et s'assit à une table libre comme si c'était la sienne et la sienne seule, comme si elle venait juste de sortir se poudrer le nez ou sniffer une ligne – selon le genre de l'établissement.

À l'abri.

Elle se cala dans le luxueux fauteuil tapissé de velours, s'accouda à la table et regarda autour d'elle. La chaleur envahit sa peau épuisée et glacée, ses doigts et ses orteils engourdis.

Une cave sombre aux murs en pierre mouchetée de vert. Des couleurs vert algue, sous-marines, apaisantes. Cela n'avait rien de strident, ce n'était pas un boxon ni même un de ces attrape-gogos qui arnaquent tranquillement les touristes pleins aux as avec des cocktails et des additions bien corsés. L'endroit avait de la classe dans un style démodé, désargenté mais digne, une relique d'un autre âge. Un ravissant récif pour vieilles épaves élégantes, une planque pour âmes tranquilles, solennelles. C'était probablement aussi le genre de lieu où on pouvait perdre de temps à autre un week-end sans vraiment s'en rendre compte ou s'en soucier, genre triangle des Bermudes – un week-end ou, Dieu, exaucez mes prières ! un flic persévérant.

Une dizaine de pékins, solitaires ou en couple, se fondaient dans le briquetage. Le personnel se composait de deux serveurs séniles et empesés à nœud pap, un barman tout aussi obsolescent qui pliait lentement des serviettes dans des formes compliquées, et une jeune nana asiatique en tunique de satin à fleurs et col Mao qui rappela à Ruth les fumeries d'opium. Dans un coin, sur une estrade, installé devant un fond noir, un homme grattait doucement une guitare bleue. Il portait un smoking et ses cheveux étaient lissés en arrière, dans le style années 1950. Ses sourcils paraissaient épilés.

Les paresseux accords de guitare donnaient le ton à l'endroit, au rythme dolent des serveurs qui allaient et venaient d'un pas vacillant, et même à son propre pouls. Le disque adouci d'un projecteur s'attardait sur l'artiste. Voûté sur son instrument, il semblait ailleurs. À part le projecteur, le seul éclairage venait des bougies, une par table, et d'une enseigne électrique au nom de l'endroit – Jade Beach – au-dessus de la cantonnière matelassée du bar. Les lettres étaient taillées dans un Plexiglas vert transparent comme de gros cristaux de pyroxène dentelés. Elle n'avait jamais entendu parler de ce bouge.

Une libellule géante en papier mâché pendait de la voûte sous un ventilateur immobile.

Autant pour le cadre...

Elle reconnut un type au bar.

Une fois, ils avaient engagé la conversation au café De Doffer dans le Jordaan. Il préparait des repas pour les avions à l'aéroport de Schipol. C'est tout ce dont elle se souvenait. Leurs regards se croisèrent, mais le sien la transperça et s'éloigna. Une reconnaissance à sens unique.

Les autres clients se tenaient également à l'écart.

Dans une petite niche, pile en face d'elle, deux gothiques étaient effondrés l'un sur l'autre, la tête de la fille coincée entre l'épaule et le menton de son compagnon. Ils bavardaient. Ils s'embrassaient, en prenant leur temps. Leurs lèvres noires se collaient légèrement les unes aux autres chaque fois que leurs têtes s'écartaient. Tous les deux vêtus de chemises noires, ils avaient les cheveux noirs et ras, les yeux myosotis, le teint crayeux : les crucifix ouvragés et sertis de pierres accrochés aux rubans de velours autour de leur cou produisaient un bruit sourd en s'entrechoquant. Ruth les dévisagea comme si elle participait à une séance d'identification. *Ils s'aiment*, pensa-t-elle. L'idée l'attira dans une embuscade.

L'amour ! Qu'est-ce que l'amour ?

Deux inconnus perçoivent brusquement l'odeur de l'autre, s'entrelacent, puis petit à petit les contours s'estompent.

Comme de la cire chaude, la cire de la bougie sur la table. Ils fondent, ils coulent, ils se mélangent, jusqu'à former une entité pure et indivisible. Ce n'est pas mal, aussi – tant que cela dure. Comme là en face, un bel exemple en chair et en os. Cela lui était-il jamais arrivé ? Elle le croyait dans le temps.

Maintenant elle commençait à s'interroger. *Arrête avec tes pensées loufoques, Ruth, reprends-toi !*

Elle s'obligea à se concentrer sur autre chose.

Elle sortit un cure-dent en plastique de son étui de papier et déboucha les trous de la salière.

Une des antiquités qui faisait office de serveurs fit un arrêt devant elle.

Martini bianco. Des paquets de glace. Non, finalement un double, ordonna-t-elle. Eh ! revenez ! est-ce que je peux manger ici ?

L'Asiatique arriva l'air insouciant comme si elle n'attendait que cette occasion. Une vraie poupée mécanique : cheveux aile de corbeau, lèvres cerise, corps mince à petits seins avec articulations multidirectionnelles. Synthétique à cent pour cent, pur produit d'usine à part la peau aux pores dilatés autour des pommettes hautes, vestiges d'une acné adolescente. Elle était enveloppée d'une aura de patchouli.

— Salut, je m'appelle Cheetah. Un problème ?

— Aucun. À moins que la faim n'en soit un.

— La faim est un grand problème mondial, partout sauf ici. Vous voulez manger ? sourit Cheetah. Pas de problème.

— Vous avez un menu ?

— Vous êtes au Jade Beach. Vous pouvez avoir tout ce que vous voulez.

— Tout ?

— Tout. À condition que vous ne partiez pas avec.

— Que diriez-vous d'un filet de bœuf, saisi dans du beurre salé ? C'est possible ?

— Possible ! Vous voyez ce type ? (Elle désigna le guitariste.) C'est M. Shine. Il a deux boulots. Il joue de la guitare et il fait la cuisine. Vous voulez manger, faut choisir : musique ou steak ?

— Vous plaisantez ?

Cheetah posa une main sur son épaule et se cambra comme un roseau, tintant d'amusement.

— Oui, je plaisante ! Je voudrais pas d'embêtements.

— On peut fumer ?

Le regard de la femme prit une expression de fakir. Elle tendit une main, tâtonna derrière l'oreille de Ruth et fit apparaître une cigarette.

— Magique !

— Ce n'est qu'une mentholée. Peu importe. Peu de goudron. Comme de fumer du dentifrice. Bon spectacle, madame !

Elle s'éloigna, tête droite et un doigt en l'air pour répondre à l'appel d'un autre client.

Ruth alluma la cigarette avec la pochette d'allumettes et laissa la fumée faire son bizness. Elle vérifia son portable. Ça ne passait pas. Normal, dans une cave.

Elle écouta le guitariste. Il arrêta les accords doux et attira un micro vers lui.

« Et maintenant une vieille composition de Sam Theard, à la Django Reinhardt. “ You Rascal You ”. Pour vous autres bandits et desperados incognito. »

C'était un air prenant et elle ne tarda pas à taper du pied en rythme. La guitare bleu irisé, la rosace en nacre et son chevalet en chrome avaient une sacrée allure showbiz-paillette sous le projecteur.

Ruth se rinça le gosier avec le Martini.

Le steak arriva – rien qu'un steak, rien d'autre sur l'assiette, sinon un radis découpé en forme de chardon. Plutôt artistique. Est-ce que les cuisiniers avaient suivi des cours de taille de radis ? La viande était pratiquement crue, comme elle l'aimait, juste saisie.

La bouffe mise à part, elle se trouvait à présent devant un dilemme.

Quelqu'un l'observait.

16

Un homme venait de s'asseoir à la table juste derrière elle, à moins de deux mètres. Elle l'avait aperçu du coin de l'œil, mais résistait à l'impulsion de se retourner.

Il était prouvé que l'on sentait un regard vous vriller le dos, un vieux réflexe atavique de préservation. Elle avait lu un article à ce sujet dans un *Reader's Digest* de ses parents. La sensation que vous aviez dépendait de l'identité de la personne en question et de ses intentions à votre égard. En l'occurrence, elle ressentit une froideur sur la nuque, comme si elle était assise devant un réfrigérateur ouvert. Puis, lorsqu'il s'éclaircit la gorge – exactement comme sur la péniche, d'abord dans un demi-ton, puis dans un ton plus sourd, qui évoquait une collision au ralenti entre deux petites voitures –, elle sut qu'il s'agissait de Smits.

Smits était un problème nouveau dans sa vie : il fourrait son nez dans ses affaires, lui avait tendu le piège de cette rencontre épouvantable avec Jojo. Il savait qu'elle lui en voulait et que les choses risquaient de tourner au vinaigre.

Ruth n'aimait pas qu'il l'oblige à faire ses preuves.

Mais les flics étaient une des plaies de l'existence, comme la merde de chien ou les impôts. Une de ses phobies. Elle avait déjà eu affaire à eux quand elle était avec Maarten : une descente à l'aube dans le bateau qui avait failli lui causer une crise cardiaque. Brutaux, armés jusqu'aux dents et en quête d'une fabrique de nitrite amylique, ils n'avaient mis la main que sur une plante en pot fanée et une demi-bouteille de Baby Bio. Colère, indignation, résistance – rien de tout ça n'avait vraiment fonctionné. Ça n'avait même fait qu'exciter davantage les membres de la section d'assaut. Là c'était pareil. Il fallait qu'elle décide de l'attitude à adopter. Imperturbable, voilà. Improviser.

Elle vida son verre et termina son steak. L'assiette était inondée de sang chaud. Elle la sauça avec un morceau de baguette, mangea le pain rose dégoulinant et essuya ses lèvres sur sa serviette.

Une accalmie dans la musique.

— C'était un petit steak, dit Smits, juste assez fort pour qu'elle l'entende. Pas de garniture. Un peu radin, si vous voulez mon avis.

— Il ne faut pas abuser des bonnes choses, répondit-elle sans se retourner.

Elle le sentit sourire, approuver mentalement son propos.

— Moi, je ne touche pas à la viande. Hypertension. Faut que je sois prudent.

— Vraiment ? (Elle lui servit sa voix éteinte par l'ennui. Elle jeta un coup d'œil ironique derrière elle, croisant les jambes en même temps. La Ruth toute neuve, en verre Securit, glaciale.) Vous n'avez nulle part où rentrer vous non plus ?

— J'ai changé d'avis et j'ai décidé de vous rattraper à l'extérieur de l'hôpital. Plus tôt, quand nous nous sommes séparés, j'ai cru que vous vous moquiez de moi en affirmant vouloir voir cette fille.

— Jojo ? Pourquoi me serais-je moquée de vous ?

— J'ai l'esprit soupçonneux, dit Smits en se tapotant la tempe d'un index. Un travers du métier. À dire vrai, je voulais voir si vous iriez jusqu'au bout.

Sans le pardessus et la chapka, on se rendait compte qu'il s'habillait chic. Cela l'impressionna malgré elle. Costume pied-de-poule de bonne qualité, chemise sur mesure avec le premier bouton ouvert et une jolie cravate en soie dénouée elle aussi, comme s'il voulait se libérer d'un nœud coulant – genre je viens de travailler comme un malade, mais là il est temps de se détendre. La lueur verte du bar harmonisait les couleurs de sa tenue.

Un limier à l'ancienne avec un amour-propre à l'ancienne, même si ses Reebock blanches n'étaient pas une si bonne idée.

Il avait des cils et des sourcils blond pâle et des cheveux bouclés blonds, ce qu'elle n'avait pas remarqué dans la pénombre sur la péniche. Cela donnait une idée du genre de jeune homme qu'il avait été. Cela dit, elle n'avait pas envie de le revaloriser. Il restait un marsupial. Râblé, les paupières lourdes, une grosse lèvre inférieure. Il restait un privé. Si on lui donnait le choix, elle ne toucherait pas à son savon dans sa douche.

Ruth héla un serveur, demanda un autre Martini.

— Vous permettez ? dit Smits en désignant la place libre à côté d'elle.

Elle haussa les épaules sans s'engager.

Il s'installa et commanda un Chivas Regal.

— On a neutralisé mon bateau.

— Driest m'a appelé. Il m'a parlé de la machine à laver. Un petit problème d'hydrodynamique, hein ?

— Ce tuyau n'a jamais plongé dans l'eau. Quelqu'un a rajouté une rallonge. Il vous l'a précisé, j'espère.

— Bien sûr, fit Smits en souriant. Nous allons bien être obligés de vous croire.

Depuis le matin, chez ses parents, elle trimballait le dernier mail en date dans la poche de son cardigan. Elle le sortit, le déplia et le lui tendit sans un mot. Il le lut.

— C'est cette merde qui a saboté mon bateau, dit-elle lorsqu'il en eut terminé.

— On dirait que vous l'avez contrarié.

Elle se tourna d'un bloc vers lui.

— Je ne passe pas ma vie à contrarier les gens. Je ne suis même pas sûre de savoir de qui il s'agit.

— Vous avez donc une idée ?

— Une intuition. Il m'a envoyé deux mails.

— Ce truc à propos des mensonges. Cela paraît précis.

Le commentaire l'agaça. Elle ignorait ce que Smits savait de Lydia et du tableau. Cela dépendait de la durée de sa conversation avec Jojo, la seule à même de le mettre au courant. Ruth ignora l'invite pour le moment.

— Est-il vraiment possible d'envoyer des mails anonymement ? demanda-t-elle.

— C'est simple comme bonjour. Les mails ont un en-tête qui montre le chemin qu'ils ont suivi. Les escrocs ou les arnaqueurs utilisent des services de mail anonymes – des sites qui renvoient automatiquement des mails de manière anonyme. C'est ce que ce mec a fait. La seule adresse source que vous obtenez est celle du réexpéditeur. Théoriquement, vous pouvez lancer un mandat contre le fournisseur d'accès. Ça prend du temps. Et si votre copain fait de la connexion en boucle – s'il passe d'un réexpéditeur à un autre –, alors il a vraiment couvert ses arrières. Vous voyez ce que je veux dire ? Les flics prennent la peine d'éplucher les archives de trois, quatre, cinq, six réexpéditeurs – qui risquent, soit dit en passant, d'être n'importe où dans le monde – pour se rendre compte que le premier mail venait d'un cybercafé de Tombouctou ou d'un trou de ver dans le réseau noir.

— Le réseau noir ?

— Des sources de données qui ont tout simplement disparu. Pourquoi ? Nous l'ignorons. Routeurs mal configurés. Structures de routage bizarres. Vieilles adresses qu'aucun routeur ne référence plus. Dans votre cas, votre seule parade est de bloquer tout autre mail en informant le réexpéditeur en première ligne.

Elle haussa les sourcils.

— Est-ce que le cybercrime serait une de vos spécialités ?

— Pas exactement. J'ai assisté à des conférences, lu un ou deux bouquins. J'essaie de me tenir au courant de l'évolution de l'esprit criminel.

— Cela existe donc ?

— Bien sûr. C'est un esprit comme le vôtre ou le mien. Il a simplement un programme différent et envisage un éventail plus grand de moyens. Le risque est un stimulant. Quel est votre point de vue sur le risque ?

— Moi ? Je n'achète même plus ces trucs à gratter.

Les verres arrivèrent. Smits examina d'un air morose son whisky et en retira un bout de cendre qui flottait dessus.

— Où est votre ordinateur ? reprit-il.

— À votre avis ?

— Sur le bateau ? Il est probablement foutu alors.

— Ouais, mais cela ne l'arrêtera pas. Il a aussi envoyé des textos sur mon portable. Une fois, tout du moins.

— Sympa. Et par la poste normale ?

— J'ai reçu une lettre de chaîne – pas de lui, je suppose. Elle disait que je tomberais raide morte si je n'en adressais pas six copies exactes à tout mon entourage, et je devais aussi envoyer un chèque à une quelconque boîte postale à Rotterdam.

— Et vous l'avez fait.

— Non. Et Dieu sait comment, j'ai survécu ! Je ne suis pas superstitieuse, Smits. Je pense que ça porte la poisse. À moins d'être le mec de la chanson.

— Dites voir un peu.

— « Sans malchance, j'aurais pas de chance du tout », chantonna-t-elle.

Il sourit, révélant de longues dents de la couleur des touches d'un vieil accordéon. Il parcourut de nouveau le mail.

— Un genre de fanatique religieux, peut-être ? Que vaut votre latin ?

— Moins que rien.

Il plia la sortie imprimante et la laissa sur la table.

— Cela ne me parle guère.
— Oh ?
— Quelqu'un aime vous écrire. Et alors ?
— Et alors ? Et alors il trafique aussi mes bouteilles de gaz, peint des graffitis sur l'écoutille de la cambuse de mon bateau et se glisse en douce à bord pour essayer de couler le rafiot. Voilà.
— Cette histoire... Rien ne prouve que vous n'auriez pas pu tout faire vous-même, contre vous-même, et cela inclut les mails anonymes.
Ruth le dévisagea, perplexe.
— Cette fille, Jojo, pense que vous avez une dent contre elle. Elle va peut-être porter plainte. Et puis il y a votre compagnie d'assurances. Ils vont s'intéresser de près aux rebondissements. Jojo a mentionné des problèmes de fric ; vous seriez à découvert. Ne vous méprenez pas, je ne prends pas parti. Je vous explique seulement comment les choses se présentent.
Ruth se hérissa. Elle rougit, espérant que Smits n'en remarquerait rien dans cet océan de vert. Elle tenait son sale caractère de son père. Paradoxalement, il avait perdu le sien. L'âge l'avait amadoué, lissé, le rendant doux et gentil. Elle se retrouvait à présent seule à porter la malédiction familiale. Elle se consumait, mais réussit à piétiner les braises.
Le guitariste venait de reprendre, mais Smits lui avait tellement bousillé sa tranquillité d'esprit que la musique ne la distrayait plus.
— Je crois que j'ai besoin d'une corne de brume. À l'hôpital, Jojo m'a vouée aux

gémonies. Et elle n'avait pas l'air de plaisanter. Comme elle n'était pas d'humeur à bavarder, nous n'avons pas pu mettre les choses à plat comme des adultes. Que se passe-t-il ? Qu'est-ce qui lui prend ?

— Thomas Springer. Ce nom vous dit-il quelque chose ?

— Ouais – le Kid. C'est comme ça que je l'appelle. Nous nous sommes rencontrés à une fête à Zuidoost. Il m'a déposée chez moi après.

— Elle a parlé de la fête et de Springer. Elle tient à ce mec.

— Je sais. C'est elle qui me l'a dit, en fait.

— Elle pense que vous avez piétiné ses plates-bandes. Et que ce n'était pas la première fois.

— Quoi ? Allons ! (Ruth secoua la tête, incrédule. C'était quand l'autre fois ? Jojo ne pouvait tout de même pas avoir voulu parler de Maarten.) Écoutez – il y a des années de ça, je l'ai présentée au type qu'elle allait épouser. Elle allait, elle ne l'a jamais fait. Bon, c'était mon ex – celui dont je vous ai parlé, celui qui s'est tué. Mais elle a pris ma suite, pas l'inverse.

— Alors là, c'est l'inverse, dit Smits, peu convaincu, et c'est censé tout remettre en ordre ? Comme ça, vous êtes quittes, c'est ça ?

Elle le dévisagea de nouveau.

— Où est-ce que vous autres flics apprenez à raisonner, dans des camps d'entraînement de terroristes ?

— Il existe un phénomène de psychologie de groupe qui veut qu'une femme soit attirée par un homme parce que d'autres le sont aussi. C'est l'instinct grégaire. La valorisation par le troupeau.

— Je ne le nie pas. Je vous dis simplement que je lui ai donné mon ex. C'est moi qui les ai réunis. Il n'y avait pas de rivalité. C'était une succession. Ils étaient heureux. Et puis il est mort.

— C'est donc là que la dépression a commencé.

— Je ne dirais pas que Jojo était déprimée. Pas cliniquement, en tout cas.

— Je ne parle pas de Jojo. Mais de vous. Sa mort a dû vous toucher, si vous y teniez.

— Bien sûr, fit Ruth avec hésitation.

— C'est donc normal – je veux dire, de sombrer dans la dépression. Surtout toute seule sur un bateau. Ça prend des années pour surmonter ce genre de chose, je le sais. J'ai connu des deuils, dans le temps.

Ruth se figea, l'air consterné. Était-elle censée témoigner sa sympathie ?

Qu'est-ce que c'est exactement que toute cette histoire de dépression ?

Smits eut un faible sourire.

— Vous avez dit que Jojo n'était pas déprimée et j'ai suggéré que c'était peut-être votre cas. Si vous me permettez, ça me paraît un peu présomptueux de penser qu'elle n'était pas déprimée. Elle l'aimait, après tout. Ils allaient se marier. Vous semblez sous-estimer la profondeur de ses sentiments. (Il tira un bloc de sa poche.) Son nom ?

— À qui ?
— Le petit ami mort.
— Maarten – Maarten Aalders.
Smits l'écrivit. Il redevenait le flic barbant et machinal.
Sa petite digression était terminée.
— Quant à son béguin actuel, continua Ruth en se dégelant légèrement et en laissant passer cette bizarrerie, oui, j'étais au courant. Je savais qu'elle avait des vues sur un homme – elle me l'a dit elle-même. Nous étions amies, vous vous souvenez ? *Étions*, c'est le mot clé. Mais elle ne m'a pas donné de nom et j'ignorais que c'était Springer. En tout cas quand nous nous sommes rencontrés. Nous avons bavardé par le plus grand des hasards. Ensuite il m'a déposée chez moi dans son camping-car. C'est seulement à ce moment-là que j'ai fait le lien.
— Il vous a proposé de vous ramener ?
— Non, c'est moi qui le lui ai demandé. Quelle importance ? Il faisait froid, il était tard et on est au XXIe siècle. C'est vrai, quoi, une fille peut monter en voiture avec un type sans être obligée de se fiancer, à moins que je n'aie rien compris au rituel nuptial de mon époque.
Elle décroisa ses jambes, puis les recroisa dans l'autre sens – opposé à Smits. Elle tourna aussi la tête, dissimulant sa colère. La dénommée Cheetah traînait dans les parages avec sa tunique brillante. Interprétant le langage corporel, elle s'approcha furtivement.
— Tout va bien, mon petit ?

Ruth acquiesça et lui adressa un chaleureux sourire de femme à femme, reconnaissante de son intérêt.

— Excellent ! Restez comme ça. Je ne veux pas d'embêtements.

Cheetah s'éloigna avec un clin d'œil rassurant.

— Jojo a mal interprété la situation, alors, dit Smits.

— Comment aurait-elle pu ? Elle a été retenue à une réunion, pour s'occuper de la victime d'un malaise. Elle n'était même pas là.

— Elle connaissait des gens qui y étaient. Ils lui ont dit qu'il y avait eu un regard entre Springer et vous, comme si ça faisait tilt entre vous, que vous accrochiez bien.

— Nom de Dieu ! s'exclama Ruth. Pardonnez-moi, mais j'ai du mal à croire que j'écoute ces conneries. Un regard ? Vous ne devriez pas être dehors, sur le pied de guerre, inspecteur, à passer l'aspirateur dans la Batmobile ? C'est vrai, qui veille sur les bons citoyens de Gotham City ce soir ? Le commissaire Gordon et le chef O'Hara doivent chier dans leur froc sans vous.

Pris au dépourvu, Smits devint cafardeux.

Il leva son Chivas Regal et le sirota avec philosophie – le marsupial solitaire de nouveau, relégué dans son zoo sinistre.

Il se passait quelque chose sur la scène.

Le guitariste tripota les boutons d'un petit synthétiseur et une bossa nova sexy retentit, les balais effleurant le tambour à timbre virtuel. Cheetah monta sur scène et s'empara du micro, faisant tournoyer le fil autour de ses pieds comme s'il s'agissait de sa propre queue de fauve en colère. Le guitariste se mit à gratter et, une seconde plus tard, elle chantait à pleins poumons. « Bésame mucho » – un peu déroutant au début, avec cet accent asiatique, mais on s'y habituait vite.

À la fin de la chanson, Smits se moucha comme s'il avait un rhume et applaudit deux fois avec autant d'enthousiasme que tout le monde. Il décolla de sa chaise, genoux pliés, prêt à offrir une *standing ovation* mais – regardant à droite et à gauche – il eut peur d'être le seul à se lever. Les applaudissements s'arrêtèrent, Cheetah regagna le bar d'un pas vif avec un grand sourire de reine d'un soir et Smits se laissa lourdement retomber sur sa chaise avec satisfaction. Il se tourna vers Ruth, se rappelant soudain sa présence. Il avait encore le regard humide d'émotion.

— Ça va ? demanda-t-elle gentiment.

Il acquiesça et renifla comme un gosse après une rude journée d'école. Lorsqu'il reprit la parole, il se conduisait plus gentiment. La musique l'avait attendri.

— Je regrette de ne pas comprendre l'italien, soupira-t-il.

— En fait, c'est de l'espagnol.

— Oh !

— Je pense parfois qu'il vaut mieux ne pas comprendre, ajouta-t-elle pour atténuer le coup. On a juste la mélodie crue, l'émotion.

— Et vous, vous êtes une personne émotive ? Vous êtes dominée par votre cœur ou votre raison ?

— Oh, mon cœur, aucun doute possible, répondit Ruth au deuxième degré. Le sexe faible et tout ça.

Smits eut l'air inquiet.

— C'est bien ce que je pensais... ce truc de jalousie, vous, Jojo, l'ex, Springer. Croyez-moi, ça arrive. Ça mène à des situations impossibles. J'en ai vu des tas. Il faut arrêter avant d'en arriver à ce stade. Je sais que ce n'est pas facile. Nous avons des sentiments que nous ne pouvons contrôler, des sentiments que nous regrettons parfois. Nous prenons les mauvaises décisions. Si vous me permettez, vous êtes une femme séduisante. Vous avez une bonne ossature.

Ruth fronça le nez.

— Je me méfie des hommes qui me disent que j'ai une bonne ossature.

— Pourquoi ?

— Qui s'intéresse aux os ? Qu'est-ce qui cloche avec ma chair ?

— D'accord, d'accord, vous avez une chair séduisante. Votre amie aussi. D'accord ? Les hommes sont, comment dirais-je...

— Attirés ?

— Oui, attirés. Exactement. C'est ce qui mène aux situations impossibles. L'attraction ne serait pas aussi importante si vous étiez moins... vous savez...

— Séduisantes.

Smits acquiesça.

— Bien entendu, les femmes sont attirées par les hommes aussi.

— Non, vraiment ?

— Quand cela se produit, quand vous tombez sur quelque chose de réciproque... (Il fit un geste rapide de va-et-vient avec l'index pour souligner sa réflexion.)... il y a un potentiel de conflit, de friction – tout ce que vous voulez.

— D'autres situations impossibles, j'imagine.

— Ouais. Des bonnes et des mauvaises, il n'y a aucun moyen de savoir comment ça va tourner. Il est donc important de relativiser. Il faut une échelle de valeurs. Un système. Quelque chose de plus grand que soi auquel on puisse se mesurer. Je veux dire, dans la vie, vous pouvez autoriser la divinité à rester en exil, mademoiselle Braams, ou vous pouvez l'inviter à revenir. Dans votre cœur. Vous comprenez ce que je veux dire ?

Extérieurement, Ruth hocha lentement la tête. Intérieurement, c'était une autre paire de manches.

— Comme disait l'autre, « Tout dépend de ce que vous entendez par là », articula-t-elle lentement.

— Je suis sincère, mademoiselle Braams. La divinité doit être en vous. On reste une coquille vide sans la divinité.

— Je m'efforce de rester du côté des anges, répondit-elle en souriant et en optant pour une réponse neutre.

Il leva les mains en l'air de désespoir.

— S'efforcer ne suffit pas. Je sais que c'est une question d'ordre privé – et j'en suis navré – mais avez-vous des difficultés à vous accepter telle que vous êtes ?

Sa colère était tombée. Elle avait l'impression d'écouter cette conversation de loin, par l'intermédiaire d'un long tube en carton ou d'un pot de yaourt collé contre son oreille. Conversation ne semblait pas vraiment être le terme approprié. Elle avait croisé pas mal de fêlés dans sa vie, mais Smits battait tous les records.

— Vous ai-je bien entendu, demanda-t-elle lentement, ou est-ce que les piles de mon sonotone m'ont encore lâchée ?

— Nous suivons un nouveau programme de formation au QG, avoua-t-il à contrecœur. Psychopathologie, études de motivation, profil de personnalité... On nous encourage à étudier les seuils du comportement humain.

Elle se tapota le front et le fixa.

— J'ai une voix qui me parle là-dedans, reprit-elle avec une conviction tranquille.

— Une voix ?

Elle acquiesça.

— Elle me parle quand les choses se compliquent. Quand elle parle, j'écoute.

Smits la fixait avec intensité. Il serrait les dents. L'articulation de ses maxillaires saillait juste en dessous de ses oreilles.

— Et vous savez ce qu'elle me dit à l'instant même ?

Il secoua la tête.

— Elle me dit que nous avons besoin d'un peu d'ingénierie inverse, vous et moi. Vous voulez que je m'explique ?

Le flic eut l'air méfiant mais tenté.

Ruth se pencha vers lui.

— Voilà comment ça marche, Smits – cher monsieur Smits... Mettons, pour l'instant, de côté le fait de savoir si je suis ou non possédée par des démons ou des anges, si je suis à présent – ou si j'ai jamais été – déprimée à un degré psychotique, si mon steak était trop grand ou trop petit, mon radis croquant ou mou, mon Martini secoué ou remué, si je peux accepter ou non – quand bien même je le saurais –, qui je suis et ce qui passe dans ma saloperie de petite vie – je *n'ai pas* essayé de saborder mon propre bateau. Dingue, non ? Je suis tellement gourde que l'idée ne m'a même jamais effleurée. Soit dit entre nous, dans ce cas, j'aurais peut-être tenté le coup. Pourquoi pas, après tout ? Vivre sur une péniche, comme je vous le disais plus tôt, n'est pas aussi fantastique qu'on le prétend et, franchement, je n'aurais pas craché sur le blé, surtout avec les soldes de printemps qui approchent. Je me disais qu'un renouvellement de garde-robe ne me ferait pas de mal et que j'aimerais bien une de ces radios mécaniques qu'on distribue aux tribus africaines. Toutefois, comme je l'ai dit, je suis tellement bête que je n'y ai jamais pensé. Dommage ! Encore une putain d'occasion ratée ! Je ne possède manifestement pas cet esprit criminel et retors dont vous me parliez.

Et je n'ai jamais non plus – pour parler de cet autre petit problème – songé à exclure Jojo de sa prétendue histoire romantique avec Thomas Springer, pour une raison extraordinairement simple, bien que vous sembliez avoir du mal à la saisir : il n'y a pas d'histoire romantique, qu'il n'y en a jamais eu, entre aucun de nous trois. Point barre. En outre, elle est – ou était – une amie. En d'autres termes, ce petit triangle bien net que vous vous trimballez dans la tête tient davantage à l'imagination vive mais mal inspirée de Jojo – ou, si je puis me permettre, à la vôtre – qu'à ce que j'ai personnellement dit, ressenti ou fait. Et pendant que nous y sommes, Smits, il y a autre chose. Si vous ne m'avez pas présenté le moindre papier d'identité, vous m'avez amenée à penser que vous étiez un flic. Pas un psy, ni un missionnaire, ni un prêtre. Et en bonne innocente que je suis, je vous ai cru.

Elle jeta un coup d'œil aux gothiques. Ils avaient des allures de prêtres, quand on y songeait bien – de prêtres de carnaval, avec leurs croix qui s'entrechoquaient, exhibant à tout-va leurs vœux de célibat.

— Bon, je ne suis pas expert en criminologie, continua-t-elle en fronçant légèrement les sourcils et en se tournant vers l'inspecteur, mais il me semble que, en principe, la première tâche d'un combattant du crime est de reconnaître un crime quand il en voit un. D'accord ? D'abord, connais ton ennemi. (Elle ouvrit les mains et sourit de la logique lumineuse de son raisonnement.) Sinon, il n'y a pas de crime à combattre, ou alors on finit par combattre quelque chose qui n'a rien d'un crime, ce qui serait carrément débile. Dans un sens ou dans l'autre, un gaspillage de temps et de ressources regrettable – le tout bien sûr aux frais du contribuable. Bon, il y a un instant, nous parlions de situations. Mais cette situation particulière – les mails, les graffitis, le bateau inondé – se trouve m'impliquer. Donc, franchement, en l'occurrence, j'aimerais exercer mon droit d'être écoutée en toute impartialité. Moi, Ruth Braams, célibataire et sans attaches, trente-deux ans, qui me suis toujours montrée respectueuse de la loi – à moins que répondre à des policiers ne soit récemment devenu une offense. Donc, qui suis-je ? D'abord, je suis une citoyenne hollandaise. Une parmi seize millions, c'est vrai. Néanmoins, à l'instant présent, j'ai besoin d'aide. Et, en tant que citoyenne hollandaise, je suis en droit de la réclamer aux autorités compétentes. Vous, en l'occurrence. Un sale petit taré me menace en ce moment. Cet individu s'est délibérément attaqué à ma maison et à ma propriété, très probablement dans l'intention aussi de me nuire physiquement. Une ex-amie a trinqué à ma place, mais cela ne change rien à cette réalité, quelles que soient les théories de persécution farfelues que la jeune femme en question ait pu inventer sur le moment. Vous êtes un policier hollandais. Vous voulez que je vous apprenne votre boulot ? Voilà celui que vous devriez rechercher.

Elle poussa le mail plié vers Smits et croisa les bras, pleine de défi.

— Vous avez répété ce discours, dit-il après un silence.

— Non, pas du tout. C'est comme qui dirait sorti comme ça.

— Il était bien. C'est vrai, plein d'énergie, d'émotion et de logique. Je suis impressionné.

— Merci.

Il baissa tristement les yeux et tapota le document plié du bout des doigts.

— Pourquoi ne vous êtes-vous pas adressée à la police avant ?

— Personne n'avait encore essayé de me noyer. Je croyais que l'auteur des mails n'était qu'un toqué inoffensif.

— Et maintenant ?

— Qui qu'il soit, je l'emmerde. Où qu'il soit, je lui tape sur les nerfs. Ce que je sais, c'est qu'il est potentiellement dangereux, et qu'il n'apprécie pas que je sois en bons termes avec Lydia.

— Lydia ? demanda-t-il sur un ton étrangement monocorde.

Jojo n'en était donc pas arrivée jusque-là...

— C'est une histoire un peu longuette.

Elle jeta un coup d'œil à Smits, puis à sa montre. La seconde aiguille ne bougeait pas. Tenait-il vraiment à entendre ça ? Il attendait avec son expression barbée d'opossum. Elle respira profondément et se lança. Elle lui parla de Lydia débarquant au Rijksmuseum, de leur rencontre par hasard et de leur bonne entente, de la demande rivale de Scheele, des menaces anonymes. Instinctivement, elle dressa des barrières à certains passages : elle ne dit rien, par exemple, du passé inhabituel du tableau, en dehors de l'histoire du gardien aryen et de la vente forcée.

Elle n'avait vraiment pas besoin de Smits en plus du reste, mais on ne savait jamais. Si les choses viraient au pire, ses compétences et ses privilèges douteux pourraient se révéler utiles.

Un synopsis minimaliste : Événements, protagonistes clés, chronologie.

Smits écouta, l'air morose, les mâchoires serrées. De temps en temps, il plongeait une cuiller à cocktail en plastique dans son whisky et se vengeait sur les derniers vestiges de ses glaçons, leur tapant dessus et les submergeant pour accélérer leur fonte.

— Je crois bien avoir entendu parler de ce dénommé Scheele, dit-il quand elle en eut terminé.

— Il est vieux. Plus vieux que Lydia elle-même. Contrairement à elle, il est plein aux as. Gros investissements dans le projet de rénovation des docks de l'Est, il paraît.

— Alors qu'est-ce qu'il cherche avec ce petit tableau ?

— C'est ce que j'aimerais savoir. Les raisons ne sont pas forcément d'ordre financier. Après tout, ce ne sont pas les motivations de Lydia.

Une expression de déplaisir se peignit sur le visage de Smits.

— Ça ne me paraît guère déontologique, je dois dire – que vous travailliez pour le bureau de l'Inspection et que vous fassiez équipe avec la vieille dame. À la place de Scheele, ça ne me plairait pas trop.

— Je crois que ça ne plairait à personne.

— Vous voyez ce que je veux dire.

— Je vous ai exposé les circonstances. Elle est venue au musée, puis je suis tombée sur elle par hasard dans la rue. Si un vieillard a besoin d'aide, qu'est-ce que vous faites ? Vous dites : « Désolé, mais je transgresserais mon code éthique professionnel en portant vos provisions chez vous » ? Il reste encore quelques êtres humains à Robotland, Smits. Donc, pour répondre à la question que vous vous apprêtez à poser : non, je ne cesserai pas de la voir. C'est une petite vieille complètement timbrée, mais j'aime sa compagnie. Je ne cherche pas les ennuis et, en ce qui concerne le tableau, je n'essaie pas de piper les dés en sa faveur. Je ne suis pas non plus d'humeur à me laisser intimider.

— Parfait.

Il prit son portable sur la table et se mit à l'examiner avec une minutie distraite, allant jusqu'à retirer la languette amovible du logement des piles. Il parut légèrement déçu de découvrir qu'il ne s'agissait que d'un téléphone ordinaire.

— Alors où en sommes-nous ? demanda-t-elle, désireuse de conclure.

— Il va falloir que nous attendions de voir si la dénommée Jojo décide de porter plainte. En ce qui concerne l'incident à bord du bateau, vous pouvez venir au commissariat faire une déposition, si cela peut vous rassurer. Mais vous ne pouvez pas porter des accusations en l'air contre de parfaits inconnus. Ce Scheele, il a dans les quatre-vingts ans, non ? Est-ce qu'il s'amuserait vraiment à bomber des graffitis et à essayer de couler des bateaux ?

— Cette même pensée m'a traversé l'esprit.

— Je peux garder ça ? (Il brandit le mail.) Envoyez-moi l'autre mail que vous avez reçu, si votre ordinateur fonctionne toujours, et faites-moi savoir si vous recevez d'autres communications anonymes, sous quelque forme que ce soit. Quoi d'autre ? Notez tout ce qui sort de l'ordinaire. C'est toujours une bonne idée. Je suppose qu'il faudra attendre quelques jours avant que votre maison ne redevienne habitable. Qu'est-ce que vous allez faire ? Aller chez des amis ?

— Je n'ai pas d'amis chez qui je puisse débarquer comme ça.

— Adressez-vous aux gens de l'assurance. Ils devraient pouvoir vous avancer de l'argent pour vous dépanner. En attendant, je peux vous déposer ?

— Non, merci. J'ai envie de passer cinq minutes ici, toute seule, puis je marcherai. J'ai besoin d'air.

Smits laissa des pièces sur la table et se leva. Il lui donna sa carte.

Elle le regarda mettre son manteau et son chapeau, puis monter l'étroit colimaçon, une main sur la rampe.

— Smits ! aurait-elle voulu lui demander, de quoi s'agissait-il ? Cette « chose » que Jojo a vue ?

Mais il était trop tard. L'inspecteur était parti.

Elle vida son Martini et rumina.

Elle ne cessait de revoir Jojo à l'hôpital et de l'entendre proférer ses méchancetés. C'est dur quand un ami se retourne contre vous et il faut être solide pour l'accepter. Il faut rentrer ses cornes et faire le dos rond face à la tempête. En même temps, tous les vieux griefs enfouis redressent leur vilaine tête. La conscience libérale blanche de Ruth se mit à étudier la question. *Pourquoi ai-je choisi Jojo pour Maarten et non une Blanche ? Pourquoi ai-je eu le sentiment que je devais nommer mon propre successeur ? Qu'est-ce qui n'a pas marché entre moi et Maarten ? Était-ce ma faute, la sienne, ou un peu des deux ?*

Mon Dieu...

S'il y avait une pépite de vérité à extraire de la poussière, c'était celle-là. Elle ne s'était jamais vraiment donnée corps et âme à Maarten, et lui non plus. Et se donner, c'était aimer, non ? Elle regarda autour d'elle, mais les gothiques amoureux étalent partis. L'amour ! Elle ne faisait même pas confiance au mot lui-même. C'était une béquille. Le désir d'être désiré. Réalisme ou cynisme ? Elle n'arrivait pas à se décider. Maarten avait eu la même approche. Ils étaient deux rationalistes partageant le fruit insipide de leur rationalisme. Ni l'un ni l'autre ne l'auraient avoué, mais ils le savaient tous les deux. Ils n'avaient jamais connu un instant d'abandon, cet instant où l'ego lâche la barre. Tous leurs projets en commun, dont le plus important avait été la péniche, étaient conçus pour dissimuler cette réalité lourde de remise en question.

Maintenant que Maarten était mort, il ne lui restait plus qu'à chercher à comprendre toute seule – le naufrage colossal, le triste fiasco de leur relation. C'était là le calice empoisonné qu'elle avait refilé à Jojo, dans l'espoir qu'un peu de vieille magie noire aiderait Maarten. Ça n'avait pas été un cadeau. Plutôt le contraire. Comme tant d'hommes, il n'était qu'un gamin qui n'avait jamais grandi, l'enfant sur la balançoire de la vidéo, mort de trouille mais affichant un air bravache. Ruth avait tout simplement renoncé avec lui. Elle avait donné sa démission. Elle avait trouvé Jojo et refilé le bébé.

Elle s'approcha du comptoir pour régler sa note à Cheetah.

Elle tâta sa poche, mais la pochette d'allumettes avait disparu. Smits avait dû la prendre.

— Vous avez une carte ?

— Pas de carte, chérie. C'est Jade Beach ici. Vous nous trouverez quand vous aurez besoin de nous.

Une rangée de photos en couleurs était collée sous la cantonnière du bar. Le regard de Ruth tomba sur un cliché.

— C'est notre fête de Noël. C'était pas exactement à sauter au plafond, mais on s'est bien marrés. Vous auriez dû venir.

— Je peux ?

Cheetah décolla la photo que Ruth lorgnait et la lui tendit.

— Ce type, dit Ruth en désignant un des invités. Je l'ai déjà vu quelque part.

Un Noir avec un grand sourire, des dents d'un blanc éblouissant, une guirlande de fleurs genre Tahiti autour du cou.

— C'est Cameron.

Elle savait qu'il s'agissait de Cameron et elle savait exactement où elle l'avait vu et avec qui. Un balcon à Zuidoost, avec le Kid. La coïncidence la démonta un instant.

— Il vient ici de temps en temps. Complètement fêlé !

— Qu'est-ce qu'il fait dans la vie ?

— Arty, demanda Cheetah au guitariste, qu'est-ce qu'il fait, Cameron ?

— Tu devrais le savoir.

— Hé, ça suffit, dit la fille, jouant les offensées. Je veux dire dans la vie.

— Je sais ce que tu veux dire. C'est aussi ce que je veux dire.

Cheetah renonça avec une moue espiègle et se tourna vers Ruth.

— Cameron a toujours des tas de projets grandioses. Il possède l'entreprise qui fabrique les fentes des machines à sous.

Ruth la dévisagea, incrédule.

— Comment il peut fabriquer des fentes ? La fente est un espace vide. C'est un trou.

— Je veux dire le truc de la fente – le mécanisme, quoi, expliqua Cheetah avec une certaine irritation.

— Oh ! Cela n'a rien de grandiose, à mon avis.

— C'était à l'époque de l'arrivée de l'euro. Nouvelles pièces, nouvelles formes. Ils ont dû changer toutes les fentes des machines à sous.

— Il s'est donc trouvé au bon endroit au bon moment, c'est ça ?

— Et comment ! Cameron s'est fait un sacré paquet de fric. Maintenant il veut s'étendre. Se lancer dans autre chose. Aux dernières nouvelles, il a failli claquer tout son fric dans un gros vieux silo à grain sur Java Island, dans les docks de l'Est. Me demandez pas pourquoi. Une sorte de conversion. Ça va rapporter gros parce qu'on construit un pont entre l'île et le continent, ce qui va attirer plein de gens. Il arrête pas de délirer là-dessus. Un mec, quoi. Un autre enfoiré de vieux cochon. Courir après le blé, courir les jupons – c'est pareil pour lui. Et vous ? Nous ne nous sommes pas présentées.

— Peut-être une autre fois, d'accord ? dit Ruth en rendant la photo. J'ai un rancart.

— Maintenant ?

— Ouais. Avec mon lit. J'ai eu une journée de merde, en fait. J'ai besoin d'écraser.

— Très bien, fit Cheetah en riant. Venez un mercredi la prochaine fois. C'est le soir du karaoké. Vous savez où nous trouver.

Elle prit un verre pour l'essuyer.

— Jade Beach, fit Ruth en levant les yeux vers l'enseigne verte. Je reviendrai. Oh, et la chanson m'a beaucoup plu !

Sur le chemin du retour, elle pila. Elle avait pris conscience de la bizarrerie de la présence de la photo de Cameron au Jade Beach et le brouillard commençait à se dissiper.

S'agissait-il vraiment d'une coïncidence ?

À la fête, le Kid lui avait donné la pochette d'allumettes publicitaire du Jade Beach. Mais le Kid ne fumait pas.

Souviens-toi, Ruth... Refais le chemin inverse...

Il était rentré pour chercher les allumettes et qui les lui avait remises ? Elle n'avait rien vu, mais elle pouvait deviner. Son pote, Cameron, bien sûr. Ils bavardaient à peine quelques minutes auparavant. Il était donc normal que la photo de Cameron figure au milieu de celles de nombreux autres invités de Noël. C'était un de ses bouges de prédilection. La pochette d'allumettes était une charnière en carton entre les deux événements, un des mécanismes banals du destin. Elle la vit passer des mains de Cheetah à celles de Cameron, de celles de Cameron à celles du Kid, de celles du Kid aux siennes, et maintenant, eh bien, c'était Smits qui l'avait, non ?

Elle soupira et se remit en route.

C'était déjà ça de réglé.

Pourtant, pendant les dernières minutes, elle avait eu l'impression d'être au bord de quelque chose, de plonger dans un étrange univers parallèle.

Elle secoua la tête, pensive. Elle n'avait jamais demandé que du feu.

17

— Pourquoi ne viendriez-vous pas vivre avec moi ? dit Lydia.

Avec le recul, toute la matinée avait mené à ça. Peut-être même que cela couvait depuis plus longtemps encore.

Ruth s'était levée tard.

La mansarde avec ses poutres et ses murs pentus blancs avait plusieurs fenêtres. Une diagonale de soleil inondait la pièce. Cette lumière vive et splendide de certaines journées d'hiver inattendues. Elle donnait des ailes. Elle avait un côté étincelant, comme l'eau glacée d'une cascade en pleine montagne.

Ruth sortit du lit et contempla de sa fenêtre le canal en bas, les longues ombres obliques des voitures, les arbres et les piétons. M. Lune était dehors, perché sur un escabeau. Son magasin était fermé, mais il nettoyait la vitrine avec de grands mouvements circulaires, saluant lentement ses piles poussiéreuses de livres occultes, de pendules et de cartes de tarot. Son fidèle vélo paré de sa nouvelle sonnette était enchaîné à un arbre ; personne ne l'avait volé, un miracle. Et le bateau, un peu tristoune, avait le toit blanc de givre.

Ce n'était pas seulement un tas de ferraille oblong. C'était sa vie antérieure, ou ses vestiges détrempés.

C'était bon, bien que déconcertant, de se réveiller dans ce nid de corbeau.

Elle traîna un peu, adossée au mur, à réfléchir, puis elle se doucha et se pesa sur la balance de la salle de bains. Soixante kilos. La balance devait être déréglée. Elle en descendit. L'aiguille pointait juste au-dessus du zéro. Elle tourna la roulette à la base jusqu'à ce que l'aiguille pointe pile sur le zéro et recommença. Cinquante-neuf. Une légère amélioration, mais pas l'idéal. Bien sûr, elle avait les cheveux mouillés, ce qui l'alourdissait, et elle portait sa bague éthiopienne en argent, et puis il ne fallait pas oublier le filet de bœuf de la veille.

Ouais, bon...

Elle se planta au garde-à-vous, nue, face au miroir.

Mens sana in corpore sano.

Hier avait été une folle hallucination, un sale tour de l'esprit, plein d'effroi. Et la mauvaise période du mois en plus...

Aujourd'hui elle était reposée. Aujourd'hui elle prendrait sa vie en main.

Il allait falloir s'occuper de cette nana dans le miroir. Elle pinça ses hanches. De l'exercice pour ses poignées d'amour sans amour. Ses cheveux blond clair partaient dans tous les sens. Une coupe. Quelque chose de radical. Vêtements, maquillage, manucure – la totale –, et avec quel argent, ma chère ?

Elle se noua une serviette en turban sur la tête et rentra dans la chambre bien chauffée. Elle s'assit les bras autour des genoux dans le fauteuil. Des CD, des étuis de tampons et autres cochonneries jonchaient le sol. Les soins du corps attendraient. Il y avait des détails pratiques à régler. Elle savait quoi faire. Dans son demi-sommeil, elle avait tout organisé.

La journée commença par des coups de fil. Elle téléphona à la compagnie d'assurances et tomba sur la boîte vocale. À quoi s'attendait-elle donc un dimanche ? Elle essaya Driest des chantiers navals sur son portable. Le bateau était OK, mais il voulait lui parler. Leur rendez-vous de quatre heures tenait toujours. Elle téléphona à Myles, lui raconta ses malheurs, lui demanda de transmettre la nouvelle à Cabrol et promit de ne pas rater la réunion du bureau lundi à 10 heures. Elle téléphona à ses parents à qui elle livra une version honnête mais édulcorée des événements. Sa mère l'écouta en silence puis lâcha un tir nourri de questions. Ruth joua les évasives avec gentillesse, humour et élégance.

— Mais comment tu t'en sors côté argent ? l'implora sa mère.

— Maman, ne t'en fais pas, d'accord ? Tout va bien. Si j'ai un vrai souci, vous serez les premiers au courant – tu le sais.

Rassérénée, Maaike passa le combiné à Joris. Son père fut plus décontracté. Ruth comprit qu'il avait écouté en silence son discours rassurant grâce au haut-parleur. Lucas, lui dit-il, cherchait à la joindre.

Cela fait, elle songea à appeler la famille de Jojo pour mettre les choses au point, mais c'était peut-être plus facile à dire qu'à faire. Elle garderait ça pour plus tard, quand tout le monde se serait calmé.

Elle téléphona à Lydia.

Pas de réponse.

Elle descendit l'escalier raide pour se rendre dans la salle du petit déjeuner où elle se servit au buffet un toast avec du jambon et du fromage, un bol de müesli et un œuf à la coque. Le régime riche en fibres et pauvre en graisses et en sel attendrait. Elle fit glisser le tout avec du jus d'orange et deux tasses de café brûlant, choisissant le sucre brun plutôt que l'aspartam.

Un couple français était assis près de la fenêtre avec leur fille âgée de quatre ou cinq ans. Elle avait un joli sourire, timide et espiègle à la fois.

La maternité. Maintenant, ça semblait faire partie d'une autre vie...

La famille finit son petit déjeuner et partit.

Ruth se retrouva seule.

Où diable était donc Lydia ?

La question ne cessait de resurgir, comme si elle – Ruth – était responsable de la vieille dame. Et s'il lui était arrivé quelque chose ? On était dimanche matin. Elle ne pouvait pas être en train de faire des courses et ce n'était pas le genre à s'imposer une balade dominicale. Elle était bien trop attachée à ses habitudes.

Ruth voulait lui parler de Scheele. Il fallait qu'elle sache ce qui se passait. Il y avait aussi le problème des lettres disparues. Lydia avait tendance à se fermer comme une huître ou à changer de conversation quand on abordait certains sujets.

Il fallait que ça cesse. Les choses étaient allées trop loin.

Puis elle se souvint. Lydia était catholique – enfin, une sorte de catholique juive, la tradition *judo-chrétienne*, comme sa mère l'avait appelée un jour, qui confondait soutanes et ceintures noires. Quoi qu'il en fût, Lydia était certainement à la messe. Mais où ? La Westerkerk, une très belle église, se trouvait à une distance raisonnable, avec ses ravissants carillons et la tombe de Rembrandt, mais elle était protestante. À quoi Lydia avait-elle fait allusion l'autre jour ? Ah oui, à l'église Saint-François-Xavier dans le Singel, non loin du marché aux fleurs. Pourquoi ? Pour la messe en latin. Peut-être cela lui rappelait-il l'ancien temps, avant Vatican I ou Vatican II. Ruth n'était pas trop au courant de ces distinctions.

Elle téléphona aux renseignements, puis à l'église. La messe avait commencé une demi-heure plus tôt, à onze heures.

En se pressant un peu, elle y trouverait Lydia.

Le trajet fut court.

Elle enchaîna son vélo à un lampadaire. Deux tours octaédriques, des fenêtres à lancettes, des gables et des flèches – la façade du bâtiment du XIXe siècle était austère, une falaise de pierres d'un brun terne.

À l'intérieur, elle passa un doigt sur le bord du bénitier et se dirigea vers l'arrière de la nef.

L'église était à moitié pleine, la congrégation, entassée devant l'autel pour être aux premières loges et probablement accumuler un peu de chaleur corporelle. De longues volutes d'encens flottaient haut dans l'air et le chœur chantait l'Agnus Dei.

Ruth se frotta les mains – elle avait oublié ses gants – et s'approcha lentement.

Tout était brun et doré, avec une odeur assortie. Le bois brun huilé du confessionnal gothique à deux portes, la haute chaire dorée avec son dais en forme de tourelle baroque. L'endroit, véritable forêt de troncs d'arbres, baignait dans des couleurs de feuilles d'automne jusqu'aux fenêtres à claire-voie, des entrelacs de feuillages en pierre aux teintes fraîches et aériennes, tout à l'opposé de la confortable petite église où Myles l'avait emmenée. Et partout des images et des statues de la Vierge Marie assise, avec son enfant, *Sedes Sapientiae*. Marie, le Christ mort sur les genoux, une pietà. Marie debout, fervente et seule.

Ruth se mit à les compter, mais renonça vite.

Elle passa entre les bancs vides pour rejoindre le bas-côté et examina les dos des fidèles.

Pas de Lydia...

Puis elle la repéra : caractéristique, en fait, son nez anguleux de sorcière sous le couvre-chef en laine, le vieux manteau et – bien entendu – les sacs en plastique. La courbe de la colonne vertébrale et la ligne asymétrique des épaules étaient aussi tellement typiques de la

Cloche. Elle se trouvait dans une chapelle latérale, loin de l'entrée, agenouillée devant une autre statue de la Vierge, les mains jointes en prière. La statue faisait face aux portes principales. Ruth ne l'avait pas vue tout de suite parce que les piliers lui bouchaient la vue.

Elle entra sans bruit, s'assit derrière Lydia et jeta un coup d'œil autour d'elle. Il n'y avait qu'une autre personne au fond de la chapelle. Un type en pardessus – tête inclinée, cheveux gris lissés en arrière –, son chapeau posé à côté de lui sur une chaise. Lydia et lui marmonnaient tous les deux.

La statue était plus impressionnante que celle qui se trouvait près de la cheminée de Lydia. Marie était debout, Jésus dans ses bras, et le bébé tenait quelque chose dans sa main, peut-être un globe, et levait l'autre en un geste de bénédiction. La Madone portait une longue robe blanche, rouge et or. L'or dominait les autres couleurs. Ils avaient tous les deux des couronnes dorées à piquants et des cheveux blonds ondulés qui tombaient sur leur peau laquée rose.

La pose guindée et la neutralité de leur expression bloquaient tout élan de tendresse qu'aurait suscité une vraie mère avec son enfant – celle de ce matin dans la salle du petit déjeuner, par exemple. Les silhouettes étaient ritualisées, symboliques. Ruth se sentait plus en phase avec l'art domestique et les paysages hollandais qu'avec les œuvres religieuses, mais elle fut frappée par le parallèle entre cette pose et la pietà. L'Enfant Jésus et le Christ mort étaient une seule et même personne pour elle, la Vierge, la mère de toutes les douleurs. Une sainte, certes, mais aussi l'archétype de la mère. Elle avait mis son enfant au monde et l'avait accompagné dans la mort. Le pathos par essence.

Les prières de Lydia la tirèrent de sa contemplation.

Elle se pencha pour écouter.

« J'ai dit, marmonnait Lydia, qu'il n'était pas question que tu accompagnes Asha. Elle a son devoir de sciences nat. à faire. Et, de toute façon, le vent souffle bien trop fort. La girouette de la fonderie de Vondelstraat s'est envolée ce matin. Cette casquette ne suffit pas. Où est donc cette écharpe que je t'ai achetée pour Noël ? Elle était humide. Je t'ai dit de la mettre dans la buanderie, mais tu es une telle tête de linotte ! Les coupons sont dans le tiroir, Sander. Bon, fais attention et n'oublie pas le beurre. Comme elle va te dire qu'il n'y en a pas, il va falloir que tu lui rappelles sa promesse d'en mettre un peu de côté pour moi.

Nom de Dieu, se dit Ruth, *elle a pété les plombs – à parler ainsi à son frère mort... Elle est bonne pour l'asile.*

La Madone aux boucles d'or les contemplait, sereine, tendant une oreille au flot d'inepties pour être en mesure de passer le message, dans le royaume des ombres, dans le royaume à venir.

Ruth tapota l'épaule de Lydia.

Celle-ci sursauta et se retourna, en plissant les yeux. Elle n'avait pas ses lunettes.

— Oh, mon Dieu, ma chère, c'est vous. Vous m'avez fait peur.

— Désolée, Lyd.

Le chant grégorien était terminé. La messe tirait à sa fin. Lydia ferma les yeux et se signa rapidement – « *In nomine Patris, et Filii et Spiritus Sancti* » – puis elle revint à Ruth, sortant du mode prière.

— Où étiez-vous ? Qu'est-ce que vous fabriquiez ? Vous m'avez manqué, vous savez.

Une toux péremptoire. Ruth jeta un coup d'œil par-dessus son épaule. L'homme au fond de la chapelle la fixait d'un air furibard.

— On y va ? demanda Ruth. Si vous êtes prête, bien entendu.

Dehors, Lydia trouva ses lunettes et les chaussa, Ruth détacha son vélo et elles longèrent le canal en bavardant, ne s'arrêtant que pour laisser passer un tram. Ruth débarrassa Lydia de ses sacs. Elle les attacha à ses sacoches avec un tendeur. Les sacs débordaient de bruyères en pot que Lydia avait achetées pour une de ses fenêtres.

Le froid se fit mordant.

Elles traversèrent le Singel pour se rendre au café Dante dans Spuitstraat. Le grand établissement Art déco, sous la galerie d'art Steltman et la collection Herman Brood, était calme à cette heure de la journée. Seuls deux autres clients, de jeunes hommes à l'allure vieux jeu qui fumaient des pipes de tabac blond en feuilletant les journaux du dimanche, étaient attablés.

Ruth et Lydia commandèrent un repas chaud, du bouillon aux légumes de saison et des petits pains aux céréales.

La Cloche essuya son nez qui coulait et écouta, tout ouïe, l'histoire de son amie. Elle avait l'air usée, plus fragile que lors de leur dernière rencontre. Elle avait un teint de cendres.

— Donc, vous voyez, dit Ruth, ce doit être Scheele. Votre tableau est plus qu'un simple tableau. Ne me demandez pas en quoi, mais c'est le cas. Vous êtes sûre que votre frère ou vos parents n'ont jamais rien dit – jamais une allusion, un indice ?

Lydia secoua la tête.

— Eh bien, quoi qu'il en soit, Scheele doit en avoir une idée assez précise. Après tout, il lui a appartenu pendant un temps. Il a vu ce qui figure au dos. Et maintenant il a décidé de le garder pour de bon. Je suis le diablotin de l'histoire, celle qui risque bien de déjouer ses projets bien goupillés. C'est sa conviction, du moins. D'une manière ou d'une autre, il faut qu'il m'élimine. Il cherche à se débarrasser de moi. Il n'apprécie pas du tout que je sois en contact avec vous.

— Déjoué, le bonhomme.

Lydia lâcha brusquement sa cuiller dans son bol.

Les deux hommes la dévisagèrent, puis se replongèrent les sourcils froncés dans leurs journaux.

Un filet de soupe dégoulina du coin de la bouche de la vieille femme. Elle prit un morceau de pain et s'essuya les lèvres avec.

— Je ne dis pas que c'est Scheele, dit Ruth, faisant machine arrière, embarrassée. Mais ça m'en a tout l'air. Tout le désigne. On ne tient aucune preuve irréfutable, c'est ce que je veux dire.

— Irré-quoi ?

Lydia plaça une main en pavillon derrière son oreille.

— Pas de preuve – pas de preuve certaine. À vrai dire, je ne suis plus sûre de rien. Qu'en pensez-vous ? Vous le connaissez, ou du moins le connaissiez. Serait-il capable d'une chose pareille ?

— Pourquoi pas ? Il en a déjà tiré profit une fois, alors que ce n'était pas à lui de le vendre. Je suis sûre qu'il serait ravi de recommencer. Même s'il n'avait pas l'intention de le vendre, rien ne pourrait lui faire plus plaisir que de m'empêcher de récupérer ce qui m'appartient légalement.

— D'accord, mais ce que je voulais dire, c'est : serait-il capable des intimidations dont j'ai parlé ? J'ai des doutes parce qu'il est... vieux. Non que je l'aie déjà vu. Il est plus âgé que vous, je suppose. Je pensais qu'il aurait passé l'âge de ce genre de magouilles, autant psychologiquement que physiquement.

— Passé l'âge ? L'ai-je passé, moi, l'âge ? Non ! alors pourquoi ce serait son cas ? Bien sûr qu'il n'a pas passé l'âge ! Toute sa vie, il a attendu ça. Il sauterait sur n'importe quelle occasion pour m'enfoncer.

— Alors vous pensez que j'ai raison ? Vous pensez que c'est lui ?

— Pas l'ombre d'un doute, proclama Lydia de sa voix de douairière exaltée.

— Mais qu'est-ce qui le ronge, alors ?

— La cupidité. Les biens et l'argent sont tout ce qui lui importe. Il a été un de ces individus sans scrupule qui se sont servis de la guerre pour s'enrichir, en exploitant le malheur des autres.

— Mais il était bien un ami de votre père ? C'est vrai, on lui a confié la maison et vous l'avez récupérée.

— Vide.

— Soit, mais il ne l'a pas vidée. Vous me l'avez dit vous-même. Dans la mesure où il s'efforçait de protéger votre bien – bien juif ou demi-juif –, il prenait des risques en votre nom. Corrigez-moi si je me trompe.

L'expression de Lydia exclut tout autre débat.

Ruth soupira.

— Tout de même, il y a quelque chose qui échappe à mon esprit pourtant logique. D'accord, le tableau est une grave pomme de discorde entre vous. Mais si vous haïssez ce type à ce point, comment pouvez-vous supporter de vivre juste en face de chez lui ?

— Vous ne comprenez pas ? Il en a toujours été ainsi. Lui là-bas, moi ici. Je peux lire en lui à livre ouvert. Je connais ses moindres pensées. Je n'ai pas peur de lui. Je ne suis ni intimidée, pour reprendre vos termes, ni affaiblie. Au contraire, sa présence me donne de la force. Bien sûr, très bientôt je serai partie. Très bientôt je serai débarrassée de lui.

— Pittsburgh, c’est ça ?

Lydia acquiesça.

— Alors je pourrai m’installer, oublier tout ça. En attendant, c’est ainsi que les choses doivent être. Du moins jusqu’à ce qu’on me rende mon tableau.

— J’ai vu la police. Ils laissent entendre que je ne peux rien faire – du moins tant qu’il ne se sera pas vraiment dévoilé. En d’autres termes, on n’a le droit de porter plainte que le jour où on se retrouve avec une balle entre les deux yeux.

— Ce type est un couard. Il n’aurait pas le courage de s’attaquer à vous.

— Il a eu le courage d’inonder mon bateau. Il a eu le courage de flanquer une trouille de tous les diables à Jojo. Partons du principe qu’il s’agit de lui : quel courage lui faudrait-il en plus ?

— Quel est l’endroit le plus sûr où coincer votre ennemi ? demanda Lydia avec un sourire énigmatique.

— Je ne saurais le dire.

— À votre avis ?

— Comme vous l’avez dit, je suppose. Là où on peut le voir.

— Exactement. Et comme mon ennemi est le vôtre à présent, vous feriez bien de vous installer là où vous pouvez le voir.

— Que voulez-vous dire ? demanda Ruth après un silence.

Lydia affichait l’air satisfait de celui à qui on vient de distribuer toutes les bonnes cartes.

— Je veux dire que vous n’avez plus de toit. Vous ne pouvez pas continuer à payer un hôtel.

— Et alors ?

— Pourquoi ne viendriez-vous pas habiter chez moi ?

Ruth songea d'abord à l'odeur. Puis au désordre. En même temps elle s'en voulut de réagir aussi égoïstement à la gentille offre de la vieille dame. Son visage avait dû la trahir.

— Je veux dire derrière, bien sûr, dans l'*achterhuis*, reprit Lydia avec solennité et hauteur. C'est là que Sander avait son antre. Vous aurez toute l'intimité voulue, loin de moi et de tout mon fatras. Voilà longtemps que personne ne l'utilise, mais c'est nickel, comme on dit, et il y a même un lit et quelques meubles. Je le chauffe de temps en temps pour chasser l'humidité.

— Impossible.

— Ce sont les chats qui vous ennuient ? Ils sont tous partis au refuge, ma chère. Tous sauf un. J'ai gardé Principessa, si vous vous souvenez d'elle.

— Oh ! la jolie noire qui ressemble à une peluche ?

— J'ai eu l'impression que, de tous les chats, c'était elle dont j'avais le plus besoin et celle qui avait besoin de moi.

— Pour être aux petits soins pour elle, je suppose.

— Elle est un peu exigeante, je l'admets, mais je suis sûre que vous vous habituerez à elle et à moi, sur ce plan. (Il y eut un silence un peu chargé.) Je ne voudrais pas que vous pensiez que j'essaie de vous attirer dans mes griffes de vieille solitaire. Je veux juste vous aider.

Provisoirement, jusqu'à ce que vous puissiez revivre sur votre joli bateau.

— Cela pourrait prendre du temps, répondit Ruth, toujours indécise. Il est possible qu'il faille le mettre en cale sèche pour un bilan, mais quand je le récupérerai, il va puer. Sans parler des meubles et de la literie. À la dernière inondation, nous nous sommes retrouvés dehors pendant quinze jours.

— Peu importe le temps que vous resterez, ma chère. Quoi qu'il en soit, c'est mon offre, à prendre ou à laisser. Dieu sait que je n'ai pas souvent l'occasion de me rendre utile.

Ruth se mordilla l'ongle du pouce.

— C'est une très mauvaise habitude, vous savez.

— Quoi ? Oh ! désolée ! Écoutez, Lydia, je ne sais pas quoi dire, vraiment. C'est tellement gentil à vous. Je vous verserai un loyer.

— Pas question.

— De quoi couvrir les charges, alors. Pour le chauffage et l'électricité.

— Nous pourrons en discuter plus tard. En attendant, venez jeter un coup d'œil à ce que je vous propose si vous n'êtes pas décidée. Je ne crois pas que vous soyez jamais allée derrière, n'est-ce pas ?

L'*achterhuis* de trois étages était séparé du *voorhuis*, où habitait Lydia, par une cour intérieure où se trouvaient les toilettes et une porte en bois basse qui menait à la buanderie au sous-sol. Elles suivirent un couloir qui longeait la cour entre les deux bâtiments. Ruth n'avait encore jamais mis les pieds dans cette partie de la maison du canal. Le couloir était décoré de lourdes ornementations en stuc, et le sol pavé de dalles de marbre usées. Il donnait sur une porte en bois, également ornée de moulures.

Lydia ouvrit la porte en tournant la vieille clé à deux mains.

Ruth découvrit un superbe salon, aussi large que la maison de devant.

Elle frissonna en entrant dans les lieux, se faisant l'effet d'un cambrioleur. Elle imagina le spectre de Sander se dressant devant elle ou levant un regard furieux depuis le grand bureau d'acajou près de la fenêtre.

Le salon renfermait une large cheminée décorée, une grisaille au-dessus de la porte et encore de la pâtisserie au-dessus de leur tête – le stuc, dans l'esprit de Ruth. Le stuc bordait un plafond orné d'anges s'ébattant dans les nuages, le tout en rose, blanc et bleu pastel. À l'arrière, les fenêtres ouvraient sur un petit jardin. Au sol, un immense tapis, presque aussi grand que la pièce, et, sur l'un des murs, un kilim ancien bouffé aux mites. Les autres murs disparaissaient derrière des étagères de livres.

Ruth comprit soudain que l'antre de Sander était resté pratiquement intact depuis sa mort, près d'un demi-siècle plus tôt. Visiblement, on s'en occupait et on la nettoyait, mais on en faisait autant avec les musées. Tout dans le salon datait de la fin des années 1940 ou du début des années 1950, à l'exception peut-être de l'ampoule – grillée – et du radiateur électrique que Lydia tentait à présent de rallumer. Il y avait même une éphéméride, figée au 3 juin 1955. Partout traînaient les bricoles de Sander, préservées des ravages du temps et de la mode.

Ruth avait entendu parler d'une pièce découverte en 1980 au-dessus d'une synagogue abandonnée dans le quartier de Whitechapel à Londres. Son occupant, un Juif russe dénommé David Rodinsky, en était parti dans les années 1960, laissant une capsule témoin de sa vie. Qu'était-il advenu de lui ? On avait trouvé un creux dans l'oreiller sur lequel il dormait, une tasse de thé près de son lit, du porridge sur la cuisinière, des livres et de mystérieux écrits cabalistiques. Avait-il été assassiné ? Était-il accidentellement tombé dans une autre dimension spatio-temporelle ? Personne ne le savait. La pièce était tout ce qui restait de lui. Rodinsky n'avait pas de sœur dévouée pour entretenir son souvenir. Les conservateurs de son musée avaient pour nom hasard et négligence.

Ruth regarda le dos osseux de Lydia qui, penchée sur le radiateur, en tournait le cadran. Quel sacré phénomène – l'ultime descendante des Van der Heyden, la feuille solitaire à la fin de l'automne, toute desséchée, craquante et à moitié détachée, s'accrochant encore par un tour du destin à la branche la plus haute de l'arbre, qu'il pleuve ou qu'il vente.

Quant au mort, on sentait sa présence dans les petits détails. Une vieille aquatinte du front de mer à Menton, les livres – des ouvrages d'ornithologie, d'optique, d'architecture, de voyage –, le coupe-papier en ivoire, des stylos à encre en Bakélite, un grand sous-main et du matériel de dessinateur industriel dans une longue boîte gainée de velours avec un fermoir en or, ouverte sur le bureau. La pièce était le domaine d'un esprit cosmopolite et cultivé avec un penchant plus technique qu'artistique. Une pensée lui vint qui se traduisit aussitôt par des picotements sur sa peau. Les lettres du peintre pouvaient-elles être cachées ici ? Le frère était celui qui les avait dissimulées ; soudain elle comprit combien elle en savait peu sur le compte de cet homme.

— Que faisait Sander, exactement ?

— Sander ? Il n'était pas fait pour la banque, comme son père, répondit Lydia, le souffle un peu court. (Après avoir remis le radiateur en route, elle retirait à présent les grands draps protecteurs. Ruth l'aida à les plier en carrés bien nets.) Il s'intéressait à la chimie et à la physique et au bricolage. Quand il était petit, il construisait des chariots avec du bois et des roues de vieux landaus. Il en a fabriqué cinq ou six, je me souviens, améliorant chaque fois la direction ou le système de freins. Après la guerre, il a fait des études d'oph... de spécialiste des yeux. Comment dit-on déjà ?

— Ophtalmologiste, je crois.

— Bien sûr... Sander se mettait toujours en colère contre moi parce que j'étais incapable de retenir ce mot et, plus il était en colère, plus j'avais de difficultés à m'en souvenir. Mais où en étais-je ? Son avenir était tout tracé jusqu'à ce qu'il décide d'abandonner ses études. Il s'est lassé. Ensuite, il est passé d'un emploi à un autre. Il a travaillé comme technicien dans l'industrie de la margarine, quand ils ont commencé à importer le coprah. Il a travaillé pour un fabricant de cigares. Il a même travaillé pour une usine de confiseries tout près d'ici, puis il a laissé tomber et a fini par accumuler les petits boulots. Genre touche-à-tout. Soudage, menuiserie, mécanique, électricité – tout ce qui était manuel.

— Un homme à l'esprit pratique.

— Et comment ! Toujours en train de démonter des objets pour les remonter, de réparer des vieilleries et d'inventer du neuf. C'est de famille. Notre père était comme ça lui aussi. L'ingéniosité de Sander ne connaissait pas de bornes. Il vivait dans son petit monde à lui.

Et ce petit monde était ici, se dit Ruth. Lydia, qui venait de sombrer dans la mélancolie, pensait probablement la même chose. Au bout d'un moment, elle se remit à s'affairer.

— Bon, ma chère, vous pouvez dormir soit ici sur le canapé, soit à l'étage. Il y a une petite chambre. C'est comme vous voulez. La salle de bains est en haut elle aussi. Je viens juste de brancher le chauffe-eau ; l'eau devrait être chaude dans une heure ou deux. Si vous voulez préparer des repas, il faudra que vous utilisiez ma cuisine, je vous libérerai une étagère dans le réfrigérateur. Prenez-y tout ce dont vous aurez besoin. Mais qu'est-ce que je raconte ? Vous ne m'avez même pas dit si cet arrangement vous convenait.

Ruth s'essuya le front d'un revers de manche, puis regarda autour d'elle, les mains sur les hanches.

— C'est parfait, Lydia, parfait. J'accepte votre offre généreuse et je vous en suis très reconnaissante, je vous assure. (Lydia rayonna et Ruth la serra dans ses bras.) Et si nous montions voir là-haut ?

— Si vous pouviez rapporter l'aspirateur de la maison... Oh ! et un escabeau. Nous ferions bien de changer ce manchon avant que la nuit tombe.

— *Manchon ?* C'est ce que nous appelons une ampoule, Lydia. Le gaz est passé de mode depuis quelque temps.

— Oh oui ! – quelle idiote je fais ! – j'ai oublié de préciser : ne vous en faites pas pour la couleur de l'eau du robinet. Le fer est bon pour la santé, mais ce n'est pas joli, joli. Laissez-la couler. Elle ne tardera pas à devenir limpide.

Le temps qu'elles terminent, il était trois heures et demie.

— Je vais probablement prendre un taxi pour rapporter quelques-unes de mes affaires. Le reste devra rester sur le bateau, dit Ruth. Et il faut que je voie le type des chantiers navals. Vous serez ici à mon retour ?

— J'y serai.

Elle contemplait Ruth d'une drôle de manière, en clignant des paupières.

— Tout va bien ?

— Oui, ma chère. Je réfléchissais, c'est tout. Ça fait fleur bleue, je sais, mais j'ai l'impression d'être de nouveau une petite fille. Mon Dieu, vous l'avouerai-je ? Je me disais que nous allions être comme deux sœurs, à vivre ensemble ici. Mais Ruth, je vous embarrasse. Pardonnez-moi. Ne faites pas attention aux divagations d'une vieille femme. *Meshougge*, hein. C'est le mot qu'aurait utilisé ma mère. Elle parlait le *Jodenhoeks*, la langue du quartier juif. « Lydia, m'aurait-elle dit, arrête tout de suite ces inepties. Tu perds la tête. »

18

Un, deux, trois...

Ruth freina et donna un coup de sonnette. Driest, Myles et le Kid bavardaient près de la péniche. Ils se retournèrent.

— Eh bien, dit-elle en descendant de vélo. Trois messieurs pour une dame.

— Ne t'inquiète pas, chérie. Je me contenterai de regarder.

— La ferme, Myles, espèce de pervers. Par qui commençons-nous ? Thomas ? Qu'est-ce que vous faites ici ?

— Je suis venu avec le camping-car. Lydia m'a passé un coup de fil. Elle m'a dit que vous aviez quitté l'hôtel et apporté une valise, mais que vous auriez peut-être besoin d'aide pour déménager le reste.

— C'est drôle, je sors de chez elle. Elle ne m'a jamais parlé de vous appeler.

Le Kid haussa les épaules.

— C'est Lydia tout craché.

— Eh bien, merci. Je ne dis pas non. Je suis une demoiselle en détresse, après tout.

Driest s'éloigna pour s'entretenir avec un de ses hommes.

— Alors maintenant tu emménages chez elle, c'est ça ? fit Myles avec un sourire entendu.

— Provisoirement. Je n'ai plus de toit, comme tu peux le voir. Elle a proposé de m'héberger en attendant. Quoi qu'il en soit, Myles, poursuivit-elle sur un ton plus sec, à ton tour. À quoi devons-nous cet honneur inattendu ?

— Je fais juste partie de ces voyeurs postmodernes attirés par les catastrophes. Accidents de voiture, incendies, naufrages, crashs d'avion – tout ça m'excite. Je ne m'en lasse pas. Les catastrophes sont les vraies informations-spectacles culturelles de notre temps.

Ruth croisa le regard du Kid : c'était sans espoir.

Driest revint.

— Le pompage est terminé. Vous pouvez embarquer vos affaires maintenant si vous voulez. Mais ce n'est pas tout à fait sec, bien entendu.

— On dirait que vient de sonner l'heure de la réhabilitation pour les voyeurs postmodernes, dit Ruth.

— Compris, fit Myles. Je vais t'aider à charger le camping-car.

Driest prit Ruth à part.

— Cale sèche ? demanda-t-elle.

— Ça m'en a tout l'air. Le premier truc que nous avons repéré, c'était un rivetage un peu branlant derrière la machine à laver, puis nous avons taraudé la coque. Elle n'est pas trouée mais, à ce rythme-là, ça ne devrait pas tarder. Nous n'en sommes pas sûrs, mais elle semble faire moins de trois millimètres par endroits.

— Alors vous allez la doubler ?

— Nous avons un sonar aux chantiers. Nous effectuons un levé de la coque, puis – comme vous dites – nous la doublons. Pendant qu'elle est en cale sèche, nous pourrions en profiter pour la nettoyer et la regoudronner. Enfin, si vous tenez à renouveler votre permis ! En tout, ça représente trois jours de boulot.

— C'est plus rapide que je ne l'aurais cru.

— N'oubliez pas que vous aurez des réparations à faire à l'intérieur. Trier les meubles, attendre que l'humidité et l'odeur disparaissent. Ça risque de prendre du temps.

— Et la facture ?

Il lui tendit une enveloppe.

— Voici notre devis. Nous allons emporter le bateau maintenant. En bas dans la salle des machines, deux types vérifient la mécanique qui n'a pas fonctionné depuis un bout de temps. Postez tout de suite le devis à votre compagnie d'assurances, avec la demande d'indemnisation. Vu les circonstances, ils devraient le ratifier provisoirement, même s'ils n'ont pas eu le temps de procéder à leur propre évaluation. C'est ce qu'on appelle procéder de bonne foi.

— Oh ! de bonne foi. Je m'en souviens.

— Pour l'instant, le gros problème, c'est vos disques, notamment les 78-tours. Vous ne pouvez pas les laisser traîner dans le camping-car de votre ami. Franchement, c'est un vrai tas de rouille.

— Un tas de rouille d'époque. Présuspension à ressorts, préamortisseurs et précombustion interne.

— C'est bien ce que je pensais. Il faut donc bien les emballer, les envelopper de papier bulles et les mettre en carton. J'ai le nécessaire dans la voiture. Vous voulez que je m'en occupe ?

— Vous feriez ça ?

— Je ferai de mon mieux. Pas de responsabilité en cas de casse, etc.

— Prenez surtout soin des américains. Benny Goodman, Tommy Dorsey, Bix Beiderbecke et Chet Baker, notamment. Les hollandais aussi. J'ai quelques classiques uniques là-dedans. Hannes, le vieux comique, Max von Praag, Kobus Robija.

Tout ce qui n'était pas récupérable fut laissé à bord ou jeté dans une benne que des ouvriers du bâtiment utilisaient plus loin dans la rue. On entassa le reste dans le camping-car. Ruth fit du café et retrouva le Kid qui soufflait un peu dans la timonerie.

— J'étais au courant, avant que Lydia ne m'appelle.

— Ah bon ?

— Je suis passé samedi, comme promis. Vous vous souvenez, l'anguille ?

— Comment ai-je pu oublier ?

— J'allais la confier à Jojo, sur votre suggestion. Mais, à mon arrivée, ça grouillait de flics et de pompiers. Je me suis dit que ce n'était peut-être pas le moment.

— Pour quoi ?

— Pour l'anguille.

— Je comprends.

— Le type des chantiers navals m'a raconté ce qui s'était passé et m'a dit que les flics vous avaient déjà prévenue. Il m'a aussi indiqué où je pourrais trouver Jojo. Je lui ai rendu visite à l'hôpital.

— Alors vous êtes au courant. De la théorie du complot de Jojo.

— Je ne sais rien. Elle était dans les vapes, sous sédatifs. L'infirmière m'a autorisé à entrer le temps de laisser une carte de prompt rétablissement.

— Il n'y avait personne avec elle ?

— Personne.

Ruth réfléchit un instant.

— La jambe. Vous avez vu sa jambe.

— Celle dans le plâtre ? Bien sûr. Difficile de la rater.

— Il y avait des trucs écrits dessus.

— C'est souvent le cas.

— Pas seulement écrits. Dessinés. Quelqu'un a dessiné ce foutu symbole.

Le Kid eut l'air mal à l'aise.

— Vous voulez dire l'étoile, avec les cercles à l'intérieur ?

— Vous l'avez vue vous aussi ? Alors son auteur lui a rendu visite avant vous. À quelle heure y êtes-vous allé ?

— Juste après midi. Mais, écoutez, ce truc de l'étoile, c'était moi.

Ruth le fusilla du regard.

— C'est vous aussi qui l'avez peint sur l'écoutille de ma cambuse ?

— L'écoutille de votre cambuse ? Là je ne vous suis plus. Je veux dire, ce n'est pas vous qui l'avez peint ?

— Non.

— Eh bien, moi non plus. Je l'ai dessiné sur sa jambe, c'est ce que je suis en train de vous expliquer. Je ne sais pas pourquoi. Je voulais laisser une trace de mon passage, mais signer m'a paru cucu. J'arrivais de votre péniche où j'avais vu l'étoile. J'y réfléchissais. Je me demandais ce que c'était. Alors je l'ai dessinée sur sa jambe. Plus pour moi que pour elle. Je voulais voir si j'étais capable de la reproduire.

— Bon Dieu, souffla Ruth. La compulsion humaine de griffonner sur des plâtres. L'expliquera-t-on un jour ? Quelqu'un devrait pondre une thèse de psychologie sur le sujet. Il doit y avoir des parallèles avec la peinture rupestre.

Elle remplit la tasse du Kid et s'adossa au gouvernail, bras croisés.

— Vous savez que tout cela est votre faute, n'est-ce pas ?

— Quoi donc ?

Maintenant il avait l'air carrément nerveux.

— La péniche inondée, Jojo aux urgences.

— Moi ?

— D'accord, vous n'avez rien fait physiquement, mais vous étiez la pomme de discorde, pour ainsi dire. Repensez à la fête, où nous nous sommes rencontrés. Vous vous rappelez ? Jojo m'a invitée, puis elle a été retenue. Elle était loin de s'en douter, mais j'allais vous voler à elle. Cette garce de Ruth avait tout prévu. Depuis des années, les deux copines avaient une histoire de jalousie entre elles. C'est alors qu'arrive Thomas Springer le beau parti. Non que vous ayez été le petit ami de Jojo, mais elle avait des vues sur vous. Vous voyez ce que je veux dire ? Votre propre opinion, en l'occurrence, ne comptait absolument pas. De vraies salopes, ces bonnes femmes ! Puis, rien que pour mettre Jojo complètement hors course, Ruth l'a persuadée de garder la péniche, a inondé son propre bateau, cassant la jambe de Jojo, l'assommant et lui fichant une trouille de tous les diables par la même occasion.

— On dirait que vous avez réagi de manière un peu excessive.

— Pas vraiment, parce que je songeais à ce que ça me rapporterait. Cette pauvre vieille Ruth était pratiquement sur la paille. Le bateau devenait une charge. Autant récupérer le fric de l'assurance, non ? Je me suis donc organisée pour que l'accident se produise pendant mon absence. Judicieux, non ? Le crime parfait, du vrai Patricia Highsmith. Un mélange grisant de calcul froid et de passion dévorante, avec des enjeux financiers et sentimentaux élevés. Je ne pige toujours pas. Où est-ce que j'ai foiré ?

— Vous me faites marcher. Il y a des gens pour croire à ces salades ?

— C'est la conclusion que Jojo a tirée et il y a un flic fêlé du nom d'Andries Smits qui m'a déjà classée parmi les criminels endurcis, bien que j'aie réussi à l'embobiner un peu. En attendant, mon seul espoir de remise de peine, c'est que cette chère Jojo se révèle commotionnée, guérisse, voie clair et ne porte pas plainte.

— Bon Dieu. J'ai l'impression d'avoir déjà vu ce film.

— Vous pourriez me raconter la fin ?

— Écoutez, je pourrais lui parler pour mettre les choses au point ?

— Non, pas la peine. Ce sont des histoires de filles. Mais ça risque d'être coton, tout de même. Elle ne m'a pas vraiment reçue à bras ouverts à l'hôpital. En fait, elle m'a fichu une peur bleue. J'ai essayé de lui téléphoner une ou deux fois depuis, mais on refuse de me la passer.

— Vous continuerez à essayer ?

— Oui. Mais le pire, c'est que ce n'est pas seulement une formidable farce. Il y a un grain de vérité là-dedans. Ce n'était pas un accident. Le bateau a été saboté, délibérément.

— Vous êtes sérieuse ?

— Qu'est-ce que vous savez en matière de machines à laver et de tuyaux d'évacuation ?

— Pas grand-chose.

— Alors j'y reviendrai plus tard. (Elle jeta un coup d'œil à sa montre.) Nous ferions bien d'y aller. Mais je vous dirai au moins ça...

— Quoi donc ?
— La dame n'a jamais eu son anguille.
— Comment le savez-vous ?
— J'ai vu la bande-annonce.
— Eh bien vous avez tort. Elle est dans le réfrigérateur chez Lydia. Je l'y ai déposée il y a une heure.
Myles s'approcha.
— File.
— Qu'est-ce que tu veux dire, « File » ?
— Pars, maintenant. Chez elle. Si tu n'y vas pas maintenant, tu ne pourras pas revenir.

Le Dansette Popular rose avait fière allure sur le bureau du salon de Sander. Ruth l'ouvrit et sortit un 78-tours d'un de ses cartons.
— Et voilà. (Elle abaissa le bras, plaça l'aiguille au bord du disque.) Les Washboard Wizards de Jimmy Bertrand. « Easy Come, Easy Go Blues ». Chicago, avril 1927. Louis Armstrong à la trompette et l'immortel Jimmy Bertrand lui-même à la washboard et aux blocks.
— Juste au cas où vous auriez vécu sur Mars pendant les trois derniers quarts de siècle, dit Myles au Kid.
Ruth et Myles s'enlacèrent, valsèrent un peu, puis se séparèrent pour se lancer dans un charleston. À la fin du morceau, Myles s'écroula dans le fauteuil, rouge et en sueur.
Lydia sortit une bouteille d'asti spumante que le Kid déboucha. Ils trinquèrent tous à la crémaillère.
Ruth choisit un disque moins endiablé et, cette fois, le Kid invita Lydia. La vieille dame

prit un air supérieur, comme si elle participait à un *thé dansant** d'autrefois. Le seul chat restant, Principessa, regardait tourner le disque, assis sur le bureau, les oreilles dressées, ne sachant pas s'il était censé tenter de l'attraper ou non.

— Thomas a l'air d'un type charmant, dit Myles quand il se retrouva seul avec Ruth.

— Ne me dis pas que tu es aussi sur les rangs !

— Pourquoi *aussi* ?

— Parce que c'est le cas de l'ensemble de la gent féminine, apparemment.

— Hélas, non. J'ai Rex, malheureusement pour moi, sans parler de Sweekieboude.

— Myles, j'ai quelque chose à te demander. Est-ce que je fais bien ? Honnêtement ?

— Si je savais de quoi tu parles, je pourrais peut-être répondre.

— De m'installer ici.

Myles eut l'air mal à l'aise.

— Si on sortait prendre un peu l'air ? (Il l'entraîna dans la cour intérieure. Une fois hors de portée de voix, il reprit :) Tu as accepté l'offre de la vieille dame. Quel mal y a-t-il à ça ? Ce ne sera que pour quelques jours, de toute façon. Bien entendu, au cas improbable où Cabrol en aurait vent, ça te coûterait ton boulot. C'est l'inconvénient. En revanche, si tu tiens vraiment à trouver des tuyaux sur Van der Heyden, comme je le crois, alors le destin fait plutôt bien les choses.

— Je sais, je sais – les lettres.

— Cherche-les, Ruth.

— Je m'y emploie, chaque fois que j'en ai l'occasion, mais Lydia elle-même ne les a jamais vues. Ce n'est rien que des on-dit. En plus, ce n'est pas un cerveau qu'elle a, c'est un système de brouillage. Elle sait à peine dans quel siècle on vit. Qu'est-ce qui prouve que ces lettres existent ?

— Nous en reparlerons. Tu as progressé pour les chiffres ?

— Merde, j'étais censée téléphoner à Lucas...

— Fais-le. En attendant, on a Cabrol demain matin au bureau.

— Une idée de l'attitude qu'il va adopter ?

— Si je le savais, je serais certainement en liaison avec les puissances des ténèbres. Il est tellement soupçonneux qu'il ne se confie même pas à lui-même. Mais son jugement est une chose et notre travail préparatoire en est une autre. D'accord ?

Elle acquiesça.

— Pour être honnête, je suis à moitié tenté de l'attaquer carrément de front.

— Tu crois qu'il en sait plus long sur le tableau qu'il ne veut bien le dire ?

— Je n'en ai pas la moindre idée. Mais quand je songe à l'attaquer de front, j'ai un signal d'alarme rouge qui se met à clignoter dans mon tronc cérébral. Il est trop retors. Je ne réussirais qu'à nous trahir.

— Bon, quel est le programme, demain ?

— J'aimerais que tu sois là pour me soutenir dans certaines demandes que je vais soumettre à Cabrol et aussi parce que je voudrais te présenter quelqu'un après. Tu ne pars pas aussitôt la réunion terminée ?

— Non. Qui est ce quelqu'un ?

— Un dignitaire de passage. Je pensais que nous pourrions lui offrir une visite du Rijksmuseum. Il y a quelques tableaux qu'il n'a pas vus depuis l'époque de la MFAA.

— Encore ce foutu acronyme. Tu m'as dit ce qu'il signifiait, mais j'ai oublié.

— Demain. (Myles porta un doigt à ses lèvres.) Tâche d'être là.

Ruth fit signe à Myles de rentrer, puis téléphona à Lucas. Elle leva les yeux vers le petit drapeau de ciel entre les deux bâtiments.

— Bonjour, Ruth. (Lucas avait un ton distant qui lui déplut.) Que puis-je pour vous ?

— Papa m'a dit de vous appeler. À propos des chiffres.

— Oh. (Il y eut un silence pendant lequel il respira bruyamment. Il avait tout d'une étrange créature amphibie qui ne cesse de disparaître sous l'eau quand on pense l'avoir repérée.) J'avais presque oublié, avec cette autre histoire.

— Quelle autre histoire ?

— Je parle de Jojo.

Dans sa hâte de l'appeler, Ruth avait fait l'impasse sur le lien avec Jojo.

— Nous sommes allés la voir, reprit Lucas, la respiration toujours bruyante, et nous avons été très bouleversés par ce que nous avons vu et appris. Vous voyez ce que je veux dire, Ruth ?

— Oui.

Sa voix était glaciale.

— Bien entendu, toute situation a deux aspects et nous préférerions entendre ce que vous avez à dire pour votre défense plutôt que de tirer des conclusions hâtives.

— Jojo est complètement à côté de la plaque. Et elle est commotionnée. J'ai essayé de la joindre, en vain. Toutefois, je pense que vous devriez savoir que je ne suis en rien responsable de son état actuel.

— C'est bien ce que je pensais. Cela paraît tellement extravagant. Pourtant, si vous permettez, Clara et moi n'avons pu nous empêcher d'avoir l'impression que certaines des choses qu'elle nous a dites sonnaient juste. Je fais allusion à une certaine rivalité entre vous deux à propos de Maarten.

— On m'en a parlé. Elle et moi n'avons jamais évoqué la question. Mais si c'est vrai, c'est son problème, je suis désolée. Personnellement je n'ai jamais vu nos rapports sous cet angle. (Ruth contemplait toujours le rectangle de ciel. Une mouette y pénétra, y dessina une boucle paresseuse et disparut.) Si vous voulez mon avis, je crois que Jojo était jalouse du fait que Maarten et moi avions un passé ensemble. À sa mort, il ne lui restait plus d'avenir avec lui, seulement le passé – et j'avais eu droit à une plus grosse part du gâteau. C'était comme un vol à rebours, pour elle. Merde, je sais que c'est dingue, mais il y a du vrai là-dedans. Elle aimait Maarten, moi non. Pas vraiment. Bien sûr, j'avais de l'affection pour lui. Nous voulions nous aimer, mais nous ne savions pas comment nous y prendre.

Pas de réponse.

La respiration faiblit un peu, puis revint, laborieuse.

— Je suis désolée si je vous blesse.

— Je ne répéterai pas ce que vous venez de me révéler à Clara, reprit Lucas après un silence, et je vous serais reconnaissant de ne pas prendre l'initiative de lui en parler.

— Non, bien sûr que non.

— Je suppose que je devrais vous être reconnaissant de cette confidence, après toutes ces années. J'ai une meilleure idée de la situation à présent. Si ce que vous me dites est vrai, cela pourrait expliquer la vieille frustration de Maarten.

Comment prendre cette réflexion ? On ne savait jamais sur quel pied danser avec Lucas. Il était tout autant capable d'une ironie amère et raffinée que d'une franchise abrupte dont l'impact était si frontal qu'elle faisait presque regretter ses réflexions ironiques.

— Frustration ?

— Et la frustration, continua Lucas comme s'il ne l'avait pas entendue, peut mener à l'imprudence.

Maintenant c'était clair.

On la tenait pour responsable de la mort de Maarten.

Pas question de laisser passer ça.

— À l'époque de l'accident, Maarten vivait avec Jojo, reprit-elle avec fermeté. Vous le savez, Lucas. Il avait le vent en poupe. L'optimisme régnait. Vous vous souvenez ? J'étais déjà de l'histoire ancienne. J'avoue avoir déçu

Maarten, mais il avait eu tout le temps de s'en remettre. Le courant n'est jamais vraiment passé entre nous. J'ignore si vous abordiez ce genre de sujets, peut-être Maarten ne c'est-il jamais confié à vous. C'est peut-être la première fois que vous en prenez conscience. Si s'est le cas, j'en suis navrée. J'ai sans aucun doute déçu Maarten – bien que ces choses ne marchent jamais à sens unique, comme vous devez le savoir –, et maintenant c'est vous que je déçois.

Silence. Seulement des parasites sur la ligne.

— La vérité n'est pas une chose qu'on garde pour soi afin d'éviter les déceptions. (Lucas espaçait ses mots comme s'il les alignait physiquement.) La vérité a une valeur au-delà de la réaction viscérale qu'elle provoque. Dans la plupart des circonstances, elle est préférable au mensonge. Il faut dire les choses telles qu'elles sont. Cela m'encourage de voir que vous avez l'audace de le faire.

Pourquoi ses phrases lui donnaient-elles toujours l'impression d'être des pièges se refermant lentement sur elle ? De vrais rets d'argumentation raisonnée et raisonnable, sans une répétition ni une hésitation. On ne pouvait ni les prendre en défaut ni les éviter. Invariablement elle les voyait venir et faisait le mort. Le pauvre homme, ce n'était pas sa faute. C'est ainsi qu'on s'exprimait à l'université. Il n'y avait jamais un souffle d'émotion vraie dans son discours.

La logique était impeccable mais extraterrestre, le produit d'un système de pensée aussi hermétique qu'un Tupperware collé à la superglu. Il avait la tête pleine de formules chimiques, où tout devait s'équilibrer. Il ne pouvait comprendre pourquoi la vie et le langage ordinaire, qui auraient dû être la simplicité même, ne parvenaient pas à tomber juste de la même manière. Elle le plaignait, vraiment. Il ne s'était jamais remis de la mort de son fils. Son esprit continuait à tourner en cercles concentriques, comme le Vendome Orchestra d'Erskine Tate dans la pièce voisine. Finalement, il ne restait rien d'autre qu'un silence plein de grattements.

Le Kid ouvrit une fenêtre et passa une tête dehors.

— Nous préparons de quoi grignoter. Vous vous joignez à nous ?

— Oui, Thomas. Avec plaisir.

Elle recolla l'appareil contre son oreille.

— S'agirait-il de Thomas Springer ? demanda Lucas d'une voix tendue.

— Oui, vous le connaissez ?

— Jojo nous en a parlé, comme vous pouvez l'imaginer.

Ruth eut un serrement de cœur.

— Ce n'est pas ce que vous croyez. Il se trouve juste que lui et moi avons une amie commune. Une vieille dame, pas Jojo. Il possède aussi un camping-car. Il m'a aidée à déménager mes affaires du bateau. Si vous voulez qu'il confirme, je vous le passe.

— Ce ne sera pas nécessaire, fit Lucas avec raideur. Votre vie privée est votre affaire.

Toutefois, je pense qu'il est de mon devoir de vous signaler que Clara était bouleversée de voir Jojo dans cet état et d'entendre ce qu'elle avait à dire. Sans chercher à vous forcer la main, je pense que, par pure gentillesse, vous devriez passer un jour pour la rassurer, quoi que l'effort vous en coûte. Votre amitié avec Jojo signifie beaucoup pour Clara, voyez-vous.

— Vous croyez qu'elle ne signifie rien pour moi ?

— Ne me faites pas dire ce que je n'ai pas dit, Ruth.

— Désolée.

— Quant aux chiffres, ajouta-t-il, soulagé de pouvoir passer à plus terre à terre, je crois que Joris avait raison. C'est un code, d'un genre assez courant au XVIIIe siècle. On remplace une lettre par un chiffre. Comme votre père, je crains d'avoir fait chou blanc pour l'instant. Il vous a probablement expliqué qu'il existe des règles de fréquences de lettres pour percer ces codes, mais aucune ne correspond en hollandais.

Il lui vint soudain une idée.

— Le latin. Vous avez essayé le latin ?

Cela paraissait si évident. Johannes Van der Heyden était un pharmacien du XVIIIe siècle. Le latin devait être une seconde nature pour lui. Les noms sur les vieux pots d'apothicaire étaient toujours en latin, non ? Elle avait eu sa dose, entre la messe du matin et les citations de son correspondant anonyme.

— C'est une idée. Je vais essayer. On ne sait jamais, ça peut marcher.

— Thomas a installé ton ordinateur, lui annonça Myles à son retour. Il marche, tu vas être contente, bien que les haut-parleurs aient un peu pris l'eau. Il l'a branché sur la ligne téléphonique de Lydia, comme ça tu peux surfer autant que tu veux. Tu paies un forfait, n'est-ce pas ?

— Oui.

— Ce serait dommage que la vieille dame paie la facture.

— Bien sûr.

— Quant à moi, je ferais bien de partir. Écoute, je suis ravi de voir que tu pétilles de nouveau, malgré toutes ces galères. Ne laisse pas les salauds avoir ta peau.

— Je m'en souviendrai, Myles. Tu ne veux pas rester pour une dernière danse ?

— Je peux choisir le morceau ?

— Vas-y. Si je l'ai, je le mets.

— Il y a un vieux morceau des Ink Spots que j'aime bien. « Someone's Rocking My Dreamboat ».

Ruth lui fila un coup de pied aux fesses.

— Va te faire voir, espèce de sacripant !

Ruth, Lydia et le Kid pique-niquèrent de jambon fumé, de fromage et de pommes de terre au four dans le salon. Comme d'habitude, Lydia ouvrit une bouteille de gin. Elle trônait dans le fauteuil, les autres assis par terre à ses pieds. Principessa n'était en fait qu'un chaton, une créature noire au poil brillant avec trois chaussettes blanches. Elle les fit rire aux larmes en arpentant tranquillement la pièce avant de se jeter sur sa queue dans une vaine tentative pour l'attraper.

— Je sais ce que ressent Principessa, dit Ruth. Elle est ce que les philosophes appellent une futilitarienne. Elle admet que ce qu'elle fait est inutile, mais elle s'obstine tout de même. C'est une sorte de déclaration idéologique.

— Oui, enchaîna le Kid. Je l'ai surprise en train de lire *L'Être et le Néant* de Sartre l'autre jour. Un vrai cerveau, cette chatte.

Ruth termina son jambon et ramena ses genoux contre elle.

— Les autres ne vous manquent pas, Lydia ?

— Pour être franche, je n'y pense même pas. À mes yeux, Principessa les résume tous.

— La quiddité même du chat.

Lydia fronça les sourcils en sirotant son gin.

— J'aimerais bien que vous revoyiez votre vocabulaire. Vous me rappelez Sander : il essayait toujours de m'éblouir avec sa science.

Le chaton cessa ses pitreries et s'assit entre eux pour se lécher les pattes. Un instant, distrait, il leva la tête pour suivre le vol d'un insecte imaginaire, puis revint à sa toilette avec autant d'application qu'auparavant.

Lydia fouilla dans la poche de son cardigan et en sortit une boule de papier attachée à un bout de laine rose. Elle la balança d'avant en arrière. Le chaton eut la réaction habituelle : il se dressa sur deux pattes pour essayer de l'attraper. Il finit par se lasser de ce jeu et s'éloigna comme quelqu'un qui abandonne une conversation ennuyeuse pour répondre à la porte.

Lydia voulait regarder un jeu à la télévision. Elle s'excusa.

Le Kid examina les livres de Sander. Il en ouvrit un, jeta un coup d'œil à une ou deux planches et le rangea.

— Si je peux faire autre chose pour vous, dit-il en se tournant légèrement.

— Merci. Vous m'avez beaucoup aidée. Vous ne m'avez pas dit où vous habitiez.

— J'ai une chambre dans un immeuble près du Vondelpark. Ce n'est pas très loin. Quand je vais dans les polders, je campe dans le camping-car.

— C'est ce que je pensais. Il avait l'air habité...

— J'ai réfléchi à ce que vous avez dit. À ce dont nous avons parlé à la fête. Tout ça, je veux dire. (Il engloba toute la maison d'un geste circulaire.) Lydia, le tableau, Scheele et le reste. Si je peux faire quoi que ce soit pour – vous savez – donner un coup de main.

— Vous n'auriez pas vu de vieilles lettres traîner dans le coin ? De très anciennes lettres, écrites par le peintre, l'ancêtre de Lydia.

Le Kid serra les maxillaires et secoua la tête.

— Elle n'y a fait qu'une seule allusion...

— Elle m'en a touché deux mots. Un de ces jours, il faudra qu'on en discute et qu'on échange nos versions de l'histoire de Lydia. Pour faire le tri entre l'information et la désinformation. Vous voyez ce que je veux dire ? Et ici – le salon, le musée du frère –, vous y étiez déjà venu ?

— Elle me l'a fait visiter une fois. C'est complètement dingue, mais il y a des trucs géniaux ici. Elle m'a montré le croquis d'un pignon de bicyclette qu'il a dessiné. Extraordinaire, je n'ai jamais rien vu de pareil dans le monde réel. Je ne sais pas du tout si ça marche, mais ça avait l'air réalisable sur le papier.

Un instant, elle se rappela Thomas sur le balcon avec le Black. Elle aimait bien le Kid. Il était plein de surprises. Il n'étalait pas toute la marchandise en vitrine. De nouveaux éléments ne cessaient de surgir à l'improviste. C'était aussi un drôle de mec, et elle ne savait pas trop bien jusqu'où allait sa bizarrerie. Elle songea à évoquer Cameron et la photo qu'elle avait vue au Jade Beach, mais elle ne savait pas comment aborder le sujet. Elle décida d'attendre. Le Black l'avait contrarié. Il y avait un truc entre eux.

Et elle ne se sentait pas encline à gâcher la bonne humeur du Kid.

Il était toujours debout devant les étagères.

— Vous avez tout ce dont vous avez besoin ?

— Certainement. Tout va bien. Lydia et moi pouvons nous débrouiller.

Une minute ou deux après son départ, elle repensa à ce qu'il avait dit : « Vous avez tout ce dont vous avez besoin ? »

Elle s'interrogea...

Était-ce possible ? Avait-il voulu dire autre chose ?

Non, bien sûr...

Elle essaya son ordinateur. Le mail marchait, mais il n'y avait que des pubs.

Elle se changea, enfila son pyjama rayé et entra dans la cuisine de Lydia.

Elle vérifia le contenu du réfrigérateur.

L'anguille était là, comme promis, il ne lui manquait que la tête. Découpée en tronçons enveloppés de film alimentaire. Ruth grimaça. Il n'était pas question qu'elle mange ce truc visqueux. Par contre, Principessa, très intéressée, rôdait autour de ses jambes. Ruth déballa un des morceaux et le découpa en petites portions. Le chaton les avala avec des mouvements de tête rapides.

La télé hurlait toujours dans le salon.

Ruth passa une tête par la porte.

En chemise de nuit, profondément endormie, Lydia ronflait dans son lit. Ruth entra sur la pointe des pieds, éteignit la télévision et le lampadaire. Elle sortit en fermant la porte derrière elle. Elle s'apprêtait à repartir dans l'*achterhuis* lorsqu'elle vit la torche de Lydia au bas de l'escalier.

Elle leva les yeux.

La rampe disparaissait en zigzaguant dans l'obscurité. Sur une impulsion, elle alluma la torche et monta.

Principessa la suivit, sautant légèrement de marche en marche.

Au premier étage, elle jeta un coup d'œil dans les deux pièces : celle où elle avait trouvé le vieux cliché de la famille avec le tableau à l'arrière-plan, et celle du fond, où elle n'avait encore jamais mis les pieds. Elles servaient manifestement d'entrepôts jusqu'à ce que Lydia cesse d'y venir. Ruth n'avait aucune idée de quand cela datait. Une chose était sûre, le mausolée de Sander, où elle était logée, était en bien meilleur état que ces pièces oubliées.

Elle monta sur la pointe des pieds jusqu'à l'étage suivant, craignant de faire craquer les marches, bien que Lydia dormît comme une souche. Mais si elle se réveillait, Ruth ne voulait pas qu'elle se croie victime d'un intrus. La vieille dame était persuadée que feu son frère venait encore rôder au beau milieu de la nuit, en quête d'un bien précieux égaré dans un passé vague et lointain.

Encore deux pièces au deuxième étage, sur la façade et à l'arrière.

La poussière y piquait davantage les narines, bien que les pièces fussent relativement nues. Elle balaya la première de sa torche. Stuc au plafond, voilages auxquels manquaient des anneaux, une vieille tapisserie représentant une licorne, pincettes et chenets près de la grande cheminée noire de suie.

Dans la pièce du fond, elle ne trouva qu'une simple table de cuisine et un seau en plastique avec une serpillière sale posée dessus. Elle ouvrit le tiroir de la table. Gainé de plastique jaune, il contenait un canif rouillé, cinq marrons desséchés et une tabatière renfermant de vieilles clés et des coquillages.

Elle regarda par la fenêtre, qui donnait sur la cour et plongeait dans son salon.

Elle aperçut certains de ses cartons et un angle du Dansette rose. Elle n'avait pas encore décidé où elle dormirait. Si la chambre du haut avait été chauffée correctement, elle y passerait peut-être la nuit.

Elle sentit quelque chose lui effleurer la jambe.

Elle se figea...

Elle recula de deux pas et baissa les yeux. C'était Principessa.

Le chaton avait le pied si léger qu'on se rendait à peine compte de sa présence.

L'étage suivant.

Les pièces du troisième étage étaient plus petites. Un matelas affalé contre un mur dans l'une des deux.

Des cartons pleins de vieux magazines illustrés, de sous-bocks et de modèles de tricot dans l'autre. Ruth se contenta de jeter un coup d'œil de la porte.

Nouvelle volée de marches.

Elle monta jusqu'en haut.

Encore deux portes, sur la façade et sur l'arrière.

La pièce ressemblait à la mansarde qu'elle avait occupée à l'hôtel Van Onna, avec ses murs pentus, ses poutres et une petite fenêtre donnant sur le canal. Il n'y restait plus qu'une vieille chaise branlante et des journaux pliés par terre. Elle en secoua un et le posa sur le siège.

Elle s'assit.

La torche éclaira le petit âtre et le manteau de la cheminée. Par la fenêtre, elle distingua le gable en cloche de la maison d'en face avec ses flancs incurvés. C'était soit la maison de Scheele, soit une de celles qui la flanquaient.

Elle resta tranquillement assise un moment, puis Principessa lui sauta sur les genoux.

Elle aimait le silence somnolent de cette vieille maison. Elle ne craquait pas et ne bougeait pas comme son bateau. Les plafonds étaient hauts, même au centre de ce grenier. Bien que tout cet espace au-dessus de la tête n'eût aucune fonction pratique, psychologiquement on avait davantage de *Lebensraum*, un sentiment de liberté. Et si Lydia se plaignait de l'humidité, Ruth trouvait l'endroit agréablement sec.

La chatte ferma les yeux et ronronna lorsqu'elle la caressa sous le menton.

Oui, cela faisait un bon bout de temps que ça ne lui était pas arrivé, mais elle pourrait s'habituer à vivre dans une maison, même si ses amis s'extasiaient qu'on habite une péniche. Les habitants des maisons appartenaient à une autre espèce, avec une peau, un rythme cardiaque, des entrailles et des yeux différents. Dans cette demeure, la personnalité et le désordre de Lydia se concentraient comme du sédiment dans les étages inférieurs. Les étages supérieurs se libéraient progressivement de l'histoire récente.

Et surtout, Ruth aimait se trouver en hauteur.

Ce sentiment d'être détachée du monde que lui procurait ce grenier avec sa fenêtre carrée tel un tableau encadré lui plaisait, cela la changeait tellement des hublots minuscules encombrés de toiles d'araignées. En même temps, la pièce dégageait une vibration étrange, sur laquelle elle ne parvenait pas vraiment à mettre le doigt.

Elle s'imbiba du silence, prenant conscience qu'il faudrait fouiller toute cette surface en quête des lettres, puis elle prit le chaton dans ses bras et descendit au rez-de-chaussée.

Lydia ronflait toujours.

Ruth repartit dans le salon, puis monta dans la chambre de l'*achterhuis*. Les draps étaient propres et frais. Le radiateur électrique avait chassé la fraîcheur.

Oui, elle dormirait ici.

Quant à Principessa, elle choisit de rester dans le salon. Elle se blottit sur le bureau sous la chaleur de la lampe que Ruth avait laissée allumée. Une vieille horloge, que Lydia avait remontée, égrenait un doux tic-tac. Et, à côté du chaton endormi, gisait la petite boule de papier attachée à son bout de laine rose que Lydia avait sortie de la poche de son cardigan pour faire jouer le chat.

Peut-être était-ce un effet de la lumière de la lampe, mais le papier avait l'air vieux et jauni et il semblait que quelque chose était écrit dessus. Non que Principessa l'eût remarqué ; le bout de sa queue noire se soulevait et tressaillait de temps à autre dans son sommeil.

Elle avait sans aucun doute l'esprit occupé par des considérations plus élevées.

•

19

Ruth arriva discrètement en retard et s'assit à côté de Myles en évitant le regard furieux de chronométreur de Cabrol.

La séance plénière avait lieu dans la salle du conseil du Stedelijk ornée de grandes toiles abstraites. Elle donnait sur Museumplein et une pelouse où on avait installé une patinoire provisoire. Les patineurs y étaient nombreux.

Le Van der Heyden était au bout de la salle, tout petit sur un énorme chevalet.

Ruth étudia les visages de la commission du bureau. Outre ses confrères immédiats, il y avait des représentants de l'Inspection de l'héritage culturel, de l'Institut de l'histoire de l'art, de l'Institut de la documentation de la guerre, du Musée historique juif, du ministère de l'Éducation, de la Culture et de la Science, le bureau des beaux-arts de La Haye, entre autres. Environ treize têtes en tout, y compris la secrétaire chargée du procès-verbal.

Seuls un ou deux visages lui étaient inconnus.

Cabrol portait son foulard de soie rouge – celui qu'il réservait aux occasions officielles.

Myles glissa un exemplaire de l'ordre du jour devant elle. Elle avait raté le dernier épisode des débats concernant les anciennes collections Mannheimer, Lanz, Koenigs et Gutmann. Ils étaient passés au NK 352, l'héritage de Lydia.

« Provenance concluante donc, disait Cabrol en feuilletant le dossier. Il existe des lacunes en ce qui concerne la propriété, mais nous n'avons guère de doutes sur la provenance du tableau et nous en savons assez long sur ses errances pendant la guerre. Une brève récapitulation peut-être ? »

Il y eut des hochements de tête.

— Étant à demi juifs, les descendants du peintre ont confié l'œuvre à un gardien pendant l'Occupation. Le gardien, dénommé Emmerick Scheele, l'a vendu aux nazis. Une vente forcée, dit Scheele. Arrêt suivant, la collection Linz à Alt Aussee. Après les hostilités, les Alliés l'ont rapatrié au point de rassemblement de Munich. C'est confirmé par une étiquette au dos de l'objet.

— Nous avons également des formulaires d'enregistrement internes, souligna Timmermans, ainsi que les registres de la société de transports De Gruyter. Ils travaillaient directement avec le Dienstelle Mühlmann.

— Merci, Pieter. Le tableau est revenu en Hollande en 1946, et c'est là que les fils commencent à s'emmêler, que les malentendus commencent. Après la guerre, Scheele a offert le produit de la vente forcée à la famille Van der Heyden. Il affirme que Sander Van der Heyden a accepté son offre de mille florins cash. Sander est mort depuis. La seule survivante Van der Heyden, la sœur de Sander, prétend qu'ils ont refusé l'offre de Scheele sous prétexte qu'il conservait pour lui la plus grande partie de la somme qu'il avait reçue de Hofer ou de Miedl. Un enrichissement injuste, en d'autres termes. Les deux parties ont cru le tableau perdu jusqu'à l'exposition de l'année dernière, quand la descendante directe du peintre, Lydia Van der Heyden, et le gardien du bien pendant la guerre, Emmerick Scheele, ont reconnu l'œuvre et ont déposé des demandes rivales. (Cabrol leva le nez de ses notes.) Voilà, voilà.

Un maigrichon à barbiche de l'Institut de l'histoire de l'art prit la parole.

— Si la provenance est claire, comment se fait-il que la procédure ait pris si longtemps ?

Cabrol se creusa les joues et croisa ses longs doigts.

— Lorsqu'il a été rapporté d'Allemagne, il a été exposé au Mauristhuis à La Haye, puis au Musée central à Utrecht. C'était en 1946. Pas les bonnes villes. Les ventes ont été annoncées à Amsterdam, mais franchement, à moins de travailler dans le monde des arts, on ne risquait guère d'en entendre parler. C'est un facteur qui a ralenti les demandes. L'autre était l'obligation pour les requérants de rembourser les commissions sur les ventes et autres coûts. Cela a dissuadé certains anciens propriétaires de réclamer leur bien. Nous sommes maintenant plus sensibles à ces problèmes.

Une femme de l'Inspection de l'héritage culturel leva un doigt.

— J'ai lu le dossier. Je ne vois pas bien le poids de la demande Scheele en l'occurrence. Le tableau ne lui a jamais appartenu.

— C'est l'impression qu'on a si on suit la version Van der Heyden, dit Cabrol. Que la vente ait constitué une transaction volontaire ou involontaire semble en l'occurrence hors de propos. Quoi qu'il en soit, les expressions de vente volontaire ou forcée, de vol et de confiscation du SNK n'ont jamais fait l'objet d'une définition satisfaisante.

— La commission Ekkart recommande que toute vente d'œuvre par des particuliers juifs aux Pays-Bas à partir du 10 mai 1940 soit traitée comme une vente forcée, l'interrompit Timmermans.

— Exact, fit Cabrol, mais Scheele n'a jamais été juif. En outre, comme je l'ai dit, il prétend que Sander Van der Heyden a accepté son offre de paiement de mille florins cash à la place du tableau. Inutile de le préciser, il ne reste aucune trace de cette transaction, comme il n'y a aucune trace de la vente forcée. Scheele dit que le millier de florins correspondait exactement à la somme qu'il avait reçue. Le tableau lui avait alors échappé ; mais il l'a racheté de manière rétroactive.

— Il a d'abord vendu le tableau, dit Timmermans, pour le racheter ensuite.

— En fait, c'est la logique à l'envers de l'affaire. Et comme la soi-disant transaction forcée a été ensuite jugée illégale, ce qu'il a touché – et qu'il ait ou non touché quelque chose – est devenu sans importance. Ce qui importait, c'était qu'il avait un titre pour le tableau et que, aux termes de la restitution d'œuvres d'art détournées, il devrait lui être restitué par le musée gardien, dans ce cas le Rijksmuseum lui-même.

Le son lointain d'une musique atteignit la salle. Ruth se dévissa le cou pour regarder la patinoire. Il y régnait une atmosphère de fête, rappelant assez certaines scènes hivernales de Bruegel. Trois patineurs adolescents, bras dessus, bras dessous, balayaient la piste tel un bulldozer humain. Les patineurs moins assurés s'écartaient.

— Il y a beaucoup d'impondérables, si vous voulez mon avis, dit une dénommée Anne Gelder de l'Institut de documentation sur la guerre. La vente a-t-elle eu lieu par la force, la contrainte ou une influence irrégulière, directe ou indirecte, de la part de l'ennemi ? La transaction sans trace après la guerre entre Scheele et Sander Van der Heyden a-t-elle vraiment eu lieu et, si tel est le cas, quelle somme d'argent était en jeu et quelle validité avait cette transaction ? Je ne fais que spéculer, mais imaginez que Scheele ait su que l'œuvre avait été rapatriée en 1946 alors que la famille Van der Heyden n'en savait rien. Il aurait pu être au courant des expositions à La Haye et à Utrecht. Cela paraît improbable parce qu'il aurait alors insisté pour avoir un acte de vente officiel de sa transaction avec Sander, mais ce n'est pas impossible. Qu'en savons-nous ? Peut-être avait-il effectivement un acte de vente. Un demi-siècle, c'est long. Les documents disparaissent. Vous voyez où je veux en venir? Ce genre de scénario compromet sérieusement la crédibilité de Scheele. Je crois que j'ai raison de dire, Bernard, que la commission n'a encore jamais été confrontée à ce genre de cas. Résoudre ces questions dépasse de loin la portée de notre mandat.

— Cela dépasse également la compétence de nos chercheurs, répondit Cabrol.

— Aïe, murmura Myles en donnant un coup de pied à Ruth.

— L'un ou l'autre des requérants ne dit pas la vérité, lança l'homme du ministère. Alors qui a le bénéfice du doute ?

— Ni l'un ni l'autre peut-être, fit Cabrol.

Il gribouilla distraitement sur son ordre du jour.

— Ni l'un, ni l'autre ? dit Myles.

— Il y a une autre éventualité à envisager, qui dépend du problème de la vente forcée. Scheele est hollandais. Il n'appartenait à aucun des groupes de population persécutés. Cela fait de lui une victime peu probable d'une vente forcée. Passons à un autre scénario, pour emprunter votre mot à la mode, Anne... Supposons que l'on puisse prouver que Scheele a volontairement vendu le tableau et au taux du marché. Supposons aussi que nous admettons qu'il a remboursé Sander Van der Heyden. De manière rétroactive, comme nous l'avons dit, cela ferait de Scheele le propriétaire et vendeur légal de l'œuvre. Il n'y aurait alors aucune raison de prendre sa demande au sérieux, puisqu'il se serait séparé librement et volontairement de son propre bien contre un paiement approprié. En fait, il n'y aurait pas de motif légitime pour une demande, puisque les demandes ne concernent que la perte involontaire de biens.

Ruth tendit l'oreille. Cabrol défendait-il Lydia ?

— Cela étant, poursuivit le coordinateur, quand le tableau a été récupéré, il est tombé sous la garde de l'État hollandais en toute légitimité. Il est donc parfaitement légal que le tableau en question reste confié à la garde de l'État hollandais. Non seulement légal, mais légitime. Selon tous les points de vue, le tableau est le bien légitime de l'État et du peuple hollandais.

Il y eut un silence, le temps que tout le monde digère la nouvelle.

— Je ne suis pas d'accord, dit Myles.

— Il n'y a pas à être d'accord ou pas d'accord, fit froidement Cabrol. Comme je l'ai dit, ce n'est qu'une pure hypothèse, un scénario possible.

— Je ne suis pas d'accord avec une des prémisses de ce scénario.

Cabrol haussa les sourcils, attendant la suite.

— Vous avez sous-entendu que, n'étant pas juif, Scheele ne pouvait être victime d'une vente forcée. Il existe un précédent en l'occurrence dans l'affaire Gutmann. Un jugement de 1952 du Conseil pour la restitution des droits de propriété. Il annulait le jugement du Conseil SNK disant que les ventes effectuées en 1941 et au premier trimestre de 1942 ne pouvaient être forcées parce qu'il n'y avait pas eu de coercition directe.

— La vente du Van der Heyden a eu lieu plus tard, répondit Cabrol.

— Soit, mais les mêmes principes s'appliquent. La coercition n'a pas à être nécessairement directe. Une puissance occupante est une entité coercitive. C'est une menace en soi. Il n'est pas nécessaire de recourir à une menace précise. C'est implicite dans la situation politique.

Cabrol avait une expression perplexe.

— Êtes-vous en train de nous dire que les Juifs, les gitans et les homosexuels n'étaient pas directement ciblés par les nazis sous l'Occupation ?

— Pas du tout. Je risquerais d'être directement visé moi-même dans ce cas. (Un léger gloussement parcourut la table.) Ce que je dis, c'est que, outre les groupes de population manifestement persécutés, les occupants représentaient une menace pour l'ensemble de la population. Si vous n'admettez pas ça, vous suggérez en réalité que le peuple hollandais hétéro, ordinaire et non juif était d'une manière ou d'une autre complice de sa propre occupation.

— Bon Dieu ! Donc, selon vous, tout le monde était persécuté ?

— Je n'utiliserais pas le mot « persécuté ». Je dirais que la plupart des hommes, femmes et enfants hollandais ont été victimes malgré eux d'une invasion et d'une occupation étrangères. S'ils n'obéissaient pas à l'occupant, ou s'ils lui désobéissaient activement, ils se mettaient en danger. Ils n'étaient donc pas des citoyens libres. *Pax Romana.* « Là où ils font un désert, ils disent apporter la paix. »

— Je suis perdu, dit Cabrol. Où vouliez-vous en venir ?

— Que n'importe qui, pas seulement un Juif, pouvait être la victime d'une vente forcée.

Le coordinateur eut un sourire dubitatif, réfléchissant aux ramifications de cette position.

— Il faut aussi savoir vers qui vont vos sympathies, ajouta Myles.

— C'est une question de justice et de droit.

— Est-ce que nous n'oublions pas les conclusions de la Commission Scholten ?

— À savoir ?

— Que l'approche strictement bureaucratique de l'époque du SNK était inflexible, légaliste et inhumaine. Il nous faut tenir compte de la position et des intérêts exceptionnels des victimes de spoliation. Je fais allusion à une nécessaire compassion. Je fais allusion à Lydia Van der Heyden.

Un nouveau silence. Toutes les têtes se tournèrent vers Cabrol. Il paraissait moins sûr de lui à présent.

Il tapota ses dents avec son crayon avant de répondre.

— Bien entendu, la question de ce qui est arrivé au revenu de la vente forcée est importante en l'occurrence. Mais si nous admettons, pour l'instant, que le tableau a été vendu à des nazis – directement ou indirectement –, il serait logique pour la partie qui a bénéficié de cette vente de rembourser la somme avant de rentrer en possession du tableau, même si ce dernier n'a pas été vendu volontairement. Une somme substantielle, puisqu'il faudrait qu'elle soit indexée sur le chiffre de l'index des prix.

— La vieille règle du remboursement, dit Ruth. Je croyais que nous l'avions reléguée aux livres d'histoire.

— Pas entièrement. On a assoupli les règles, c'est tout. (Il regarda autour de lui, comme s'il attirait tout le monde vers lui à l'aide d'un lasso, frappa dans ses mains et les serra sous son menton.) Que faisons-nous pour des demandes conflictuelles ?

— Tribunaux ou arbitrage, dit l'homme de l'Inspection de l'héritage culturel.

— Ce n'est pas notre affaire, dit Cabrol. Je propose que l'on renvoie l'affaire à la division judiciaire du conseil de la restitution des droits de propriété.

Des mains se levèrent en faveur de cette proposition.

— Et combien de temps cela prendra-t-il ? demanda Ruth.

Personne ne parut le savoir.

— Accorder un temps supplémentaire à cette affaire, dit Cabrol, est en fait un privilège. Nous traitons quatre mille deux cent dix-sept objets dans la Collection NK. Cela représente une moyenne de treize heures de recherche sur la provenance de chacun. Faites le calcul. Nous manquons de personnel, mais il n'est pas dans notre politique de bâcler les affaires importantes. Il est tout à notre honneur que la justice passe avant l'opportunisme.

Cela parut satisfaire pas mal des huiles présentes.

Ruth regarda Myles et fit le bruit d'un coup de feu à voix basse.

Cabrol se tourna brusquement vers elle.

— Mademoiselle Braams ?

— Les deux demandeurs sont âgés. Si une décision est prise quand ils seront dans leurs tombes, je ne vois pas vraiment de quel genre de justice il s'agit ou qui en bénéficie. À part l'État hollandais, probablement, puisque ni l'un ni l'autre n'a d'héritiers ni de bénéficiaires, pour ce que nous en savons.

Cabrol eut l'air de s'ennuyer. Il avait entendu ça des milliers de fois.

— Je pense que nous sommes tous conscients qu'il est nécessaire d'accélérer le processus consultatif de la politique de restitution et le mécanisme de résolution des conflits. Du moins pendant un temps. À mesure que les survivants de l'Holocauste et leurs héritiers mourront, le nombre des demandes concernant nos collections déclinera proportionnellement.

Ruth tira un document de son dossier.

— Puis-je faire une citation ? Article 8 de la Conférence de Washington de 1998 sur les biens de l'époque de l'Holocauste : « Si les propriétaires d'avant-guerre d'art confisqué par la suite – ou leurs héritiers – peuvent être identifiés, il faudrait prendre rapidement des mesures pour parvenir à une solution juste et équitable, en admettant que cela peut varier selon les faits et les circonstances entourant une affaire spécifique. » Rapidement, répéta-t-elle, et non avec opportunisme.

Dans la salle, parmi l'assemblée, se trouvait un inconnu, un petit homme arborant une épaisse barbe grise. Il n'avait pas une allure de Hollandais. Il croisa le regard de Ruth, puis se cala sur sa chaise et tourna la tête vers la fenêtre.

La discussion ne semblait pas l'intéresser le moins du monde.

— Vous l'avez dit vous-même, répondit Cabrol. La solution peut varier selon les faits. Je pense que nous sommes tous tombés d'accord pour dire que ce dossier particulier est hautement dépendant des faits. Pour cette raison, je pense que nous devrions inscrire au procès-verbal les détails des problèmes judiciaires.

La secrétaire suça le bout de son stylo et se pencha sur sa feuille, tel un sportif dans les starting-blocks.

— Le premier est la mise en garde de l'acheteur. Sans un acte de vente écrit, l'acheteur court le risque de nullité ou de résiliation. Le principe de base est qu'on ne peut céder à autrui ce que l'on ne possède pas. Mais il arrive qu'il y ait des exceptions à cette règle. Si, par exemple, un bien est cédé dans un but autre que la vente à une personne qui procède ensuite à une vente non autorisée à un acheteur de bonne foi, un titre valide est transmis parce que le vendeur a un titre annulable. C'est valide jusqu'à ce que ce soit annulé, jusqu'à ce que le vice fatal dans la transaction ait été judiciairement déclaré. On peut alors remédier au vice par un acte d'homologation, un achat rétroactif par exemple. Je pense que nous nous sommes accordés pour dire que l'acquisition du tableau par Scheele n'équivaut pas à un vol.

L'approbation fut générale.

Ruth et Myles échangèrent un regard.

— Néanmoins, en l'absence d'un acte de vente, continua Cabrol, il n'y a pas de titre qui tienne. Et puis d'autres questions restent à éclaircir. Il existe une obligation pour le requérant de tenter de localiser son bien. Or nous n'avons aucune preuve qu'un membre quelconque du clan Van der Heyden ait déployé de véritables efforts pour retrouver la trace de son tableau perdu. D'aucuns soutiendront que, par défaut, ils ont renoncé à leurs droits au tableau et qu'il faudrait appliquer la loi de prescription. Pourquoi Sander n'a-t-il pas déposé de plainte pour vol auprès d'un registre informatisé d'objets culturels ?

— Il aurait eu du mal, dit Ruth. Il est mort en 1955. Il aurait probablement dû inventer l'ordinateur par la même occasion.

Rires dans l'assemblée.

Cabrol s'obligea à sourire.

— Un registre non informatisé, alors. Une autre question : pourquoi la famille Van der Heyden n'a-t-elle pas réclamé de mainlevée contre Scheele ? Nous l'ignorons. Pour sa part,

Scheele pourrait aisément plaider la négligence, la possession de fait susceptible de prescription acquisitive, le fait que l'œuvre lui avait été confiée, et son statut d'acheteur de bonne foi. Je soupçonne que nous aboutirons à une impasse en l'occurrence. Ce serait le cas si la force morale de la demande des Van der Heyden était reconnue, mais aussi si Scheele était lavé de tout soupçon de méfait moral.

— Et qui dit impasse, souligna Ruth, dit blocage du tableau.

— Bien entendu, fit Cabrol. Pensez à la position des musées et de l'administration de la collection NK. Les musées et leurs administrateurs ont des obligations et des responsabilités fiduciaires et légales à l'égard du grand public. Les œuvres d'art de leurs collections leur sont confiées pour ce public, non pour un particulier quelconque. Puis-je moi aussi faire une citation, mademoiselle Braams ? Il brandit un document : Les directives de 1998 de l'Association des directeurs de musées. « Au cas où un requérant légitime se présente, le musée devrait proposer de résoudre le problème de manière équitable, appropriée et mutuellement satisfaisante. » Mais « au cas où aucun requérant légitime ne se présente, le musée devrait reconnaître l'histoire de cette œuvre d'art sur des étiquettes et des publications se rapportant à ladite œuvre d'art ». J'aimerais vous rappeler qu'il nous arrive d'avoir affaire à des objets qui sont plus que des biens privés. Qui ont une importance culturelle et sociale. Qui font partie de l'héritage de l'ensemble de la communauté. Le droit de la propriété culturelle peut de temps à autre empiéter sur ce qui semble être des actions civiles privées.

— Diriez-vous que c'est le cas ici ? demanda Myles d'un air innocent.

Cabrol regarda le petit tableau sur le chevalet et d'autres l'imitèrent.

L'homme à la fenêtre, la beauté sur la méridienne, l'éclat du mimosa.

— Comme vous le savez peut-être, reprit Cabrol, j'ai rédigé la fiche de cette œuvre pour la base de données de la collection des Pays-Bas. Je n'avais alors aucune raison de croire qu'il avait une valeur artistique ou culturelle particulière et je n'ai aucune raison de le croire à présent. C'est un travail compétent sur le plan technique. Mais franchement, on pourra toujours le couvrir d'éloges, rien ne transformera Johannes Van der Heyden en un nouveau Van Gogh ou Vermeer.

— Donc, à votre avis, continua Myles, un millier de florins était un prix équitable.

— Certainement. Ce n'est pas donné. Nos barèmes sembleraient indiquer que mille florins étaient une évaluation équitable pour cette œuvre particulière – généreuse, même.

— Est-ce que tout le monde a les détails des étiquettes sous les yeux ? demanda Myles. « Johannes Van der Heyden. Amsterdam, Miedl. K41. RG. 937. » Vous savez qui est Miedl, Bernard ?

— Alois Miedl, répondit Cabrol désinvolte. Un intermédiaire bien connu.

— Un intermédiaire qui travaillait pour Andreas Hofer, l'agent de Göring.

Ruth fila un coup de pied dans les tibias de Myles, mais il n'y avait pas moyen de l'arrêter.

— Miedl travaillait en free-lance, dit Cabrol. Le marché de l'art est devenu très actif à l'arrivée des Allemands. Mais il faisait surtout cavalier seul.

— Il bossait en free-lance, mais il travaillait aussi pour Hofer, comme je l'ai dit. Et Hofer était l'agent de Göring. « RG. 937. » RG pour Reichsmarschall Göring.

— Peut-être. Il faudrait vérifier. Il est déjà arrivé qu'on interprète mal des initiales. Quoi qu'il en soit, où voulez-vous en venir ?

— Je pense que ce tableau faisait partie de la collection Hofer, Bernard. Comme nous le savons, Göring a transféré environ cent cinquante tableaux à Miedl par le biais de son agent Andreas Hofer en 1944 en échange du *Christ chez Marthe et Marie*, peint par le faussaire Hans van Meegeren et attribué à tort à Vermeer. Bien entendu, Göring ignorait qu'il s'agissait d'un faux. Je pense que le Van der Heyden a initialement fait partie de ce lot, mais que Göring a tenté de le garder. Je pense aussi que le Dr Hans Posse a, à un moment ou un autre, entendu parler de ce tableau ou l'a vu, et qu'il l'a préempté pour Linz – en d'autres termes, pour Hitler. D'où l'aigle du Reich et la cote de Linz.

Tous les regards étaient braqués sur Myles à présent.

Cabrol resta indifférent. Il joignit les mains et obligea Myles à baisser les yeux.

— Nous savons qu'il a échoué dans la collection de Linz, admit-il, mais cela ne signifie pas grand-chose en soi. Des milliers de tableaux sont allés à Alt Aussee, des bons, des mauvais, des médiocres. Il n'y a jamais eu de tri, Dieu merci, parce que Linz n'a jamais vu le jour. Nous vivrions dans un monde très différent dans le cas contraire et nous ne serions certainement pas là à poursuivre cette conversation.

Ruth griffonna au dos de son ordre du jour et poussa la feuille vers Myles : une étoile à six branches avec deux cercles concentriques, le tout barré d'une grande croix.

Cabrol se massa la nuque. Ses yeux devinrent momentanément vitreux, puis un sourire indulgent se dessina sur ses lèvres.

— Vous êtes relativement nouveau dans le domaine de la recherche sur la provenance des œuvres, Myles, si vous permettez. Et je n'entends pas par là nier votre excellent travail chez Sotheby. Je veux juste que vous sachiez que je crois comprendre ce que vous traversez. Nous avons tous connu ce moment où nous croyons avoir découvert un chef-d'œuvre perdu, ou un tableau d'école dont nous sommes convaincus qu'il est de la main du maître. Jan, dit-il en s'adressant à l'homme de La Haye, vous vous rappelez ce dessin de la collection Koenigs que nous pensions être un Rembrandt ?

— Et comment, fit l'autre en riant.

— Et de fait la grande découverte se produit de temps à autre. Mais le plus souvent il n'en est rien. Il nous faut apprendre à être à la fois des historiens, des êtres humains, des savants et des détectives. À ne pas porter de jugements trop hâtifs. Avec les bases de données électroniques internationales modernes, rares sont les vieux maîtres très célèbres qui passent au travers des mailles du filet.

— Je n'ai jamais dit que le tableau était l'œuvre d'un vieux maître célèbre, dit Myles.

— Où voulez-vous en venir alors ?

— Je pense qu'il s'agit d'un camouflage.

— De quoi ?

— Un camouflage au sens propre. Il y a quelque chose sous le tableau. Un autre tableau peut-être, de quelqu'un d'autre. Celui du dessus est un camouflage délibéré.

— Un camouflage du XVIIIe siècle alors, si vous admettez que le tableau du dessus est de Johannes Van der Heyden, dit le barbichu.

— Je n'en suis même pas sûr. Il pourrait s'agir de quelqu'un d'autre qui se sert de l'identité d'un artiste authentique, connu mais sans importance, pour camoufler la véritable valeur de l'objet. Si je le savais, je vous le dirais, croyez-moi.

— Avec des si..., fit Cabrol. Où sont vos preuves ?

— Je parlerais de présomptions. Une possible rivalité de propriété entre Göring et Hitler, sans parler de la rivalité entre nos deux requérants actuels, dont l'un est un homme extrêmement riche.

— Vous opposez-vous à ce qu'on renvoie l'affaire devant le conseil? demanda Anne Gelder.

— Non, répondit Myles après réflexion. Je pense qu'il faudrait tenir compte des commentaires de Ruth. On devrait encourager le conseil à traiter l'affaire avec rapidité, comme elle dit. Mais un léger délai nous donnerait du temps.

— Pour quoi faire ?

— J'aimerais obtenir l'autorisation de la commission de soumettre le tableau à quelques tests. Nous pouvons les confier au Laboratoire central de recherches sur les objets d'art et de sciences ici à Amsterdam. Je suis frappé de voir que tout le monde a avancé beaucoup de théories et de récits ce matin, et je ne fais pas exception. D'accord, ce ne sont peut-être que des paroles en l'air. Si on réfute ma théorie farfelue, je reprendrai humblement ma place dans la commission, en homme avisé. Je réclame seulement un peu d'indulgence papale.

— Pourquoi pas ? dit Jan avec un haussement d'épaules magnanime. « Vos anciens auront des songes/vos jeunes gens, des visions. » Il jeta un regard empreint de cordialité autour de lui, comme s'il était un peu éméché.

Il y eut des sourires, une parodie de votes à main levée.

Cabrol se tut.

On venait de lui voler la vedette.

20

— Tu aurais pu me prévenir, Myles, dit Ruth à leur sortie de réunion.

Ils étaient dans le couloir et hors de portée de voix. Elle lui fila un coup de coude dans les côtes.

Il lui rendit son coup.

— Tu aurais pu arriver à l'heure.

— Maintenant tu as attiré leur attention sur le tableau. Nous étions plus tranquilles quand il ne s'agissait que d'une demande ordinaire et mineure suivant son petit bonhomme de chemin.

— Je n'en suis pas si sûr. Tout dépend si Cabrol est réglo.

— Et il l'est ?

— C'est la question, ma douce. Il fait preuve de beaucoup d'esprit civique depuis peu.

— Le défenseur de la propriété culturelle de la nation. Est-ce que ce tableau le branche ?

— Est-ce que les chiens ont des puces ?

— Je ne pige pas.

— Réfléchis une seconde. Il s'est assuré que le tableau reste bien emballé dans les réserves, comme ça, aucun risque que quelqu'un jette un coup d'œil dessus. Bon, pourquoi réagir ainsi ? Quant à savoir pourquoi j'ai ouvert ma grande gueule : il fallait bien que je mette mon grain de sel, non ? Il fallait amener la commission à donner son aval aux tests.

— Qu'est-ce que tu espères trouver ?

— Je n'en ai pas la moindre idée.

— Eh bien, bonne chance.

— Ouais. Croise les doigts pour moi.

Ils franchirent une porte de service et se retrouvèrent dans le hall bondé du Stedelijk. Un courant d'air froid venait de l'entrée.

Ce petit échange avait agacé Ruth.

— Tu me prends pour une conne, Myles. Est-ce que tu vas te décider à me dire ce que tu mijotes ?

— Permets-moi de conserver mon aura de mystère un peu plus longtemps. Je trouve qu'elle me sied plutôt bien.

Elle le regarda de travers.

— Si tu n'étais pas de la pédale, je t'épouserais probablement.

— Il faudrait commencer par buter Rex de sang-froid. Quelle note donnes-tu à la performance de Cabrol ?

— 8,6 au Foutaisomètre.

— Son meilleur score jusqu'à maintenant. C'est l'histoire des titres annulables qui m'a achevé, sans parler de la négligence et de la possession de fait susceptible de prescription acquisitive. Qu'est-ce que ça voulait dire, bordel ?

— Myles, tu ne devais pas me présenter quelqu'un ?

— Ah oui ! Bob Fischer. Il assistait à la réunion.

— Quoi, Rumpelstiltskin ?

— Oui. Un Américain. Il faisait partie de la section des Monuments, Beaux-Arts et Archives pendant la guerre. Le MFAA, tu te rappelles ? Il était présent à l'ouverture d'Alt Aussee, il a travaillé au point de rassemblement de Munich et il connaît les archives nazies trouvées à Schloss Banz. Un expert en vol d'œuvres et d'objets d'art. Bien qu'à la retraite, il reste actif. Il se rend aux Archives d'État de La Haye. Quand j'ai appris qu'il passait, j'ai convaincu Cabrol de le mettre à contribution histoire de gagner quelques bons points.

— Il avait l'air de s'ennuyer comme un rat mort. Tu es sûr qu'il comprend le hollandais ?

— Remarque intéressante. Merde... peut-être que non. Je ne lui ai pas demandé. Il n'a pas ouvert la bouche, n'est-ce pas ?

— T'as perdu tes bons points, là !

Myles consulta sa montre. Midi et quart.

Ils regardèrent tous les deux autour d'eux.

Fischer fit son entrée au signal, apparaissant derrière l'escalier principal.

Une sorte de gnome sec et musclé portant un pull des îles d'Aran et un gros anorak plein de poches, de fermetures Éclair, de boutons-pressions et de cordons de serrage. Une poignée de main franche. Il plut instinctivement à Ruth. Il était sympa à la manière sage et joyeuse des vieux Américains, libérés du cynisme et de l'ironie de l'Ancien Monde.

— Pardon, je me suis perdu. Bernard devait partir, je lui ai dit que je saurais trouver la sortie tout seul et j'ai payé mon excès d'assurance. Cet endroit est un vrai labyrinthe.

— Nous pouvons vous faire visiter ? demanda Myles.

— Bien sûr.

Fischer eut l'air réticent tout à coup.

— À moins que vous n'ayez d'autres projets ? dit Ruth.

— En réalité, j'ai compris que dalle à cette réunion.

— Oh.

Ruth lança un coup d'œil style je-te-l'avais-bien-dit à Myles.

— Peu importe, reprit Fischer. C'était ma faute. On s'habitue tellement à ce que tous les Hollandais parlent couramment l'anglais qu'on pense qu'ils l'utilisent aussi entre eux. Vous avez devant vous un impérialiste linguistique assagi. Cela dit, c'était marrant de se contenter d'écouter, d'observer le langage corporel et de regarder les patineurs par la fenêtre.

— On installe cette patinoire tous les hivers, dit Ruth.

— Eh, oublions les tableaux, d'accord ? Et allons faire un tour de piste. Cela ne vous ennuie pas ? À Buffalo, j'emmenais les gosses patiner quand ils étaient petits, mais je ne vous dirai pas à quand ça remonte ! Laissons la culture aux vautours. Permettez-moi de jouer aujourd'hui les béotiens typiquement américains.

Ils sortirent du musée et prirent la direction du Museumplein.

Myles ne patinait pas. Il s'accouda à la barrière en contre-plaqué. Ruth et Fischer louèrent des patins – de course pour lui, artistiques pour elle. Ils firent deux tours, puis s'arrêtèrent pour reprendre leur souffle.

— Myles m'a dit que vous étiez un expert en vol d'œuvres d'art.

— En commerce et en vol d'œuvres d'art. Deux activités très lucratives. Après le pétrole et les armes, c'est le commerce de l'art et des antiquités qui fait le plus gros chiffre d'affaires. Et après le trafic de drogue et le trafic d'armes, le vol d'œuvres d'art est le délit international le plus rentable. Jolie symétrie, non ?

— Il faut que j'emprunte un petit Vermeer aux réserves. Vous croyez qu'ils y verront un inconvénient ?

— Bien sûr que non. Ne vous gênez pas...

— Quel pourcentage des marchandises volées récupère-t-on ?

— Dix à quinze pour cent, en moyenne. Vous savez quand je suis venu ici pour la dernière fois ? Quand on a volé vingt tableaux de Van Gogh au Rijksmuseum. L'art, c'est comme les diamants. Beau et facile à transporter. Si compliqué que soit votre système de sécurité, un voleur déterminé trouve toujours la parade. On y va ?

Ruth prit le bras qu'il lui offrait et ils repartirent.

Fischer avait dans les quatre-vingts ans et quelques, mais il avait la pêche d'un jeune homme. Et la santé. Il la lâcha et effectua l'air de rien deux huit et même un petit tour sauté.

Ruth s'arrêta pour l'admirer.

— Je ne sais pas ce que vous prenez, mais je peux avoir une ordonnance ? demanda-t-elle lorsqu'il eut terminé ses figures.

Elle avait les joues cramoisies après l'effort.

— Zinc et magnésium. Cent milligrammes par jour. Une jeune fille comme vous n'a pas besoin de cette merde. Quant à moi, voyez les choses sous cet angle : la bougie brille de tous ses feux juste avant de s'éteindre.

— Foutaises !

— Ah, mais je vous en prie, jeune dame. Je suis vieux et vénérable. Je devrais savoir ce que je dis.

Myles vint les rejoindre.

— Il fait un froid de canard, geignit-il en soufflant dans ses mains et en tapant des pieds.

— Encore cinq minutes, dit Fischer. Et nous sommes tout à vous.

Ensuite ils se promenèrent dans le petit parc sur lequel donnent le Stedelijk, le musée Van Gogh et le Concertgebouw.

— Je me rappelle ce petit tableau à Alt Aussee, dit Fischer. Il n'était pas avec les autres œuvres d'art. Il se trouvait dans une section différente, dans un des tunnels les plus profonds.

— AR 6927, dit Myles. C'est la cote de Linz.

— AR pour Arcana. Le reste était un vrai bric-à-brac, surtout des livres. Des ouvrages sur l'alchimie, l'occulte, la chimie, l'histoire naturelle. Des pierres avec des runes sculptées dessus. Plein d'objets de la franc-maçonnerie aussi, d'après mes souvenirs. Des robes, des calices.

Merde ! Une vraie caverne d'Ali Baba. C'était passablement inquiétant de tomber sur tout ce fatras à l'intérieur d'une montagne. Des symboles mystiques partout.

— Comme celui qui figure au dos de notre tableau, nota Ruth.

— Myles me l'a montré avant la réunion. Je ne me souviens pas que nous l'ayons repéré au point de rassemblement de Munich, mais cela ne me surprend pas. Le dépôt AR était plein de trucs de ce genre.

— Il y a une planche derrière, expliqua Myles. Si on ne la retire pas, on ne peut pas savoir qu'il y a quelque chose au dos.

— Voilà pourquoi. Nous avions trop d'objets à classer à Munich. Nous n'avions pas le temps de nous attarder.

— Les nazis s'intéressaient donc à l'occulte, dit Ruth.

Fischer rit.

— Donnez-moi votre main. Non, sans le gant.

Ruth s'exécuta.

Il sortit un stylo bille de sa poche et dessina quelque chose sur sa paume.

— Qu'est-ce que c'est ?

Elle examina le schéma.

— Un svastika. Enfin, un svastika inversé. Ce n'était pas un symbole de chance pour les Romains ?

— Certainement, cela remonte même à plus tôt. Le svastika a été suggéré à Hitler par Friedrich Krohn, un dentiste et occultiste de Starnberg. Hitler, comme nous le savons, a inversé le symbole.

— Tentant le destin, dit Myles.

— Tenter le destin était le sport favori d'Adolf. Il était dingue d'occultisme. Il s'intéressait notamment à Landulph II de Capoue, un passionné des sciences occultes et de la radiesthésie. Un autre amateur de magie noire : Himmler. Ses spécialités étaient le mouvement rosicrucien et les cloches.

— Les cloches ?

— Il pensait que les cloches d'Oxford avaient jeté un sort à la ville pour que les nazis ne puissent pas l'attaquer.

— Vous plaisantez ? s'exclama Myles.

— Pas une seconde. Ils ont même créé un bureau de l'occulte. Ils ont interdit et réprimé les écrits et les pratiques occultes des autres. En ce qui les concernait, il n'y avait qu'un mage, pas la peine de se demander qui c'était... en fait la grande obsession mystique de Hitler était la sainte lance, celle qui était censée avoir percé le flanc du Christ sur la croix. La lance, ou la lance *supposée*, devrais-je dire, faisait partie du trésor des Habsbourg. Quand Hitler est entré dans Vienne et a déclaré l'Anschluss, un de ses premiers actes a été d'ordonner le transfert du trésor en Allemagne. Comme Charlemagne, il pensait que le destin ne se retournerait jamais contre l'homme qui possédait la lance.

— L'histoire a prouvé le contraire, dit Ruth.

— Le plus drôle, c'est que Hitler s'est tué le jour même où les Alliés sont entrés en possession du trésor. Pure coïncidence, bien sûr.

— Et l'alchimie ? demanda Ruth. Pourquoi s'y intéressait-il ? J'ai quelqu'un qui essaie de déchiffrer le code numérique au dos du tableau de Van der Heyden, mais nous savons déjà que le grand symbole représente la pierre philosophale.

— Nous pensons à présent que ce sont les âneries au dos du tableau qui ont mis les nazis dans tous leurs états, et non le tableau lui-même, dit Fischer.

Myles acquiesça.

— C'est ce que nous pensons. C'est un peu l'histoire de l'œuf et de la poule. Écoutez, ça vous dirait, un café ? Nous pourrions faire un saut à la cafétéria du Stedelijk.

— C'est une grosse mauviette, expliqua Ruth à Fischer. Allons, ramenons-le au chaud.

Ils prirent le chemin du musée.

— Pour la plupart des gens, la pierre philosophale était synonyme d'or, n'est-ce pas ? reprit Fischer. Et l'alchimie consiste à transformer un élément en un autre.

— C'est impossible, dit Ruth.

— Vous avez déjà entendu parler de Franz Tausend ? Un chimiste de Munich dans les années 1920. Sa théorie était que chaque atome vibre à sa propre fréquence. Il pensait qu'en ajoutant la bonne substance à un élément, on pouvait changer sa fréquence et produire un autre élément. Une rumeur a couru que Tausend avait transformé des métaux vils en or. Hitler était en prison à l'époque, pour le putsch avorté de Munich, mais il avait un homme sur place – un certain général Erich von Ludendorff.

— Le grand stratège de l'Allemagne pendant la Première Guerre mondiale, dit Myles.

— Exact. Un vrai fêlé. Un pourfendeur de la franc-maçonnerie.

— Il s'est présenté à la présidence, non ?

— Oui, mais il a été battu par Hindenburg. Ensuite, il s'est mis à collecter de l'argent pour le nouveau parti nazi. Il a réuni un groupe d'industriels pour étudier le processus de fabrication d'or de Tausend. Tausend a fait fondre un peu d'oxyde de fer et de quartz dans un creuset, puis le lendemain il a ajouté un peu de poudre blanche et, quand ça a refroidi – hourra ! –, ils ont trouvé une pépite d'or à l'intérieur.

— Fraude ? demanda Ruth.

— Peut-être croyait-il à ce qu'il faisait, peut-être pas. Je n'en sais rien. Le quartz contient parfois de l'or, mais seulement en quantités infimes. L'important en l'occurrence, c'est que notre vieil ami le général Erich von Ludendorff en fut très impressionné. Il a créé un organisme baptisé Compagnie 164 pour promouvoir la cause de Tausend. Les investissements affluèrent. Des centaines de milliers de marks pour les fonds du parti nazi. Plus tard, on distribua des actions. Finalement, Tausend fut emprisonné pour fraude, mais l'argent des investissements existait bel et bien. Ça a aidé le national-socialisme à se lancer en Allemagne.

— Un homme d'affaires rusé, ce Ludendorff, dit Myles.

— L'histoire ne s'arrête pas là. Tausend eut un successeur. Un Polonais de Paris du nom de

Dunikovski. Ce type a annoncé qu'il pouvait transformer le quartz en or par irradiation. Il étalait le minerai sur des plaques de cuivre, le faisait fondre avec une charge électrique, puis l'irradiait avec ce qu'il appelait des rayons Z.

Ruth et Myles échangèrent un regard.

— Qu'est-ce que j'ai dit ? fit Fischer.

— Le tableau de Van der Heyden est peint sur une plaque de cuivre, expliqua Ruth.

— Je vous donne seulement le tuyau. Vous en ferez ce que vous voudrez.

— Continuez, fit Myles.

— Dunikovski a également réussi à attirer de gros investissements. Il reconnaissait que le quartz qu'il utilisait renfermait de petites quantités d'or, mais il affirmait que la technique de radiation augmentait la présence d'or. On créa un consortium anglo-français pour transporter du sable d'Afrique dans un laboratoire en Angleterre. Puis la guerre a éclaté et Dunikovski s'est évanoui dans la nature. Selon la rumeur, les Allemands l'avaient récupéré pour qu'il fabrique de l'or afin de soutenir leur économie. On n'en a aucune preuve. On n'a plus jamais entendu parler de lui.

De retour au musée, ils achetèrent du café, des petits pains et des chips à la cafétéria, puis s'assirent et retirèrent leurs manteaux.

— Ce qui distingue Dunikovski de Tausend, poursuivit Fischer, c'est le facteur radiation. Qu'il fût ou non un faussaire, c'était un bond imaginatif dans la bonne direction.

— Comment cela ? demanda Ruth.

— Réfléchissez. L'alchimie est une histoire de transmutation. Pendant une éternité, les chimistes traditionnels ont jugé impossible de transformer un élément en un autre, puis est arrivée la radioactivité. Quand des éléments radioactifs comme l'uranium se dégradent, ils créent des éléments, exact ? Je pense que le premier alchimiste à avoir vraiment réussi, c'est Otto Hahn en 1939. Hahn était un chimiste allemand. Fondamentalement, il a découvert la fission nucléaire. En bombardant l'uranium de neutrons, vous obtenez une réaction en chaîne nucléaire. Les nazis s'intéressaient aux éléments radioactifs pour des raisons très éloignées des arnaques à la fabrication d'or.

— Des raisons qui font boum dans la nuit, dit Myles.

— Exactement. Des raisons en forme de champignon. (Fischer souffla dans son paquet de chips et le fit exploser : Ruth en sursauta.) Ça, bien sûr, c'était un peu plus que des âneries. C'était la réalité. Il fallait qu'ils coiffent les Alliés au poteau, et pas mal de cerveaux boches travaillaient au problème. Werner Heisenberg dirigeait le programme nazi de la bombe atomique, mais quand les Alliés sont entrés en Allemagne, la Mission Alsos a découvert que les Allemands n'avaient guère progressé dans la bonne direction. Pour la simple raison qu'ils s'étaient trompés. Ils bombardaient l'uranium avec des neutrons rapides et il faut des lents. On a aussi des preuves que les nazis ne concentraient pas vraiment leurs espoirs sur une bombe. Ils songeaient plutôt à un moteur à uranium, une sorte de superréacteur qui produirait des rayons de haute énergie. C'était leur credo : quand l'Allemagne serait à genoux, quand tout le monde la croirait battue, elle riposterait avec une superarme à uranium à partir d'une base montagnarde secrète dans le Sud.

— Le boxeur qui se relève quand l'arbitre arrive à neuf, dit Myles.

— Exactement ! D'abord, il fallait qu'ils découvrent le secret de la fission nucléaire avant le projet Manhattan. Certains dans le parti pensaient qu'un des chemins vers la fission nucléaire passait peut-être par de vieux ouvrages ésotériques, des symboles hermétiques et des textes alchimiques. C'est là l'explication du dépôt AR. Ils pensaient que les anciens spécialistes de la magie noire étaient sur la même piste.

— Cela allait jusqu'où ? demanda Ruth.

— Je ne suis pas spécialiste, mais je vous citerai un dernier nom. Fulcanelli. L'alchimiste le plus célèbre du XXe siècle. C'est une vraie énigme. Son nom remonterait au début du XVe siècle, si bien que soit c'était un type incroyablement âgé – encore plus que moi, les mecs –, soit son nom a été transmis, d'initié en initié, sur des générations. Quoi qu'il en soit, Fulcanelli a écrit un livre intitulé *Le Mystère des cathédrales*. Il se trouvait à Paris dans les années 1920, et le livre est sorti en 1926. Sa grande théorie était que l'architecture et les sculptures des cathédrales gothiques d'Europe renfermaient des instructions codées concernant des secrets alchimiques. Un certain Jacques Bergier a affirmé que Fulcanelli lui avait rendu visite au laboratoire de la compagnie du gaz de Paris en juin 1937. Fulcanelli l'aurait prié de transmettre un message au physicien André Helbronner, lequel se résumait à un avertissement quant aux dangers de l'énergie nucléaire. Il aurait également déclaré que d'anciens alchimistes l'auraient déjà découverte et que des civilisations précédentes se seraient fait sauter en fissionnant l'atome.

— Je veux bien croire que des alchimistes se soient fait sauter, dit Myles. Mais des civilisations ?

— Il s'est trouvé des gens pour prendre ça au sérieux ? l'interrogea Ruth.

— L'OSS, par exemple. L'ancêtre de la CIA. Ils ont recherché Fulcanelli après la guerre. Il figurait sur leur liste d'individus possédant une bonne connaissance de la physique nucléaire. En fait, ils voulaient les regrouper pour les empêcher de passer à l'Est.

— Alors, il était alchimiste ou se contentait-il d'écrire sur le sujet ? demanda Myles.

— Il existe des récits de témoins qui l'ont vu transformer de l'argent en uranium, également en 1937. Réfléchissez un peu. Une bonne source bien régulière d'uranium aurait été bien utile à pas mal de gens à l'époque. En fait, une conférence secrète organisée à Berlin en 1939 a lancé le programme de recherche nucléaire et interdit toute exportation d'uranium d'Allemagne. Si les physiciens de Hitler avaient eu vent de la prétendue production d'uranium à partir de l'argent de Fulcanelli, ils auraient voulu s'entretenir avec lui, non ? Après la guerre, il a disparu, comme ça.

Fischer termina son dernier petit pain et consulta sa montre.

— Mon train pour La Haye part dans moins d'une heure. Ça ira ?

— Où sont vos bagages ? demanda Myles.

— Au vestiaire.

— Nous avons juste le temps. Je vais vous donner un coup de main.

Ils enfilèrent leurs manteaux et repartirent à pied dans le froid vers la Stadhouderskade pour trouver un taxi.

— Donc, reprit Ruth, tout cela nous explique pourquoi Miedl, Hofer – et peut-être même Posse – ont été intéressés en voyant les gravures au dos de notre tableau. Arcana, c'est ça ? Ils savaient que Hitler se passionnait pour ces trucs-là.

— Cela me paraît tenir debout, répondit Fischer.

— Mais ça ne nous dit pas si quelqu'un a réussi à percer le sens de ces gravures. Ils se sont conduits comme des bibliothécaires. Ils se sont contentés de ranger l'œuvre sur l'étagère voulue avec la cote voulue. Sans lire le livre.

— Conjecture, mais plausible, dit Fischer. Il existe une correspondance de Posse à propos de cette collection Arcana. Je vais voir si je peux la retrouver.

— Retour à la case départ, hein, Myles ?
Myles la regarda et lui passa un bras autour des épaules. Il la serra affectueusement contre lui.
— Retour à Lydia, Ruth.

Dans l'*achterhuis*, Ruth alluma son ordinateur. Elle avait du travail à faire pour l'Intranet de l'ICB. Principessa dormait paisiblement dans un fauteuil. Ruth songeait aux paroles de son père quant à la pierre philosophale. « C'est tout ce que l'homme veut, avait-il dit. C'est ce que tu veux que ce soit. Et chaque époque historique a son fruit défendu, son supplice de Tantale. »
Il avait raison.
L'or au Moyen Âge. La fission nucléaire au XXe siècle.
Mais quid de Johannes Van der Heyden, pharmacien rêvant d'être peintre au XVIIIe siècle ? Qu'était donc la pierre philosophale pour lui ?
Telle était la question.
Elle se connecta et vérifia son mail. Un mot du Kid, lui demandant s'il pouvait passer. Un message de ses parents. Des conseils concernant l'assurance du bateau. Un dossier en PDF contenant des instructions sur l'entrée des données que Cabrol lui avait promis. Un quatrième message sans sujet.
Elle l'ouvrit.

De : mystery@anonymous.com
À : rbraams@hotmail.com

Nous vivons dans un monde de malheur, Poule mouillée, où chacun est prêt à tout pour éviter d'affronter sa propre âme. Peux-tu affronter la tienne ? Je t'ai avertie, mais tu n'as pas écouté. Il n'y aura plus d'avertissement à présent. Tu cours un grand danger. Tu approches du *matrimonium alchymicum*. Mais souviens-toi, l'homme et la femme sont des opposés irréconciliables. Quand ils sont unis et activés, ils dégénèrent en hostilité meurtrière. Celui qui se bat contre des monstres devrait prendre garde de ne pas devenir lui-même un monstre.

47 107.8682

— Oh, merde ! murmura-t-elle.

Elle cliqua sur imprimer.

Le message sortit en noir et blanc.

Elle le relut et le glissa dans le tiroir du bureau avec les deux autres. Puis, trouvant l'adresse e-mail de Smits, elle le lui réexpédia, avec comme en-tête « pour information ». À ses yeux, Smits était un *dummkopf*, un idiot congénitalement prédisposé à soupçonner les victimes de délits d'être responsables de leurs maux. Mais il n'en restait pas moins officiellement un flic. Il n'y avait aucun moyen de dire comment tout cela finirait. Il fallait qu'elle fasse mine de coopérer pour rester hors de soupçon.

Elle fixa le vide et passa ses mains sur ses joues.

Qui que fût son correspondant, il avait un compte à régler. Qui qu'il fût, *Les Joies du sexe* ne faisaient certainement pas partie de ses dix livres préférés. Et que signifiait ce « *matrimonium alchymicum* », bordel ? Le mariage alchimique, supposa-t-elle. Lucas était manifestement celui qui pourrait l'aider, mais elle n'était pas du tout sûre de pouvoir encaisser une autre de ses barbantes homélies pour le moment.

Elle ne se sentait pas capable de travailler non plus.

Un petit mail vénéneux et toute la journée était fichue en l'air...

Elle sortit et longea le couloir menant à la maison de Lydia.

21

Assise dans son lit, Lydia regardait la télé. Comme toujours, l'édredon était jonché de vieux mouchoirs en papier et de divers objets. Elle se frottait un bras. Elle avait l'air inquiet et patraque.

— Il est engourdi ? lui demanda Ruth.

— C'est l'arthrite. Je prends les analgésiques, mais ils n'ont aucun effet. La douleur s'insinue, s'étend dans les bras et les jambes, surtout dans les articulations.

— Vous voulez que j'appelle le Dr Luijten ?

— À quoi bon ? Il se contenterait de rédiger une nouvelle ordonnance. Il m'expliquerait que cela fait partie du processus de vieillissement

– une expression haïssable, non, le *processus de vieillissement*. Non, je n'ai pas besoin de m'entendre dire ça.

— Qu'allez-vous faire alors ?

— Mourir.

Lydia s'attarda pathétiquement sur la dernière syllabe. On aurait dit une esthète languissante du XIXe siècle.

Ruth s'assit au bord du lit.

— Ce doit être la phase suivante du processus, continua Lydia. Vous devenez de plus en plus vieille, tout le temps, puis un jour tout s'arrête.

— Vous n'êtes pas en train de vieillir, Lyd. C'est nous autres qui rajeunissons. Je vais vous dire ce que vous êtes en train de faire : vous êtes en train de vous apitoyer sur votre sort.

— Vous autres jeunes ne comprenez pas la douleur physique. La santé est l'ignorance, et l'ignorance, la béatitude. C'est aussi bien, j'imagine. Je ne vous souhaiterais pas de vivre ça. Mais sans compréhension, il n'y a pas de sympathie. C'est comme pendant la guerre, ma chère.

— On ne peut vraiment rien faire ?

— Mon vieux médecin, le Dr Mastenbroek, avait l'habitude de me masser. Cela me soulageait. J'ai demandé au Dr Luijten une fois, mais il n'avait pas le temps. Tout le monde est si occupé de nos jours. Il a dit qu'il existait des endroits où je pourrais aller, mais cela coûte cher, voilà l'ennui.

Ruth se mordit l'ongle du pouce.

— Voudriez-vous que je vous masse ?

Lydia lui jeta un regard timide, puis détourna les yeux.

— Oh, non ! Vraiment ? Non, impossible, ma chère.

— Ce n'est pas le bout du monde. Je risque fort de devoir bientôt me reconvertir. Masseuse pourrait faire l'affaire. Ce serait toujours ça de plus à ajouter à mon CV, en tout cas. On vous demande d'être polyvalent, maintenant. Dans le meilleur des mondes du massage, on peut se lancer dans une multitude de directions intéressantes.

— Vous n'y verriez vraiment pas d'inconvénient ?

— Remontez vos manches et montrez-moi exactement où ça fait mal.

Lydia désigna les endroits douloureux et Ruth se mit à la masser à deux mains, frottant et faisant rouler la chair et le muscle mous.

Elle avait fait cette proposition avec désinvolture, mais cela ne lui avait pas été facile. Elle avait beau avoir de l'affection pour Lydia, il y avait quelque chose en elle de légèrement répugnant. Elle s'était habituée à l'odeur de pisse de chat et des vestiges de dîners, mais pas à la décrépitude de la vieillesse. C'était viscéral, un mouvement de recul machinal. De temps à autre, Lydia redevenait tout simplement la Cloche. Ruth ne pouvait pas l'intellectualiser, mais cela se passait ainsi avec les gens. Tels des pôles magnétiques, ils attiraient ou repoussaient. C'était un truc physique, rien à voir avec les affinités électives et tout le tintouin. Cette fois, son éducation avait pris le dessus. C'était peut-être ça, être civilisé, après tout. Et maintenant qu'elle se retrouvait à pétrir Lydia, l'expérience n'était pas si terrible. Sa peau aussi douce que celle d'un bébé avait tendance à pendre comme du caoutchouc détérioré et à se plisser comme du film alimentaire usagé.

Lydia ferma les yeux et se laissa aller contre l'oreiller.

— Il y a une boîte de baume du tigre quelque part sur le lit.

Le baume était à la fois glissant et collant. Il créait entre elles une adhérence moite aux parfums de menthol et d'eucalyptus.

— Cela me fait beaucoup de bien. La douleur s'estompe.

— Si je peux faire autre chose pour vous, il suffit de demander. Pas la peine d'y réfléchir à deux fois.

— Globalement, je vais bien, Ruth. Je peux entrer dans mon bain et en sortir. Mais j'ai des difficultés pour me laver les cheveux. À vrai dire, ça fait un moment. Et quand ils sont trop sales, je n'ose pas aller chez le coiffeur pour ça. C'est un souci.

— Nous nous en occuperons plus tard, alors.

— En attendant, très chère, merci infiniment pour ce massage. Vous n'imaginez pas ce que ça signifie pour moi.

Une pensée vint à Ruth.

— Vous connaissez Thomas Springer depuis longtemps ? Il ne vous masse jamais ?

— Je ne demanderais jamais ça à un homme.

— Qu'est-ce que vous attendez de lui alors ?
Lydia ouvrit les yeux.
— Thomas vient ici quand ça lui chante. Nous bavardons. Nous jouons au Scrabble. Je ne lui réclame pas de services. Je tiens à conserver mon indépendance et je ne veux rien devoir à personne. Il dit qu'il se sent bien ici, ce que j'ai du mal à croire.
— Oh ?
— C'est vrai, pourquoi ne fréquente-t-il pas des gens de son âge ?
— Lydia, vous faites de l'âgisme.
— Quoi ?
— Vous jugez les gens en fonction de leur âge.
— Vraiment ? Tout ce que je dis, c'est que, à la place de Thomas Springer, j'aurais mieux à faire qu'à rechercher la compagnie de vieilles biques comme moi. Il doit y avoir quelque chose qui cloche chez lui.
— Si c'est votre idée de la gratitude ! Je ne peux qu'en conclure que cela s'applique à moi aussi.
— Sottises ! Thomas est venu me chercher. Vous, non. C'est moi qui l'ai fait.
— Nous nous sommes rencontrées par hasard.
— Exact, mais j'ai choisi d'entretenir notre amitié. Qui, si je puis me permettre, vous a invitée à vivre ici ?
— Je préférerais penser que l'impulsion est venue des deux côtés. Vous voulez que je vous masse les jambes ?

Lydia reprit son air timide.

— Mes vieilles cannes! J'avais de jolies jambes quand j'étais jeune, comme les filles des magazines de mode. Ma mère Rachel était fière de moi. Elle pensait que j'irais loin avec des jambes pareilles.

— Ça a dû se vérifier.

— Oui – Westerbork, le camp de transit. Je ne m'étais jamais autant éloignée de chez moi. Non que j'aie peur de marcher. Je serais incapable de compter le nombre de fois où je suis allée à l'église ou dans les magasins.

— Pittsburgh va être une sacrée aventure, alors, dit Ruth, non sans ironie.

— Je me sens prête pour un peu d'aventure, maintenant. Avant, non. J'ai appris l'anglais avec des cassettes. J'en suis à la leçon 4 – peut-être pourriez-vous m'interroger un jour. Cela faisait des siècles que je n'avais pas travaillé aussi dur.

— Que faisiez-vous dans la vie ? Vous m'avez raconté au cours d'une de nos sorties que vous travailliez, mais nous ne sommes pas entrées dans les détails.

— J'ai aidé Sander dans toutes ses entreprises, puis après sa mort j'ai travaillé pour la grande fabrique de margarine qui se trouvait à deux pas d'ici. Vingt-cinq ans de secrétariat. Je m'occupais des expéditions aux entrepôts. Fallait bien que je gagne ma croûte, hein.

— Revenons à nos moutons, Lydia. Vous voulez que je vous masse les jambes, oui ou non ?

— Seulement les pieds, ma chère. La douleur est surtout dans les chevilles, aujourd'hui.

Lydia repoussa les couvertures.

— Racontez-m'en davantage sur Thomas, dit Ruth en se mettant au travail. Il a l'air d'être un drôle d'oiseau, mais il est attentionné.

— Il est peut-être un drôle d'oiseau, mais il y a plein d'oiseaux dans le ciel.

— Que diable entendez-vous par là ?

— C'est un charmant garçon, mais il n'a aucune perspective d'avenir. Sa vie part à vau-l'eau. Et on n'attelle pas sa charrette à un âne mort.

— Vous avez une drôle de façon de parler de lui.

— Je m'inquiète pour vous, c'est tout. Les femmes sont tellement crédules dans ce domaine, et je sais que vous avez déjà souffert, à cause de ce pauvre Maarten. Vous m'avez tout raconté, vous vous rappelez, lors de l'une de nos conversations. C'est pour cette raison que vous vous rongez les ongles.

— Je me ronge peut-être les ongles, Lyd, mais je ne détiens pas les droits exclusifs des mauvaises habitudes. Vous carburez bien au gin, vous. Vous êtes-vous jamais demandé pourquoi ?

Lydia eut l'air légèrement offensé.

— À mon âge, on cesse de se soucier de ce que les autres peuvent penser.

— Mais les gens pensent, non ? En fait, je ne faisais pas allusion à votre image publique. À tout prendre. Je préfère l'alcoolisme solitaire à l'alcoolisme mondain. Pourquoi prétendre que nous ne buvons pas pour nous enivrer ? Une fois de temps en temps, c'est acceptable. Mais je fais allusion à l'état déplorable dans lequel je vous retrouve pratiquement tous les soirs. Ronde comme une queue de pelle, en un mot. Vous buvez au point de sombrer dans le néant. Je ne sais pas comment vous faites. J'ai renoncé aux cuites à l'âge de dix-huit ans. On se réveille avec une haleine à tomber et on a le crâne dans un étau. Ça ne vaut pas le coup. Ça ne peut pas vous faire de bien.

— Je suis plus gentille quand je m'enivre.

— Vous êtes encore plus ivre quand vous vous enivrez.

— Je suppose que ce conseil est la pénalité à payer quand on offre son amitié, déclara Lydia, distante, mais la réciproque est vraie. Pour ma part, je déplore le fait qu'on fume, et notamment l'usage de la marijuana.

— Comment avez-vous deviné ?

— Ma chère petite, vous empestez ce truc. Vos vêtements, vos cheveux...

Ruth resta coite.

Touché.

C'était une vraie surprise de découvrir que la bonne vieille Cloche pensait qu'elle – Ruth Braams – puait. Il lui faudrait du temps pour digérer.

— Peut-être devrions-nous décider d'un cessez-le-feu provisoire, fit-elle, maussade.

— Si vous m'aviez écoutée, vous auriez compris que je ne vous critiquais pas. J'expliquais que vous êtes un être selon mon cœur.

— Comment cela ?

— Vous êtes indépendante. Vous n'avez pas besoin d'un homme.

Ruth s'arrêta de masser, un sourire perplexe aux lèvres.

— Vraiment ?

— Oui. Si vous êtes honnête avec vous-même, vous verrez que j'ai raison. Nous sommes des femmes modernes à notre façon. Je bois, d'accord. Vous fumez, d'accord. Nous avons nos petits péchés, mais nous ne sommes pas esclaves des tabous sociaux. Et, surtout, vous n'avez rien à faire d'un homme. Et moi non plus.

— Vous avez eu besoin de Sander.

— C'était mon frère.

— Et cet autre type que j'ai vu sortir de chez vous il y a quelques jours ? Vous êtes drôlement évasive, Lydia. Vous m'avez dit que vous ne saviez pas du tout de qui je voulais parler, mais je l'ai vu de mes propres yeux.

— À quoi ressemblait-il ?

— Plutôt distingué, en fait. Des cheveux blancs bouclés et un front haut. Bien habillé. Un manteau à col de fourrure et une élégante serviette en cuir.

— Oh, pourquoi ne l'avez-vous pas dit avant ? Ce devait être Blommendaal. Il est passé pour affaires. Il est venu m'aider pour mes papiers.

Ruth fixa Lydia.

Elle lui rendit son regard.

— Je ne suis pas obligée de tout vous raconter ! fulmina la vieille dame sans détourner les yeux.

— Vous n'êtes pas obligée de me dire quoi que ce soit. J'ai juste une drôle de notion vieillotte qui veut que des amis se confient l'un à l'autre.

— Ces chicaneries ont un effet néfaste sur notre amitié. Je pense que nous devrions y mettre un terme.

— Aux chicaneries ou à l'amitié ?

Lydia fronça les sourcils.

— Je me confie à vous, ma chère, quoi que vous puissiez croire. Je viens juste de vous confier que Blommendaal n'est pas mon petit ami. (Elle chercha un Kleenex pour s'essuyer le coin de la bouche d'un geste rapide et délicat.) Cela ne suffit donc pas ? Je ne suis pas le genre de femmes à rechercher les petits amis de toute façon. Ça n'a jamais été le cas. J'ai toujours été du genre à n'en faire qu'à ma tête, et ce n'est pas un homme qui va changer ça, non merci.

— Essayez-vous de me faire comprendre que vous n'aimez pas les hommes, Lydia ? demanda Ruth gentiment.

La vieille femme eut l'air vexée et retira ses pieds. Elle releva les genoux et les entoura de ses bras.

— Je ne suis pas portée sur les femmes, si c'est ce que vous sous-entendez.

— Je ne le pensais pas. Je ne peux pas dire que je vous aie jamais considérée comme une lesbienne.

— Je suis soulagée de l'apprendre. Néanmoins, puisque vous m'avez mise au pied du mur et que nous sommes d'humeur à nous confier aujourd'hui, j'avoue que les hommes ne sont pas vraiment ma tasse de thé. Ils peuvent être cruels, autoritaires et insensibles. C'est peut-être dû à mon grand âge, ma chère. Ou à la guerre. Ou au processus de vieillissement. Mais comme on fait son lit, on se couche. J'ai toujours été du genre solitaire. J'agis à mon idée. Les hommes sont des créatures entêtées qui aiment tenir les rênes. Je suis sûre que, malgré sa douceur, Thomas n'est pas différent.

— Merci pour l'avertissement.

Ruth se leva et s'approcha de la fenêtre.

Elle croisa les bras et regarda de l'autre côté du canal. La maison Scheele avait une façade noire, un gable en cloche et des cadres de fenêtres blancs, fraîchement repeints. Une lampe brûlait dans la pièce du rez-de-chaussée, à peine visible à travers les reflets du soleil sur les vitres. S'il y avait quelqu'un dans la pièce, elle ne pouvait pas le voir.

— Je ne voudrais pas paraître critique, dit-elle, le dos toujours tourné à Lydia, mais ne croyez-vous pas que tout ça s'explique par votre colère contre Scheele ? Il est votre bête noire, l'épine dans votre flanc, et d'une manière ou d'une autre cette haine s'est étendue à tous les hommes sans discernement.

— Foutaises ! s'écria Lydia, catégorique.

Ruth se retourna.

La vieille dame avait croisé les bras elle aussi et elle affichait une expression boudeuse.

— À quand remonte la dernière fois où vous lui avez parlé ?

— À 1955, je crois.
— L'année de la mort de votre frère.
— Justement. Il a eu le culot d'assister à l'enterrement de Sander, bien que je ne l'aie pas invité. Je leur ai demandé de partir, poliment mais fermement.
— Leur ?
— Il était accompagné d'un garçon.
— Près d'un demi-siècle de silence. C'est assez impressionnant. N'y a-t-il pas la moindre chance que, en lui parlant après tout ce temps, vous puissiez apaiser les tensions ?
— Il faudrait d'abord me passer sur le corps.
Il y eut un silence.
— Alors peut-être devrais-je prendre le taureau par les cornes et lui parler moi-même.
— Ne vous avisez pas de vous mêler de mes affaires, petite dévergondée ! s'exclama Lydia en s'en étranglant presque.
Elle était cramoisie, au bord de l'apoplexie. Elle cracha pendant près d'une minute dans un mouchoir en papier, puis laissa retomber sa tête sur l'oreiller, la bouche ouverte.
Ruth sentit qu'elle était allée trop loin.
Pas la peine de tuer la vieille bique.
En définitive, c'était des querelles de clocher, une prise de bec mesquine que cinquante ans avaient transformée en une brouille silencieuse digne des vendettas mafieuses les plus tenaces.
— Vous feriez bien de dormir un peu, dit Ruth d'un ton las. J'ai du travail. Je ferai un saut plus tard si vous avez besoin que je fasse des courses.

Ruth retourna dans l'*achterhuis* et fignola les textes qu'elle avait rédigés pour la mise à jour de la base de données de l'ICB.

Principessa débarqua d'un pas nonchalant et ressortit, voyant qu'il n'y avait ni nourriture ni jeux au programme.

L'après-midi avançant, la lumière baissait. Ruth tapa rapidement sur le clavier, modifia la luminosité de l'écran.

Elle plongea un biscuit dans son café et compta les secondes avant que la moitié inférieure ne se détache. Elle en plongea un autre. Le truc était de le retirer et de le manger juste avant qu'il ne se désintègre. Elle fit pratiquement un sort au paquet.

Son portable sonna et le numéro de l'appel s'afficha. Le Kid. Elle ne répondit pas.

Elle se changea, enfila un pantalon en velours côtelé noir et un fin col roulé noir, puis se remit à l'ouvrage. Elle travaillait par à-coups.

Elle n'arrêtait pas de rêvasser.

Elle regarda autour d'elle.

La veille au soir, elle avait fouillé le vieux bureau de Sander, celui auquel elle était installée. S'il y avait quelque chose à trouver, elle le trouverait. Après tout, n'était-elle pas tombée sur la vieille photo de famille comme si cette dernière n'attendait qu'elle ?

Elle se leva, s'étira et s'approcha du miroir. Elle grimaça, se releva les cheveux d'une main. Ils avaient besoin d'un shampooing. Au moins un point commun avec Lydia. En plus, elle était lasse de sa couleur naturelle. Soit, les hommes préfèrent les blondes, mais – à en croire le dicton – ils épousent des brunes.

Non qu'elle fût en chasse, rassurez-vous, chère Lyd...

Pour le conjungo, les virées chez Ikea et les voyages organisés à Djerba, sans compter les mômes et le canari, elle avait tout le temps.

Retour dans le couloir, dans la maison de Lydia. On sonna à la porte d'entrée. Si elle avait été en train de taper sur son clavier, elle n'aurait rien entendu. Lydia devait dormir. Si la première sonnerie ne l'avait pas réveillée, la seconde n'y manquerait pas. Elle courut à la porte, espérant battre le seuil de patience du visiteur.

C'était une adolescente en vieille veste de l'armée. Taches de rousseur, coiffure en pétard, le regard toujours en mouvement.

— Salut, je fais partie du programme.

Elle tendit le revers de sa veste. Le badge d'une clinique de réinsertion pour drogués. Lydia avait-elle téléphoné à un SOS quelconque trouvé dans les Pages jaunes, à la suite de leur petite conversation sur les vilaines habitudes ?

Non, la fille ressemblait plus à une droguée qu'à une conseillère. Il devait s'agir d'un programme de désintoxication.

— Bien.

— Je suis une artiste.

— Encore mieux...

La fille alluma une cigarette, en protégeant la flamme de son briquet, puis aspira goulûment la fumée en rejetant la tête en arrière.

— Je vends mes trucs en faisant du porte à porte, voyez ? Ça fait partie du programme.

Elle se pencha pour dénouer le ruban d'un carton à dessins coincé entre ses jambes. Le carton disparaissait sous les gribouillages, les griffonnages et des bandes de scotch arc-en-ciel holographique. Elle tira la première feuille A2 qui lui tomba sous la main et la montra à Ruth.

— Le hibou, là, c'est, euh, la sagesse. Perché sur un arbre, il contemple le bordel qui règne sur terre.

— Que font ces types à turbans, là, derrière le rocher ?

— C'est des terroristes. En train de planifier la destruction finale, voyez ? Probablement une attaque chimique.

— Et ceux-là ?

— Ils tirent en l'air, c'est tout.

Elle sortit une nouvelle feuille.

— Ouah ! fit Ruth.

— Ouais, tous ces gens ont des sortes de coquilles sur le dos.

— C'est ce que je vois.

— Et les coquilles sans personne – enfin il y a des gens, sauf qu'ils sont dans les coquilles. Ils veulent pas en sortir. Certains ont des fenêtres et des trous pour voir dehors, mais la plupart, non. Ils sont repliés sur eux-mêmes. Ils sont incapables de communiquer. La rupture s'est produite.

— Et la fille nue au milieu, sans coquille et avec les antennes sur la tête ?

La fille sourit.

— C'est moi.

— C'est bien ce que je pensais. Écoutez, c'est super, mais la maîtresse des lieux est absente pour l'instant.

— Je croyais que c'était vous.

— Non. Comme je l'ai dit, elle est absente. Et franchement, je ne crois pas que ce soit vraiment son truc.

— Ouais, bien sûr. (La fille détourna les yeux, morose.) Des natures mortes. Des paysages. Des portraits de mômes. C'est ce qu'ils disent tous.

Ruth eut pitié d'elle.

— Combien en demandez-vous, de toute façon ?

— Quinze euros. (Elle guetta la réaction de Ruth.) Dix ?

— Vous en avez vendu aujourd'hui ?

Elle secoua la tête.

— Si je vous mentais en vous disant que oui, ça vous inciterait à en prendre un ?

— Trop tard pour ça. Mais ça ne vous ferait probablement pas de mal de revoir vos stratégies de vente et de présentation.

— Bon, vous en voulez ou non ? fit la fille, grognon.

— Je prends. Ça me donnera de quoi réfléchir. Vous pouvez attendre ici une seconde ?

Ruth fila chercher son porte-monnaie dans l'*achterhuis*. Dans le salon, elle vérifia ce qu'il lui restait comme liquide et se figea.

Elle venait d'avoir une idée lumineuse.

Elle l'examina sous tous les angles possibles. Pas mal. Un sourire éclaira son visage.

Elle repartit vers la porte d'entrée d'un pas plus vif.

— Vous avez combien de dessins là-dedans ?

La fille haussa les épaules.

— Une dizaine, je crois.

— Je vous donne cent euros pour le tout avec le carton.

La fille regarda Ruth comme si elle avait perdu la tête.

— Cent vingt, renchérit Ruth, cédant à un accès de bonne humeur.

— Vous êtes complètement zarbi. Un coup, vous êtes indifférente, un coup, vous débordez d'enthousiasme. Vous n'avez même pas vu les autres.

— Ce n'est pas nécessaire. J'ai eu une sorte de flash. Je peux voir que c'est du travail de qualité. Ma résistance a comme qui dirait fondu. Et quelque part... si on les explique trop, ça leur enlève de leur mystère. Vous voyez ce que je veux dire ? Je tiens à leur donner ma propre interprétation, au lieu d'être influencée par la vôtre, bien que vous soyez l'artiste. Vous comprenez ?

— Ouais, fit la fille, pensive, en jaugeant Ruth. (Elle écrasa sa cigarette, prit l'argent et le recompta. À en juger par son expression, elle brassait pas mal d'idées dans sa tête.) Vous croyez que je pourrais devenir une professionnelle ? demanda-t-elle, hésitante.

— C'est fait, petite. Je vous donne le coup de pouce. Oh, est-ce que je peux avoir le badge ?

— Le badge ?

— Comme souvenir, pour me rappeler cet instant. De toute façon, la clinique, le programme, c'est du passé maintenant. Vous n'avez pas besoin de réinsertion, mais d'un studio et d'un bon agent. Ce qu'il y a de mieux.

22

Ruth ferma la porte d'entrée et alla voir Lydia. Elle dormait à poings fermés. Une liste de courses était posée sur sa table de nuit. Ruth empocha la liste et retourna dans l'*achterhuis*.

Elle s'assit et évalua les conséquences possibles de son plan, cette fois avec un peu plus de circonspection. Quoi qu'il arrive, elle jouerait le rôle. Elle n'engagerait pas de discussion directe, ni à propos de la demande concernant le tableau, ni à propos du harcèlement dont elle était victime. Dans le monde de l'imposture, cela s'appelait « courir au-devant des ennuis ».

Un ordinogramme aurait réglé le problème, mais ses petites cellules grises ne se sentaient pas à la hauteur. Tout de même, l'enjeu était clair. Si Scheele était son croquemitaine, il représentait un risque, point barre. Sa ruse ne pourrait guère aggraver la situation.

Dans l'ensemble, son plan paraissait plutôt bon. Elle avait plus à y gagner qu'à y perdre.

Elle travailla son look d'étudiante anarcho-nihiliste devant le miroir : vêtements froissés et cheveux ébouriffés. Une touche de rouge à lèvres bleu acheté pour Halloween, une bonne couche de fard à paupières pour évoquer ses nuits d'insomnie de fille en manque, et la vieille veste en cuir à fermeture Éclair qu'elle utilisait pour nettoyer la péniche – oh, sans oublier le badge.

Le carton coincé sous le bras, elle ferma doucement la porte d'entrée derrière elle.

De l'autre côté du canal, la lumière dans la maison de Scheele brûlait toujours. Son cœur se mit à cogner, lui enjoignant d'être prudente. Elle sentait le sang battre ses oreilles.

Elle respira profondément pour se calmer.

Impossible de revenir en arrière. Sa décision était prise et ses pieds l'entraînaient.

Elle traversa le petit pont en dos d'âne.

Une plaque de cuivre à côté de la porte : Emmerick SCHEELE.

Elle sonna.

— Oui ?

Un costume s'adressait à elle.

Un costume élégant, sur mesure, avec chemise et cravate. Mais la tête sortant du col ne convenait pas du tout. Elle n'était pas assez âgée pour être celle de Scheele. Une tête neutre, impassible – la soixantaine –, une tête d'écuyer, de portier, d'intendant. Elle dégageait la maîtrise de soi distante de l'emploi. Un sourcil levé comme un point d'interrogation. Une paupière gauche bizarre. Figée aux deux tiers.

— Salut, je fais partie du programme. (Elle tendit le badge.) Je suis une artiste.

L'homme soupira avec un ennui à peine dissimulé tout en tenant la porte comme s'il s'apprêtait à la refermer. Il ne pipa mot. Il paraissait la jauger.

— De l'art, fit-elle en désignant son carton.

— Je suppose que vous vendez quelque chose.

Cela dissipa ses derniers doutes. Elle avait affaire au secrétaire, majordome, domestique de Scheele.

— Comme je l'ai dit, je suis une artiste. (Elle leva le carton comme l'aileron d'un poulet de pantomime et sourit.) Je fais du porte à porte.

— Franchement, je ne crois pas que...

— Aucune obligation, reprit-elle, enjouée. Aimeriez-vous jeter un coup d'œil ?

Elle entendit soudain un vrombissement de robot ménager.

— Qu'est-ce que c'est ? fit une voix masculine haut perchée.

Le costume tourna la tête en repoussant légèrement la porte. Cheveux gris rasés sur la nuque : Une raideur toute militaire.

— Une jeune femme.

— J'ai dit qu'est-ce que c'est, pas qui c'est !

L'autre revint à Ruth avec une expression distraite, irritée. Sa présence semblait l'agacer au plus haut point.

— Que vendez-vous exactement déjà ?

— Je vous l'ai dit, je suis une artiste. Je vends mes propres tableaux.

— Quelque chose en rapport avec des tableaux, apparemment, lança-t-il vers l'intérieur d'une voix traînante.

Le vrombissement s'amplifia.

Un vieillard ratatiné, dans les quatre-vingts ou quatre-vingt-dix ans, s'approcha dans un fauteuil roulant électrique. Lui aussi arborait un élégant costume et une cravate, mais il en aurait fallu davantage pour l'embellir. On aurait dit un cadavre vieux de plusieurs siècles extrait d'une tourbière ou d'un glacier qu'un plaisantin d'un labo de médecine légale aurait affublé de lunettes à monture d'écaille pour rigoler un peu. Le visage était si raviné que les rides ressemblaient à des cicatrices. Il avait un teint bleuté horrible ; ses yeux gris et ses cils pâles paraissaient anormalement grands derrière les verres épais. L'ultime duvet sur son crâne chauve avait tout de la moisissure verte qui se développe sur du beurre rance ou un yaourt périmé. Des pousses similaires jaillissaient de ses oreilles tombantes et de ses narines.

Sa voix avait une vigueur nerveuse et aiguë qui vous figeait sur place.

— Allez voir où cela en est, ordonna-t-il à l'autre. J'espère que vous l'avez réglé sur quatre. Je vous préviens, s'il est de nouveau noir, je saurai à quoi vous jouez ! (Il se tourna vers Ruth.) Par ici, aboya-t-il.

Le fauteuil roulant fit demi-tour et enfila le couloir.

Elle le suivit dans le salon de devant.

Une pièce carrée, haute de plafond avec un modeste lustre accroché à une rosace, pratiquement l'image inversée du QG de Lydia par ses proportions. La principale différence était un trou carré taillé dans le mur du fond. Le vieillard approcha le fauteuil roulant d'une grande table sur laquelle étaient posés une radio, un microscope de bijoutier et les journaux du matin, ouverts à la page des bandes dessinées. Il se pencha du mieux qu'il put pour faire de la place.

— Mettez ça là.

Ruth posa le carton. Scheele la chassa d'un geste et s'attaqua maladroitement au ruban noir.

Sur le mur au-dessus de sa tête se trouvait une photo aérienne sous verre des travaux de réaménagement des docks de l'est d'Amsterdam, marquée de lignes blanches, de flèches et d'encadrés. À côté figurait un vieux cliché d'un atelier de diamantaire, avec des hommes en blouses blanches penchés sur leur travail et un médiocre tableau campagnard hollandais, probablement du XIXe siècle.

Les rideaux étaient grands ouverts.

Ruth regarda par la fenêtre, vers la maison de Lydia.

Scheele était-il aussi remonté contre elle qu'elle contre lui ? Se dévisageaient-ils en vibrant d'une colère impuissante à travers le canal, dans une partie muette de *Comment haïr son voisin*, depuis un demi-siècle ?

Cela dépassait l'imagination.

Il fallait que quelqu'un mette un terme à cette folie.

Scheele se colla sur la tête un truc qui ressemblait à la version enfantine d'un masque de soudeur, équipé d'une visière articulée dans laquelle s'encastrait une paire de loupes puissantes. Il rabattit la visière, ouvrit brusquement le carton et examina la première feuille. Il avait manifestement une très mauvaise vue, à en juger par les quelques centimètres qui séparaient son nez du tableau. Il avança la tête, la baissa, la tourna d'un coin à l'autre, comme un aspirateur, étudiant la grossière aquarelle dans tous les sens, sans jamais en obtenir une vision globale.

Il ne risquait guère de surveiller Lydia, à moins de n'avoir que des problèmes de vision de près.

Le vieux bougre partait en morceaux.

Une vague odeur de brûlé s'infiltra dans la pièce.

Il remonta la visière et leva la tête. Ses mains et ses bajoues tremblaient.

— Qu'est-ce que cela signifie ? demanda-t-il.

Ruth jeta un coup d'œil par-dessus son épaule.

Ce n'était pas le tableau que la fille avait expliqué.

— Eh bien. (Elle hésita.) Le train symbolise notre voyage à travers la vie. Il y a des voies de garage et des gares. Oui, des gares – là où les gens montent et descendent. Puis la ligne se dédouble. Certains trains se dirigent vers cette oasis ici et d'autres vers le grand volcan noir avec ses vautours perchés sur les rochers et tout ce feu et cette lave. Vous ne savez pas quelle direction vous prenez avant d'arriver à cet aiguillage.

Scheele la dévisagea, plein d'une muette incompréhension.

— Voilà ce que cela signifie, balbutia Ruth. Enfin, à peu près. Il peut y avoir d'autres sens auxquels je n'ai pas pensé, mais fondamentalement c'est ça.

— *Fondamentalement - c'est - ça*, répéta platement le vieillard, en tentant de déduire une vérité cachée de ses paroles.

Son froncement de sourcils de presbyte s'accentua.

Il revint au tableau avec une expression de profond dégoût.

— Le destin, reprit Ruth, saisie d'une folle envie de disparaître sous terre. Les voies. Le paradis. L'enfer. Une sorte d'allégorie moderne, quoi.

Au sommet du volcan, nota-t-elle, se tenait un SA. Scheele l'avait également remarqué.

— Bien sûr, le soldat nous ramène à la guerre, continua-t-elle, stupéfaite de l'occasion qui se présentait et étonnée par son propre opportunisme. Vous devez connaître. Vous avez dû y participer.

— *Y participer?* J'étais *ici - ici*, jeune dame! Je n'ai jamais bougé de cet endroit.

— Merde... ça a dû être dur. Avec tous ces nazis qui grouillaient dans le coin.

— Ce fut très dur, dit Scheele, un instant perdu dans ses pensées. Ils ont fait surgir le meilleur - et le pire - chez les gens.

— Vous en avez rencontré ? Des nazis, je veux dire.

Le vieillard la fixa, puis, sans prévenir, éternua violemment. De la salive éclaboussa l'aquarelle. Les couleurs commencèrent à couler. Il s'essuya le nez et le visage avec un immense mouchoir en soie. Un filet de morve s'attardait sur sa lèvre inférieure. Il retira ses lunettes et nettoya ses verres.

— Qui êtes-vous et à quoi rime tout ceci ? Je n'ai pas la moindre idée de ce que vous fabriquez chez moi.

— Je vous explique ce tableau, comme vous me l'avez demandé.

— Je croyais que vous étiez ici pour me parler de *mon* tableau. Vous ne venez pas du musée ?

— Euh, non.

Ruth se mordit l'ongle, guettant sa réaction.

— Alors qui diable êtes-vous donc ?

— Je l'ai dit à l'autre à la porte. Peut-être n'avez-vous pas entendu. Je peins. Je vends mes toiles en faisant du porte à porte.

Un fracas jaillit du trou carré dans le mur et un plateau apparut dans le passe-plat.

Voilà ce que c'était, un monte-plats.

Une assiette avec deux toasts beurrés brûlants arrivait de la cuisine. Voilà au moins qui expliquait l'odeur.

— Apportez-la ici, voulez-vous ? fit Scheele en claquant des doigts.

Elle posa l'assiette devant lui et déplaça le carton. Il rabattit sa visière et examina les toasts à travers ses verres épais. Son vieux corps noueux était raide de concentration.

— De quelle couleur est ce toast ?

— Brun et noir.

— Ah ! (Il remonta la visière et renifla, soupçonneux, les tranches de pain carbonisées.) Plus brun que noir, ou plus noir que brun ?

— Plus noir que brun, je le crains.

— Noir, répéta-t-il, dégoûté. (Sa voix passa dans un registre aigu et éraillé.) C'est la goutte qui fait déborder le vase. C'est de la provocation ! Il sait pertinemment que le toast brûlé figure sur la liste des produits cancérigènes. Je serais mort à l'heure où je vous parle, je vous le dis, si je n'avais pas toute ma tête. C'est ce qu'il cherche. Il veut me voir mort !

Il prit un toast et le brisa en deux. Il en fit autant pour l'autre. Puis il aplatit son poing dans l'assiette, réduisant le toast à un amas de miettes noires souillées de beurre fondu. Ensuite il balança l'assiette en direction du passe-plat. Il rata son coup et l'assiette s'écrasa par terre.

Il tapa sur les commandes de son fauteuil roulant, qui fit demi-tour et fila en avant.

Ruth recula, surprise, comme pour laisser le passage à un bulldozer.

Le fauteuil roulant s'immobilisa. Scheele se pencha. Il avait les bras d'une longueur disproportionnée. Ses mains et ses poignets veinés dépassaient de sa chemise et de son veston et tout son torse était tordu, comme si un jour il s'était replié au niveau du bassin et avait décidé qu'il pouvait aussi bien rester ainsi. Il ramassa des bouts d'assiette et de toast graisseux, les jeta sur le passe-plat, puis avança de nouveau et enfonça un bouton dans le mur.

Scheele.

Un singe ratatiné, au sale caractère, avec les nerfs à fleur de peau.

Le plateau disparut dans un grondement.

Le fauteuil roulant vira vers Ruth.

Elle ferma le carton et renoua le ruban.

— Qu'est-ce que vous faites ? dit Scheele.

— Je m'en vais. J'ai mal choisi mon moment, je crois.

— Je suppose que vous avez d'autres tableaux là-dedans, mais je ne les regarderai pas, dit-il en désignant faiblement le carton d'une main couverte de cendres et de beurre fondu. Un seul m'a suffi. Vous n'avez pas une once de talent.

— Merci.

— Vous trouverez la porte toute seule.

Dehors Ruth siffla doucement et longuement.

Ils faisaient vraiment la paire, Scheele et Lydia, avec leurs demandes rivales.

Qui gagnait ?

Ni l'un ni l'autre.

C'était une course à reculons. Une partie perdait tout simplement plus vite que l'autre. Personne ne pouvait dire de laquelle il s'agissait et personne ne s'en souciait parce que cette foutue farce n'en valait pas la chandelle.

Scheele et Lydia, Lydia et Scheele.

Oui, ils faisaient vraiment la paire, ces deux-là.

Ni l'un ni l'autre n'était vraiment une pub ambulante pour une vieillesse sereine et vénérable. De quoi s'interroger. Devenait-on vraiment ainsi quand on prenait de l'âge ? Des tyrans branlants, des monstres d'égoïsme ratatinés, progressant d'un pas instable dans la vie en ne carburant qu'au fiel à haut indice d'octane ? Lydia, il fallait le reconnaître, était agréable par moments, mais – comme Scheele – elle avait plus ou moins rompu tout rapport diplomatique avec la planète Terre.

Un camion-poubelle s'arrêta devant Ruth. Des éboueurs en sautèrent pour ramasser les poubelles. Elle jeta le carton dans la benne.

Elle sortit de sa poche la liste de courses de Lydia et partit en direction du Keizersgracht.

Au supermarché, elle se servit, un peu hébétée.

Sa petite visite de courtoisie ne l'avait menée nulle part. Elle avait eu la satisfaction – était-ce bien le terme ? – de poser les yeux sur l'ennemi mortel de Lydia, et une chose au moins paraissait sûre : Scheele n'était pas son homme masqué. Il était impossible que ce singe difforme cloué dans un fauteuil roulant pût la suivre, bomber des graffitis, saboter son bateau et le reste.

Donc, si ce n'était pas Scheele, qui ?

Elle lâcha un paquet de crackers dans son panier.

Le soir tombait.

Elle régla ses achats, sortit, puis longea lentement le canal, sous les ormes dénudés, en s'efforçant de comprendre.

À un carrefour, un taxi faillit renverser un cycliste. Elle s'engagea sur un pont pour éviter la collision. Le cycliste balança un coup de poing sur le toit du taxi et s'éloigna d'un coup de pédale.

Sur le pont, il y avait un vendeur de fleurs et un stand qui proposait du chocolat chaud et de la soupe de pois cassés. Elle acheta de la soupe et serra le gobelet en plastique entre ses mains. Elle s'accouda au parapet et contempla le canal. Une légère brume effleurait l'eau. Amsterdam était une ville-miroir, reflétant tout dans ses canaux opaques. Les façades solennelles s'étendaient à l'infini. D'où elle se trouvait, le reflet de l'eau piégeait le haut des façades, chacune avec son gable et son palan. Des gables à redents, des gables en cloche, des gables en corniche, des gables en lyre. La longue ligne des toits donnait l'impression d'avoir été découpée aux ciseaux, comme un napperon en papier. De la diversité dans l'uniformité, partout de légères variantes par rapport à la norme : la couleur de la brique, la taille des fenêtres, le style de la rampe en fer forgé menant au *stoep*. Chacune était aussi unique qu'un visage humain. Finalement, il était difficile de dire quelle avait pu être la norme.

Elle termina sa soupe, récupéra ses sacs et reprit sa marche.

Parfois un des immeubles arborait un cartouche ou une plaque de gable. Son père lui avait parlé un jour de cette caractéristique inhabituelle. Aux XVIIe et XVIIIe siècles, avant que n'apparaissent les numéros de rue, on identifiait les maisons d'Amsterdam grâce à ces plaques de pierre. Des images, encastrées dans la brique à mi-hauteur de la façade ou juste au-dessus de la porte, qui symbolisaient le métier du propriétaire. Marins, fileurs, bouchers, poissonniers, écrivains. Certaines étaient allégoriques.

Ruth s'arrêta de temps en temps pour contempler une plaque afin de tenter d'en déchiffrer le sens. Elle avait carrément oublié Lydia et Scheele, absorbée qu'elle était par son petit jeu. Là il y en avait une qui représentait Adam et Ève au jardin d'Éden. Un pasteur ? Non, cela ne tenait pas debout. Un simple religieux n'aurait pu se permettre demeure aussi rupine.

Puis elle comprit... un marchand de pommes !

Contente d'elle-même, elle poursuivit son chemin.

À l'approche de la maison de Lydia, son pas s'accéléra, sans qu'elle puisse dire pourquoi.

Quelque chose la tracassait. Quelque chose attendait d'être dévoilé, à portée de main.

Elle avait chaud et se sentait inquiète.

Elle n'aurait su dire pourquoi. Cette chose à découvrir, quelle qu'elle fût, était sous son nez depuis Dieu sait combien de temps...

Elle s'arrêta devant la maison de Lydia et leva les yeux.

Là, au-dessus de la porte, se trouvait la plaque qu'elle avait déjà vue des dizaines de fois. La tête d'un homme bouche grande ouverte, découvrant une langue avec un truc collé dessus.

Elle sentit un picotement à la racine de ses cheveux.

Qu'est-ce que cela pouvait bien représenter ?

Un visage mauresque, à l'expression pas vraiment joyeuse, avec un objet rond sur la langue, peut-être un cachet.

C'est là qu'elle eut l'illumination...

Le pauvre hère était manifestement malade. Il tirait la langue pour obtenir un diagnostic. On lui prescrivait le petit cachet. Mais il ne s'agissait pas de la maison d'un médecin. Le type mauresque de l'homme, utilisé pour rappeler aux clients les origines lointaines des remèdes, en témoignait.

C'était en fait l'enseigne d'un apothicaire ou d'un pharmacien.

Avec un sursaut, Ruth se rappela la fiche de Cabrol sur le réseau de la Collection des Pays-Bas.

« Son père, Arnoldus, s'installa à Amsterdam en qualité de pharmacien. Il vendait aussi des pigments aux artistes et des fournitures pour la reliure. Johannes était censé reprendre l'entreprise familiale florissante, ce qu'il fit à contrecœur. »

Oui, c'était là depuis tout ce temps, sous ses yeux.

Johannes Van der Heyden habitait ici...

De plus, sa famille avait continué à vivre au même endroit, siècle après siècle, jusqu'à Lydia – la chère vieille Lydia sans descendant, le dernier fruit flétri de la lignée.

Incroyable mais vrai.

Pourquoi Lydia n'avait-elle rien dit ?

Le savait-elle seulement ?

Et soudain une autre pensée traversa l'esprit de Ruth. Mais bien sûr ! Ce n'était pas seulement le Maure à la bouche béante qui lui crevait les yeux. C'était beaucoup, beaucoup plus.

Elle ouvrit la porte sans bruit et la ferma derrière elle.

Elle retint son souffle et leva le nez vers le plafond de l'entrée, sa vision à rayons X le traversant, montant toujours plus haut...

« Johannes, murmura-t-elle. Tu peux sortir maintenant. Mon petit Johannes... je t'ai trouvé, espèce de fripouille. Ouais ! je sais que tu es là... »

23

Lydia dormait, comme l'avait supposé Ruth, mais elle s'était levée au moins une fois pour répondre à la porte.

Un fleuriste était passé.

Deux douzaines de roses roses sous cellophane attendaient dans l'entrée. Ruth ouvrit la carte qui accompagnait le bouquet. Elle était signée « Thomas Springer ».

Elle se mordit la lèvre inférieure et grimaça.

Dans des circonstances normales, il était plutôt agréable pour une femme de recevoir des fleurs. Mais Ruth ne se sentait pas d'humeur. D'accord, Springer et elle avaient bavardé à la fête. D'accord, il l'avait aidée à emménager chez Lydia. D'accord, il lui avait installé son ordinateur dans le salon. Mais ça s'arrêtait là, mon pote. L'épisode Jojo et les insinuations de Smits avaient tout fichu en l'air.

En plus, Thomas Springer – alias le Kid Cisco – prenait des initiatives, disons, décalées. À commencer par l'anguille. Et de quel droit la couvrait-il de fleurs ?

Ouah !

Ce rituel nuptial, ce trop-plein de cadeaux qui tombait à plat la mettait mal à l'aise. Elle n'appréciait pas du tout.

Elle posa ses sacs de courses dans la cuisine et longea le couloir menant à l'annexe. Elle tira une enveloppe ministre du premier tiroir du bureau, revint dans la maison principale, saisit la torche et grimpa l'escalier quatre à quatre.

Dans la partie du grenier qui donnait sur le canal, le vieux journal se trouvait toujours sur la chaise branlante.

Elle s'assit.

C'était peut-être l'effort, mais son cœur battait la chamade. Elle ferma les yeux et s'appliqua à se détendre.

Deux minutes s'écoulèrent.

Un calme profond l'envahit.

De temps à autre, le bruit d'une voiture venait rompre le silence.

Elle ouvrit les yeux et sortit la photo du tableau Van der Heyden de son enveloppe brune. Elle la tint à bout de bras dans le faisceau de la torche.

Puis elle regarda autour d'elle.

Les poutres en pente, la petite fenêtre, l'âtre et le manteau de la cheminée – tout était exactement comme deux siècles et demi auparavant quand la beauté brune s'était endormie sur la méridienne, dans le parfum du mimosa, et que l'homme se tenait, triste, debout à la fenêtre, perdu dans la contemplation du canal. Et par la fenêtre, s'il subsistait le moindre doute, on apercevait le dernier étage de la maison de Scheele, avec son joli gable en cloche et son palan, identique dans chacun des détails au tableau.

Elle y était.

Elle était là où l'avait conduite la tête d'homme bouche bée.

Pourquoi ne l'avait-elle pas remarqué avant ?

Parce que Amsterdam fourmillait de ces greniers donnant sur des canaux. Il aurait pu s'agir de n'importe lequel d'entre eux, mais ce n'était pas le cas. Elle se tenait dans la petite pièce où cela s'était produit, dans une autre dimension temporelle, aussi distante de l'instant présent qu'une lointaine étoile.

Mais que s'était-il produit ?

Le tableau n'avait pas livré tous ses secrets.

Et pourtant elle sentait la présence de la beauté brune et de l'homme triste, leurs atomes et leurs molécules. Ils se trouvaient ici avec elle.

Elle se leva et s'approcha de la cheminée, comparant toujours avec le tableau. Ici, la tête endormie de la beauté.

Là, la pendule, faisant doucement tic-tac sur le manteau. Et près de la fenêtre, l'homme triste, la tête et l'épaule appuyées contre l'embrasure, en proie à ses rêves mélancoliques. Ils n'avaient pas bougé. Elle les entendait respirer. Elle entendait le martèlement des sabots des chevaux dans la rue et les cris de mouettes mortes depuis longtemps. Elle sentait la chaleur parfumée du corps de la jeune femme et la pression de l'embrasure contre l'épaule du jeune homme.

S'ils le voulaient, ils lui parleraient. Leur accorder du temps. Ils savaient qu'elle les avait découverts. Ils savaient qu'ils n'étaient pas seuls. Qu'elle se réveille, qu'il rassemble ses esprits...

Qui qu'ils fussent, ils avaient beaucoup à raconter.

Elle alluma son portable et appela Myles.

— Devine où je suis.

— Je donne ma langue au chat.

— Je suis assise dans le tableau.

Il y eut un silence.

— Je croyais que tu étais en train d'arrêter la fumette.

Ruth lui expliqua Scheele, l'homme bouche ouverte et sa soudaine illumination. Elle lui parla de la pièce.

— Flippant, murmura-t-il à la fin de sa tirade.
— Je sais. Ramène-moi dans la réalité, Myles.
— On te verra au bureau demain ?

De retour dans le salon, elle mit du Chet Baker sur le Dansette Popular, histoire de se changer les idées, puis retira des brassées de livres de Sander des étagères du haut.

Elle allait s'y mettre.

Principessa endormie dans le fauteuil à ses côtés, Ruth feuilleta chaque livre tour à tour, de la première à la dernière page, puis dans le sens contraire. Certains renfermaient des marque-pages, des fleurs séchées, voire de vieilles coupures de journaux. D'autres, des passages soulignés et des annotations. Cela retint son attention. Elle prit le temps de les lire, pour se faire une idée de l'esprit de Sander, à travers ses réactions spontanées devant le texte imprimé. Il ne possédait guère de romans. Surtout des ouvrages de physique, d'optique, de voyages et d'histoire naturelle. Dans les livres techniques, il griffonnait des équations mathématiques par-ci, un schéma par-là. Ailleurs, cela se résumait à de brefs commentaires – « exact », « discutable », « totalement vrai ! ». Il ne parvenait pas à résister à l'envie de communiquer avec l'auteur invisible.

Elle s'interrompit après avoir ouvert environ deux cents volumes.

La couleur de la reliure d'une série déteignait. Elle avait les mains rouge pâle. Elle monta les brosser dans la salle de bains, redescendit et se brancha sur Internet.

Pas de mail, sinon une réponse automatique du bureau de Smits. Une pensée lui vint. Et si elle vérifiait pour Blommendaal ? Les Pages blanches en citaient deux. Celui de Van Woustraat lui parut improbable. L'autre convenait : S. Blommendaal, Services juridiques. Il habitait non loin de chez Lydia, sur le Keizersgracht. Ruth s'adossa à sa chaise et croisa les bras.

Bon, pourquoi Lydia aurait-elle besoin d'un avocat ?

« Il est passé pour affaires. Il est venu m'aider pour mes papiers… »

Mardi, à l'heure du déjeuner, Ruth choisit un style parmi les modèles de coupes proposés et observa sa transformation.

Après le shampooing et la coupe, le coiffeur étala la teinture noire avec une spatule, puis la fit pénétrer en lui massant le cuir chevelu, les mains gainées de gants transparents. Lorsque la teinture débordait sur la peau ou sur une oreille, il l'essuyait à l'aide d'un gant de toilette.

— On a ce gel, dit-il en brandissant un pot vert. C'est pour le look saut du lit, mais je ne crois pas que vous en ayez besoin. Le style pétard, c'est naturel chez vous.

Quand la teinture fut sèche, Ruth se contempla longuement dans le miroir. Elle se reconnaissait à peine. Elle ne savait que penser.

Pourquoi avait-elle fait ça ?

Peut-être à cause des gothiques du Jade Beach. Peut-être par simple besoin de changement. Elle en avait sa claque de la vieille Ruth, qui n'allait nulle part dans son bateau amarré à quai. Elle en avait sa claque d'en avoir sa claque. Voilà pourquoi aujourd'hui elle prenait soin des détails. Et puis être bien fringuée et chic la plongeait immanquablement dans un bien-être spirituel, sans commune mesure avec tout ce que pouvaient offrir la plupart des religions établies.

Elle s'offrit un double Frappuccino avec un gâteau dans un café.

Elle commença à prendre des notes, une liste d'idées pour la péniche quand elle serait réparée. Au printemps, elle voulait des fleurs et des plantes partout – une explosion de couleurs et de verdure. Elle allait transformer une partie du pont en un véritable jardin avec un transat en rotin craquant où elle s'installerait pour lire et flemmarder au soleil. Elle allait également se secouer un peu – se mettre au dessin, voire à la peinture. Pourquoi pas ? Dans le passé, elle avait tâté de l'aquarelle. Cette fois, elle verrait grand – chevalet, toile, peinture acrylique. Comme la fille de la désintox, elle explorerait son moi, ou le monde extérieur, ou l'un par le biais de l'autre. Et pendant qu'elle y était, peut-être qu'elle s'offrirait une vie sociale plus active, voire un homme. Elle ne l'inscrivit pas sur sa liste, mais ce fut moins une.

Elle s'interrompit, stylo en l'air, et songea au Kid.

Au Kid et à ses roses.

Se montrait-elle dure avec lui ?

Il lui avait plutôt plu au premier coup d'œil, puis tout avait tellement merdé que sa cote avait chuté. Ce n'était pas exactement sa faute. Et, il fallait regarder les choses en face, elle n'était pas la plus sympa du quartier. « J'ai remarqué quelque chose à votre sujet, avait dit Lydia. Votre façon de marcher. Votre façon de parler. Vous ne laissez rien paraître de vos sentiments. Quelque chose ne va pas, hein ? Je sens ces choses-là. »

Si seulement elle pouvait se détendre, décompresser et redevenir dans le coup, la vie serait plus facile. Pour l'instant, un canal était bouché quelque part, au plus profond d'elle-même. Elle ne savait pas pourquoi. Il y avait des moments comme ça dans l'existence. De vraies saletés. Il fallait se contenter d'attendre. Le déblocage viendrait de l'extérieur, tomberait du ciel comme des éclairs cinglants.

Elle fit un peu de lèche-vitrines, bavarda avec la vendeuse du fleuriste, dont la sœur était à l'école avec elle, acheta un magazine et regarda des tissus pour rideaux, en pensant à la péniche.

Il faisait froid. Le soleil brillait comme de l'or en barre.

Elle tomba sur Timmermans dans une librairie. Ils parlèrent boutique et elle l'aida à trouver le livre de recettes de tajines qu'il cherchait. Après son départ, elle vérifia son portable. Un texto.

Quoi encore ?

Elle s'assit dans une alcôve tapissée de guides pour tout faire soi-même.

O magnum mysterium. Nigra sum sed formosa.
Non aurum sed lapis infernalis,
petra genitrix, matrix mundi.

Elle se sentit abattue. Le cafard l'envahit, comme injecté par intraveineuse.

Et merde, encore de ce foutu latin...

C'était vraiment trop d'avoir besoin d'un diplôme en lettres classiques pour lire les messages de haine qu'on vous adressait. Cette fois, ni Poule mouillée ni signature.

Mais qui donc était ce mec ?

Était-ce là ce qui ne cessait de la ronger ?

Elle avait été persuadée que c'était Scheele, mais maintenant – depuis qu'elle l'avait rencontré – rien ne paraissait plus improbable. Pouvait-il s'agir d'un de ses proches ? Cabrol, Jojo, le Kid, Lucas Aalders, voire Myles...

D'accord, Jojo lui en voulait, mais les mails dataient d'avant leur rupture et de toute façon c'était une assistante sociale, pas une kabbaliste lâchant des malédictions sinistres rédigées en langue morte.

Le Kid avait ses phases, mais globalement il semblait bien disposé. Elle ne le connaissait pas non plus depuis longtemps.

Cabrol ?

Cet homme était une énigme. Un vrai robot. Un viseur de pilote de chasse New Age, avec toutes sortes de compteurs, de jauges et de vecteurs trigonométriques à l'intérieur du globe oculaire. Il était *Mission Control.* Elle ne serait jamais à la hauteur de son label de qualité, mais elle ne voyait pas ce qui le motivait.

Instinctivement, elle l'éliminait. Les mails étaient du genre émotionnel. Sous-tendus par une énergie démoniaque. L'émotion était bannie de la vision du monde cartésienne de Cabrol. Il était aussi froid qu'un seau de merde de pingouin vieille d'un mois.

Bon, ça laissait qui ?

Myles – ce cher vieux Myles ?

Rien que formuler une idée pareille la rendait malade.

Elle contempla ses baskets. Des petits trous d'aération y dessinaient un motif en forme de S sur les côtés.

Y avait-il quelque chose chez Myles qui lui aurait échappé ? Certainement pas. Myles était Myles, rien de plus, un bon gros ours – gentil mais vachard, cœur d'or, et pédé comme un phoque. Il avait un faible pour elle, d'accord, mais tout le monde sait que les gays, comme les coiffeurs, sont les meilleurs amis de la femme. Et ce n'était pas un solitaire. Il avait Rex et Sweekieboude.

Non – impensable.

Peut-être que Maarten lui envoyait des messages de l'au-delà, et restait toujours la suggestion perverse de Smits – Andries Smits, inspecteur *extraordinaire** – comme quoi elle s'envoyait elle-même ses messages. Ruth, la schizo, avançant dans la pénombre, jamais seule avec sa double personnalité !

Elle relut le latin à haute voix. Puis elle fit défiler le texto jusqu'à la fin et sa gorge se serra.

Un plaisir macabre l'envahit.

Cette fois, il s'était emmêlé les pinceaux. Il avait gaffé.

Le message n'avait pas été renvoyé par un serveur relais. Il venait d'un portable. Et le numéro figurait à la fin du texte, en clair, ajouté automatiquement au message par l'opérateur.

Elle prit son stylo et le nota au creux de la paume de sa main.

Sa main en tremblait d'exaltation.

Comment appelait-on ça déjà, ce truc dont elle avait besoin maintenant ?

Un annuaire inversé. Qui lui donnerait le nom d'après le numéro. Ça existait, mais peut-être que ce ne serait même pas nécessaire. Peut-être s'agissait-il de quelqu'un qu'elle ne connaissait que trop bien.

Elle ouvrit son carnet d'adresses et trouva immédiatement le numéro. Il figurait en première page, en haut des A. « A » pour Aalders, Lucas Aalders – ce bon gros radoteur, le corps informe, le crâne chauve et le double menton tremblotant en pis de vache. Mais un type intelligent, à sa manière sèche et méthodique d'universitaire lugubre. Il réfléchissait en écriture liée. Les mots sortaient de sa bouche comme des chapelets de saucisses d'une machine, parfaits, en guirlandes syntaxiques précises. En d'autres temps, il aurait pu devenir son beau-père, mais elle n'avait jamais vraiment connu l'homme. Il était juste le père de Maarten, une partie du décor, une projection génétique abstraite de la boule de chair flasque qu'aurait pu être un jour Maarten. Mais il avait un peu changé depuis la bonne vieille époque de « Papa ».

Maintenant il était amer et usé par le chagrin. Maintenant il cherchait un portemanteau auquel accrocher sa douleur...

Quelque chose clochait...

Elle regarda de nouveau le message.

Pauvre andouille de Ruth ! Tu ne te pisserais pas dessus si ton slip était en feu ! Qu'est-ce qui fait office de cervelle chez toi, bordel ?

Erreur 404 : fichier non trouvé.

Il n'y avait rien de sinistre chez Lucas. Lucas était l'honnêteté incarnée. Il avait simplement fait ce qu'elle lui avait demandé. La spirale et la pyramide de chiffres au dos du tableau. Elle avait eu raison, c'était du latin. Et Lucas avait trouvé le code...

Un frémissement différent la parcourut.

Elle composa rapidement le numéro.

— C'est moi, Ruth, lâcha-t-elle, essoufflée. Merci ! Vous avez réussi.

— On m'a un peu aidé.

— Vous êtes à l'université ?

— Oui.

— Pouvons-nous nous voir ?

— Je m'apprête à entrer en cours.

— Après alors ?

Il y eut un silence.

— Vous connaissez le département de génie chimique ?

— Le complexe Roeterseiland, c'est ça ?

— Oui – bâtiment B, sur la Nieuwe Achtergracht. Où êtes-vous ?

— Près de chez moi. Dans le Jordaan.

Prenez le tram n° 7 ou le n° 10. Bâtiment B – quatrième étage, pièce 402.

— Compris.

— Dans une heure et demie, disons.

Lucas sortait de la salle du séminaire quand elle arriva.

Elle le repéra du bout du couloir. Vêtu d'un ample costume de laine brune, il téléphonait, un porte-documents serré sous un bras. Une jolie étudiante à lunettes l'attendait. Il ferma son portable, jeta un coup d'œil rapide à Ruth pour la faire patienter, et baissa la tête pour écouter l'étudiante.

Ruth fit mine de lire les annonces au mur, mais elle observait Lucas du coin de l'œil.

Un sourire espiègle aux lèvres, il répondait à voix basse aux questions de la fille sur un ton gentil. Cette scène le lui rendit sympathique. Elle ne l'avait encore jamais vu dans son environnement de travail. Ça lui conférait une nouvelle et plaisante dimension. La fille rit, secoua ses cheveux et, une fois leur conversation terminée, tourna les talons.

— Entrons ici, dit Lucas quand Ruth le rejoignit.

Il passa une carte magnétique dans une fente verticale. De la technologie d'antan : l'arrière-grand-père de l'accès biométrique du Rijksmuseum, avec ses accessoires du XXIe siècle.

Ruth regarda ses doigts danser sur le clavier...

Son code était la date de naissance de Maarten – elle l'aurait juré ; jour, mois, année.

Elle se retrouva dans un labo à mille lieues de ceux qu'elle avait connus pendant sa scolarité, avec leurs becs Bunsen, leurs éprouvettes, leurs ballons, et le reste, montés sur des échafaudages en Meccano. Là c'était du high-tech : de gros appareils dans des coquilles métalliques couleur crème, des diodes, des écrans d'ordinateur et un bourdonnement électrique qui suggérait une activité mécanique, bien que rien ne fût visiblement branché.

Une fille et deux garçons étaient courbés devant des écrans. Ils levèrent à peine le nez à l'entrée de Ruth et de Lucas.

Près de la porte se trouvait un oculaire qui lui rappela un microscope à l'ancienne.

— Je peux ? dit-elle.

— Je vous en prie.

Ce qu'elle découvrit ressemblait à un motif de T-shirt des années 1970.

— Des polymères, précisa obligeamment Lucas. Ces types sont des fétichistes du plastique. Ils n'ont pas encore leur diplôme, mais ils ont déjà été récupérés par l'industrie. (Les étudiants leur adressèrent un sourire timide et se remirent au travail.) Ils inventent de nouvelles matières. En d'autres termes, le moyen le plus sûr de faire fonctionner la planche à billets...

Lucas conduisit Ruth dans un coin du labo où ils s'assirent sur des chaises à roulettes. Ses vêtements sentaient le salpêtre, comme son appartement.

— Vous avez percé le code. Merci.

— En fait, votre père et vous m'avez mis sur la voie, dit-il en croisant les bras. Il avait raison de penser qu'il s'agissait du remplacement d'une lettre par un chiffre. Vous aviez raison de croire qu'il s'agissait de latin. Cela n'a pas été aussi facile de trouver les règles. Je suis un ingénieur chimiste, pas un cryptographe des services secrets. Mais nous avons fini par y parvenir. C'est pour ça que les universités existent, non ? Les chiffres en forme pyramidale m'ont indiqué comment les lettres se transformaient en mots.

Ruth jeta un nouveau coup d'œil au latin sur son portable.

Qu'est-ce que ça veut dire ?

Lucas eut un rire sec.

— Je savais que vous me poseriez cette question ! Heureusement toute salle des profs qui se respecte a son latiniste. La nôtre ne fait pas exception. Un de mes collègues m'a filé un coup de main.

Il sortit un bout de papier de sa poche.

Ô magnum mysterium. Nigra sum sed formosa.
Non aurum sed lapis infernalis,
petra genitrix, matrix mundi.
Ô grand mystère. Je suis noire et pourtant belle,
Non pas de l'or mais la pierre infernale,
La roche fertile, le ventre de la terre.

— L'auteur y a fourré un paquet d'allusions. Retournez ce papier. J'ai noté deux des références. Le premier truc, « Ô grand mystère », vient des matines de Noël. Regardez.

Ruth lut le texte au verso.

Quel grand mystère et quel sacrement merveilleux
Que des animaux puissent voir le Seigneur nouveau-né

Reposant dans leur mangeoire.
Nous avons vu l'enfant et le chœur des anges
Louer le Seigneur. Alléluia.

— La citation suivante vient de la Bible, du *Cantique des cantiques* :

Sous mon teint brûlé je suis belle,
filles de Jérusalem,
Comme les tentes des nomades,
Comme les draperies de Salomon.

Notre latiniste m'assure que l'emploi du mot « matrice » pour « ventre » est plutôt rare. Cela peut venir de la Kabbale par le biais de l'arabe.

Ces mots ne signifiaient rien pour Ruth.

— Vous ai-je raconté où nous avions trouvé ça ? reprit-elle. Si je ne l'ai pas fait, papa a dû s'en charger. C'était au dos d'un tableau du XVIIIe siècle.

— C'est ce que j'ai cru comprendre.

— Au milieu de tous les chiffres se trouvait le symbole de la pierre philosophale. Vous pensez que c'est un message alchimique ?

Lucas lui reprit la feuille et relut le texte en se frottant le menton.

— D'accord, supposons qu'il s'agisse d'un contexte alchimiste. Comme dans une énigme enfantine, l'orateur parle à la première personne. Il se met à la place d'un élément ou d'un composé particulier. Il est noir. Il est né d'un processus mystique particulier, comme le Christ – d'où les réponses des matines de Noël. Et au cas où vous penseriez que la pierre philosophale est de l'or, il vous précise très clairement qu'il n'en est rien. C'est la pierre infernale, la roche fertile, le ventre de la terre.

Ruth le fixait, attendant la suite.

— Votre père et moi nous sommes bigophoné à ce sujet. Il s'est chargé des recherches alchimiques. En alchimie, la phase noire, nigredo, est un état chaotique pareil à la mort, où les substances sont détruites au point d'en devenir méconnaissables avant que quelque chose de nouveau puisse être créé. Mort et renaissance. Pour eux, le four de l'alchimiste était une sorte de ventre. Mais ici le ventre est la terre elle-même, ce qui nous ramène à la vieille croyance animiste qui veut que pierres et métaux soient vivants et poussent dans la terre. Comme le blé, ils sortent de terre, donc comme le blé, ils doivent aussi y pousser. Il y a une sorte de logique dingue là-dedans.

— C'est une idée un peu folle, mais pensez-vous qu'il pourrait y avoir un lien avec l'uranium ?

— L'uranium ?

Il haussa les sourcils.

— Oui, les bombes, les réacteurs, la fin du monde et tout ça.

— De quand date ce tableau, déjà ?

— 1758.

— Alors ça n'a rien à voir avec l'uranium, croyez-moi. On ne le connaît que depuis 1789. Un Allemand, un certain Klaproth, en a extrait d'un échantillon de pechblende et lui a donné ce nom.

— Si ce n'est pas de l'uranium, qu'est-ce que ça peut être ?

Lucas fit tourner sa chaise et se leva. Sur le mur se trouvait un tableau de classification périodique des éléments. Il désigna le Ag sur le tableau.

— L'argent. Ou un sel d'argent. Voilà ce qu'était la pierre infernale pour les vieux alchimistes. Aussi connu sous le nom de caustique lunaire. Non pas l'or, mais l'épouse de l'or. Non pas le soleil, mais la lune.

— À vous entendre, on dirait que vous y croyez !

Il rit.

— Moi ? Eh bien, non, Ruth, je vous rassure. C'est comme la religion. Ce sont des rêves. Une folie. Un mythe. Une énorme projection des espoirs de l'homme sur le monde qui l'entoure. Il n'y a rien d'objectivement scientifique là-dedans.

— Mais les alchimistes n'étaient-ils pas vos précurseurs ?

Il haussa les épaules.

— Bien sûr, si vous voulez voir les choses sous cet angle, dans le genre approximatif. Mais nous avons davantage progressé en deux siècles qu'eux en deux millénaires. Ils n'ont aucune méthode, aucune rigueur. Ils s'expriment par métaphores, et puis ils croient plus aux métaphores qu'à ce qu'ils ont sous leurs propres yeux. Les choses n'ont été réglées que le jour où les experts scientifiques sont apparus – les êtres éclairés.

Ruth se leva pour regarder le tableau.
Argent : Ag 47 107.8682
Elle resta figée une trentaine de secondes.
— Ça va ? lui demanda Lucas, inquiet.
Elle se retourna.
— Une explication, peut-être ? dit-il. Au lieu de ce regard, j'entends.
— Pardon, dit-elle en se secouant. Oui, ça va. Pardonnez-moi, Lucas. Je réfléchissais, c'est tout.
Elle s'arracha du tableau, s'efforçant de se comporter comme si de rien n'était.
47 107.8682
Elle savait où elle avait vu ces chiffres auparavant. C'était le masque numérique derrière lequel se dissimulait son haineux correspondant.
Ses soupçons se réveillèrent.
Lucas avait-il fait exprès d'attirer son attention sur le tableau ? Si tel était le cas, il savait qu'il venait d'enfoncer le clou.
Lucas consulta sa montre.
— J'ai un autre cours, fit-il avec un sourire résigné.
Il n'y avait rien de suspect dans son attitude.
Il la conduisit à la porte et – un instant – lui passa un bras autour des épaules, paternel.
— J'ai réfléchi à ce que vous m'avez annoncé au téléphone l'autre jour – que vous n'aimiez pas Maarten.
— J'étais de mauvaise humeur. Je n'avais pas l'intention de le dire comme ça.
— C'était honnête, en tout cas. Je n'en ai pas soufflé mot à Clara, bien entendu, mais je tiens

à ce que vous sachiez que j'apprécie votre franchise. En tant que scientifique. En tant que rationaliste. En tant que militant impénitent de la vérité toute crue.

— Vous savez que Maarten et moi nous aimions réellement beaucoup ?

— Bien sûr. Il n'est pas nécessaire d'expliquer.

Elle essaya de gagner du temps. Elle baissa les yeux, puis le regarda.

— Il y a autre chose que je ne vous ai jamais dit. La nuit d'avant le départ de Maarten pour ce circuit de patinage, la veille de l'accident, j'ai fait un rêve. Dingue. J'ai rêvé qu'il avait un accident de moto. Qu'il mourait. Et cela s'est produit.

Lucas se tenait tête baissée, mais il la regardait par en dessous, attendant la suite.

— Je n'ai jamais osé l'avouer à personne, mais j'en étais malade. J'avais l'impression de l'avoir provoqué. D'avoir voulu qu'il meure, inconsciemment. Vous croyez que les rêves peuvent déclencher les événements ?

Il réfléchit, les yeux mi-clos.

— Tout dépend de ce que vous entendez par rêves. Si vous parlez de vos plans, de vos projets, alors oui – c'est leur fonction, d'amener les choses à se produire. Mais si vous parlez de vos rêves subconscients, alors c'est une autre paire de manches. Je dirais que votre rêve n'était même pas prophétique. Nous rêvons de la mort des gens quand nous ne voulons pas qu'ils meurent. Le rêve met la peur en scène. Vous saviez aussi que les motos étaient dangereuses, n'est-ce pas ?

— J'aurais dû l'avertir.

— Il ne vous aurait pas écoutée. Maarten était entêté, comme moi.

Ruth se sentit soulagée.

— Ce rêve m'a poussée à éviter les gens. Je me faisais l'effet d'une sorte de sorcière ou de Cassandre. Le mauvais œil – vous savez.

— Vous ne devriez pas. Nos rêves sont là pour nous aider. Écoutez-les, mais ne leur donnez pas la priorité sur la vie. Et, Ruth, ne laissez pas cette histoire Springer gâcher votre amitié avec Jojo. Allez la voir. Elle est toujours à l'hôpital. Sinon, essayez de lui téléphoner de nouveau. Je crois qu'elle acceptera de vous parler maintenant.

24

Cette nuit-là, Ruth se réveilla en sursaut dans sa petite chambre à l'étage. Elle regarda son réveille-matin.

Trois heures pile.

Elle avait chaud ; elle se sentait mal à l'aise. Elle retourna son oreiller du côté encore frais. Elle sortit de son lit et baissa le radiateur.

Elle avait vu Lydia en rentrant, mais pas très longtemps. La vieille femme devenait grincheuse. La lune de miel de la cohabitation s'épuisait. Ruth s'en moquait. Elle pouvait rester seule le soir, sans se sentir dans l'obligation morale de faire la conversation. Elle avait feuilleté une autre centaine de livres de Sander avant de se coucher.

Maintenant elle essayait de comprendre ce qui l'avait réveillée.

Un des ouvrages de Sander traitant de l'étamage et de l'encadrement des miroirs avait retenu son attention, mais ce n'était pas ça. Elle avait repensé au comportement de Lucas, sans parler de celui du Kid, mais ce n'était pas ça non plus.

Était-elle en train de rêver ?

C'était l'impression qu'elle avait en tout cas. Elle se concentra pour revenir aux quelques secondes d'obscurité qui avaient précédé son réveil, mais malgré ses efforts son rêve ne lui revint pas. Quel qu'il fût, il appartenait à un ordre de mémoire différent, une zone parallèle sous les plats-bords et les écoutilles de la conscience.

Puis elle comprit ce qui l'avait dérangée.

Sa chambre donnait sur l'arrière de la maison principale et une lumière brillait à l'une des fenêtres du deuxième étage.

Elle s'assit sur le bord de son lit et enfila ses pantoufles.

Elle s'approcha de la fenêtre et leva les yeux.

Pas le moindre signe de vie. Rien qu'une ampoule nue, éclairant un débarras vide.

Pourquoi ?

C'était idiot, mais le refrain sénile de Lydia lui revint à l'esprit.

« Parfois, il vient quand je suis sortie. D'autres fois, il vient la nuit, quand je dors. Il fouille dans mes affaires, je l'entends. »

Il étant bien sûr Sander...

Ruth songea au cliché du frère adolescent – le joli sourire, l'angle en proue du menton et du nez, la casquette plate en velours et la veste, boutonnée du mauvais côté. Un jeune homme tiré à quatre épingles. Pour la Cloche, sa crise cardiaque de 1955 n'avait pas sonné sa fin. Le frère était une machine à mouvement perpétuel. Il continuait, sans relâche. Des mythologies mondiales avaient été bâties sur moins que ça, et l'obsession durable de Lydia pour son frère devenait un Olympe privé, une Thèbes ou des Atrides aussi réels à ses yeux que n'importe quelle religion ou secte pour ses plus fidèles adeptes.

L'effet Sander commençait même à gagner Ruth. Assise dans le salon, elle feuilletait les livres de Sander, lisait les annotations de Sander, pensait comme Sander. Tout rappelait Sander. Si elle fourrait une main dans la fente au dos du fauteuil, elle trouverait certainement un cheveu ou une rognure d'ongle lui appartenant – quelques atomes du fantôme qu'elle avait dérangé sans réfléchir.

Le frère débarquait-il vraiment à ces heures indues pour vaquer à ses occupations obscures ? Qu'avait-il perdu ? Que cherchait-il ?

Difficile de dire si un ectoplasme était capable de fouiller quoi que ce soit, mais on ne pouvait pas non plus jurer de l'existence des ectoplasmes.

Ruth descendit au rez-de-chaussée et longea le couloir rejoignant la maison de Lydia. Il n'était pas nécessaire de jeter un coup d'œil sur la petite dame. Elle ronflait tel un marteau-piqueur dans la pièce de devant.

Ruth attendit au pied de l'escalier, torche éteinte en main.

Silence.

Elle patienta un peu plus longtemps.

Si Sander, ou qui que ce fût, l'avait entendue, ce serait le jeu : pousser l'autre à se lasser. On ne bouge pas jusqu'à ce qu'on soit sûr que l'on n'entend rien. Mais l'autre peut savoir qu'on est là et rester lui aussi à attendre, coi, qu'il n'y ait plus aucun bruit, de sorte qu'on en revient toujours au point de départ.

Et puis ?

On bouge et on se trahit, ou on ne bouge pas et on passe toute la nuit à incarner sans trop de talent un mannequin de vitrine. C'était la seule alternative. Vu la disposition de la maison, l'individu au pied des marches avait l'avantage tactique. Pour sortir, il fallait descendre, à moins d'avoir comme Chet Baker une tendance à tomber par les fenêtres.

Ruth jura.

Ou il y avait quelqu'un là-haut, ou il n'y avait personne. Elle détestait ce genre de scène au cinéma ; il n'y avait donc aucune raison que ça lui plaise dans la réalité.

Elle alluma la torche et monta, sans se soucier du bruit qu'elle faisait. Étonnamment, elle n'avait pas peur du tout. La pièce allumée au deuxième étage était vide. Elle éteignit la lumière et ferma la porte. Puis, histoire d'être sûre, elle alla vérifier l'étage supérieur.

Rien.

Pas même une chute de température pour signifier la présence du fantôme de Sander à ses côtés traînant sa chaîne et son boulet.

Elle soupira.

Si elle avait effectivement rencontré Sander, cela aurait été le coup de grâce. Cet endroit pullulait déjà de fantômes, comme elle s'en était rendu compte plus tôt dans la journée. Deux suffisaient amplement, à moins que le Tout-Puissant, pour des raisons connues de Lui seul, n'ait choisi de fourrer l'ensemble du purgatoire dans une maison de canal d'Amsterdam.

L'explication la plus simple, c'était que Lydia, qui se plaignait pourtant d'être infirme, était tout de même montée à l'étage un peu plus tôt. Elle était chez elle, après tout. Ou, plus simple encore, elle, Ruth, avait allumé la lampe ce matin-là dans sa hâte de comparer le tableau avec la pièce du grenier. Plus simple, mais peu plausible. Le commutateur se trouvait dans la pièce, non sur le palier, et pour quelle raison aurait-elle commencé par entrer dans cette pièce ? Aucune. Elle ne se rappelait en tout cas rien de ce genre.

Elle descendit.

En haut de la dernière volée de marches, elle retira une pantoufle. Un grain de poussière lui irritait le pied. Elle reprit sa descente, clopin-clopant, puis se figea à mi-chemin.

Le tapis de l'escalier était humide.

Elle braqua la torche sur le tapis, le tâta et frémit. De l'humidité montant du canal. Lors d'une phase antérieure de l'histoire humaine – la phase amphibie, par exemple –, Amsterdam aurait peut-être été un habitat agréable. À présent, elle faisait l'effet d'un pas dans la mauvaise direction sur l'échelle de l'évolution. Peut-être que Pittsburgh n'était pas une si mauvaise idée, après tout.

Ruth remit sa pantoufle et retourna se coucher.

— Tu es différente, dit Myles.

— Les cheveux.

— Pas seulement les cheveux.

— D'accord, j'avoue tout. J'ai subi une lobotomie frontale. Les cheveux bruns, c'était pour dissimuler les cicatrices.

— Comment tu te sens ?

— Curieusement en paix avec le monde.

— Tu voues une affection touchante aux opérations lourdes. Méfie-toi de ces médecins. Ça commence par un petit piercing, puis ils taillent dans le vif... Ils visent les organes, je te jure.

Ils étaient rentrés directement du bureau à la maison.

Principessa se réveilla et vint les saluer, la queue bien droite.

— J'aimerais qu'elle baisse sa queue, dit Myles. J'ai toujours l'impression qu'on essaie de me prendre en photo.

Il s'écroula dans le fauteuil de Sander et ramassa le bout de laine avec la boule de papier au bout, le jouet improvisé de Principessa. Il le laissa pendre nonchalamment, dans le style *le roi s'amuse**, en regardant par-dessus l'accoudoir. Le chaton shoota dedans. Myles le fit ensuite tourner autour de la tête de la bête jusqu'à ce qu'elle s'effondre presque, prise de vertige.

— Ce n'est pas gentil, s'écria Ruth, courroucée, en faisant chauffer de l'eau pour le thé.

— Ça n'a rien à voir avec la gentillesse.

— C'est tellement anglais.

— Pas du tout. La gentillesse, c'est anglais. Il fit un nœud coulant avec le bout de laine et le passa autour de la queue du chat. Principessa tourna en rond, se courant après, frappant de ses pattes la souris en papier qui ne cessait de lui échapper.

— Imbécile !

Myles afficha un détachement scientifique.

— Ce chaton a la cervelle d'une amibe, et encore, je parie qu'une amibe arriverait à s'en débarrasser.

— Je ne t'adresserai plus jamais la parole. Attends un peu que Sweekieboude me tombe entre les mains.

Elle dénoua le bout de laine de la queue du chat. Elle jeta la boule à la tête de Myles.

— T'as vu ?

Il l'attrapa dans ses mains en coupe.

Principessa s'assit et entreprit de se lécher. Puis elle bâilla, s'étira comme si rien ne s'était passé – dos arqué, une patte tendue en arrière – et sortit majestueusement.

— Je devrais te verser ça sur ta grosse tête, espèce d'enfoiré d'Anglais, dit Ruth en lui tendant sa tasse. Attends un peu. Le traitement qu'on réserve aux chats dans cette vie détermine le traitement auquel on a droit dans la suivante.

— Alors heureusement que j'ai toujours su apprécier une bonne flagellation.

Myles avala bruyamment son thé. Il lâcha un soupir de satisfaction et saisit le bout de laine de la boule de papier.

Elle s'approcha du bureau et alluma l'ordinateur. Il était encore tôt, mais ils avaient l'intention d'aller voir un film dans la soirée. Elle se brancha sur le Net et fit défiler les programmes des cinémas.

— Ils repassent encore *Total Recall*, annonça-t-elle sans se retourner. Sinon il y a une rétrospective Godard au Kriterion, si un peu de nourriture intellectuelle française te dit.

— C'est pas ma tasse de thé.

— Je m'en doute. Autant regarder noircir des bananes. Tu pourrais piquer un roupillon sans craindre de perdre le fil. C'est ça ou un film chinois à propos des rapports industriels dans une usine d'articles de sport en province. À pisser de rire, quoi.

Myles ne réagit pas.

— Nous pourrions aussi rester ici. Si tu veux la totale, Lydia aime jouer au Scrabble. Dix contre un que la vieille bique gagne.

Ce silence ne ressemblait pas à Myles. Elle jeta un coup d'œil par-dessus son épaule. Il était penché sur le bout de papier qu'il avait lissé sur un genou.

— Myles ?

Il leva les yeux sans bouger la tête. Il y avait une étincelle dans son regard qu'elle n'avait jamais vue. Quelque chose de nouveau. De particulier. Un *je-ne-sais-quoi**. Il avait le front tout rouge avec, en plein milieu, une veine gonflée comme un câble de treuil.

Il ne bougea pas.

Ruth s'approcha de lui. Elle lui arracha le bout de papier des mains et revint s'asseoir à son bureau, tout en le surveillant prudemment du coin de l'œil, soupçonnant une entourloupe. Le papier était vieux et jauni, doux au toucher comme du chiffon, ce qui l'avait empêché de devenir cassant, même si les bords moisis s'effritaient. Il était couvert d'une grande écriture généreuse à l'encre sépia. Il s'agissait de la moitié supérieure d'une lettre.

Mon très cher et très honoré ami,

Rien n'aurait pu me préparer à la joie exquise que j'ai ressentie ce matin en ouvrant votre paquet. Quand votre valet est apparu, ni la taille ni la forme de la chose ne m'ont suggéré son contenu. J'étais assez perplexe. Comment osez-vous, monsieur ! Ne vous ai-je pas confié mon serment de ne jamais plus avoir affaire à Breukhoven ? Et voilà que vous...

La phrase s'arrêtait au pied de la page. Ruth lut de nouveau le texte, fixa le papier, puis elle comprit.

Myles l'observait sans bouger.

Leurs regards se croisèrent.

— Reviens, Principessa, dit-il en levant les mains en un geste de supplication. Tout est pardonné.

— C'est ça, n'est-ce pas ? dit Ruth en tenant la lettre comme si elle ne parvenait pas à croire qu'elle fût entre ses mains. Dis-moi que c'est ça, Myles.

— C'est ça.

— C'est Johannes.

— Un petit bout de Johannes. Où est le reste ?

— Pas la peine de me regarder. Ce n'est pas moi qui ai fabriqué le jouet.

— Qui alors ?

Ruth essaya de se rappeler.

— Lydia, je crois.

Prenant l'air important, il se leva de son fauteuil et lui offrit son bras.

— Si nous y allions ?

Lydia se trouvait dans le salon, son manteau sur le dos. Elle était en train de répartir des gélules colorées dans une boîte à pilules équipée d'un volet transparent en plastique pour chacun des jours de la semaine. Elle sursauta quand ils frappèrent et entrèrent sans attendre de réponse. Une poignée de gélules s'étala par terre. Ruth les ramassa et les rassembla en un petit tas bien net sur la table. Lydia remarqua la masse impressionnante de Myles.

— Qui est-ce ? murmura-t-elle.

— C'est Myles, Lydia – mon confrère anglais. Vous avez fait sa connaissance l'autre jour.

— Vraiment ?

— Mais oui. Qu'est-ce qui vous arrive ? Vous avez froid ?

— Froid ? Oh, le manteau. Non, je n'ai pas froid. Je m'apprêtais à aller faire les courses. J'ai besoin d'un inhalateur, il faut que je récupère mon chèque de retraite et il y avait autre chose... je ne m'en souviens plus maintenant.

— Une caisse de gin, peut-être ?

— Des friandises à la menthe, en fait, répliqua Lydia, un peu vexée. J'ai vu une publicité à la télévision qui m'a bien plu. Celles qu'on est censé manger après huit heures.

— Tant que cela ne met pas maman dans les vapes.

— Je vous ai priée de ne pas me faire la leçon, jeune dame. Si je bois du gin, c'est dans un but médicinal. Ça m'aide à oublier mes vieilles douleurs.

— À oublier jusqu'à votre propre nom, oui.

— Pardon ?

Lydia se colla une main en pavillon derrière l'oreille, grognon.

Ruth soupira.

— Rien, Lydia, rien. (Elle s'assit à côté d'elle.) Myles et moi avons une question à vous poser. Vous vous souvenez que vous avez fabriqué un jouet pour Principessa, une petite boule de papier au bout d'une ficelle ?

— Je ne sais pas où elle est. Je ne me rappelle plus où je l'ai vue la dernière fois.

— Je l'ai. (Ruth la lui montra.) En fait, nous nous demandions où vous aviez trouvé ce bout de papier.

— Dans la maison, ma chère. La maison est bourrée de bouts de papier, au cas où vous ne l'auriez pas remarqué. Servez-vous, si vous en avez besoin. Un de ces jours, il faudra que je fasse un tri, mais ma vue n'est plus ce qu'elle était.

Ruth se tourna vers Myles et leva les yeux au ciel.

— Bon, nous pensions que vous l'aviez probablement trouvé dans la maison. Mais pourriez-vous être plus précise ? Dans quelle pièce ?

— Ici, je crois, dit Lydia. (Elle remonta ses lunettes sur son nez.) Je crois l'avoir trouvé ici par terre. Ici ou dans la cuisine. Comme vous le savez, je ne vais nulle part, sinon.

Myles et Ruth regardèrent autour d'eux. Des tas de magazines et de coupures de presse. Des cartes postales et de vieilles factures. La Cloche avait l'habitude de conserver des coupons pour des pizzas gratuites, des cartes de plombiers, d'associations de régime, de services de nettoyage de vitres, de clubs pour célibataires et tout ce qui lui tombait sous la main, « au cas où cela se révélerait important ». La lecture de ces pubs prenait parfois plusieurs heures. Ruth savait qu'elle en lisait chaque mot – même en caractères minuscules – avant de décider du caractère prioritaire de chacune. Il n'y avait rien qui ressemblât à ce petit morceau d'histoire du XVIIIe siècle.

— Puis-je vous demander de quoi il s'agit ? fit Lydia, distante.

— C'est Johannes, votre illustre ancêtre, répondit Ruth. Le punching-ball de Principessa était un fragment d'une de ses lettres.

— Oh !

Lydia battit des cils, joignit les mains et les porta à sa poitrine. Elle contempla le bout de papier dans la main de Ruth comme s'il allait la mordre. Il était difficile de juger de la nature de sa surprise. Ce n'était pas que du plaisir. D'autres émotions plus complexes semblaient l'animer. Elle respirait bruyamment. Elle finit par prendre la lettre pour l'examiner avec sa loupe.

— Sander m'a dit qu'il y avait des lettres. Papa les avait cachées dans la petite boîte.

— Derrière un mur de briques, c'est ça ?

— Oui. Mais Sander les a trouvées et les a cachées ailleurs. Il disait qu'elles étaient notre trésor. J'étais trop jeune et trop écervelée pour y attacher de l'importance. Je ne l'ai jamais vraiment interrogé à leur sujet ou, si je l'ai fait, il n'est pas entré dans les détails. Il ne me faisait pas toujours confiance, voyez-vous. Il a peut-être cru que je les vendrais. Nous étions si pauvres à l'époque.

Son propre sort eut l'air de l'affliger, les larmes lui montèrent aux yeux.

— Dieu sait si je vous ai déjà posé la question, Lydia. Vous a-t-il dit où il les avait cachées ensuite ?

Lydia plissa les yeux comme si elle se concentrait sur un objet lointain.

— Non. (Il y eut un silence qu'elle brisa avec un gloussement de surprise.) Mon Dieu ! quelque chose vient de me revenir ! Cet idiot de Sander. Je me rappelle qu'il a dit les avoir confiées à la reine. Je ne voyais pas bien le rapport avec la reine Wilhelmine, mais de toute façon, je ne savais jamais quand prendre Sander au sérieux. Il était un peu farceur sur les bords.

— Vous savez que Ruth les a cherchées partout dans la maison, intervint Myles. Verriez-vous un inconvénient à ce que nous fouillions ici ?

— Eh bien, je ne sais pas trop, dit Lydia en regardant autour d'elle comme si elle renvoyait la question à un jury. Cette pièce est assez spéciale pour moi. C'est ici que je vis.

— Nous ne dérangerons rien, lui assura Ruth. Et, avec votre autorisation, nous pourrions nous débarrasser de quelques-uns de ces vieux papiers et présenter l'aspirateur au tapis. J'ai l'impression qu'ils ne se sont pas croisés depuis un moment.

— Voire jamais, ajouta Myles à voix basse.

— Alors je reste pour vous aider.

— Je croyais que vous sortiez faire des courses.

— Les courses pourront attendre.

Ruth et Myles échangèrent un regard.

— Finalement, en y réfléchissant, dit Ruth, peut-être qu'un peu de gin ne serait pas une si mauvaise idée. Pour après le nettoyage, bien sûr. Une sorte de crémaillère. Vive la propreté !

Le visage de Lydia s'éclaira pour s'assombrir presque aussitôt. Les soupçons l'envahirent.

— Pour l'amour de Dieu, Lydia, allez faire les courses ! Et que ça saute ! lâcha Ruth. Pour qui nous prenez-vous, des voleurs ? Il n'y a rien de précieux à piquer ici de toute façon. Même la télé date du paléolithique.

Une fois Lydia partie, ils se mirent à chercher méthodiquement. Ruth, du côté fenêtre, Myles, de l'autre. Ils apportèrent des sacs-poubelle de la cuisine, défirent le lit, le refirent, roulèrent le tapis pour vérifier si des planches n'avaient pas du jeu en dessous. Rien. Myles tâta dans le conduit noir de suie de la cheminée en quête de briques mal fixées. Puis il tapota les murs avec deux doigts, comme un médecin procédant à un examen du thorax.

Une fois, Ruth jeta un coup d'œil à la résidence Scheele. Elle crut voir quelqu'un à la fenêtre du premier étage. Elle regarda de nouveau, puis décida qu'il ne s'agissait que d'un jeu de lumière sur un pli du rideau à travers la vieille vitre bosselée.

Elle montra l'affiche de Pittsburgh à Myles et le régala des projets de déménagement de Lydia. Puis, à côté de la cheminée, elle trouva quelque chose. L'autre moitié du jouet de Principessa, l'autre moitié de la lettre déchirée. Ils rassemblèrent les deux morceaux et se serrèrent la main.

— Bon, d'accord, fit Myles, et le reste ?

Une heure et demie passa.

— Bon Dieu, s'exclama Myles en se redressant et en s'essuyant le front, ma grand-mère est pareille – on garde tout, on ne jette rien.

— C'est la génération de la guerre.

— Ils devaient avoir des gènes d'écureuil qui ont disparu chez leurs enfants et petits-enfants.

C'est vrai, maintenant, c'est Zen, Ikea, Terence Conran et le minimalisme, non ? Moins il y en a, mieux c'est.

— Il faudrait une nouvelle guerre.

— Oui. Au moins nous apprécierions la valeur de vieux pots de yaourt, du papier d'emballage de Noël dernier, des piles usées et des briquets jetables vides. Qu'est-ce qui reste ici ?

À quatre pattes, Ruth faisait le tri dans la bibliothèque de Lydia. Elle s'assit sur ses talons et se passa les doigts dans les cheveux.

— Le canapé tombe en ruine. Tu pourrais fourrer la main dans la mousse pour chercher ce qu'il cache.

— Non merci. Il y a peut-être quelque chose à l'affût là-dedans.

— Quoi, des souris ?

— Non, je pensais plutôt à une famille de demandeurs d'asile. Et quoi qu'il en soit, puisque nous faisons l'inventaire, que vient foutre la Vierge ici ?

— La mère de Lydia était juive. Son père était hollandais et catholique. Elle donne dans l'idolâtrie de la Vierge à ses heures perdues.

— Sainte Marie, mère de Dieu, entonna Myles avec un pieux accent irlandais.

Ruth se gratta la tête.

— C'est drôle. Elle doit l'avoir déplacée. La statue se trouvait de l'autre côté de la cheminée avant.

— Comment aurait-elle pu ? Elle est plus grande qu'elle.

— C'est du plâtre, je crois. Tu la serres contre toi, puis tu la bouges en faisant rouler la base. C'est une supposition.

Il y eut un silence pesant. Ruth sourit :

— Marie, la Reine des Cieux.

— Hein ?

— Il avait confié les lettres à la reine. C'est bien ce que Sander a dit à Lydia, non ?

Myles claqua des doigts.

— Mais bien sûr, Stanley. Vite, viens ici ! Aide-moi.

Il prit la statue dans ses bras et l'inclina.

— Jette un coup d'œil à la base.

Ruth se remit à genoux et examina la Vierge qui oscillait.

— C'est creux. Elles le sont toujours, je suppose.

— Tu vois quelque chose ?

— Non.

— Tu peux fourrer ta main dedans ?

— Tu es sûr que c'est convenable ?

— Arrête de tergiverser, Ruth. Je ne vais pas tenir ce foutu truc toute la journée !

Elle fourra sa main dans le trou étroit du piédestal de la Vierge, puis sursauta quand Myles grogna. Un élancement dans la jambe l'avait distrait.

Il lâcha la statue.

Elle explosa dans un craquement bruyant, se fendant tel un œuf de Pâques le long d'un des plis de la robe bleue et blanche de la Vierge. Il y avait une autre fissure au cou. La tête roula et s'immobilisa contre le seau à charbon en laiton. Une fine poussière de plâtre flottait dans l'air.

— Aïe, fit Myles. Quel empoté !

— Merde. Regarde ce que tu as fait. Elle va nous tuer. Si on balance ce truc, il lui faudra combien de temps à ton avis pour s'en rendre compte ?

— On manque rarement de remarquer l'absence d'une effigie grandeur nature ou presque qui trône habituellement au milieu de son salon, surtout si on fait ses dévotions devant tous les jours.

— Je pourrais piquer un ange dans un cimetière.

— Ça ne marcherait pas. À cause des ailes.

— Alors tu es foutu. L'iconoclasme est un péché mortel.

Ruth se rappela la tâche qu'ils s'étaient fixée. Elle retourna un gros morceau de plâtre.

— Oh, ouah, Myles, bingo ! murmura-t-elle. Bingo !

Niché dans le creux blanc se trouvait un petit paquet de lettres. Certaines entières, d'autres, de simples fragments victimes de l'humidité ou des insectes. Le paquet avait été entouré d'un vieux ruban qui s'était défait et tout s'était mélangé dans la chute. Une des lettres avait dû glisser par la base quand Lydia avait déplacé la statue. Elle l'avait déchirée en deux sans réfléchir ou regarder – cela revenait au même.

Ruth rayonnait.

— Myles ! On a gagné ! On les a trouvées ! Alléluia, putain ! Alléluia !

Ils n'avaient pas entendu Lydia rentrer.

Figée sur le seuil, elle lâcha ses sacs de course.

Deuxième partie

25

Une heure plus tard, Ruth et Myles étaient allongés par terre dans le bureau de Sander.

Ils n'avaient pas parlé de leur découverte à Lydia. La statue en morceaux lui avait fichu un choc. Pas la peine de surcharger ses circuits. Ils lui annonceraient la bonne nouvelle plus tard...

Ruth avait parcouru la liasse pendant que Myles sortait acheter du café. Elle avait disposé les lettres en un vaste rectangle sur le tapis.

— C'est la première, chronologiquement ? demanda-t-il.

— J'en sais rien. Elle doit faire partie des premières. C'est manifestement le début de leur amitié. Ce type à qui il écrit, c'est Cornelis Ploos Van Amstel. Ça te rappelle quelque chose ?

— Riche marchand de bois, collectionneur prolifique d'œuvres d'art et d'instruments scientifiques, et artiste amateur. Il y a un portrait de lui de George Van der Mijn à La Haye – assis sur une chaise, en train d'examiner un croquis, détendu.

— Alors l'humble Johannes tire les bonnes ficelles. Je présume que Sander a reconstitué la chronologie de la relation. Que puis-je faire d'autre ? Celle-ci est datée, mais beaucoup ne le sont pas. Certaines sont entières, d'autres non. Et quand la statue s'est cassée, quelques lettres se sont échappées du paquet. Il va falloir nous fier à ce qu'il raconte, au contenu. Lisons-les, d'accord ? Nous les classerons ensuite.

— Bien, chef.

— Tiens.

Elle lui passa une liasse de pages...

Le 19 septembre 1758

Mon cher Van Amstel,

Merci pour votre lettre fort appréciée et vos encouragements incessants. J'ignore quel espoir je peux nourrir pour mes projets présents. Malgré mes efforts, la « science » du dessin, si je puis m'exprimer ainsi, m'échappe.

Par « science », je m'empresse de le préciser, je n'entends pas matériaux et équipement. J'ai vingt-huit ans (nous avons à peu près le même âge) et, ces dix dernières années et plus, j'ai, comme vous le savez, travaillé dans l'apothicairerie de mon père sur le Keizersgracht. Outre les remèdes conventionnels et les saignées, nous fournissons des pigments, du liant, etc., et, si vous me permettez mon audace, ils n'ont guère pour moi de secrets de nature chimique.

Quel est le prix à payer, mon cher Van Amstel? Que doit faire un homme pour trouver la félicité dans le dessin, pour peindre avec esprit et passion ? Faut-il vendre son âme au diable ? Alors soit ! Je travaillerai d'arrache-pied pour y parvenir. Le manque de précision dont je fais régulièrement preuve dans mes exécutions est une malédiction dont je ne suis que trop conscient.

Vous m'avez dit que je dois être un élève, comme vous dès l'âge de douze ans auprès de Norbert Bloemen. Je regrette de ne pas être entré comme apprenti chez un graveur et de n'avoir pas pris de cours particuliers. Mon père, pour sa part, refuse d'en entendre parler, car il ne souffrirait pas que je renonce à l'apothicairerie, et je n'ai ni frère ni cousin sur qui je puisse me décharger de cette tâche peu enviable, de cette vie que je n'ai pas souhaitée. Toutefois, aucun supplice du chevalet, monsieur, ne changera ma résolution, et chaque sursaut de résistance raffermit ma détermination. Je suis un artiste, non un misérable pharmacien. J'aurai toutes les audaces pour arriver à mes fins et j'entends bien me mettre à l'ouvrage avant que la mort n'interrompe toute possibilité d'accomplissement de mon projet.

Monsieur, je ne suis pas digne de vous connaître. Pourtant mes visites dans votre maison, grâce aux bons offices de M. Hope et de sa céleste fille Esther, m'ont apporté un regain de foi dans le bien-fondé de ma volonté à suivre les appels de mon âme. C'est l'âme d'un artiste doublée, malheureusement, de la main et du cerveau d'un crétin, mais un crétin n'a-t-il pas le droit de rêver ? Et j'ai rêvé quand j'étais dans votre délicieuse maison. Votre cabinet d'art est ravissant et, comme vous le savez, vous possédez une collection sans égale dans les Sept Provinces. Quand je vois votre propre travail, mon ravissement ne connaît pas de limites.

Rencontrons-nous de nouveau, si Dieu le veut. Qu'en dites-vous ? Si ce n'est pas abuser de votre bonté, je vous serai très obligé de me prodiguer vos sages conseils.

Votre ami et serviteur,

Johannes Van der Heyden

*

J'avoue que votre proposition inhabituelle m'a tout à fait surpris. Quand avez-vous eu cette idée ? (Je serais curieux de le savoir.) Il s'agit d'un très judicieux échange d'aptitudes, mais Dieu fasse que mon père n'en ait pas vent, ou le ciel me tombera sur la tête. Croyez-moi, il est impossible de raisonner avec lui. Nous alternerons, comme vous le suggérez : le dimanche, vous m'apprendrez à dessiner et, dès que la prochaine occasion se présentera, je disserterai devant vous sur la science secrète des pigments. Venez, si vous le désirez, dans mon débarras. Ce n'est qu'un grenier, et d'humbles proportions, mais c'est là que je conserve mon feu et mes creusets.

L'Esther de M. Hope est effectivement une âme enjouée et, comme vous dites, une étincelle de soleil au paradis. Elle a un cou superbe, que je dessinerais volontiers, sa chevelure, non poudrée, est d'un noir éclatant, ses mains, blanches comme neige, et ses yeux, singulièrement grands et bruns. Cette vision est-elle sa fille, une nièce, ou un ange du paradis ? Elle me tourmente, comme vous avez eu l'occasion de l'observer. Sa grâce et sa beauté me rendent fou. M. Hope – quel nom juste et prophétique ! – est un être cordial qui me reçoit gentiment, et il m'a invité par deux fois à souper chez lui en famille, en me plaçant à côté d'Esther. Je lui voue une immense affection.

Mais que suis-je en train de dire, mon cher Van Amstel ? De nouveau il me faut effacer ces aspirations de mon esprit. Esther est une jeune femme de qualité et une mondaine. Son univers est peuplé de chapeaux, de châles, de rubans et de satin, bien qu'elle ait un entendement masculin et soit également très cultivée. M. Hope est un banquier, un homme de haut rang et un excellent caractère. Son univers est peuplé de bateaux, de colonies et de commerce. Que suis-je à côté d'elle ? Que suis-je à côté de lui ? Je ne peux prétendre vivre sur un pied aussi splendide et mes perspectives sont en fait bien sombres. Hélas, cela se résume à cela. À moins de ne prospérer en qualité de peintre, l'humble métier qui m'a été imposé sera mon funeste destin. Quelle folie ! Vous comprenez maintenant pourquoi mon esprit ébloui est si enclin à votre nouveau projet. Il est mon seul espoir de consolation et de réussite.

Je suis obligé de m'interrompre. Le papier me manque.

Je reste, cher Monsieur, votre ami le plus affectionné.

Johannes Van der Heyden

*

Cher Cornelis, mon honoré ami,

Depuis l'inauguration de notre petit arrangement, les heures passent dans la plus extraordinaire gaieté. Vous m'avez ouvert les yeux ! Merci de tout cœur pour le prêt de ces quelques volumes in-octavo. Comme vous m'en avez donné l'instruction, j'ai étudié les effets de la perspective et des proportions et me suis risqué à les mesurer à l'œil nu, en tenant un crayon à bout de bras. J'ai dessiné une grille de carrés égaux sur la vitrine du magasin avec une règle, à la grande consternation de mon père, et la même grille sur ma feuille, afin que mon dessin respecte la disposition des objets et des plans dans le champ de vision. Mon imagination s'envole. Comme il est enthousiasmant d'imaginer peindre directement à l'huile sur la vitre car, monsieur, aucune esquisse ne serait nécessaire. (Savez-vous si les grands maîtres ont déjà envisagé cette éventualité ?) J'ai feuilleté les planches d'Albinus, y ai copié les dessins anatomiques et découvert l'origine et l'insertion des muscles ; quelle tristesse de découvrir que, à l'évidence, un grand nombre de nos artistes modernes peignent la surface de la peau mais ignorent ce qui se cache dessous. En conséquence, je me suis juré de garder les Grecs et les Italiens à l'esprit. J'ai également appris à prendre du recul, pour étudier l'effet de mes touches.

Je vous montrerai les fruits de ces divers travaux en temps utile. En vérité, je les trouve très faibles, mais je n'en suis pas pour autant démoralisé car c'est assurément le plus sûr chemin vers la réussite. Mais combien de temps, Cornelis, combien de temps ? Au plus fort de mon exaltation, cette redoutable impatience me mine. C'est Esther, monsieur, qui me fait souffrir. Sur mon honneur, je doute qu'elle attende la lente marche des ans pour que mes efforts produisent gloire et prospérité, quand bien même elle aurait connaissance de mes affections, bien que j'ose espérer, comme vous le savez, qu'elle a une bonne opinion de moi. Combien de temps mon éducation durera-t-elle ? Je sais, je sais ! Elle a à peine commencé.

De grâce écrivez-moi bientôt.

*

Temps froid ces deux ou trois derniers jours. Les péniches qui apportent l'eau douce à la brasserie de Groot ne peuvent circuler à cause du gel. Il essaie de prendre des dispositions pour faire venir de la glace à l'eau douce par traîneau de Weesp, où on la débite à la scie, puisque la glace de l'Ij et de l'Amstel est réputée rendre malade. Si vous avez besoin de bois, faites-le-moi savoir. Ses traîneaux en apporteront, en même temps que la glace. Quant à moi, je frissonnerais la nuit comme un lévrier italien si je n'étais intérieurement en combustion.

Sur votre aimable suggestion, j'ai rendu visite à Breukhoven, le fabricant d'instruments optiques, un être cadavéreux des plus étonnants !

J'ai été abasourdi d'apprendre que, selon la rumeur, Canaletto et notre Vermeer auraient employé la camera obscura. *Peut-on accorder foi à ces contes ? Si oui, ma crainte du ridicule va s'évaporer comme la rosée du matin ! Breukhoven possède des illustrations d'une variété d'appareils. Pour mon plus grand plaisir, de derrière un rideau de futaine, il en a sorti un semblable à celui que nous avons assemblé et essayé. J'ignore comment il est entré en sa possession. Conçu par l'abbé Collet, cet appareil a une structure pyramidale des plus ingénieuses que l'on peut replier et aisément porter à l'extérieur. L'artiste s'installe à l'intérieur de sa tente obscure – un véritable nomade du désert, s'abritant du soleil brûlant – et un objectif télescopique reflète le paysage au sommet de la structure sur sa feuille de papier. Il ne reste plus qu'à tracer les lignes ! Mon cher Cornelis, pensez-vous que mes rêves les plus fous aient trouvé une réponse ?*

Breukhoven affirme que le concept peut être amélioré. Il a une nouvelle lentille, dit-il, fabriquée par Dolland en Angleterre, qui améliorerait grandement la projection. J'ai tenté de le convaincre de me vendre l'objet en lui disant combien je paierais, tout cela pour me faire insulter comme un vulgaire criminel. Cela m'a froissé, mais je ne désespérerai pas. Je possède des talents pratiques et la découverte de cet instrument a donné de l'élan à mon ambition. J'en construirai un, Cornelis, et que Breukhoven mijote dans les cuisines de l'enfer ! J'ose me considérer capable d'accomplir cette tâche.

D'où vient cette énergie diabolique? Eh bien, monsieur, vous connaissez mes motivations. Je pense à Esther, et mon sang s'élève comme l'eau d'une fontaine. La fatalité me fait tourner la tête.
Sincèrement vôtre,

Johannes Van der Heyden

*

Le 30 novembre 1758

Dag, Mynheer!
Votre lettre est bien arrivée entre mes mains. Je suppose que, à l'heure qu'il est, vous êtes rentré de votre expédition.
Je me suis renseigné du mieux que j'ai pu sur le pigment bleu de Paris. Il est excellent lorsqu'on s'en sert en petite quantité dans les ombres avec de l'alizarine. Il sèche assez bien mais absorbe beaucoup d'huile. Mieux vaut utiliser l'huile de noix ou de pavot, car l'huile de lin est trop granuleuse. Je pense que votre ami George Van der Mijn me soutiendra sur ces points.
J'ai eu de nouveau le plaisir de rendre visite à la divine Esther Hope, bien que – comme je vais vous le raconter – ce ne fût pas une bénédiction sans mélange.
Elle habite, comme vous le savez, sur le Keizersgracht, non loin de chez moi. Son père et elle occupent le rez-de-chaussée de la maison. M. Hope nous a accordé une heure ensemble et nous nous sommes entretenus de la guerre actuelle et des exécutions publiques, qu'elle

déplore, ainsi que de son paon, qui est souffrant à cause du froid. Férue d'horticulture, elle fait pousser un ananas et un caféier dans sa serre. Elle espère cultiver la tulipe Semper augustus *dont on raconte qu'elle se vendra 5 000 gulden – seules quelques-unes atteignent ce prix. Elle a évoqué un gentleman italien qui leur a rendu visite, mais, avec un petit sourire, n'a pas souhaité poursuivre sa description. C'est une visite dont je chérirai le souvenir et mon esprit déborde des fruits qu'elle a portés et qui nourrissent ma passion, comme vous pouvez l'imaginer. Toutefois, en présence de son père, je crains de n'avoir trop vanté mes efforts artistiques naissants, prétendant posséder une compétence que je n'ai pas. Je me maudis, à présent, de cette pathétique tentative d'impressionner – surtout quand on connaît le maigre talent qui se cache derrière. Mais trop tard ! À mon immense surprise, M. Hope m'a demandé de peindre le portrait de sa fille, en échange d'une somme généreuse. J'ai immédiatement tenté de redescendre des sommets dans lesquels je m'étais égaré, mais il n'a rien voulu entendre, prenant mon effroi pour de la modestie plutôt que pour la rétractation frénétique d'un misérable vantard. C'est un homme décidé, Cornelis. Bref, sa commande tient, et une tempête de désespoir encombre mon esprit. Hope, en outre, est homme accoutumé à des résultats rapides. Il m'accorde un mois pour livrer le portrait. Je ne sais plus quoi faire.*

*

Mon très cher et très honoré ami,

Rien n'aurait pu me préparer à la joie exquise que j'ai ressentie ce matin en ouvrant votre paquet. À l'apparition de votre valet, ni la taille ni la forme de l'objet ne m'ont suggéré son contenu. J'étais assez perplexe. Comment osez-vous, monsieur ! Ne vous ai-je pas fait part de mon serment de ne plus jamais avoir affaire à Breukhoven ? Et pourtant vous avez acheté l'appareil, sans aucun doute en payant une somme exorbitante à cette canaille. J'observe que vous l'avez convaincu d'installer la lentille anglaise dont il a parlé. Sur mon âme, vous êtes un véritable ami. Les heures sombres de ma vie sont finies.

Ma mère est arrivée par la porte de derrière de la pharmacie quand j'ouvrais le paquet et je l'aurais volontiers caché, mais c'était trop tard. Elle a été très intriguée par l'aspect inhabituel de mon nouveau jouet. Je lui ai expliqué son fonctionnement et, voyant ma bonne humeur, elle a offert de me remplacer au magasin cet après-midi. Soyez sûr, Cornelis, que cette proposition n'est pas tombée dans l'oreille d'un sourd. J'ai rassemblé du papier, une planche et du matériel à dessin, enveloppé votre cadeau dans de la toile noire et sellé notre vieille jument. En moins d'une demi-heure, j'étais en pleine campagne, loin des badauds inquisiteurs qui grouillent tels des insectes en ville. Je me suis dirigé vers un coin tranquille que j'ai l'habitude de fréquenter pendant les mois d'été, où trois moulins à vent se dressent entre un polder et une digue.

Je suis entré dans ma tente de Bédouin et j'ai ajusté le bras télescopique pour refléter la vue sur ma feuille de papier. L'image était parfaite. En une demi-heure, elle était tracée. À l'extérieur de la tente, j'ai ajouté des ombres et autres effets des plus authentiques pour rendre la profondeur du paysage. Par le passé, j'aurais effacé toute l'image quatre ou cinq fois en jurant copieusement, voire abandonné l'entreprise. Aujourd'hui je brûlais de bonheur et de triomphe. Mon croquis était bon et j'étais très satisfait des trois moulins à vent, à la fois pour l'exactitude de leur architecture et la précision de la perspective.

Il faut reconnaître ceci à la camera obscura : *elle présente un miroir à la nature qui libère l'artiste des distorsions et des déceptions dues à un œil faible, une main maladroite et une imagination trop fertile. C'est en fait l'art de peindre de la nature elle-même, et on observe aisément combien il est supérieur au travail du crayon.*

Cornelis, j'ose à peine vous retenir davantage. Je suis toujours animé de passions rebelles, auxquelles je dois maintenant ajouter un sentiment de culpabilité ou de dilemme moral. Pourquoi ? Pour oser atteler la science à l'art, ou nier – sur l'impulsion du moment, devrais-je ajouter – les moyens qui m'ont permis d'obtenir un effet parfaitement naturel. Assurément, aucun artisan sur terre n'est obligé de divulguer ses méthodes, dont nombre paraîtraient fort obscures, artificielles et étranges au non-initié. Chaque métier a ses secrets et ses arcanes de fabrication, et n'est-ce pas aussi vrai, sinon plus, du peintre ? Ce qui importe, c'est la fin et non les moyens. Avons-nous moins bonne opinion de notre cher Vermeer, méprisons-nous sa mémoire, lorsque nous apprenons que lui aussi a utilisé la camera obscura*? J'ose espérer que non!*

Merci, mon cher ami! Vous m'avez libéré de la prison de l'inaptitude! Dieu fasse que je respecte mes bonnes résolutions.

Très cordialement,

Johannes Van der Heyden

*

Le 17 décembre 1758

Cornelis,

Je prends ma plume aujourd'hui en proie à des émotions mitigées et à une appréhension certaine. Tard hier soir, je longeais seul le Keizersgracht, quand, non loin de la maison de M. Hope, mon pas a ralenti, comme d'habitude. Je me suis attardé un instant, espérant apercevoir Esther par la fenêtre, car cette seule vision aurait été pareille à une légère pression du soufflet sur les braises de ma passion. Mais imaginez ma surprise quand, alors que je passais devant la maison, la porte s'est ouverte sur force exclamations, échanges de déclarations d'amitié, adieux bruyants et cordiaux. M. Hope et Esther, sa gorge mince à peine couverte d'un fichu noir transparent, souhaitaient une bonne nuit à leur invité du soir. M'apercevant dans l'ombre, ils m'ont présenté à cet homme, un certain Giacomo

Paralis. Ce avec abondance de gaieté et de badinage, à laquelle j'ai eu du mal à me joindre. Italien de naissance, l'invité est âgé d'environ trente-quatre ans. C'est un homme grand et remarquable, malgré trois marques de petite vérole sur son visage. Il était vêtu de la plus extraordinaire façon à la mode du Sud, ce qui aurait immédiatement provoqué quolibets et sifflets dans la rue sans la clémence de l'obscurité : une veste écarlate et dorée sous un manteau de fourrure, une chemise de batiste avec des manchettes en dentelle au point d'Alençon, des bas de soie blanche suisses et des souliers astiqués : on aurait dit un freluquet tout droit sorti de la commedia dell'arte. Il laisse pousser les ongles de ses petits doigts afin, ainsi qu'Esther m'en a informé, de s'en servir comme cure-oreilles et il dégage une forte odeur de pommade au jasmin. M. Hope et Esther ont vanté avec une grande flagornerie les mérites du Signor Paralis, occultiste et alchimiste de son état, dont les talents uniques devraient changer leur destin. Je n'ai pas trop su si je devais prendre cela au sérieux.

Après les derniers adieux, la porte s'est refermée. Paralis et moi avons échangé quelques mots en français, puis il m'a poliment souhaité une bonne nuit avant de monter dans sa calèche, aidé par un postillon. Esther avait déjà évoqué cette personnalité étrange devant moi. Selon ses dires, son discours était parfois aussi obscur que les manuscrits trouvés dans les ruines d'Herculanum. Il est le descendant d'un hidalgo espagnol et, bien qu'assurément excentrique, il est très éru-

dit et a jadis été homme d'Église et docteur en droit. Il joue du violon, a écrit des pièces, connaît le latin, le grec et l'allemand, les principes de la médecine et Dieu sait quoi encore. On raconte même qu'une fois, par goût de la plaisanterie morbide, il a déterré un...

— Tu as la suite de celle-là ? demanda Myles en fronçant les sourcils.

Ruth secoua la tête.

— Merde, je ne crache pas sur une bonne plaisanterie morbide de temps en temps.

Elle se leva, s'étira et se massa un point douloureux au creux du dos.

— Esther est la fille du tableau de Lydia, n'est-ce pas ?

— J'en ai bien l'impression, oui.

— Et il a utilisé la *camera obscura* pour la peindre.

— Je vois mal comment. C'est vrai, c'est génial pour les paysages. Parce qu'ils ne bougent pas. Les modèles gigotent, se curent le nez, vont aux toilettes.

Ruth se rassit en tailleur.

— Mais il prenait des leçons de dessin avec Van Amstel, ne l'oublie pas. Peut-être, je dis bien peut-être, ont-ils beaucoup travaillé et a-t-il rapidement progressé.

Myles eut l'air sceptique.

— Hope était un homme pressé. Johannes le dit lui-même. Avec cette commande, le temps lui manque. Et toi et moi savons à quel point il était mauvais en dessin. Ruth, tu m'écoutes ?

— Désolée, j'étais perdue dans mes pensées.
— Territoire inconnu...
— Merci bien.
— Ce que je voulais dire, c'est que tout ça est territoire inconnu. Nous sommes garés en diagonale dans un univers parallèle.
— D'un autre côté..., commença Ruth.
— De l'autre côté, on te voit à l'envers.
— La ferme, Myles ! Je réfléchissais. D'un autre côté, la vie est un mélange de hasard et de volonté, et parfois les hasards sont le plus court chemin.
— Comme l'éclair.
— Un peu, oui. Il y a tout ce sang, cette sueur et ces larmes, la préparation et puis, paf ! le grand éclair d'inspiration. Tu multiplies les efforts et ça ne donne rien. Puis tu ralentis un peu le rythme et tout se déclenche.
— Comme il suffit d'une malheureuse allumette pour embraser toute une forêt, mais il en faut une boîte entière pour allumer un barbecue, c'est ce que tu veux dire ?
— Un truc dans le genre. Johannes est intelligent, mais il a des limites. Nous savons où il veut aller et où il est arrivé – le tableau de Lydia. C'est un saut quantique. Je ne crois pas qu'il aurait pu réussir tout seul. J'ai un pressentiment à propos de cet Italien.
— Suivante, dit Myles en claquant des doigts et en tendant la main.
— Ce que tu disais à propos des gens qui gigotent, il en parle aussi. Bon, où donc est passé ce fragment de lettre ? Ah ! ici, Myles, lis ça.

Maintenant, mon ami, je vous demande de songer à mon petit débarras du dernier étage où je broie et chauffe mes pigments. N'est-il pas idéal ? Car la pièce de derrière est son image inversée, identique en forme et en proportions. Inondons de lumière la pièce de devant (une lucarne fera l'affaire) ; plongeons la pièce de derrière dans un noir d'encre. Il suffit de forer un trou discret dans le mur séparant les deux pièces, convenablement camouflé, et d'insérer une lentille dans le trou. On se retrouve avec une camera obscura *d'une taille impressionnante. On peut dessiner tout objet placé dans la pièce lumineuse et ajuster la taille du croquis à volonté en approchant ou en éloignant la feuille de papier de l'ouverture dans la pièce plongée dans l'obscurité. Un modèle humain pourrait se porter volontaire et donc être au courant de la méthode employée ou être attiré en ces lieux sous un prétexte fallacieux et encouragé à rester assis sans bouger ou à lire un livre. En attendant, le dessinateur fervent travaille à côté sur l'essence et l'énergie de l'image. Ah ! j'entends le lointain tonnerre de vos objections ! Je vous accorde qu'il reste des imperfections dans la mise au point du projet. Néanmoins, il a la folle plausibilité du génie, non ? Applaudissez-moi, Cornelis ! Si mon amitié vous est précieuse, monsieur, venez sans attendre voir mes projets.*

*

Après votre départ, ce matin, j'ai bourré une pipe de tabac blond et admiré notre ouvrage. Si j'ai regretté de démonter ma tente, je sais que la lentille de Dollland est sans prix. Le miroir à 45° ajustable au bout du bras est aussi sans aucun doute une inspiration, et je retire les calomnies irréfléchies que j'ai adressées par le passé à notre ami et collaborateur Breukhoven : ce petit élément qu'il a fabriqué répond aux normes les plus exigeantes de l'artisanat. En plaçant ma table en dessous du miroir, je peux maintenant projeter la vue de la pièce voisine sur mon papier, m'asseoir et dessiner dans le plus grand confort, bien qu'il faille que je dessine de côté pour éviter de projeter une ombre gênante sur l'image avec ma main, un inconvénient que je suis prêt à supporter.

Juste après une heure de l'après-midi, le soleil a daigné faire son apparition dans toute sa gloire à travers ma lucarne et j'ai pu tester l'invention. J'ai posé mon crâne de cheval sur une chaise dans la pièce de devant et me suis retiré derrière. L'image sur mon papier était d'une précision et d'une clarté à couper le souffle. Sur mon honneur, je n'ai rien d'un Raphaël ni d'un Michel-Ange, et pourtant en moins d'une heure j'avais fini le dessin que je vous joins. Qu'en pensez-vous ? J'ose dire que nombre de nos concitoyens éclairés seraient ravis d'avoir un dessin d'une telle qualité sur leur mur, voire de payer pour ce privilège. Est-ce vanité de ma part ? Ce serait le cas, Cornelis, si j'étais un homme à l'imagination plus sereine, mais que le diable m'emporte, je n'en suis rien ! Je vais commander une main de papier, non, deux, non, trois ! Et pourquoi s'arrêter au dessin, finalement ? Mon jeune esprit vagabonde dans un avenir imaginaire extraordinaire. Un tableau à l'huile ne pourrait-il pas être exécuté de la même manière ? Il faudrait que l'image soit projetée sur du bois ou du métal, un support lisse plutôt qu'une toile, et que l'esquisse soit directement dessinée sur le support. On appliquerait alors le pigment à l'extérieur de la camera obscura, *avec le modèle lui-même – plutôt que son image – devant soi. Comment Vermeer ou Canaletto procédaient-ils ? Je l'ignore et je doute que cela vaille la peine de le savoir.*

Mon père est de nouveau soupçonneux. Il m'entend arpenter mon débarras au beau milieu de la nuit et essaie d'ouvrir la porte que j'ai verrouillée. Hier soir, il s'est enivré jusqu'à plus soif avec Groot et nous sommes à couteaux tirés.

*

Je prenais l'air du soir quand une calèche s'est arrêtée à ma hauteur et l'Italien Paralis m'a hélé de l'intérieur. Il a suggéré que nous nous rendions ensemble dans son auberge, The Second Byble, dans le Nes, et j'ai accepté son offre avec empressement, curieux d'apprendre ce qui avait amené un personnage aussi flamboyant sur nos humbles rivages.

Le vin délie les langues, Cornelis, et à l'auberge j'ai ouvert mon cœur à Giacomo (car nous n'avons guère tardé à nous appeler par nos prénoms) comme je ne l'ai fait devant personne sauf vous, Dieu me pardonne. Sans la nommer, j'ai avoué que mon âme était habitée par une femme d'une grande beauté qui occupait une position si supérieure à la mienne que c'était seulement en réussissant ma carrière de peintre que je pourrais espérer obtenir sa main. « Ah ! dit-il, si elle est moitié aussi belle que la fille de M. Hope, ce doit effectivement être une grande beauté ! » Mon ami, c'était comme s'il avait lu le secret le plus intime de mon cœur. « Pourquoi, ai-je répondu, sur mes gardes à présent, que pensez-vous d'Esther Hope ? » « On dirait un ange de Raphaël ou une statue de Praxitèle. Il n'y a pas de mots pour décrire pareille femme. Seul un génie pourrait représenter ses charmes. » Là, n'y tenant plus, j'ai avoué : « Eh bien, monsieur, il s'agit d'elle ! C'est pour elle que je brûle et peu m'importe qui le sait à présent ! Mon amour restera vain à moins que je ne puisse m'améliorer. Je me demande s'il est bien que je me confie ainsi – à vous, un ami des Hope –, mais je frise le désespoir et, dans de telles difficultés, on jette souvent toute prudence par-dessus les moulins, comme on dit. » Giacomo m'a écouté attentivement, puis a éclaté d'un rire si barbare qu'il a attiré l'attention de tous les fêtards. Comme il y avait des musiciens présents, il a emprunté un violon à l'un d'eux et a sauté sur une table pour jouer un air napolitain endiablé avec un tel brio que, avant longtemps, tout le monde sauf moi dansait. Franchement, mon ami, je ne sais que penser de cet exubérant étranger qui paraît aussi à l'aise en compagnie des princes que des indigents.

*

Après avoir patiné sur le Singelgracht, Giacomo et moi nous sommes retirés dans un Musico – un établissement de second ordre, l'Huis Van Mirakelen dans Willemstraat, où l'on peut obtenir à la demande (et contre une poignée de ducats) une demoiselle. Ce commerce est si peu dissimulé que chaque fille accroche un petit portrait d'elle à l'huile sur sa porte pour aider les clients dans leur choix. Les tableaux sont d'une exécution grossière, mais nous nous sommes amusés à observer la distance entre la réalité et ces représentations idéales. C'est alors que Giacomo m'a confié que, la veille, il avait emmené Esther à un concert. Seuls dans la calèche, il a demandé à lui baiser la main. « Pourquoi la main ? » a répondu Esther, avant de lui accorder la permission de lui baiser les lèvres. J'avoue avoir blêmi, Cornelis, à l'écoute de cette anecdote incroyable, mais, connaissant ma passion pour elle, Giacomo m'a assuré que le baiser avait été platonique, une simple courtoisie frivole.

À propos, je me suis rappelé qu'Esther et son père avaient décrit Giacomo comme un occultiste, dont les talents particuliers feraient leur fortune. J'ai eu l'audace de lui demander une explication et la voici. À Venise, il a été initié aux sciences interdites de la Kabbale et de l'alchimie et il connaît un calcul secret, qu'il appelle la Clé de Salomon, qui lui a été confié au sommet d'une montagne par un moine alors qu'il servait dans l'armée espagnole. Il a eu l'honnêteté (ou le culot) *d'admettre qu'il ne s'était pas privé d'embobiner une ou deux innocentes dupes. Il a augmenté une quantité de mercure en y ajoutant du bismuth et du plomb et a vendu ce « secret » à un marchand grec pour 1 000 livres sterling. À une autre occasion, il a recouru à la Kabbale – frauduleusement ou non, je ne saurais le dire – pour soigner l'acné de la cousine du roi de France, la duchesse de Chartres, et les mauvaises humeurs du comte de la Tour. Je le soupçonne d'être franc-maçon ou rosicrucien. Son amie Mme d'Urfé a une importante bibliothèque kabbaliste à Paris ainsi qu'un laboratoire avec des alambics, des substances chimiques et des cornues dans lesquelles il a perfectionné ses arts secrets. Je l'ai interrogé sur sa connaissance de diverses substances et de leurs interactions, et il est effectivement en possession d'un savoir solide, tant chimique que médical. Et pourtant, comme, au fond de mon cœur, je crains qu'Esther et M. Hope, dans leur charmante innocence, n'aient été trompés par lui, je l'ai interrogé plus avant sur son calcul secret.*

Esther, semble-t-il, avait demandé à l'oracle quelle serait sa destinée et, en construisant des pyramides avec des chiffres tirés de mots, Giacomo a extrait une réponse numérique qu'il a traduite dans l'alphabet français, lui disant qu'elle n'avait pas encore fait le premier pas sur la route de sa destinée. Elle a ensuite souhaité savoir qui l'aimait le plus, et l'oracle a fait la réponse chrétienne appropriée : « Votre père ».

Voyant qu'il avait éveillé et mon intérêt et mes soupçons, Giacomo a tiré un papier de sa poche et m'a invité à soumettre à mon tour une formule à l'oracle. Après mûre réflexion, j'ai écrit les mots suivants : « J'ai contracté une maladie dont je ne connais pas le remède. » Mon cher Cornelis, je pensais à Esther, bien entendu, car l'amour, comme vous le savez, enfièvre l'esprit. Je me demande si un homme a été plus tourmenté par l'amour que moi-même et, à l'instant où j'écris, mon cœur est de nouveau déchiré par des pensées contrariantes. Giacomo – par quels moyens, je l'ignore – a traduit mes mots en une pyramide de lettres, a effectué un calcul numérique rapide mais compliqué et m'a donné la réponse « Lapis infernalis ». *Comment devais-je l'interpréter, mon bon ami ? En ma qualité d'apothicaire, je connais bien sûr cette substance, car il ne s'agit que de l'autre nom désignant le caustique lunaire ou* lapis lunearis, *un sel cristallin d'argent connu en français sous le nom de pierre infernale, très utile pour cautériser les plaies, retirer les verrues, et désinfecter les yeux des nouveau-nés, épargnant ainsi à nombre d'entre eux une vie de cécité ; il entre également dans la fabrication de miroirs ou le procédé de placage d'argent. Toutefois l'allusion ne correspondait en rien à ma requête. Pourtant, comme mon devin italien semblait ne pas douter une seconde de la justesse de la réponse de l'oracle, je l'ai prié de m'éclairer. « Vous avez attrapé un mémorandum du vice ! » a-t-il psalmodié, le sourcil sévère. « Mais de quoi diable parlez-vous, mon cher ? » l'ai-je imploré. « Quoi, mais de la maladie vénérienne, bien sûr, a-t-il répliqué avec humeur, car n'est-ce pas là la maladie que vous avez contractée ? Allons, pas de manières avec moi ! Vous avez découvert une infection et c'est ça qui vous dégoûte de ces belles putains. Mon Dieu, je sais ce que vous ressentez ! Ma propre vie a été victime de cette abominable malédiction, mais une bonne solution de* lapis infernalis *est le meilleur remède que vous trouverez ! Les meilleurs apothicaires italiens ne jurent que par elle. En outre, j'utilise ce liquide comme encre pour écrire des lettres secrètes à mes amours, parce que cet argent corné a la merveilleuse propriété d'altérer la couleur et de noircir en pleine lumière. Les lettres rédigées dans la pénombre restent donc invisibles jusqu'à ce qu'on les expose au soleil pendant quelques heures. »*

Cornelis, un mémorandum du vice ! Qu'étais-je censé faire ou dire ? Eh bien, après en être resté bouche bée, j'ai éclaté de rire. Je n'avais jamais imaginé qu'on puisse à ce point mal interpréter mes paroles ! J'ai immédiatement instruit Giacomo de son erreur – car je suis homme à avoir des points faibles, mais la fréquentation des catins et la débauche n'en ont jamais fait partie – et lui ai rappelé ma pure passion spirituelle pour Esther. Le pauvre homme en a été tout déconfit. Il a rangé le papier en hâte et grommelé que, si l'oracle lui-même pouvait être ambigu, les questions ou les dilemmes qu'on lui soumettait devaient toujours être d'une clarté cristalline.

Notre conversation est revenue à Esther, et j'ai de nouveau entretenu Giacomo de mes espoirs chancelants de devenir peintre. Par vanité, je ne l'ai pas informé, je l'avoue, de mes expériences avec la camera obscura, *car je souhaitais qu'il conserve une haute opinion de moi, et, à dire vrai, mon projecteur et son oracle sont peut-être de même nature, car, dans les deux cas, ce sont les résultats qui justifient les moyens. Morose, il a écouté mon récit de vie et d'amour frustrés et j'ai voulu savoir quelle issue son esprit capable trouverait pour me sortir de ce dédale d'incertitudes, car il semblait sincèrement se préoccuper de mon bien. « Au diable votre art », s'est-il exclamé après mûre réflexion. Sa réponse m'est apparue aussi inattendue que blessante, mais j'ai choisi d'ignorer son irascibilité. Non loin, un être cireux, avec une cicatrice lui barrant la gorge, venait de terminer une partie d'échecs et rangeait les pièces dans leur boîte. Pour faire la paix, j'ai proposé une partie à Giacomo. « Je ne joue pas aux échecs, monsieur, répondit-il avec hauteur. Je joue aux dames. »*

Mais, sur le chemin du retour, Cornelis, je me suis soudain senti aux anges, car quelque chose venait de naître dans mon imagination ! C'étaient les paroles de Giacomo – une remarque en passant – qui m'ont fait réfléchir et ont attisé les braises mourantes de mes espoirs. Je ne peux vous en dire plus pour l'instant, de crainte que l'indication reçue n'ait pas plus de substance qu'un feu follet. Il faut procéder aux essais et aux expériences, et je ne serai pas avare de mes efforts. Mais ne craignez rien, Cornelis, le moment venu, je n'en soufflerai mot à personne d'autre que vous. Faites-moi confiance.

Je suis, monsieur, votre fidèle ami,

Johannes

26

— L'Italien, dit Myles. Qu'est-ce que tu en penses ?

— Un drôle d'oiseau, répondit Ruth. Tu crois qu'il a les dents longues ?

— Sais pas. Son oracle est peut-être un gadget, un tour mondain innocent. Dans le cas contraire, il a une arnaque en vue.

— En tout cas, ça a mis Johannes dans tous ses états.

Myles se gratta la joue et fronça les sourcils :

— Ce n'est pas l'oracle qui l'a mis dans tous ses états.

Ruth parcourut de nouveau la dernière page.

— Non, tu as raison. C'est une remarque de l'Italien.

— Et, dis-moi, qu'est-ce qu'un escroc du XVIIIe siècle peut espérer obtenir d'un humble apothicaire ? Ça ne tient pas debout.

Ils s'allongèrent devant la lettre suivante, leurs têtes se touchant presque.

Lapis infernalis, *caustique lunaire...*

Ceci, si vous vous rappelez bien, était le verdict de l'oracle de Giacomo, une interprétation erronée des plus absurdes de ma détresse. Et pourtant le ciel commençait à s'éclaircir. Se pouvait-il qu'il y eût une intelligence divine derrière cet oracle, qui dépassât tout ce que, dans mon esprit sceptique et las de l'existence, j'étais porté à attendre ? Permettez-moi de vous expliquer. Giacomo avait dit en passant qu'il utilisait une solution de ce sel d'argent pour écrire des lettres puisque, bien qu'invisibles au début, il suffisait de les exposer à la lumière pour que le liquide noircisse. Cette remarque m'a fait réfléchir et m'a rappelé un phénomène que j'avais moi-même observé. Dans la pharmacie, nous avons un pot de ces mêmes cristaux lunaires à côté de la vitrine, que nous conservons à des fins médicales. Depuis mon enfance, mon père me recommande d'être prudent avec cette substance, parce qu'elle est toxique, qu'elle tache la peau de brun et peut être utilisée pour la fabrication d'explosifs. Je me demande si ce n'est pas semblable au salpêtre, qui est également un sel de pierre. Quoi qu'il en soit, il faut se garder, pour cette raison, de la vendre à des êtres instables. Le pot est posé sur une étagère près de la vitrine et j'ai souvent été frappé de voir que les cristaux face à ladite vitrine étaient plus sombres que ceux de l'intérieur. En effet, là où le pot était en partie drapé par un pan d'un rideau de dentelle, le motif de la dentelle semblait être grossièrement imprimé sur les cristaux. J'ignore si la lumière ou la chaleur du soleil était responsable de ce fait, même si j'imagine qu'il s'agit plutôt de la lumière. En tout cas, le résultat est visible. J'ai observé ce phénomène, comme je l'ai dit, en de nombreuses occasions, mais sans m'y arrêter : depuis que l'oracle a parlé, je ne parviens à penser à rien d'autre.

*

Pendant mes expériences avec la camera obscura, *le constant obstacle au portrait a été le mouvement du modèle, si infime fût-il. Les gens, cher monsieur, ne restent pas immobiles. Dans ma caverne de Platon, le miroir au bout de son bras projette une image sur ma feuille, mais à peine ai-je commencé à dessiner que les contours de mon modèle ont bougé. Vous n'ignorez rien de mes contrariétés sur ce plan. Si seulement, pensais-je, mon papier ou ma planche pouvait être enduite d'une matière subtile, dont le premier effet serait de faire miroir. Toutefois si le miroir reproduit fidèlement des images, mais n'en retient aucune, cette substance, par sa nature, préserverait un fac-similé de l'image qu'on y projetterait. L'artiste pourrait alors peindre sur cette image à loisir, ce qui donnerait un résultat supérieur en exactitude à ce qu'un homme pourrait dessiner. Si c'était possible, il s'agirait d'un art dont personne ne pourrait contester la fidélité ! On tiendrait là ce qu'il faudrait pour produire un portraitiste de renom, un bon parti à tous égards !*

Ainsi, mon cher Cornelis, il m'est apparu dans une illumination que la matière subtile dont j'avais rêvé en vain était sous mon nez depuis toujours – dans un pot, sur une étagère poussié-

reuse, dans la pharmacie même que j'ai vilipendée et toujours souhaité fuir.

*

Si nous avons un point commun, mon ami, c'est d'être tous deux des hommes pratiques. Vous, plus que quiconque, pouvez aisément imaginer que je me suis lancé dans mes expériences sans attendre. Les cristaux de lapis infernalis *sont formés par la dissolution d'argent dans le nitrium ou acide nitrique phlogistique. Pour en couvrir une toile, il est nécessaire de les retransformer en solution ou émulsion, ce que j'ai fait. J'ai découvert que la solution était trop liquide pour adhérer à la texture de mon support, mais, en la mélangeant avec de l'albumine – c'est-à-dire du blanc d'œuf –, un liant s'est formé et cet obstacle a facilement été surmonté. Pendant plusieurs heures, j'ai placé la toile couverte à l'intérieur de ma* camera obscura, *prenant de nouveau le crâne de cheval comme modèle, et à mon ravissement cette première expérience a réussi à produire une pâle image que je pouvais voir dans la pénombre, car je n'avais pas prévu que si la toile ou le panneau est sensible à la lumière, l'image produite va l'être aussi, à moins de trouver le moyen d'arrêter le processus. Je n'avais pas prévu non plus l'aspect étrange de mon image, car ce qui est clair dans la réalité est sombre sur elle, et* vice versa, *comme par un jour d'été, quand on ferme les yeux après avoir regardé le soleil ou un objet brillamment illuminé, et que l'on perçoit un reste d'image où les effets de lumière et d'ombre sont inversés. Toutefois, cette curiosité n'affecte pas la justesse du contour.*

J'ai travaillé avec efficacité pendant cette dernière semaine, variant constamment mes méthodes, et les résultats sont à présent grandement améliorés. En lieu et place de toile, j'ai utilisé des supports en bois ou en cuivre, car la surface est plus lisse et donc plus facile à peindre une fois l'image fixée. J'immerge le support dans une solution de sal marinus *et le laisse sécher avant de l'enduire de la solution à l'albumine de* lapis infernalis. *L'exposition au projecteur est encore trop longue à mon goût, mais j'ai réussi à la réduire d'environ une heure et espère la réduire encore davantage. Cela produit une image latente que je rends visible par un traitement à certaines vapeurs – je vous en dirai davantage sur cette phase de révélation quand nous nous rencontrerons. Pardonnez-moi si mon récit vous paraît confus et décousu, mais je me fais l'effet d'un apprenti jongleur dans une foire, tant ce domaine de la chimie est nouveau pour moi. Une fois l'image produite, je tente de la stabiliser avec diverses substances. Un sel de tartre que je conserve dans un creuset en toile grossière se révèle des plus efficaces, mais il me reste à expérimenter avec l'ammonium et l'hydrargyre. L'héliographe résultant, comme je le nomme, est merveilleusement détaillé, et je me rends compte à présent qu'un second traitement au* sal marinus *ou sel gemme – dans le langage ordinaire, sel de table – le fixe relativement bien, sans doute en dissolvant le caustique lunaire non exposé, bien que je ne puisse préciser la durée de l'opération. Ensuite on lave et on sèche l'image. Je soupçonne qu'elle s'abîme facilement. Toutefois, si ma plaque de cuivre est légèrement argentée au début, elle reflète la lumière comme un miroir. Ainsi, bien que l'image soit inversée de la manière que je vous ai décrite, en tenant la plaque en biais le sombre devient clair et le clair sombre, restaurant ainsi les tons de l'original.*

Mon ami, je ne dois en dire plus, de crainte que cette lettre ne tombe dans des mains sans scrupule, bien que j'avoue en avoir déjà trop révélé. Y a-t-il eu homme plus chanceux que moi en ce moment ? Mon esprit est en feu. Je me tourne vers les livres que vous m'avez prêtés et je découvre que Giacomo et moi ne sommes pas les seuls à connaître cette propriété du lapis infernalis. *Le savant hollandais Angelo Sala l'avait remarquée, comme l'avait fait Johan Heinrich Schultze et, plus tôt encore, Geber ou Pline dans ses* Historiae Naturalis. *Pourtant je suis le seul, il me semble, à avoir songé à associer ce phénomène à la* camera obscura. *L'art de la peinture, Cornelis, est au seuil d'une transformation, car avec l'invention de ma sous-image, l'artiste n'aurait plus à vivre dans la crainte d'un dessin maladroit ou d'une pauvreté de style. Et pourtant – comme l'oracle de Giacomo et ma* camera obscura *– cette découverte doit rester nécessairement secrète, d'abord pour ma propre exploitation, puis pour ces adeptes que nous choisirons* *d'initier à notre grand mystère. Car n'avons-nous pas découvert un miroir magique ? Il suffit de fixer son regard dessus pour y laisser ses traits.*

Je me demande s'il n'existe pas un clergé secret qui possède et conserve déjà le savoir que j'ai inventé par hasard, car le Christ lui-même n'a-t-il pas laissé l'image de son visage sur la tavaïolle de sainte Véronique ou sur le saint suaire ? Ce lapis infernalis *pourrait-il être la pierre philosophale, le grand* Arcanum *des alchimistes, qui ainsi peuvent s'enrichir, acquérant une fortune à la fois matérielle et spirituelle ? Si tel est le cas, vous serez mon complice et mon associé dans cet art lucratif, car ces choses ne sont pas faites pour des esprits insipides, et vraiment, aucun homme n'a été aussi généreux et chaleureux que vous. Bien que Giacomo fût à la naissance de ces notions, j'hésite à le mettre au courant. Qu'en pensez-vous ? Vous ne le connaissez pas bien sûr, mais, d'après mon récit, croyez-vous qu'on puisse lui accorder sa confiance ?*

Pour ma part, il me reste à tenter l'expérience avec un modèle humain, ce que j'ai bien l'intention de faire. Et ce sera Esther. J'aurai son portrait, Cornelis, coûte que coûte, comme je la prendrai ensuite pour femme. Et pour cela j'ai besoin de l'aide de Giacomo, car il est dans ses bonnes grâces. Je ne sais jusqu'à quel point me confier à cet élégant, bien que cette pensée en soi ait quelque chose d'indigne, puisque, par la ruse, et bien qu'il considère la langue hollandaise faite pour les chevaux, il a été mon guide et mon phare malgré lui dans toute cette affaire. Néanmoins, je reste sur mes gardes.

Je ne vous retiendrai pas plus longtemps. J'ai le vertige, car les vapeurs des produits chimiques me brouillent l'esprit. Mais je suis convaincu que nous sommes à la veille d'un grand moment.

Toujours vôtre,

Johannes

Ruth se sentit frémir.

— Tu veux faire une pause ?

— À la veille d'un grand moment, répéta Myles.

Il replaça soigneusement la lettre sur le tapis.

Elle secoua la tête et prit la Thermos. Elle se servit un autre café et en avala un peu.

— Cette sous-image..., commença-t-elle.

— La sous-image, répéta-t-il sur un ton grave.

Il attendit qu'elle finisse de lire la liasse suivante en observant son visage. Elle se rembrunit. En silence, elle lui passa les pages.

Cornelis, je vais enfin avoir mon portrait d'Esther, même si c'est au prix de ruses innocentes. L'heureuse union de la camera obscura *et du caustique lunaire donnera, j'ose l'espérer, bientôt lieu à une autre union plus heureuse. Sera-ce ou non tromperie, je ne le sais plus. Tout ce que je sais, c'est que le destin m'a choisi pour cette étrange entreprise et que je ne peux qu'y céder. Je suis sous l'emprise de la pierre infernale. Qu'elle fasse de moi ce qu'elle veut.*

Votre ami,

Johannes

*

Le 25 février 1758

Je prends votre avertissement en bonne part et j'en tirerai bénéfice d'une façon ou d'une autre. Il me semble en effet avoir été honteusement utilisé et chaque minute et chaque heure qui passent ne font que confirmer cette certitude. Je regarde mon tableau à présent terminé et le considère comme une invention des plus ingénieuses et froides, pourtant il est concevable que j'aie été victime d'une invention encore plus ingénieuse et froide, un tour délibéré et lâche de la part de l'Italien qui, s'il était avéré, tomberait tragiquement mal, Dieu m'est témoin, pour quelqu'un pris dans une situation comme la mienne – surtout que je lui ai un temps accordé mon amitié.

Je ressens une perte irréparable. Je suis malheureux, honteux, et ces espoirs déçus – pour lesquels j'ai enduré de telles souffrances – m'ont mis au plus bas. Je maudis l'Italien – un homme de commerce agréable, et pourtant, quel être brutal et indigne, malgré la grandeur et l'éclat de sa personnalité. Je maudis Esther – oui, bienheureuse Esther – car, si mes craintes sont fondées, alors en vérité, faiblesse, *comme dit le poète*, ton nom est femme. *Elle est aussi lubrique qu'une coquine, aussi mal élevée et facile que n'importe quelle fille du Musico – et moi, pauvre dupe, suis bien débarrassé d'elle. Je maudis en outre la société hurlante et gouailleuse des hommes, dont les palais sont construits sur des sables mouvants spirituels et dont les paroles sont des promesses frauduleuses. Et enfin je me maudis – pour mes nobles et grandioses espoirs qui n'étaient rien que des œufs crevés – pour ma terrible crédulité, pour ma foi en l'amour qui n'est qu'un euphémisme usé, peint sur le front de la bête humaine.*

Honte à moi ! J'ai un goût de cendres dans la bouche.

J'aimais Esther, mais elle ne m'aimait pas. Dès cet instant, j'ai résolu de ne plus penser à elle. Félicitez-moi, Cornelis, d'avoir découvert le serpent avant qu'il ne soit trop tard.

Mais vraiment il ne me reste aucun réconfort.

Quand je regarde mon dernier « tableau », mon cœur s'emplit d'avertissements sinistres. La représentation semblable à un reflet de miroir est l'œuvre du diable, car j'ai trempé dans l'alchimie, Cornelis, et il me faut payer le prix de cette iniquité. Ah oui ! C'est un joli petit tableau, ravissant, bien exécuté, bien dessiné et riche en couleurs, un témoignage approprié de la beauté physique d'Esther et, assurément, si on le voyait, on louerait son exactitude, ses couleurs et le naturel étrange de sa composition, et on paierait une belle somme – et pourtant je le maudis de tout mon souffle vénéneux, car je sais ce qu'il est. Il n'est rien d'autre, mon ami, que l'image fidèle et l'agent de ma propre damnation. Je suis dedans, monsieur – ou du moins ce fantôme que je dois appeler moi-même, car il est à la fois moi-même et la mort en personne, réel et irréel, vivant et éteint. Ce n'est pas une invention pittoresque de l'imagination du peintre. C'est la magie démoniaque de la pierre infernale. Mon Dieu, je ne saurai vous dire à quel point ce tableau est mort pour moi, à quel point il est dénué de joie et de plaisir. Je ne veux pas en entendre parler. À l'aide du code numérique que ce charmant coquin de Paralis m'a confié, j'ai inscrit son secret à son dos, avec les symboles de la pierre philosophale, la lune qui est le signe de l'argent et l'emblème de l'apothicaire pour le sel. Que celui qui souhaite signer un pacte avec Satan le découvre et en fasse l'usage qu'il veut. Pour ma part, je ne veux pas en entendre parler. Je le garderai bien sûr pour me rappeler ma honte, mais personne ne le verra, car je l'ai caché.

Pardonnez-moi. Je ne suis pas encore dans un état me permettant de vous écrire comme je le souhaiterais. Toutes mes perspectives sont lugubres et j'ignore ce qu'il adviendra de moi. Mais écoutez ceci, Cornelis, nos vies et nos destins ne sont qu'un jet de dés. Que ce soit la morale de la vie de Johannes.

Pardonnez cette épître acide. À présent, je dois trouver ce qu'il convient de faire jusqu'à ce que ma vie rentre dans l'ordre.

Johannes Van der Heyden

— Eh bien! s'exclama Myles, que s'est-il passé?

— Aucune idée.

— Il manque quelque chose, non?

À quatre pattes, ils examinèrent la mosaïque de pages sur le tapis.

— Tout est là ? demanda Myles.

— C'est tout ce que nous avons.

— Retourne de l'autre côté. Fouille la statue. Regarde par terre, partout.

— Je ne peux pas. Lydia est là. J'irai plus tard, quand elle sera sortie.

— Vas-y maintenant, insista Myles.

Elle se leva, fronça les sourcils, hésita un instant et se dirigea vers la porte.

Par chance, Lydia se trouvait dans la cuisine. On entendait un tintement de vaisselle et un bruit d'eau au bout du couloir.

Ruth entra dans le salon.

La statue gisait là où elle était tombée.

Il n'y avait pas trace d'autres lettres. Elle s'agenouilla et regarda dans l'obscurité de la coque en plâtre. Elle y glissa un bras pour en tâter l'intérieur. Puis ses doigts les touchèrent – les dernières pages manquantes qu'ils avaient cru à jamais perdues...

Une fois mes parents sortis, l'Italien amena Esther dans mon débarras, comme nous en étions convenus. Elle portait un grand manteau de fourrure de lapin qu'elle retira, car un bon feu flambait dans la cheminée. En dessous, elle arborait une robe de satin bleu pâle et une rivière de diamants. La lumière argentée du jour entrait à flots par la lucarne et j'avoue que j'étais sous le charme, car je ne l'avais jamais vue plus belle. J'étais également si mal préparé, Cornelis.

Malgré tous mes plans, je n'avais pas réussi, dans l'intervalle, à réduire le temps d'exposition de mes héliographes à moins de quarante minutes, et je me demandais comment l'inciter à rester immobile si longtemps. La seule solution était qu'elle pose pendant que je faisais l'esquisse et que j'insiste pour qu'elle s'inspire d'une statue pour la durée requise. En outre, comment devais-je m'y prendre pour la demander en mariage ? Le faire une fois l'Italien parti, bien sûr, mais, comme je l'ai dit, la beauté d'Esther était sans égale, et cela eut pour effet de refroidir mon ambition et ma conviction, car elle m'était tellement supérieure à tous égards que je me faisais l'effet d'un ver de terre en sa présence. Cela dit, les événements prirent une tournure que je n'avais pas anticipée, comme vous allez l'apprendre, et mon souvenir de cette occasion – qui n'a en rien faibli – continue à nourrir ma perplexité...

J'installai mon chevalet sur un côté de l'œil dans le mur, qui était l'ouverture de ma camera obscura *dans la pièce voisine, car je ne voulais pas paraître dans la composition. Au-dessus de l'œil, j'avais placé un crochet, et sur ce crochet, un chapeau qui couvrait complètement l'œil. Il suffisait de retirer le chapeau pour la projection et l'exposition de la plaque de cuivre préparée dans la pièce sombre. Tels étaient mes préparatifs, et j'étais sûr que l'œil ou orifice était trop discret pour qu'on le remarquât et, même dans le cas contraire, qu'on le prendrait pour un défaut du plâtre. Au centre de la pièce, j'avais placé une ravissante méridienne, sur laquelle Esther s'assit aussitôt pour apprécier son confort.*

Je lui expliquai que, pendant l'esquisse, il fallait qu'elle reste aussi immobile que le Sphinx de Khéops et que je la dessinerais de la tête aux pieds. Elle se leva et s'approcha de mon chevalet. Puis elle regarda la méridienne, la pièce, l'ensemble. « Qu'en pensez-vous, Giacomo, dit-elle. Devrais-je rester debout ou m'allonger ? Les éléments de l'harmonie sont-ils en place ? Je ne voudrais pas être vaine, mais dans l'intérêt de l'art et de la postérité, il vaudrait mieux juger de ces détails avant. »

Venant se mettre à côté d'elle, il se frotta pensivement le menton, avant de gratter les cicatrices sur son visage de son ongle démesurément long. « Il me semble que seul le bleu pâle de votre robe risque de paraître un peu glacial. S'il était compensé par, disons, un jaune ensoleillé, l'effet en serait supérieur. » Examinant la pièce en se frottant toujours le menton, il aperçut alors un grand pot de faïence que je conserve ici pour l'eau potable. Il le plaça derrière la méridienne, puis il revint auprès du chevalet. « Voilà ! C'est ce dont nous avons besoin. Ce joli pot et un radieux bouquet de fleurs – jaunes, comme je l'ai dit. Esther, que suggérez-vous ? »

« Eh bien des jonquilles, ou du mimosa. Oui, du mimosa, j'adore ! »

Je leur rappelai que nous étions en février et, en outre, un dimanche, sans un seul marché aux fleurs ouvert en ville. « Mon cher Johannes, dit Esther sur un ton condescendant, n'avez-vous donc jamais entendu parler de serres ? Si je n'ai pas de mimosa dans celle de papa, je connais une dame charmante qui en a dans la sienne et je ne doute pas que, avec un mot de moi, elle serait plus que ravie d'offrir un bouquet pour cette prometteuse occasion. » Elle prit une plume et un bout de papier, y inscrivit l'adresse de son amie horticultrice et me le tendit. La maison se trouvait à une certaine distance, vers De Plantage. Je lançai un regard suppliant à l'Italien, mais il haussa les épaules avec une certaine langueur et m'informa que son valet de louage avait pris son après-midi et que lui-même n'avait aucun sens de l'orientation dans cette ville labyrinthique. Cette procrastination me contrariait un peu, mais je pris courage et promis de revenir dans l'heure...

Ruth jeta un coup d'œil à Myles. Leurs regards se croisèrent.

— C'est vrai, dit-il. Rien n'est plus facile que de se perdre dans Amsterdam si on n'est pas d'ici.

Puis il sourit et secoua la tête, incrédule.

— Dieu bénisse Interflora, dit Ruth. C'est un progrès, d'une certaine manière.

— Bon, où en étions-nous ?

Jusque-là, Cornelis, j'avais l'esprit aussi clair qu'un jour d'été – mais ce qui s'ensuivit me hante, et je ne saurais dire pourquoi.

Le trajet jusqu'à la maison de l'amie d'Esther fut lent, avec les trottoirs verglacés, mais je fus récompensé par une masse si abondante de mimosa venant de sa serre que c'est à peine si je voyais où je mettais les pieds sur le chemin du retour. Je rentrai peu après deux heures. Je montai dans mon débarras, mes esprits encore énergiques, mais à ma grande surprise trouvai Esther endormie sur la méridienne, les vêtements un peu en désordre, comme c'est le cas quand on se tourne dans son sommeil, avec ses chaussures par terre à côté d'elle. De l'Italien, aucune trace.

Était-il parti pour me laisser toute liberté ?

Je ne sus que penser de cette situation, mais continuai comme prévu. Je disposai sans bruit le mimosa dans le pot et m'apprêtai à réveiller Esther pour me lancer soit dans mon esquisse soit dans ma demande en mariage – je ne savais pas – quand je m'interrompis, ayant compris que ce tableau vivant pouvait présenter un avantage. Sans aucun doute, une personne endormie peut bouger dans son sommeil sous l'effet des rêves, comme un roseau frémira dans le vent, mais avec un peu de chance Esther conserverait sa pose pendant le temps requis pour l'exposition de ma plaque de cuivre. Éveillée, elle n'aurait jamais été aussi immobile. C'était un risque à prendre. Je retirai le chapeau dissimulant l'ouverture et allai me placer près de la fenêtre, un œil sur ma pendule, l'autre sur la rue, m'attendant vaguement à apercevoir l'Italien.

Je restai ainsi cinq minutes quand je compris que je figurerais moi aussi dans le tableau. J'allais bouger, quand l'indolence ou la curiosité me convainquit de rester. Pourquoi pas ? Étant donné que j'avais l'intention de peindre sur la plaque héliographique, ma présence à l'arrière-plan n'avait aucune importance. Un peu d'huile de couleur suffirait à effacer mon image de l'histoire. Et pourtant, là debout – regardant filer les nuages, écoutant le doux bruit de la respiration d'Esther –, je fus envahi d'une infinie mélancolie, sans savoir pourquoi.

Au bout de quarante minutes, je remis le chapeau en place et me retirai dans ma salle de projection. À la lueur d'une petite chandelle, je traitai la plaque avec les vapeurs dont nous avons parlé pour obtenir l'image, puis la fixai et la stabilisai. Ce faisant, j'entendis bouger Esther et revins dans l'autre pièce. Elle s'était réveillée et elle enfilait ses chaussures quand j'entrai. Elle était dans un état que je ne lui avais jamais vu, semblant à la fois agitée et mal à l'aise, comme sortant d'une sorte de stupeur. J'hésitai à propos de ma demande en mariage. Je lui demandai où était Giacomo, mais ou elle ne m'entendit pas, ou elle ne prit pas la peine de répondre. Puis, se drapant de son manteau de fourrure, elle se leva et se prépara à partir. « J'ai fait un rêve étrange et dérangeant, Johannes, me dit-elle. Du moins, je voudrais qu'il s'agisse d'un rêve et je le traiterai comme tel. Mon père ne doit pas savoir que vous m'avez laissée seule avec Giacomo, ni que Giacomo m'a laissée seule avec vous, est-ce bien compris ? » Comme son ton ne souffrait pas la contradiction, j'acquiesçai. Elle jeta un coup d'œil à ma feuille et, la trouvant vierge, me regarda fixement comme si j'étais fou, puis rougit et s'enfuit de la pièce, toujours dans cet étrange état équivoque dont j'ai parlé.

Vous devez juger ce récit bien curieux, et il l'est. Après son départ, mon esprit se mit à former des appréhensions étranges et sans aucun doute infondées. Je les chassai et retournai dans ma salle de projection.

L'image était la plus nette et la plus détaillée que j'eusse jamais produite. En outre la stabilisation avait si bien marché qu'il me fut possible d'emporter la plaque de cuivre dans la pièce éclairée une fois sèche. À l'aide d'un lorgnon, un pinceau fin et des pigments supérieurs, j'entrepris de peindre dessus. Je vous montrerai cet objet inhabituel en temps utile quand j'aurai terminé. Quand chacun des détails sera peint, personne ne saura jamais que la composition et la justesse des proportions doivent leur existence à la projection et à la chimie, et peut-être, Cornelis, peut-être que mon ambition d'obtenir richesse et renommée est enfin près de se réaliser. Et pourtant je suis en proie à une étrange déconvenue. Où est l'Italien ? Quelle était la cause du désarroi d'Esther ? Reviendra-t-elle à moi, avec une lueur plus aimable dans le regard, quand je lui offrirai mon tableau ? Je crains que, quoi qu'il se soit passé pendant ma brève absence, cela ne reste aussi secret que l'auteur de Junius.

La lecture terminée, leurs regards se croisèrent. Myles repoussa la lettre précédente et plaça la nouvelle devant elle.

— Mon Dieu, murmura Ruth.

— Comme tu dis.

— Il a réussi, n'est-ce pas ?

— Sans aucun doute.
— Il est très en avance sur son temps...
— Très, très en avance.
— On montre ça à Lydia ?
— Il le faudra, bientôt – après un ou deux gins et une poignée de bêtabloquants.
Ruth replongea dans ses pensées.
— À d'autres égards, bien sûr, il a tout bousillé. Avec Esther, je veux dire. Non que ce soit exactement sa faute.
— Ce salaud d'Italien ! s'écria Myles, indigné.
— Et elle, Myles. Et elle... il faut être deux, non ? Pour une vierge du XVIIIe siècle, elle fait fort !

27

— Quelle heure est-il ? demanda Myles.
Ruth jeta un coup d'œil à l'horloge de la tour du magasin de meubles Metz.
— Deux heures et demie. Enfin, bon Dieu, Myles, où est-ce que tu m'emmènes ?
Elle slalomait entre les passants bien emmitouflés, s'efforçant de rester à la hauteur du grand Anglais avec sa veste à carreaux rouge, son pantalon en velours côtelé et son calot. La vague de froid était arrivée. Les canaux, pris dans les glaces, étaient envahis par les pati-

neurs. Le soleil brillait dans un ciel lavande et il régnait une atmosphère de vendredi de fête. Les yeux clos, un barbu jouait des mélodies poussives au concertina. Une statue humaine de pharaon, dorée à la bombe de la tête aux pieds, risquait l'hypothermie pour une improbable pièce de monnaie. Des gens serraient des gobelets en plastique à côté d'un stand vendant des saucisses frites et du chocolat chaud. Une odeur de viande et d'oignons flottait dans l'air.

— Pourquoi tiens-tu toujours à savoir où nous allons ? lui demanda Myles en soufflant dans ses mains rougies.

— Ça me rassure. Et là, je ne suis pas rassurée. J'ai comme l'impression que nous ne sommes plus au Kansas.

Ils traversèrent le Prinsengracht. Un char de carnaval tiré par des chevaux et chargé de monstres géants en papier mâché les dépassa lentement. Ruth regarda derrière elle. Elle rêvassait de nouveau. Johannes venait vers elle, avec sa redingote, sa culotte, son tricorne et sa perruque. Il courait ; il essayait de la rattraper ; il voulait lui parler. Elle s'arrêta. Myles la tira par la manche. Johannes fila au pas de course à côté d'eux et se hissa à l'arrière du char.

Ce n'était rien qu'un figurant – un simple élément du spectacle à venir.

— Ruth, tu veux bien avancer, s'il te plaît ?

Elle partit au petit trot, pila, se retourna et se mit à sauter rapidement sur place comme si elle s'apprêtait à le plaquer à terre. Elle tapa dans ses mains gantées pour se réchauffer.

— Voilà ce que c'est, de vivre à cent à l'heure ! On fait une petite pause déjeuner ?

— Pas le temps.

— Pourtant j'aurais bien pris deux paquets de Chesterfield arrosés d'une Holsten Pils.

— Un conseil : repose ta bouche. Tu vas avoir les lèvres gercées avec ce froid.

Ils traversèrent le Singelgracht où un cygne solitaire marchait avec précaution sur la glace. Au début, elle crut qu'ils se rendaient au bureau, au Rijksmuseum, mais ils passèrent sans s'arrêter devant le mastodonte gothique, devant le musée Van Gogh, devant le Stedelijk, puis s'engagèrent dans une ruelle endormie, la Gabriel Metsustraat. Elle eut une illumination. Le Laboratoire central des objets d'art et des sciences. Myles avait évoqué ses projets pendant la séance plénière.

— Nous venons avec des intentions pacifiques, annonça Ruth lorsqu'ils montrèrent leurs cartes au gardien.

Dans l'ascenseur, Myles la fixa d'un air désapprobateur.

— Arrête, siffla-t-elle. Tu dilates tes narines.

— Bob Stijn, dit Myles quand ils pénétrèrent en coup de vent dans une salle.

Elle serra la main du monsieur, fit presque la révérence. Un type petit, sans âge, avec des lunettes à monture en écaille et un problème de poils de nez, qui se baladait en blouse blanche et mocassins beige foncé. Il avait trois stylos bille dans sa poche de poitrine, chacun d'une couleur différente, et un pansement couvrant le renflement impressionnant d'un furoncle au cou.

— Alors, qu'est-ce qui se passe ici ? demanda Ruth, volontairement guillerette.

— Des choses et d'autres, dit Bob. De la réflectographie à infrarouge, de l'analyse moléculaire de pigments, de l'analyse microscopique de la densité du fil sur des toiles. Vous autres regardez les tableaux, point barre. Nous allons en dessous, tels des spécialistes de médecine légale sur les lieux d'un crime – nous fouillons dans le sang et les entrailles.

— Super, fit Ruth.

Myles faisait deux bonnes têtes de plus que le petit Bob. Il passa un bras autour de ses épaules osseuses et prit le ton « En voilà un brave garçon » :

— Prends un tableau sur bois. Ce type peut te dire de quand il date exactement grâce à un examen dendrochronologique. Il cherche de minuscules variations dans l'épaisseur des anneaux de croissance annuels.

Bob sourit.

— Chaque tableau raconte une histoire.

— Le nôtre aussi ? s'enquit Ruth.

— Bien sûr. Il est écrit dans une langue étrangère. Nous ne pouvons pas le lire. Mais là aussi se cache une histoire, si on arrive à l'atteindre.

Il les conduisit à un panneau lumineux sur le mur opposé du labo et glissa une radio sous la pince métallique fixée au bord supérieur.

— Radiographie, reprit-il. C'est le moyen le plus ancien d'atteindre les racines. On voit très bien le mercure et le plomb. Surtout le plomb. Il a une masse atomique élevée et il est opaque aux rayons X – et c'est ce que les vieux maîtres utilisaient pour mélanger leur blanc. Par conséquent, s'il y a de nombreux jolis passages blancs sur la couche initiale, ils s'éclairent comme un bordel hollandais.

— Je ne vois rien sur cette radio, dit Ruth. Je veux dire, rien qui ne soit visible dans le tableau.

— Il y a quelque chose, mais nous ne sommes pas sur la bonne longueur d'onde. Cela ne présente pas de différences avec ce que nous voyons à l'œil nu. (Il les entraîna vers une table et sortit des photos d'une enveloppe.) Phase suivante, réflectographie à infrarouge. On réchauffe le tableau à l'aide d'une ampoule à faible puissance en watts – high-tech, hein ? – puis on prend des clichés numériques du spectre infrarouge. Une fois le tableau grillé, nous pouvons repérer des traces de carbone qui absorbent l'énergie de la lumière et le calcium qui la réfléchit. Ça marche plutôt bien avec pas mal de tableaux du XVIIIe siècle parce que les esquisses étaient souvent faites au fusain ou avec des os d'animaux brûlés. Du carbone, en d'autres termes.

Ruth et Myles examinèrent les étranges images aux tons brumeux.

— Et en l'occurrence ? demanda Ruth.

— Rien. Certains pigments contiennent du carbone, ça c'est sûr, mais nous ne parvenons pas à l'esquisse.

— Peut-être parce qu'il n'y en a pas.

— Peut-être, répondit Bob en la regardant d'un air interrogateur. (Il secoua la tête et fourra les clichés dans leur enveloppe.) Reste la microscopie à la lumière polarisée, pour l'analyse des pigments. Nous l'y avons soumis et c'est un authentique tableau de l'époque.

— Rien à voir avec les fumisteries modernes, dit Myles.

— Non. XVIIIe siècle, c'est sûr. L'étrangeté vient des prélèvements.

— Des prélèvements ? s'exclama Ruth.

— Ceux que m'a remis M. Palmer et ceux que nous avons effectués nous-mêmes.

Myles croisa les bras et se mordit la lèvre inférieure.

— J'ai négligé de te prévenir, je le crains, Ruth. La dernière fois que nous avons regardé le tableau dans les réserves, j'ai raclé un peu de matière au dos.

— La confiance règne.

— Ce n'était pas du pigment. Il y avait un dépôt au dos de la plaque de cuivre.

— Un sel d'argent, dit Bob. Dieu sait ce que l'argent fichait là, mais voilà pourquoi nous n'obtenons pas de lectures garanties. Pour une analyse quantitative de l'argent et pour atteindre les couches les plus profondes du tableau, il n'y a rien de mieux que l'autoradiographie à accélérateur de neutrons.

— Précisez, dit Ruth. J'ai le cerveau comme une éponge assoiffée aujourd'hui.

— Voilà comment ça se passe en gros. On irradie et on active le tableau avec des neutrons froids à faisceaux blancs, puis on utilise les différents taux de désintégration d'isotopes pour développer des pellicules ou imprimer des plaques. On procède pendant plusieurs semaines mais à des moments différents à une spectroscopie à rayons gamma avec un détecteur Ge pour obtenir un relevé des données sur ces couches profondes – la matière sombre, les formes de couleurs éteintes dans l'esquisse monochrome. En bref, ce qu'il vous faut, c'est une autoradiographie. Du gâteau. Le tableau perd sa radioactivité acquise au bout de trois mois, et ensuite on peut le raccrocher au mur en toute sécurité.

— Pas recommandé chez soi, dit Ruth.

— Hum, pas exactement. Il faut un réacteur nucléaire.

Elle soupira.

— Faut pas se compliquer la vie.

Myles avait l'air largué.

— Bob, quand vous m'avez appelé, vous avez dit que vous lanciez l'autoradiographie.

— C'est le cas. Désolé, j'aurais dû dire que, *dans le temps*, on avait besoin d'un réacteur nucléaire. Maintenant on a des instruments industriels qui utilisent le Californium-252 comme source de neutrons.

— On dirait le titre d'un nouvel album de Dylan, dit Ruth.

— Hein ? Ah oui ! Je n'y avais jamais songé. Non, le Californium-252 est un élément radioactif synthétique qui est produit dans des réacteurs nucléaires. On obtient des traces dans le bombardement à isotope d'hélium du curium. Ils ont ces instruments à l'université, et ils nous ont déjà dépannés. On colle le tableau sur un support face à un bras de guidage à neutrons et on le bouge pour obtenir une activation constante. L'instrument se trouve à l'intérieur d'un conteneur clos sûr, et ensuite on a besoin d'une pièce protégée pour l'exposition de la pellicule et la spectroscopie à rayons gamma.

— Merde, dit Ruth. Et c'est où ?

— Au département de génie chimique.

— Au complexe Roeterseiland ?

— C'est ça.

— C'est drôle, j'étais sûre que vous alliez dire ça. Sauf que c'est moi qui vous l'ai dit, n'est-ce pas ?

Le téléphone de Bob bourdonna. Il répondit et s'excusa. Ruth et Myles s'approchèrent de la radio sur le panneau lumineux.

— Une radiographie d'un tableau peint à partir d'une photo, dit Myles. Pas étonnant que le petit tableau de Johannes résiste.

— Peut-être que non. Peut-être n'y a-t-il que ce que l'on voit. C'est vrai, pour Johannes, c'était du coloriage. Tu ne vas pas trouver de divergences étonnantes entre ce qu'il y a en dessous et ce qui apparaît en surface. Il s'est contenté d'ajouter des couleurs.

— Regarde la pendule, s'écria Myles dans une explosion d'enthousiasme. Tu te souviens, quand nous avons vu le tableau pour la première fois, tu as fait remarquer qu'il n'y avait qu'une aiguille.

Ruth réfléchit, puis claqua des doigts.
— Une exposition de quarante minutes. C'est ce qu'il disait dans la lettre. L'aiguille des heures bouge à peine, mais celle des minutes parcourt 240 degrés.
— Et alors ?
— Alors tu ne la vois pas. Elle est floue sur la plaque et – quand Johannes peint, il ne la reproduit pas.
— Hourra ! Ce qui prouve soit un colossal manque d'imagination de sa part soit une décision consciente de laisser un petit indice.
— Comme les symboles et le code au dos. Il est au courant ? dit Ruth en parlant du dénommé Bob.
— Non, mais il y arrive. Le sel d'argent l'a mis dans tous ses états.
— Et qui a autorisé l'automachin ?
Myles pencha la tête pour lire le document rangé dans une chemise en plastique transparent sur la table.
— Cabrol. Il a signé hier.
— Ça se comprend. (Ruth s'assit et posa son menton sur ses mains croisées.) Nous avons du temps devant nous. Trois mois, il a dit. Trop de putain de temps, si tu veux mon avis.
— Pourquoi trop ?
— Je pensais à Lydia.
— Trois mois au bout de deux siècles et demi, ce n'est pas la mer à boire.
— Elle n'est pas si vieille.
— Tu vois ce que je veux dire.
— Cabrol aussi voit ce que tu veux dire. Le temps, il n'arrête pas de l'acheter, par mensua-

lités. Il sait que les tableaux ont tendance à survivre aux gens.

— Oui, certainement.

Elle se mordit l'ongle.

— Je ne fonctionne pas vraiment à plein régime, Myles. Depuis que nous avons lu ces lettres, je n'arrive pas à me le sortir de la tête – Johannes, je veux dire. Que lui est-il arrivé, à ton avis ?

— Je ne sais pas. Son univers s'est écroulé. Il a tout perdu, la fille et le reste. Souviens-toi de la fiche de Cabrol sur le réseau de la Collection des Pays-Bas : « On ne sait pas grand-chose de sa carrière ultérieure. » On ne savait pas grand-chose non plus du début de sa carrière, avant que nous ne découvrions le petit trésor de Sander.

— Tu crois qu'il est mort ?

— Cela me paraît assez vraisemblable.

— Je reformule : tu crois qu'il s'est suicidé ?

— Peut-être. Ou il est devenu fou. Il était tellement pris par sa vie et son époque qu'il n'a pas vu l'impact de ce qu'il avait découvert par hasard. Il avait honte de lui-même. Il ne progressait pas dans la peinture. C'était un imposteur à l'amour-propre blessé. Ou il a compris l'impact et il s'est simplement dégonflé. Comment le savoir ?

— Magie noire, alchimie et diablerie.

Myles retourna devant la radio sur le panneau lumineux.

— Et tout ce que ce pauvre type a fait, c'est prendre une photo.

— Clic, clac, merci Kodak, murmura Ruth.

— Pour la première fois de l'histoire, d'ailleurs, même si pour l'instant tout le monde l'ignore. Les encyclopédies du monde entier attribuent l'invention à Nicéphore Niepce, un Bourguigon, dans les années 1820. Une petite photo médiocre du paysage vu de sa fenêtre. Puis est arrivé Daguerre, le maître des illusions, qui a fabriqué le daguerréotype et commercialisé la découverte. Mais nous savons que notre vieux copain Johannes les a tous précédés d'un peu plus d'un demi-siècle. Et pourquoi pas ? C'est une équation assez simple. Sels d'argent plus *camera obscura* égalent photographie. Les deux étaient connus depuis des années. L'histoire tambourinait des doigts, en attendant qu'une andouille les réunisse, comme le steak et les frites.

— Et c'est la raison pour laquelle tout le monde salive devant le petit tableau de Lydia.

— Ça se discute. D'accord, c'est le penny black [1] du monde artistique. Mais nous ignorons qui sait ou qui savait quoi. Que savaient les nazis – Miedl, Hofer, Göring, Hitler, Posse ? Il y a des chances pour que ce soit les données occultes au dos qui les aient excités. Fischer nous a expliqué ce qu'ils trafiquaient et ce qu'ils espéraient en tirer. À part les nazis, que sait Scheele, ou Cabrol, ou la Cloche ? D'autres ont peut-être lu ces lettres par le passé et vendu la mèche.

1. Premier timbre adhésif apparu en Grande-Bretagne. *(N.d.T.)*

— À travers vents et ténèbres, je te convoque ! psalmodia Ruth. Tu veux connaître un secret ? Tu promets de le garder ? (Sa voix redevint soudain normale.) Est-ce que nous devenons fous, Myles ?

— Nous sommes en train de guérir.

— Est-ce qu'on pourrait faire un petit check-up alors ?

— Vas-y.

Elle se leva et se planta devant la radio.

— Quel est notre premier objectif ? Est-ce qu'on parle de ces lettres à Lydia ? Elle a un droit de regard – c'est son ancêtre, après tout. Est-ce que nous rendons la chose publique ? Si on le fait, dans quelle mesure est-ce que ça risque de saper le dossier de Lydia ? Tu te rappelles ce qu'a dit Cabrol à propos des œuvres qui sont plus que des biens privés ? Si on révèle que *Femme allongée au mimosa* est la première photo jamais prise, la loi de la propriété culturelle prend le pas sur l'action civile privée. Et puis, même au cas très improbable où Lydia emporterait le morceau, elle n'aurait jamais les moyens de payer la putain d'assurance. Et en attendant, le Van der Heyden est entre les mains du génie chimique, sur le point de se faire atomiser.

— Ouais, souffla Myles, les yeux fixés sur la belle Esther, endormie sur sa méridienne. Ça lui redonnera des couleurs.

Sur le panneau lumineux, le tableau apparaissait en monochromes laiteux. La radio déplaçait la scène vers une dimension voisine, où les valeurs chromatiques s'estompaient ; le diagnostic clinique, plutôt que le plaisir esthétique, semblait être à l'ordre du jour. Ruth s'attendait presque à voir la cage thoracique de Johannes ou encore un frêle fémur et un bassin sous la robe d'Esther, les crânes et les os sous leur peau – voire l'ombre maligne du cancer à l'affût, l'amour sans retour, les préjugés sociaux, la morale relâchée, le méphisto italien...

La vie de l'artiste...

— Houston, nous avons un problème, dit Myles.

Elle le rejoignit à la fenêtre. En bas, dans la rue, Bob Stijn parlait avec quelqu'un. Il fut masqué un instant par un tram n° 16 qui se dirigeait vers la petite place au bout de la rue portant le nom de Vermeer. Tout avait des liens avec la peinture, dans ce quartier. Le tram passé, les deux hommes dans la rue offrirent une composition intéressante qu'un artiste comme Caillebotte aurait adorée au XIXe siècle. Cabrol portait sa prétentieuse cape d'hiver noire avec son fermoir en or, hybride étrange de Dracula et d'une version amoindrie et anémique d'Aristide Bruant. Il parlait avec force grands gestes en se dandinant d'un pied sur l'autre comme un poulet sur un gril chauffé à blanc.

— Qu'est-ce que tu en dis ? dit Ruth.

— Je dirais qu'il a de nouveau pris un velouté d'ail au déjeuner.

— Pourtant nous l'avons mis en garde, n'est-ce pas ?

Myles tira la langue et émit un lent bruit de pet.

— Qu'est-ce qui se passe avec Cabrol et notre tableau ?

— Réfléchis, mignonne. C'est un conservateur de musée, un gardien de l'histoire. Et il est aussi français.

— Et alors ?

— Les Français sont une nation fière, une nation d'artistes. Ils ont plus ou moins inventé la peinture moderne. Ils ont inventé le cinéma, avec les frères Lumière. Et, comme nous l'avons dit, ils ont inventé la photographie – Niepce et Daguerre. Maintenant, en supposant qu'il sache ce que nous savons, à ton avis comment Cabrol prend-il l'éventualité que la photographie ait en fait été inventée par un vulgaire pharmacien hollandais ?

— Alors, que voulait Dieu ? demanda Ruth quand Bob Stijn revint dans le labo.

— FedEx et lui ont servi de chaperon à votre tableau. Rien que le protocole habituel de conformité et de vérification à ratifier.

Quelque chose avait changé dans l'attitude du technicien. Il était hésitant et circonspect. Il évitait le regard de Ruth.

— C'est tout ? insista-t-elle.

— Eh bien, il cherchait à savoir ce que vous faisiez ici.

— J'espère que vous le lui avez dit, intervint Myles. Elle est seulement passée prendre une bière.

Bob contempla ses mocassins en fronçant les sourcils et gratta son furoncle.

— Suis-je autorisé à en parler ? murmura-t-il à Ruth dans un aparté gêné.

— À parler de quoi ?

— De... vous savez bien... ce matin ? Cabrol vient de me l'apprendre.

— Que vous a-t-il appris au sujet de ce matin ? Que le soleil levant ressemblait à un paysage de Daubigny ? Que le boulanger n'avait plus de croissants pur beurre ?

— Non. Que vous démissionnez.

Ruth regarda fixement Bob. Lequel regarda fixement Ruth. Laquelle regarda fixement Myles, avant de se retourner vers Bob.

— Vous voulez dire que je viens de me faire virer ?

— Euh, non. Il a dit que vous aviez envoyé votre démission. Par mail. Et qu'il l'avait acceptée. Noblesse oblige. Je suis désolé, mademoiselle Braams, mais vous n'avez aucun droit d'être ici. Vous avez raccroché. Votre habilitation n'a plus cours.

Ruth sentit les larmes lui monter aux yeux.

— Je savais que j'étais trop heureuse, dit-elle d'une voix grincheuse de petite fille perdue. Et maintenant ça.

Elle s'obligea à sourire, mais sa lèvre inférieure tremblait.

Elle croisa les bras et se tourna vers le mur, puis vers le tableau lumineux, enfin vers la porte.

Myles lui passa un bras autour des épaules. Elle le repoussa.

— Soyons clairs, Ruth. Si je comprends bien, tu n'as pas démissionné ?

Elle secoua la tête, morose.

— Tu veux que je lui parle ?

— Non. Qu'il aille se faire foutre. Je lui parlerai moi-même. Je vais lui coller mes avocats aux fesses. Je n'en ai pas, mais je vais les lui coller aux fesses quand même.

— Je vais, euh, me sauver pour faire quelque chose d'utile, murmura Bob Stijn, m'aérer la tête, par exemple.

Il sortit en montrant cinq doigts à Myles – les cinq minutes de son absence.

Myles fit asseoir Ruth et s'accroupit à côté d'elle.

— Respire lentement, Ruth. Nous allons juste attendre que ta tension retombe au niveau normal.

Ils restèrent ainsi, en silence, pendant une minute ou deux.

— Je ne savais pas que ce job comptait autant pour toi, reprit-il.

— Moi non plus. Franchement, ce n'était pas le cas jusqu'à la Cloche. Jusqu'à la Cloche, ce n'était que de l'administration. Un long bâillement sans fin. Mais cette rencontre a tout changé. Depuis que je la connais, ça en vaut la peine.

Elle s'essuya les yeux sur sa manche de cardigan.

— Tu m'as dit une fois que tu n'en avais rien à foutre de la Cloche.

— Je mentais. Cette histoire de démission doit être un canular – encore un coup de mon correspondant fantôme.

— Bien sûr. C'est un problème technique. Si tu n'as pas démissionné, il n'y a rien à ajouter – peu importe si Cabrol s'est empressé de saisir l'occasion. Tu rentres chez toi. J'irai voir cette ordure pour rétablir la vérité.

— Quelqu'un va le payer, et cher. Et je parierais que ce quelqu'un, c'est moi.

— Ne parle pas comme ça. Tu n'es pas exactement à la rue. Pas encore, en tout cas.

— Tu ne crois pas que c'est lui – Cabrol lui-même –, non ? Tu ne crois pas que c'est lui qui essaie de me flinguer ?

— Non. Mais je pense que tu as raison pour la Cloche. Il est grand temps qu'elle récupère son tableau et que nous fassions un peu d'obstruction.

— Mais comment ? Cela ne dépend plus de nous maintenant, et certainement pas de moi. On n'arrête pas le progrès. Personne ne le peut.

Il eut son sourire de gros chat.

— Au vainqueur, le butin.

Elle renifla et le regarda avec une véritable curiosité.

— Tu parles de trahison, là, Myles.

28

Quand Ruth arriva chez Lydia, une ambulance était garée devant la maison. Sa gorge se serra.

— Oh, merde ! soupira-t-elle. Encore !

La porte était ouverte.

Elle monta le perron quatre à quatre et entra au pas de course, jetant son duffle-coat par terre dans l'entrée. La vieille dame était au lit et l'un des ambulanciers lui prenait le pouls. Le petit imbécile facétieux qui s'était pointé après la cuite de Lydia n'était pas là, Dieu merci.

— Lydia, fit Ruth sèchement.

Elle se laissa lourdement tomber sur le bord du lit et saisit la main libre de la vieille.

Lydia la regarda, la reconnaissant à peine. Elle avait l'air perdu, pas comme d'habitude. La peau de son visage était tendue et lisse, à mi-chemin entre un ancien parchemin assyrien et du film alimentaire.

— J'habite ici avec elle, expliqua Ruth à l'ambulancier le plus proche. Que se passe-t-il ? Vous l'emmenez à l'hôpital ?

— Nous venons de la ramener de l'hôpital. Elle était chez un fournisseur de télé par câble quand tout à coup elle n'a pas semblé dans son assiette. Ils l'ont examinée aux urgences et son médecin devrait arriver d'un instant à l'autre. Pas de quoi s'inquiéter. Vous vous sentez bien maintenant, n'est-ce pas, madame ? tonna-t-il comme s'il parlait dans un mégaphone pour combler le fossé des générations. Ça baigne, là, hein ?

Lydia ne répondit pas. Sur sa tempe droite, une veine bleue palpitait de manière alarmante, comme sur le point d'exploser.

À la porte, hors de portée de voix de Lydia, l'ambulancier adopta un ton différent.

— Elle a fait une petite attaque. Ce qu'on appelle un accident ischémique passager. Elle a été paralysée d'un côté pendant un moment et elle s'est un peu affolée. Elle va bien maintenant, mais il faut qu'elle se ménage. Ne la laissez pas s'agiter. Le toubib va lui filer quelque chose à prendre.

— Qu'est-ce que vous fichiez chez un fournisseur de télé par câble ? lâcha Ruth quand l'ambulance démarra.

— À votre avis ? grommela faiblement Lydia. Je signais pour recevoir le câble, bien sûr. On ne reçoit pas la BBC ni CNN sur une télé ordinaire. J'en ai besoin pour mon anglais.

— Vous êtes sérieuse alors, pour Pittsburgh ?

— Je l'ai toujours été.

Le médecin était un homme à la mâchoire longue et au regard doux, et son dos voûté le faisait paraître plus grand qu'il ne l'était – ou les pièces plus petites –, comme si portes et plafonds rétrécissaient dès qu'il arrivait. Il ne savait pas trop où mettre sa tête.

— Ce n'est pas la première fois, n'est-ce pas ?

Lydia détourna les yeux, hautaine. Une minuscule bulle de salive se forma au coin de sa bouche.

— Dites-moi si vous avez déjà eu des crises de ce genre.

— Une ou deux fois, admit-elle.

— L'hôpital va m'envoyer les résultats des analyses sanguines. Il faudra peut-être vous y reconduire pour un scanner. En attendant, je vous prescris du Lipitor. Cela éliminera les risques de rechute. Assurez-vous qu'elle le prenne bien, ajouta-t-il pour Ruth, puis il se retourna vers la vieille dame : Vous avez votre carte d'assurée ?

— Je ne sais pas, docteur Luijten. Elle est quelque part par là.

— Vous voudrez bien la chercher plus tard ? demanda-t-il à Ruth. J'ai besoin du nom de sa mutuelle et de son numéro d'assurée. Communiquez-moi les détails par téléphone, quand vous aurez trouvé l'objet. Et gardez un œil sur elle, d'accord ? conclut-il avec un clin d'œil complice.

À son départ, Lydia s'endormit.

Ruth s'installa dans le fauteuil où avait agonisé Sander et y resta une heure à observer la poitrine de la vieille dame se soulever et se baisser, les petites bulles de salive se former et exploser aux coins de la bouche où les lèvres ne se joignaient pas tout à fait. La petite vieille n'était pas seulement Lydia, descendante de Johannes Van der Heyden – apothicaire, épistolier, inventeur clandestin non reconnu, artiste manqué. Son profil si caractéristique – le front plat, le nez aigu, la bouche obstinée – pouvait bien avoir aussi été le sien, de l'autre côté de la tête tournée vers la fenêtre, comme celui de Sander, du moins si l'on en croyait les photos. Qu'avaient-ils tous en commun, ces vaillants Van der Heyden ? Rigueur, énergie, indépendance, aspirations – et des vies gâchées, sans amour. Rien ne marchait à long terme pour ces pauvres diables. Des perdants et des moins que rien, une lignée de marginaux ratés et de râleurs. En d'autres termes, ils étaient trop humains, pleins du désir de construire des châteaux en or avec des gravats et de la boue. Un lot de farfelus, mais en matière de cran, difficile de les surpasser. Les tribus modernes faisaient figure de mauviettes et d'agneaux bêlants en comparaison.

Et maintenant une attaque...

La mèche venait de prendre. Pas moyen de dire si elle était longue ou courte. Mais c'était le début de la fin.

Environ une heure plus tard, Lydia se réveilla. Elle tira la langue pour recevoir sa gélule dans une imitation inconsciente du cartouche sur la façade de la maison. Ruth lui donna un verre d'eau pour la faire descendre.

— Et vous, comment ça va ? s'enquit vaguement Lydia, comme si elle voulait s'excuser de lui avoir volé la vedette.

— Moi ? répondit Ruth en massant doucement le bras engourdi de la vieille femme. Oh, rien de spécial. On a démissionné de mon poste à ma place, c'est tout.

— Vous allez passer davantage de temps avec moi, alors ?

— Sans aucun doute. Il faut que je me reconvertisse. Je vais avoir besoin de nouvelles compétences. Quelque chose d'utile, comme d'allumer et d'éteindre des ampoules d'un seul regard. Je pourrais aussi me lancer dans une carrière musicale – accordeur de gong, par exemple.

— Rien ne presse, murmura la vieille femme, les yeux mi-clos. Vous pouvez rester ici aussi longtemps que vous voulez.

— Merci, Lydia. Que deviendrais-je sans vous ?

Une paupière s'ouvrit, craignant l'ironie. Il n'y en avait pas.

— Vous avez vécu des moments difficiles, ma chère ?

— C'est l'histoire de ma vie. Je suis née par le siège – c'est là que mes ennuis ont commencé.

— Dès le départ, alors.

— Pas exactement. Auparavant j'ai connu neuf mois relativement paisibles.

— Oh ! j'ai oublié de vous dire. Il y a eu des appels pour vous ce matin pendant votre absence. Des gens qui téléphonaient à propos du bateau. Ils voulaient le voir et savoir pourquoi il était si bon marché.

— Bon marché ?

— Il paraît que vous en demandez deux mille euros.

— Mon bateau n'est pas à vendre.

— Eh bien, ils semblaient penser le contraire. Ils ont dit qu'ils avaient vu une petite annonce dans le journal.

Ruth se colla un poing contre le front et ferma les yeux. Encore ce harcèlement. Quand donc cette persécution allait-elle s'arrêter ?

Elle eut une idée.

— Dans quel journal ?

— *Het Parool*, je crois.

Pour faire passer une petite annonce, il fallait payer. Ce n'était pas gagné, mais c'était un coup à tenter. Cette fois, ils avaient peut-être gaffé. Elle téléphona au service des petites annonces et posa la question.

— Vous l'avez réglée, mademoiselle Braams, répondit la secrétaire, surprise. Un de nos opérateurs a dû prendre votre appel ; c'est payé par carte bleue.

Ruth débita le numéro de sa carte pour vérifier. C'était bien ça. Qui pouvait bien avoir accès aux numéros de sa carte de crédit ? Telle était la question – enfin, une nouvelle question à ajouter à une pile désormais vertigineuse.

Elle annula l'annonce, puis appela sa banque pour faire opposition sur sa carte.

— En fait, lui dit le directeur, nous allions vous appeler – tôt ou tard. Regardons les choses en face, cela fait quelques mois que vous dépassez le plafond autorisé. Si vous voulez réclamer une nouvelle carte, mademoiselle Braams, puis-je vous suggérer de passer à mon bureau pour que nous ayons une petite conversation ?

Vers six heures, Ruth apporta une tasse de thé tiède à la Cloche.

— J'ai quelque chose à vous dire, murmura-t-elle quand Lydia en eut avalé une gorgée. Nous avons trouvé les lettres. Les lettres de Johannes Van der Heyden. Elles étaient dans la statue de la Vierge. C'est là que Sander les avait cachées. C'est ce qu'il insinuait quand il disait que la reine veillait sur elles.

Lydia sourit.

— Il a toujours eu un sens de l'humour étrange.

— Vous voulez que je vous les lise ?

— Plus tard. J'ai un peu de mal à me concentrer pour l'instant. Je ne souffre pas, mais je me sens affreusement fatiguée.

Lydia se rendormit.

Le médecin avait réclamé sa carte d'assurée.

Ruth entreprit de fouiller la pièce.

Depuis ses dernières recherches, elle avait beaucoup appris sur l'ordre dans le chaos de Lydia, le système de rangement qui déterminait la place de chaque chose, avec quoi, et pourquoi. Tout ce qui avait un caractère un peu officiel se trouvait soit sur le tableau magnétique de la cuisine, si cela réclamait une attention urgente, soit au fond d'une boîte à chaussures sur l'étagère en bois branlante, à côté du lit. Mais quelle boîte à chaussures ? Il y en avait désormais une dizaine à cet endroit ; ils avaient rapidement fouillé chacune d'elles la dernière fois. Elle les sortit une par une et vérifia leur contenu plus soigneusement.

Elles renfermaient toutes à peu près la même chose : des factures, des certificats de vaccination pour les chats, des carnets de coupons remontant aux années 1960, des accords d'achats à crédit, la garantie du réfrigérateur, etc. Dans l'une d'elles, elle trouva une liasse d'ordonnances et autres papiers ayant un vague rapport avec la santé, mais rien qui ressemblât à une carte d'assurée.

La septième boîte qu'ouvrit Ruth était entourée d'un large élastique, suggérant un statut à part. Et c'était effectivement le cas : les actes de propriété de la maison se trouvaient là, avec les papiers d'identité et autres documents essentiels de Lydia. Elle s'apprêtait à la refermer quand elle remarqua une enveloppe en vélin avec un cachet à la cire rouge et un timbre dateur récent : vendredi 1er février. Le cachet à la cire n'était manifestement là que dans un but décoratif. L'enveloppe n'était pas collée.

Elle jeta un coup d'œil à Lydia.

Toujours profondément endormie.

Elle sortit le document et le lut :

DERNIER TESTAMENT

Ceci est le dernier testament de Lydia Van der Heyden.

1. Je révoque par la présente tout testament ou dispositions testamentaires de toute nature laissés jusqu'ici par moi.

2. Je nomme et constitue mon avoué, Hans Blommendaal, seul exécuteur testamentaire.

3. Je lègue mon argent, mes vêtements, mes effets à usage personnel ou d'ornement, mes

meubles, livres, tableaux, vaisselle, linge, porcelaine, verres et articles consommables en ma possession à ma mort à Mlle Ruth Braams.
4. Je lègue la propriété et le reliquat de mes biens personnels en ma possession à ma mort (ci-dessous nommé « propriété résiduelle ») à la même Mlle Braams, pour son usage personnel, qui décidera d'y résider ou de la vendre, comme elle le jugera bon.

Le regard de Ruth passa à la fin :

Je déclare que ceci est mon dernier testament signé en présence de témoins en ce 1er février...

Les témoins étaient Blommendaal et un autre avocat : apparemment l'avoué ne s'était pas embêté à convoquer un second témoin sur place, il s'était contenté de rapporter le testament à son cabinet pour le faire contresigner par un confrère et l'avait posté le jour même. Pas exactement dans les règles, mais un gain de temps sans aucun doute.

Ruth reglissa le document dans l'enveloppe et remit cette dernière dans la boîte.

Telles étaient donc les fameuses « affaires » que Lydia avait reconnues à contrecœur : « Il est passé pour m'aider dans mes affaires. »

Elle allait fermer la boîte quand elle remarqua une autre enveloppe, pliée en deux, avec un cachet de cire brisé. À l'intérieur se trouvait un autre testament. Identique à celui qu'elle venait de lire à deux détails près : il avait été rédigé quatre ans plus tôt et un autre nom remplaçait le sien. Ses yeux se posèrent sur le paragraphe 3 :

> 3. Je lègue mon argent, mes vêtements, mes effets à usage personnel ou d'ornement, mes meubles, livres, tableaux, vaisselle, linge, porcelaine, verres et articles consommables en ma possession à ma mort à M. Thomas Springer.

Les mots « nul et non avenu » étaient écrits en travers du document avec un surligneur rose de la main de l'avocat, semblait-il.

Elle rangea l'enveloppe dans la boîte, remit le gros élastique, et reposa la boîte sur l'étagère.

Un flottement dans la respiration de Lydia, puis le doux ronflement reprit.

Ruth quitta la pièce et retourna, hébétée, dans l'*achterhuis*, manquant glisser sur le tapis humide.

Elle s'assit au bureau de Sander. Principessa sauta sur ses genoux et frotta une oreille contre la fibre rugueuse de son pull-over. Elle, Ruth, avait évincé le Kid dans le cœur de Lydia.

C'était de l'amour, du vrai.

Tout lui revenait : la maison, le tableau miraculeux, les vêtements puants de Lydia, et même probablement ses fameux sacs en plastique.

Cela dépassait tout simplement l'entendement. Le coût de la maison la mettrait à l'abri à vie, si elle choisissait de vendre. Et le tableau, une fois la vérité révélée, vaudrait une somme fabuleuse. Oui, maintenant elle pouvait rejoindre les rangs de la crème de la société hollandaise : indigeste, mais très, très riche. Une ascension sociale spectaculaire d'un coup de plume.

Merci, Lyd, et merci, Johannes – merci pour la pierre philosophale.

Il allait falloir s'y habituer...

Mais plus elle y pensait, plus son esprit frissonnait et hésitait devant les vilaines complications qui guettaient dans l'ombre tels des découpages de hiboux lumineux dans un train fantôme. Le tableau ne lui appartenait pas. Il n'appartenait même pas à Lydia – pas encore. Et ce qui avait été pure camaraderie de sa part prenait une tout autre teinte à présent.

Mais regardez-la, regardez ce petit regard mesquin. Elle n'a fait ça que pour l'argent, s'attaquer aux faibles et aux vieux ! Elle a sabordé son bateau, rien que pour emménager dans la place, puis elle a convaincu la vieille bique de rédiger ce testament. C'est comme ça qu'ils procèdent, ces requins. Ils se dégotent une pauvre vieille toute seule, la caressent dans le sens du poil – tout doux et tout gentils – et paf ! ils se jettent dessus pour la mise à mort. Profiteurs de sentiments ! La prison, c'est encore trop bien pour eux. On devrait les coller contre un mur et les fusiller ! Quand on songe à ce que cette pauvre femme a enduré pendant la guerre. Elle méritait bien un peu de tranquillité, surtout dans ses vieux jours.

Au mieux, Ruth était un parasite qui savait où était son intérêt. Au pire, c'était un cas évident de cupidité non déguisée et de vol de sang-froid. Même son propre nom sur le document de Blommendaal venait la narguer.

Ce n'était pas le dernier testament de Lydia Van der Heyden. C'était l'arrêt de mort de Ruth. Une preuve de culpabilité évidente.

Qui, chère Ruth, vous croirait à présent ?

Elle avait potentiellement mouillé tout le monde – même Myles, même ses parents. Quant à Jojo, Lucas et Smits, leurs pires soupçons seraient confirmés. Elle pouvait déchirer le testament, y mettre le feu, Blommendaal en aurait toujours un exemplaire dans son coffre. Bien sûr, elle pouvait amener, par une confrontation amicale, la Cloche à annuler le testament. Elle pouvait même prétendre qu'elle n'avait jamais vu ce fichu truc. Mais au fond d'elle-même, elle se demandait pourquoi elle ferait une chose pareille. La Cloche voulait qu'elle hérite de tout.

Elle pouvait en faire ce qu'elle voulait.

À qui cela reviendrait-il, sans elle : à un refuge pour chats, à une clinique de désintoxication pour buveurs de gin, à un abri pour perruches battues ?

Bien, Ruth en voulait-elle, oui ou non ? Cela se résumait à cela, en fait.

La Cloche avait agi par affection, mais elle n'avait pas vraiment songé aux conséquences. Ruth avait envie de la serrer dans ses bras, avant de serrer son petit cou décharné.

Et d'autres questions continuaient à jaillir tels des feux d'artifice...

Et s'il n'y avait pas eu de testament, que serait-il advenu de la maison et du tableau ?

Mais il y en avait eu un, de testament, auparavant : celui qui venait d'être annulé. Le Kid savait-il qu'il avait été son seul héritier? Comme Ruth, il avait largement eu l'occasion de fouiller dans ses affaires. Et savait-il qu'il avait été dépossédé d'un héritage remarquable qu'on lui avait légué sur un coup de tête avant de le lui reprendre sur un autre ? Dans un éclair, le visage pâle et enfantin de Springer s'illumina dans l'esprit de Ruth. Il était passé à la maison quelques secondes après le départ de Blommendaal en ce jour à présent fatidique du 1er février. Thomas Springer, alias le Kid, avait-il vu ce testament et dans ce cas qu'en avait-il pensé ? L'anguille, les fleurs, les ouvertures laissées sans suite. Tout semblait orienté vers une même chose. Peut-être que, simultanément, les mails haineux pointaient aussi vers cette même chose? Mais maintenant qu'elle y pensait, les mails et les messages dataient d'avant le second testament.

Elle saisit le couteau africain de Sander, taillé dans un seul morceau d'ébène, et le posa en équilibre au bout de son index.

Non, pas le Kid.

Elle ne le sentait pas. Et il y avait de fortes chances qu'il ne soit au courant d'aucun des testaments.

En tout cas, une chose était sûre : si Lydia emportait le morceau pour le tableau de Johannes, alors ce dernier appartenait, enfin, *appartiendrait*, à Ruth – un jour ou l'autre. Pour le moment, rien ne changerait ça et c'était ce qui pouvait se retourner contre elle. Voilà ce qu'on gagnait à aider les vieilles dames à traverser la rue, par pure bonté d'âme.

C'était un vrai merdier, sous tous les angles. Et il n'y avait pas moyen d'y échapper.

Son portable vibra sur le bureau. Elle en sursauta. Le coupe-papier tomba dans un claquement et Principessa bondit de ses genoux et s'enfuit. Comme le vibreur était branché, le portable bougeait de quelques centimètres à chaque bourdonnement, tel un gros cafard. Elle s'en empara.

Un texto :

Poule mouillée : Tu n'as pas tenu compte
de mes avertissements.
Comme toutes les femmes, tu es stupide et vaniteuse.
Bientôt le diable réclamera son dû.
Peut-être que ton âme vit toujours.

Elle posa le téléphone qui se remit à bourdonner au bout d'un moment.

Peut-être sais-tu qui est ton véritable ennemi :
après tout, il est juste sous tes yeux.
J'ai quelque chose dont tu as besoin.

Elle serra le portable, hébétée. Deux minutes passèrent. Il bourdonna de nouveau.

Retrouve-moi à dix heures ce soir près du pont Magere,
du côté Kerkstraat. Seule.
Et souviens-toi : rien n'échappe à mon petit œil avisé.
47 107.8682.

Oh, génial ! Un rendez-vous ! Qui l'eût cru ? Et juste au moment où je croyais avoir passé l'âge d'être courtisée.

Elle retint son souffle et frissonna malgré elle. Elle se leva, aperçut son reflet dans le miroir. Ce qu'elle vit la surprit.

Elle vit de la peur dans son regard.

29

— Écoutez, Smits, comment saurais-je qui c'est ? hurla-t-elle au téléphone. Vous croyez que j'invente ? D'accord, si vous y tenez vraiment, allons-y. J'arrive sur le pont où je tombe sur un vendeur de pommes d'amour borgne avec une masse de cheveux gris, une barbe jusqu'aux pieds et un chinchilla bolivien sur l'épaule. « La pomme d'amour n'a pas l'air très croquante aujourd'hui », lui dis-je. Il cligne de l'œil deux fois – le chinchilla – et me fait entrer dans son royaume magique de chinchilla. C'est le genre de scénar que vous aviez en tête ?

Ruth écouta le flic passer la marche arrière.

— D'accord, d'accord, reprit-elle. Pardon de m'être mise en colère. Mais c'est comme dans un film, Smits. Vous êtes censé ne pas vous montrer. Ensuite, quand il me met en joue pour me vider son fusil à pompe dans le bide, vous jaillissez de votre planque et, à mains nues, vous attrapez au vol toutes les balles afin de m'éviter de mourir d'un empoisonnement au plomb. Compris ? Voilà votre boulot.

Elle rangea son portable dans son étui et passa voir Lydia. La vieille dame somnolait toujours. Elle se tourna et lâcha un vent dans son sommeil. Le pet sentait le formol.

Ruth quitta la maison, saisissant ses patins au passage.

De l'autre côté du canal, les lumières du rez-de-chaussée brillaient chez Scheele, les rideaux étaient ouverts. Elle recouvrait sa bouche et son nez irrité d'une écharpe qu'elle glissa ensuite dans son manteau lorsque Scheele apparut à la fenêtre – le haut de son crâne plus exactement, puisqu'il devait être assis dans son fauteuil roulant.

Elle se figea un instant et plissa les yeux.

Il resta là, immobile, paisible, sa tête de primate en l'air. Il ne l'espionnait pas. Elle suivit la direction de son regard. Il n'observait même pas la maison de Lydia. Apparemment, il admirait simplement le ciel.

L'espace d'une seconde ou deux, elle contempla à son tour les nuances subtiles – bruyère, digitale, gentiane et la lente coulée d'indigo de la nuit qui se déversait au-dessus du sombre parapet des gables d'Amsterdam.

Elle traversa la rue et longea le Keizersgracht jusqu'à un vieil escalier de pierre aux marches usées qui descendait en pente raide vers le canal gelé. Elle s'assit sur la première marche et enfila ses patins qu'elle laça serrés.

Son plan était le suivant :

Son harceleur s'attendrait à la voir venir par la rue et non en dessous du pont, sur la glace. En outre, il s'attendrait à ce qu'elle arrive du nord, où le Keizersgracht se jetait dans l'Amstel, l'itinéraire le plus court pour se rendre au pont, alors qu'elle allait faire un détour par le Leidsegracht et le Singelgracht, rien que par entêtement, par goût du non-conformisme. Un avantage tactique, peut-être : voir son persécuteur avant qu'il ne l'aperçoive – ne serait-ce qu'une seconde, juste le temps de se ressaisir, de rassembler ses idées.

Elle ne se faisait aucune illusion.

Cela ne changerait pas grand-chose.

Pour patiner sur le canal, il fallait être prudent. Cela n'avait rien d'un tour de patinoire. Tout un bric-à-brac était piégé dans la glace, un risque potentiel pour les têtes en l'air. Sans oublier les chaînes et les câbles des bateaux et des péniches, les irrégularités naturelles aux endroits où l'eau s'était durcie avec une finition de quartz grossièrement taillé. En plus, les mômes jetaient des objets sur le canal, pour le plaisir de les voir glisser. Une fois leur glissade terminée, les objets en question restaient là où ils s'étaient immobilisés – des cailloux, des branches, des canettes de Coca, voire des roues de bicyclette, autant d'intéressants éléments à ajouter à la course d'obstacle. Heureusement, les lampadaires projetaient une lueur latérale au ras de la glace qui éclairait un passage praticable au centre et mettait en relief les débris divers entre les ombres denses des bateaux, des arbres, des voitures, et des berges mêmes du canal.

Elle se lança en douceur, patinant à longues enjambées tranquilles, ses mains gantées croisées dans le dos comme le voulait la tradition.

D'en bas, on voyait la ville sous un angle différent. Ruth se sentait comme une créature aveugle qui serait sortie de son terrier en grattant la croûte gelée de l'obscurité pour découvrir un vaste univers intrépide bruissant d'activités inconnues.

Visions fugitives à travers les hublots des bateaux – un homme étudiant une carte, un enfant brossant un chien –, accompagnées de l'étrange écho creux des lames de ses patins, couteaux passés en longs mouvements réguliers sur une pierre à aiguiser.

Elle se sentait en forme, téméraire et invincible.

Était-ce un effet de l'adrénaline ? Son côté sage, son ange gardien, lui conseillait la prudence, mais l'étrange bien-être qui soufflait en elle telle une brise faisait la sourde oreille.

La vie était joie. La vie était force.

Qu'est-ce qui pourrait gâcher cet agréable regain de vitalité ?

Soudain la large surface de l'Amstel s'ouvrit devant elle sous un coin de ciel étoilé.

Il était dangereux de patiner au centre à cet endroit. Impossible de deviner quels défauts se dissimulaient sous la fragile surface de glace. D'ailleurs, il n'y avait pas un seul autre patineur en vue.

Elle avança en longeant le bord, contournant les bateaux amarrés, s'accrochant de temps à autre à des boulons rouillés et aux coques quand elle imaginait entendre un craquement ou sentait ses pieds s'enfoncer un peu. Sous l'effort, ses genoux et ses chevilles devinrent douloureux. Soudain, elle se revit petite fille, château branlant sur sa première paire de patins blancs que lui avait achetée son père l'année de ses sept ans. Le flash-back, d'une netteté parfaite, perça la cellule hermétique de sa mémoire pour envahir son cerveau de ses détails.

À son arrivée au Magere Brug, elle avançait au pas. Les montants en bois du pont basculant brillaient comme de vieux os blanchis dans l'obscurité. Des gens le traversaient à vive allure. Accoudé au parapet, au-dessus du feu rouge destiné à la navigation, un couple admirait le paysage, enveloppé de la vapeur de son souffle.

Elle s'enfonça dans l'ombre.

Elle s'efforça de repérer les individus solitaires, sur la rive ou sur le pont, qui semblaient attendre.

Personne ne correspondait à cette description.

Elle franchit le pont en se tenant au revêtement de brique humide et sombre.

À l'autre bout, elle leva de nouveau le nez. Elle repéra un ou deux candidats potentiels, mais elle était placée trop bas. Elle ne distinguait que de vagues silhouettes. Selon toute probabilité, ils la voyaient plus distinctement.

Elle se dirigea vers l'escalier le plus proche, rangea ses patins dans son sac à dos et enfila ses bottes. Elle grimpa au niveau de la rue. Elle avait le pied lourd et, privée des quelques centimètres supplémentaires de ses patins, elle se sentit diminuée, et son état d'esprit accusa le coup. Son cœur battait trop vite ; cela l'inquiéta.

Tout à coup, elle fut prise de nausée.

De petites angoisses vinrent grignoter son assurance.

À une extrémité du pont, au carrefour de Sarphatikade et de Kerkstraat, une Fiat Panda blanche était mal garée, à cheval sur le trottoir. Au moins Smits avait-il tenu promesse. La buée couvrait les vitres – sauf du côté du conducteur où on avait dégagé un petit espace. Ruth eut envie d'aller bavarder avec lui, mais il n'en était pas question.

Quelque part, une horloge sonna dix heures.

Sa montre avait cinq minutes d'avance. Elle la régla et se plaça bien en évidence sur le pont, l'arpentant, s'arrêtant, étudiant les visages des passants, comme on le fait quand on a rendez-vous avec un inconnu, en quête du même regard interrogateur chez l'autre.

Sur chaque lampadaire et sur les principaux piliers du pont, des affiches vantaient les mérites d'un cirque se produisant au Théâtre Carré, éclairé sur la rive opposée de l'Amstel. Manifestement le spectacle venait de se terminer car, vers dix heures et quart, des familles se mirent à traverser le pont. Des enfants avec des ballons gonflés à l'hélium, d'autres arborant un maquillage de clown, certains agitant des torches en plastique d'où jaillissaient des fibres optiques colorées telle de l'herbe fluorescente.

Ruth surprit des bribes de conversation : une petite fille qui débordait d'enthousiasme pour un clown à trois jambes ; un père qui imitait un jongleur aux yeux bandés ; une autre gamine qui voulait être une petite princesse sur un étalon blanc.

Les groupes de spectateurs du cirque se raréfièrent et disparurent.

Dix heures et demie.

Lui avait-on posé un lapin ?

Toute cette attente lui donnait froid. Et la gonflait.

Dilemme.

Abandonner et rentrer ? Mais alors le grand point d'interrogation noir qui dominait sa vie ne disparaîtrait jamais.

Son portable bourdonna.

Ruth : changement de programme.
Rendez-vous au Jade Beach.
Ça fait une paie.
M

La tête lui tourna.

Elle se raccrocha à la rambarde du pont et respira profondément.

Non, ce n'était pas possible...

« M » ne pouvait signifier qu'une chose, mais cela relevait de l'incroyable.

Maarten signait toujours « M ».

Elle fixa l'écran du portable pendant un temps infini, souhaitant que le texto se dédouble dans un style kaléidoscopique surréaliste à la Busby Berkeley, avant de se reconfigurer en un message plus compréhensible – n'importe quoi : Je rigolais, c'est tout, je vous ai bien eue !

Hélas.

Son front se couvrit de sueur.

Si c'est drôle, comment se fait-il que je ne rie pas ?

Lui demandait-on vraiment de croire que Maarten avait manigancé un retour spectaculaire d'entre les morts ?

Il était vrai qu'elle n'avait jamais vu son corps après l'accident.

Seulement un cercueil fermé.

Lui demandait-on de penser que tout cela n'avait été qu'un coup monté, que, planqué derrière un pilier de la chapelle du crématorium, Maarten s'était repu de tout ce chagrin ?

Non, Maarten. Pitié !

Ce n'était carrément pas prévu.

Changement de programme...

Impossible d'en informer Smits. On la surveillait peut-être. Elle pouvait lui téléphoner, mais ce serait tout aussi stupide. Si Smits ne s'était pas endormi dans sa voiture, il l'avait vue prendre l'appel. Et A + B... On ne savait jamais avec ce con, mais il n'était pas interdit d'espérer.

Parfois on doit se contenter de faire aveuglément confiance.

Elle prit la direction de Kerkstraat.

Elle passa près de la voiture de Smits sur le trottoir opposé mais évita de la regarder, même du coin de l'œil.

De la musique s'échappait des bouches d'aération d'un café brun. Un homme portant un feutre, assis près de la fenêtre, trempa un doigt dans la mousse de sa bière et le suça pensivement. Un clochard barbu s'approcha d'elle, une enveloppe sans timbre à la main, préparant son mélo habituel. Pas de chance. Elle le sema – avant qu'il ait pu articuler un mot, elle était déjà loin. Elle ne pouvait pas tourner la tête, mais s'il vous plaît, mon Dieu, faites qu'une Fiat Panda blanche me suive à distance respectueuse.

Cent mètres plus tard, elle hésita.

Où donc était le Jade Beach, bordel ?

Elle avait oublié l'adresse, et la jeune nana asiatique moulée de satin ne lui avait pas donné de carte, prétextant mystérieusement qu'on trouvait le bar quand on en avait besoin. Ce qui était sûr, c'est qu'il était à deux pas du Prinsengracht Ziekenhuis, l'hôpital où Jojo l'avait insultée et vouée aux gémonies. En s'enfuyant dans la nuit, elle avait trouvé le chemin du Jade Beach.

Elle coupa en direction du Prinsengracht, puis s'engagea dans l'éventail de rues latérales qui s'étalait du centre jusqu'au Singelgracht, où s'arrêtait la vieille ville et commençait le quadrillage rectiligne des faubourgs.

À un carrefour sombre, elle osa enfin se retourner.

Pas de voiture blanche. Pas de renfort. Que dalle.

Je t'emmerde, Smits, espèce de salaud incompétent. Toujours là quand on n'a pas besoin de lui, jamais là dans le cas contraire. Tu parles d'un inspecteur ! Il ne serait pas foutu de repérer le fromage dans un sandwich au fromage, sinon sur rendez-vous, et il réussirait probablement à débarquer en retard en plus.

Maintenant elle était bel et bien seule.

Elle retira un gant et se coinça l'ongle du pouce entre deux incisives, en regardant à gauche et à droite d'un air furibond.

Une fenêtre à guillotine claqua au premier étage sur le trottoir d'en face. On tira les rideaux.

Un chat apparut près d'un soupirail – deux billes jaunes phosphorescentes pointées vers elle – puis fila dans un escalier menant au sous-sol.

Elle traversa la rue.

Personne alentour.

Elle fit quelques pas dans un sens puis, changeant d'avis, rebroussa chemin jusqu'à une ruelle où un chantier de construction avait été abandonné pour la nuit. La façade de la maison d'angle disparaissait derrière les échafaudages et un tas d'ardoises enveloppé de polyéthylène thermosoudé reposait sur la chaussée, entouré de deux cônes de circulation en plastique.

La ruelle menait à une cour intérieure.

Elle la suivit, puis tourna les talons et étudia ses rangées de fenêtres illuminées. On aurait dit un gros club sandwich se contorsionnant d'humanité, où les gens poursuivaient leur existence dans leurs niches, sans se soucier des voisins du dessus, du dessous ou d'à côté.

Ce n'était pas ça.

Elle revint dans la rue et fila un coup de pied dans un des cônes.

Un rideau bougea.

Elle pouvait continuer à errer ainsi toute la nuit, pour ce que cela lui rapporterait. La logique suggérait qu'elle retourne à l'hôpital et reconstitue son itinéraire de là. Il avait commencé par trois religieuses à qui elle avait demandé une cigarette. À cette pensée, elle eut envie de rentrer sous terre. Comment peut-on être aussi bête ? Puis, prise d'une sorte de crise d'angoisse, elle s'était engouffrée au pas de course dans le dédale. En fait, l'angoisse l'avait frappée plus tôt, si « angoisse » était bien le terme approprié : « les boules » peut-être, ou un « accès de panique » – une synapse lutter-ou-fuir entrant soudain en action, un commutateur de débordement périphérique se déclenchant pour protéger les délicates arabesques de son circuit interne.

Mais dans quelle direction était l'hôpital ?

Aucune idée.

Personne auprès de qui se renseigner.

Une bande de tension s'étira sur sa poitrine et de petits démons se mirent à joyeusement resserrer des écrous papillons entre ses omoplates.

Ils ne pouvaient donc pas lui fiche la paix ?

Au bout de la rue, le feu vira du vert à l'orange puis au rouge, au bénéfice de véhicules invisibles. Elle attendit, comptant les secondes en claquant des doigts. Le feu finit par passer au vert.

Elle marcha jusqu'au carrefour, puis regarda autour d'elle.

Elle reconnut une petite épicerie ouverte tard. Cela lui remonta le moral. Elle l'avait vue la dernière fois. Le club n'était qu'à un jet de pierre de là, mais dans quelle direction ?

Le bruit d'une perceuse électrique s'échappant de la fenêtre d'un appartement où officiait un bricoleur du dimanche la fit grincer des dents. Dans une autre maison, un homme assis dans un canapé devant la télé fronça légèrement les sourcils à son passage, ombre grise dans la rue sombre.

Des pas s'approchèrent du carrefour d'où elle venait, puis s'éloignèrent.

La rue était exceptionnellement étroite, même pour Amsterdam, et au bout d'un moment elle arriva à un autre embranchement. Là on n'entendait plus que le glouglou de l'eau dans un tuyau d'évacuation – et un bourdonnement sourd, intermittent, comme celui de la guêpe qu'elle avait piégée un été sous une vieille boîte de conserve dans le jardin de ses parents quand elle n'avait pas plus de cinq ou six ans. Le bourdonnement semblait proche, mais elle ne parvenait pas à le situer.

Elle leva les yeux.

Au-dessus d'une porte étroite, avec un judas grillagé placé à hauteur de nez, une minuscule lueur blanche et verte tremblotait furieusement à l'extrémité d'un tube au néon. Problème d'allumage. Malgré la pénombre, elle put déchiffrer les cursives de l'enseigne éteinte.

Jade Beach

Elle retint son souffle, poussa la porte et entra.

30

Elle descendit tel un plongeur, s'enfonçant de plus en plus profondément dans cette chaude sueur caverneuse – un épais brouillard de fumée de cigarettes, l'atmosphère d'une petite planète exclusive de club alcoolisé.

Un riff trillé à la guitare s'emballa pour s'interrompre brutalement dans un dernier accord exubérant. Il y eut une accalmie, puis une vague d'applaudissements.

Un murmure de voix se glissa dans le vide laissé par la guitare.

Au pied de l'escalier en colimaçon, elle passa sous la libellule géante en papier mâché accrochée au plafond près du bar.

Tout était comme la dernière fois, sauf la clientèle.

Cheetah leva la tête à son entrée mais ne la reconnut pas. Le regard de la femme rebondit sur un champ de force invisible à quelques centimètres de l'extrémité de son nez plat.

Deux ou trois consommateurs au bar et quelques personnes attablées çà et là.

Ruth respira profondément, ferma les yeux et les rouvrit.

Un vieux serveur l'aida à retirer son manteau et l'emporta. Elle réussit à sourire et à le remercier.

Assis sur l'estrade, M. Shine tirait sur une cigarette pincée entre le pouce et l'index en bavardant avec un de ses copains. Sa guitare bleue était appuyée contre un mur.

Quelqu'un brancha la stéréo. Un morceau de grand orchestre, « Blue on Blue ».

Ruth contrôla sa respiration, obligea son corps à se détendre.

Lentement, elle regarda autour d'elle.

Il était là – elle l'aperçut immédiatement dans un des confidents en S –, effleurant pensivement d'un doigt un haut verre cylindrique. L'arrière de son crâne, le profil de son visage, une épaule et l'ombre d'une cuisse.

Cela lui suffit.

Elle l'aurait reconnu n'importe où.

Maarten – son Maarten –, revenu d'entre les morts. Le pauvre avait vieilli, ça au moins, c'était évident. Il avait pris du poids aussi – un régime d'ambroisie pure... Mais c'était lui, sa façon de se détourner pour se perdre dans ses pensées, tenant bon dans cette petite dimension solitaire de repli sur soi intense où elle ne pouvait l'atteindre, qu'elle ne pouvait partager parce que ce noyau compact, cette balle de concentration masculine était zone interdite, un seuil qu'elle ne pourrait jamais franchir, une fenêtre qu'elle ne pourrait jamais briser, un mot qu'elle ne pourrait jamais prononcer.

Un calvaire.

La formule, l'alchimie qui le tirerait brutalement de sa rêverie, n'avait tout simplement pas été inventée, ou était à des années-lumière de sa portée – cela revenait pratiquement au même.

Des gens l'avaient remarquée.

Elle se tenait bras ballants, debout au milieu du club.

Un homme avança sa chaise, pour la laisser passer, puis haussa les épaules en voyant qu'elle ne bougeait pas.

Des regards, des sourires furtifs.

Ils se demandaient ce qu'elle allait faire. Manifestement ils pensaient qu'elle avait bu. Faux – elle allait le leur prouver. Dans certaines parties de la cave, au lieu de se dissiper, la fumée bleue se transformait en flaques troubles de brouillard qui dissimulaient presque les visages et les corps.

Elle n'allait pas le perdre. Pas maintenant.

Cela faisait trop longtemps.

Elle avança un pied, puis l'autre.

Ses sens lui jouaient des tours. Tout ralentissait.

Le serveur glissa près d'elle tel un vaisseau fantôme. Ne lui parvenait plus de la musique qu'un grondement sourd de basse. Une femme, sorte de morse adipeux armé d'un fume-cigarettes en jais, la fixa : joues poudrées de talc violet, lèvres minces cramoisies, yeux Fabergé, une banderole de fumée s'échappant en sifflant, telle la vapeur d'une bouilloire, de ses dents nacrées.

Maarten était agité.

Le courant d'attention tirait aussi sur ses basques. Il se tourna. La vit. Se leva. Une grande main se tendit, l'attrapa par la taille, l'aida à s'asseoir dans le confident loin des projecteurs. De nouveau cette odeur de salpêtre – de la poudre à canon sur sa manche ! La main demeura, inquiète, sur son bras.

Ce n'était pas la main de Maarten – l'évaluation mettait du temps à porter ses fruits.

Ce n'était pas la main de Maarten, ni Maarten lui-même, ni son fantôme.

Mais son portrait craché, son alter ego, gonflé à la pompe à vélo. Son père, Lucas – ce vieux gros Lucas, le fils dans le père et le père dans le fils. Lequel précédait l'autre, l'œuf ou la poule ? Myles avait une réponse pour ça, puisque Myles – ce cher vieux Myles – avait une putain de réponse pour tout. « Les poules sont des choses que les œufs créent pour faire davantage d'œufs. Souviens-t'en, Ruth, et tu ne te tromperas pas trop. Et ne mange pas de sandwiches poulet/œufs durs. C'est contraire à l'éthique. »

— Je crois qu'un verre ne me ferait pas de mal, dit-elle faiblement.

Gagner du temps...

Elle voulait en venir aux faits rapidement, mais la lourde atmosphère souterraine lui paralysait le cerveau. Elle avait éliminé Lucas de l'équation. Il n'y avait pas eu l'ombre d'un doute. Alors que faisait-il ici? Lucas n'avait rien contre elle. À l'université, ils avaient fait la paix. Exact, elle ne s'était pas réconciliée avec Jojo comme promis. Exact, elle était restée à distance de Clara. Mais elle avait réussi à dissiper ses craintes d'une rivalité quelconque autour de Thomas Springer, n'est-ce pas? Elle avait été honnête au sujet de Maarten et d'elle, non? Il avait dit qu'il appréciait.

Maintenant, tout était bon à prendre.

Elle avait la peau glacée.

Une sensation de nausée.

La signature du correspondant haineux lui revint en mémoire : le nombre atomique de l'argent. Lucas le lui avait lui-même discrètement pointé du doigt. Il était professeur de chimie. C'était en plein dans son domaine. Avait-il volontairement lâché l'allusion? Les meurtriers avaient cette habitude d'attirer délibérément l'attention sur eux – une version pour adultes du jeu de cache-cache.

Un scotch sans eau atterrit devant elle. Elle le vida cul sec. La nausée se transforma en brûlure, comme si elle avait avalé un détergent.

Son esprit fourmillait de questions.

Est-ce moi? Est-ce que je deviens folle? Est-ce que cette pauvre Ruthie est à deux doigts de perdre pied ? Ou est-ce que le type assis à côté de moi – l'illustre géniteur de Maarten, le pote de mon père – m'en veut ? Est-ce là ma Némésis, qui transpire légèrement aux tempes, qui fronce les sourcils en regardant son gin-tonic comme s'il venait d'apercevoir un pingouin entre deux glaçons ?

— Alors, dit Lucas au bout d'un moment, hochant la tête avec un sourire style « Eh bien, vous y voilà ».

— Alors ! répéta Ruth sans sarcasme.

Elle ne parvenait pas à le comprendre.

Était-ce la vengeance incarnée ? Était-ce de la haine pure prenant forme humaine ? Qu'est-ce qui lui avait échappé ? Il lui vint à l'esprit qu'ils étaient assis à la même place que les gothiques peloteurs la dernière fois.

— Ruth ? Est-ce que tout va bien ?

Il était passé au ton confidentiel. On sentait une véritable inquiétude dans sa question.

— Je crois que j'ai oublié ma carte d'embarquement.

Il sourit et lui tapota gentiment le bras.

— Vous avez l'air tout triste.

— Je suis une mélancolique, je l'admets. En fait, c'est lié aux endroits. Et celui-ci en fait partie.

— Vous êtes donc déjà venue ici ?

— Pas vous ?

— Non, jamais. Je ne connaissais pas. Il faut dire que Clara et moi sortons peu en ce moment.

— Alors comment... ?

Elle s'apprêtait à lui demander comment il avait entendu parler du bar quand quelque chose attira son regard.

À l'autre extrémité de la cave, une déesse brune, assise toute seule, faisait semblant de lire un livre. Elle n'était pas en uniforme aujourd'hui. Elle portait un jean et un pull d'Aran à col roulé qui moulait ses incroyables seins. L'image d'un couple de dauphins bondissant de la crête d'une vague lui traversa l'esprit. Les siens se résumaient à de petites génoises individuelles par comparaison.

Bianca Velthuizen.

La fliquette était superbe.

Elle leva les yeux et leurs regards se croisèrent un instant, puis se détournèrent. Soudain, tout fut OK. Une sensation de bien-être coula dans les veines de Ruth. Dieu sait comment, Smits s'était acquitté de ses fonctions, se montrant à la hauteur. Sauf que, contrairement aux attentes de Ruth, il restait en retrait, déléguant la tâche à Bianca.

— Comment quoi ?

— Hein ? Oh, rien. (Elle soupira, releva un peu les épaules, puis se tassa.) J'ai bien peur d'être fatiguée, Lucas. Pardonnez-moi. Je ne me rappelle plus ce que j'allais dire.

Il se décida enfin à retirer le poids importun de sa main sur son bras. En manches de chemise, il arborait une cravate brodée de balles de golf. Sa veste en laine marron, doublée soie, était drapée sur le siège entre eux. On devinait chez lui une impatience soigneusement dissimulée.

— Bon, qui parle le premier? Vous? Moi? Personne? Il faut que vous m'aidiez. C'est quoi le rituel?

— Le rituel?

— Nous sommes ici pour parler, non? Ce n'est pas le but de tout cela?

— Si vous le dites.

— Ce n'est pas le cas?

Ils se dévisagèrent.

Le regard de Ruth se durcit progressivement.

— Vous m'avez convoquée, Lucas. D'abord sur le pont, puis ici. Ne venez pas me raconter le contraire.

Il ne cilla pas. Il eut l'air las tout à coup.

Il lui tendit son portable.

Elle y lut un texto signé de son nom, fixant le rendez-vous au Jade Beach. C'était urgent. Il fallait qu'ils se rencontrent.

— Donnant-donnant, dit-elle en lui montrant les siens, dont le dernier reçu.

— Qui est M? demanda Lucas.

Ruth porta ses mains à son visage. Les larmes lui jaillirent des yeux.

— J'ai cru que c'était Maarten. J'ai cru que c'était Maarten, revenu me parler...

— Je vois. Un remplaçant approprié pour le spiritisme, si je peux me permettre. Mon fils a toujours eu une tournure d'esprit originale.

Elle essuya ses larmes avec colère.

— Oh, merde, bien sûr que je savais que ce n'était pas Maarten, Lucas, mais c'était comme ça qu'il signait. Vous le savez. Quelqu'un est en train de jouer avec mes émotions. En train de foutre ma vie en l'air.

— Qui est ce plaisantin ?

— Comment le saurais-je ? Ça vire au cours intensif en anticipation, et j'ai un sacré retard à rattraper.

— Ça, c'est sûr.

— Ça a un lien avec le tableau, c'est tout ce que je sais, reprit-elle, ignorant sa remarque sournoise. Le tableau et la vieille dame. Quelqu'un veut se débarrasser de moi. (Elle frotta son pouce contre son index.) L'argent. C'est le plus petit violon au monde. Tout le monde ou presque fait la queue pour en jouer.

Lucas l'observa attentivement.

— Alors cet individu incognito a arrangé une rencontre intime entre vous et moi. À qui cela pourrait-il bien profiter ? Sont-ils là, à nous observer, vous croyez, ravis de nous voir aussi perdus ?

Par réflexe, ils regardèrent autour d'eux.

Bianca était plongée dans son livre. Cheetah s'appliquait du rouge à lèvres. M. Shine était au bar.

Sinon, il n'y avait personne de sa connaissance.

Quand Lucas tourna la tête, elle attira l'attention de Bianca et lui indiqua des yeux la direction des toilettes. Bianca posa son livre et quitta la salle. Ruth laissa passer un moment, puis s'excusa.

La femme flic attendait devant les lavabos. À l'entrée de Ruth, elle lui fit signe de la rejoindre près des séchoirs à main.

— C'est lui le type ? demanda-t-elle.

Son haleine sentait bon le perce-neige.

— Tout dépend de ce que vous entendez par « le type ». C'est Lucas, le père de mon ex.

— Je sais.

— Vous le connaissez ?

— Il était sur une photo dans votre bateau. Une photo de vous, de votre petit ami et de ses parents.

— Ce n'est pas le croque-mitaine. On nous a menés en bateau tous les deux. Je me suis rendue sur le pont, comme prévu, puis j'ai reçu de nouvelles instructions. (Elle montra le texto et expliqua l'initiale.) Vous pouvez en tirer quelque chose ? Smits m'a parlé de réexpédition par serveurs interposés. Selon lui, on ne peut remonter nulle part.

Bianca eut l'air contrit.

— Andries n'en sait pas aussi long qu'il le croit. Il est doué, mais il rame encore pendant les cours.

— Il est dépassé. C'est bien ce que je pensais. Mauvaise génération.

— Donnez-moi le portable. On peut trouver une piste grâce à la puce.

Elle céda son portable à contrecœur.

— Prenez-en soin, s'il vous plaît. Il a vingt-cinq sonneries polyphoniques.

Bianca le glissa dans sa poche arrière.

— Vous êtes un bon flic, vous savez. Vous avez débarqué ici sans même que je le remarque. Vous repérez les indices.

— Les gens laissent des traces. Ils n'arrêtent pas d'oublier des trucs. Comme ça, par exemple. Elle brandit une petite plume. Je savais que vous ne mentiez pas. Vous étiez bien avec votre père et votre mère. Vous êtes allée dans une ferme d'élevage de faisans près d'Utrecht.

— C'est Smits qui a trouvé ça.

— Il l'a trouvée et me l'a donnée. Il savait que cela me dirait quelque chose.

— J'aurais pu la planter moi-même. La ramasser n'importe où.

— Vous n'en avez rien fait.

Ruth la fixa.

— Pincez-moi et dites-moi que je rêve. Vous prélevez l'ADN des faisans ?

— Ce n'est pas aux faisans que je m'intéresse, dit Bianca, rougissant subitement.

— Oh, bien sûr, moi non plus. Certains les accrochent jusqu'à ce qu'ils grouillent de vers, puis, quand on en mange, on avale de la mitraille, beurk !

— Vos cheveux sont différents. Ils sont bruns.

— Je me suis fait teindre. Je voulais changer de look. Je devais en avoir marre d'être impopulaire.

— Ça vous va bien. Peut-être... (Bianca passa timidement la main dans les cheveux de Ruth)... un peu de gel...

— Merci pour le tuyau.

La conversation venait de prendre une drôle de tournure.

Ruth ne put résister : elle admira la flic de la tête aux pieds. On l'aurait crue sortie d'un magazine, non retouchée. L'équilibre des couleurs, le contraste, la texture – le tout optimisé naturellement. Elle aurait dû poser pour des maillots, au lieu de traquer des délinquants et de distribuer des PV. Elle rayonnait de santé et de beauté.

— Quel âge avez-vous, Bianca ?

— Vingt-cinq.

— Ouah ! Moi aussi, je les ai eus dans le temps.

— Eus ?

— Oui, durant toute une année. (Ruth se gratta la nuque, se demandant comment enchaîner.) Écoutez, vous pourriez aussi bien rentrer chez vous. Je peux me charger de Lucas. Et merci, merci d'être mon ange gardien.

Bianca sortit la première.

Quand Ruth revint dans la salle, la belle flic était partie.

Elle retourna à sa place.

M. Shine grattait de nouveau paresseusement sa guitare et Lucas écoutait, absorbé, les jambes croisées, tourné vers la petite estrade. Il avait commandé une nouvelle tournée. Il jeta un coup d'œil à Ruth, puis revint à la guitare irisée. Elle semblait l'hypnotiser. Sa veste était toujours drapée entre eux, son portefeuille dépassant de la poche intérieure.

Instinctivement, Ruth sut ce qu'elle avait à faire.

L'idée était là depuis le début, latente mais non exprimée. Elle ne l'avait pas soumise au moindre examen moral.

C'était la raison de sa présence à lui.

C'était la raison de sa présence à elle. Elle glissa deux doigts dans le portefeuille, en ne quittant pas Lucas des yeux, guettant la moindre faille dans sa concentration. Rien. Elle écarta les doigts et jeta un coup d'œil à l'intérieur. Ses cartes s'alignaient dans des petites fentes sur un côté. Celle du haut était celle qu'elle voulait. Elle la glissa dans la poche de son pantalon. Puis, tranquille comme Baptiste, elle regarda autour d'elle.

Personne n'avait rien remarqué.

L'improvisation paresseuse de Shine s'interrompit et Lucas sortit de sa rêverie.

— On devrait écouter de la musique de ce genre plus souvent, dit-il. C'est bon pour l'âme. Pour l'humeur. Tiens, j'ai soudain envie d'un petit cigare.

— Peut-être en vendent-ils au bar.

— Je ne devrais pas. J'ai arrêté il y a deux ans. C'était mauvais pour ma tuyauterie.

À l'idée de l'odeur âcre des cigares, Ruth en associa une autre :

— Lucas, puis-je vous poser une question ?

— Allez-y.

— Pourquoi sentez-vous l'explosif ?

— Je suis chimiste. La chimie ne serait pas ce qu'elle est sans une explosion de temps à autre. L'empirisme. Ça nous force à rester vigilants.

— Je suis sérieuse. Maarten avait la même odeur. Ses vêtements.

— Il ne vous a jamais raconté, Ruth ? Nous habitons un entrepôt reconverti. Il abritait des feux d'artifice, dans le temps. Les murs sont imprégnés de cette odeur. Elle s'insinue partout. Nous nous y sommes habitués avec les années. Nous y avons même pris goût. C'est l'odeur de la maison.

— J'ai promis que je passerais, n'est-ce pas ? Et je n'en ai rien fait.

— C'est exact, Ruth, acquiesça-t-il. Vous avez promis, mais pas tenu.

— Peut-être que je pourrais passer demain. Pour voir Clara. Vous voir tous les deux.

— C'est une bonne idée. Très gentille. Pourquoi n'appelleriez-vous pas Clara maintenant ? Juste pour vérifier qu'elle est d'accord.

Elle tendit la main vers sa poche.

Puis se rappela qu'elle n'avait plus son portable.

— Nous sommes dans une cave, Lucas. Ça ne passera pas. Pourriez-vous le lui demander pour moi ? Je téléphonerai pour savoir si c'est d'accord.

— Très bien.

Il s'étira, bâilla de manière extravagante sans se mettre la main devant la bouche et ferma les yeux. Lorsqu'il les rouvrit, il fixa Ruth comme s'il avait oublié sa présence.

— Vous croyez en Dieu ? demanda-t-il après un silence.

— Vous pourriez être plus précis ?

— Dieu, Ruth, Dieu. Vous y croyez ?

— Ça dépend un peu de la définition. Je crois en la force mystique qui cache mes chaussettes derrière le radiateur et fait pleuvoir dès que je mets le nez dehors sans parapluie.

— J'aimerais croire en Dieu. Ça doit vous surprendre.

Elle hocha la tête.

— Ce vieux Lucas, l'empiriste, le rationaliste irréductible qui aimerait croire en Dieu. C'est un regret qui s'est emparé de moi récemment, et je n'arrive pas à le maîtriser. J'aimerais croire que Dieu nous regarde en ce moment. Et j'aimerais croire en son univers spirituel. Imaginez un instant que toute cette superstition aveugle, toute cette vieille supercherie, soit vraie. Bon, vous êtes venue ici pour retrouver Maarten, si l'on peut dire. Supposez que Maarten soit ici, avec nous, à partager ce moment, assis entre nous. (Il tapota la bosse de son portefeuille dans la poche en soie de sa veste.) J'aimerais que ce soit vrai. Mon fils me manque, voyez-vous. Quand on est jeune, la vie n'est que cadeaux. Puis les deuils arrivent – votre chien meurt, vous rompez avec un petit ami ou une petite amie, vous ratez un examen, ce genre de trucs. Et plus vous vieillissez, plus les pertes prennent le pas sur les cadeaux. Votre énergie fout le camp, votre vue fout le camp, vos jambes deviennent rachitiques. Des gens que vous connaissez meurent. Vous regardez votre compagnon, vous regardez vos amis, et ils passent tous par ce foutu chemin. Pertes et deuils. Grandir, Ruth, c'est accepter cette perte, s'y habituer et avoir foi en la vie. Mais rien n'est comparable à la perte d'un enfant. Comment accepter la mort d'un enfant ? C'est contre nature. C'est une perversion des cycles de la vie.

Bien entendu, il y a les guerres, les épidémies et les accidents – et ça se produit, nous le savons tous, je ne le conteste pas. Mais comment un parent peut-il accepter cette perte ? C'est ce que je demande, Ruth. Si vous avez la réponse, j'aimerais beaucoup la connaître. La réponse à cette question serait notre salut. Clara et moi nous trouvons au milieu de ruines fumantes, à nous demander comment nous avons survécu. Mais en vérité, nous n'avons pas survécu. En vérité, nous sommes privés de vie. Nous sommes la mort, nous portons notre mort comme un signe marqué au fer rouge sur notre front. (Il sourit faiblement.) Ça ne fait pas de nous la compagnie la plus agréable.

— Je viendrai demain, demain après-midi, murmura Ruth.

— S'il vous plaît. Je sais que ce n'est pas marrant. Que ça doit vous sembler une obligation ennuyeuse, mais venez, s'il vous plaît. Pour Clara, au moins. Pour Clara et peut-être pour vous-même. Parce que plus vous comprendrez notre mort, plus vous mesurerez ce que c'est que d'être vivante. Ce n'est qu'une question de chance, Ruth – de chance. Certains en ont, d'autres, non. Le truc est de savoir quand on l'a, parce que, comme le dit la Bible, demain nous mourrons.

Il enfila sa veste et sortit son portefeuille.

— Laissez, Lucas. C'est moi qui régale.

Il se tourna, un peu confus.

— C'est très gentil à vous, Ruth. Je suis désolé si je vous ai barbée.

— Pas une seconde.

— Et si vous avez des ennuis – je parle de l'individu qui a organisé notre rencontre impromptue –, peut-être pourrions-nous en discuter chez nous. J'aime beaucoup vos parents, vous le savez, et je serais prêt à tout pour vous, et pour eux, comme je l'étais pour mon fils.

— Merci.

Elle baissa les yeux.

Il se leva en chancelant et traversa la salle.

Il monta l'escalier en colimaçon, s'aida de la rampe pour hisser sa masse corpulente et, arrivé presque en haut, il s'arrêta et regarda en bas, un sourire triste aux lèvres. Il lui souriait, pensa Ruth, bien qu'il eût l'esprit ailleurs, car son regard parcourut la pièce et ne se posa pas sur elle. Puis le sourire s'éteignit aussi brutalement qu'une lampe.

Ruth se leva et s'approcha du bar.

Elle réclama la note.

Cheetah additionna les quatre verres sur un bout de papier, en suçant le bout de son stylo entre deux lignes. Elle poussa le résultat devant Ruth.

— Vous êtes déjà venue ici, dit-elle en la dévisageant d'un air soupçonneux. Je n'oublie jamais un joli visage. (Les cheveux bruns firent obstacle au souvenir, mais cela ne tarda pas à lui revenir.) Ça y est, je sais ! Vous êtes venue avec un autre type. (Elle se pencha vers elle ; son haleine sentait le menthol éventé.) Vous les aimez plus âgés, hein ?

Ruth regarda dans son porte-monnaie, ignorant la question.

Pas de liquide.

Elle tendit sa carte de crédit.

Cheetah fit la moue et la poussa dans la machine. Ruth tapa son code.

Les photos de Noël étaient encore scotchées sous la cantonnière du bar. Ruth contempla les visages, reconnaissant la grande tronche rayonnante de Cameron chaque fois qu'elle se montrait. Il ressemblait à un gros bonnet d'un État africain véreux. Sur l'un des clichés, il était sur le côté, en train de bavarder avec un autre homme. On ne voyait que l'arrière du crâne de l'autre, un peu flou. Cela lui rappela quelque chose. Le Kid ? Non, trop costaud. Mais on avait toujours cette impression avec le flou. Un peu de flou artistique et on a tendance à coller sa propre interprétation sur tout. On voit ce qu'on veut bien voir. Avec les photos, comme avec les tableaux, le vrai mystère reste le visage qu'on ne voit pas : celui qui peint le tableau, celle qui prend la photo. C'est la véritable absence, et pourtant c'est à travers leurs yeux qu'on découvre la scène. On fait un bond prodigieux dans la subjectivité de quelqu'un d'autre, une sorte de possession virtuelle. Dans quelque dimension métaphysique complètement givrée, on est assis dans leur tête.

— Problème, annonça Cheetah.

Elle tapotait la machine d'un long ongle verni avec le regard morne d'une putain dans un Western spaghetti.

« Paiement refusé », lisait-on sur l'écran.

— Merci, dit Ruth. J'avais oublié. J'ai fait opposition à ma carte dans la journée.

— Ah oui ? On fait opposition quand on la perd.

— Quelqu'un a fait main basse sur mon numéro, si vous voulez tout savoir. On a volé le numéro, pas la carte.

— Sont sympas vos amis.

— Qui a dit qu'il s'agissait d'un ami ?

— Comment vous allez payer ?

Une main sur la hanche, Cheetah semblait prête à mordre. Sa peau marquée autour de ses pommettes hautes était rouge et enflammée.

— Donnez-moi l'adresse. Je vous enverrai un chèque.

— À d'autres !

Elle gonfla ses joues et souffla, pleine de mépris.

— Alors que suggérez-vous ?

La fille se pencha au-dessus du bar et saisit Ruth par le poignet. Sa petite main ressemblait à des serres. Elle leva le bras de Ruth pour l'approcher d'un des minuscules spots halogènes.

— Pas mal la montre, Rolex ?

Ruth se dégagea.

— N'y comptez pas. Ce n'est pas une Rolex et, de toute façon, je ne vous la donnerai pas. J'ai besoin de ma montre. Elle vaut dix fois ces verres !

— J'ai besoin de l'argent, chérie. Deux gins. Deux scotch. Vous payez. Je dirige un commerce. Où vous vous croyez, à la soupe populaire ? C'est du bon alcool. Les gens viennent de loin pour le boire. Ils arrivent avec leurs béquilles. Ils repartent en marchant normalement. Ce sera une garantie. Vous revenez avec l'argent, je rends la montre. Marché conclu ?

Ruth soupira, retira le bracelet en métal et jeta la montre en l'air. La fille la rattrapa adroitement.

— Je t'emmerde, lâcha Ruth en tournant les talons.

— Ouais, je t'emmerde aussi, lança Cheetah d'une voix aiguë, en riant et en haussant les épaules.

Elles échangèrent un sourire et cela s'arrêta là.

De retour dans la rue, Ruth plia sa carte de crédit en deux et la balança dans une poubelle.

Si le temps était de l'argent et l'argent du temps, elle venait de réussir à perdre les deux en quelques heures – sans parler de ce produit de base de la tractation moderne, le portable. Et c'était dur d'être une pauvre petite Blanche ordinaire sans un sou en poche.

Mais elle gardait dans sa manche une carte qui ouvrait toutes les bonnes portes – celle de Lucas...

Des pensées l'agitèrent sur le chemin du retour.

Franchement, cela ne pouvait pas tomber mieux que de croiser Lucas comme ça.

Elle songeait à faucher ce foutu tableau depuis un moment déjà, ou du moins elle en caressait l'idée. Il ne lui restait plus qu'à trouver le moyen. Et voilà qu'on le lui apportait sur un plateau d'argent.

Et si tout cela n'était qu'un piège ?

Si c'était le cas, elle avait tout gobé. Et si c'était le cas, qui tendait le piège ? Lucas lui-même ? Elle n'arrivait pas à croire que sa morosité étouffante fît partie d'un petit plan mesquin.

Bon, sinon Lucas, qui ?

Peut-être personne, après tout.

Parfois la providence se manifeste tout simplement.

Voilà...

Il n'y avait qu'une manière d'aller de l'avant, c'était d'avancer.

La vie était comme ça.

Vous franchissez une porte, elle se referme derrière vous, et ça y est – il faut continuer.

31

Lydia était en train de partir.

Cette intuition hantait Ruth. Ce n'étaient pas les attaques mineures – celles dont elle était au courant, parce qu'il y en avait peut-être eu d'autres. Ce n'était pas le dernier testament, rédigé récemment ou révisé. C'était quelque chose de plus direct, de plus concluant et pourtant de moins tangible. Une sorte de relâchement. Comme si près d'un siècle d'histoire humaine était progressivement en train de baisser le rideau.

Avant, Lydia était déjà décrépite – et ce depuis des décennies, c'est du moins ce qu'il semblait. Mais sa décrépitude était une force, la vigueur nerveuse et malpropre du vieux soldat. Elle haletait, buvait, souffrait et jurait. Là, la volonté de lutter la quittait. Elle devenait plus douce, plus molle, plus accommodante – un fruit en train de pourrir dans un bol. Une lourde odeur d'inutilité flottait autour d'elle. Elle perdait pied, petit à petit.

Mais qui pouvait dire à quel point la fin était proche ?

Dieu a des ratés que personne ne peut prédire.

Mais cela se présentait mal.

Dans l'*achterhuis*, un mail de Myles l'attendait. Un complément d'informations venant du pipeline de Fischer concernant les nazis. Il avait déniché une lettre du Dr Hans Posse qui semblait faire allusion au Van der Heyden. Elle tira une riposte en une ligne :

Salut, vieille branche, je te relève de tes fonctions de directeur à compter d'aujourd'hui. Ruth.

Le mail eut l'effet escompté. Moins de dix minutes plus tard, il téléphonait.

— Je peux passer ?

— Ce n'est pas le moment, Myles. Je sors.

— Dis-moi au moins de quoi il s'agit – ce coup de me relever de mes fonctions.

— Plus tard, vieux.

— Tu te venges, c'est ça ? Parce que je ne t'ai pas prévenue pour les prélèvements. Œil pour œil, dent pour dent. Vous les femmes, vous êtes toutes pareilles, toujours à souffler le chaud et le froid.

— Parle-moi d'abord de Posse et de la fameuse lettre.

— Je n'ai pas lu la lettre, mais Fischer dit que Miedl a eu affaire à Scheele et que ce dernier lui a profondément déplu. Il l'a trouvé nerveux, comme s'il avait quelque chose à cacher. Lorsqu'ils ont découvert les runes au dos du tableau, ils ont cherché et fini par décoder le latin. Ça a mis Posse dans tous ses états. Dans la lettre, il utilise les expressions de « processus révolutionnaire » et de « grande importance historique ». Je ne l'ai pas dit à Fischer, mais pour moi il est clair que les nazis avaient compris qu'il s'agissait d'une photo. D'où la préemption pour Alt Aussee. Voilà. Maintenant à ton tour de me raconter ce que tu mijotes.

— Je sors faire des courses.

— Ne joue pas au plus malin avec moi, d'accord ?

— Myles, comme d'habitude, nous sommes en parfaite symbiose. Mais l'expérience montre qu'il n'est pas toujours nécessaire que la main gauche sache ce que fait la droite.

— Vraiment ?

— Oui.

Silence irrité.

— Quoi qu'il en soit, ma puce, j'ai de bonnes nouvelles pour toi. Du moins des nouvelles, si tu préfères – à prendre ou à laisser.

— Et de quoi s'agit-il ?

— Smits et moi avons expliqué à Cabrol que tu étais victime de harcèlement et que ta démission était un faux. Cabrol a dû revenir sur sa décision. Il se réjouit tant de ton retour au bercail ! Il a eu du mal à contenir sa joie.

— Oh, merci, Myles.

— Je t'en prie.

— Pour être franche, je ne crois pas pouvoir revenir tout de suite.

— Tu as pris goût à la liberté ?

— Oui, et je garde mes options ouvertes. Sois un amour, gagne du temps avec lui. Dis-lui que son accord a miné mon assurance. Que j'ai besoin d'un ou deux jours pour soigner mon moral flageolant.

— D'accord, mais souviens-toi : des dragons nous guettent. Mets-moi au parfum dès que tu peux. L'orage menace, et tu ne pourras pas t'en sortir toute seule.

Elle grimaça, raccrocha et consulta sa montre. Pas de montre à consulter. On était le matin, point.

Un soleil aux angles aigus dessinait un potpourri d'ombres géométriques dans la cour froide et humide.

Aujourd'hui, elle allait commettre un vol.
Elle le faisait pour Lydia, avant tout.
Au diable Cabrol. Au diable la loi. Au diable la lenteur de la bureaucratie.
Lydia aurait son tableau. Elle y veillerait. Pas question de laisser la pauvre vieille périr sans lui.
Et puis elle le faisait aussi pour elle-même.
En volant le tableau, elle blanchirait par avance son nom. C'était la logique loufoque à la base de toute l'opération. Supposons que Lydia meure et que Blommendaal débarque comme par miracle en brandissant le testament. Ruth récupérait tout : maison, tableau, chat, sacs en plastique. Par conséquent, elle était purement mue par l'intérêt. Par conséquent, elle était une sangsue – une moins que rien.
En fauchant le tableau, elle réduirait au silence ses futurs accusateurs. Elle l'avait fait pour la vieille dame, ce serait clair. Pourquoi se volerait-elle elle-même ? Elle n'était pas au courant pour le testament – impossible !
Tout cela en partant du principe qu'elle se ferait piquer.
Étrangement, la pensée d'une arrestation, d'un procès et d'un emprisonnement ne lui traversa jamais l'esprit. Rien qu'une miche de pain fourrée d'une lame de rasoir ne pourrait régler. La récompense morale était ce qui importait vraiment, la justification ultime.
Si elle ne se faisait pas prendre, ce serait encore mieux. Ça grincherait dans les chaumières, mais au moins elle aurait l'esprit tranquille.

Finalement, tout se résumait à ça : Ruth faisait la paix avec Ruth.

Si seulement elle n'avait jamais vu ce testament...

Elle contempla le bureau de Sander, regarda par la fenêtre le petit jardin gelé puis leva la tête vers les anges roses gambadant dans les nuages de la fresque qui recouvrait le vieux plafond.

Il n'y avait pas si longtemps, elle s'était fait l'effet d'un voleur en ces lieux. Une sorte de prémonition. À présent, elle s'apprêtait à en devenir un. La différence cruciale étant que l'esprit de Sander n'était pas sa victime mais son bénéficiaire. Elle remboursait ses vieilles dettes à lui. Elle l'imagina un instant sous les traits d'un de ces anges aux joues roses, la contemplant avec tendresse et lui adressant un signe de la victoire céleste. Le seul problème était son CV. Elle n'avait pas l'expérience requise pour le grand banditisme.

Elle comprit, dans un sursaut, qu'elle était terrifiée.

Elle serra les poings à faire blanchir ses articulations, pour chasser la peur et les tremblements.

C'était simple comme bonjour. Elle avait dit à Myles qu'elle sortait faire des courses et ce n'était pas complètement faux. Voler, c'était comme faire ses emplettes. À ceci près qu'on ne passait pas à la caisse.

Mais restaient les caméras – ces yeux divins dans les plafonds et les murs. Quel putain d'État policier ! Où qu'on aille, on était toujours sous surveillance. Comment un voleur honnête était-il censé gagner sa croûte ? À peine posait-on un orteil dans le snack-bar le plus minable qu'on était enregistré et tenu sous contrôle biométrique.

Il lui fallait un déguisement.

Elle fouilla dans son sac de vêtements. Rien. Rien que des trucs bien dans le style de la vieille Ruthie.

À côté de la bibliothèque se dressait une vieille armoire dont elle avait déjà vérifié le contenu. Elle était pleine des affaires de Sander. Elle l'ouvrit et poussa les cintres un par un.

Des costumes, des chemises et de longs manteaux d'hiver.

Elle les renifla avec méfiance. Ça allait. Finalement ils avaient remarquablement bien survécu à un demi-siècle dans ce musée personnel. Pas la moindre odeur de camphre, ni de relent de naphtaline. Les mites avaient dû mettre les bouts dans la partie Lydia de la maison où il y avait infiniment plus à se mettre sous la dent.

Elle se déshabilla et enfila une chemise à col raide des années 1950, un costume en tweed américain et un long pardessus irlandais.

Un peu large à la taille, mais cela passait.

Elle resserra le pantalon avec une ceinture. Elle se retint d'enfiler les chaussures du mort, mais s'empara d'une casquette de chauffeur, plate, en velours, posée sur l'étagère du haut.

Total look.

Elle s'admira dans le miroir. Avec ses cheveux bruns, elle lui ressemblait étonnamment. Il suffisait de plisser un peu les yeux.

Elle transféra ses clés et objets personnels dans les poches du pardessus et appela Lucas du poste de Lydia dans l'entrée – officiellement pour confirmer sa venue, secrètement pour vérifier qu'il n'allait pas à la fac.

Il ne manquait plus qu'un détail – un sac. Le sien était trop petit. Pas de quoi se laisser abattre. De toutes les maisons du vieil Amsterdam, celle de Lydia était l'endroit rêvé pour en trouver un.

Elle se rendit dans l'office. Le *sanctum sanctorum*, la caverne d'Ali Baba.

Elle n'eut que l'embarras du choix.

Elle choisit un sac hollandais ordinaire mais solide revêtu du logo des magasins Hema, pour ne pas attirer l'attention sur elle. Pile la bonne taille.

En sortant, elle passa devant la porte ouverte de Lydia. La vieille dame interrompit sa conversation silencieuse avec la chatte et leva les yeux. Sa main cessa de la caresser. Ruth pila et croisa son regard.

— Je, euh, je sors, réussit-elle à articuler.

— C'est ce que je vois.

Lydia avait le regard brumeux. Elle semblait ailleurs.

— Je rentrerai plus tard.

Elle tournait les talons quand Lydia la tança :

— Sander ! Tu es vraiment impossible, tu sais.

— Ah oui ?

Ruth revint devant la porte.

— Oui. Maman t'a demandé de mettre une cravate pour sortir. Il faut entretenir les apparences. Il ne faut pas que les voisins nous jugent négligés.

— Eh bien, peut-être la prochaine fois, Lydia. (Elle redressa le col du pardessus pour cacher l'absence de cravate.) Là je suis pressée.

— La prochaine fois, toujours le même refrain. (Lydia secoua la tête et se remit à caresser la chatte.) Il faut que jeunesse se passe, Principessa. Malheureusement...

Le complexe Roeterseiland n'était que vitres et poutres en porte à faux, d'innombrables fenêtres illuminées par le soleil du matin.

Elle enchaîna son vélo au parking des étudiants et se dirigea vers le bâtiment B. Aucun problème pour rentrer. Personne n'avait tenté de l'en empêcher la dernière fois. C'était le week-end, mais le département était ouvert et il semblait y avoir des cours et des séminaires. Des étudiants allaient et venaient sur les allées bétonnées. Malgré ses trente-deux printemps, elle pouvait encore passer pour l'un d'eux : certains étaient en fait plus âgés qu'elle. Toutefois, à la porte, une femme coiffée d'une queue-de-cheval et vêtue d'un uniforme vérifiait les passages. Ruth prit place dans la petite file d'attente, se demandant comment bluffer. Elle tripota sa carte du Rijksmuseum dans la poche de son manteau. Elle répéta un ou deux scénarios imaginaires. Mais lorsqu'elle arriva devant la femme, celle-ci lui demanda : « Réunion ? » Ruth acquiesça, et le tour fut joué. On lui remit un programme et elle se fondit dans la masse.

Elle retira sa casquette.

Des gens se massaient dans le hall où des serveurs distribuaient des cafés. Des panneaux indiquaient des groupes – A2, F3, D7 –, et des flèches pointaient vers la gauche, la droite, le haut, le bas.

Elle sentit une main sur son dos.

Un homme chaleureux avec des sourcils broussailleux. On aurait dit que son job consistait à mettre les gens à l'aise.

— Vous êtes là pour la réunion ?

— Oui.

— Nous commençons dans une demi-heure. Juste le temps de vous désaltérer. Vous étiez là, l'année dernière ?

— Oh, bien sûr.

— Alors vous connaissez les ficelles.

Il s'éloigna, mais une femme en veste rouge cintrée lui fonça dessus tel un missile téléguidé.

— Par ici, dit-elle en collant une autre main sur les reins de Ruth. Je ne vis que pour ces réunions, pas vous ?

— Oh ! oui. Quel dommage qu'on n'en organise pas plus souvent.

— C'est exactement ce que je disais à mon mari ce matin. (Elle tendit un café noir à Ruth.) La réunion n'a lieu qu'une fois par an, mais elle vous occupe l'esprit pendant des mois. Le feedback est intense. Excusez-moi, mais dans quelle branche êtes-vous ?

Ruth sirota son café, en reversa un peu dans sa soucoupe.

— Je crains de ne pas être autorisée à le révéler.

— Je vois. (La femme parut interloquée. Elle dévisagea Ruth avec un regain de curiosité.) Pardonnez-moi. Je ne voulais pas être indiscrète.

Ruth s'excusa d'un haussement d'épaules.

— Je me sens tellement idiote de répondre ça, on croirait avoir affaire à une sorte d'agent secret incompétent. Mais le pouvoir en place m'a priée de garder profil bas. J'espère que vous comprenez. Il y a d'importants intérêts privés en jeu. Je n'ai pas besoin de vous le préciser, j'en suis sûre.

— Non, bien sûr, convint la femme malgré elle.

Ruth lui tendit sa tasse vide et serra la main qui lui restait de libre.

— Peut-être nous reverrons-nous plus tard.

Loin de la foule, elle ouvrit le programme.

Elle ne fut pas plus avancée.

Il s'agissait d'une conférence sur un truc baptisé la force de Coriolis.

Un couloir s'ouvrait devant elle ; deux ouvriers portant une longue perche métallique arrivaient. Elle les croisa d'un pas décidé, puis ralentit en arrivant au bout du couloir.

Escalier de secours montant à l'étage, escalier de secours descendant au sous-sol, et trois nouveaux couloirs.

Elle en prit un au hasard, un tunnel vert pâle vide qui ne menait nulle part.

Le soleil lui chauffait le visage à travers l'enfilade de vitres immaculées. Ses pas semblaient glisser sur le revêtement en vinyle. Une vague odeur de citron dans l'air.

Elle avait l'impression d'être en train de rêver. Rien ne lui paraissait réel.

« Tu entres, tu le prends, et tu sors », se dit-elle. Oui, mais tu entres où ? Stijn aurait pu lui indiquer la bonne direction. Il y avait un instrument d'irradiation quelque part, mais Dieu seul savait où.

Premier étage : rayon hommes ; deuxième étage : robes de soirée ; troisième étage : appareils ménagers...

Un homme arborant une veste à la Nehru apparut.

— Perdue ? s'enquit-il avec un accent raffiné.

— Complètement. Ça fait près de six mois, et je n'arrive toujours pas à m'y retrouver ici.

— C'est le cerveau féminin, sans vouloir vous vexer. Les hommes ont des plans abstraits dans la tête. Les femmes s'orientent à l'aide de repères fixes – arbres, statues, boîtes aux lettres. Regardez autour de vous. Rien. Tout est pareil partout. Pas étonnant que votre boussole refuse de fonctionner. Bon, que cherchez-vous exactement ?

— L'autoradiographie à neutrons.

— Sous-sol D. Vous ne pouvez pas le rater.

— Merci. Et *vive la différence**, hein ?

— *C'est le cas de le dire**, répondit-il dans un français parfait.

Elle rebroussa chemin jusqu'à l'escalier et descendit un étage.

Les portes battantes étaient plus lourdes au sous-sol.

Ça sentait le renfermé. Elle respira plus vite, comme s'il fallait redoubler d'effort pour obtenir l'oxygène nécessaire.

Elle n'eut pas de mal à trouver.

Elle regarda à gauche, à droite, puis glissa la carte dans le terminal et tapa le code : la date de naissance de Maarten – jour, mois, année. Elle ne l'avait jamais oubliée, mais elle n'aurait jamais cru qu'elle lui serait un jour aussi utile. Les six chiffres avaient une tonalité différente, comme les touches d'un téléphone : Joyeux anniversaire, cher Maarten, joyeux anniversaire...

La porte s'ouvrit en bourdonnant et elle entra.

Elle ne rendait pas service à Lucas. Le terminal gardait probablement la trace de tous les visiteurs. C'était la première chose qu'on vérifierait en cas de vol. En l'occurrence, la rapidité était essentielle. Plus on mettrait de temps à découvrir le vol, plus les candidats seraient nombreux. L'empreinte de la carte de Lucas ne serait qu'une parmi d'autres. Lucas lui-même était en sécurité. Il aurait toujours un alibi. Mais dès l'instant où l'on poserait des questions, il aurait son numéro comme elle avait le sien maintenant, et il saurait que c'était elle la coupable. Restait à savoir s'il vendrait la mèche. Une chose était sûre, le compte à rebours de sa petite aventure venait de commencer. Du moins ses craintes concernant les caméras de sécurité parurent infondées.

Là, il fallait faire vite. Le truc était de se retirer à temps – comme le disait Blanche-Neige aux sept nains. C'est ce qu'aurait dit Myles dans des circonstances analogues. Myles était un farceur, doué d'un talent particulier pour les plaisanteries oiseuses. Elle était presque sa doublure, elle le voyait si bien venir.

Un coup d'œil circulaire lui apprit qu'elle se trouvait dans une sorte de salle de contrôle.

Une fenêtre et une porte vitrée donnant sur un vestibule intérieur. Deux stations de travail. Un panneau d'instrumentation en aluminium anodisé noir sous la fenêtre.

Les écrans de visualisation affichaient les mêmes veilles : une superbe forme géométrique qui tournait et se transformait comme une sorte de vie extraterrestre n'existant que pour sa beauté, se mouvant dans un espace virtuel insondable.

La pièce suivante renfermait un conteneur clos sécurisé, un cube de trois mètres sur cinq. Des câbles traversaient le mur entre les deux unités. Des mots en rouge sur la porte – Entrée interdite – et un trèfle noir sur fond jaune, le symbole international de la radiation.

La détermination de Ruth flancha. Elle tenta de se rappeler ce que Stijn avait dit. Il faudrait irradier le tableau. L'imagerie provenait de la détérioration d'isotopes. Trois mois, avait-il précisé – elle s'en souvenait. Après quoi, on pouvait l'accrocher au mur.

Dehors, des voix – des voix masculines et des pas, avançant dans le couloir.

Elle retint son souffle.

Les pas s'arrêtèrent mais la conversation se poursuivit. Avec un peu de chance, ils faisaient une pause. Avec un peu de chance, ils repartiraient. Mais une harmonie de six notes prouva le contraire.

Poussée d'adrénaline.

Dans une seconde, la serrure bourdonnerait.

Dans une seconde, la porte s'ouvrirait.

Elle n'avait nulle part où se cacher.

Si elle ne bougeait pas, dans une seconde il serait trop tard.

Elle franchit la porte vitrée et se glissa dans le vestibule.

En un instant, elle avait identifié les lieux et repéré un angle mort.

Pas plus qu'un espace entre des étagères laquées et le mur. Elle se fourra dedans, en rentrant la cage thoracique, et coinça le sac entre ses genoux.

Son cœur battait la chamade, mais elle était invisible.

— Est-ce que ça ne va pas tout fiche par terre ? fit une voix.

— Je ne sais pas, dit l'autre. C'est un spectre froid à faisceau blanc, mais les lectures de flux typiques ne collent pas.

Ruth se pencha. Elle ne distinguait qu'un petit triangle de la pièce, pas plus. Un doigt tapa sur un clavier.

La superbe image extraterrestre disparut et l'un des écrans reprit vie.

— Voici la dernière séance.

Des données défilèrent sur l'écran.

— Ça ne tient pas debout. Pourquoi les machines ne cessent-elles de tomber en panne ?

— Elles ne seraient pas humaines dans le cas contraire, les pauvres chéries.

Une main tapota les touches, puis pointa un stylo vers l'écran.

— Voilà ton diablotin. Quelle est l'ouverture de ton bras de guidage à neutrons ?

— 3,5 par 12,5.

— Tu scannes une bande de 12,5 centimètres. Ton flux typique devrait être de 1,10 puissance 9, avec une accélération uniforme. L'ennui, c'est que ton registre de données est réglé à une vitesse de transmission différente. C'est purement en aval que ça se passe. Le processus n'en est pas affecté, mais ton décompte est foutu en l'air à cause du mauvais réglage. Du gâteau, regarde, il te suffit de modifier la valeur.

— Tu crois que nous devrions vérifier le conteneur ?

Leurs visages apparurent à la fenêtre, deux faces de lune.

Ruth se recroquevilla dans son coin.

Et là, sur l'étagère, apparut le tableau de Van der Heyden, appuyé contre le mur. Elle sursauta ; elle ne l'avait pas encore remarqué. On avait retiré son cadre et il était placé près d'un cageot de coquillages fossilisés et d'un autre tableau, posé à l'envers.

Soudain elle se sentit prise de nausée.

Elle ferma les yeux et s'imagina ailleurs. Une plage, des palmiers, le soleil. Un homme jouant du bongo. Tiens, et si je m'offrais un cocktail ? Elle agita paresseusement un bras virtuel en direction du bar.

— Je pense que nous devrions mesurer l'axe du bras, rien que pour être sûr.

La poignée tourna.

La porte s'ouvrit.

— Non, attendons plutôt Max. Il a étudié les spécifications à l'université de Berlin. Je l'ai vu à 10 heures. Il sortait le temps d'acheter un vélo pour son gamin. Il sera rentré après le déjeuner.

Un instant d'hésitation et la porte se referma.

D'autres échanges étouffés, puis la porte extérieure s'ouvrit et se referma. Deux paires de pieds s'éloignèrent.

Elle ouvrit les yeux.

Elle ouvrit la bouche et expira.

Sauvée...

Sauvée n'était pas exactement le mot.

Elle resta dans son petit espace comme si elle y était coincée, fixant Johannes et Esther – la robe bleu laiteux, les cheveux ébouriffés, la tête baignant dans l'éclat jaune du mimosa.

Sa sensation de nausée était jaune elle aussi, et elle n'était pas près de se dissiper.

Restait un petit détail qu'elle avait besoin de connaître. Un petit détail qu'elle avait négligé de prendre en compte.

Le tableau avait-il déjà été irradié, oui ou non ?

Le fixer ne lui donnerait pas la réponse. Rien ne lui apporterait la réponse, du moins pas dans les minutes suivantes. Le tableau était arrivé récemment. Il y avait une chance pour qu'il attende justement là, sur son étagère, d'être bombardé de neutrons. Mais il y avait aussi un risque qu'il l'ait été. Cinquante-cinquante. Et dans ce dernier cas, était-il sans danger ? Non, si on devait se fier au baratin de Stijn.

Dilemme...

Le Californium-252.

Coincée contre son mur, Ruth évalua la situation.

Là où elle était maintenant, c'était le présent, même si demain ce serait de l'histoire ancienne. Quel que fût le présent dans lequel on se trouvait, tout y était relatif. À toute seconde donnée, la conjoncture de circonstances indiscutables était unique, et vos pensées et actes y étaient minutieusement adaptés, pour se réajuster à la suivante – donc nul besoin de retourner dans le passé ni de se projeter dans l'avenir.

À l'instant présent, Lydia était l'une de ces circonstances indiscutables.

Elle songea à son visage déformé quand elle avait appris l'existence de la demande rivale de Scheele. Elle se rappelait son désarroi.

De quelque côté qu'on se tourne, il n'y avait pas moyen de faire abstraction du tableau. Pour Lydia Van der Heyden, c'était l'alpha et l'oméga. La corde de sécurité la reliant au passé. Le pivot de tous ses espoirs et de ses peurs. Le posséder de nouveau était son dernier et son plus cher souhait.

Ruth tira le sac coincé entre ses jambes et retint son souffle.

32

— Qu'est-ce que je deviens? répéta Jojo d'une voix monocorde, les traits durs. J'essaie de comprendre quel genre de fille tu es.

À midi, Ruth avait rapporté le tableau; Lydia dormait. Elle l'avait posé à la verticale sur une chaise près d'elle avec un petit mot : « Pour vous. Encore un peu de paperasserie à régler. Mieux vaut n'en souffler mot à personne. » Elle avait préparé un repas léger qu'elle avait laissé sur un plateau près de son lit.

Elle s'était changée. Smits avait téléphoné pour prendre de ses nouvelles. Il passerait un de ces jours. Étendue de tout son long sur le plancher du salon, elle avait tenté de dormir un peu. Sauf que son esprit nourrissait d'autres projets. Il n'arrêtait pas de tourner tel un manège endiablé. Une partie d'elle-même était transportée de joie par ce qu'elle avait osé faire. Le chérubin de Sander flottait au-dessus d'elle avec son sourire énigmatique. Elle avait envie de l'affubler d'une moustache et de s'enfuir.

Le repos se refusa à elle.

À deux heures, elle était à son rendez-vous avec Lucas et Clara, chez eux à l'Entrepotdok.

Les Aalders avaient une idée derrière la tête : Jojo, Ruth et Jojo, de nouveau sœurs, alléluia, la grande réconciliation... Elle ne pouvait pas dire non, n'est-ce pas... C'est ce qu'elle souhaitait elle aussi. À ceci près qu'elle aurait préféré en être l'instigatrice. Mais tout avait été arrangé. Elle se sentit passive, comme si les Aalders la poussaient sur des petites roues. Et la comédie prenait les allures sans joie d'une fête d'anniversaire surprise.

En silence, Lucas la conduisit dans les cités de béton ternes et les déserts urbains du Bijlmer. En silence, la mère de Jojo la fit entrer. Et elle se retrouva là, avec Lucas qui l'attendait dans le fast-food grec voisin en lisant un poche. On lui avait forcé la main et elle ne savait quoi dire. La seule chose qu'elle pût établir, c'était la température émotionnelle de Jojo. Juste au-dessus de zéro – élevée pour un ours polaire.

— Alors, comment vas-tu ? demanda-t-elle.

Elle était passée au mode autocensure, refrénant sa pulsion naturelle de baigner dans l'euphorie.

— Comme tu peux le voir.

Ce qu'elle voyait, c'était Jojo affalée en biais sur un lit, la jambe dans le plâtre reposant sur une table basse taillée dans un tronc d'arbre. Au mur, une affiche de rapides, la peau écorchée d'un grand lézard – peut-être un caïman – et, accrochée au plafond, une énorme cage métallique blanche en forme de cloche avec un ara en plastique sur le perchoir.

La pièce était froide.

La lumière hivernale ne rendait guère justice à cette vignette d'exotisme, la fille noire plongée dans l'ombre, ses épais cheveux tressés, son regard brun méfiant.

Ruth s'approcha de la fenêtre du septième étage. En bas, trois gamins s'amusaient à jouer au foot avec un paquet de cigarettes sur la vaste esplanade grise. L'un d'eux avait des diodes clignotantes dans la semelle en plastique de ses tennis. De la neige nappait les touffes d'herbe qui poussaient entre les pavés inégaux.

— Ce n'était pas vraiment mon idée, dit Ruth. Lucas et Clara ont voulu que je vienne.

— Encore en train de te sacrifier.

— Ce n'est pas ce que j'ai voulu dire. J'ai essayé de t'appeler à l'hôpital, mais tu n'étais jamais disponible. Je voulais que nous nous retrouvions à notre initiative. Pour faire la paix. (Elle jeta un coup d'œil derrière elle.) Tu te rappelles ce que tu m'as dit lors de notre dernière rencontre ?

Long silence de plomb.

— Peut-être étais-tu commotionnée, peut-être pas, poursuivit Ruth, mais quoi qu'il en soit, il faut tirer les choses au clair. À moins que tu ne t'y refuses. Dis-le-moi, si c'est le cas. Si tu veux que je parte, je pars.

Jojo garda le silence, mais elle secoua légèrement la tête.

Une trêve provisoire.

Ruth se retourna vers la fenêtre.

Les gamins avaient disparu. Un sac en plastique voletait dans l'espace vide.

— Entre nous, je n'ai pas essayé d'inonder mon propre bateau alors que tu étais à l'intérieur, reprit-elle d'une voix neutre. Au cas où tu croirais le contraire.

— Non, je sais. C'est moi.
— Toi ?
— J'avais un jean et des T-shirts à laver. C'est moi qui ai mis la machine en route, j'ai donc dû le faire moi-même. Mais j'étais pas censée être au courant pour ton foutu tuyau.
— Qui te l'a appris ?
— Le flic. Faut jamais se fier à une femme qui s'occupe elle-même de sa plomberie, il a dit.
Smits et sa phallocratie merdique. À elle seule, cette pensée était une mine-ventouse accrochée à son cœur.
Elle ne releva pas.
— Drôle, non, que ton tuyau extérieur s'en prenne à moi et non à toi, ajouta Jojo. Ce doit être la loi de l'emmerdement maximum.
— Quelqu'un a trafiqué le tuyau. Il n'a pas dû en tenir compte.
Jojo examina ses ongles, s'abstenant de tout commentaire.
— Il a dit que tu as vu quelque chose sur le bateau, quelque chose qui t'a perturbée. C'était quoi exactement ?
— Une photo de Maarten, toi et moi. Une qui ne figurait pas dans tes albums.
Ruth se creusa la cervelle.
— Laquelle ?
— Tu le sais très bien, elle était dans ton tiroir. Nous trois en balade en mer. Tu m'as rayée, Ruth. Tu m'as rayée de la photo.
Quoi ?
Ruth n'en croyait pas ses oreilles.
— À l'encre. Tu voulais que je disparaisse de cette photo, de tes souvenirs. Mais tu n'as pas pu

me découper. J'étais placée entre Maarten et toi. Alors tu m'as rayée à l'encre.

— Oh, mon Dieu, Jojo, cette photo-là ! Écoute, il faut que tu me croies, un stylo bille a coulé dessus. Je ne t'ai pas rayée, je le jure. Tu n'as pas examiné cette photo ? C'était une tache de fuite. Si je t'avais rayée, tu aurais vu les traces de la bille.

Jojo était indécise.

— Si tu as un doute, je vais retrouver cette foutue photo pour te le prouver, si elle a survécu, ajouta Ruth. Quand l'as-tu vue ? Avant l'inondation ?

Jojo acquiesça.

— Je pleurais sans pouvoir m'arrêter. Je voulais rentrer chez moi, mais j'étais trop secouée. Et puis, quand je me suis réveillée, il y avait de l'eau partout. J'étais terrifiée.

— Il faut que nous en parlions, Jojo. Pas de l'inondation. Mais de toi, Maarten et moi. Il y a trop de non-dits.

— Tu étais jalouse de moi, lâcha Jojo. Tu étais jalouse parce que je le rendais heureux. Je n'étais jamais à l'aise quand tu étais avec nous.

Ruth s'assit sur le bord du lit, serrant ses bras contre elle, et se pencha vers la jeune femme.

— Tu aurais dû le dire. Tu n'aurais pas dû le garder pour toi. Regarde où ça nous a menées. Quant à moi, j'ai eu tout le loisir d'y réfléchir, et tu as peut-être raison. Je savais que tu rendais Maarten heureux, et je ne comprenais pas pourquoi je n'y étais pas parvenue. C'était un mystère insoluble pour moi. Une sorte de culpabilité, qui me hantait.

— Tu n'arrêtais pas d'être dans nos pattes. Tu ne nous laissais jamais seuls.

— C'est l'impression que ça donnait ? Oh, Jojo, je suis désolée, vraiment. Peut-être que c'est vrai. Peut-être que je me nourrissais de votre bonheur, ou que je l'observais simplement, ou que je tenais à repérer son origine, ou à percer son secret.

— Peut-être que ça va dans les deux sens. Peut-être que j'étais aussi jalouse de toi, avoua Jojo.

— Tu sais pourquoi ? Tu peux l'expliquer ?

Jojo grimaça et reprit d'une voix tremblante.

— Vous aviez passé tellement plus de temps ensemble. Quand j'ai débarqué, j'étais l'intruse. J'avais des envies de rayer moi aussi – de rayer le passé de Maarten pour rendre le présent plus important à ses yeux. Un truc dans le genre. Puis un jour il n'y a plus eu ni présent ni avenir – juste le passé.

Elles restèrent silencieuses un instant, l'esprit animé par ces aveux.

— Cette jalousie, reprit Ruth. Nous avons remis ça, n'est-ce pas, avec Thomas Springer.

— Nous ? souligna Jojo.

Ruth vibrait de son sentiment d'injustice.

— Tu as raison, Jojo, ce n'était pas nous. Qu'est-ce que je raconte ? C'était toi. Cette fois, c'était toi, toute seule. Parce que, écoute-moi bien, je ne m'intéressais pas à lui. Je ne t'ai jamais prise en traître. Je n'ai jamais cherché à séduire Thomas Springer.

Jojo tripota la frange d'un gland du coussin rose posé sur son lit et entreprit d'en tresser les fils, compulsivement, toute à sa tâche, en serrant sa petite mâchoire pointue.

— Au contraire, en fait, ajouta Ruth, enfonçant le clou.

— Je ne te crois pas, répliqua Jojo avec ferveur, examinant toujours sa frange.

— J'ai une question à te poser. Est-ce que, avant cette fête dans vos bureaux, vous avez parlé de moi, Thomas et toi ? Est-ce qu'il t'a demandé de m'inviter ?

— Quoi ? lâcha Jojo en abandonnant sa tresse pour envoyer valdinguer le coussin d'un coup de poing, lequel coussin effleura la cage de l'ara qui se mit à se balancer.

Il y eut un mouvement à l'extérieur. La mère, rôdant à portée de voix.

— Alors, il l'a fait, oui ou non ? insista-t-elle, neutre.

— Non !

— Et avez-vous parlé de moi ?

— Oui, non, peut-être... Je n'en sais rien, vraiment ! Pourquoi ne lui demandes-tu pas toi-même ?

— Je ne lui fais pas confiance.

— Et tu me fais confiance, à moi ?

Jojo la dévisageait, incrédule.

— Je te fais confiance pour donner ta version des choses, oui. Je ne pense pas que tu aies, ou que tu aies jamais eu, des intentions cachées.

— Des intentions cachées pour obtenir quoi ?

— N'importe quoi.

— Et c'est le cas de Thomas, hein ? Que j'essaie de comprendre : Thomas Springer est tellement amoureux, il tient tant à faire ta connaissance – sur quelle base, je ne vois pas, à moins que ta réputation ne te précède comme un... (Elle agita impatiemment les mains.)... un tsunami scintillant dans le beau monde d'Amsterdam – qu'il se met délibérément dans mes petits papiers pour que tu sois invitée à la fête. Il ne pouvait pas se contenter de te croiser chez la vieille dame. Ç'aurait été trop facile. Ensuite il m'élimine, en s'assurant que je m'occupe de la victime d'un malaise à sa réunion.

— *Sa* réunion ?

— Oui, sa réunion. C'est Thomas qui l'a organisée. Comme moi, il n'est qu'un humble travailleur social, au cas où tu ne l'aurais pas remarqué. Bon, où en étais-je ? Oui, Jojo est éliminée. Maintenant il a la fille de ses rêves rien que pour lui, il peut passer à l'acte. Sauf que ça ne tient pas debout, hein ? Je veux dire que c'est toi, et non Thomas Springer, qui as engagé la conversation sur le balcon. C'est toi, et non Thomas Springer, qui as suggéré qu'il te raccompagne en ville. Et c'est toi, et non Thomas Springer, qui as demandé un coup de main pour le déménagement.

Ruth leva une main pour immobiliser la cage.

— J'étais sur le balcon avant lui, Jojo, et pour répondre à ces deux derniers points, il possède un camping-car. Et il se trouvait là. J'avais besoin de son aide. Comment sais-tu tout cela, d'abord ?

— Comment, à ton avis ? Thomas m'a raconté. C'est un gentil. Il est doux. Il est généreux. Il ne va pas très bien, tu vois, et il est un peu timide avec les femmes. Et tes attentions l'ont un peu dérouté.

— Mes attentions ? souffla Ruth. C'est lui qui m'a donné un poisson. C'est lui qui m'a offert des fleurs.

— Il distribue ces stupides anguilles à tout le monde. Quant aux fleurs, il les a apportées pour la vieille dame et les a laissées dans l'entrée. Je suis bien placée pour le savoir. Il m'a emmenée en fauteuil roulant pour que je l'aide à les choisir. Le pauvre est un peu solitaire. Il est si peu sûr de lui qu'il ne sait même pas choisir des fleurs. (Jojo poussa la table basse et se leva à demi, en équilibre précaire, une fesse sur son lit.) Allons, Ruth, sois honnête avec toi-même, pour une fois. Tu lui as couru après dès le début. Dès l'instant où je t'en ai parlé, où tu as su que je m'intéressais à lui, tu n'as pas pu t'en empêcher. Ç'a toujours été le problème avec toi, tu crois que ton cul est une glace à la vanille dont le monde entier veut une bouchée.

La colère de Ruth était tombée. Elle se trouvait en territoire si étrange que seule une sérénité extra-planétaire pouvait l'aider à l'explorer. Elle baissa le ton :

— Quand je l'ai rencontré, je ne savais même pas qu'il s'agissait du type qui te plaisait. Tu ne m'as pas vraiment fourni de détails, tu te souviens ? J'ai seulement pigé quand il m'a déposée au bateau. C'est la vérité. Et, d'accord, il m'a bien plu au début, mais – avec tout le respect que je dois à ta fête d'enfer, ou à Thomas Springer – il n'y avait pas grand choix.

Jojo fit une grimace.

— Que les choses soient claires, reprit fermement Ruth. Je n'ai jamais eu de vues sur Thomas Springer. Et je ne pense pas non plus que Thomas ait jamais été amoureux. Pas de moi, en tout cas. Pour être franche, une de ces intuitions féminines me souffle qu'il ne peut pas me voir en peinture.

Pourquoi donc ?

L'intérêt de Jojo s'accrut.

— Je lui ai piqué sa place auprès de la vieille dame. Il est jaloux. Je lui ai arraché son sceptre, sa couronne.

Jojo eut un ricanement sans joie, puis s'essuya la bouche d'un revers de main. Elle dévisagea Ruth, essayant d'y voir clair.

— Tu es douée pour les théories, hein ? Qu'est-ce qu'elle a de si particulier, cette vieille dame ? Elle est livrée avec des bons-cadeaux ?

— Dis-moi. Qui est ce Cameron, exactement ?

— Comment connais-tu Cameron ?

— Il était à la fête. Thomas n'arrivait pas à s'en dépêtrer.

Ses paroles firent mouche. Jojo se rembrunit, son ton changea.

— Cameron est une grande gueule. Il a investi jusqu'à son dernier centime dans un silo à grains désaffecté sur Java Island. Pour en faire le coin le plus couru de la vie nocturne de la ville – c'était l'idée. Restait plus qu'on construise ce pont dans les docks de l'Est. L'ennui, c'est que la construction prend du temps et que Cameron n'a plus un radis. C'est un homme pressé.

— Je sais ça, en gros. Quel rapport avec Thomas ?

— Il veut en faire son associé. Du temps et de l'énergie maintenant. Du fric plus tard.

— Thomas n'est qu'un humble travailleur social. Tu l'as dit toi-même.

— Je sais. Thomas le sait. Mais apparemment Cameron n'arrive pas à se le fourrer dans le crâne. Il prétend que Thomas a du potentiel. Qu'il est son coffre à trousseau.

— Oh, après tout ! (Ruth haussa les épaules.) L'argent n'est pas tout dans la vie, comme je ne cesse de l'apprendre à mes dépens en ce moment. En plus, Thomas a un carnet d'adresses génial. Une clientèle d'octogénaires, certes, mais soyons positives : c'est une niche encore inexploitée.

— Tout est lié à ce tableau, n'est-ce pas ? reprit Jojo. Tu vas me dire ce qui se passe ?

— J'en doute.

Ruth offrit ses mains. Jojo les prit et les tint une minute en silence. Une certaine nostalgie, une compassion réprimée les envahit.

— Une tasse de thé, peut-être ?

Ruth secoua la tête.

Jojo lui serra les mains, mi-figue, mi-raisin, comme si tout cela n'était qu'une énigme. Elle reprit sur un ton confidentiel :

— Tu as changé. Tes cheveux. Toi. Je ne te reconnais plus.

— Lors de notre dernière rencontre, la conclusion semblait être que je ne changeais jamais. Et que c'était ça, le problème.

— Tu t'es fait de nouveaux amis ?

— Oh oui, ma toute nouvelle vie ultra-mondaine. Et toi ? Vous vous voyez, Thomas et toi ?

Jojo acquiesça.

— De temps à autre. Tu fais fausse route, si Thomas t'en voulait, j'en aurais eu vent.

— Je suis coincée au milieu de fausses routes. Il y a forcément un grognon quelque part qui a une dent contre moi. Tant mieux si ce n'est pas lui.

Elle libéra ses mains et les laissa tomber sur ses genoux. Elles picotaient. Ou c'était des fourmis ou c'était un effet de la radiation. Elle tenta d'imaginer l'expression de Lydia lorsqu'elle découvrirait le tableau à son réveil.

Au moins elle avait fait ça de bien.

Outrepasser le système. Apporter un peu de joie dans la vie d'une personne âgée, même si le reste du monde voit les choses autrement.

— Tu as peur, dit Jojo. Dans quels ennuis t'es-tu fourrée ?

Ruth ne répondit pas.

Une explosion de soleil perça les nuages et éclaira les têtes en laiton des punaises dans le mur. Les points lumineux lui firent mal aux yeux. Pendant une minute ou deux, on n'entendit plus que leur respiration et le ronronnement d'un ascenseur dans l'immeuble. Finalement elle haussa légèrement les épaules.

— Je n'ai pas cherché ce qui arrive. Cela m'est tombé dessus. Un type du nom de Johannes Van der Heyden a fait quelque chose d'assez exceptionnel il y a environ un quart de millénaire, et maintenant la situation est devenue critique. Tu sais pourquoi j'ai choisi d'être historienne d'art, Jojo ? Parce que je voulais m'emmerder à en crever. J'adore le néant. Et le passé me semblait un endroit sûr parce qu'il ne risque pas de se reproduire. Mais la vie a refusé que je m'en tire à si bon compte. Le passé n'arrête pas de resurgir, qu'on le veuille ou non. J'ai l'impression qu'une vitre va me foncer dessus.

— Ou l'inverse.

— Merci. Tu devrais fonder une entreprise : *Ici, on coupe les cheveux en quatre*. (Son regard tomba sur le symbole de la pierre philosophale sur le plâtre de Jojo.) Voilà le nœud du problème. Quelqu'un a bombé ça sur mon bateau. Thomas l'a copié sur ta jambe – en toute innocence, c'est du moins ce qu'il prétend. Et c'est gravé au dos du petit tableau. C'est un œil qui me suit.

Une heure et demie s'écoula.

La mère apporta du thé et des biscuits.

Ruth raconta tout à Jojo. Pourtant elle n'en avait pas l'intention. Dire la vérité était risqué, mais elle refusait de se cacher derrière des silences et des faux-fuyants. Elle voulait qu'on l'étale. Si Jojo rapportait tout au Kid, peu importait. Elle n'avait rien d'un superordinateur. Elle ne pouvait pas envisager toutes les conséquences possibles.

En revanche, elle pouvait se détendre, s'ouvrir, laisser le fleuve étrange suivre son cours en l'emportant avec lui, où que cela la mène.

Dehors, la lumière commençait à faiblir.

Elles allumèrent une lampe de chevet et discutèrent à sa lueur, leurs tasses pourtant vides toujours à la main.

Ruth se souvint de Lucas. Il devait encore attendre au fast-food grec. Elle prit congé. Jojo l'attrapa par le bras.

— Je n'arrive pas à croire que tu aies volé ce tableau.

— Moi non plus.

Elle se leva et sourit.

Dehors, la nuit tombait. Il neigeotait.

Un carillon retentit lorsqu'elle entra dans l'éclat des néons du fast-food.

Lucas leva les yeux.

— Alors ?

— *Peace and Love*, ou presque.

Il ferma son livre et eut un large sourire.

Un immense soulagement envahit Lucas lorsqu'ils rejoignirent la voiture. Elle avait cette sensation, elle aussi. Un pont réparé. Une amitié tirée du bord du gouffre. Pas grand-chose sur le bilan global des profits et des pertes, mais ça n'en restait pas moins essentiel. Ça importait vraiment, bien plus qu'elle ne l'aurait cru.

Et la complicité de Jojo – s'il s'agissait bien de ça – regonflait miraculeusement son estime de soi.

Lucas visa avec sa clé. Les portières se débloquèrent. Elle monta la première.

Elle lâcha discrètement sa carte près de la pédale d'embrayage.

Il la repéra en ouvrant sa portière, se reprocha sa négligence et la rangea dans son portefeuille.

Ils repartirent en silence, non plus celui de la résistance passive, mais un silence chaud et apaisant.

Il brancha le chauffage.

Elle orienta les bouches d'aération.

La neige redoubla d'intensité dans les cônes de lumière projetés par les phares quand la voiture prit de la vitesse.

Elle ferma les yeux et céda au soulagement que procurait cette progression sans accroc.

Elle n'était qu'une passagère. Elle laissait la vie la conduire. Peut-être était-ce stupide, ou malin, au contraire. Elle n'aurait su le dire. Mais c'était si simple, cet abandon, comme de s'endormir. Parce que, pour flotter, il fallait se débarrasser du lest. Il fallait cesser de se raccrocher à de faux réconforts.

Il fallait se laisser dériver, sans regrets, sur le torrent noir de la nuit.

33

Le lendemain matin, la ville s'éveilla dans un brouillard glacial. Telle une masse étouffante de la couleur bleutée de la fumée d'un cigare, il effaçait le ciel et les étages supérieurs des plus hauts immeubles.

Ruth sortit acheter du pain et du lait.

Dans la rue, les passants se dépêchaient, les épaules rentrées, les yeux à peine visibles au-dessus de leur écharpe.

Les lampadaires, toujours allumés, projetaient une lueur pâteuse. L'air piégeait leur éclat jaune dans un magma collant et gélatineux.

Les sons – l'avertisseur d'un tram, les aboiements d'un chien – surgissaient tels des fantômes doués d'une vie propre, pour être étouffés presque aussitôt.

Les signes familiers n'en étaient plus. Le temps lui-même, écrasé, s'était transformé en un médium visqueux et plus épais. Les secondes hésitaient, les minutes se relâchaient, les heures avançaient à tâtons.

Le médecin arriva à l'instant où Ruth finissait de préparer le plateau du petit déjeuner de Lydia. Il le lui prit des mains et ferma la porte du salon derrière lui.

De retour dans l'*achterhuis*, Ruth but son café, puis fourra ses mains dans ses poches et regarda par la fenêtre.

Le brouillard s'accrochait au lierre sur le mur du jardinet. Il s'enroulait autour de ses vrilles emmêlées et léchait les feuilles vert foncé. Le geignement d'un aspirateur lui parvint de la maison voisine. Elle tripota le cadran de la radio. Une voix chanta « In questa tomba oscura ». Elle tripota encore et tomba sur une émission consacrée à la diminution de la population des hiboux. Elle écouta le commentaire sur les espèces en danger.

Après, elle passa mentalement en revue ce qu'elle avait à faire : répondre à ses mails ; voir Myles pour qu'il ne se sente pas mis sur la touche ; peut-être contacter le Kid ; récupérer sa montre et son portable ; demander à Driest des nouvelles de son bateau ; trier les histoires d'assurance ; trouver un job (ou reprendre l'ancien) ; vivre...

Au lieu de s'atteler à ces diverses tâches, elle prit une douche, se coupa et se lima les ongles des pieds, alluma un bâton d'encens au patchouli et prépara une autre cafetière.

Puis elle s'assit au bureau de Sander et souffla dans ses mains, essayant d'imiter les cris de chouettes entendus à la radio : la hulotte, l'effraie, le petit-duc...

La journée perdait de son mordant.

Empilés à côté d'elle, les livres empruntés à M. Moon. Dans le chaos, elle avait oublié de les lui rendre. Elle en feuilleta un. Des horoscopes alchimiques, de vieux schémas – distillation, évaporation, calcination –, la chaîne dorée des éléments, des illustrations étranges et brillantes des temps jadis, les déclarations sibyllines des vieux occultistes : *Tout est un, qui se divise en deux parties; le Rebis ou Hermaphrodite; la fumée aime la fumée; Le vent la porte dans son ventre; le garçon devient lépreux et sale, à cause de la corruption de la matrice*; Conjunge fratrem cum sorore & propina illis poculum amoris; *j'engendre la lumière, mais l'obscurité aussi est de ma nature.*

Elle ferma le livre et en caressa le dos d'un doigt.

Cette dernière phrase lui rappelait quelque chose.

Son mystérieux correspondant l'avait utilisée dans un de ses messages. Nous devons avoir les mêmes lectures. Âmes sœurs et autres moi – deux esprits mais une seule pensée.

Son alter ego était devenu étrangement silencieux récemment. Ses attentions sinistres lui manquaient presque...

Le médecin avait dû partir.

Elle se dirigea vers le salon.

Lydia ne s'était pas levée.

En voyant Ruth, elle sourit faiblement mais ne pipa mot. Ruth lui rendit son salut à basse puissance en watts. Elle retira un cardigan de la chaise, tourna le tableau qui se trouvait face au mur, et s'assit au bord du lit. Principessa se leva pour lui dire bonjour en faisant le dos rond et en étirant ses pattes. Elle gratta le chaton sous le menton.

— Ça va ?

Lydia acquiesça.

— Mission accomplie, reprit Ruth en montrant le tableau. Le cadre manque, j'en achèterai un autre, puis nous l'accrocherons au-dessus de la cheminée, comme au bon vieux temps.

Lydia chaussa ses lourdes lunettes à monture de Bakélite et examina sa boîte à pilules compartimentée.

— Soyez un amour. Dites-moi si j'ai pris les rouges ?

— Oui, tout a disparu. Ne reste plus que deux bonbons verts pour après le dîner.

— Des bonbons ? Vous vous moquez de moi ! Quand je vois tous ces médicaments, je me fais l'effet d'une affreuse vieille hypocondriaque.

— Même les hypocondriaques tombent malades.

— C'est bizarre, mais je ne me vois pas comme une malade. Je suis vieille, c'est tout, et sur le chemin du cimetière.

Ruth lui tapota le genou.

— Pourrions-nous avoir un gros plan de la larme luisante qui coule sur ma joue, monsieur Selznick ?

— Vous vous moquez encore, ma chère. Ça n'a rien d'une plaisanterie, je vous assure. Tout le monde a envie de vivre longtemps, mais personne n'a envie de vieillir. Point.

— Vous devriez vous réjouir.

— Pourquoi ?

— De ne plus être jeune et vulnérable.

Ruth se désintéressa de cette conversation rebattue. Elle roula une mèche autour d'un doigt, puis laissa tomber et se mordilla l'ongle du pouce.

Elle se perdit dans la contemplation du tableau.

— Pourquoi faites-vous ça ? demanda Lydia.

Ruth examina son ongle rongé.

— Dieu seul le sait. Je ne prétends pas connaître les voies cérébrales de la dépendance. Peut-être que je n'ai pas assez à faire. Peut-être que je me pose des questions.

— À quel propos ?

Ruth se mordit la lèvre, puis se lança, surmontant sa répugnance à tout déballer.

— Depuis que je vous connais, les événements étranges s'accumulent.

— Oh ?

— J'ai toujours estimé qu'il fallait juger les choses sur leur apparence. Maintenant je commence à m'interroger. Je commence à penser que certains problèmes clés disparaissent derrière les faits.

— De quoi diable parlez-vous ?

Ruth fronça les sourcils, prit un vieux billet de loterie et entreprit de soigneusement le déchirer en bandes.

— Je parle de vous. Je parle de moi. Et je parle de ce tableau. Je ne comprends plus ce qui se passe. Tout le monde aurait cru que votre vie en dépendait. Je me suis crevé le cul pour le récupérer. Et une fois que vous l'avez – vous ne le regardez même pas.

— Ne me prenez pas pour une ingrate.
— Que dois-je penser, exactement ?
— Ce sont les lettres, ma chère, les lettres. Je les ai toutes lues. Ce pauvre homme, tout ce qu'il a subi. Il a été déçu en amour. Je me demande ce qu'il est devenu.
— Vu que vous êtes sa descendante, il a dû finir par trouver de la fesse.
— Trouver de la fesse ? répéta Lydia en fronçant les sourcils. Parfois je désespère de jamais vous comprendre. Qu'est-ce que la fesse vient faire là-dedans ?
— Jouer au papa et à la maman, Lydia. Johannes était un grand inventeur, mais je suppose qu'il n'a pas réussi à inventer le clonage humain. Quoi qu'il en soit, apparemment, il était un mâle au sang chaud ordinaire.
— Il me fait pitié, vraiment. Rien n'a jamais été facile pour nous autres Van der Heyden. Nous sommes des poissons en eaux troubles.
Ruth rassembla les bandes de billet de loterie et les réduisit en miettes.
— Je suppose que vous songez à Sander, votre alter ego.
Le visage de la vieille femme s'éclaira.
— Oh ! je ne vous ai pas dit, ma chère. Je l'ai vu ! Hier. Je vous avais bien dit qu'il me rendait visite.
Ruth lâcha ses confettis, qui volèrent par terre.
— C'est moi que vous avez vue. Je suis désolée de vous décevoir. Comme ça pinçait un peu dehors, j'ai emprunté des vêtements d'hiver de

votre frère dans l'armoire. J'espère que vous n'y voyez pas d'inconvénient. Et je suis désolée si je vous ai surprise. C'est un manque de considération de ma part. Toutefois je n'arrive pas à comprendre comment vous pouvez concilier le fait avéré de sa mort et la conviction joyeuse qu'il se balade dans cette foutue baraque. Je ne voudrais pas être pédante, mais votre capacité de raisonnement semble laisser à désirer.

Lydia rougit.

— Mais je vais très bien, jeune fille ! Vous prenez bien des libertés avec moi. Je commence à regretter de vous avoir prise en pitié et accueillie chez moi.

— Prise en pitié ? s'exclama Ruth. Je croyais...

— Oui ? Et que croyiez-vous exactement ?

— Rien. Mais je vais vous dire ce que je crois maintenant. Je crois que nous nous méritons, vraiment.

— Vous avez nourri la chatte ?

— Arrêtez de changer de sujet.

— Je présume que vous estimez être la seule à pouvoir décider du sujet à aborder ? fit Lydia avec hauteur.

— À cet instant précis, oui – pour changer. Je suis lasse de tourner autour du pot. J'aimerais des réponses précises, si ce n'est trop vous demander. Par exemple : est-ce qu'un monsieur noir du nom de Cameron vous a déjà rendu visite avec Thomas ?

— Un monsieur noir ?

— Je sais ! Vous avez oublié. Ou encore, vous ne recevez jamais de visites. Ce sont les excuses habituelles. À laquelle vais-je avoir droit cette fois ?

— Je me rappelle la personne en question, en fait. Je n'ai pas été favorablement impressionnée par ses manières. Il a bu la moitié d'une bouteille de mon gin.

— Ai-je été évoquée dans la conversation ?

Lydia grogna.

— On ne peut pas me demander de me rappeler ce qui n'a certainement été que bavardages. Nous avons peut-être parlé de vous, ou non.

— Très utile. Tentons autre chose. Vous vous rappelez pourquoi M. Blommendaal est venu ?

La vieille femme ferma les yeux en les plissant, excluant délibérément Ruth.

— Voyez-vous, je sais, continua Ruth avec plus de douceur. Je suis au courant pour votre testament. (Elle prit une des mains de Lydia, mais la vieille dame se dégagea.) Et je sais que vos intentions sont bonnes. C'est juste que la situation est devenue incontrôlable. Avez-vous dit à Thomas ou à son ami que vous songiez à modifier votre testament ?

Lydia secoua tristement la tête et rouvrit les yeux. Elle reprit d'une petite voix malheureuse :

— Vous avez fouillé dans mes affaires. Vous avez abusé de mon hospitalité.

— J'admets avoir fouillé. Si je ne l'avais pas fait, nous n'aurions jamais trouvé les lettres. Mais j'ai aussi fouillé parce que vous êtes bien trop méfiante. Vous voulez que je sois votre confidente, mais vous ne me servez que des demi-vérités, des tromperies et des mensonges.

— Je vous ai tout donné.

Je le sais aussi.

Ruth soupira et s'enfouit le visage dans les mains. Elle ne savait pas quoi dire.

La vieille dame eut l'air inquiète.

— Scheele vous embête toujours, c'est ça ?

— Scheele est vieux, décrépit et complètement cinglé, un peu dans votre genre. Si quelqu'un m'embête, ce n'est pas Scheele.

— Bien sûr que si, riposta Lydia avec un regain de véhémence. Je vous l'ai toujours dit.

— La demande rivale vient de lui, mais d'autres parties sont intéressées. Je suppose que vous savez pourquoi, si vous avez lu les lettres.

— Le tableau.

— Le tableau, oui. Mais encore ?

— C'est un nouveau procédé, on dirait.

— C'est une putain de photographie, Lydia, répliqua Ruth, perdant patience. Probablement la première de l'histoire de l'humanité. Ce qui veut dire *mucho dinero*. Pour vous, une demeure coloniale au centre de Pittsburgh et du gin coulant à gogo du robinet plaqué or de la cuisine.

— Je ne veux pas du tableau. Il est à vous.

— Oh ? Et puis-je savoir pourquoi ?

— Je ne l'aime pas. (La vieille dame était catégorique.) Je croyais l'aimer, mais il n'en est rien.

Elles se tournèrent toutes les deux vers le tableau.

Johannes regardait toujours par sa fenêtre.

Il ne prenait plus la poussière dans un musée à présent. Il ne se trouvait même plus dans un département de génie chimique. Il était rentré au bercail. Retour au Keizersgracht, retour à l'apothicairerie, retour à son débarras, retour à la case départ. Johannes le grincheux, éclipsé et bouffé par les vapeurs, se demandant encore pourquoi le monde entier l'avait lâché. Pas étonnant qu'Esther l'ait fait. Au moins Giacomo agissait, lui. Il ne passait pas son temps à râler et à ronchonner. Soit, c'était une crapule, mais son pragmatisme sans pitié avait quelque chose de rafraîchissant.

Ruth devait admettre que Lydia avait raison. Ce petit tableau, ou cette photo ou Dieu sait quoi, avait quelque chose de bilieux. Malgré sa précision, son joli mimosa, la beauté d'Esther, franchement, elle ne l'aimait pas non plus...

— Eh bien, nous sommes deux, concéda-t-elle avec un soupir.

— Alors pourquoi l'avez-vous volé ?

— Pardon ?

— Ne venez pas me raconter que vous n'en avez rien fait. Je le sais. Pas de rapport. Pas de conclusions. Et la demande de Scheele demeure. Vous avez subtilisé ce tableau. Sans me prévenir. Et vous avez le culot de parler de demi-vérités, de mensonges et de tromperies ! J'ai peut-être fait de vous ma légataire universelle – et je vous présente mes excuses –, mais vous avez fait de moi une complice de vol. La police pourrait m'arrêter pour recel. Laquelle de nous deux a rendu service à l'autre, je vous prie ?

— Vous allez cesser de vous monter le bourrichon ? s'écria Ruth, exaspérée.

Les bajoues de Lydia tremblaient de rage. Dans son état, tout pouvait arriver.

Une autre attaque, et elle en mourrait. Pas d'accusation de vol, mais de meurtre – voilà la tournure que prenaient les événements.

— D'accord, j'avoue. J'ai piqué ce tableau. Et vous savez pourquoi ? Parce qu'il arrive un moment où, si on veut un résultat, il vaut mieux s'y mettre soi-même. Dès l'instant de notre rencontre, ce tableau – ou l'idée du tableau – est devenu le point de mire. C'est ce qui nous a réunies et à présent ce qui nous divise. Vous le vouliez désespérément – pour des raisons sentimentales, c'est du moins ce que vous m'avez amenée à croire. Nous découvrons alors que d'autres le veulent aussi – pour des raisons non sentimentales, dirons-nous. Exact, j'ai préempté le résultat de l'enquête du Bureau. Ils auraient probablement statué en votre faveur, mais quand ? Dans un an, deux ans, cinq ans ? Personne n'est éternel, Lydia. Une satisfaction posthume n'avance pas à grand-chose, n'est-ce pas ? Alors oui, j'ai volé le tableau. Et maintenant j'apprends que vous n'en voulez pas. Ce n'est pas une question d'argent – oh non ! Vous n'aimez pas le tableau tout simplement. D'accord, c'est votre droit. Mais, nom de Dieu, vous auriez pu me le dire avant ! Vous nous emmerdez avec ça depuis le premier jour...

— Épargnez-moi vos critiques ! Si j'en suis venue à détester ce tableau, c'est à cause de vous.

— À cause de moi ?

— Vous avez trouvé les lettres, n'est-ce pas ? C'est de là que tout est parti – les lettres ont modifié le contexte. Nous avions toujours cru dans la famille que la jeune femme du tableau était notre ancêtre. Il est à présent clair que non seulement elle n'avait aucun lien de parenté avec les Van der Heyden, mais qu'elle s'était rendue coupable d'une grossière trahison. Sans le vouloir peut-être, elle a fait de la vie de Johannes un véritable enfer, et cette œuvre d'art témoigne de son acte abject. Je ne vois pas pourquoi on me demanderait de tolérer ça. Ce maudit objet est un fléau pour nous.

— Songez un peu. Si elle n'avait pas rembarré Johannes, vous n'existeriez probablement pas. Et de toute façon, Sander avait lu ces lettres. Il devait être au courant. Ça ne l'a pas empêché de chercher à récupérer le tableau.

— Je ne suis pas le gardien de mon frère.

— Ah ! j'aurais justement cru le contraire !

À peine ces mots étaient-ils sortis de sa bouche que Ruth les regretta.

Un changement s'opéra.

Lydia venait de virer à la statue de pierre. Son regard brillait d'une colère froide.

— Partez ! siffla-t-elle. Et emportez ce tableau avec vous.

Une fraction de seconde, Ruth hésita.

Était-ce une plaisanterie ? Lydia forçait-elle son rôle ? Puis la colère s'empara d'elle aussi. Ce n'était pas une plaisanterie. Loin de là. Elles avaient toutes deux poussé le bouchon trop loin.

Et elle aussi, elle avait sa dose. Depuis le début, Lydia l'avait utilisée. Elle n'était qu'une masse ridicule de contradictions. Ses fils s'emmêlaient ; elle court-circuitait.

Une partie de Ruth voulait rester. Non par compassion, mais par nécessité. Dans une certaine mesure, Lydia était devenue sa responsabilité. Elle était sa mère, sa sœur, son enfant. Mais là un point d'honneur entrait en jeu. Elle se sentait étouffée, contrariée, offensée.

Elle se leva avec raideur et glissa le tableau sous son bras.

— Est-ce vraiment ce que vous voulez ?

— Oui, répondit la vieille dame avec fermeté. C'est ce que je veux. Vraiment. Prenez vos affaires et partez.

34

Le brouillard était encore plus épais le long du Keizersgracht.

Ruth ferma le premier bouton de son duffle-coat et remonta sa capuche.

Elle avait parlé trop vite, mais en toute sincérité, et un pipeline vital de sympathie entre Lydia et elle venait de casser net. Il n'y avait pas de retour possible – sauf, peut-être, pour récupérer ses affaires. En attendant, elle ne possédait plus qu'un bien sous le soleil. Le dernier qu'elle aurait souhaité. Le tableau, dans son sac. Elle le serra contre elle.

Ses yeux s'embuèrent dans le froid. Le sang battait sous son crâne.

Tout avait été si soudain, même si la rupture couvait depuis quelque temps. L'abcès enflait depuis des jours. Quelques mots avaient suffi pour le percer. Restait un certain regret. Les pensées de Ruth étaient polluées par la colère et le mécontentement. Le simple fait de le savoir et de ne rien pouvoir y changer ne faisait qu'aggraver les choses.

Une fois le Vijzelgracht dépassé, elle arriva sur Muntplein.

Elle glissa sur le trottoir et s'accroupit pour se frotter le mollet. Le muscle froissé cria sa douleur. Elle leva les yeux. Le brouillard avait avalé la flèche de la vieille tour de la Monnaie. Des trams surgissaient de l'obscurité et des sonnettes de bicyclettes retentissaient à chaque collision évitée de peu. Elle reprit sa marche – d'un pas vif, pour se débarrasser de la torsion musculaire.

La force de l'habitude la conduisit au Dam. Elle remonta le Rokin, puis, sur une impulsion, abandonnant ses automatismes, prit un pont coupant au nord-est vers le Nieuwmarkt.

Elle était dans le *wallen*, avec ses sex-shops et ses boîtes érotiques. Malgré son allure sordide, le quartier avait un côté étrangement réconfortant – la *zona rosa*, un grand magasin rose dédié au désir. Une putain coiffée d'une perruque à la

Dolly Parton et vêtue d'un déshabillé en dentelle était assise jambes croisées dans la lueur flamant rose de la vitrine, souriant comme si elle y croyait aux ombres sombres qui jetaient un coup d'œil à l'intérieur. Un orchestre de l'Armée du Salut commença à jouer à un angle de rue, une trompette croassait son refrain mélancolique. Un policier s'arrêta pour bavarder avec un vendeur de rue derrière son étal de chiens mécaniques qui branlaient de la tête et remuaient la queue.

Les lumières douces et les pompes à bière des bars lui faisaient signe, mais elle aussi elle était remontée comme un mécanisme, trop nerveuse pour espérer pouvoir s'asseoir et se détendre. Il fallait qu'elle marche pour brûler cette tension. Et puis elle pensait au *Speculant*, son bateau. Cela faisait, semblait-il, une éternité qu'elle ne l'avait pas vu.

Elle voulait le récupérer.

Son cocon rouillé. Sa peau, sa coquille. Sans lui, elle était comme une tortue sans carapace.

Quelle folie l'avait-elle poussée à se lier avec Lydia, de toute façon ? Elle n'en savait rien. C'était toujours pareil. Elle quittait le bateau afin d'entrer en contact avec le monde extérieur, puis ce contact perdait de son charme, virait à l'aigre, et elle avait de nouveau besoin de lui.

Là elle en avait plus besoin que jamais.

Comme si sa vie en dépendait.

Les canaux s'élargirent. Un air marin glacial transperça le brouillard et lui envahit les poumons.

Elle se trouvait sur Prinz Hendrikkade, en face de Centraal Station.

Elle traversa le pont menant à Stationplein.

Une routarde buta contre elle et se mit à vitupérer dans une langue d'Europe de l'Est.

Un musicien des rues se dandinait d'un pied sur l'autre en grattant la guitare comme un fou, plus pour la chaleur que cela générait que pour l'effet musical.

Elle ne savait trop quoi faire.

Pourtant un projet, une sorte d'objectif, commençait à se dessiner au fil de ses errances.

Un tram se dirigeant vers l'est s'arrêta en face. Les portes s'ouvrirent. Elle slaloma entre les voitures en boitillant et sauta à bord. Elle ne connaissait pas très bien cet itinéraire, mais la direction était bonne. Elle fouilla dans son sac et trouva la carte. L'adresse se trouvait en dehors de la ville, et elle n'avait pas de plan, mais il était trop tard pour y remédier.

D'une manière ou d'une autre, elle trouverait son bateau.

Elle se fierait à son flair.

Les vibrations la bercèrent. Elle se détendit complètement, abandonnant son corps aux mouvements du tram sur l'Oosterdok. Puis, plus tôt qu'elle ne l'aurait cru, il s'arrêta et les portes s'ouvrirent. Le conducteur coupa le moteur et annonça le terminus.

Ils étaient juste à côté de Piet Henkade.

Elle descendit avec les rares passagers encore à bord et poursuivit vers IJ Haven.

Des longerons et des structures métalliques surgirent – mâts de charge, tapis roulants, môles surélevés, grues et feux de position. Ils semblaient faits de la même matière évanescente que le brouillard lui-même, se détachant tels des hiéroglyphes en relief sur un fond gris. Elle entendit glapir un gros chien qui devait tirer sur son collier étrangleur derrière la porte d'un entrepôt.

Les rares vaisseaux fantômes qui passaient faisaient retentir leur corne de brume, des « Om » sacrés.

À sa droite, des rues résidentielles, les murs et les pavés ruisselant d'humidité, mais personne à l'horizon. Ces drôles de voies s'arrêtaient pile au bord de l'eau, où des mâts de voiliers s'entrechoquaient. Le brouillard dénaturait tout. Un vrai gaz toxique. Tous les habitants avaient succombé, expirant sans bruit derrière de sinistres fenêtres à guillotine et dans le goutte-à-goutte des rigoles dans ce Pompéi des temps modernes.

L'Ersthaven, puis un pont au-dessus du Amsterdam-Rijn Kanal, et elle partit en direction de Zeeburg et de l'Ijmeer.

Il y avait des voies de circulation non loin de là – on entendait le grondement prudent des moteurs.

Dans la mesure du possible, elle resta dans la zone des docks.

Plus elle s'éloignait de la ville, plus la température chutait.

Cet endroit marginal était le domaine des dockers et des marins de la marine marchande. Quand le temps se gâtait, ils sortaient, le dos voûté, de leurs cargos, de leurs pétroliers et de leurs porte-conteneurs pour s'entasser dans les bouges ou les petits bars chauds du coin qui florissaient çà et là – plafond punaisé de billets de banque du monde entier, sol recouvert de pièces collées à la superglue, bric-à-brac de pendules électriques en forme de chope de bière, juke-boxes, télé par satellite accrochées au mur et baby-foot. Franchement elle se sentait plus en sécurité dans la rue. Les bars étaient des petits villages cosmopolites alcoolisés pour nomades, qui tuaient le temps et leurs neurones dans la pure tradition des matelots.

Mais finalement que faisait-elle d'autre ?

Ensemble le froid et le brouillard s'étaient emparés de tout, suspendus dans une zone tampon entre jour et nuit, éveil et sommeil, vie et mort.

Progressivement les eaux se jetaient dans le Markermeer, puis, là-bas, quelque part dans cette ouate, dans la mer. Le brouillard s'était transformé en un crachin gelé, hésitant entre la pluie et la neige, qui lui piquait la peau. Elle s'essuya le visage d'un revers de manche. Des gouttes glacées se massaient sur son nez et son menton avant de s'écouler par des chemins secrets sous le rempart des vêtements.

Elle était de plus en plus trempée.

Et l'humidité aggravait la douleur dans son mollet qui, contrairement à ses espoirs, ne semblait pas vouloir disparaître. Malgré ses gants, ses doigts étaient raides de froid, recourbés autour du bas du tableau dans son sac en plastique. Lorsqu'elle essayait de les remuer, ils obéissaient à contrecœur.

Un nouveau pont.

En dessous, un train de marchandises traversa un fouillis de voies et d'aiguillages. À l'extrémité du pont, le revêtement s'arrêtait, et une allée cernée de hauts grillages la mena vers un vaste quai sur lequel s'alignaient des parcs de conteneurs, des entrepôts en préfabriqué, des ateliers d'usinage, des bureaux maritimes et des usines de transformation. Un vent polaire soufflait. De temps à autre, il forait des trouées dans le brouillard, révélant les lumières orange et rouges d'un dépôt de pétrole scintillant sur l'autre rive.

L'enseigne d'un avitailleur précisait son adresse. Elle vérifia sur la carte. Cela devait se trouver dans le coin, bien que rien ne fût numéroté.

Puis, au milieu des nuages de grisaille, une étoile apparut au bord du quai. Rouge sang.

Une étoile à six branches avec deux cercles concentriques en son centre.

L'étoile qui figurait sur l'écoutille de sa cambuse.

Elle venait de trouver son *Speculant*.

Le bateau collait au quai. Pas de passerelle, seulement un appontement. Elle enjamba l'espace étroit.

À bord, elle essaya d'ouvrir la porte. Verrouillée – et elle n'avait pas les clés. Mais si le bateau était ici, la cale sèche et l'atelier de réparation ne pouvaient pas être bien loin.

Elle descendit du bateau et reprit sa marche.

Un carré de béton défoncé qui servait de parking et de décharge de baraques de chantier, et elle y fut : « Atelier de construction, de réparation et d'équipement maritime Driest. » Sous la principale enseigne, une autre : « Nous construisons et réparons des crabetiers, des ravitailleurs off-shore, des pousseurs, des chalutiers, des bateaux fluviaux, des navires à passagers, des remorqueurs. »

Il s'agissait d'un immense hangar délabré avec un appartement accroché au sommet comme une cabine, avec petit jardin en terrasse. De la musique s'échappait de l'intérieur. Elle pila, respira plus lentement et se concentra.

Elle connaissait cet air.

« The Mooche » – Baby Cox, avec Duke Ellington. Pas terrible, mais elle adorait. En plus, c'était son putain de disque à elle – il sauta à l'endroit même où elle s'y attendait.

Elle se hérissa...

Elle tira la grande porte coulissante en tôle ondulée et entra.

De nouveau l'obscurité, les ombres d'un fatras maritime. La coque en fibre de verre retournée d'un petit canot. Des filets et de l'équipement de flottaison d'une barque de pêche. Une hélice géante inclinée sur le côté. Des mains courantes en chrome, tout juste déballées, attendant d'être installées sur une vedette ou un yacht chic.

Le jazz venait du fond, où une ampoule brûlait sous une mezzanine en bois brut, flanquée de marches montant vers l'appartement du toit. Elle enjamba un tas de gilets de sauvetage.

Les grésillements et les crépitements d'un appareil à souder accompagnaient un jaillissement d'étincelles. Un homme travaillait sur un grand gouvernail marron posé sur un tréteau en bois. Il portait un masque de protection. Elle ne voyait pas son visage, mais il ne pouvait s'agir que de Driest. Elle le devina à la musique...

Le morceau d'Ellington venait d'un vieux gramophone à manivelle noir et doré avec un pavillon à nervures en forme de fleur. Baby Cox fit son scat, le cuivre brailla la mélodie ; puis le morceau s'interrompit brutalement – comme si les musiciens avaient hâte de se rendre au bar.

Ruth fit courir un doigt sur le bord poussiéreux du coffre en chêne du gramophone, puis leva le bras lourd et le remit soigneusement en place.

Driest s'arrêta de souder et releva son masque.

— Un Victor Trois, dit-elle.

Il retira son masque et éteignit l'appareil à souder.

— Moteur à double ressort, répondit-il en s'essuyant les mains sur un chiffon. 1919. Ma fierté. Désolé pour l'Ellington. Le reste de votre collection est à bord de votre bateau.

Il tira des fauteuils pliants et l'invita à s'asseoir.

— Vous avez l'air d'avoir faim. Je n'ai pas grand-chose.

Il disparut quelques minutes et revint avec des toasts aux sardines. Ils burent un café vaseux brûlant, puis un schnaps, et bavardèrent.

Son bateau avait été mis en cale sèche, la coque avait été doublée en partie. Une ultime réparation et il serait prêt. Driest l'avait séché avec des générateurs à essence portables et avait tout remis en place.

— La douceur du foyer, conclut-il avec un large sourire.

Elle avait oublié cet homme.

Il était là le jour où elle était rentrée de chez ses parents, le jour où le *Speculant* avait failli couler. Ils avaient parlé, pour la forme, de l'accident ou du sabotage. Il s'était révélé une présence rassurante, qui ne dramatisait pas. Il l'avait aidée à contenir son émotion et à relativiser. Et voilà qu'elle le retrouvait, souriant, pas rasé, en bleu de travail cradingue avec des fermetures Éclair argentées, sa chevelure noire de chien de berger striée de gris et ses sourcils bruns rectilignes. Il avait une manière désinvolte d'agiter la main lorsqu'il parlait, comme s'il s'agissait d'un éventail ou d'un petit moulin à vent.

Et, nom de Dieu, ce type portait des sabots.

Où se croyait-il donc – en Hollande ? Elle fut tentée de lâcher un commentaire, mais « prudence est mère de sûreté », comme dit le dicton. Quelque chose en lui l'incita à parler tout de même, un discours tranquille, posé – ensoleillé, sans emphase, gratuit –, qui l'apaisa, et il lui sembla tirer du sale petit trou crasseux où elle s'était terrée le meilleur d'elle-même.

Était-ce sa voix, ses yeux ?

Le sourire ou les sabots ?

L'indéniable atavisme qui coulait dans ses veines semblait se prendre de sympathie pour lui.

Et voilà qu'elle reparlait d'elle-même.

Moi, moi, moi...

Plus elle parlait, plus son autocensure trébuchait sur des contradictions, plus elle s'acculait à révéler la vérité.

Elle montra le tableau à Driest, l'appuyant contre un des pieds du tréteau. Elle ne lui dit pas qu'il s'agissait de la première photo au monde ; elle ne précisa pas qu'elle l'avait volé. Ce type était un parfait inconnu. Elle ne disposait pas des éléments pour lui accorder sa confiance, mais une chose était sûre : refuser d'accorder sa confiance faisait encourir des risques bien pires que le contraire – une perspective sinistre, l'emprisonnant dans une bulle muette de secret. Et, tandis que des pulsions contraires luttaient en elle, elle pâlit et sa nervosité la reprit. Les vieilles angoisses remontèrent à la surface. Elle se rongea les ongles.

Il finit par lui demander ce qui n'allait pas.

Elle le regarda, prit sa respiration, mais les mots restèrent bloqués dans sa gorge.

— Essayez encore.

— C'est ce tableau, admit-elle. Vous allez me prendre pour une folle, mais il est possible qu'il soit radioactif.

Il s'accouda sur ses genoux et la fixa. Elle compta les secondes. Il ne cilla pas.

— Ne me demandez ni pourquoi ni comment, reprit-elle, agitée. Il l'est. Ou peut l'être. Et je le trimballe avec moi depuis vingt-quatre heures. Je me sens bizarre – patraque –, mais j'ignore s'il est en cause. Je ne sais plus faire la différence entre le réel et mon imagination. Je ne sais plus faire la différence.

— La différence entre quoi et quoi ?

— Tout. L'esprit joue des tours. Le vôtre, jamais ?

— Irradié dans un laboratoire ? reprit-il au bout d'un moment.

Elle acquiesça.

— Une question idiote : vous ne pourriez pas consulter le laboratoire ?

Elle secoua la tête.

— Quel genre de radiation ? Vous le savez ?

— Neutrons. Californium-252.

Il se leva, alla au fond de l'atelier et revint avec ce qui ressemblait à un gros téléphone. Un instant, elle crut qu'il s'apprêtait à appeler les flics, voire l'asile de fous, mais il ne s'agissait pas d'un téléphone. Ce qu'elle avait pris pour le combiné était une poignée à usage industriel, placée juste en dessous d'un écran numérique.

— Un renifleur à radiations portable, expliqua-t-il. Un détecteur à scintillations. Repère les rayons gamma et bêta, mais aussi les neutrons. En fait, vous avez là l'unité de visualisation. Je vais chercher le reste.

Il posa l'appareil, partit chercher le complément, puis câbla l'écran à un détecteur au bout d'une perche télescopique et le régla.

— Pincez-moi, je rêve, dit Ruth. Comment se fait-il que vous ayez justement un détecteur dans le coin ?

Il gloussa – presque un grognement.

— C'est l'équipement standard dans l'industrie de la ferraille. On s'en sert tout le temps pour vérifier des bateaux. Vous ne le croiriez pas, mais il y a du matériau radioactif pratiquement partout – pas seulement dans les sous-marins nucléaires. Prenez votre bateau.

— Mon bateau est radioactif ?

— Non, mais vous possédez certainement une poêle en Téflon. On se sert de la radioactivité pour coller le Téflon à la poêle. Ce n'est qu'un exemple. Tous les fruits et légumes que contient votre réfrigérateur ont aussi été irradiés.

— Arrêtez !

Il balaya soigneusement la surface et le dos du tableau avec le détecteur, tel un marabout jetant un sort. L'appareil émit un bip régulier. À la fin, il s'assit sur ses talons.

— Rien. L'absence d'augmentation de fréquence signifie qu'il n'y a pas de points suspects. C'est aussi bien, non ? C'est gentil d'apporter des matériaux risqués dans mon atelier.

— Je cherchais mon bateau. Si j'avais eu les clés, je ne vous aurais pas dérangé.

Ils rassemblèrent le tableau, les clés et les disques empruntés et enfilèrent leur manteau.

Ils sortaient quand un homme entra. Driest présenta son frère à Ruth. Ils géraient l'atelier ensemble.

Driest et Ruth traversèrent le quai pour rejoindre le *Speculant*.

À l'intérieur, il était tel que l'avait laissé Ruth avant le déluge, avant d'aider des petites vieilles à traverser la rue. Ces jours heureux où le temps avait la délicatesse de rester immobile. L'électricité fonctionnait, grâce à une prise sur le quai. Les lieux étaient chauds et douillets, et tous ses biens se trouvaient à leur place. *La Fiancée juive* avait retrouvé son mur, à côté de la photo de ses parents. Pas de traces d'inondation sur les lambris en teck. Le vieux rideau en velours, sec et repassé, drapait sa chaise, les disques étaient rangés, et le Dansette Popular à quatre vitesses et à changeur automatique tenait toujours le devant de la scène.

Un miracle...

Cet homme est le fils de Dieu.

Elle le serra rapidement dans ses bras en lui souriant timidement.

— Je ne pourrais jamais assez vous remercier. Les choses n'ont pas été faciles ces derniers temps, et c'est très gentil à vous, quoi.

— C'est mon boulot.

Elle lui adressa un autre sourire et examina le cadre en laiton du hublot. Une toile légère pendait d'une pendeloque en verre taillé.

— Si ça convient aux oribarides, ça me convient aussi.

Une bouteille de bordeaux et un bol de fruits attendaient sur la table.

— Cadeau de la direction.

Il s'inclina comme un valet de chambre des années 1920.

Elle trouva un tire-bouchon, ouvrit la bouteille et alluma une bougie après avoir éteint la lumière. Driest mit un disque.

— Débarrassez-vous de vos pompes.

Il retira ses sabots. Ils s'assirent, trinquèrent et burent en silence, écoutant les rythmes haletants de Lil Armstrong dans « Harlem on Saturday Night ».

Et le temps passa...

Bavardages, musique, vin, et le soulagement de retrouver son environnement familier à la lueur amicale d'une bougie.

Elle n'était pas à la rue.

Elle n'était pas radioactive.

Elle n'était pas seule.

Le vin, qui évoquait des tonneaux de chêne et des étés d'antan, prit le relais du schnaps. Il se lova dans ses veines. Il la plongea dans une douce euphorie, proche de la sagesse philosophique, un état d'esprit mûr, détendu, qui bourgeonnait, croissait et ouvrait ses pétales sous les rayons généreux d'une compagnie agréable.

Cela faisait un sacré bout de temps qu'elle ne s'était pas sentie aussi bien.

Même sa douleur au mollet commençait à s'estomper. Et Driest était son joyeux partenaire du moment dans la danse cosmique perpétuelle.

Ils égrenèrent les noms des chanteurs et les musiciens de jazz qu'ils connaissaient tous les deux : Laurel Watson, Bessie Smith, Valaida Snow, Fats Waller, Eva Taylor, le Blue Five de Clarence Williams – etc., etc., etc.

— J'avoue avoir aussi un faible pour la techno et la trance.

— Vous avez consulté un spécialiste ?

— C'est un syndrome relativement répandu chez les célibataires. La quarantaine arrive et, paf! on prend conscience que le temps file. Alors on essaie d'en gagner en fouillant les dernières nouveautés de la culture jeune.

— On se raccroche à des chimères.

— On se raccroche à n'importe quoi.

Intérieurement elle cocha la case « Célibataire ». Avait-il essayé de lui passer un message ? Elle y réfléchit à deux fois, puis froissa le document hypothétique, ne sachant s'il s'agissait d'un questionnaire ou d'un formulaire de candidature. Mais qu'est-ce qui lui prenait ? Elle était trop fauchée pour tomber amoureuse. Elle ne vivait même pas dans l'espoir de tomber amoureuse. L'espoir rendait fou. Elle avait besoin d'une bonne piqûre de rappel de mélancolie et de désespoir, voilà. Comme d'habitude, quoi.

— L'intérêt d'être un vieux fan de jazz – je veux dire, un fan de vieux jazz –, reprit Ruth, rêveusement, c'est que ça ne vous date pas. C'est de la nostalgie prénatale. Ça revient cycliquement, du coup personne ne sait trop à quelle vague de renouveau vous appartenez.

— Parlez-moi de vous, dit-il au bout d'un moment.

— C'est déjà fait.
— Plus alors. Simple curiosité.
— Vous ne pouvez pas attendre la parution de la biographie officielle dans un ou deux mois ?
Il leur resservit du vin.
— J'aime bien les enfants et les animaux. Certains enfants et certains animaux, devrais-je préciser. Les adultes, c'est une autre paire de manches. Je peux me montrer futée quand c'est important. Sinon je suis une fille qui ne s'émerveille plus de rien.
Il fit une grimace de clown triste.
— En fait, pour être honnête, corrigea-t-elle, je suis une garce et une salope – et probablement trop vieille pour changer.
— Ma mère disait toujours : « Il n'est jamais trop tard pour changer. »
— Vraiment ? Et la mienne : « Si tu ne la boucles pas, tu seras privée de dîner. »
— Faut pas chercher plus loin. C'est là que la garce est née.
— Vous devez avoir raison. Je suis une victime. Et j'ai toujours été un peu rebelle. Je casse les pieds des gens, et puis ils se retournent contre moi. C'est superdur. Je suppose que personne n'a jamais essayé de couler vos bateaux.
Driest s'esclaffa et tourna de nouveau sa main, comme si le geste répondait à sa place, repoussant préambules et mots inutiles.
— Si, mon frère – le type que vous venez de rencontrer –, dans le bain. Je parle d'il y a trente-cinq ans. Il coulait mes canards en plas-

tique. Sinon je m'efforce de rester à flot. C'est la règle. L'entreprise familiale.

— On ne cesse jamais d'être un marin, répondit Ruth en souriant.

Elle se sentit fatiguée tout à coup.

Elle s'assit par terre et s'allongea, les mains derrière la tête. Juste dans l'axe de la lucarne. Dehors, la nuit tombait, non que cela changeât grand-chose après une journée aussi sombre. Le brouillard roulait et tourbillonnait, et le reflet de l'œil vertical de la bougie tremblotait sur la vitre, comme le tableau – avec sa masse de mimosa et la robe de satin d'Esther.

Un lent morceau de blues envahit son cerveau comme de l'opium et elle ferma les yeux, mais la musique dériva vers une autre annexe de sa conscience.

Le temps s'arrêta.

Elle se réveilla.

L'œil de la bougie dansait et scintillait au-dessus de sa tête. La musique s'était arrêtée. Un léger ronronnement électrique s'échappait du haut-parleur du tourne-disque.

Sinon, le silence.

Elle était toujours allongée sur le dos.

Elle se redressa sur ses coudes. Driest ne dormait pas. Il était allongé sur le ventre, le menton sur ses bras croisés. Il l'observait de cet air songeur qui le caractérisait. Comment y parvenait-il sans cligner des yeux ? Au cinéma, les acteurs apprenaient le truc pour les gros plans. Chez Driest, c'était naturel. Mais que se passait-il derrière cette veille silencieuse ?

Elle roula sur le côté, posa la joue dans le creux de sa main.

— Vous rêviez. Cela se voyait à vos yeux. Ils étaient fermés, mais ils remuaient sous vos paupières.

— Un rêve étrange. Je me suis vue, enfant, seule sur le terrain de jeux. Avec l'ombre des feuilles par terre sous un soleil doux. C'était beau et hypnotique. Les rêves ! C'est ce fichu temps qui les provoque. J'ai probablement attrapé froid.

Il s'approcha et posa sa grande main sur son front. Ses doigts lui couvraient à moitié les yeux.

— J'ai de la température ?

— Bien sûr. 37.

— Ouah ! Avec une main comme ça, qui a besoin de thermomètre ?

Il sourit.

— J'en suis assez fier.

Il retira sa main et roula sur le flanc, un reflet de sa position, attendant qu'elle prenne l'initiative de la suite.

Il n'était pas effronté. Il y avait en lui une hésitation tout à son honneur.

Le sang lui monta aux joues.

Le souffle de son nez réchauffait le petit creux au-dessus de sa lèvre supérieure. Elle percevait son odeur – celle de ses pores, des molécules que sa main avait laissées sur son front. Il sentait les bateaux, les moteurs et le diesel. L'odeur du pétrole, de mondes perdus, restes fossiles organiques datant de millions d'années.

Elle fuit son regard, amusée et gênée par ce que la situation avait de latent. Tout pouvait partir dans un sens ou dans l'autre. C'était à la fois unique et encombré de clichés – l'histoire se répétant, un conte souvent narré...

— Il faut que vous croyiez en vous, dit-il.

— Vraiment ?

— Oui. Nous n'avons qu'une chance dans la vie.

— Peut-être que j'ai eu la mienne.

— Je ne pense pas.

Elle s'empourpra de nouveau.

Elle tendit un bras vers lui.

Il retint son souffle.

Il lui caressa la joue et elle ferma les yeux.

Il se rapprocha.

Le bois du bateau gémissait doucement. Pour on ne sait quelle raison, le haut-parleur ne ronronnait plus. Elle tendit la main, la posa sur l'arrière de son crâne, et lui fourra les doigts dans les cheveux. Elle l'attira vers elle. Son souffle était régulier et chaud. Elle sentit ses lèvres effleurer le lobe de son oreille, une main se poser sur son sein.

— Nous ne nous connaissons même pas, protesta-t-elle doucement.

— Nous pourrions apprendre.

— Plus tard. Gardons les préliminaires pour plus tard.

Sa joue effleura son visage. Il l'embrassa.

Elle se retrouvait à ce point précis, niché au plus profond de son espace intérieur qu'elle avait exploré la veille dans l'unité de radiation, le point où tout était immobile, où passé, présent et avenir se mélangeaient comme un minerai fondu. Il l'avait terrifiée. Là, il ne lui faisait pas peur.

L'endroit est marqué d'une croix.

Tu es ici. Restes-y, chérie. Tu y es très bien. Il n'y a pas de bus aujourd'hui, mais qu'importe, il n'y a aucun autre lieu où ça vaille le coup d'aller...

Deux heures plus tôt, rien de tout cela n'était à l'ordre du jour.

Deux heures plus tôt, c'était une autre vie.

Une corne de brume mugit.

Driest s'était interrompu.

Elle le sentit, figé au-dessus d'elle – le dos cambré, le torse se gonflant et se contractant. Mais un changement infinitésimal s'était produit dans les fréquences musculaires de son corps. La polarité de ses atomes venait de s'inverser.

Elle ouvrit les yeux.

À sa vue, elle sursauta, comme parcourue d'une décharge électrique à haute tension.

Il était à quatre pattes, les membres tendus. Un instant, il ressembla à un loup gris, tête baissée, fonçant sur sa proie. Il dégageait une intensité qui n'avait rien de commun avec l'être qui était là quelques minutes plus tôt.

Un animal complètement différent.

Son cœur s'emballa.

D'une poussée des pieds, elle se dégagea, s'éloigna de lui, se recroquevilla contre une étagère. Il la fixait, toujours aussi intensément vigilant. Il porta un doigt à ses lèvres. Puis, il le pointa vers le bas.

Il désignait son verre de vin plein.

Il était fou ou quoi ?

Elle avait laissé les choses aller trop loin avec un parfait inconnu. Dieu seul savait qui il était, ou ce dont il était capable. Ses gestes n'avaient aucun sens.

Mais que se passait-il, nom de Dieu ?

L'incertitude la paralysait. Elle suivit son regard.

Quelque chose clochait.

Sa peur laissa place à la curiosité. Elle se détendit, se redressa, se rapprocha.

Le vin oscillait de manière hypnotique dans le verre.

Elle regarda le liquide foncé en mouvement, puis leva les yeux vers Driest.

Elle revint au vin.

Le liquide tangua plus violemment et le verre vacilla. Elle le rattrapa au vol. Une goutte coula sur le plancher en pente.

De nouveau leurs regards se croisèrent.

Pourquoi le haut-parleur ne ronronnait-il plus ?

Les seuls bruits venaient du bateau lui-même, mais ses craquements et ses gémissements n'avaient plus rien de familier. On y percevait une souffrance qui n'avait rien de réconfortant. La structure travaillait. Des forces invisibles s'activaient tout autour.

Ils se levèrent d'un bond et se ruèrent sur les hublots.

Brouillard, brouillard, rien que du brouillard...

Où donc était le mur de brique du quai ? Il aurait dû se trouver à bâbord. Mais là, que de la brume, rien que le nuage sombre de l'ignorance.

Il essaya le commutateur – rien. L'électricité avait été coupée...

Il la saisit par la main et l'entraîna dans la cambuse, puis dans l'escalier.

Le pont était humide et glissant. La péniche dérivait doucement, avant de brutalement s'incliner lorsqu'elle rencontrait en creux le grain du courant ou l'attaquait en diagonale.

Ses pieds se dérobèrent sous elle et elle se cogna la cheville contre l'angle de la paroi de la timonerie. Elle s'agrippa à un gros crochet qu'elle utilisait pour fixer son fil à linge.

Quand le vent sépara les nappes de brouillard, ils purent se repérer. Le quai était à une vingtaine de mètres et la distance augmentait.

Elle regarda autour d'elle, affolée.

Driest avait disparu. Son cœur eut un raté.

— Oh, mon Dieu ! Mais où es-tu ?

Elle progressa pas à pas, en s'accrochant à la bâche recouvrant une boîte à outils rangée contre la timonerie. La toile était si épaisse qu'elle n'offrait pas de prises.

Dans un grognement, le bateau roula vers tribord.

Elle glissa de nouveau. Elle fourra les doigts dans les œillets de la bâche, s'arracha un ongle.

Elle réussit à se cramponner.

Quand le bateau se rétablit, elle vit le sang mais ne ressentit aucune douleur.

Les flots étaient déchaînés.

Comme pour le passager d'un avion qui regarde par le hublot au moment de l'atterrissage par un jour couvert, le seul indice de leur vitesse était le brouillard, même si lui aussi se déplaçait sans qu'elle réussît à savoir dans quelle direction – vers la terre ou vers le large. Vers la terre, cela donnerait une illusion de lenteur ; vers le large, une illusion de plus grande rapidité. Mais pourquoi perdait-elle son temps avec ces problèmes de physique d'écolier ?

Une règle à calcul ne la sauverait pas.

— Driest ! hurla-t-elle. Oh, mon Dieu, mais où es-tu ?

Un bruit de porte qui claque, puis il apparut derrière la timonerie.

— Les clés, cria-t-il. Donne-moi les clés.

— Je ne les ai pas. C'est toi qui les as.

— Je t'ai donné celle de la cambuse. Les autres n'étaient pas avec.

— Alors il va falloir qu'on les trouve, bordel ! (Soudain elle le haïssait.) Tu as amarré ce bateau ?

— De l'avant à l'arrière. Nous avons de bons cabestans. Les cordages étaient bien serrés.

— Pas assez. Écoute, si tu enfonces la porte, tu pourras le barrer. Au moins nous sortirons de ce torrent.

Nouveau coup de roulis, il s'accroupit pour déplacer son centre de gravité.

— Impossible, dit-il son visage contre le sien.

Elle le fixa, furieuse.

— Le gouvernail que je réparais à l'atelier, siffla-t-il, c'était le tien.

— Le mien !

Il lui laissa le temps de digérer la nouvelle.

— Mais mon gouvernail n'était pas cassé.

— Nous l'avons cassé en l'amenant au chantier. Nous nous sommes égarés dans des petits fonds, puis nous avons rencontré une lame de houle. Ça a suffi. Le gouvernail était bousillé.

— Pourquoi ne l'as-tu pas réparé ?

— Normalement, nous aurions dû le faire en cale sèche, mais nous étions en retard. Un autre bateau arrivait. Un vieux sabot remorqué jusqu'au mouillage. Je pensais réinstaller le gouvernail demain.

Elle l'agrippa par la manche.

— Non, mais c'est pas vrai ! Nous n'avons pas de gouvernail ?

Il la regarda fixement sans répondre.

Pas de gouvernail...

Elle ferma les yeux et lâcha un long gémissement.

Tout à coup, la péniche reprit son cap. Une accélération qui conféra une fausse impression de stabilité au pont, comme dans le cas d'une toupie.

Ils se redressèrent de toute leur taille, s'agrippant l'un à l'autre, et fixèrent la terre qu'une déchirure dans le brouillard venait de révéler.

Les lampadaires, très espacés, traçaient une bande basse de lumière cuivrée sur le quai.

Puis, s'éloignant d'eux à toute blinde, ils virent l'atelier de Driest, le parking, la jetée et le magasin de l'avitailleur. Soudain, la rangée de lampadaires s'envola, décrivant un arc parfait le long du pont au-dessus des voies ferrées.

Quelqu'un se tenait sur le pont.

Rien qu'un point, en fait, sur la réverbération menaçante des feux d'Amsterdam rebondissant de la masse nuageuse à l'ouest.

Un homme, apparemment – portant un chapeau.

Elle plissa les yeux pour mieux le distinguer, mais il était trop loin.

Il tourna les talons et s'éloigna d'un pas hésitant, puis disparut derrière la cambrure du pont.

Elle voulut le montrer à Driest, mais quelque chose l'arrêta.

La manière dont l'homme s'était tourné – rien que l'angle de sa tête peut-être – lui avait rappelé quelque chose. Il s'était détourné exactement de la même manière que Lydia, lorsqu'elles se séparaient dans la rue, ou qu'elle sortait d'une pièce. Le même langage corporel – visible malgré la distance.

Dingue, mais c'était le cas.

35

Ils sortirent du brouillard.

Ruth vit le dépôt de pétrole.

La silhouette de la centrale électrique de Flevo – sur la côte près du polder –, des rangées d'éoliennes, fleurs géantes à trois pétales qui tournaient lentement.

Des phares de voiture sur la route de la digue reliant Noord-Holland et Lelystad, perforation lumineuse séparant le Markermeer de l'Ijsselmeer. Tout pouvait arriver, mais pour l'instant ils fonçaient droit dessus en gîtant et en tanguant. Ils ne tarderaient pas à s'encastrer dans ses remblais.

Elle serra ses bras contre elle. Elle claquait des dents.

Un vent fort et froid balayait les flots.

— Tu as un portable ? cria-t-elle.

— Non. Et toi ?

Elle secoua la tête, sombre.

— C'est quoi ton plan de repli, bordel ?

— Je te l'ai dit, trouver les clés.

— À quoi ça va nous avancer ? Nous n'avons pas de gouvernail.

— Nous ne pourrons pas manœuvrer, mais nous pourrions lancer le moteur et passer la marche arrière. Cela pourrait ralentir un peu le bateau dans ce courant. (Ruth eut l'air d'en douter.) Tu as une meilleure idée ?

— Non.

— Où sont-elles ?

— Quoi ?

— Les clés !

Elle en sortit une de sa poche.

— La clé de la cambuse. C'est ce que tu as dit. Tu as été le dernier à avoir les autres. Ça fait des semaines que je n'ai pas approché ce rafiot. Réfléchis. Quand et où les as-tu vues pour la dernière fois ? Pourquoi les aurais-tu utilisées ?

— Pour ouvrir la timonerie ou la salle des machines, je suppose.

— Elles ne peuvent être dans la timonerie. La porte est verrouillée.

Ils descendirent dans la salle des machines.

Verrouillée elle aussi...

Pas la moindre trace de clés.

Driest claqua des doigts.

— L'atelier !

— J'ai un atelier ? Depuis quand ?

— Oh ! merde, je veux dire, dans le coin près de la cloison, à côté du poêle à fuel. J'en ai réparé un.

Ils s'engouffrèrent au pas de course dans l'étroit passage.

Les clés se trouvaient sur le comptoir.

Il s'en saisit, les lança triomphalement en l'air et les rattrapa de l'autre main.

Ils filèrent sur le pont.

La timonerie ouverte, il tourna la clé pour faire démarrer le moteur.

Un faible bégaiement électrique, puis rien.

Nouvelle tentative.

Toujours rien...

— Nom de Dieu, murmura Ruth. Regarde !

Ils avaient été trop occupés à chercher la clé. Cela faisait un moment qu'ils n'avaient pas regardé autour d'eux.

Un changement essentiel venait de se produire – un courant traversier, peut-être, arrivant furtivement de l'Ijsselmeer et contrariant le désir naturel du Markermeer de couler tranquillement vers l'est, où ils auraient fini par s'échouer.

La péniche ne se dirigeait plus vers la digue.

Elle avait viré à bâbord, et elle filait, bousculée par les eaux tourbillonnantes dans un vaste flipper aquatique.

Une corne de brume résonna.

Se dirigeant plein nord, un énorme cargo longeait une courbe de la côte en direction de Hoorn.

— Nous sommes dans un putain de chenal, gémit Ruth. Une voie de navigation bourrée de barges, de caboteurs et de patrouilleurs. Personne ne peut nous voir dans cette obscurité. Il nous faut des fusées ! De la lumière !

— Nous n'aurons pas d'électricité tant que le moteur ne tournera pas. Tu devrais songer à t'acheter un générateur.

— Je vais le noter sur ma liste. (Elle l'écarta d'un coup de coude.) C'est un diesel Detroit. Il faut le connaître. Nom de Dieu... ça fait des siècles que je n'y ai pas touché.

Elle tourna la clé.

Nouveau raclement de gorge électrique.

Rien.

Driest tiqua, prit une inspiration.

— Tu vas le noyer. Il est à poussée unique, vingt-quatre volts. La batterie est presque à plat.

Nouvelle corne de brune, péremptoire cette fois.

Ils levèrent les yeux tous les deux.

La péniche venait bien de s'engager dans un fort contre-courant qui la tirait vers la terre, puis l'orientait vers le nord-ouest, comme au bord d'un remous géant.

Le ciel scintillait à présent – constellé de lumières orange, rouges, bleues.

L’usine pétrochimique, avec ses énormes réservoirs, ses enclos ceints de treillis métalliques, ses passerelles aériennes, était soudain beaucoup plus proche que quelques minutes plus tôt.

Un tuyau d’évacuation jaillissait d’une longue jetée métallique au-dessus de l’eau. Au bout de la jetée, en plein dans leur axe, une unité de pompage ou d’alimentation, avec une flottille de barges. Une bonne dizaine, amarrées par deux. D’horribles bêtes noires, deux fois plus grosses que le *Speculant*, avec des balises lumineuses et des drapeaux industriels à la proue. Pas le moindre signe d’activité humaine.

Ruth s’appuya contre la barre.

— Putain de merde...

Ses mains tremblaient.

Le sang noircissait sous son ongle arraché.

Elle eut l’impression de prendre un coup dans le ventre.

Cela ne faisait aucun doute : le *Speculant* fonçait droit sur elles.

— Qu’est-ce qu’il y a là-dedans ?

— Ne me le demande pas.

— Si, justement. Qu’est-ce que c’est ?

— Des transporteurs. (Elle n’aima pas le son de sa voix. Son visage lui parut empourpré et diabolique à la lueur des projecteurs de l’usine.) Du gaz de pétrole liquéfié, précisa-t-il d’une voix rauque. Ruth – des gilets de sauvetage... Tu as des gilets de sauvetage ?

Elle le fixa, incrédule.

Puis elle enfonça la clé dans le démarreur et concentra toute sa volonté sur ce petit point luisant.

Souviens-toi, Ruth...

Souviens-toi de Maarten.

Souviens-toi de Deventer et du moteur Detroit 180 chevaux tout neuf. Le sourire éclatant de Maarten quand il avait démarré au quart de tour. Il se tenait juste à côté de toi, dans cette timonerie. Il t'avait prise par les épaules et t'avait serrée contre lui. Heureux – avec cette joie si irrésistible, si contagieuse de l'enfant qui découvre un nouveau jouet.

Hourra ! Une vie sur l'océan...

Vos cœurs avaient battu au rythme joyeux de ce moteur qui vous faisait fièrement traverser l'Ijsselmeer.

Souviens-toi, Ruth, souviens-toi...

Tout va s'arranger...

— Allez, murmura Maarten. Essaie encore.

Elle lui jeta un coup d'œil. Ses lunettes, son col relevé. L'odeur de la poudre... ce sourire pâle, diaphane.

Elle tourna la clé dans le sens des aiguilles d'une montre, s'interrompit, puis la ramena d'un coup sec au point de départ. Elle portait ce savoir-faire en elle depuis toujours.

Le moteur cracha et s'anima.

La lumière revint dans la timonerie.

Le bateau entier reprit vie. Une vibration basse et puissante – la basse secrète de l'orgue qui fait s'écrouler la cathédrale.

Puis ce fut le chaos.

— Marche arrière ! hurla Driest. Marche arrière !

Curieux – le moteur tournait, plein gaz, en marche avant.

C'était quoi cette histoire de marche arrière ?

Elle tombait en chute libre, le vent lui hurlant dans les cheveux, la douce certitude de la mort comme le goût épais du vin dans sa gorge, sur son palais.

Sa main voulait saisir le levier, passer la marche arrière, mais elle ne parvenait qu'à le fixer, en proie à une fascination rêveuse.

Maarten avait disparu, mais il avait laissé son sourire derrière lui. Il était là, à côté d'elle dans la timonerie. Un cadeau d'adieu – ce sourire de magicien sans visage. Il lui parlait. Il lui expliquait quoi faire.

Détends-toi – lâche prise...

Ne t'inquiète pas, petite fille.

Ne sois pas triste.

Tout ira très bien, tu verras...

Elle souriait aussi, mais quelque chose lui soufflait que cela n'allait pas, mais alors pas du tout. Qu'il y avait une autre voie, un retour en arrière, une porte de sortie.

Nouveau coup de corne, plus fort à présent...

Elle jeta un coup d'œil à Driest.

Bouche bée.

Qui la fixait, essayant de comprendre.

Son sourire mourut sur ses lèvres.

Elle eut soudain froid.

Ces pensées avaient duré combien de temps ?

Combien de temps leur restait-il ?

Puis une énergie toute neuve surgit et prit le relais. La sienne ? Celle de Driest ? Il l'entraînait dehors, en criant des choses incompréhensibles.

La corne retentit juste à côté d'elle.

Elle sursauta.

Terrifiée.

Il y avait quelqu'un d'autre, là, tout près. Une petite vedette filant à leur hauteur. Elle tapa contre la coque – un jouet incontrôlable –, s'écarta, puis les heurta encore, le moteur gémissant, s'efforçant de ne pas se laisser distancer.

— Saute ! hurla-t-il en la tirant au bord.

Elle baissa les yeux. Trois bons mètres. L'homme à la barre l'encourageait. C'était le frère de Driest – le type du hangar.

— Saute !

— Oh, bon Dieu, non. Je peux pas !

Son vieux vertige la reprit.

Un bruit de déchirure. La vedette les percuta de nouveau, perdit une partie de sa main-courante.

— Saute ! Mais saute !

Trop tard.

La vedette ralentit, perdit du terrain.

Le tableau de Johannes lui traversa l'esprit. Il était toujours en bas dans le salon. Elle avait envie d'aller le chercher, mais l'idée même était complètement stupide.

Mon cher Cornelis... mon estimé ami...

La vie, Ruth – pas de simples objets...

On entendit un rugissement.

Driest l'agrippa par le bras. Il lui enfonçait le poing dans les reins, le regard brouillé par les calculs d'évaluation.

Il guettait l'instant propice.

Lequel reviendrait bientôt. Driest la tenait et la poussait à la fois.

Un canon armé, prêt à la propulser dans un lointain inconnu.

Soudain sa résistance céda. Soudain son corps obéit.

Ses genoux fléchirent, se comprimant tels des ressorts. Une douleur fulgurante dans son mollet blessé, le piston dans son dos et c'était fait.

Elle gicla dans les airs – tombant, volant, battant des bras.

Comme le rectangle plat du pont arrière de la vedette était petit!

Elle n'y arriverait jamais...

Les flots l'avaleraient...

Ô Dieu! donne-nous du courage...

Ô Jésus, délivre-nous du mal...

L'impact lui parcourut le corps tout entier.

Ses jambes s'affaissèrent.

Un autre bruit sourd non loin.

La vedette se cabra, s'éloigna. Le moteur hurla. Driest était étalé près d'elle. D'une main, il lui aplatit la tête contre le plancher trempé du pont.

Lui écrasant le nez.

Lui éraflant la joue.

Elle tourna la tête de côté, un œil à demi ouvert sur le monde.

La vaste poupe du *Speculant*, avec son sillage d'écume blanche, la lumière dans la timonerie vide. Et, droit devant, la proue effilée d'un des gros pétroliers.

Il y avait juste une chance qu'ils se ratent, mais, chaque seconde passant, cette chance s'éloignait, diminuant la vague de probabilité, ne laissant plus qu'un minuscule silence creux avant la fin.

D'abord il y eut la chaleur – l'onde de choc du brasier chimique qui lui fonçait dessus. Portée par son propre souffle, une ruée synthétique d'atomes dans le temps et l'espace.

Ensuite l'éclair lumineux – une grande fusée jaune montant en flèche, crachant une épaisse fumée plus noire que le ciel le plus noir. L'odeur lui envahit les narines. Le monde s'embrasa.

Elle s'enserra la tête de ses bras, tel un étau hermétique, puis s'aplatit encore plus sur le pont.

Là où sa peau était à nu – tibias, cou et mains –, le feu la balaya comme une lampe à souder.

Le sourire de Maarten, incandescent dans le cosmos.

Une explosion de mimosa dans une triste petite pièce.

L'air se rafraîchit, le ciel s'assombrit petit à petit alors que la vedette mettait de la distance entre l'incendie et eux.

Elle releva la tête et son regard croisa celui de Driest.

Il posa sa main sur la sienne.

— Je suis morte de peur.
— Faut pas. On est tirés d'affaire.
— Ce n'est pas fini.
— Mais si.
Elle secoua la tête et ferma les yeux.
— Tu ne sais pas. Tu ne sais pas ce qui peut encore se produire. Il y aura pire – ça ne s'arrêtera pas là.
— Tu sais qui est le coupable ?
— J'ai le sentiment de le connaître, mais il n'a pas de visage. J'entends sa voix dans ma tête. Je sens sa colère. Il a besoin d'aide. Son âme est empoisonnée.
— Il faut lui donner une forme. Il faut regarder la peur en face. L'affronter.
— Je suis confrontée à un fantôme ou à un démon – mon ombre la plus noire. Je l'incube. Il faut que je le fasse éclore. Que je casse cet œuf du diable.
— Fais-le. Si tu ne réagis pas, il va rester là, à pourrir à l'intérieur de toi. Fiche-le dehors. Repousse-le, jette-le dehors – là où tu pourras le voir.
Elle roula sur le dos, s'étira le cou et respira profondément, s'emplissant de l'air nocturne.
La tranquillité ne dura pas...
Un battement d'hélices.
Une sirène en mer.
Et sur le quai, des lumières, des voitures, des gens...
Les fêtards étaient de sortie.
Amarrés à l'endroit même où avait mouillé son bateau.

Un aide-soignant les aida à monter dans une ambulance et les examina – pouls, température, tension. Il banda le doigt de Ruth, enduisit son mollet de crème. La tâta, vérifia ses articulations.

— Ça fait mal ?... Et ici ?... Et là ?...

À l'extérieur, une Fiat Panda blanche cabossée slaloma entre les badauds. Elle s'arrêta, une portière s'ouvrit et une silhouette familière en descendit. Chapeau russe, joues creuses, cernes foncés, et cette stupide lèvre inférieure protubérante.

— Salut, Smits, dit Ruth en frissonnant. Toujours envie de vivre sur un bateau ?

— Je viens juste de changer d'avis.

Il s'approcha d'elle et lui demanda avec douceur :

— Vous allez bien ?

Elle le fusilla du regard, incapable de répondre.

Il se tourna et fit un geste en direction de la voiture. La portière du conducteur s'ouvrit. Veste d'aviateur noire bordée de fourrure, chemise et cravate, casquette à visière. Bianca Velthuisen ajusta sa ceinture et son holster sur ses larges hanches et fit le tour du véhicule. Ces lèvres, ces yeux pleins de bonté, de sollicitude.

— Nous ferons le point plus tard, dit Smits. En attendant, Bianca va prendre soin de vous.

— Où pouvons-nous aller ?

Bianca posa une main gantée sur l'épaule de Ruth.

— Le hangar. Il appartient à Driest.

— Driest ?
— Le type qui m'a arrangé le bateau.
La flic pila.
— Je veux dire le gentil qui a réparé mon bateau, après que le méchant l'a arrangé, expliqua Ruth d'un ton las.
Elles regardèrent l'incendie, au loin, sur l'eau. Réduit à une flamme à présent, pas plus haute, apparemment, que le petit flambeau doré sur la casquette de Bianca.
— Vous tremblez. Vous avez froid.
— Moi ?
Elle avait les yeux cernés de fatigue.
Bianca la serra contre elle.
— Je crois que vous ne mesurez pas la chance que vous avez.
Ruth frissonna.
— Encore un coup de chance, et je serai la fille la plus veinarde du cimetière.

Dans l'atelier, Bianca installa Ruth près d'un poêle, la drapa d'une couverture de voiture, lui massa le mollet.
Ruth la laissa faire, en l'observant du coin de l'œil.
— Je ne vous comprends pas, reprit-elle au bout d'un moment. Pourquoi êtes-vous toujours aussi gentille avec moi ?
Bianca rougit.
— Vous êtes timbrée. Timbrée et flic, ajouta-t-elle.
— Je crois en mon travail. J'ai été mise sur cette terre pour apporter ordre, justice et amour.

— Je croyais que les flics étaient des durs à cuire, comme Smits.

— Ne vous méprenez pas. Andries est un homme sensible.

Elle se rappela Smits au Jade Beach, pleurant comme un veau devant l'interprétation tocarde que donnait Cheetah de « Bésame mucho ».

— Il porte des Reebok blanches, protesta-t-elle.

— Elles ménagent ses cors.

— À propos, comment avez-vous réussi à débarquer ici aussi vite ?

— Votre portable. (Elle le lui tendit.) Il a rappelé. Un nouveau texto. Nous n'avons pas pu établir son origine – il change toujours de serveurs. Mais j'ai su que ça ne présageait rien de bon. C'est lui qui a filé les cordages, exact ?

Ruth acquiesça.

— Vous l'avez vu ?

— J'ai vu quelqu'un sur un pont. Un homme avec un chapeau.

Elle se perdit dans ses pensées.

La rangée de lampadaires.

Le pont au-dessus de la gare des marchandises.

Et la façon dont il s'était tourné, avec cette inclinaison particulière de la tête, comme si cette dernière entraînait le corps, devait l'encourager à suivre la même direction.

Exactement comme Lydia.

Tout à coup, cela ne lui plut pas du tout. Elle enfonça le bouton « menu » du téléphone.

— Il y a un autre message ?

— Plusieurs.

Elle tapa de nouveau sur le bouton et, un par un, fit défiler six messages consécutifs.

Les eaux ont couvert mon visage
et la terre a été polluée
et souillée par ma création,
car elle était enveloppée d'obscurité,
parce que je suis enfoui dans la boue des profondeurs et

que ma substance n'est pas dévoilée.
Et j'ai crié en sortant des profondeurs,
de l'abîme de la terre.
Ecce, virgo peperit. Les métaux peuvent

se dégrader dans la terre, comme un garçon
dans le ventre de sa mère
contracte une infirmité
au contact de la matrice corrompue,
parce qu'il était au mauvais endroit
lors de la corruption,

et bien que le sperme fût propre,
en raison de la corruption de sa mère,
le garçon devient lépreux et sale.
Alors le cygne blanc se transformera en corneille

ou en corbeau. Le dragon et la femme
se détruiront l'un l'autre
et se couvriront de sang.
Souviens-t'en, Poule mouillée : si tu contemples
trop longtemps l'abîme,

l'abîme te contemple aussi.

47 107.8682

— Ruth ?

Elle leva le nez, hébétée.

— Ça a un sens pour vous ?

— Je ne suis pas trop sûre pour le latin. « Voyez, une vierge » – ou un truc dans le genre. Le numéro à la fin est la masse atomique de l'argent. Le reste n'est que délires bibliques. Du baratin pseudo-religieux, devrais-je dire. Les vieux alchimistes s'exprimaient ainsi. C'était leur jargon. Mais cette tirade à propos des métaux dégradés, la matrice corrompue – je connais. Je l'ai déjà lu.

La flic était agenouillée près d'elle. Elle lui serra la main.

— Il essaie de vous dire quelque chose. Écoutez-le. Il essaie de vous dire qui il est.

Ruth claqua des doigts.

— Albertus Magnus, dans un vieux livre intitulé *Gratarolus*, du XVIe siècle. C'est un des volumes que j'ai chez Lydia. Nom de Dieu...

Elle secoua la tête, pensive.

— Que se passe-t-il ?

— Je le savais. J'en avais déjà eu l'intuition. Lui et moi avons les mêmes lectures. Et aucune ne figure vraiment sur la liste des best-sellers.

Elle se leva.

La couverture tomba par terre.

— Ruth ?

— Il faut que j'y aille.

— Impossible. Vous n'êtes pas bien. Et Andries veut vous interroger. C'est une affaire criminelle, maintenant – une tentative de meurtre, peut-être.

— C'était déjà le cas avant, mais Smits ne voulait rien entendre. J'étais la coupable, à présent je suis l'offrande brûlée. Il y a des gens comme ça, il faut une bombe incendiaire pour les réveiller.

Bianca la dévisagea, ne sachant que dire.

— Demandez à Driest de vous expliquer ce qui s'est passé. Je vous contacterai. J'ai un truc à voir d'abord.

— Mais regardez-vous. Vous n'avez même pas de manteau. Ni de moyen de transport. Vous avez besoin d'aide, vous ne le voyez donc pas ?

Des vêtements de Driest étaient accrochés sous l'escalier. Elle attrapa un manteau et une écharpe.

— Vous voulez venir ?

Bianca acquiesça.

— Alors débarrassez-vous de Smits. Mettez-le sur la touche et dégotez-nous une voiture.

36

Il était onze heures passées.

Comme on pouvait s'en douter, la librairie de M. Lune dans Prinsengracht était fermée. Ruth balança un coup de poing dans la grille et jura. Derrière la vitrine éteinte, des volumes poussiéreux, des pendules en verre au bout de chaînes en or, des runes, des bouddhas en laiton et des paquets de tarots fanés attendaient stoïquement. Pour faire bonne mesure, elle fila un coup de pied dans le perron, traversa la rue, s'immobilisa un instant, mains sur les hanches, puis revint sur ses pas, le regard assassin.

Bianca l'observait de la voiture garée à l'angle du Bloemgracht.

M. Lune habitait au-dessus de la boutique, mais il n'avait pas d'entrée indépendante. Elle se planta au milieu de l'étroite rue pavée. Le brouillard jaune tourbillonnait autour d'elle. À l'étage, les lumières brillaient derrière les voilages. Elle avait récupéré son portable, mais elle ne pouvait pas l'appeler. M. Lune était le surnom qu'elle lui avait donné. Elle ignorait son véritable patronyme et aucun numéro de téléphone ne figurait sur la vitrine, comme si ce renseignement ne pouvait être obtenu que par des moyens ésotériques.

Se fourrant un pouce et un index dans la bouche, elle siffla.

Aucune réaction.

Elle prit une poignée de terre au pied d'un arbre, la jeta contre la fenêtre du premier étage.

Crépitement contre la vitre.

Cette fois, la silhouette caractéristique de M. Lune apparut – un gros ballon de plage chauve en équilibre sur une montgolfière. Il remonta la fenêtre à guillotine et se pencha dangereusement à l'extérieur.

— Qui est là ? hurla-t-il. Fichez le camp, avant que j'appelle les flics.

— C'est moi, répondit Ruth.

Il se tourna pour parler à quelqu'un dans la pièce, puis regarda plus attentivement.

— Je ne vous connais pas, madame. Qu'est-ce que vous voulez ? Vous savez l'heure qu'il est ?

— C'est Ruth. Ruth Braams. Ma péniche était amarrée ici avant. Vous vous souvenez ? Je suis désolée, mais il faut que je vous parle.

M. Lune déverrouilla la porte en verre et remonta la grille juste assez haut pour permettre à Ruth de se glisser en dessous. La boutique empestait l'ambre, les épices et l'encens refroidi.

Il alluma une lampe. Une belette hargneuse en fonte faisait office de socle et la boule de verre multicolore qui la surmontait striait la boutique sombre de cramoisi, de jaune soufre, de vert d'eau et de cyan dans une tentative flamboyante de surpasser la cravate psychédélique de Lune.

Il s'appuya lourdement au comptoir. Lequel était jonché de coquilles de cacahuètes. Il attendait une explication.

— Vous m'avez prêté des livres, commença-t-elle, un peu haletante. Je suis navrée, j'aurais dû vous les rapporter, mais je ne vais plus tarder, promis.

— Vous êtes venue ici pour me dire ça ?

Son visage avait l'air irréel.

Elle dut admettre que cela avait tout d'une mauvaise plaisanterie. Elle secoua la tête et tenta de reprendre son souffle.

— J'ai eu des ennuis, des tas d'ennuis.

— Ouais, concéda-t-il avec un sourire vide de dauphin, tas d'ennuis. C'est la vie, mademoiselle. Pas partie de plaisir. Jamais facile pour personne.

Le sourire disparut entre ses dents.

— Les livres sur l'alchimie, insista-t-elle, en quête d'une excuse plausible. Ils fourmillent de mots étranges. Je n'y comprends rien. Je me disais que, dans cette ville, d'autres gens avaient peut-être les mêmes lectures. Vous voyez ? D'autres gens qui pourraient éclairer ma lanterne. J'ai besoin de noms. D'adresses. Vous devez avoir une liste – une liste de vos clients réguliers ?

La bouche de Lune se déforma en une expression proche du dégoût.

— C'est privé. Je dirige une entreprise, pas une amicale.

Elle en pleurait presque de contrariété.

— Montrez-moi la liste, je vous en supplie.

Son étalage d'émotion le terrifia. Il s'éloignait d'elle – résistant, refusant avec entêtement de l'entendre. Il se redressa de toute sa largeur. La bouche se déforma encore plus.

— Je comprends pas. Vous débarquez ici au milieu de la nuit. Vous avez besoin de quelqu'un pour vous aider à lire un livre. Où est l'urgence ? Pouvez pas attendre demain ?

Il siffla son mépris à travers l'espace entre ses dents de devant et lui signifia d'un geste qu'il la congédiait.

Elle écrasa son poing sur le comptoir et reprit d'une voix calme mais ferme, le souffle toujours court :

— Vous voyez cette voiture blanche dehors ? Une flic m'attend à l'intérieur. Cette affaire relève de la police, d'accord ? Maintenant, si vous préférez, je vais la chercher pour rendre la chose officielle, avec toute la paperasserie que ça implique – mandats, dépositions signées et le reste. C'est ça ou nous nous contentons de consulter cette liste – ce qui ne prendra qu'une minute – et vous n'entendrez plus parler de moi. Je ne cherche pas d'autres ennuis. Je suis déjà dedans jusqu'au cou. À vous de décider, voisin.

Son visage s'affaissa, vaincu.

Il fouilla dans un tiroir et poussa devant elle, de son doigt boudiné étranglé au-dessus de l'articulation par la bague en argent exotique, un cahier d'exercices relié.

Elle ouvrit le cahier sous la lampe.

Maathuis, Van der Geist, Rieder, Siekman, Vunderink, Feenstra, Jager...

Le nom apparut à la troisième page, puis à la cinquième et encore à la huitième...

Était-ce possible ?

Lydia avait-elle raison depuis le début ?

Ruth ne l'avait pas crue... la vioque était trop intoxiquée par la haine.

« Bien sûr que c'est lui, avait répliqué Lydia avec hauteur. Je vous le dis depuis le début. »

Et le nom s'étalait, noir sur blanc, sous son nez : « E. Scheele ».

Avec des commandes : *Bibliotheca Chemica Curiosa*, *Le Livre des minerais*, *Mort et résurrection alchimiques*, une *Histoire des sciences occultes, Secretum Secretorum, La Tablette d'émeraude d'Hermes Trismegistus* – et bien d'autres encore...

Indéniable.

Pas étonnant que Lydia ait fini par perdre patience avec elle.

Scheele était son persécuteur – ce vieux singe fulminant ratatiné dans son fauteuil roulant. Non : c'était physiquement impossible !

Elle passa en revue ce qu'elle savait de lui.

Scheele, le *bewariër*, le gardien aryen, le voisin chrétien, jeune diamantaire à l'époque, qui avait pris le tableau de Johannes sous sa protection plus d'un demi-siècle plus tôt.

Lydia murmura à l'oreille de Ruth, avec une haleine empestant le mouton rance : « Il l'a sans aucun doute vendu aux Allemands, en effet, mais contre une somme importante – bien plus qu'il ne l'a jamais admis –, et pour son enrichissement personnel. Et dire qu'il a essayé de se débarrasser de nous avec une poignée de billets ! Ça me fiche encore en colère. Bien entendu, je n'ai rien voulu entendre. »

Puis ils s'étaient affrontés, pendant toutes ces années, chacun sur sa rive du canal, dans un duel à mort.

« Vous ne comprenez pas ? Il en a toujours été ainsi. Lui là-bas, moi ici. Je peux lire en lui à livre ouvert. Je connais ses moindres pensées. Je n'ai pas peur de lui. Je ne suis ni intimidée, pour reprendre vos termes, ni affaiblie. Au contraire, sa présence me donne de la force. »

Ruth se mordit l'ongle du pouce, fixant la boule étincelante de la lampe.

Donc, s'il fallait croire Lydia, il avait vendu le tableau contre un joli paquet de fric, avait dédommagé Sander avec trois fois rien après la guerre, puis, pour comble d'insulte, avait déposé sa demande quand le tableau avait refait surface, l'opposant à celle de Lydia.

Pourquoi ?

Pour menacer Lydia, ou parce qu'il connaissait sa véritable valeur et avait besoin d'argent ? La dernière solution probablement.

Comment avait-il eu vent de sa valeur ?

Parce que quelqu'un le lui avait dit. Peut-être Göring, ou Hans Posse, l'émissaire de Hitler, s'il avait été en contact direct avec eux. Ou, plus probablement, Alois Miedl – homme d'affaires, trafiquant et banquier allemand. Celui qui avait une femme juive. Myles n'avait-il pas dit que c'était un des potes de Scheele ? Et le nom de Miedl était là, tamponné à la vue de tous, ou – correction – à la vue de ceux qui avaient l'habitude d'examiner les dos de tableaux.

Non – cela ne tenait pas debout.

Les Allemands visaient un objectif différent, du moins d'après Fischer. Ils étaient en quête d'une autre alchimie. D'un plus gros Bang. Tout mystère était bon à prendre – toute formulation suffisamment obscure de connaissance ancestrale susceptible de consolider leur propre savoir ésotérique et de suggérer un moyen de découvrir la pierre philosophale de l'uranium, cette puissance de destruction ultime, le secret nucléaire des étoiles.

Scheele connaissait-il la vérité, oui ou non ?

Il avait été le propriétaire du tableau, du moins pendant un temps.

Peut-être l'avait-il décrypté, comme elle l'avait fait.

Peut-être Sander avait-il vendu la mèche ?

Peut-être Scheele avait-il vu les lettres, ou en avait-il au moins entendu parler.

Les possibilités étaient infinies...

— Lui, dit-elle d'un ton ferme, en tournant le cahier vers M. Lune. Vous le connaissez ?

Lune retira ses lunettes, souffla sur ses verres pour les nettoyer, les reposa sur la large arête de son nez.

— Oui, répondit-il en levant les yeux. Erland Scheele. Il vient ici tout le temps.

— Ce doit être difficile pour lui. Avec ce perron à franchir.

Le Chinois la regarda comme si elle était folle.

— Je parle du fauteuil roulant. Vous l'aidez ?

Il la dévisageait toujours.

Il paraissait largué. Elle se demanda un instant si le fauteuil roulant n'était pas là que pour la galerie, un accessoire d'hypocondriaque, l'équivalent gériatrique d'une Porsche ou d'une BMW. Peut-être que pour faire ses courses, il se fiait à ses bonnes vieilles guibolles, qu'il gardait le véhicule motorisé pour l'intérieur.

De la perversité pure, mais elle l'en sentait capable.

— Peu importe.

Elle referma le cahier.

Mais quelque chose la travaillait, un commentaire de Lune.

Elle eut une illumination.

— Son nom, haleta-t-elle, sautant presque à la gorge du boutiquier. Quel nom avez-vous dit ?

— Scheele – Erland Scheele. Qu'est-ce qui vous prend, madame ? Vous agissez bizarrement, vous savez ! J'aime pas ça du tout. Vous l'avez lu vous-même dans le cahier.

Elle retrouva la bonne page.

— Je lis E. Scheele – pas Erland Scheele. Rien qu'une initiale. Vous êtes sûr que c'est Erland ?

— Bien sûr. Il vient ici tout le temps ! Un bon client. Pas le genre à emprunter pour disparaître après !

Alors Ruth comprit.

Tout se mettait en place.

Elle se rappela la plaque de cuivre sur la maison en face de celle de Lydia. Elle se rappela qu'on avait mentionné ce nom lors de la réunion plénière au Stedelijk.

Non pas Erland mais Emmerick.

Le prénom du vieux.

Mais qui était Erland ?

Elle le sut aussitôt.

Elle le vit surgir des ombres de son esprit : debout sur un pont, fumant une cigarette, assis derrière elle à l'église, aperçu dans un bar, en train de siroter une bière. Il n'avait jamais cessé d'être là. Elle le connaissait depuis toujours... du moins quelqu'un dans son genre. La statue surréaliste du Vondelpark – le type en pardessus sombre, col relevé, portant un étui à violon, soulevant son chapeau pour saluer les passants.

Mais sous le chapeau, il n'y avait rien, pas de tête.

Sauf que maintenant les rôles étaient renversés.

— Que se passe-t-il ?

Accoudée au toit de la voiture, Ruth contemplait le canal encombré de brouillard. Elle reprit son souffle.

— Tout va bien. Je n'ai plus besoin de vous.

Bianca serra le volant, déconfite.

— Vous avez tort, vous savez. Vous commettez une grossière erreur.

— Je vous ferai signe demain, promis. Merci de m'avoir déposée. Cela ne va trop vous mettre dans le pétrin vis-à-vis de Smits ?

Bianca ignora la question.

— Où irez-vous ?

— Chez la vieille. J'ai toujours la clé.

La flic l'effleura du bout de ses doigts gantés.

— J'ai mis mon numéro en mémoire sur votre portable. Mon numéro privé. S'il y a le moindre problème...

Ruth sourit.

— Tout ira bien. Ne vous inquiétez pas pour moi.

— Mais je m'inquiète. Je suis désolée, mais je ne peux m'en empêcher. Vous avez besoin d'aide. On devrait toujours avoir quelqu'un sur qui compter, mais vous – oh ! mon Dieu, vous êtes si seule...

De retour chez Lydia, Ruth essaya la clé.

La porte s'ouvrit.

Cela signifiait que Lydia n'avait pas poussé le verrou.

Avait-elle secrètement espéré que Ruth revienne ? Une pointe de regret, depuis leur dernier échange acide ?

Sur l'autre rive du canal, la maison de Scheele était plongée dans le noir – sauf l'entresol. On apercevait une lueur entre les lames d'un store.

À l'intérieur, le silence régnait.

Elle colla une oreille contre la porte de Lydia.

Un léger ronflement venait se mêler par intermittence au bourdonnement du réfrigérateur dans la cuisine.

Dans l'entrée obscure, Principessa vint la saluer, queue en l'air, se frotta contre son tibia. Ruth s'accroupit pour caresser la chatte en posant une main par terre pour s'équilibrer.

Le tapis était mouillé.

Ses pensées venaient de fourmiller, pulluler, s'efforçant de s'échapper de la petite citadelle de son crâne. Sur le chemin, elle avait parlé à voix haute pour soulager les points de pression dans son cerveau. L'humidité réduisit au silence ces voix querelleuses. Ce n'était pas la première fois qu'elle remarquait ce phénomène, exact. Avant, elle l'avait attribué à l'humidité montant du canal. Amsterdam était une ville humide, c'était indéniable. Humide dehors, humide dedans. Mais là c'était différent. C'était humide par endroits.

Elle fronça le nez.

Tâta de nouveau le tapis.

Elle céda à sa curiosité.

Elle saisit la torche que Lydia laissait au pied de l'escalier et l'alluma. À quatre pattes, elle avança, trempant son jean aux genoux.

Une tache ici... une tache là.

Elle songea à une limace préhistorique géante ou à un monstre des marais hantant les lieux et frissonna malgré elle.

La piste continuait dans la maison, dans le couloir dallé de marbre entre le *voorhuis* et l'*achterhuis*.

Au milieu du couloir, une porte ouvrait sur la cour entre les deux bâtiments.

Là les traces s'arrêtaient.

Ruth se redressa et sortit.

Pas de lumière dans la vieille tanière de Sander, ses propres quartiers jusqu'à ce qu'un mot déplacé mette fin à son bail quelques heures plus tôt.

Elle leva le nez vers la façade austère de l'arrière du *voorhuis*.

Pas de lumière non plus – rien.

Elle braqua la torche sur le sol en béton.

Dans la bave luisante et omniprésente du brouillard, elle remarqua des taches d'humidité plus sombres – de grandes empreintes rectangulaires bien nettes. Elles traversaient la cour – jusqu'à une porte basse en bois à côté des toilettes extérieures. Elle était passée devant des dizaines de fois sans y penser. Son imagination avait réglé la question. Derrière la porte, il y aurait un seau et un balai, peut-être une vieille chaise longue en lambeaux, quelques outils de jardinage rouillés et une sorte de chaufferie. Elle ouvrit la porte, baissa la tête et entra.

Sa torche éclaira un espace étroit couvert de toile d'araignées. Ça sentait le moisi et la tombe. Les murs de pierre, doux au toucher, dégoulinaient d'eau, de la mousse sortait des fissures. Il y avait effectivement des trucs qui traînaient, comme elle l'avait imaginé – une serpillière, un tuyau d'arrosage vert enroulé autour d'un gros crochet, un vieux bout de gouttière – mais derrière, le plafond s'inclinait brutalement de 45 degrés et des marches de pierre irrégulières s'enfonçaient dans un trou obscur.

Elle se faufila entre le mur et le tuyau et descendit.

L'escalier menait à un tunnel au plafond arrondi qui bifurquait sous la maison en direction du canal.

Au loin, un faible bruit d'écoulement d'eau et une odeur douceâtre, presque fleurie.

Elle se trouvait sans aucun doute dans les égouts – cette immense prothèse prolongeant l'urètre et le gros intestin collectifs – qui, jadis, auraient allégrement déversé tous les détritus domestiques dans le Keizersgracht. Ses soupçons furent confirmés. Le tunnel était bouché par un mur en brique. Il devait se trouver en dessous du niveau de l'eau. Mais à sa droite, un autre escalier raide en pierre muni d'une rampe en fer descendait plus loin.

Elle braqua sa torche dessus.

Un rat se rua vers elle en couinant et lui fila entre les jambes.

Elle descendit prudemment les marches, en s'appuyant d'une main au mur.

Par endroits, elle vit des indications – une flèche, les mots « Keizersgracht Noord » suivis de ce qui semblait être des numéros de maison. Un mauvais graffiti phallique. Puis elle se retrouva dans un autre tunnel, plus propre, tout droit.

La torche éclaira une échelle en acier.

Elle leva les yeux.

Un puits obscur – menant vraisemblablement à une bouche d'égout dans la rue.

Et là se rejoignaient des caniveaux d'évacuation qui canalisaient les effluves combinés de plusieurs maisonnées vers ce tunnel secondaire transversal, lequel – plus loin, bien en dessous du niveau du canal – alimentait une artère plus large, un tunnel plus haut de plafond, plus vaste, qui épousait les angles du Keizersgracht.

Le tunnel principal et son affluent avaient des sortes de trottoirs que l'on ne pouvait emprunter qu'au prix de contorsions, puisqu'il fallait se baisser, ou s'accrocher à la muraille à cause du renflement des parois. Au centre, un cours d'eau – un canal en miniature – manifestement, un des principaux conduits d'écoulement des excrétions privées de la ville. Elle vit passer un étron, un tampon gorgé de sang et du papier toilettes froissé.

Contrairement à ce qu'elle aurait cru, elle n'eut pas la nausée – pas de puanteur à tordre les boyaux. Rien qu'une odeur de déodorant bon marché ou de chewing-gum aux fruits et l'agréable gargouillis de l'eau. Elle franchit un caniveau et poursuivit son chemin de l'autre côté du canal. D'autres indications au pochoir – « Nieuwe Spiegelst » dans une direction et « Keizersgracht Zuidelijk » tout droit, avec une série de numéros et de flèches, correspondant aux maisons du canal.

L'une d'elles était celle de Scheele.

Elle s'arrêta un instant pour mesurer la portée de sa découverte.

C'était donc ça. C'était comme ça qu'il y parvenait...

L'homme avait librement accès à la maison Van der Heyden à n'importe quelle heure du jour ou de la nuit.

Entre la sortie sur la cour et la porte du couloir – donc vers le *voorhuis* et l'*achterhuis* –, pas une serrure.

Pour sa part, il ne lui avait pas semblé nécessaire de se barricader, étant donné la mentalité d'assiégée de Lydia et le blindage de verrous et de chaînes de la porte d'entrée.

Il n'ignorait sans aucun doute rien des occupations privées de la vieille dame, ni des siennes. Cela constituait une base de données non négligeable : le système de rangement improvisé de Lydia, l'univers de Sander figé dans le temps, et la propre paperasse de Ruth, ordinateur, agenda, carnet d'adresses et – jusque récemment – son portable.

L'info plus que nécessaire pour faciliter la surveillance, les filatures et le harcèlement électronique.

Mais manifestement il utilisait ce canal bien avant son entrée en scène.

Qu'avait dit Lydia, déjà ? « Parfois il vient quand je suis sortie. D'autres fois, il vient la nuit, quand je dors. Il fouille dans mes affaires. Je l'entends. »

Il, dans la vision du monde de la vieille dame toquée, c'était Sander. Mais il s'agissait d'Erland, en fait. Que cherchait-il donc depuis toutes ces années ?

Les lettres, bien sûr.

Il avait tout fouillé de fond en comble, sans jamais mettre la main dessus. Il ne lui était pas venu à l'idée de casser la statue de plâtre grandeur nature de la Mère de Dieu.

Certains manquent vraiment d'imagination...

De là, se repérer fut facile. L'équivalent de la maison d'en face.

Un escalier montant au niveau du canal.

Un nouveau mur de brique.

Un tunnel tout droit s'enfonçant sous la maison Scheele et l'autre escalier.

Une brève incursion de l'autre côté du miroir, mais qu'allait-elle trouver ?

L'humidité souterraine laissa place à un courant d'air frais.

Elle arriva devant une porte en bois.

Tourna la poignée et poussa.

Le bois, gonflé d'humidité, résista.

Elle s'appuya dessus de tout son poids. Puis, reculant, elle donna une violente poussée de l'épaule.

Un bruit sourd et le battant s'ouvrit.

37

Une cour nue, un *achterhuis*, le mur arrière d'une maison sur un canal d'Amsterdam. Elle aurait aussi bien pu être de retour chez Lydia, mais à quoi donc s'était-elle attendue ?

C'était presque rassurant.

Elle dut se répéter qu'elle se trouvait en territoire hostile et que, en outre, elle n'avait aucun droit d'être là. Elle était une intruse, et les circonstances n'avaient rien d'ordinaire.

Elle marchait au bord de l'abîme.

Une lueur brillait dans les étages. Le vieillard dans sa chambre. L'autre homme – Erland, l'écuyer, le portier, l'intendant, quelles que fussent ses fonctions – logeait à l'entresol. C'était ce qu'elle avait déduit, car c'était là qu'elle avait vu une autre lumière sur la façade.

Mais quelles étaient ses motivations, que cherchait-elle ? L'affrontement ?

Rien que de penser à cet homme – sa carrure, sa nuque rasée, sa paupière tombante, les délires tordus de ses messages –, elle en avait la chair de poule. Pourtant il fallait qu'elle sache. Il fallait qu'elle ouvre une fenêtre afin de chasser le nuage de gaz mortel qui lui empoisonnait lentement l'âme.

Une porte, non verrouillée.

Elle entra dans la maison.

Elle se trouvait à présent à l'autre extrémité du couloir de l'entrée qu'elle avait découvert le jour où elle était venue vendre ses prétendus tableaux. Le salon dans lequel le vieil Emmerick l'avait reçue était plongé dans l'obscurité. Un escalier menant au sous-sol – et, comme prévu, un faible rai de lumière.

Elle tendit l'oreille.

Au-dessus, des mouvements. En dessous, le silence. Cela ne signifiait rien. Il pouvait être assis immobile sur une chaise. Ou au lit, les yeux fixés sur le plafond, guettant son approche.

Elle écouta encore.

Pas un souffle.

Elle descendit une marche avec hésitation. Le bois craqua.

Elle se figea.

Une sensation de vide, d'absence. Si Scheele fils avait été en bas, le bruit l'aurait fait réagir, non ? C'était loin d'être concluant. Elle ne disposait que de peu d'éléments, mais son instinct lui soufflait qu'il n'y avait personne. Peut-être dormait-il à l'étage, lui aussi.

Les gens émettent des ondes, mais là, rien.

Elle poursuivit sa descente, avec plus d'assurance, et poussa une porte.

Une kitchenette – cuisinière, grille-pain, évier – à côté d'une niche dans le mur. Et derrière une autre porte, une longue pièce basse de plafond, un lit à une place à un bout, un bureau à l'autre.

Elle avança doucement.

Il était sorti ou se trouvait dans une autre partie de la maison, cela ne faisait aucun doute. La tension dans ses épaules et ses bras s'évanouit lorsqu'elle passa de l'alerte rouge à l'orange. Elle était sonnée de fatigue. Et s'il revenait ? Il lui fallait une issue. Ici, une porte donnait sur la façade et, dehors, un escalier remontait au niveau de la rue. Une clé dans la serrure. Elle la tourna, entrebâilla la porte et la referma. Maintenant elle pouvait fuir rapidement dans deux directions. Elle ne s'était pas fourrée dans un piège, comme un chat acculé.

Elle s'assit au bureau, comme à celui de Sander, et regarda autour d'elle.

Des livres, un ordinateur, un lit fait au carré, un pantalon bien repassé sur un séchoir à linge. Un manteau et un feutre accrochés à un portemanteau comme si un fantôme élégant se tenait là, perdu dans ses pensées. Le manteau et le chapeau auraient pu appartenir à Sander. Sur la table, les stylos s'alignaient proprement et un classeur de courrier était posé parallèlement à l'angle de la table. Les femmes remarquent les détails révélateurs de ce genre.

Un homme ordonné, aussi gris et opérationnel que devaient l'être sa voix et son aspect général. Rasoir.

Elle jeta un coup d'œil dans les deux tiroirs.

Des trombones, une agrafeuse, un taille-crayon – l'équipement conventionnel d'un esprit administratif.

Oh !

Un instant, elle crut s'être trompée sur toute la ligne. Que croyait-elle trouver ? Le chaos ?

Pas l'ombre d'un alambic bouillonnant, de crânes humains transformés en gobelets, de tables de torture ni de tenailles. Aussi exaltant que le placard d'un dentiste. Mais à mesure que sa puissance d'observation dépassait le premier niveau de perception, les confirmations de ses soupçons commencèrent à faire surface sous ses yeux. Les textes alchimiques étaient là, d'imposants volumes aux titres latins sur de simples étagères stratifiées. Les autres ouvrages traitaient de finance, d'informatique, d'histoire des Pays-Bas et de religion.

Elle fouilla dans la corbeille.

Des factures et, parmi elles, de la correspondance évoquant la rénovation des docks, avec des devis d'entrepreneurs et de fournisseurs. Cela concernait un certain silo à grain sur Java Island, dans les docks de l'Est. Une circulaire, avec un plan des routes d'accès et du pont en projet, renfermait une liste de vingt destinataires, probablement des investisseurs. Le nom de Scheele figurait parmi eux – celui de Cameron aussi, comme par hasard. Le silo, se rappela-t-elle, était son bébé. Puis une photo : Erland Scheele et Cameron, souriant, levant leur verre dans une fête, sous une libellule géante en papier mâché.

Jade Beach...

Les pièces du puzzle commençaient à se mettre en place.

Cameron lui avait-il fait passer les allumettes pour lui donner un indice ? Vraisemblablement, non : il n'aurait rien eu à gagner à la lancer sur la piste d'un de ses lieux de prédilection nocturnes, à moins que cela ne fût dans le but d'organiser une rencontre faussement fortuite audit bar entre Mlle Ruth Braams et lui-même, ce qui n'était pas le cas, puisque cela ne s'était jamais produit. En outre, qui se rendrait où que ce soit sur la seule base d'une pochette d'allumettes ? La pochette n'était, exactement comme elle l'avait pensé, qu'une de ces petites charnières arbitraires du destin, reliant individus et lieux de manière mystérieuse.

En revanche, Cameron savait qui elle était, cela ne faisait aucun doute. Il connaissait bien le Kid ; il avait rendu visite à Lydia ; il avait percé à jour le rapport avec Jojo. Et il avait besoin d'argent. Il savait que le tableau valait une fortune. Il savait que les petites vieilles n'étaient pas éternelles. Grâce à Scheele, il devait être au courant du premier testament léguant tout à Thomas. L'invitation à la fête était-elle un piège ? Assurément non. Elle avait eu lieu le 6 février, l'avocat était sorti de chez Lydia le 1er et Jojo l'avait invitée avant. Mais il savait que Ruth était liée avec la vieille dame et cela suffisait.

Voilà, voilà quelle était la vieille clé rouillée de toute l'énigme...

Cameron restait aux aguets. Il ne s'engageait pas. Supposons que Scheele se voie refuser sa demande et que Lydia récupère le tableau. Dans ce cas de figure, Scheele et Cameron tenaient toujours Thomas, qui était dans la place, si les choses tournaient bien. Et comme les Lydia Van der Heyden, les Thomas Springer n'avaient rien d'éternel. Lui aussi, comprenait-elle à présent, figurait parmi les vraies victimes. Le Kid se trouvait au Biljmer, comme les autres, le 4 octobre 1992, jour du crash de l'avion d'El Al. L'uranium appauvri l'empoisonnait aussi, écourtant ses heures et ses jours. C'était du moins son hypothèse. Jojo avait laissé échapper que Thomas n'était pas en bonne santé. Cameron devait être au courant.

Et comment Cameron en savait-il aussi long sur le monde entier ?

Parce qu'il connaissait Erland – Scheele fils.

Cameron n'était rien d'autre qu'un homme à tout faire, en réalité, censé se rendre en des lieux où Erland Scheele ne pouvait se montrer. Et Erland était le nœud de l'histoire.

Oh, Lydia, pourquoi ne vous ai-je pas écoutée ?

Emmerick Scheele avait lâché les diamants pour se lancer dans la rénovation des docks. Son fils également. Père et fils – une entreprise familiale, en d'autres termes. À moins qu'ils ne fussent frères ? Cette éventualité la travailla une minute, puis elle la rejeta. La différence d'âge était très importante, pourtant... Non – il s'agissait de Scheele & fils, elle en aurait mis sa main à couper. Le fils créait à présent sa propre filiale. Avec Cameron, il avait versé d'importants pots-de-vin pour ce pont de Java Island. D'abord, ils avaient acheté le terrain sur l'île parce que, avec le pont, les prix grimperaient en flèche. Mais la construction du pont avait pris du retard, les projets ne décollaient pas et les factures s'accumulaient. Ils avaient misé sur un puits sec. Il leur fallait du liquide dans les plus brefs délais. C'est là que Johannes entrait en scène. On fait main basse sur la première photo de l'histoire, on déclenche le cirque médiatique, on la revend pour un paquet de pognon et le tour est joué.

Ah ! Midas.

Si elle laissait libre cours à son imagination, ce qu'elle voyait autour d'elle confortait ses intuitions.

Erland et Emmerick, elle avait eu l'occasion de s'en rendre compte, étaient constamment à couteaux tirés. Un autre exemple de symbiose destructrice, rappelant celle qui existait entre Lydia et le vieillard. Emmerick tenait visiblement les cordons de la bourse. Mais il suffisait d'ouvrir les yeux ! Cette pièce en sous-sol, l'ameublement modeste – cela n'avait rien de signes extérieurs de richesse.

Erland voulait claquer la porte.

Le vieux le menait à la baguette, et il en avait ras la casquette. L'aventure avec Cameron était sa planche de salut. Ou ça passait, ou ça cassait. Et qui débarque sur ces entrefaites pour tout foutre par terre ?

La petite Ruth.

Poule mouillée en personne.

Ruthie, une historienne d'art pédante, met le paquet sur le tableau. Par conséquent, elle perce le secret de Johannes. Elle entre dans les bonnes grâces de Lydia et poursuit son objectif pernicieux. La vioque lègue tous ses biens à cette foutue salope. Thomas est malléable. Ruth est résolue. Erland rêve de la voir disparaître. Elle entrave les rouages bien huilés de ses affaires. Elle squatte, elle est le coucou dans le nid.

Ruth comprenait ce qu'il ressentait. Elle n'aurait pas aimé non plus s'avoir dans les pattes, à la place d'Erland. Mais ce raisonnement impeccable présentait une faille flagrante : Ruth n'était pas du genre sangsue intéressée. Ruthie était une bonne âme, honnête, la fille du bateau. Elle ne cherchait rien de particulier. Elle ne voulait pas d'ennuis. Elle voulait juste qu'on la laisse en paix. C'était Lydia qui avait tout manigancé, qui avait causé la perte de Ruth. Lydia lui avait forcé la main. Et maintenant Ruth avait perdu son toit, son job, sa carte de crédit, sa montre, tout – tout sauf sa raison, qui à cet instant même devait se trouver à l'étage en train de boucler sa Samsonite renforcée en vue d'une longue convalescence.

Pourquoi Lydia ?

Pourquoi ?

Même ce sale petit tableau n'existait plus. Il avait fini dans la boule de feu du pétrolier avec ses espoirs et son foyer, pour échouer ensuite au fond de la mer, bout tordu de vieux cuivre, un refuge à présent pour les bernacles et les mollusques.

Si seulement la Cloche s'était fait repérer par le garde du Rijksmuseum.

Si seulement elles ne s'étaient pas croisées par hasard dans la rue.

Si seulement elle n'avait pas été historienne d'art.

Si, si, si...

Si seulement Ruth avait la cervelle d'un colibri, eh bien, elle volerait à reculons...

Elle en était là, à gravir péniblement la spirale de l'apprentissage.

Quelque chose clochait.

Quelque chose ne collait pas.

Elle leva les yeux. Une carte postale de plage venant des États-Unis était punaisée à côté d'un placard. « L'autre Pittsburg », disait la légende...

Soudain, un grondement mécanique la tira de sa rêverie.

Elle bondit sur ses pieds et s'aplatit contre le mur. Elle progressa vers la porte, puis s'immobilisa. Le bruit se rapprocha, puis cessa dans un fracas. Elle avait déjà entendu ça quelque part. Où ? Dans le salon.

Le monte-plats.

Dans la kitchenette, un plateau débordant de vaisselle sale venait d'apparaître dans la niche. Des reliefs de purée de pommes de terre, de boulettes de viande en sauce, une carafe de gros rouge qui tache avec une grosse mouche noire noyée au fond. Le tout renvoyé sans autre forme de procès au chef cuisinier et plongeur.

Le vieux était debout et le jeune était sorti...

Mais il se faisait tard. Il risquait de rentrer d'un instant à l'autre.

Elle se remit au travail et entreprit d'explorer des boîtes contenant des documents. Dans une, elle trouva de vieilles photos de Lydia, Sander, Asha et de toute la famille Van der Heyden – piquées dans la maison d'en face. Dans une autre, deux vieilles lettres, en allemand, signées Alois Miedl. Elle les fourra dans sa poche.

Elle se colla un mouchoir sous le nez.

L'odeur des boulettes froides commençait à empuantir le sous-sol. Elle fut tentée de faire elle-même la vaisselle, mais cela n'aurait pas été prudent. L'endroit commençait à lui taper sur les nerfs. Elle était en train de fouiller dans l'inconscient d'un autre et rien ne s'éclaircissait pour autant.

L'ordinateur était en veille.

Elle effleura une touche ; il se remit en marche.

L'écran de veille figurait un décor de plage, assez dans le genre de la carte postale : des déesses et des dieux bronzés faisant du roller sur des planches sous un alignement de palmiers à l'infini. Les noms de fichiers ne recelaient aucune surprise : Comptes : février/mars, mes docs, tableur 2. Elle cherchait une application : son mail. Là elle trouverait les serveurs ou les trous dans le sombre réseau satanique qu'il employait. Ses messages envoyés y figureraient aussi. À moins qu'il ne les effaçât. Mais, à en juger par cette pièce, à en juger par la hiérarchie parfaite régnant dans son bureau virtuel, ce type ne jetait jamais rien. Comme Lydia, il était du genre conservateur, mais doté d'un esprit organisé qui ferait des envieux même chez les abeilles.

Elle cherchait le mail quand une autre icône attira son regard. Elle cliqua dessus.

Une image monochrome, statique, d'une pièce. Éclairage faible : peu de contrastes entre les différentes nuances de gris. Coller son nez à l'écran ne l'avança pas à grand-chose : les pixels se dispersèrent alors qu'elle s'enfonçait dans l'espace, dans les atomes graphiques. Elle s'adossa à la chaise, et y vit plus clair : un grand-angle – un lit bosselé, une étagère, une affiche et un crucifix.

Une forme noire sauta sur le lit.

Un chaton.

Mais bien sûr !

La chambre de Lydia – sous surveillance en temps réel.

— Oh, mon Dieu, murmura-t-elle.

Une minuscule caméra à basse résolution, certainement, placée dans l'angle sur rue de la pièce. Qui l'aurait cru ? Elle n'avait jamais rien repéré de suspect. Mais bon, elle n'avait pas l'habitude non plus de tâter des cantonnières, des linteaux et des corniches en quête d'équipement d'espionnage dernier cri. Et quelles autres pièces avait-il équipées ? La sienne ? Elle vérifia les menus contextuels, mais ils n'offraient pas d'autres gâteries.

Il n'avait qu'une vision sur le monde.

La vision d'une bosse recroquevillée dans un lit.

Elle siffla doucement et se mordilla l'ongle.

Ce n'était pas seulement une affaire de biens et de demandes rivales. Bien entendu, elle l'avait toujours su. Ce n'était pas seulement du révisionnisme historique, ni un règlement de comptes impitoyable, ni des armées de la Guerre froide défilant en silence rue du Cimetière – c'était tout cela et beaucoup plus à la fois. Cette histoire relevait de l'intime, une faille nichée au creux de cet homme, le scindant en deux, de sorte qu'une moitié du noyau de son être n'était plus en communion avec l'autre. Dans ces circonstances, l'intelligence est une catin. Le cœur est mort, ou bien les portes qui y mènent sont bloquées et gardées par les propres sentinelles du diable. Il fallait mettre le doigt sur l'événement source, la minuscule lésion qui avait déclenché la lente nécrose de l'intérieur. Il s'exprimait par énigmes, communiquant son indicible secret au moyen de citations choisies dans les ouvrages alchimiques de Lune :

Car tout s'entrelace et tout est séparé et tout s'associe et tout se scinde et tout s'humidifie et tout sèche et tout bourgeonne et tout fleurit dans l'autel en forme de bol.

Corpus infantis ex masculo et femina procedit in actum.

Les eaux ont couvert mon visage et la terre a été polluée et souillée par ma création, car elle était enveloppée d'obscurité, parce que je suis enfoui dans la boue des profondeurs et que ma substance n'est pas dévoilée. Et j'ai crié en sortant des profondeurs, de l'abîme de la terre.

Ecce, virgo peperit. *Les métaux peuvent se dégrader dans la terre, comme un garçon dans le ventre de sa mère contracte une infirmité au contact de la matrice corrompue, parce qu'il était au mauvais endroit lors de la corruption, et bien que le sperme fût propre, en raison de la corruption de sa mère, le garçon devient lépreux et sale. Alors le cygne blanc se transformera en corneille ou en corbeau. Le dragon et la femme se détruiront l'un l'autre et se couvriront de sang.*

Cela crevait les yeux.

Erland était le petit garçon de Lydia.

Elle avait dû l'avoir trop jeune, très certainement – en dehors des liens du mariage, pendant l'Occupation. Était-ce la honte qui l'avait poussée à le renier ? Non, renier n'était pas le mot. Lydia l'avait complètement rayé de sa vie, réfutant toute conscience de son existence. Avec un couteau, elle l'avait soigneusement extirpé de son cœur. Si elle gardait un vestige de souvenir de lui, il était calcifié au point que personne ne pouvait l'ouvrir.

Seul Emmerick avait tenu bon, assumant ses responsabilités de père, bien que de mauvaise grâce.

Et pourtant, comme pour Emmerick, le garçon avait été sous son nez toute sa vie – seulement séparé d'elle par un canal, franchi par un petit pont. Comme si un meurtrier ayant échappé à toute condamnation continuait à vivre dans la même rue que la famille de sa victime... mais cette victime était bel et bien vivante.

Ruth commençait à comprendre le point de vue d'Erland. Et où se plaçait-elle dans cette glorieuse perspective historique ?

Je sais à quoi tu joues, Poule mouillée. Tu danses pieds nus sur le fil du rasoir. Tu te promènes dans le labyrinthe sans le fil d'Ariane. Tu regardes, mais tu ne vois rien. Tu entends, mais tu ne comprends rien. Sors d'ici pendant qu'il en est encore temps (...) Vous les femmes passez votre vie à mentir. La vérité est devenue une inconnue pour vous. Vous voulez recevoir, mais vous ne donnez rien en échange. (...)

Comme toutes les femmes, tu es stupide et vaniteuse. Bientôt le diable réclamera son dû. (...)

Tu n'apprécierais pas mon genre de jeu...

Maintenant une chose était claire comme de l'eau de roche.

Elle l'avait privé de tout son héritage.

Pas seulement d'un tableau : de tout.

Lydia, dont le cœur était mort pour son propre fils, s'était prise d'affection pour elle. Lui, elle l'avait repoussé ; elle, elle l'avait attirée dans son giron flétri.

« Oui, ma chère. Je réfléchissais, c'est tout. Ça fait fleur bleue, je sais, mais j'ai l'impression d'être de nouveau une petite fille. Mon Dieu, vous l'avouerai-je ? Je me disais que nous allions être comme deux sœurs, à vivre ensemble ici. »

Soit, Lydia l'avait fichue à la porte elle aussi – aujourd'hui, justement. Mais le mal était fait.

Ruth avait attisé un feu, là où Erland n'avait connu que cendres.

Elle regarda de nouveau Lydia endormie dans son lit et, l'espace d'un instant, la haït de toute son âme. Les tromperies, la duplicité, les défections.

À propos, cela allait-il plus loin ? Erland avait-il aussi installé des micros ? Entendait-il ce qu'elles se disaient ?

La forme oblongue du corps de la vieille femme n'avait pas bougé.

Elle remit l'ordinateur en veille.

Elle rentrerait.

Non pour la réveiller, non pour lui extorquer l'horrible vérité dans une scène dramatique. Le mensonge qu'avait nourri la Cloche était un mensonge vivant. Le dénoncer ne lui laisserait aucune porte de sortie, aucun endroit où se rendre, rien qu'elle pût reconnaître pour sien. La vieille dame et elle s'étaient déjà tout dit.

Elle ne rentrait pas non plus faute d'avoir un endroit où passer la nuit.

Elle rentrait pour un dernier regard ; une ultime tentative de comprendre. C'était en fait elle-même qu'elle voulait mettre à l'épreuve. Elle voulait découvrir de la compassion en elle.

Histoire de naître à la vie.

38

Chez Lydia, tout était éteint. Ruth se servit de sa torche.

Elle entra dans la chambre.

L'oreiller gisait par terre. La tête de la vieille dame n'était plus soutenue. Ruth décida de ne toucher à rien. Pas question de la réveiller maintenant.

Dans l'obscurité, le crucifix lumineux diffusait une lueur verdâtre agressive. Principessa se leva pour l'accueillir, s'étira et se roula de nouveau en boule au creux des genoux de Lydia. Un seul bruit, le ronronnement régulier, hypnotique du chat.

Elle tira une chaise et s'assit près du lit. Elle se sentait vidée, lessivée.

Un millier de pensées venaient de se bousculer dans sa tête. Maintenant il ne semblait plus y en avoir une seule. Elles s'étaient échappées, la réduisant à une coquille vide.

Elle était hors du temps.

Quelques minutes avant, elle avait été habitée d'une telle certitude. Maintenant, elle ne savait plus ce qu'elle faisait là. Au lieu de réfléchir, elle se concentra sur Lydia, pour ne plus être qu'attention. La phosphorescence verte du christ crucifié se mêlait à quelques cheveux égarés, effleurait les pommettes de Lydia, l'arête vive de son nez, l'angle droit de sa mâchoire. Un bras décharné dépassait de la manche courte de sa chemise de nuit. Il pendait dans le vide.

Il subsistait si peu du corps humain finalement.

Une machine conçue pour survivre afin de pouvoir mourir. Ce qui ne vous tuait pas vous rendait plus fort et, paradoxalement, plus faible en même temps, comme si la faiblesse était force, et la force, faiblesse, l'esprit et le corps se branchant l'un sur l'autre dans une conjugaison de figures, associations, antinomies.

Lydia n'était que paradoxes. Force et faiblesse, vérité et mensonges, courage et désespoir. Architecte et destructrice de sa propre personne. Parmi les graines que nous plantons, elle gardait celles de l'autodestruction.

Mais quelque chose clochait.

Lydia Van der Heyden n'était pas là.

Qu'était-ce donc que cet animal dépenaillé couché dans son lit ?

Le temps de deux mesures, le chaton avait cessé de ronronner et, dans ce court intervalle, ce ne fut que silence.

Ruth se leva et se pencha lentement vers le monticule dans le lit. Elle observa les draps sur la poitrine de la vieille dame.

Pas le moindre mouvement.

Elle s'approcha de son visage.

La peau veloutée de ses joues irradiait un léger chatoiement huileux sous la lueur diffusée par le Jésus phosphorescent. Elle pendait comme des petits hamacs.

Un cheveu sur la couverture. Elle le plaça sous le nez de Lydia.

Rien.

Était-ce possible ? Lydia avait-elle décampé en laissant cet étrange simulacre d'elle-même derrière elle ? Non. Elle était plus solide que ça. Au fond, elle était forte comme un bœuf. Une robuste plante vivace. Tout le monde le disait. C'était de notoriété publique.

Ruth souleva légèrement le bras de Lydia en le tenant par le poignet et le lâcha.

Il retomba sans résistance.

Elle s'assit sur le bord du lit et caressa le chaton du dos de la main.

Lydia venait de faire sa sortie.

Et les dernières paroles qu'elles avaient échangées avaient été blessantes.

Chaque séparation est une petite mort. Cela devrait être un moment de paix, d'attente sereine et de réconciliation. Elle avait oublié cette simple sagesse. La colère et l'orgueil l'avaient emporté. À présent, le temps de la réconciliation était passé.

Près de huit décennies de vie, pour finir comme ça. Elle voulait se sentir solennelle et importante. Une mort était un événement qui requérait sérieux et cérémonie, mais elle ne parvenait pas à s'en convaincre. En définitive, elle ne pouvait s'empêcher de penser que ce n'était rien – rien du tout.

Souffler une bougie.

Éteindre une lampe.

Son remords après leur ultime conversation s'évanouit. Un soulagement paisible l'envahit, dissipant ses soucis.

Cela s'était fait sans douleur, à en juger par l'expression de Lydia. Ce que l'on appelait une mort « douce ». Finalement, cela ressemblait au sommeil – le sommeil de l'éternité, dont elle ne se réveillerait jamais.

— Au revoir, Lydia, dit-elle.

Elle caressa le front de la femme.

Quelque chose la déconcentra.

Elle regarda de nouveau l'oreiller tombé. Elle crut y voir des traces de mains de chaque côté.

— J'ai réfléchi, Poule mouillée, dit une voix masculine derrière elle. Toi et moi avons beaucoup en commun.

Elle sursauta, puis s'obligea à regarder dans l'angle de la pièce plongé dans l'ombre.

Erland Scheele.

Elle frémit de terreur.

— Avec Lydia ? réussit-elle à répondre, d'une voix forcée.

— Avec elle, entre nous, peu importe. Nous sommes tous différents, mais bien les mêmes. Comme on dit dans les vieux livres, nous sommes feu, air, eau et terre. Humidité, sécheresse, froid, chaleur. Mais chaque élément est potentiellement latent dans les autres. J'ai cette impression avec toi.

L'humidité sur le tapis.

Cela ne lui avait pas effleuré l'esprit.

Il était là depuis le début.

Il savait exactement d'où elle venait.

Il n'était rien qu'une masse amorphe, un homme lourd, à la raideur militaire, coincé dans le fauteuil d'agonisant de Sander. Une fois de plus, elle eut la sensation que c'était un costume qui s'adressait à elle. Une voix raffinée, maîtrisée, empreinte d'ennui. Un secrétaire, un majordome, un domestique. Qui respectait un protocole. De discrets devoirs dont s'acquitter. Mais lesquels ? C'était son démon, aucun doute là-dessus. Ni queue ni cornes, mais c'était bien lui – un semblable qui avait fait de son mieux pour mettre fin à son existence. Le savoir était insupportable. Sa simple présence paralysait sa volonté. Seuls les mots pouvaient la sauver à présent.

— Lydia était votre mère.

Elle n'avait pas eu l'intention de parler. Elle était même étonnée d'avoir toujours cette faculté, intervenant tel un renfort d'urgence, les mots s'échappant d'eux-mêmes.

— C'est une façon de parler.

— Je n'en connais pas d'autre.

— Elle en savait très peu en matière de gestation, naissance et, surtout, d'alimentation d'un enfant.

Il hésitait, ne sachant pas trop comment poursuivre.

— Vous ne lui avez jamais adressé la parole.

— Une fois, quand j'étais petit. Je lui ai téléphoné en feignant de m'être trompé de numéro.

— C'est tout ? (Elle maudit le tremblement de sa voix. Elle s'efforça de compenser en durcissant le ton.) Jamais depuis ?

— Elle ne l'aurait pas accepté. Tu dois l'avoir compris à présent. Tu as eu tout le temps d'étudier ses petites manies. Un fils obéissant ne s'oppose pas à la volonté de sa mère.

Une léthargie dans sa voix.

Aurait-il bu ?

Un homme à la dérive, glissant sur un bourbier de pensées à moitié formées et d'émotions réprimées. Il parut le sentir, mécontent de son faux pas.

Il s'accouda de nouveau sur les bras du fauteuil, redressa les épaules, s'éclaircit la gorge.

— Permets-moi d'essayer de t'expliquer, reprit-il avec raideur. Les vieux modes d'expression te sont familiers à présent. Peut-être vois-tu l'objectif poursuivi par la science ancienne. *Lapis infernalis*. La pierre infernale est la pierre miroir. Une fois maîtrisée, elle renvoie une image vraie de nous-mêmes. Elle découle de deux éléments, dans lesquels est dissimulé le troisième. Qu'est-ce que la vie elle-même ? Rien d'autre. Une réunion de deux substances pour en générer une troisième. Il y a une bonne et une mauvaise manière de s'y prendre. *Lapis, ut infans, lacte nutriendus est virginali*. La pierre, tel l'enfant, doit être nourrie de lait vierge. C'est la bonne manière.

— Et la mauvaise ?

— La sienne.

Dehors une camionnette passa en grondant sur les pavés.

Ruth contempla la femme morte.

— Dans ce royaume, poursuivit-il, rien ne prospère, rien n'est vraiment engendré. Les anges déchus nous l'ont enseigné.

Elle secoua la tête.

— Oh, merde, vous croyez vraiment à ces trucs.

— Je suppose, oui. Je crois que, quelque part dans la nature, il existe une matière pure qui transforme tous les corps imparfaits qu'elle touche. Les rayons de ce secret s'étendent dans toutes les directions, mais ils se rejoignent tous en un point et ne désignent qu'une chose.

— Vous savez ce qu'est... cette chose ?

— Non, et toi ? Nous nous efforçons tous d'équilibrer les éléments. Pour échouer, tous autant que nous sommes.

Le chaton bougea.

Il renifla les commissures des lèvres de Lydia.

Ruth le repoussa automatiquement, stupéfaite que son corps réagisse de nouveau.

Elle réussit à soupirer.

— Je suis désolée pour vous deux, dit-elle, sincère. Vraiment. Au cas où vous ne l'auriez pas compris, je n'ai pas fait exprès de me mêler de vos affaires privées. Ce fut un pur hasard. Lydia et moi nous sommes rencontrées fortuitement. (Elle baissa les yeux, ennuyée.) En fait, c'est en partie votre faute. Elle m'a recueillie quand vous avez inondé mon bateau. Vous avez dû vous douter qu'elle le ferait.

Elle venait apparemment de toucher un point sensible. Il remua, mal à l'aise.

— En fait, non. Je pensais que tu aurais des amis chez qui loger, à supposer que tu survives.

Je n'ai pas imaginé un seul instant qu'elle pourrait oublier son égoïsme au point de vouloir partager... (Son regard balaya les murs, se leva, morose, vers le plafond.) partager cet épouvantable mausolée avec quiconque. Ça m'a surpris. Un écho de la mère qu'elle aurait dû être. En réalité, elle était complètement éteinte intérieurement. Toutefois, je suis prêt à croire que votre installation ensemble n'était peut-être pas entièrement le fruit du hasard, mais que ça faisait partie d'un dessein supérieur. (Il se leva et se tourna vers la fenêtre, les mains croisées derrière son large dos.) C'est bien ce que je dis. La réunion de deux substances. Qui engendre quelque chose. Une vie ou une mort.

Chacun de ses mouvements, chacune de ses paroles la faisait frémir.

Sa peur avait maintenant une substance et une forme.

Il ressemblait à ces voyageurs du désert, ces marins solitaires, ces ermites et ces saints.

Elle avait une option : tenter de parler sa langue pour l'inciter à poursuivre – la seule stratégie précise qui lui vînt à l'esprit. Gagner du temps. Telle une espionne devinant les mots de passe, elle pourrait chercher un moyen de l'atteindre. Mais, dans son ignorance des codes, elle risquait autant d'éveiller ses soupçons que de saboter un échange civilisé par une parole ou une pensée déplacées.

Il existait une alternative.

Le tirer dans le monde réel, un domaine où les mots avaient plus ou moins un taux de change fixe, ou du moins se plaisait-on à l'imaginer. Vivait-il dans ce monde ? Le connaissait-il ?

Que représentait-elle pour lui ? Les mails lui en donnaient une assez bonne idée. Mais, maintenant, s'était-il opéré un changement subtil ?

Il lui jeta un coup d'œil – un sourcil levé, tel un chien faisant le beau – puis se retourna.

Il a tué Lydia.

Il se demande quel sort me réserver.

La porte d'entrée...

Pourrais-je foncer dessus ? Le verrou et la chaîne sont-ils mis ? Ce n'était pas le cas la dernière fois que j'ai regardé.

Selon toute probabilité, Scheele l'avait verrouillée. Cette certitude s'empara d'elle. Après tout, il l'avait attendue. Il espérait cet instant depuis un bon moment. Pourquoi la laisserait-il s'échapper ? Pourquoi gâcher son plaisir ? C'était un homme méticuleux, un homme qui s'employait à examiner toutes les éventualités, qui donnait patiemment forme aux situations pour atteindre inexorablement ses fins.

Une nouvelle idée lui traversa l'esprit...

Son portable, dans sa poche. Pas question de le sortir, bien sûr, mais il y avait un autre moyen. Elle se rappelait ce que Bianca avait dit. La flic avait mis son numéro en mémoire.

Elle effleura les touches à l'aveuglette et les enfonça avec hésitation, se fiant à sa mémoire tactile, en espérant que la fonction sonnerie était débranchée, comme d'habitude.

Exact !

Une fois à droite, pour accéder à la liste.
Une fois à gauche, pour chercher.
Une nouvelle fois à gauche, pour le défilement.
Où était classée la flic ?
Bianca Velthuizen...
À B ou à V ?
Si c'était B, une pression vers le bas, après Aalders.
Si c'était V, une pression vers le haut, pour atteindre la fin de la liste.
Si elle ne se trompait pas. Y avait-il quelqu'un d'autre dans les deux premières lettres de l'alphabet ?
Et dans les cinq dernières ?
À son avis, non.
Alors quoi : B ou V ?
B fut son premier choix. Bianca voulait qu'elles soient copines, voire plus. À moins que, en programmant les mémoires téléphoniques, elle n'optât pour le formalisme, ou pour la logique du classement par nom de la compagnie du téléphone. C'est ce que ferait un flic respectueux des règles.
Elle hésita.
Copine ou flic ? Flic ou copine ?
Elle songea aux gentillesses de Bianca, à ses petites attentions, ses étreintes et ses caresses amicales. Elle pressa vers le bas et enfonça la touche d'appel.
Un silence total régnait dans la pièce.
Elle entendit le portable composer le numéro dans sa poche.

La panique la saisit.

L'entendait-il aussi ?

Impossible de le savoir.

Parler devenait essentiel. Non seulement pour couvrir les bips, ou la voix de Bianca lorsqu'elle répondrait, mais aussi pour que sa correspondante comprenne ce qui se tramait. Peut-être le nom et le numéro de l'appelant s'affichaient-ils sur son écran, peut-être pas. Il ne fallait pas miser là-dessus.

— Lydia aimait Sander, n'est-ce pas ? Avant sa mort et depuis...

— Allô ? Allô ? (Une toute petite voix à l'autre bout de la ligne. Ruth toussa pour la couvrir.)

Une voix féminine, mais s'agissait-il bien de celle de Bianca ?

Un silence et on raccrocha.

Personne ne viendrait à son secours maintenant.

Scheele ne broncha pas.

L'appel raté la démoralisa, mais elle ne se laisserait pas distraire. Scheele s'était tu, il ruminait. Pas bon signe. Avait-elle gaffé ? Elle tâtonna en quête d'un moyen de l'amener à réagir.

— Ce que j'entends par là, c'est que Lydia n'était pas foncièrement mauvaise. La mort de Sander l'a vraiment touchée.

— La mort de Sander ?

Là il se retourna, le sourcil carrément en lévitation.

— Je sais qu'elle s'imagine qu'il vient fouiller ici, mais c'est vous, n'est-ce pas ? Sander est parti en 1955.

— Effectivement. Mais pas de la façon dont tu l'entends. Il est parti pour Pittsburg.

— Pittsburgh en Pennsylvanie ?

— Non, il existe une autre ville du même nom. Une petite localité en Californie. Sans « h » à la fin. Il y vit toujours. Dans une maison de retraite. Il paraît que le climat y est très agréable.

Ruth fixa l'affiche au-dessus du lit.

— Pourquoi alors ?

— Pourquoi quoi ? Pourquoi mère voulait-elle aller à Pittsburgh ? Parce qu'elle avait entendu dire qu'il y était et qu'elle s'est trompée de ville, bien sûr. La géographie n'a jamais été son fort. Et il n'allait certainement pas la détromper. Il ne voulait rien avoir à faire avec elle. Il ne voulait plus jamais la revoir.

Ruth digéra la nouvelle en silence.

— Tu ne comprends pas grand-chose, on dirait ? reprit-il avec un mépris désinvolte. Sander voulait mettre le plus de distance possible entre elle et lui – la moitié de la planète.

— Deux êtres indissociables. Ce sont ses propres paroles.

— Justement.

— Justement ?

— Les êtres indissociables finissent par se dissocier.

— Qu'avait-elle fait ? murmura Ruth.

Il se passa une main dans les cheveux et soupira :

— Je te l'ai déjà dit. *Ecce virgo peperit*. Tu devrais apprendre le latin. Une vierge va enfanter.

— C'est Emmerick, votre père.

— Mon père adoptif. Il était le gardien, le *bewariër* et j'étais le principal objet confié à sa garde. Le tableau a fait office de paiement – c'est ce que voulait la famille Van der Heyden. Mon adoption a eu lieu au début de la guerre. Puis les nazis ont obligé Emmerick à vendre. Sander et lui connaissaient la véritable valeur du tableau, mais que faire ? Emmerick a dû vendre. Il a cherché à rendre les mille florins à la famille de Lydia. Malgré sa misanthropie, il a été et il reste un homme foncièrement honnête. C'est son plus gros défaut. Les Van der Heyden ne sont pas les seuls qu'il ait aidés pendant la guerre. Il était dans la Résistance. Depuis il a admirablement rempli ses obligations de père adoptif, je dois l'admettre. Je me suis efforcé de le servir en retour. Quant à toi, tu me déçois. J'aurais vraiment cru que tu aurais compris toute seule. La demande d'Emmerick pour le tableau est la mienne. C'est le prix qu'a payé Lydia pour se débarrasser de moi. Il l'a déposée pour moi. En fin de compte, c'est sa demande qui est légitime, non celle de Lydia. Elle a renoncé à ses droits en renonçant à moi.

— Pourquoi ne l'avez-vous pas mentionné dans la documentation ?

— Je voulais le tableau – *nous* le voulions. Mais pas au détriment de la dignité de Lydia, son sombre secret. Les gens sont curieux. Je pense qu'Emmerick avait de l'affection pour elle, du moins pour celle qu'elle avait été, bien qu'ils ne se soient pas adressé la parole depuis plus d'un demi-siècle.

— Le tableau n'existe plus. Il était dans le bateau.

— Bon débarras.

— C'est ce que Lydia aurait dit. C'est ce que tout le monde semble penser. Vous avez lu les lettres ?

— Oui. Merci de les avoir trouvées. Au moins ce fantôme-là repose en paix.

Dehors, une voiture passa lentement. Ses phares balayèrent la pièce. Le yucca près de la cheminée, puis les huit branches en argent de la hanoukkia sur le manteau de la cheminée : des doigts gris s'allongèrent sur le mur et disparurent. Ils éclairèrent un instant le curieux cliché inversé de Sander adolescent, planté fièrement devant l'American Hotel, avec sa casquette plate en velours et son porte-documents en cuir sous le bras.

Deux femmes longèrent la maison en riant.

Le regard de Ruth se posa de nouveau sur l'oreiller.

Il l'observa avec attention avant de reprendre :

— Une chose morte ne peut directement se transformer en chose vivante. Elle doit d'abord revenir à l'état de matière avant que l'inversion n'intervienne.

— Qui était votre père ?

Il sourit faiblement.

— Un homme indigne.

Sander, pensa Ruth. Sander était son père. Son sang se figea. À présent, toute l'histoire devenait claire.

Soudain il fut au milieu de la pièce.

Elle bondit sur ses pieds, apeurée.

— Je dois l'avouer, je te déteste profondément, dit-il. (Sa voix n'était plus froideur, mais méchanceté pure.) Tu te mêles de ce qui ne te regarde pas sans tenir compte des sentiments des autres. Tu agis, comme la plupart, mue par ton propre intérêt.

Le poste de télévision se dressait entre eux.

Il la dévisageait, un sourire désagréable aux lèvres.

— J'ai appris une comptine une fois. Tu veux que je te la récite? « Remplis un seau d'eau. Plonges-y la main jusqu'au poignet. Sors-la, le niveau de l'eau te dira combien on te regrettera. »

Sa main bougeait dans la poche de son veston. Elle n'attendit pas. Rassemblant toutes ses forces, elle balança un pied dans la télé, visant le bord supérieur. Le poste alla s'écraser contre ses tibias dans un bruit de verre cassé.

Il trébucha et tomba.

Elle se rua dans le couloir.

Ô, sainte Vierge, mère de Dieu...

La porte, comme elle le redoutait, était verrouillée. Elle dégagea péniblement la chaîne. Ses mains tremblaient de manière incontrôlable.

Elle hyperventilait, haletait.

À côté, elle l'entendit se redresser – prudemment, sans hâte, sachant pertinemment que le temps jouait en sa faveur.

Le verrou résistait.

Elle comprit, horrifiée, qu'elle poussait dans le mauvais sens.

Elle corrigea son erreur.

Mais Scheele fut plus rapide. Il était derrière elle.

Une main sur le loquet, elle se tourna vers lui.

Il arrivait sur elle, en l'observant comme s'il venait de la reconnaître à une soirée et s'efforçait de mettre un nom sur son visage. La paupière paresseuse lui donnait l'air endormi. L'autre œil était parfaitement éveillé. Chaque moitié de son visage avait une expression différente. L'une fixée sur elle, l'autre à des kilomètres de là.

On aurait dit un rectangle géant dans ce costume, cette cravate habillée – un homme grand, qui grandissait de plus en plus.

Elle sentit son haleine. Une odeur de cigarettes.

Il avait trouvé ce qu'il cherchait dans la poche de son veston. Une boucle de fil électrique.

— Non, murmura-t-elle.

— J'y suis obligé, dit-il, presque avec regret. Les choses en sont là entre nous.

Elle tourna le loquet, ouvrit la porte d'un coup.

D'une main, il en saisit le bord, le tenant fermement, résistant, le bras rigide et tendu.

L'espace n'était pas assez grand pour sortir.

Elle tira désespérément sur le battant, tentant de l'ouvrir davantage, mais il était bien trop fort pour elle. Elle eut une illumination. Elle cessa de tirer pour pousser. Elle s'appuya de tout son poids contre la porte, avec la dernière once d'énergie possible.

Il fut surpris.

Le battant claqua sur ses doigts, puis se rouvrit.

Il rejeta la tête en arrière, serrant sa main ensanglantée contre sa poitrine, et lâcha un gémissement guttural.

Elle regarda fixement le sang et les doigts mous, stupéfiée par ce qu'elle venait de faire.

Le gémissement cessa. Il respirait bruyamment, du reproche plein les yeux. Sa tête massive s'enfonça dans ses épaules. Le cou trapu, les cheveux gris, la peau rouge dépassaient du col blanc.

Il tenait toujours le fil électrique, mais quelque chose s'était éteint en lui.

Il avait oublié ce qu'il s'apprêtait à faire.

Elle l'observa, médusée, guettant son mouvement suivant, qui ne vint jamais. Il ne la regardait même pas. Il avait l'esprit ailleurs.

Des véhicules pilèrent dehors. Des voix – insistantes, impérieuses. Claquement de portières. Il fronça bizarrement les sourcils et repartit dans la chambre de sa mère.

Elle était libre.

Elle ouvrit la porte.

Bianca franchit le perron au pas de course. D'autres policiers brandissaient des pistolets derrière elle. Smits avançait d'un pas lourd dans son gros manteau et sa toque en fourrure. Lui aussi était armé.

— Attendez, plaida Ruth en levant la main.

Elle rentra lentement dans la maison, dans la chambre de Lydia.

Il était agenouillé près du corps de la vieille dame, la tempe contre son bras décharné, les yeux fermés. Il serrait le fil dans sa main ensanglantée comme s'il s'était agi d'un chapelet.

Les flics étaient à la porte. Smits les écarta et posa une main sur la manche de Bianca pour l'immobiliser.

Ils attendirent, interrogeant Ruth du regard.

Elle s'adossa, épuisée, au mur.

— Accordez-lui cinq minutes, dit-elle dans un murmure. S'il vous plaît. Rien que cinq minutes.

Épilogue

ATELIER DE CONSTRUCTION, DE RÉPARATION ET D'ÉQUIPEMENT MARITIME DRIEST. NOUS CONSTRUISONS ET RÉPARONS DES CRABETIERS, DES RAVITAILLEURS OFFSHORE, DES POUSSEURS, DES CHALUTIERS, DES BATEAUX FLUVIAUX, DES NAVIRES À PASSAGERS, DES REMORQUEURS.

Myles hissa sa masse dans l'escalier et apparut tête la première, soufflant et transpirant, dans le petit appartement perché, telle une cabine, au sommet de l'atelier, avec son jardin en terrasse.

C'était une journée magnifique.

Ruth arrosait des géraniums et des hortensias. Derrière le balcon, la mer s'étalait, étincelante au soleil. À l'horizon, de hautes éoliennes blanches s'alignaient le long du polder, telle une bordure de fleurs.

— De nouveau blonde, hein ? remarqua-t-il.

Elle fronça les sourcils et retourna à ses géraniums.

Il se promena, admirant l'abondance de végétation.

— Je vois que ta cure antistress a porté ses fruits.

Elle posa l'arrosoir, sourit et se frotta les mains.

— *Wilkommen*, bienvenue, *welcome*... Je t'offre à boire, Myles ?

— Une bière.

— Quel genre ?

— Ce que tu voudras, tant qu'il y a de la mousse.

Elle ouvrit le réfrigérateur de la cuisine américaine.

— Pas de bière. Rien que du pouilly fumé 1996.

Il haussa les épaules :

— Si tu n'as rien d'autre.

— Un vin blanc sec.

— J'ai toujours pensé que le vin était mouillé, pas sec...

Il inspecta le gouvernail rouillé géant accroché au mur, comme s'il visitait une galerie, passa le doigt sur un cordon de soudure.

Elle trouva un tire-bouchon, ouvrit la bouteille.

Elle remplit deux verres.

— Comment se fait-il, à ton avis, que, une fois le bouchon retiré, il ne rentre plus que du côté opposé ? demanda-t-elle en montrant la bouteille rebouchée.

— Une question intéressante, murmura-t-il. Intéressante, mais stupide. (Il ressortit sur la terrasse, où il tripota son vélo. Il pressa la boule en caoutchouc de l'avertisseur.) Qu'est-il arrivé à la sonnette ?

— Quelqu'un l'a fauchée. Et tu vas me dire : « Je t'avais prévenue. »

— Considère que c'est fait.

Elle s'assit en tailleur par terre et il vint la rejoindre. Ils trinquèrent.

— Comment ça se passe au bureau, petit Myles ?

— Comme d'hab., comme d'hab. (Il s'assit dans un large fauteuil en rotin des années 1960, les bras posés sur les accoudoirs, tel un pontife sur son trône.) Cabrol s'est un peu détendu, maintenant qu'il sait que, faute de preuve, il ne sera pas nécessaire de sortir une nouvelle édition de toutes les encyclopédies Larousse. Son cousin – celui qui dirige le musée de la photographie Niepce en Bourgogne – est même venu et nous a invités dans un restaurant français très chic, merci beaucoup. À propos, Cabrol a opté pour l'ail en gélules. Inodore. Une sage décision, si tu veux mon avis. L'atmosphère au travail s'est drôlement améliorée.

— Comment va Rex ? Vous vous engueulez toujours ?

— Nous ne nous engueulons pas. Nous sommes en parfait accord. Nous ne pouvons pas nous saquer.

— Je n'y crois pas une seconde, Myles. Vous êtes complémentaires. Et Sweekieboude ?

— Elle prend mes pantalons pour des grattoirs. Ils sont en lambeaux. Il va falloir que je m'en fasse des shorts.

— Tu pourrais faire pire, avec ce temps superbe.

— Et Principessa ?

— Parfaite.

Il y eut un silence détendu.

Il continua à regarder autour de lui avec admiration.

— Tu as l'air d'être bien installée.

Elle suivit son regard, redécouvrant son nouveau foyer avec lui, observant avec fierté les petits objets qui semblaient retenir son attention.

— Oui, je ne me ronge plus les ongles, je ne fume plus et je suis heureuse d'être ici. En fait, je suis heureuse partout.

— Et occupée...

— C'est le jour de sortie de la bonne.

— Tu restes une femme séduisante, tu sais, lâcha-t-il d'une voix onctueuse d'idole des femmes, avec un clin d'œil lascif.

— Merci. Les hommes se frottent encore contre moi dans le bus et le tram. C'est encourageant, non ?

— C'est sûr que, moi, ça m'encourage.

Elle libéra une jambe pour lui filer un coup de pied dans la cheville.

— Va te faire voir ! Je suis accompagnée, Myles, au cas où tu l'aurais oublié. Et toi aussi.

Il leva son verre et examina son image dans le vin.

— Je meurs de curiosité. Qu'est-ce qui vous a réunis ?

— Une explosion foudroyante.

— C'est toujours comme ça, non ? gémit-il.

— En fait, ç'a été relativement indolore, si tu veux savoir. Il m'a demandé si je voulais sortir avec lui. J'ai dit oui. Je lui ai demandé s'il voulait sortir avec moi. Il a dit oui. C'est parti de là. Comme on dit dans la chanson, il y a un garçon pour chaque fille dans le monde. Et puis on a mis en commun nos collections de 78-tours. Une sorte de fusion.

— C'est bien ce que je pensais. La mondialisation...

— C'est le prix à payer dans un monde où le choix existe. « Marlboro ou Marlboro light ? » Et puis Laurens me fait du bien.

— J'espère. Comme on dit dans l'Est, « Seule une souris très stupide fait son nid dans l'oreille du chat ».

Elle prit un air renfrogné.

— Je ne suis pas la seule ici à avoir un passé.

Il abandonna son observation à travers le verre, qu'il leva plus haut.

— Je te souhaite tout le bonheur du monde. Vous allez faire des bébés ?

— J'sais pas. Peut-être.

— Attention, ma chère. Rappelle-toi ce qui figure sur les sacs en plastique : « Pour éviter l'asphyxie, ne pas laisser à la portée des enfants. »

— Je m'en souviendrai, Myles.

— Le bateau ne te manque pas ?

— Non. (Elle s'attarda sur la syllabe, pensive, sérieuse.) Bien sûr, on les répare ici. Et le mien, c'est un peu bizarre de songer qu'il est là, sous toute cette flotte. C'est ma vie passée. C'est Maarten. Je ne le vois pas, mais je sais qu'il est là, envahi de poissons.

— Tu penses encore à lui – à Maarten, je veux dire ? demanda Myles sérieusement.

— Pas comme avant. Je le vois tel qu'il était. C'est étrange, mais sur le bateau, juste avant l'explosion, il est venu m'asticoter. Non pour me sauver, mais pour me détruire. C'était si évident. Il voulait que je meure, que je le rejoigne de l'autre côté. J'ai dit non. Je dis non depuis. Bien sûr, ce n'était pas le vrai Maarten. Plutôt le produit de mon imagination.

— Et tu as vendu la maison...

— Oui. Je t'ai raconté ? On en a tiré un max. Je t'assure, Laurens et moi, on est pleins aux as.

— Tu ne l'emporteras pas dans la tombe, tu sais.

Elle fit la moue.

— Dans ce cas, je ne mourrai pas.

— Bien entendu, tu aurais pu garder la maison...

— Impossible, Myles, impossible. Trop de fantômes. C'est ce que Lydia aurait dû faire – vendre et partir. Elle aurait probablement mené une vie plus agréable.

— Tu penses à elle de temps en temps alors ?

— Bien sûr, pas toi ? Malgré tout, c'est toujours avec une véritable affection. Elle m'a donné une leçon de vie.

— Laquelle ?

— Apprendre à m'ouvrir sur l'extérieur, je crois, à cesser de me cacher. Regardons les choses en face, elle a passé son existence à se cacher des autres et d'elle-même. C'est une tendance que nous avons tous, mais en vieillissant il faut se cacher de plus en plus de gens et de plus en plus de trucs. Oh, et j'ai appris autre chose : comment l'âge transforme les êtres. (Elle se pencha pour caresser Principessa qui venait d'entrer.) Dieu sait dans quel état je serai si j'arrive à soixante-dix ans. Je préfère ne pas y songer.

— Peut-être que Lydia a également appris grâce à toi.

— Je ne vois pas quoi.

— Pareil, à ne pas se cacher. Elle s'est confiée à toi, non ?

— Oui, commença-t-elle, sceptique. La logorrhée intime, ça la connaissait, pas de doute. Je suis bien placée pour le savoir. Elle a failli me noyer dessous.

— Il faut parler, malgré les faux-fuyants. Tu écoutes ce que les autres ont à dire, puis tu réfléchis à ce qu'ils taisent et tu combles les lacunes. Le vrai message est dans les silences.

Ruth rumina cette pensée un instant, se demandant s'il fallait y accorder foi.

— Je voulais rencontrer Emmerick, reprit-elle au bout d'un moment, pour avoir sa version. Mais il est mort moins d'un mois après Lydia. Bizarre, comme si sa présence l'avait maintenu en vie. Les guerres ne s'arrêtent pas d'un seul coup. Elles continuent, dans la tête et le cœur des gens.

Myles repéra quelque chose à l'autre extrémité de la pièce lambrissée. Il s'extirpa de son fauteuil et s'en approcha lourdement.

Une table avec un chevalet à côté. Et sur le chevalet, une aquarelle représentant un vase de fleurs.

Il souleva le tableau.

— C'est de toi ?

— Oui, qu'en penses-tu ?

— C'est joli, répondit-il sans conviction. C'est libre, je dirais.

— Je ne cherche pas le réalisme. Mais la poésie. Je vois de la beauté partout.

Il la dévisagea d'un air méfiant.

— Je m'étais toujours promis de m'y mettre. Maintenant, c'est fait. Je sais que ça ne vaut rien, mais je me fous de ce qu'on peut en penser. Toi compris.

— Ça ne cesse de m'étonner. On a Otto Dix, Kokoschka et Edvard Munch – les expressionnistes torturés –, mais en réalité tout le monde réclame des fleurs, des chatons, des enfants et des maisons au toit en chaume. Ça dépasse l'entendement. Donc tu m'as traîné ici pour me faire admirer tes talents tout neufs et me mettre le nez dans mes propres insuffisances, c'est ça ? déclama-t-il, l'air vexé.

— Je ne t'ai pas traîné ici. Tu es venu de ton plein gré, en taxi. Je l'ai vu te déposer. Et si tu es ici, c'est parce que j'ai quelque chose à te montrer.

Elle prit sur une étagère un gros livre au dos vert intitulé *La Technique de l'aquarelle*. L'ouvrage s'ouvrit tout seul. À l'intérieur, des pages jaunies, couvertes d'une écriture élégante. Myles écarquilla les yeux. Il les aurait reconnues n'importe où.

— Assieds-toi et attache ta ceinture. C'est la dernière lettre de Johannes à ton pote. Nous sommes tombés dessus en nettoyant la maison, avant la vente.

Il s'assit.

Le 6 mai 1760

Mon cher Cornelis,

Je ne vous remercierai jamais assez pour votre lettre et je me reproche d'avoir laissé deux ans – non, plus – s'écouler depuis notre dernière correspondance.

Peut-être vous rappelez-vous ce que j'ai fait lors de notre dernière rencontre contrariée, en mars 1758, je crois, quand je vous ai conjuré de ne jamais divulguer nos échanges sans mon consentement. Je frémis à présent en songeant à mon agitation de l'époque.

J'ai, en vérité, été la victime d'un traitement cruel entre les mains de ce coquin, l'Italien Giacomo « Paralis », dont le véritable nom – je devais le découvrir par la suite – était un mot fantaisiste que j'oublie, signifiant « maison neuve » dans sa langue chantante, une maison dans laquelle je ne m'aventurerais pas, dussé-je me retrouver sans toit par une nuit d'orage.

Quant à l'infortunée Esther, je ne l'ai pas revue, je n'ai pas de nouvelles, et n'en désire pas. Elle est sortie de mon existence et moi de la sienne, et cela ne m'attriste aucunement. Car, mon ami, je suis un homme marié. Mon épouse n'est autre que Hanna, la fille de Groot le brasseur. Une femme de bon sens, toute de gaieté, une épouse et une amie fidèles. Auprès d'elle, je passe les plus beaux jours de ma vie. En outre, elle nous a accordé le bonheur d'avoir un enfant, qui fête son premier anniversaire aujourd'hui. Pendant que j'écris, le petit drôle marche à quatre pattes autour de mes pieds, se demandant comment distraire son père du grattement de sa plume.

Bref, loin sont les jours où j'errais en proie à un mécontentement intérieur. Je sais à présent que mes vieux projets et mes attentes optimistes n'étaient que folie, vanité et vice, si mort-nés qu'aucun bénéfice ne pouvait en jaillir. J'ai détruit mon ingénieuse invention – ma caverne de Platon, ma lentille et le reste – sans regret. J'ai conservé le dernier héliographe, bien qu'il soit peint. Je le garde non pour le plaisir, car il est dissimulé derrière un mur dans mon débarras, mais plutôt afin de ne pas oublier que, pour un esprit curieux et très sensible, tout ce qu'apporte la vie semble parfois ne servir à rien. Si d'autres le découvrent, son secret, comme vous le savez, est gravé au dos, mais en de tels termes qu'il faudrait un esprit sage et dévot pour creuser plus loin. J'ai donné dans l'alchimie, Cornelis, et le diable attend ceux qui commettent le péché d'orgueil. N'est-ce pas là la vraie raison de la perversion de l'image ? Rappelez-vous, exposée à la lumière, la plaque de cuivre s'assombrissait, et exposée à l'obscurité, elle s'éclaircissait. Ceci, je le comprends maintenant, est l'œuvre du démon, l'empreinte de son pied fourchu. La lumière et l'obscurité du jour chrétien se sont inversées, échangeant leur place contre le monde des ombres de Satan.

J'ai repris la pharmacie, comblant ainsi le plus cher des vœux de mon père, et je m'occupe volontiers de l'affaire, sans la moindre trace de la répugnance et du ressentiment qui m'habitaient jadis. Ma devise? Si tu pensam tuam prestare possis : *« Accomplis ta tâche quotidienne. » Je connais une réussite convenable; j'assure une existence confortable à ma famille.*

Vous me demandez si je dessine toujours.

Je ne suis pas fait pour une vie d'artiste, j'en suis à présent certain. Toutefois, mon erreur n'était pas dans mon ambition, mais dans la fin qu'elle devait apporter : fortune, renommée, reconnaissance.

Dessiner n'est, en soi, pas un péché – et je dessine, pour mon propre plaisir. Il y a un an, quand Hanna était enceinte, je l'ai dessinée au fusain. En outre, j'ai exécuté quelques paysages, quand une vue retenait mon attention. J'ai trouvé un plaisir simple dans cet exercice qui excède de très loin les entreprises tourmentées qui l'ont précédé, aussi inepte puisse-t-il paraître. N'est-ce pas là le secret d'une vie heureuse et comblée? Agir avec énergie, chaleur et esprit, de sorte que l'ouvrage produit soit une trace vivante de l'âme et non la triste copie mécanique d'une main ou d'un appareil mort?

Ce beau temps me ravit. Les jonquilles que vous avez envoyées sont plantées sur le rebord de la fenêtre.

Ne nous perdons pas de vue.
Je reste votre très affectionné ami,

Johannes Van der Heyden

Myles glissa les lettres entre les pages du livre et sortit rejoindre Ruth dans le jardin.

Elle mettait des plants en pots.

Il fourra ses poings dans les poches de son pantalon et contempla la mer. Il remua ses épaules pour chasser une crampe.

Elle haussa les sourcils, sourit, puis revint à ses géraniums.

Elle avança le chariot sur lequel ils étaient posés, pour les sortir de l'ombre de l'auvent. Ils avaient l'air d'avoir besoin de davantage de soleil.

Remerciements

Pour l'aide qu'ils m'ont apportée dans la rédaction de ce livre, je tiens à exprimer ma gratitude à l'égard de Béatrice Roudet, Sebastian Groes, José Lapré, Joan da Sola Pinto et feu son mari Oliver, Vernia Landell-Mathews, Graham Woodroffe, Dunstan Ward, Marie-Catherine de Bodinat, Bill Hamilton, Maria Rejt et toute l'équipe de A.M. Heath et de Macmillan. Je remercie également le personnel de St Benedict's School, Ealing, Londres W5, pour ses conseils éclairés quant au latin : frère Alban Nunn OSB, Andy Hardman, Pat Daly et Vaughan Irons. Le captain Bob Mohl, Parvin Oet et Michel Flor-Henry m'ont fourni les renseignements sur les péniches. Je me suis également inspiré des auteurs et ouvrages suivants : Lynn H. Nicholas, *The Rape of Europa : The Fate of Europe's Art Treasures in the Third Reich and the Second World War* (Macmillan, 1994) ; Richard Z. Chesnoff, *Pack of Thieves* (Doubleday, 1999) ; Jonathan Petropoulos, *The Faustian Bargain :*

The Art World in Nazi Germany (Oxford University Press, 2000) ; Gareth Roberts, *The Mirror of Alchemy* (British Library, 1994) ; Andrew Aromatico, *Alchemy : The Great Secret*, trad. Jack Hawkes (Harry N. Abrams, 2000) ; Geert Mak, *Amsterdam : A Brief Life of the City*, trad. Philipp Blom (Harvill, 1999) ; Lydia Flem, *Casanova, or the Art of Happiness*, trad. Catherine Temerson (Farrar, Straus & Giroux, 1997).

Achevé d'imprimer en octobre 2006 par Printer Industria Gráfica pour le compte de France Loisirs, Paris
Numéro d'éditeur : 46743 - Dépôt légal : novembre 2006 - Imprimé en Espagne